Roger Martin du Gard

Les Thibault

III

L'ÉTÉ 1914 *(suite et fin)*
ÉPILOGUE

Gallimard

Roger Martin du Gard est né le 23 mars 1881 à Neuilly-sur-Seine. Il appartient à une famille de magistrats et d'avocats. Après des études secondaires à l'école Fénelon et au lycée Janson-de-Sailly, il est admis en 1903 à l'École des chartes d'où il sort en 1905 archiviste-paléographe. La lecture de *La guerre et la paix* de Tolstoï éveille en lui une vocation de romancier. À la veille de la Première Guerre mondiale paraît son premier roman important, *Jean Barois* (1913). Il se lie d'amitié avec André Gide et Jacques Copeau. Il est tenté un moment par le théâtre. En 1920, il conçoit un vaste roman cyclique, *Les Thibault*. Il y consacre alors l'essentiel de son temps et se retire la plus grande partie de l'année dans sa propriété du Tertre, en Normandie. La publication des *Thibault* en est à son avant-dernier volume, *L'été 1914*, quand Martin du Gard reçoit le prix Nobel de littérature en 1937. Il passe une grande partie de la guerre de 1939-1945 à Nice et prépare un roman, qui restera inachevé, les *Souvenirs du colonel de Maumort*. Il meurt en 1958.

L'ÉTÉ 1914

(Suite et fin)

LXI

« Pas si simple... », répéta Jousselin, en promenant autour de lui un regard lourd.

Il fit une pause, et, sur un autre ton, comme s'il poursuivait des pensées fugitives :

« Nous, médecins, nous avons du moins cette chance qu'on ne nous enrôlerait pas pour jouer un rôle sanguinaire... Qu'on nous mobiliserait non pour tuer, mais pour guérir...

— Oui, oui..., dit vivement Studler, et son œil mouillé se tourna vers Jousselin avec une sorte de gratitude.

— Et si vous n'étiez pas médecins ? » fit alors Roy en les dévisageant, l'un après l'autre, avec une curiosité agressive. (Tous savaient qu'il n'avait jamais fait état de ses diplômes auprès des autorités militaires ; que pendant son service, après un court stage dans le personnel de l'infirmerie, il avait obtenu sa réintégration dans la troupe ; et qu'il était, présentement, inscrit comme sous-lieutenant de réserve dans un régiment d'infanterie.)

« Alors, mon petit Manuel, cria Antoine, vous ne voulez décidément pas nous donner le café ? »

Il semblait chercher n'importe quel prétexte pour arrêter le débat, et disperser le groupe des discuteurs.

« Voilà, voilà, Patron ! » fit le jeune homme. Et, sportivement, il se mit debout, en passant sa jambe par-dessus le dossier de sa chaise.

« Isaac ! » appela Antoine.

Studler s'approcha. Antoine lui tendit une enveloppe.

« Tiens, l'Institut de Philadelphie s'est décidé à répondre... » Et, par habitude, il ajouta : « À classer. » Studler le regarda avec étonnement, sans prendre la lettre. Antoine grimaça un bref sourire, et jeta l'enveloppe dans la corbeille à papiers.

Jousselin et Jacques étaient demeurés seuls, debout, dans l'angle de la vaste pièce.

« Médecin ou non, dit Jacques, sans regarder dans la direction de son frère, mais d'une voix plus soutenue que s'il ne s'était adressé qu'à son voisin, tout mobilisé, qui répond à l'appel, donne son adhésion à la politique nationaliste, et consent, de ce fait, à la guerre. Selon moi, la question reste donc la même pour tous : suffit-il, pour accepter de prendre un rôle dans cette tuerie, qu'un gouvernement vous en intime l'ordre ?... Même si je n'étais pas... ce que je suis, reprit-il, en se penchant vers Jousselin, même si j'étais un citoyen soumis, satisfait des institutions de son pays, je n'admettrais pas qu'une raison d'État puisse me forcer à enfreindre ce qui est pour moi une obligation spirituelle. Un État, qui s'arroge le droit de forcer la conscience de ceux qu'il administre, n'a pas à compter sur leur collaboration. Et une société qui ne tient pas compte, avant tout, de la valeur morale des individus ne mérite que mépris et révolte ! »

Jousselin hocha la tête :

« J'ai été farouchement dreyfusard », dit-il, en guise de réponse.

Antoine, qui semblait occupé à son bureau, se retourna d'un bloc :

« La question est mal posée », fit-il d'une voix coupante. Tout en parlant, il s'était levé et, regardant son frère, il s'avançait, seul, au milieu de la pièce. « Un gouvernement démocratique comme est le nôtre — quand bien même sa politique serait contestée par une minorité d'opposition — n'est au pouvoir que parce qu'il représente légalement la volonté du plus grand nombre. C'est donc à cette volonté collective de la nation, que le mobilisé obéit en répondant à l'appel — quelle que puisse être son opinion personnelle sur la politique du gouvernement au pouvoir !

— Tu invoques la volonté du plus grand nombre, dit Studler. Mais la majorité, pour ne pas dire la totalité des citoyens, à l'heure actuelle, souhaite qu'il n'y ait pas la guerre ! »

Jacques reprit la parole :

« Au nom de quoi, demanda-t-il, en évitant de s'adresser à son frère, et en regardant Jousselin avec une fixité assez gauche, au nom de quoi cette majorité serait-elle tenue de sacrifier des principes réfléchis, légitimes, et de faire passer sa soumission de citoyen avant ses convictions les plus sacrées ?

— Au nom de quoi ? s'écria Roy, redressé tout à coup comme s'il avait reçu un soufflet.

— De quoi ? fit, en écho, la voix de M. Chasle.

— Au nom du pacte social », prononça fermement Antoine.

Roy dévisagea Jacques, puis Studler, comme s'il

les mettait au défi de protester. Puis il haussa les épaules, pivota sur ses talons, gagna rapidement un fauteuil éloigné, dans l'embrasure d'une des fenêtres, et s'y laissa choir, le dos tourné.

Antoine, les yeux baissés, remuait nerveusement sa cuillère dans sa tasse, et paraissait se recueillir.

Il y eut un silence que Jousselin rompit avec aménité :

« Je vous comprends très bien, Patron, et je crois, tout compte fait, que je pense comme vous... La société actuelle, qu'elle ait ou non ses tares, c'est tout de même, pour nous, pour notre génération d'adultes, une réalité. C'est une plate-forme toute faite, et relativement solide, que les générations précédentes ont construite, qu'elles nous ont laissée — la plate-forme sur laquelle nous avons, à notre tour, trouvé notre équilibre... J'ai conscience de ça, moi aussi, très fort.

— Parfaitement », fit Antoine. Il continuait à tourner sa cuillère, sans lever la tête. « En tant qu'individus, nous sommes des êtres faibles, isolés, dépourvus. Notre force, — la plus grande partie de notre force, et, en tout cas, la possibilité d'exercer cette force d'une façon féconde, — nous la devons au groupement social qui nous rassemble, qui coordonne nos activités. Et, pour nous, ce groupement, en l'état actuel du monde, ce n'est pas un mythe : il se trouve défini, limité dans l'espace. Il porte un nom : France... »

Il parlait lentement, d'une voix triste mais ferme, comme s'il avait depuis longtemps préparé ce qu'il disait là, et qu'il eût volontairement saisi l'occasion de le dire :

« Nous sommes tous membres d'une communauté nationale et, par là, nous lui sommes pratiquement subordonnés. Entre nous et cette communauté, — qui nous permet d'être ce que nous sommes, de vivre dans une sécurité à peu près complète, et d'organiser, dans ses cadres, nos existences d'hommes civilisés, — entre nous et elle, il y a, depuis des millénaires, un lien consenti, un pacte : un pacte qui nous engage tous ! Ce n'est pas une question de choix ; c'est une question de fait... Aussi longtemps que les hommes vivront en société, je pense que les individus ne pourront pas, à leur gré, se prétendre libérés de leurs obligations envers cette société qui les protège, et dont ils profitent.

— Pas tous ! » coupa Studler.

Antoine l'enveloppa d'un bref coup d'œil.

« Tous ! Inégalement peut-être ; mais tous ! Toi, comme moi ! le prolétaire, comme le bourgeois ; le garçon de salle aussi bien que le chef de service ! Du fait que nous sommes nés membres de la communauté, nous y avons tous pris une place, dont chacun de nous tire journellement avantage. Avantage qui a pour contrepartie l'observance d'un contrat social. Or, l'une des premières clauses de ce contrat, c'est que nous respections les lois de la communauté, et que nous nous y conformions, même si, au cours de nos libres réflexions d'individus, ces lois ne nous paraissent pas toujours justes. Rejeter ces obligations, ce serait ouvrir une brèche dans l'armature des institutions qui font qu'une communauté nationale comme la France est un organisme équilibré, vivant. Ce serait ébranler l'édifice social.

— Oui ! fit Jacques, à mi-voix.

— Et qui plus est, poursuivit Antoine, avec une inflexion rageuse, ce serait agir sans discernement : car ce serait travailler contre les intérêts réels de l'individu. Parce que le désordre qui résulterait de cette révolte anarchique aurait pour l'individu des consé-

quences infiniment plus néfastes que sa soumission
à des lois, même défectueuses.

— Savoir!» dit vivement Studler.

Antoine jeta un nouveau coup d'œil vers le Calife
et, cette fois, fit un demi-pas vers lui :

«Est-ce que nous n'avons pas sans cesse à nous
soumettre, en tant que citoyens, à des lois que nous
désapprouvons, en tant qu'individus? La communauté nous autorise d'ailleurs à entrer en lutte avec
elle : la liberté de penser et d'écrire existe encore en
France! Et nous avons même une arme légale pour
combattre : le bulletin de vote.

— Parlons-en! riposta Studler. Belle duperie, en
France, que ton suffrage universel! Sur quarante
millions de Français, il n'y a même pas douze millions d'électeurs! Il suffit de six millions et une voix,
la moitié des votants, pour constituer ce qu'on a le
front d'appeler la majorité! Nous sommes donc
trente-quatre millions d'imbéciles, soumis à la
volonté de six millions d'individus, — lesquels
votent, pour la plupart, tu sais comment : à l'aveu-
glette, sous la pression des racontars de bistrots!
Non, non, le Français n'a aucun pouvoir politique
réel. A-t-il le moyen de modifier la constitution du
régime? De désapprouver, ou même de discuter, les
lois nouvelles qu'on lui impose? Il n'est même pas
consulté sur les alliances que l'on contracte en son
nom, et qui peuvent l'entraîner dans des conflits où
il laissera sa peau! Voilà ce qu'on appelle, en France,
la souveraineté nationale!

— Je te demande pardon, rectifia Antoine, posément. Je ne me sens pas si dépourvu que tu veux bien
le dire. Évidemment, je ne suis pas personnellement
consulté sur chaque événement de la vie sociale.
Mais, si la communauté adopte une politique qui me
déplaît, libre à moi de donner mon suffrage à ceux

qui la combattront au Parlement !... En attendant, aussi longtemps que mon vote n'aura pas réussi à chasser du pouvoir ceux qui, jusque-là, y représentent la volonté du plus grand nombre, et à mettre à leur place des gens qui modifieront selon mes préférences la politique de l'État, mon devoir est simple. Et indiscutable. Je suis engagé par le pacte social. Je dois plier. Je dois obéir.

— *Dura les, sed lex !* » chuchota sentencieusement M. Chasle, dans un silence.

Le Calife allait et venait de long en large.

« Reste à savoir, bougonna-t-il, si, dans le cas présent, le désordre révolutionnaire, que provoquerait l'insoumission des mobilisés, ne serait pas un mal infiniment moins grave que...

— ... que la plus courte des guerres ! » acheva Jacques.

À l'extrémité du cabinet, Roy fit un mouvement, et l'on entendit gémir les ressorts de son siège. Mais il ne dit rien.

« Pour ce qui est de moi, Patron, dit doucement Jousselin, je pense comme vous : j'obéirai... Ceci dit, je comprends que, pour d'autres, en un moment aussi exceptionnel, à la veille d'un cataclysme comme celui qui nous menace, cette soumission soit un devoir... inacceptable... inhumain...

— Au contraire, repartit Antoine. Plus l'individu a conscience de la gravité de l'événement, et plus son devoir devrait lui paraître impérieux ! »

Il fit une pause, et remit son café sur le plateau, sans l'avoir bu. Son visage était contracté, sa voix tremblait.

« Je m'interroge là-dessus depuis plusieurs jours », avoua-t-il, tout à coup, sur un ton oppressé qui fit se lever involontairement vers lui les yeux de Jacques. Il appuya quelques secondes son pouce et son index au creux de ses paupières, avant de relever la tête, et de glisser dans la direction de Jacques un étrange et vif regard. Puis, pesant ses mots :

« Si la mobilisation était décrétée ce soir, par un gouvernement que la majorité a élu, — fût-ce même contre mon vote, — eh bien, ce n'est pas parce que je penserais ceci ou cela de la guerre, ni parce que je ferais partie d'une minorité d'opposition, que j'aurais le droit de rompre délibérément le pacte, et de me dérober à des obligations qui sont les mêmes pour tous — exactement les mêmes pour tous ! »

Jacques avait écouté, presque sans intervenir, ces paroles prononcées pour lui. Il se sentait beaucoup moins révolté par la thèse d'Antoine, qu'il n'était ému, malgré lui, par l'accent humain, confidentiel, qui frémissait sous ces affirmations dogmatiques. D'ailleurs, si opposée à la sienne que fût l'attitude de son frère, il ne pouvait s'empêcher de penser que, en cette occurrence, Antoine demeurait logique, parfaitement fidèle à lui-même.

Brusquement, comme si quelqu'un l'eût violemment contredit, Antoine croisa les bras, et cria :

« Nom de Dieu, ça serait vraiment trop commode, de pouvoir n'être citoyen que jusqu'à la guerre — exclusivement !... »

Le silence qui suivit fut particulièrement lourd.

Jousselin, dont la sensibilité enregistrait toutes les nuances, crut opportun de faire diversion. Sur un ton cordial, comme si la discussion était close et que tous fussent d'accord, il déclara, en guise de conclusion :

« Au fond, le Patron a raison. La vie sociale est une espèce de jeu. Il faut choisir : accepter les règles, ou bien se retirer de la partie...

— Moi, j'ai choisi », dit, près de lui, Jacques, à mi-voix.

Jousselin tourna légèrement la tête et le considéra, une seconde, avec une attention, une émotion, involontaires. Il semblait, au-delà de cette présence réelle, apercevoir toute une destinée pathétique.

La face glabre de Léon se glissa dans l'entrebâillement de la porte :

« *On* demande Monsieur au téléphone. »

Antoine se retourna et regarda le domestique en battant des cils, comme s'il venait d'être éveillé en sursaut. « Encore elle », pensa-t-il enfin.

« C'est bon. Je viens. »

Il attendit quelques secondes, les yeux baissés, le front soucieux, et, sans hâte, quitta la pièce.

« Que va-t-elle me dire ? » songeait-il, en gagnant son petit bureau. « *Tu ne m'aimes plus !... Tu ne m'aimes plus comme avant !...*» Il arrive fatalement une heure où elles vous disent ça — toutes !... Ce que nous "n'aimons plus", on les étonnerait bien en le leur apprenant... Ce n'est pas elles, c'est nous ! C'est l'homme que nous sommes devenus, devant elles... Ce n'est pas : "Tu ne m'aimes plus", qu'elles devraient dire, mais : "Tu n'aimes plus l'homme que tu deviens dès que nous sommes ensemble..." »

Il était arrivé devant l'appareil, et, sans bien réfléchir, il avait décroché le récepteur.

« C'est toi, Tony ? »

Il eut un sursaut, une espèce de révolte. Il restait là, devant cette voix connue, trop connue, chantante et grave, douce exprès — et il ne pouvait se décider à répondre. Une rage froide... Depuis deux jours, il se sentait délivré d'elle, de ses sortilèges. Pas seulement délivré : nettoyé... Oui, il lui semblait être lavé d'une sorte de souillure... Il songea à Simon. Non,

c'était fini, fini : les amarres étaient bien rompues.
Pourquoi renouer ?

Il reposa doucement le récepteur au milieu de la
table et recula d'un pas. Il entendait, dans l'appareil,
une sorte de grésillement... un bruit haletant, hoque-
tant, pareil à un râle... C'était atroce... Tant pis ! À
aucun prix, il ne fallait rétablir le contact.

Mais, au lieu de retourner dans son cabinet, il alla
donner un tour de clef à la porte du couloir, revint
vers son divan, alluma une cigarette, et, après un
dernier regard vers la table — où le récepteur s'était
tu et gisait, contourné, luisant, pareil à un reptile
mort —, il s'allongea pesamment parmi les coussins.

Devant la cheminée du cabinet, tête à tête avec
Studler, M. Chasle, heureux de pouvoir à son tour
prendre la parole et se faire écouter, essayait, en son
verbiage impropre et sibyllin, de donner à son audi-
teur quelques précisions sur son négoce.

« Les trucs nouveaux, les lubies, les petites inventions... Toujours du neuf, c'est notre devise... Quoi ?
Je vous enverrai le bulletin de l'A. C., *l'Association
des Chercheurs*... Vous verrez. Nous prenons déjà des
dispositions collatérales... Il faut bien, avec cette
guerre... On va transformer l'orientation... La
défense nationale... Chacun dans sa sphère... Quoi ? »
(Il interrogeait sans cesse, et d'une façon anxieuse,
comme s'il n'avait pas bien entendu une question
urgente.) « Les inventeurs nous apportent déjà du
très sensationnel, continua-t-il aussitôt. Je ne voudrais pas divulguer... Mais, par exemple, ça, je peux
dire : un filtre portatif pour eaux de mares et pluies...
Précieux en campagne... Tous les mauvais miasmes
qui déciment l'organisme du soldat... » Il eut un petit
rire satisfait : « Et, plus sensationnel encore : un

appareil de pointage automatique, muni d'un déclencheur de départ... Pour les fantassins à mauvaise vue... Ou même les artilleurs... »

Roy qui, de sa place, écoutait depuis un instant ces propos incohérents se leva :

« Automatique ? Comment ?

— Justement, fit Chasle, flatté. C'est ça le charme.

— Mais encore ? Comment ça fonctionne-t-il ? »
Chasle eut un geste péremptoire :

« Tout seul ! »

Jacques et Jousselin, toujours debout à la même place, dans l'angle des bibliothèques, causaient à voix basse :

« Le plus irritant, disait Jacques, le front barré d'un pli rageur, c'est de penser qu'un jour viendra, fatalement, et très proche peut-être, où l'on ne comprendra même plus que ces histoires de service armé, de nations sous les drapeaux, aient pu avoir le caractère d'un dogme, d'un devoir indiscutable et sacré ! Un jour où il paraîtra inconcevable qu'un pouvoir social ait pu s'arroger le droit de fusiller un homme parce qu'il refusait de prendre les armes !... Exactement comme il nous paraît inconcevable que, jadis, des milliers d'hommes en Europe aient pu passer en jugement et subir la torture pour leurs convictions religieuses...

— Écoutez ! » s'écria Roy.

Il avait ramassé sur le bureau un journal du jour qu'il parcourait d'un air détaché, et, comiquement, à haute et intelligible voix, il lut :

« *Jeune ménage avec enfant désire louer pour trois mois petite maison tranquille avec jardin, près rivière poissonneuse, de préférence Normandie ou Bourgogne. Écrire : 3.418, bureau du journal* » !

Son rire sonnait clair. Il était vraiment le seul, aujourd'hui, qui sût encore rire.

« Joyeux comme un collégien qui va avoir ses vacances, murmura Jacques.

— Joyeux comme un vrai héros, rectifia Jousselin. Quand il n'y a pas de joie, il n'y a pas d'héroïsme ; il n'y a que la bravoure... »

M. Chasle avait tiré sa montre, et, ainsi qu'il faisait toujours avant de consulter l'heure, il écouta « la petite bête », un instant, avec le regard fixe d'un médecin auscultant. Puis il annonça, en levant les sourcils, par-dessus ses lunettes :

« Une heure trente-sept. »

Jacques tressaillit.

« Je suis en retard, dit-il, en serrant la main de Jousselin. Je me sauve, sans attendre mon frère. »

Antoine, étendu sur son divan, perçut dans le vestibule la voix de Jacques, que Léon reconduisait vers l'escalier.

Il ouvrit précipitamment la porte :

« Jacques !... Écoute... »

Et, comme Jacques, surpris, venait à lui :

« Tu t'en vas ?

— Oui.

— Entre une minute », fit Antoine, d'une voix trouble, en lui touchant le bras.

Jacques était venu rue de l'Université avec le désir d'avoir avec son frère un entretien seul à seul. Il aurait voulu l'avertir de l'usage qu'il avait fait de sa fortune ; il lui déplaisait de paraître se cacher d'Antoine. Et, même, il s'était dit : « Peut-être lui parlerai-je de Jenny... » Bien qu'il fût pressé par l'heure, il accepta de bonne grâce ce tête-à-tête, et pénétra dans le petit bureau.

Antoine referma la porte.

« Écoute, reprit-il, sans se rasseoir. Causons sérieusement, mon petit. Qu'est-ce que... tu comptes faire, toi ? »

Jacques affecta un air étonné, et ne répondit pas.

« Tu as été réformé. Mais, en cas de mobilisation, on révisera toutes les réformes, on enverra tout le monde au feu... Qu'est-ce que tu comptes faire, toi ? »

Jacques ne pouvait se dérober :

« Je n'en sais rien encore, dit-il. Pour l'instant, je suis légalement hors de leurs griffes : ils ne peuvent rien contre moi. » Devant le regard insistant de son frère, il ajouta sèchement : « Ce que je peux te dire, c'est que je me couperais plutôt les deux mains que de me laisser mobiliser. »

Antoine détourna les yeux, une seconde.

« C'est l'attitude la plus...

— ...la plus lâche ?

— Non ; je n'ai pas pensé ça, fit Antoine, affectueusement. Mais, peut-être : l'attitude la plus égoïste... » Comme Jacques ne bronchait pas, il poursuivit : « Ne crois-tu pas ? En un pareil moment, refuser de servir, c'est faire passer son intérêt personnel avant l'intérêt général.

— Avant l'intérêt *national* ! riposta Jacques. L'intérêt général, l'intérêt des masses, c'est manifestement la paix, et non la guerre ! »

Antoine fit un geste évasif, qui semblait vouloir écarter de la conversation toute controverse théorique. Mais Jacques insista :

« L'intérêt général, c'est moi qui le sers — par mon refus ! Et je sens bien — je sens d'une façon indubitable — que ce qui se refuse en moi, aujourd'hui, c'est le meilleur ! »

Antoine retint un mouvement d'impatience :

« Réfléchis, voyons... Quel résultat pratique peux-tu espérer de ce refus ? Aucun !... Quand tout un pays mobilise, quand l'immense majorité — comme ce serait le cas — accepte l'obligation de la défense nationale, quoi de plus vain, de plus voué à l'échec, qu'un acte isolé d'insubordination ? »

Le ton restait si volontairement mesuré, si affectueux, que Jacques en fut touché. Très calme, il regarda son frère, et esquissa même un sourire amical.

« Pourquoi revenir là-dessus, mon vieux ? Tu sais bien ce que je pense... Je n'accepterai jamais qu'un gouvernement puisse me forcer à prendre part à une entreprise que je considère comme un crime, comme une trahison de la vérité, de la justice, de la solidarité humaine... Pour moi, l'héroïsme, il n'est pas du côté de Roy : l'héroïsme n'est pas de prendre un fusil et de courir à la frontière ! c'est de lever les crosses — et de se laisser conduire au poteau, plutôt que de se faire complice !... Sacrifice illusoire ? Qui sait ? C'est l'absurde docilité des foules qui a rendu et rend encore les guerres possibles... Sacrifice isolé ? Tant pis... Si ceux qui ont le cran de dire "non" doivent être peu nombreux, qu'y puis-je ? C'est peut-être simplement parce que... » Il hésita : « parce qu'une certaine... force d'âme ne court pas les rues... »

Antoine avait écouté debout, étrangement immobile. Un mouvement imperceptible faisait vibrer la ligne de ses sourcils. Il regardait fixement son frère, et respirait à petites bouffées, comme un dormeur.

« Je ne nie pas qu'il faille une force morale peu commune pour s'insurger, seul ou presque, contre un décret de mobilisation, fit-il enfin, avec douceur. Mais c'est une force perdue... Une force qui va stupidement se briser contre un mur!... L'homme convaincu, qui se refuse à la guerre et se fait fusiller pour sa conviction, je lui accorde toute ma sympathie, toute ma pitié... Mais je le tiens pour un rêveur inutile... Et *je lui donne tort*.»

Jacques se contenta d'écarter légèrement les bras, comme il avait déjà fait lorsqu'il avait dit : «Qu'y puis-je?»

Antoine le considéra un instant en silence. Il ne désespérait pas encore.

«Les faits sont là, et nous pressent, reprit-il. Demain, la gravité des événements — des événements qui ne dépendent plus de personne — peut obliger l'État à disposer de nous. Crois-tu vraiment que ce soit l'heure, pour nous, d'examiner si les contraintes que nous impose notre pays sont en accord avec nos opinions personnelles? Non! Les responsables décident, les responsables commandent... Dans mon service, quand j'ordonne d'urgence un traitement que je juge opportun, je n'admets pas qu'on le discute...»

Il leva gauchement la main vers son front, et posa une seconde ses doigts sur ses paupières, avant de continuer, avec effort :

«Réfléchis, mon petit... Il ne s'agit pas d'approuver la guerre — crois-tu que je l'approuve? —, il s'agit de la subir. Avec révolte, si c'est notre tempérament; mais une révolte intérieure, et que le sentiment du devoir sache museler. Marchander notre concours, au moment du danger, ce serait trahir la communauté... Oui, c'est là que serait la vraie trahison, le crime envers les autres, le manque de solidarité... Je ne prétends pas nous interdire le droit de discuter les décisions que le gouvernement va prendre. Mais plus tard. Après avoir obéi. »

Jacques ébaucha un nouveau sourire :

« Et moi, vois-tu, je prétends qu'un individu est libre de se désintéresser totalement des prétentions nationales au nom desquelles les États se font la guerre. Je nie à l'État le droit de violenter, pour quelque motif que ce soit, les hommes dans leur conscience... Je répugne à employer toujours ces grands mots. Pourtant, c'est bien ça : c'est ma conscience qui parle plus haut, en moi, que tous les raisonnements opportunistes comme les tiens. Et c'est elle, aussi, qui parle plus haut que vos lois... La seule façon d'empêcher que la violence règle le sort du monde, c'est d'abord de se refuser, soi, à toute violence ! J'estime que le refus de tuer est un signe d'élévation morale qui a droit au respect. Si vos codes et vos juges ne le respectent pas, c'est tant pis pour eux : tôt ou tard, ils auront un compte à rendre...

— Soit, soit... », fit Antoine, agacé de voir l'entretien dévier de nouveau vers les idées générales. Et, croisant les bras : « Mais, *pratiquement*, quoi ? »

Il s'avança vers son frère, et, dans un de ces mouvements spontanés qui étaient si rares entre eux, il lui saisit tendrement les épaules de ses deux mains :

« Réponds-moi, mon petit... On mobilise demain : qu'est-ce que tu vas faire ? »

Jacques se dégagea, sans impatience, mais fermement :

« Je continuerai à lutter contre la guerre ! Jusqu'au bout ! Par tous les moyens ! Tous !... Y compris, — s'il le faut... — le sabotage révolutionnaire ! » Il avait baissé la voix, malgré lui. Il s'arrêta, oppressé : « Je dis ça... Je ne sais pas, reprit-il, après une courte pause. Mais, une chose est sûre, Antoine, absolument sûre : moi, soldat ? Jamais ! »

Il fit l'effort de sourire une dernière fois, esquissa un bref signe d'adieu, et gagna la porte, sans que son frère cherchât à le retenir.

LXII

Jacques trouva Jenny chez elle, seule, habillée, prête à sortir, les traits tirés, et dans un état d'extrême fébrilité. Elle n'avait aucune nouvelle de sa mère ; aucune lettre de Daniel. Elle se perdait en conjectures. Les nouvelles des journaux l'avaient terrifiée. De plus, Jacques était en retard : obsédée par le souvenir des policiers de Montrouge, elle s'était persuadée qu'il lui était arrivé quelque chose. Elle se jeta dans ses bras, sans pouvoir articuler un mot.

« J'ai essayé, dit-il, de me renseigner sur la situation des étrangers qui se trouvent en Autriche... Il ne sert à rien de se leurrer : là-bas, c'est l'état de siège. Sans doute, les sujets allemands peuvent encore rentrer chez eux ; les Italiens, peut-être aussi, bien que les relations entre l'Italie et l'Autriche soient très tendues... Mais les Français, les Anglais ou les Russes !... Si votre mère n'a pas quitté Vienne depuis plusieurs jours — et elle serait ici —, il doit être trop tard... Vraisemblablement, elle sera empêchée de partir...

— Empêchée ? Comment ? Mise en prison ?

— Mais non ! Simplement, on lui refusera l'autorisation de prendre le train... Pendant une semaine ou deux peut-être : le temps que les événements se décident ; le temps qu'on prenne des dispositions internationales... »

Jenny ne répondit rien. La présence de Jacques suffisait déjà à la délivrer des tourments de son imagination. Elle se serra contre lui, s'abandonnant sans réserve à ce baiser profond dont elle attendait, depuis la veille, le retour. Et, lorsque enfin elle se dégagea, ce fut pour balbutier :

« Je ne veux plus rester seule, Jacques... Emmenez-moi... Je ne veux plus vous quitter ! »

Ils partirent à pied, dans la direction du Luxembourg.

« Nous prendrons un tram au carrefour Médicis », dit-il.

Malgré l'heure, le grand jardin, ce jour-là, était à peu près vide. Un souffle intermittent faisait bruire le haut des arbres. L'odeur lourde des œillets d'Inde s'élevait des parterres. Isolé sur un banc au bord des plates-bandes, un couple, dont on n'apercevait pas les visages tant l'homme et la femme étaient ployés l'un vers l'autre, semblait emplir l'espace d'une vibration amoureuse.

De l'autre côté des grilles, ils retrouvèrent la ville ; la ville fiévreuse, courbée sous la menace, et dont la rumeur paraissait l'écho des redoutables nouvelles qui, par ce bel après-midi d'été, s'échangeaient d'un bout à l'autre de l'Europe. En deux jours, le Paris des vacances s'était subitement repeuplé. Des camelots traversaient le carrefour en criant des éditions spéciales. Tandis que Jacques et Jenny attendaient le tramway, un omnibus de gare, à deux chevaux, passa devant eux : dans l'intérieur s'entassaient des parents, des enfants, des bonnes ; sur le toit, parmi les bagages échafaudés, on distinguait une voiture d'enfant, des filets à crevettes, un parasol.

«Des têtus, qui bravent le destin», murmura Jacques.

Rue Soufflot, boulevard Saint-Michel, rue de Médicis, la circulation était incessante. Cependant, ce n'était ni le Paris laborieux des jours ouvrables, ni le Paris qui muse, le dimanche, au soleil. C'était une fourmilière dérangée. Tous ces passants marchaient vite, comme s'ils étaient pressés; mais leur air absent, leur hésitation à obliquer à gauche plutôt qu'à droite, indiquaient bien que la plupart d'entre eux n'allaient nulle part : incapables de demeurer seuls en face d'eux-mêmes — et du monde —, ils avaient quitté leur logis, leur besogne, sans autre but que de se fuir et de pouvoir, un instant, confier le poids de leur âme à ce flot d'inquiétudes fraternelles que charriait la rue.

Tout l'après-midi, silencieuse et proche comme une ombre, Jenny suivit Jacques, du quartier Latin aux Batignolles, de la Glacière à la Bastille, du quai de Bercy au Château-d'Eau. Partout, c'étaient les mêmes nouvelles, les mêmes commentaires, les mêmes indignations; et, partout déjà, les mêmes épaules courbées, les mêmes résignations qui se préparaient.

Par instants, lorsqu'ils se retrouvaient seuls, Jenny, le plus naturellement du monde, parlait d'elle, ou du temps. «J'ai eu tort de prendre mon voile... Traversons, pour regarder cette boutique de fleurs... La grosse chaleur est tombée; sentez-vous? on respire...» Et ces phrases ingénues, qui mettaient tout à coup sur le même plan l'étalage d'un fleuriste, les problèmes européens et la température, agaçaient un peu Jacques. Il posait alors sur la jeune fille un regard indifférent et lourd, dont le feu sombre, solitaire, l'intimidait soudain. Parfois aussi, il détournait la tête, attendri, et il se demandait : « Ai-je raison de la mêler à tout ça ? »

Dans les couloirs de la C.G.T., il surprit le regard curieux, sévère, qu'un camarade, rencontré par hasard, posait sur Jenny. Et, tout à coup, elle lui apparut telle qu'elle était là, sur ce palier poussiéreux, parmi ces ouvriers, avec son tailleur ajusté, son voile de crêpe, et dans le maintien, sur le visage, il ne savait quoi d'indéfinissable : la trace, l'empreinte, de tout un milieu social. Il en éprouva de la gêne, et l'entraîna dehors.

Sept heures sonnaient. Par les boulevards, ils rallièrent le quartier de la Bourse.

Jenny était lasse. Cette puissance de vie qui émanait de Jacques — et qui la subjuguait — épuisait aussi ses forces. Elle se souvenait d'avoir eu déjà auprès de lui, autrefois, à Maisons-Laffitte, cette même sensation de fatigue, de surmenage, à cause de cette tension soutenue qu'il semblait exiger d'autrui, qu'il imposait presque, par sa voix, par son regard accaparant, par les brusques sautes de sa pensée.

Comme ils approchaient de *L'Humanité*, Cadieux les croisa en courant.

« Cette fois, ça y est, cria-t-il. L'Allemagne mobilise ! La Russie est arrivée à ses fins ! »

Jacques eut un haut-le-corps. Mais Cadieux était déjà loin.

« Il faut savoir. Attendez-moi là. » (Il hésitait à introduire la jeune fille dans les bureaux du journal.)

Elle traversa la chaussée, et resta sur le trottoir à faire les cent pas. Des gens, comme les abeilles d'une ruche, ne cessaient d'entrer et de sortir par la porte de l'immeuble où Jacques avait disparu.

Au bout d'une demi-heure, il revint. Il avait le visage bouleversé.

« C'est officiel. La nouvelle vient d'Allemagne. J'ai vu Groussier, Sembat, Vaillant, Renaudel. Ils sont tous là-haut, à attendre des détails. Cadieux et Marc Levoir font la navette entre le Quai d'Orsay et le journal... Devant l'accélération des préparatifs militaires russes, l'Allemagne mobilise... Est-ce une vraie mobilisation ? Jaurès affirme que non. C'est ce qu'on appelle en allemand : *Kriegsgefahrzustand*. Un cas prévu, paraît-il, par leur Constitution. Jaurès, dictionnaire en main, donne comme traduction littérale : "État de danger de guerre... État de menace de guerre..." Il est admirable, le Patron : il refuse de désespérer ! Il est encore sous l'impression de confiance qu'il a rapportée de Bruxelles, de ses entretiens avec Haase et les socialistes allemands. Il répète : "Tant que ceux-là sont avec nous, rien n'est perdu !" »

Il avait pris le coude de Jenny, et entraînait la jeune fille, d'un pas rapide, au hasard. Ils firent plusieurs fois le tour du pâté de maisons.

« Que va faire la France ? demanda Jenny.

— Il paraît qu'un Conseil des ministres a été réuni, d'urgence, à quatre heures. Un communiqué avoue que le Conseil a envisagé *les mesures nécessaires, pour la protection de nos frontières*. L'agence Havas annonce ce soir que nos troupes de couverture ont pris leurs avant-postes ; mais on dit, d'autre part, que, pour éviter d'offrir à l'ennemi un prétexte de conflit, l'état-major songerait à laisser, tout le long de la frontière, une zone inoccupée, de quelques kilomètres... L'ambassadeur d'Allemagne est, en ce moment même, en conférence avec Viviani... Gallot, lui qui connaît bien les choses d'Allemagne, est très pessimiste. Il dit qu'il ne faut pas se faire d'illusions sur la formule ; que le *Kriegsgefahrzustand* est une façon déguisée de mobiliser avant le décret officiel de mobilisation... En tout cas, à l'heure actuelle, l'Allemagne est en état de siège : ce qui veut dire que la presse est muselée, que toute manifestation contre la guerre est maintenant impossible là-bas... C'est ça, pour moi, le plus grave, peut-être : le salut ne pourrait venir que du soulèvement populaire... Stefany, en revanche, comme Jaurès, s'entête dans son optimisme. Ils disent que le Kaiser, en choisissant cette mesure préliminaire au lieu de décréter la mobilisation, a prouvé qu'il cherchait encore à sauvegarder la paix. C'est plausible, après tout. L'Allemagne laisse ainsi au gouvernement de Pétersbourg l'ultime possibilité de faire un geste conciliant, de contremander peut-être la mobilisation russe. Il y a, paraît-il, depuis hier, un échange ininterrompu de télégrammes personnels entre le Kaiser et le tsar... Au moment où j'ai quitté Stefany, Jaurès venait d'être appelé au téléphone, de Bruxelles ; ils avaient tous l'air d'espérer un message important... Je ne suis pas resté, je voulais voir ce que vous deveniez...

— Ne vous occupez pas de moi, dit vivement Jenny. Remontez vite là-haut. Je vous attends.

— Là ? Debout, dans la rue ? Non !... Venez au moins vous asseoir au *Progrès*. »

Ils partirent rapidement vers la rue du Sentier.

« Bonjour ! » fit une voix caverneuse.

Jenny se retourna, et aperçut, derrière eux, un vieux Christ échevelé, drapé dans une blouse noire de typo. C'était Mourlan.

Jacques dit aussitôt :

« L'Allemagne mobilise !

— Pfuit ! Je sais... C'était couru !... » Il cracha

« Rien à faire... Il n'y a jamais rien à faire !... Et il n'y aura rien à faire, d'ici longtemps ! Tout doit être détruit. Toute notre civilisation doit disparaître, pour qu'on puisse construire quelque chose de propre ! »

Il y eut un silence.

« Vous alliez au *Progrès* ? demanda Mourlan. Moi aussi. »

Ils firent quelques pas, sans échanger un mot.

« Tu as réfléchi à ce que je t'ai dit, ce matin ? Tu ne te débines pas ? reprit le vieux typo.

— Pas encore.

— À ta guise... (Il hésita.) Moi, je viens de la *Fédé*... » Il jeta vers la jeune fille un coup d'œil investigateur, et fixa sur Jacques un regard insistant. « J'aurais deux mots à te dire.

— Parlez », dit Jacques. Et, posant sa main sur l'avant-bras de Jenny, il précisa : « Parlez librement, entre amis.

— Bon », fit Mourlan. Il appuya deux doigts calleux sur l'épaule de Jacques, et baissa la voix : « Tuyau sérieux : le ministre de la Guerre a signé aujourd'hui l'ordre d'arrêter tous les suspects inscrits au *Carnet B.*

— Ah... », fit Jacques.

Le vieux secoua affirmativement la tête, et siffla entre ses dents :

« Avis à ceux que ça intéresse ! »

Il s'aperçut que Jenny était toute pâle et le dévisageait avec effroi. Il lui sourit.

« Du calme, belle enfant... Ça ne veut pas dire qu'on va tous nous coller au mur ce soir... Mais l'ordre est donné, à tout hasard ; pour que, le jour où il leur plaira de nous mettre à l'ombre, et d'organiser en toute impunité leur grand casse-pipe, ils n'aient plus qu'à faire exécuter l'ordre par leurs

brigades spéciales... Déjà, les "poulets" travaillent,
dans la banlieue. On a perquisitionné au *Drapeau
rouge*, paraît-il ; et à *La Lutte*. Iszakovitch a failli se
faire pincer ce matin dans une rafle, à Puteaux.
Fuzet, lui, est coffré : on l'accuse d'être l'auteur des
Mains sanglantes, tu sais, l'affiche contre l'état-
major... Ça va barder, faut s'y attendre, mes petits. »

Ils entrèrent dans le café. Jacques installa la jeune
fille dans la salle du bas, où il n'y avait presque personne.

« Prenez quelque chose avec nous, proposa Jacques
au typo.

— Non. » Mourlan leva la main vers le plafond :
« Je vais monter, un instant, prendre le vent... Ce
qu'il a dû s'en dire, des sottises, là-haut, depuis ce
matin !... Au plaisir ! » Il serra la main de Jacques, et
murmura une dernière fois : « Crois-moi, gamin,
débine-toi ! »

Avant de s'éloigner, il enveloppa les deux jeunes
gens d'un bon sourire amical, inattendu. Ils entendirent son pas sonore ébranler le petit escalier en
vrille.

« Où coucherez-vous ce soir ? questionna Jenny,
angoissée. Pas à cet hôtel dont ils ont pris l'adresse,
hier ?

— Oh ! fit-il nonchalamment, je ne suis même pas
certain qu'on m'ait fait l'honneur de me mettre sur
les listes noires... » Il ajouta, voyant son regard
anxieux : « D'ailleurs, soyez tranquille, je n'ai pas l'intention de reparaître chez Liébært. J'ai déposé mon
sac, ce matin, chez Mourlan. Et, quant aux papiers
compromettants que je puis avoir, ils sont dans ce
paquet que j'ai laissé chez vous.

— Oui, dit-elle, en le regardant. À la maison, vous
ne risquez rien. »

Il était resté debout. Il commanda un thé, mais n'eut pas la patience d'attendre que Jenny fût servie :

« Êtes-vous bien ?... Je retourne à *L'Huma*... Ne bougez pas.

— Vous reviendrez ? » dit-elle, d'une voix oppressée. Elle était soudain prise de peur. Elle baissa les yeux pour qu'il ne vît pas sa détresse. Elle sentit la main de Jacques se poser sur la sienne. Ce reproche muet la fit rougir : « Je plaisante... Allez !... Ne vous occupez pas de moi... »

Restée seule, elle but quelques gorgées du thé qu'on lui apporta, un breuvage amer qui sentait la camomille ; puis, repoussant sa tasse, elle s'accouda au marbre frais.

Par la baie largement ouverte, entrait, avec les bruits de la rue, un jour aveuglant, qui faisait miroiter les glaces, les étagères de verre, les barres de cuivre, l'acajou du comptoir. Parmi tous ces reflets, derrière le zinc, dans un murmure de source, le cafetier rinçait des carafes. Des journaux traînaient sur les tables. Jenny regardait autour d'elle, sans penser à rien. Le temps passait. Dans son cerveau fatigué, des obsessions puériles, ou bien des idées sombres, des peurs soudaines, erraient comme des fantômes. Elle s'efforça de fixer son attention sur un chat gris, couché en rond près d'elle, sur la banquette. Dormait-il, ce chat ? Les yeux étaient clos, mais les oreilles, mobiles. Il avait surtout l'air contracté par la volonté de dormir. Subissait-il, lui aussi, cette panique vague qui planait ? Le bout de ses pattes recourbées avait un abandon moelleux, qui pourtant paraissait feint. Dormait-il ? Ou faisait-il semblant ? Pour tromper qui ? Lui-même, peut-être ?... Le soir commençait à tomber. De temps à autre, des hommes, des ouvriers, entraient, échangeaient avec le cafetier un regard de connivence, traversaient la

salle et grimpaient à l'entresol ; au moment où ils
ouvraient la porte de l'étage, une bouffée de bruit,
des éclats de discussion, se mêlaient un instant à la
rumeur du dehors.

« Me voilà ! »

Elle tressaillit ; elle ne l'avait pas vu revenir.

Il s'assit près d'elle. La sueur perlait à son front.
D'un brusque coup de tête, il rejeta sa mèche en
arrière, et s'épongea le visage.

« Une bonne, une très bonne nouvelle, dans tout
ce chaos ! dit-il, à mi-voix. Le coup de téléphone,
c'était un message, *via* Bruxelles, des social-démo-
crates allemands. Ils n'abandonnent pas la lutte : au
contraire ! Jaurès a raison : ces gens-là sont des
frères, ils ne flancheront pas ! Là-bas, ils sont dans
les mêmes transes que nous. Et ils tiennent plus que
jamais à conserver le contact, pour pouvoir agir de
concert. Mais, avec l'état de siège en Allemagne, les
communications entre eux et nous vont devenir très
difficiles. Alors, ils nous envoient, par la Belgique,
un délégué, Hermann Müller, qui doit arriver ici
demain, muni, évidemment, de pouvoirs étendus.
On pense qu'il vient s'entendre avec les socialistes
français pour une action immédiate, de grande
envergure, contre les forces de guerre. Vous comprenez ? À *L'Huma*, tous les espoirs se concentrent
sur cette mission inespérée, sur cette suprême rencontre, demain, de Müller et de Jaurès — des deux
prolétariats !... Entre eux, sans doute, des résolutions
décisives vont être prises ! D'après Stefany, il ne
s'agit rien de moins que d'organiser, enfin, dans les
deux pays, un vaste soulèvement de la classe
ouvrière. Il était temps ! Mais ce n'est jamais trop
tard. Par la grève générale, on peut encore réussir ! »

Il parlait vite, sur un ton saccadé, dont la fièvre
était contagieuse.

«Le Patron est décidé à faire paraître, demain, un article terrible... Un pendant au *J'accuse* de Zola!...»

Il vit, à la vague interrogation du regard, que cette comparaison — qui, d'ailleurs, n'était pas de lui, mais de Pagès, le secrétaire de Gallot — n'éveillait aucune notion précise dans l'esprit de Jenny; et, pendant quelques secondes, il sentit cruellement tout ce qui la séparait encore de lui.

«Vous venez de parler à Jaurès? fit-elle naïvement.

— Non, pas aujourd'hui. Mais j'étais dans l'escalier, avec Pagès, au moment où Jaurès quittait le journal. Il était, comme toujours, entouré par un groupe d'amis. J'ai entendu qu'il leur disait : "Je mettrai tout ça dans mon article de demain, vous verrez! Je veux dénoncer tous les responsables! Je veux, cette fois, dire tout ce que je sais!" Et, ma parole, je crois qu'il riait, ce diable d'homme! Oui, il riait! Il a un rire à lui, un rire de bon géant, un rire tonique... Après ça, il a dit : "Mais, d'abord, allons dîner. Au plus proche, hein? Chez Albert..."»

Elle se taisait, le regard attentif.

«Ça vous amuserait de le voir de près? reprit-il. Venez manger quelque chose au *Croissant*. Je vous le montrerai... J'ai faim. Nous avons bien le droit de dîner, nous aussi!»

LXIII

Il était plus de neuf heures et demie. La plupart des habitués avaient quitté le restaurant. Jacques et

Jenny s'installèrent sur la droite, où il y avait peu de monde.

Jaurès et ses amis formaient, à gauche de l'entrée, parallèlement à la rue Montmartre, une longue tablée, faite de plusieurs tables mises bout à bout.

« Le voyez-vous ! dit Jacques. Sur la banquette, là, au milieu, le dos à la fenêtre. Tenez, il se tourne pour parler à Albert, le gérant.

— Il n'a pas l'air tellement inquiet », murmura Jenny, sur un ton de surprise qui ravit Jacques ; il lui prit le coude, et le serra doucement.

« Les autres aussi, vous les connaissez ?

— Oui. Celui qui est à droite de Jaurès, c'est Philippe Landrieu. À sa gauche, le gros, c'est Renaudel. En face de Renaudel, c'est Dubreuihl. Et, à côté de Dubreuihl, c'est Jean Longuet.

— Et la femme ?

— Je crois que c'est Mme Poisson, la femme du type qui est en face de Landrieu. Et, à côté d'elle, c'est Amédée Dubois. Et en face d'elle, ce sont les deux frères Renoult. Et celui qui vient d'arriver, celui qui est debout près de la table, c'est un ami de Miguel Almereyda, un collaborateur du *Bonnet rouge*... J'ai oublié son... »

Un claquement bref, un éclatement de pneu, l'interrompit net ; suivi, presque aussitôt, d'une deuxième détonation, et d'un fracas de vitres. Au mur du fond, une glace avait volé en éclats.

Une seconde de stupeur, puis un brouhaha assourdissant. Toute la salle, debout, s'était tournée vers la glace brisée : « On a tiré dans la glace ! — Qui ? — Où ! — De la rue ! » Deux garçons se ruèrent vers la porte et s'élancèrent dehors, d'où partaient des cris.

Instinctivement, Jacques s'était dressé, et, le bras tendu pour protéger Jenny, il cherchait Jaurès des yeux. Il l'aperçut une seconde : autour du Patron, ses amis s'étaient levés ; lui seul, très calme, était resté à sa place, assis. Jacques le vit s'incliner lentement pour chercher quelque chose à terre. Puis il cessa de le voir.

À ce moment, Mme Albert, la gérante, passa devant la table de Jacques, en courant. Elle criait :

« On a tiré sur M. Jaurès ! »

« Restez là », souffla Jacques, en appuyant sa main sur l'épaule de Jenny, et la forçant à se rasseoir.

Il se précipita vers la table du Patron, d'où s'élevaient des voix haletantes : « Un médecin, vite ! — La police ! » Un cercle de gens, debout, gesticulant, entourait les amis de Jaurès, et empêchait d'approcher. Il joua des coudes, fit le tour de la table, parvint à se glisser jusqu'à l'angle de la salle. À demi caché par le dos de Renaudel, qui se penchait, un corps était allongé sur la banquette de moleskine. Renaudel se releva pour jeter sur la table une serviette rouge de sang. Jacques aperçut alors le visage de Jaurès, le front, la barbe, la bouche entrouverte. Il devait s'être évanoui. Il était pâle, les yeux clos.

Un homme, un dîneur — un médecin sans doute — fendit le cercle. Avec autorité, il arracha la cravate, ouvrit le col, saisit la main qui pendait, et chercha le pouls.

Plusieurs voix dominèrent le vacarme : « Silence !... Chut !... » Les regards de tous étaient rivés à cet inconnu, qui tenait le poignet de Jaurès. Il ne disait rien. Il était courbé en deux, mais il levait vers la corniche un visage de voyant, dont les paupières battaient. Sans changer de pose, sans regarder personne, il hocha lentement la tête.

De la rue, des curieux, à flots, envahissaient le café.

La voix de M. Albert retentit :

« Fermez la porte ! Fermez les fenêtres ! Mettez les volets ! »

Un refoulement contraignit Jacques à reculer jusqu'au milieu de la salle. Des amis avaient soulevé le corps, l'emportaient avec précaution, pour le coucher sur deux tables, rapprochées en hâte. Jacques cherchait à voir. Mais autour du blessé, l'attroupement devenait de plus en plus compact. Il ne distingua qu'un coin de marbre blanc, et deux semelles dressées, poussiéreuses, énormes.

« Laissez passer le docteur ! »

André Renoult avait réussi à ramener un médecin. Les deux hommes foncèrent dans le rassemblement, dont la masse élastique se referma derrière eux. On chuchotait : « Le docteur... Le docteur... » Une longue minute s'écoula. Un silence angoissé s'était fait. Puis un frémissement parut courir sur toutes ces nuques ployées ; et Jacques vit ceux qui avaient conservé leur chapeau se découvrir. Trois mots, sourdement répétés, passèrent de bouche en bouche :

« Il est mort... Il est mort... »

Les yeux pleins de larmes, Jacques se retourna pour chercher Jenny du regard. Elle était debout, prête à bondir, n'attendant qu'un signal. Elle se faufila jusqu'à lui, s'accrocha à son bras, sans un mot.

Une escouade de sergents de ville venait de faire irruption dans le restaurant, et procédait à l'évacuation de la salle. Jacques et Jenny, serrés l'un contre l'autre, se trouvèrent pris dans le remous, poussés, bousculés, entraînés vers la porte.

Au moment où ils allaient la franchir, un homme qui parlementait avec les agents réussit à pénétrer dans le café. Jacques reconnut un socialiste, un ami de Jaurès, Henri Fabre. Il était blême. Il balbutiait :

«Où est-il? L'a-t-on transporté dans une clinique?»

Personne n'osa répondre. Une main timide fit un geste vers le fond de la salle. Alors, Fabre se retourna : au centre d'un espace vide, la lumière crue éclairait un paquet de vêtements noirs, allongé sur le marbre comme un cadavre de la Morgue.

Dehors, un service d'ordre improvisé s'efforçait de disperser l'attroupement qui s'était amassé devant l'immeuble, et qui obstruait le carrefour.

Jacques vit Jumelin et Rabbe qui discutaient avec les agents. Remorquant Jenny, agrippée à lui, il réussit à les rejoindre. Ils arrivaient du journal, ils n'avaient assisté à rien; pourtant, c'est d'eux qu'il apprit comment l'homme avait tiré, de la rue, à bout portant, par la fenêtre ouverte; et comment, après une courte poursuite, des passants l'avaient arrêté.

«Qui est-ce? Où est-il?

— Au commissariat de la rue du Mail.

— Venez», dit Jacques, en entraînant Jenny.

Un rassemblement s'était formé devant le poste de police. Jacques exhiba en vain sa carte de presse : on ne laissait plus pénétrer personne.

Ils allaient s'éloigner, lorsque Cadieux sortit du commissariat, sans chapeau et courant. Jacques le happa au passage. Cadieux se retourna et, avant de reconnaître Jacques (auquel il avait cependant parlé, tout à l'heure, devant *L'Humanité*), il le considéra un instant, l'œil égaré. Enfin il murmura :

«C'est vous, Thibault?... Voilà le premier sang versé... la première victime... À qui le tour?

— L'assassin? demanda Jacques.

— Un inconnu. Il s'appelle Villain. Je l'ai vu. Un type jeune, vingt-cinq ans, peut-être.

— Mais, pourquoi Jaurès? Pourquoi?

— Un patriote, sans doute! Un fou...»

Il dégagea son coude que Jacques tenait, et repartit, en courant.

« Retournons là-bas », dit Jacques.

Suspendue au bras de Jacques, silencieuse et raidie, Jenny s'efforçait de marcher au même pas que lui.

Il se pencha :

« Vous êtes fatiguée... Si je vous installais tranquillement, quelque part ? Je viendrais vous reprendre... »

Elle était malade d'émotions, de lassitude ; mais l'idée qu'ils pussent, en un pareil moment, se séparer... Sans répondre, elle se serra davantage contre lui. Il n'insista pas ; cette vivante tiédeur, à son côté, l'aidait à lutter contre son désespoir ; et, lui non plus, il ne se souciait guère de se trouver seul.

La nuit était lourde. L'asphalte empestait. Tout alentour de la rue Montmartre, les voies étaient noires de piétons. La circulation était interrompue. Des grappes humaines se penchaient aux fenêtres. Des passants, qui ne se connaissaient pas, s'interpellaient : « Jaurès vient d'être assassiné ! »

Un cordon de sergents de ville avait à peu près réussi à faire le vide devant le *Croissant*, et s'efforçait de maintenir à distance les vagues déferlantes venues des boulevards, où la nouvelle s'était répandue avec la rapidité d'un court-circuit.

Comme Jacques et Jenny arrivaient au carrefour, un détachement de gardes républicains montés débouchaient de la rue Saint-Marc. Le peloton dégagea d'abord l'accès de la rue de la Victoire, jusqu'à la Bourse. Puis, il vint se déployer au centre de la place, et caracola quelques minutes pour refouler les curieux contre les maisons. À la faveur du désordre — des gens timorés s'échappaient par les rues latérales —, Jacques et Jenny purent se glisser au premier rang. Leurs regards étaient fixés sur la façade du sombre café, dont les volets de fer étaient descendus. Par l'entrebâillement de la porte, gardée par des sergents de ville, et qui ne s'ouvrait plus que pour le va-et-vient de la police, on apercevait, par instants, la salle violemment éclairée.

Coup sur coup, deux taxis, plusieurs limousines à cocarde, franchirent le barrage. Ceux qui en descendaient, salués par l'officier qui dirigeait le service d'ordre, s'engouffraient précipitamment dans le café, dont la porte se refermait aussitôt. Des gens renseignés murmuraient des noms : « Le Préfet de police... le docteur Paul... Le Préfet de la Seine... Le Procureur de la République... »

Enfin, par la rue de la Victoire, une voiture d'ambulance dont le timbre clair tintait sans arrêt s'avança au trot de son petit cheval. Un peu de silence se fit. Les agents placèrent la voiture devant l'entrée du *Croissant*. Quatre infirmiers sautèrent sur la chaussée et entrèrent dans le restaurant, laissant béante la porte arrière du véhicule.

Dix minutes passèrent.

La foule, énervée, piétinait sur place : « Qu'est-ce qu'ils foutent là-dedans ! — Faut bien faire les constatations, quoi ! »

Soudain, Jacques sentit les doigts de Jenny se crisper sur sa manche. La porte du *Croissant* venait de s'ouvrir à doubles vantaux. Tout le monde se tut. M. Albert sortit sur le trottoir. L'intérieur du café apparut, illuminé comme une chapelle, et grouillant de sergots noirs. On les vit s'écarter, faire la haie, pour livrer passage à la civière. Elle était recouverte d'une nappe. Quatre hommes, nu-tête, la portaient. Jacques reconnut des silhouettes familières : Renaudel, Longuet, Compère-Morel, Théo Bretin.

Sur place, tous les fronts, instantanément, se

découvrirent. À la fenêtre d'un immeuble, un timide :
« Mort à l'assassin ! » jaillit, et monta dans la nuit.

Lentement, dans un silence qui permettait de distinguer le pas des porteurs, la civière blanche franchit le seuil, traversa le trottoir, se balança quelques secondes, et, d'un seul coup, disparut au fond du véhicule. Deux hommes, aussitôt, y montèrent. Un sergent de ville grimpa près du cocher. Puis l'on perçut nettement le bruit de la portière. Alors, tandis que le cheval démarrait, et que la voiture, encadrée par un peloton d'agents cyclistes, s'engageait, en tintant, vers la Bourse, une soudaine, une sourde et houleuse rumeur couvrit la sonnerie grêle du timbre, et, s'élevant de partout à la fois, délivra enfin des centaines de poitrines oppressées : « Vive Jaurès !... Vive Jaurès !... Vive Jaurès !... »

« Tâchons maintenant d'aller jusqu'à *L'Huma* », souffla Jacques.

Mais, autour d'eux, la foule semblait avoir pris racine. Les yeux restaient obstinément tournés vers le mystère de cette façade obscure, gardée par la police.

« Jaurès, mort... », balbutia Jacques. Il répéta, après une pause : « Jaurès, mort... Je ne parviens pas à y croire... Surtout, je ne parviens pas à imaginer, à mesurer, les conséquences... »

Peu à peu, les rangs tassés se desserraient ; il devenait possible de se déplacer.

« Venez. »

Comment atteindre la rue du Croissant ? Inutile de songer à fendre le barrage qui gardait le carrefour ; non plus que de rejoindre les grands boulevards par la rue Montmartre.

« Tournons l'obstacle, dit Jacques, la rue Feydeau et le passage Vivienne ! »

Ils sortaient à peine du passage et débouchaient

dans la cohue du boulevard Montmartre, lorsqu'une irrésistible poussée de foule les bouscula, les entraîna.

Ils tombaient en pleine manifestation : une colonne de jeunes patriotes, brandissant des drapeaux et gueulant *La Marseillaise*, dévalait du boulevard Poissonnière, en une coulée qui occupait toute la largeur de la voie, et refoulait tout devant elle.

«À bas l'Allemagne!... Mort au Kaiser!... À Berlin!...»

Jenny, soulevée, sentit qu'elle perdait l'équilibre. Elle eut l'impression qu'elle allait être arrachée à Jacques, piétinée. Elle poussa un cri de panique. Mais il avait passé le bras autour de sa taille, et il la serrait vigoureusement contre lui. Il parvint à la porter, à la pousser jusque dans l'embrasure d'une porte cochère, qui était close. Aveuglée par la poussière que remuait ce piétinement de troupeau, assourdie par la stridence des cris, des chants, terrifiée par ces visages hurlants qui frôlaient le sien avec des regards de fous, elle aperçut, presque à portée de sa main, une poignée de cuivre. Rassemblant ce qui lui restait d'énergie, elle fit un brusque effort, tendit le bras et s'agrippa à cette poignée, qui lui parut être le salut. Il était temps : elle se sentait défaillir. Elle ferma les yeux, mais ses doigts crispés sur la barre de cuivre ne lâchèrent pas prise. Elle entendait, contre son oreille, la voix essoufflée de Jacques qui répétait : «Cramponnez-vous... N'ayez pas peur... Je vous tiens...»

Quelques minutes s'écoulèrent. Il lui parut enfin que le tumulte s'éloignait. Elle rouvrit les yeux, et vit Jacques lui sourire. Le flot humain continuait à couler le long d'eux, mais moins vite, en vagues espacées, sans cris : des curieux, plutôt que des manifestants. Elle tremblait encore de tous ses membres, et ne pouvait pas reprendre haleine.

« Courage, murmura Jacques. Vous voyez, c'est fini... »

Elle passa la main sur son front, assujettit son chapeau et s'aperçut que son voile était déchiré. « Que dire à maman ? » songea-t-elle, étourdie.

« Essayons de sortir de là, dit Jacques. Vous sentez-vous la force d'avancer ? »

Le mieux était de suivre le courant, et de s'échapper par une voie latérale. Il avait renoncé à *L'Humanité*. Non sans une courte et involontaire irritation ; mais, ce soir, il avait charge d'âme : un être fragile, infiniment précieux, lui était confié. Il devinait que Jenny était à la limite de sa résistance nerveuse, et il n'avait plus d'autre souci que de la ramener avenue de l'Observatoire. Elle se laissait soutenir et guider. Elle ne crânait plus ; elle ne répétait plus : « Ne vous occupez pas de moi... » Elle s'appuyait, au contraire, de tout son poids sur le bras de Jacques, avec un abandon qui trahissait malgré elle le degré de son épuisement.

À petits pas, ils gagnèrent la place de la Bourse, sans rencontrer un taxi. Trottoirs et chaussée étaient envahis par les piétons. Tout Paris semblait dehors. Dans les salles de cinéma, la nouvelle du crime avait été projetée sur l'écran au milieu de la représentation, et, partout, la séance avait été levée, dans l'angoisse. Les gens qui les dépassaient parlaient haut, et des mêmes choses. Jacques saisissait au passage des bribes de conversation : « La gare du Nord et la gare de l'Est sont occupées par la troupe, depuis ce soir... — Qu'est-ce qu'on attend ? Pourquoi la mobilisation n'était-elle pas encore... — Au point où nous en sommes, voyons ! il faudrait un miracle, pour... — Moi, j'ai télégraphié à Charlotte qu'elle revienne

demain, avec les enfants... — Je lui ai dit : Madame !
si vous aviez un fils de vingt-deux ans, peut-être que
vous ne parleriez pas comme ça ! ! ! »

Les crieurs de journaux se faufilaient entre les
groupes :

« *Assassinat de Jaurès !* »

Place de la Bourse, aucune voiture n'était en
station.

Jacques fit asseoir Jenny sur l'entablement des
grilles. Il restait près d'elle, debout, tête baissée. Il
murmura, de nouveau :

« Jaurès, mort... »

Il pensait : « Qui recevra demain le délégué allemand ? Et qui, maintenant, nous défendra ? Jaurès
est le seul qui n'aurait jamais désespéré... Le seul que
le gouvernement ne serait jamais parvenu à faire
taire... Le seul, peut-être, qui pouvait encore empêcher la mobilisation... »

Des gens pressés entraient dans le bureau de
poste, dont les fenêtres illuminées éclairaient le trottoir. C'était là qu'il était venu expédier la dépêche à
Daniel, le soir du suicide Fontanin, le soir où il avait
revu Jenny... Pas même quinze jours ! ...

Sur la façade du kiosque à journaux, les éditions
spéciales arboraient des manchettes menaçantes :
Toute l'Europe en armes... *La situation s'aggrave
d'heure en heure*... *Les ministres sont en délibération
à l'Élysée pour prendre les décisions que comportent
les mesures provocantes de l'Allemagne*...

Un ivrogne qui passait devant eux en zigzaguant
lança, d'une voix avinée : « À bas la guerre ! » Et
Jacques remarqua que, ce soir, c'était la première
fois qu'il entendait ce cri. C'eût été puéril d'en tirer
une conclusion. Néanmoins, le fait était frappant :
ni devant la dépouille de Jaurès, ni sur les boulevards, devant les patriotes qui clamaient : « À bas

Berlin ! », aucune voix n'avait poussé le cri de révolte qui, l'avant-veille encore, retentissait spontanément dans toutes les manifestations de la rue.

Un taxi libre passa, de l'autre côté de la place. Des gens le hélaient. Jacques courut, sauta sur le marchepied, amena l'auto devant Jenny.

Ils s'y jetèrent, l'un contre l'autre, sans un mot. Ils étaient dans le même état d'anxiété et de détresse, choqués comme s'ils venaient d'échapper à un accident. Mais cette voiture les isolait enfin de l'univers hostile. Jacques avait pris Jenny dans ses bras ; il l'étreignit avec force : en dépit de sa lassitude, il éprouvait une sorte d'exaltation paradoxale, un goût de vivre plus violent que jamais.

« Jacques, souffla Jenny à son oreille, où allez-vous passer la nuit ? » Et, vite, comme si elle récitait une phrase préparée : « Venez à la maison. Là, vous ne risquez rien. Vous vous reposerez sur le divan de Daniel. »

Il ne répondit pas tout de suite. Il pétrissait entre ses doigts la main de la jeune fille, une main qui n'était pas seulement, comme de coutume, sans résistance et douce, mais brûlante, nerveuse, vivante, et qui semblait rendre les caresses.

« Je veux bien », dit-il simplement.

Ce fut seulement au bas de l'escalier, quelques instants plus tard — au moment où, marchant derrière Jenny, il s'aperçut qu'il étouffait machinalement son pas pour longer la baie vitrée de la loge —, qu'il eut conscience de la situation, et mesura du même coup la preuve de confiance et d'amour que Jenny lui donnait : elle était seule à Paris, et elle lui offrait, à l'insu de Mme de Fontanin, à l'insu de Daniel, de passer la nuit chez elle... La gêne qu'il en ressentit,

Jenny devait l'éprouver, pensait-il, jusqu'à l'angoisse.
Il se trompait : elle agissait, après réflexion, confor-
mément à ce qu'elle jugeait être bien, et ne s'inquiétait de rien autre. Depuis la rencontre des policiers,
elle tremblait pour Jacques. L'espoir qu'il consentirait à se réfugier avenue de l'Observatoire l'obsédait.
Et ce projet — qui, huit jours plus tôt, ne lui aurait
pas même paru convenable — avait si bien pris
racine dans son esprit, qu'elle n'en distinguait plus
la témérité ; elle était seulement reconnaissante à
Jacques d'avoir accepté si vite.

À peine arrivée dans l'appartement, elle retira avec
décision son chapeau, sa jaquette, et s'affaira à des
besognes. Elle ne semblait plus sentir sa fatigue. Elle
voulait faire du thé, ranger la chambre de son frère,
mettre des draps pour transformer en lit le divan.

Jacques protestait. Il dut finalement l'immobiliser
de force, en lui saisissant les poignets :

« Vous allez me faire le plaisir de laisser tout ça,
dit-il, en souriant. Il est bientôt deux heures du
matin. À six heures, je serai parti. Je vais m'étendre
là, tout habillé. Il est d'ailleurs bien peu probable que
je puisse dormir.

— Au moins, supplia-t-elle, laissez que je vous
donne une couverture... »

Il l'aidait à disposer les coussins, à brancher une
lampe de chevet sur la prise électrique.

« Et maintenant, il faut penser à vous, oublier que
je suis là, dormir, dormir... C'est promis ? »

Elle inclina tendrement la tête.

« Demain matin, reprit-il, je décamperai sans faire
de bruit, pour ne pas vous réveiller. Je veux que vous
vous leviez très tard, reposée... Qui sait ce que
demain nous réserve ?... Je reviendrai après le déjeuner pour vous apporter les nouvelles. »

Elle fit un nouveau signe de soumission.

«Bonsoir», dit-il.

Debout, dans cette chambre où il avait tant de clairs souvenirs, il la prit chastement entre ses bras. Leurs poitrines se touchaient. Comme il l'attirait davantage contre lui, elle perdit un peu l'équilibre ; leurs genoux se heurtèrent. Ils furent saisis du même trouble, mais lui seul en eut conscience.

«Serrez-moi, murmura-t-elle. Serrez-moi bien...»

Elle avait jeté les bras autour du cou de Jacques, et elle l'embrassait avec une passion soudaine, une sorte d'ivresse. Dans son audace innocente, elle se montrait plus imprudente que lui. Ce fut elle qui le fit reculer d'un pas, jusqu'au lit. Ils y tombèrent, sans desserrer leur enlacement.

«Serrez-moi fort, répétait-elle. Plus fort... Encore plus fort...» Et, pour qu'il ne vît pas son émoi, elle tendit le bras vers la table et éteignit la lampe.

Il cherchait à se dominer, mais il savait maintenant que Jenny ne regagnerait pas sa chambre, qu'ils ne se sépareraient plus cette nuit... «Nous aussi..., se dit-il, dans un éclair. Nous, comme tous les autres...» Une ombre de dépit, une sorte de désespoir et de peur se mêlait à son désir. Haletant, gagné par un vertige que déjà il ne maîtrisait plus, il l'étreignait, en silence, dans l'obscurité complice.

Un spasme subit le surprit, lui coupa le souffle, l'immobilisa... Puis son corps se détendit ; la respiration lui revint. Avec un sentiment de délivrance avec un peu de honte aussi, avec une âcre impression de tristesse, de solitude, il reprit possession de lui-même.

Inconsciente et toute fondue de tendresse, Jenny continuait à se blottir dans ses bras. Elle pensait à peine. Elle souhaitait seulement que cet instant mer-

veilleux n'eût pas de fin. Elle appuyait sa joue contre
le drap du veston; elle écoutait, comme un prodige,
les battements de ce cœur si rapproché du sien. Par
la croisée ouverte, une clarté laiteuse — était-ce la
lune? était-ce déjà l'aube? — noyait la chambre
d'une vapeur irréelle, où les murs, les meubles,
toutes les choses dures et opaques, semblaient tout
à coup devenues diaphanes. Dormir... Après les
heures dramatiques qu'ils venaient de vivre ensemble, dormir dans les bras l'un de l'autre avait la
douceur d'une récompense.

Ce fut lui qui, le premier, glissa dans le sommeil.
Elle l'entendit, dans un dernier baiser, balbutier
quelques mots indistincts; puis, avec une émotion
indicible, elle le sentit s'endormir contre elle, tandis
qu'elle résistait une minute encore à sa lassitude,
afin de prolonger le plus longtemps possible la
conscience de son bonheur; et lorsque, étroitement
serrée contre lui, elle sombra, à son tour, elle eut la
sensation délicieuse que c'était à lui, plus encore
qu'au sommeil, qu'elle s'abandonnait.

LXIV

Il s'éveilla avant elle. Pendant plusieurs minutes,
tandis qu'il reprenait lentement pied dans la vie
réelle, il contempla, avec ravissement, dans le jour
matinal, ce tendre visage dont les émotions, la
fatigue, altéraient à peine la jeunesse. La bouche,
amollie, semblait s'apprêter à sourire. Sur la roseur
mate et lisse de la joue, s'allongeait, comme une
touche d'aquarelle, l'ombre transparente des cils. Il
se retint d'y poser les lèvres. Délicatement, il se glissa

jusqu'au bord du divan, et parvint à se lever sans qu'elle eût tressailli.

Debout, il aperçut dans la glace ses vêtements froissés, son teint terreux, ses cheveux en broussaille. La pensée qu'il aurait pu apparaître ainsi à la jeune fille lui fit précipitamment gagner la porte. Pourtant, avant de disparaître, il choisit quelques pois de senteur dans le vase de la cheminée, et les posa, en guise d'adieu, à la place qu'il venait de quitter. Puis il sortit de la chambre sur la pointe des pieds.

Il était sept heures passées. Samedi, premier août. Un mois nouveau; un mois d'été, le mois des vacances. Qu'apporterait-il? La guerre? La révolution?... Ou la paix?

La journée s'annonçait belle.

Il se souvint qu'il y avait un établissement de bains boulevard du Montparnasse, près de *La Closerie des Lilas*.

Avant d'y entrer, il acheta les journaux.

Plusieurs d'entre eux, *Le Matin*, *Le Journal*, étaient imprimés sur une feuille. Économies de guerre, déjà? Ils abondaient en renseignements précis, destinés aux mobilisés, « pour le cas où... »

Le numéro de *L'Humanité* avait paru, comme à l'ordinaire. Largement encadré de noir, il était tout rempli des détails du meurtre. Jacques fut surpris d'y lire une lettre émue de M. Poincaré à la veuve de Jaurès : ... *À une heure où l'union nationale est plus nécessaire que jamais, je tiens à vous exprimer...* Or, Jacques savait que Mme Jaurès était en voyage, et que les amis de Jaurès avaient renoncé à prendre aucune disposition pour les obsèques, avant son retour. La lettre avait donc été communiquée d'urgence à la presse par Poincaré lui-même. Dans quel but ?

Une vibrante proclamation, signée Viviani, au nom du Conseil des ministres, prenait soin de spécifier que Jaurès, *en ces jours difficiles*, avait *soutenu de son autorité l'action patriotique du gouvernement*. Le paragraphe final rendait un son de discrète menace : *Dans les graves circonstances que la Patrie traverse, le gouvernement compte sur le patriotisme de la classe ouvrière, de toute la population, pour observer le calme, et ne pas ajouter aux émotions publiques par une agitation qui jetterait la capitale dans le désordre.* Le gouvernement redoutait-il des émeutes ? Un échotier racontait que M. Malvy, le ministre de l'Intérieur, en apprenant, au Conseil des ministres, la nouvelle de l'assassinat, avait précipitamment quitté l'Élysée, pour rejoindre son ministère, et se tenir en liaison avec la Préfecture de police.

Tous les journaux, d'ailleurs, avec une unanimité qui révélait un mot d'ordre, insistaient sur la nécessité de faire l'union, et profitaient du meurtre pour célébrer à qui mieux mieux *l'exemple* que *le grand républicain*, avant de mourir, avait donné *à son parti*, en approuvant le gouvernement *de prendre, en vue des plus formidables hypothèses, les précautions nécessaires*. À lire ces commentaires, il semblait que la voix qui venait de s'éteindre ne s'était jamais élevée pour autre chose que pour encourager la politique nationaliste de la France.

La manœuvre était subtile et perfide. L'adversaire abattu, le comble de l'habileté était bien de s'emparer du cadavre, d'en faire un symbole de loyalisme gouvernemental, de s'en servir comme d'une arme — et justement contre le socialisme décapité. « Iront-ils jusqu'à lui voter des obsèques nationales ? » se demanda Jacques, écœuré.

De tous ces journaux détrempés par la buée du bain, il fit une boule qu'il jeta loin de lui, et s'enfonça, rageur, dans l'eau tiède.

« Regarder les choses en face », se dit-il.

L'armée des « patriotards » s'accroissait avec une telle rapidité que, maintenant, la lutte semblait impossible. Journalistes, professeurs, écrivains, savants, intellectuels, tous, à qui mieux mieux, abdiquaient leur indépendance critique, pour prêcher la nouvelle croisade, exalter la haine de l'ennemi héréditaire, prôner l'obéissance passive, préparer l'absurde sacrifice. Même dans les feuilles de gauche, l'élite des chefs populaires — qui, hier encore, protestaient, du haut de leur autorité, que ce monstrueux conflit des États d'Europe ne serait qu'une amplification sur le terrain international de la lutte de classes, une conséquence dernière des instincts de profit, de concurrence et de propriété — semblaient tous, aujourd'hui, prêts à mettre leur influence au service du gouvernement. Certains avaient bien la pudeur de balbutier quelques regrets : « *Hélas, notre rêve était trop beau...* » Mais tous capitulaient; tous légitimaient la défense nationale, et encourageaient déjà leur clientèle ouvrière à collaborer, sans scrupule de conscience, à l'œuvre de mort. Leur défaillance collective laissait soudain le champ libre à l'expansion des mensonges patriotiques; et elle risquait de paralyser définitivement, au cœur mal assuré des masses, ces velléités de révolte, qui étaient jusqu'alors, pour Jacques, l'unique espoir de sauver la paix.

« Ah ! songea-t-il, avec un sentiment de poignante impuissance, le coup a été magistralement préparé... La guerre n'est possible qu'avec un peuple fanatisé. D'abord, la mobilisation des consciences; celle des hommes, ensuite, ne sera plus qu'un jeu ! »

Un souvenir de meeting lui revint à l'esprit. Était-ce Jaurès? ou Vandervelde? ou quel autre leader, écouté par un peuple avide de confiance? — qui, un soir, à la tribune, avait comparé le geste individuel du révolutionnaire à cette brouettée de gravats que, de père en fils, les hommes de la côte vont verser au bord de la mer : « Les lames déferlent, s'était-il écrié. Les vagues éparpillent le tas de poussière. Mais chacune de ces brouettées laisse un minuscule résidu de pierres lourdes, que la vague n'entraîne pas! Et la digue s'élève peu à peu! Et le temps viendra, fatalement, où les pierres superposées constitueront une jetée solide, contre quoi le flot refoulé sera devenu impuissant : un sol nouveau, sur lequel les générations futures s'avanceront triomphantes!... » Nobles métaphores, qui, ce jour là, soulevaient le délire des manifestants! « Mais, songea Jacques, devant le raz de marée d'aujourd'hui, que restera-t-il de tous ces efforts dérisoires ? »

Il eut aussitôt honte de sa faiblesse : « Ne pas faire comme les autres... Ne pas se laisser désarmer par le désespoir! Tout ne commence vraiment à être irrémédiable qu'à partir du moment où, à leur tour, les meilleurs renoncent, et s'inclinent devant ce mythe : la fatalité des événements! Les événements, c'est nous qui les faisons! Espérer, coûte que coûte! Et agir! Lutter jusqu'au bout contre les suggestions alarmantes, contre la contagion perfide de la panique! Rien n'est encore perdu! »

Il se sentait terriblement seul. Seul, parce que fidèle, et pur. Seul, mais aussi comme protégé par ce pathétique isolement. Quelle que fût sa détresse, il savait qu'il avait raison, qu'il défendait la vérité. Jamais il ne consentirait au reniement!

Sans retourner chez Jenny, il courut à *L'Humanité*.

L'immeuble, ce matin, faisait penser à une maison mortuaire.

Malgré l'heure, dans les escaliers, dans les couloirs, ce n'était déjà qu'allées et venues de militants, dont les visages bouleversés portaient la double trace du chagrin et du découragement. Le nom de l'assassin passait de bouche en bouche : Raoul Villain... Personne ne le connaissait. Était-ce un déséquilibré ? un agent du nationalisme ? Qui avait armé son bras ? Au commissariat, il n'avait su donner aucune explication de son acte. Sur un papier, trouvé dans sa poche, étaient tracées ces lignes mystérieuses : *La patrie est en danger, il faut sévir contre les assassins*.

Stefany, comme tous les rédacteurs du journal, avait passé la nuit debout. Son teint avait pris la couleur du mastic. Ses petits yeux noirs clignotaient, brûlés par les larmes et l'insomnie.

Une dizaine de socialistes se pressaient dans son bureau. La discussion était vive.

On affirmait que M. de Schœn, l'ambassadeur allemand, avait tenté au Quai d'Orsay une incroyable démarche pour obtenir de la France qu'elle restât neutre et refusât son concours militaire à la Russie. L'Allemagne s'engageait à ne pas entrer en guerre contre la France, si, pour gage de sa neutralité, le gouvernement français consentait à lui laisser occuper les forts de Toul et de Verdun, pendant toute la durée de la campagne allemande contre les Russes.

Certains, comme Burot, comme Rabbe, peu nombreux d'ailleurs, insinuèrent que ce marchandage de la dernière heure offrait, après tout, un moyen de préserver la France du conflit. Mais la plupart se firent, d'une façon assez inattendue, les défenseurs de l'alliance franco-russe. Le jeune Jumelin, sur un ton qui rappelait à Jacques les indignations d'un Manuel Roy, s'insurgea :

« Ce serait la première fois, dans l'Histoire, que la France refuserait de faire honneur à sa signature ! »

Burot, brusquement, se leva.

« Pardon ! fit-il. Ne déraillons pas, à plaisir !... Regardez de près la suite des faits, les dates comparées des mobilisations ! Je laisse même de côté ce que nous pouvons savoir des préparatifs militaires russes, secrètement commencés depuis longtemps, activement, obstinément poursuivis, malgré tous les efforts de la France. Ne parlons, pour l'instant, que des décrets officiels. Eh bien, l'ukase du tsar a été signé avant-hier *jeudi*, dans l'après-midi — et cela, malgré le terrible avertissement qu'avait donné l'Allemagne, en déclarant d'avance et tout net que la mobilisation russe signifierait la guerre. Avant-hier, *jeudi* ! Or, François-Joseph, lui, n'a signé son décret qu'hier, *vendredi*, à la fin de la matinée. Puis, hier également mais quelques heures plus tard, l'Allemagne annonçait le *Kriegsgefahrzustand*, qui n'est tout de même pas l'équivalent d'une mobilisation générale. Voilà l'exacte chronologie des événements... Et cela n'est un secret pour personne, reprit-il, en sortant un journal de sa poche. D'après l'aveu même d'un organe gouvernemental comme *Le Matin*, la mobilisation générale russe a *précédé* la mobilisation générale autrichienne. Le fait est là ! Et il est d'importance ! Il sera capital aux yeux des historiens futurs. Indiscutablement, la Russie doit être tenue pour l'État agresseur !... Eh bien, continua-t-il, après une pause, et en pesant ses mots, j'ai autant que quiconque le souci de l'honneur français. Mais j'estime que ces constatations de fait autoriseraient aujourd'hui la France à refuser son aide à la Russie, sans trahir le moins du monde les obligations qu'elle a contractées ! Bien plus : j'estime que le refus de se solidariser avec l'État agresseur serait l'ultime occasion, pour notre gouvernement, de prouver d'une façon éclatante, irréfutable, qu'il n'a jamais voulu la guerre ! »

Il y eut un silence, et comme une brusque levée d'espoirs.

Jumelin lui-même ne trouvait rien à répliquer. Mais il n'aimait pas reconnaître ses torts ; il dévia la question :

« Les obligations que la France a contractées... Les connaît-on, seulement, ces obligations ? Qui sait au juste quels engagements nouveaux Poincaré, travaillé par Iswolsky, a pris, au nom de la France, depuis deux ans ?

— Et qu'a répondu le ministre ? demanda Jacques. L'offre de Schœn a naturellement été considérée aux Affaires étrangères comme un "piège" ? C'est l'éternel refrain de la diplomatie française !

— Sinon comme un piège, rectifia Cadieux, qui se piquait d'être renseigné, du moins comme une provocation déguisée : une sorte d'ultimatum.

— Dans quel but ?

— Mais, de contraindre la France à se prononcer tout de suite ! Tout le monde sait que le plan de campagne de l'état-major allemand est de remporter, dès le début, sur le front français, une victoire décisive qui lui permettrait de se retourner ensuite vers le front oriental. Il importe donc que l'Allemagne puisse attaquer le plus tôt possible la France. D'où le désir allemand d'obliger la France à entrer en guerre *avant* que la bataille s'engage sur le front germano-russe ! »

Stefany, depuis un instant, donnait des signes

d'impatience. Sa voix vibrante coupa court au débat :

« Vous raisonnez tous, bon Dieu, comme si la guerre était déclarée, ou allait l'être tout à l'heure ! Et cela, au moment où l'alliance des socialistes français et allemands va se resserrer plus étroitement que jamais ! au moment même où l'arrivée de Müller, qui sera parmi nous ce soir, permet de compter enfin sur une action commune, immédiate, décisive ! »

Tous se turent. Un instant, l'ombre de Jaurès plana dans la pièce. Stefany parlait comme eût parlé le Patron. Dans les circonstances présentes, en effet, l'envoi officiel, à Paris, d'un délégué de la social-démocratie, pour sceller, en dépit des gouvernements, le pacte de paix entre les peuples, n'était-ce pas un fait sans précédent, et dont il était légitime de tout espérer ?

« Ils sont chic, ces Allemands ! » s'écria Jumelin. Et sa confiance juvénile, succédant sans transition aux vues les plus pessimistes, symbolisait assez bien le désarroi général.

L'entrée de Renaudel fit diversion.

Il était pâle et bouffi. Son regard était absent. Il avait passé la nuit à veiller le corps de son ami.

Il venait assister à la réunion du bureau de la Fédération socialiste de la Seine, qui avait été convoqué d'urgence, ce matin, à *L'Humanité*, afin d'examiner la situation créée dans le Parti par la disparition du chef. Et il désirait, auparavant, entretenir Stefany de l'appel que venait de lancer l'Union des Syndicats. Il affirmait que, à Lyon, à Marseille, à Toulouse, à Bordeaux, à Nantes, à Rouen, à Lille, partout, de nouvelles manifestations s'organisaient. « Non, non, répétait-il, en serrant les poings, il ne faut pas encore désespérer ! »

On les laissa seuls. Et Jacques, après avoir essayé de voir Gallot, qui n'était pas dans son bureau, s'éclipsa : avant de rejoindre Jenny, il voulait prendre le vent des milieux anarchistes, et passer au *Libertaire*.

Mais, place Dancourt, il se heurta aux frères Cauchois, deux ouvriers maçons, habitués du *Libertaire* — qui le dissuadèrent d'aller plus loin.

« On en vient. N'y a personne. Les copains se garent. La police rôde. À quoi bon se faire repérer ? »

Jacques les accompagna un bout de chemin. Ils allaient devant eux, sans but. Ils avaient exceptionnellement déserté leur chantier, « à cause de tout ça ».

« Qu'est-ce que tu en dis, toi, de leur guerre ? demanda l'aîné, un grand rouquin, taché de son, assez grossier de traits, mais dont l'œil bleuâtre avait, ce matin, des douceurs inaccoutumées.

— Il s'en fout, lui, il est Suisse », coupa le cadet. (Bien qu'il ne fût pas son jumeau, il était une vivante réplique de son frère ; mais, à la façon dont une sculpture achevée ressemble à son premier épannelage.)

Jacques jugea inutile d'entrer dans des précisions.

« Non, je ne m'en fous pas », dit-il sombrement.

Le cadet observa, de bonne grâce :

« Bien sûr. Mais ça n'est tout de même pas comme si tu étais dans le jus, comme nous. »

L'aîné, qui avait dû boire un peu pour fêter ce congé improvisé, se montrait loquace :

« Oh ! nous, c'est simple. Celui qui n'a que sa carcasse, il y tient !... Je ne dis pas que, à l'occasion, on ne se ferait pas crever la peau pour ses idées. Mais, pour celles des patriotards, salut ! Ceux à qui ça plaît, qu'ils y aillent! Notre patrie, à nous, c'est là où on peut travailler tranquille. Est-ce pas, Jules?»

Le cadet, défiant, sifflotait.

«Alors? demanda Jacques. Si on mobilise, pourtant... — vous autres, quoi?» (Il pensait à son propre cas. La réponse qu'il avait faite à la question d'Antoine : «Que vas-tu faire?» était rigoureusement sincère. Il ne savait pas. Il lutterait, désespérément. Mais où? et avec qui? et comment?... Il se refusait d'ailleurs à y réfléchir : c'eût été déjà douter de la paix.)

Le cadet jeta vers son aîné un regard furtif, et, comme s'il redoutait que l'autre ne bavardât, il répondit précipitamment :

«On n'est mobilisé que le neuvième jour. On a le temps de voir venir.»

Mais l'aîné n'avait pas remarqué l'avertissement de son frère. Il se pencha vers Jacques, et baissa la voix :

«Tu connais Saillavar? Non? Un grêlé... Saillavar, il est de Port-Bou. Alors, tu penses! La frontière espagnole, il sait ça par cœur, lui, comme nous les rues de Ménilmuche...» Il cligna confidentiellement de l'œil : «En Espagne, même s'il y a la guerre, paraît que ça reste neutre. Là-bas, c'est franc : rien ne t'empêche de gagner ta croûte, comme un homme... Et, pour le travail, on n'en craint pas beaucoup. Est-ce pas, Jules?»

Le cadet regardait Jacques en dessous. Ses prunelles bleues eurent une lueur de métal. Il grommela :

«Va jamais raconter ça, toi!

— Sois tranquille», fit Jacques, en leur serrant la main.

Il les regarda s'éloigner, songeur, et secoua négativement la tête :

« Non, pas ça... Pas moi... Filer en pays neutre, ça peut se défendre. Mais, si c'est pour "travailler tranquille" et "gagner sa croûte", pendant que les autres... Non!... » Il fit quelques pas et s'arrêta de nouveau : « Alors, quoi ? »

LXV

Anne, d'un pas résolu, s'était approchée du téléphone. Elle allait décrocher le récepteur, lorsqu'elle pensa : « Je suis idiote. Onze heures vingt ; il est encore à l'hôpital... Si j'allais le surprendre, à la sortie ? Là, il ne m'échappera pas. »

Elle se souvint qu'elle avait donné congé au chauffeur pour la matinée. Afin de ne pas perdre une minute — afin surtout de n'avoir pas à patienter —, elle sortit de chez elle dès qu'elle fut prête, et sauta dans un taxi.

« Rue de Sèvres ! Je vous arrêterai. »

Le concierge de l'hôpital n'avait pas encore vu sortir le docteur Thibault.

Anne jeta un coup d'œil sur les voitures qui stationnaient le long du trottoir. Elle n'y vit pas celle d'Antoine. Mais il pouvait l'avoir garée dans la cour ; et puis, il ne prenait pas toujours son auto le matin.

Elle remonta dans le taxi. Le buste à la portière, elle surveillait les allées et venues du grand portail. Midi moins cinq... Midi... Douze coups tintèrent à l'horloge, auxquels répondit, presque aussitôt, le clocher de l'église voisine. Un flot d'employés, d'infirmières, se répandit sur le trottoir.

Tout à coup, son front devint moite. Elle venait de se rappeler qu'il y avait une autre sortie, dans la rue latérale. Elle descendit en hâte, et partit à pied, après avoir dit au concierge d'arrêter le docteur, s'il sortait.

Le trottoir était étroit, encombré de gens pressés. Sur la chaussée, c'était un défilé de voitures, de camions : le vacarme infernal des rues populeuses. Elle fut prise d'un vertige, et s'arrêta. Ses tempes bourdonnaient. Elle ferma les yeux et se demanda, froidement, s'il n'eût pas mieux valu être morte. Mais elle se redressa aussitôt, repartit comme une somnambule, atteignit la porte, la loge.

Le docteur Thibault ? Mais oui, il avait quitté l'hôpital, depuis un instant déjà...

Elle ne répondit rien, ne remercia pas, sortit de la voûte comme une furie. Que faire ? Téléphoner une fois de plus rue de l'Université ? (Elle l'avait fait, à plusieurs reprises, dans la journée d'hier. Elle l'avait fait, ce matin encore, juste comme Antoine venait de partir. Du moins, c'est ce qu'avait répondu Léon. « Si tôt ? » avait-elle dit. Était-ce vrai ? À sept heures et quart ?...)

Elle rentra dans la loge :

« Pourrais-je téléphoner ? C'est urgent. »

La ligne était surchargée. Elle dut attendre. Enfin elle obtint la communication :

« Monsieur n'est pas là... Monsieur a prévenu qu'il ne rentrerait pas déjeuner... »

Léon avait son accent le plus impersonnel. Anne le haïssait maintenant. Elle ne pouvait plus supporter cette voix polie, traînante, qui s'interposait toujours entre Antoine et elle, qui lui interdisait ce contact direct, vivant, presque charnel, qu'elle venait mendier, au bout du fil.

Elle raccrocha, sans dire un mot, et se retrouva sur

le trottoir. « Tant pis ! J'irai !... Je verrai bien s'ils me mentent ! »

Il fallait d'abord rejoindre son taxi. Elle courut, se faufilant dans la foule, furieuse de céder à cette passion qui la fouaillait, mais sans force pour lui résister.

« 4 *bis*, rue de l'Université ! »

Dès qu'elle aperçut, de loin, la façade neuve, les stores, la porte cochère, une frayeur la paralysa. Elle se représentait Antoine, dérangé pendant son repas, venant à elle du fond de l'antichambre, sa serviette à la main, l'air rogue. Que lui dirait-elle : « Tony, je t'aime » ? Elle eut soudain peur de lui, de ses sourcils crispés, de sa mâchoire, de ce regard agacé et dur qu'elle imaginait trop bien.

Lui écrire, peut-être ?

« Arrêtez... Au coin, là... Au bureau de poste. »

Elle demanda un pneu, et griffonna :

Il faut que je te voie, Tony, rien qu'un instant. N'importe quand, n'importe où. Téléphone-moi. J'attends. Il faut que je te voie, mon Tony.

C'était la phrase qu'elle se répétait sans arrêt : « Il faut que je le voie. » Elle était sûre que, si elle le revoyait, ne fût-ce qu'une minute, elle trouverait les mots pour le retenir, le reprendre.

Elle glissa son pneu dans la boîte, et s'enfuit, honteuse d'elle.

Antoine était encore à table, quand le pneu arriva rue de l'Université.

« Mais, mon petit, je vous crois, disait-il à Roy qui, le feu aux joues, venait de faire le récit des manifestations chauvines auxquelles il avait pris part, la veille au soir. Je n'ai que trop de raisons de vous croire! Nous assistons, en ce moment, à une extravagante explosion de patriotisme... Seulement, savez-vous à quoi ils me font penser, tous ces braves garçons qui parcourent les boulevards pour bien affirmer qu'ils approuvent la guerre?...»

Léon lui remit le petit bleu. Il reconnut l'écriture. Une ombre obscurcit son regard.

«... Ils me font penser à une réclame, qu'on voyait sur les murs de Paris, quand j'étais gosse...» Tout en parlant, il déchirait le pointillé, sans regarder ce qu'il faisait. Enfin, il jeta les yeux sur le papier, le déchira aussitôt en petits fragments, et acheva sa phrase : «L'image représentait un troupeau d'oies... Elles acclamaient un cuisinier, armé d'un long couteau pointu... Avec cette légende : *Vive le pâté de Strasbourg!*...» Il éparpilla dans son assiette les débris du petit bleu, et se tut.

Entre Anne et lui, il n'y avait eu aucune explication. Simplement, depuis son entrevue avec Simon, Antoine se dérobait obstinément à toute visite, à tout rendez-vous, à tout téléphonage. Il n'avait pas prémédité cette attitude évasive, qui lui ressemblait assez peu; et il en souffrait, car il aimait les situations nettes. Il comptait bien avoir avec Anne un entretien décisif. Il y songeait même, avec précision, plusieurs fois par jour — chaque fois que Léon l'accueillait, les yeux baissés, par la formule fatidique : «*On* a téléphoné.» Mais les heures se suivaient, harassantes; et, pendant les rares moments où il échappait à sa vie professionnelle, il s'abîmait, angoissé, dans la lecture des journaux, ou se laissait accaparer, avec une complaisance maladive, par ceux qu'il rencontrait, et qui, comme lui, ne pouvaient plus penser qu'à la guerre, ni parler d'autre chose. Par instants, il s'étonnait de n'éprouver plus qu'une indifférence hostile pour cette femme à laquelle il n'avait rien à reprocher, et qui, malgré tout, huit jours auparavant, occupait encore une si grande place dans son existence...

Il croyait son cas particulier. Il ne se doutait pas qu'il avait obéi à un phénomène très général. Le frisson qui secouait l'Europe ébranlait les vies privées ; de toutes parts, entre les êtres, les liens factices se desserraient, se rompaient d'eux-mêmes ; le vent précurseur qui passait sur le monde faisait tomber des branches les fruits véreux.

LXVI

Dès avant midi, Jacques était de retour avenue de l'Observatoire.

Jenny ne l'attendait pas si tôt. Elle avoua, confuse, qu'elle avait dormi jusqu'à neuf heures. Elle était plongée dans la lecture des journaux, en quête des moindres nouvelles d'Autriche. Sa voix tremblait, dès qu'elle évoquait le sort de sa mère, retenue à Vienne. Elle se leva, et fit deux ou trois pas à travers la chambre, son visage dans les mains.

Il ne savait que dire pour la tranquilliser sans lui mentir. Le poids des événements s'aggravait pour lui de cette détresse fragile si proche ; et, à toutes les raisons qu'il avait déjà de lutter pour la paix menacée, s'ajouta, pendant quelques minutes, le souhait puéril de pouvoir délivrer la jeune fille de son angoisse.

« Asseyez-vous, dit-il. Ne restez pas comme ça, debout, avec cette pauvre figure... Cela m'est insoutenable, ma chérie... Rien n'est encore perdu !... »

Elle ne demandait qu'à le croire. Il souriait, à tout

hasard, pour la rassurer. Il parla avec fougue de la
mission Müller, des espoirs tenaces de Stefany. Il se
prenait lui-même à son jeu. Il alla jusqu'à dire, dans
un élan presque sincère :

« Peut-être même est-ce un bien que le danger soit
devenu aussi manifeste, aussi universel ! puisque
tout dépend de ce grand sursaut d'opinion, qu'il faut
provoquer !

— Oui », fit-elle, les prunelles fixes.

Elle se releva nerveusement pour aller manœuvrer
le store ; ses gestes étaient si fébriles que la corde lui
resta dans les doigts.

Il alla vers elle, lui entoura les épaules de son bras,
la serra contre lui :

« Allons, restez tranquille, regardez-moi... Ça me
paraît si bon d'être là ! Je viens souffler un peu,
reprendre force. J'ai besoin de vous... J'ai besoin que
vous ayez confiance ! »

Aussitôt, elle changea de visage, et sourit coura-
geusement.

« À la bonne heure ! Maintenant, mettez votre chapeau, je vous emmène déjeuner.

— Voulez-vous que nous déjeunions ici ? proposa-
t-elle, avec un enjouement qui le surprit, tant il
paraissait peu feint. Ce serait si gentil ! J'ai des œufs,
quelques pêches, du thé... »

Il accepta.

Tout heureuse, elle courut allumer le fourneau à
gaz. Jacques la suivit jusqu'à la cuisine. Distrait un
instant de son idée fixe, il la regarda étendre le nap-
peron sur la table, disposer avec symétrie le couvert,
aligner des coquilles de beurre dans le ravier, s'af-
fairer, avec ce sérieux que les femmes d'ordre mettent à accomplir les rites domestiques les plus
inutiles. Comme elle était souple et naturelle dans
ses moindres attitudes ! L'amour avait vaincu sa

raideur, libéré en elle cette grâce féminine que, jusqu'alors, une contrainte secrète semblait retenir pri-
sonnière.

« Notre première dînette », remarqua-t-elle, sur un
ton presque grave, lorsqu'elle déposa sur la table le
plat d'œufs.

Ils s'installèrent l'un en face de l'autre, comme de
vieux camarades. Elle était gaie ; lui, s'efforçait à
l'être, mais son front demeurait soucieux. Elle l'examinait à la dérobée. Il s'en aperçut, et sourit :

« On est bien, là !

— Oui, fit-elle, avec conviction. Nous avons tellement besoin d'être ensemble, maintenant ! »

Il baissa les yeux. Il songeait soudain à l'avenir, et
il était saisi d'effroi.

Le repas se poursuivit sans qu'ils parvinssent à
rompre pour de bon le silence. Par moments,
Jacques enveloppait la jeune fille d'un long et tendre
regard ; et, ne trouvant aucune parole pour exprimer
ce qu'il ressentait, il allongeait le bras et mettait sa
main, quelques secondes, sur celle de Jenny.

Elle souffrait de le voir si taciturne. Depuis ces
derniers jours, une transformation s'opérait en elle :
pour la première fois, en dépit de sa nature, en dépit
d'une longue habitude de repliement, elle eût souhaité pouvoir parler d'elle. Les heures qu'elle vivait
seule n'étaient qu'un interminable monologue
adressé à Jacques, où elle s'analysait minutieuse-
ment devant lui, où elle lui découvrait sans indulgence ses défauts de caractère, ses possibilités, ses
limites. Car elle était obsédée par la crainte qu'il se
fît des illusions sur elle, et qu'il ne fût affreusement
déçu, le jour où il la connaîtrait mieux.

Lorsqu'ils eurent vidé le compotier de fruits, elle
voulut qu'il pliât sa serviette, et elle lui donna le rond

de Daniel. Puis elle lui prit le bras, ainsi qu'elle faisait avec son frère, et le ramena vers sa chambre.

En passant devant le salon, dont la porte était entrouverte, il aperçut le piano, qu'illuminait en ce moment un rai de soleil... Il s'arrêta, et, cédant à un brusque caprice :

« Jenny, jouez-moi... vous savez... cette chose... Cette chose que vous jouiez... autrefois.

— Quoi donc ? »

Elle savait bien ce qu'il voulait dire. Mais elle avait frémi devant ce rappel douloureux de leur été, à Maisons-Laffitte.

« Oh, Jacques... Pas aujourd'hui...

— Si ! »

Elle poussa la porte, gagna le piano, et, docilement, attaqua cette *Troisième Étude* de Chopin — qui lui rappelait un des soirs les plus troubles, les plus désespérés de sa vie.

Il se tenait debout, les bras croisés, dans l'ombre, derrière elle afin qu'elle ne le vît pas. Il fermait nerveusement les yeux, pour refouler ses larmes ; et, le cœur brisé de douceur, il écoutait trembler dans le silence ce chant de félicité nostalgique. Aux dernières notes, elle se leva, toute droite, recula, et vint s'appuyer contre lui.

« Pardon, murmura-t-il, à son oreille, d'une voix basse et déchirante qu'elle ne lui connaissait pas.

— Pourquoi ? dit-elle, effrayée.

— Nous aurions pu être si heureux, et depuis si longtemps !... »

Elle frissonna, et, vivement, lui mit sa main sur la bouche.

La croisée était ouverte. Elle l'entraîna, doucement, jusqu'au balcon. Sous eux, les cimes de l'avenue formaient un tapis vert, compact, d'où

jaillissaient, par intervalles, semblables au pépiement d'une volée de moineaux, des cris d'enfants
invisibles. Au loin, les frondaisons du Luxembourg
offraient déjà cette patine bronzée qui précède de
peu les rouilles de l'automne.

Jacques regardait machinalement le panorama
lumineux qui s'étendait devant eux. «Müller doit
avoir quitté Bruxelles», songea-t-il. Il ne pouvait
penser à rien d'autre.

Auprès de lui, Jenny, rêveusement, murmura :

«Je connais chaque arbre... Et dessous ces arbres,
je connais chaque banc, chaque socle de statue...
Toute mon enfance est dans ce jardin...» Elle
ajouta, après une pause : «J'aime me souvenir...
Vous aussi?

— Non», fit-il, sans ménagement.

Elle tourna vivement la tête, lui jeta un regard
attristé, et remarqua, sur un ton désapprobateur :

«Daniel non plus.»

Il sentit qu'il devait s'expliquer; il fit un effort :

«Pour moi, le passé est passé. Chaque jour vécu
tombe dans un trou noir. J'ai toujours eu les yeux
vers l'avenir.»

Ces paroles la blessaient plus qu'elle n'osait le dire,
elle pour qui le présent comptait peu, et l'avenir pas
du tout; elle, dont la vie intérieure se nourrissait
presque exclusivement de réminiscences.

«Ce n'est pas possible. Vous dites ça pour vous
singulariser!

— Me singulariser?

— Non, reprit-elle, en rougissant, ce n'est pas
"singulariser" que je voulais dire...» Elle demeura
songeuse quelques secondes. «Est-ce que vous
n'éprouvez pas, quelquefois, le besoin de... déconcerter les gens? Pas pour le plaisir de déconcerter,

bien sûr... Mais, pour mieux leur échapper, peut-
être... Non?

— Comment ça? Leur échapper?» Il réfléchis-
sait; il avoua : «Oui, peut-être... C'est vrai qu'il m'est
intolérable de sentir que les gens ont sur moi une
opinion arrêtée. C'est comme s'ils essayaient de me
limiter, de mettre l'embargo sur ma pensée. Et alors,
oui, peut-être m'arrive-t-il de les dérouter exprès :
simplement pour me délivrer de cette emprise...»

Il remarqua que Jenny venait de l'obliger à faire
sur lui-même un retour qu'il n'eût sans doute pas fait
tout seul, et il lui en sut gré. Il se reprocha de l'avoir
blessée en affichant un sot mépris pour les senti-
mentalités du souvenir. Il resserra l'étreinte du bras
qu'il avait glissé autour d'elle :

«Je vous ai peinée tout à l'heure. C'est idiot... On
est tellement énervé par tout ça...» Il sourit : «Et
puis, disons aussi, pour diminuer ma faute, que
Jenny est une petite fille... exagérément sensible!

— Oui, c'est vrai, dit-elle aussitôt. Exagérément
sensible!» Elle médita une minute : «Je suis sensible; et, pourtant, je ne suis pas bonne.»

Il sourit.

«Non, non... Je me connais bien! Toutes les fois
que j'agis d'une façon qui peut faire croire que je suis
bonne, c'est, en réalité, après réflexion, par volonté,
pour accomplir un devoir... Je suis tout à fait dénuée
de cette bonté naturelle, spontanée, inconsciente,
qui est la vraie... La bonté de maman, par
exemple...» Elle faillit ajouter : «La vôtre.» Mais elle
ne le fit pas.

Il lui jeta un regard surpris. Quelque chose, en elle,
semblait s'être muré, soudain. Elle ne lui paraissait
jamais plus mystérieuse que lorsqu'elle s'analysait à
haute voix. À ces moments-là, ses traits se figeaient,
l'œil devenait dur; et Jacques avait l'impression de

perdre le contact, d'avoir devant lui un être pétrifié, résistant, incommunicable ; une énigme, dont le secret humiliait son orgueil de mâle.

Il murmura, sérieux :

« Jenny, vous êtes comme une île... Une île riante, une île ensoleillée... mais inaccessible ! »

Elle tressaillit :

« Pourquoi dites-vous ça ? Vous êtes injuste ! »

Un souffle ténébreux, qui la glaça, passa entre eux. Ils restèrent quelques instants silencieux, l'un près de l'autre, penchés sur l'appui du balcon, livrés à leurs pensées étanches, à leurs inquiétudes.

Deux coups, espacés, lointains, sonnèrent à l'horloge du Sénat. Il consulta sa montre, et se redressa :

« Deux heures ! » Et, cédant à son obsession, il ajouta : « Müller est en route. »

Ils rentrèrent dans l'appartement. Il ne lui avait pas proposé de l'accompagner, et elle ne le lui avait pas demandé. Toutefois — tant la chose allait de soi — il ne fut pas étonné de l'entendre dire, en courant vers sa chambre :

« Une minute, seulement... Je suis prête. »

À *L'Humanité*, où Jacques s'était décidé à introduire Jenny, son premier soin fut de s'enquérir auprès de Rabbe, qu'ils croisèrent à mi-étage, des dispositions prises pour l'arrivée du délégué allemand. Le train de Belgique qui amenait Müller arrivait à Paris un peu après cinq heures. Le groupe des députés socialistes était convoqué pour six heures, dans une des salles du Palais-Bourbon, afin de l'y recevoir. Vu l'importance de cette conférence, on prévoyait qu'elle se prolongerait tard dans la nuit.

« Nous irons tous l'attendre à la gare du Nord, ajouta le vieux militant.

— Nous irons aussi », dit Jacques, en se penchant vers Jenny.

Gare du Nord! Elle évoqua, en une seconde, tous les détails de sa première rencontre avec Jacques, la poursuite dans les couloirs du métro, le banc du square Saint-Vincent-de-Paul... Elle leva les yeux sur lui, persuadée naïvement qu'il y songeait aussi. Mais il était tourné vers Rabbe. Il lui demandait quelles décisions avaient été votées, le matin, à la réunion de la Fédération socialiste.

« Aucune, bougonna le vieux. Les membres du bureau se sont séparés sans avoir rien décidé. Le Parti n'a plus de chef! »

Les divers bureaux du journal étaient sous pression. Chez Gallot, Pagès, Cadieux et quelques autres discutaient.

Le bruit s'était répandu que, depuis la déclaration du *Kriegsgefahr*, l'état-major français assiégeait le gouvernement pour obtenir, sans autre délai, le décret de mobilisation. Ce n'était plus, dit-on, qu'une question d'heures. Pagès prétendait même tenir d'un scribe militaire, employé au secrétariat du général Joffre, que le décret avait été signé par Poincaré à midi. Mais Cadieux, qui revenait du Quai d'Orsay, affirmait que la nouvelle était fausse.

« Je le saurais », déclara-t-il, avec assurance.

Il disait qu'aux Affaires étrangères, le gros sujet de préoccupation, aujourd'hui, était l'attitude du gouvernement anglais. Certains politiciens comme Caillaux auraient songé à obtenir des chefs socialistes français une démarche auprès de Keir-Hardie, afin que le Parti socialiste anglais renonçât à prôner la neutralité de l'Angleterre. D'autre part, Poincaré aurait pris l'initiative d'écrire à George V une lettre personnelle, pressant l'Angleterre de se déclarer pour la France — l'intervention anglaise étant la dernière chance de sauver la paix.

« De quand, cette lettre ? demanda Jacques.

— D'hier.

— C'est ça ! Quand Poincaré a su que la Russie proclamait officiellement sa mobilisation, et que la guerre n'était plus évitable ! »

Personne ne releva le propos.

Une dépêche du matin, sans doute officielle, annonçait que les états-majors français et anglais se tenaient en constante liaison, et qu'« un plan d'action était concerté ». S'agissait-il d'une action militaire ? On savait, de source officieuse, que l'Angleterre avait donné l'ordre à sa flotte de surveiller les Détroits ; que l'accès des ports de guerre avait été interdit aux navires de commerce ; que l'artillerie anglaise occupait déjà les forteresses qui commandaient ces ports ; et que tous les phares de la côte avaient reçu l'ordre de ne pas s'allumer ce soir.

Marc Levoir entra.

Il se faisait l'écho d'un nouvel entretien que Viviani aurait eu avec M. de Schœn. Le président du Conseil aurait dit : « L'Allemagne mobilise. Nous le savons. » Et comme l'ambassadeur se taisait, Viviani aurait ajouté : « L'attitude de l'Allemagne nous dicte la nôtre... Toutefois, pour manifester jusqu'au bout, et aux yeux de tous, notre volonté tenace de sauvegarder la paix, le général Joffre a donné l'ordre à toutes nos troupes de se replier à une distance d'au moins dix kilomètres de la frontière. Dans ces conditions, si un incident se produit, c'est que vous l'aurez voulu ! »

Pagès, qui avait des accointances au ministère de la Guerre, mit aussitôt les choses au point. D'après lui, l'initiative française était sans aucune portée réelle ; elle ne pouvait nuire en rien au plan de campagne prévu par l'état-major français, et ne constituait qu'un apparent sacrifice à la paix. Dans l'entourage du ministre Messimy, on ne cachait pas, disait-il, que ce recul momentané n'était rien de plus qu'une habileté diplomatique, un moyen de frapper ostensiblement l'opinion européenne, spécialement l'opinion anglaise.

« Je veux bien croire, dit Jacques, que leur but soit *aussi* de se concilier l'adhésion de l'Angleterre... Mais, pour moi, leur but principal, c'est de nous atteindre, nous ! Nous, les pacifistes ! Une façon de nous surprendre, de gagner nos sympathies, de se faire absoudre par nous ! Un prétexte honorable qu'ils nous offrent de nous rallier, sans scrupule, à une autorité militaire dont le premier acte est si peu agressif. Je vois déjà ce que nous lirons demain dans les feuilles d'opposition ! »

Gallot, qui, malgré le bruit de la conversation, continuait à classer des paperasses, leva brusquement son profil de hérisson derrière le rempart de ses dossiers :

« Et la preuve, c'est la hâte, l'insistance, avec lesquelles le gouvernement a officieusement annoncé cette mesure aux chefs du Parti, avant même de l'avoir prise ! »

Son ton rageur, qui s'accordait si bien avec son physique, avec ses membres grêles et son aspect de rond-de-cuir frileux, lui donnait souvent l'air d'avoir tort, même quand il avait raison. Mais, aujourd'hui Jacques remarqua que la colère ne parvenait pas à chasser de ses yeux une expression d'insondable tristesse, qui le rendait émouvant, en dépit de sa laideur.

Un groupe de jeunes militants fit irruption dans le bureau. Le bruit venait de se répandre qu'un cortège de la Ligue des Patriotes se dirigeait vers la

Concorde pour manifester devant la statue de Strasbourg.

« On y va ? » proposa Pagès.

Tous étaient déjà debout. (En réalité, ils semblaient moins impatients de provoquer une bagarre vengeresse, que de saisir cette occasion de faire enfin « quelque chose ».)

Jenny devina que Jacques, malgré l'envie qu'il avait de les suivre, hésitait à cause d'elle.

« Allons-y », dit-elle résolument.

LXVII

Un soleil brumeux, mais mordant, pesait sur les crânes, et rendait l'air du centre de Paris irrespirable. La population, de plus en plus inquiète, et qu'agaçait, comme les mouches, cette température d'orage, ne quittait plus la rue. À la porte des établissements de crédit, des commissariats, des administrations municipales, stationnaient des groupes agités, que les sergents de ville s'efforçaient de disperser sans incident. Les aboiements des crieurs de journaux, dominant le sourd bruissement de la foule, achevaient d'ébranler les nerfs.

Place des Pyramides, le pied du monument de Jeanne d'Arc était fleuri comme un catafalque. Sous les arcades de la rue de Rivoli, des files de piétons se pressaient dans les deux sens. La plupart des magasins avaient clos leur devanture. Sur la chaussée, les voitures étaient aussi nombreuses qu'aux jours les plus actifs de l'hiver. En revanche, le jardin des Tuileries eût été désert, sans les pelotons de gardes républicains qu'on y avait massés en réserve ;

dans l'ombre des arbres, où luisaient les croupes mouvantes des chevaux, les casques allumaient de brefs éclairs.

La nouvelle de la manifestation devait être erronée : la place de la Concorde n'offrait aucun aspect insolite. La circulation n'y était même pas interrompue. À peine si un faible barrage d'agents défendait, à tout hasard, l'accès de la statue de Strasbourg, dont le socle, lui aussi, disparaissait sous des couronnes enrubannées aux couleurs nationales.

Déçue, la petite cohorte, qui venait de *L'Humanité*, se disloqua.

Jacques et Jenny s'engagèrent dans la cohue de la rue Royale.

« Quatre heures et demie, dit Jacques. Allons recevoir Müller. Vous n'êtes pas fatiguée ? Nous pourrions remonter à pied jusqu'à la gare du Nord. »

Ils prirent les boulevards, puis la rue Caumartin pour gagner la rue Saint-Lazare. Tout à coup, comme ils arrivaient devant Saint-Louis-d'Antin, un vacarme assourdissant remplit l'espace : la grosse cloche de l'église tintait, par grands coups d'une seule note, distincts, bourdonnants, solennels.

Les gens, figés sur place, se dévisagèrent un instant, avec stupeur. Puis ils se mirent à courir dans toutes les directions.

« Quoi ? Qu'est-ce qu'il y a ? balbutia Jenny, que Jacques avait saisie par le bras.

— Ça y est », murmura quelqu'un, auprès d'eux.

Au loin, d'autres cloches s'ébranlaient. En une minute, le ciel de Paris était devenu pareil à une coupole de bronze, heurtée de toutes parts du même rythme tenace, sinistre comme un glas.

Jenny ne comprenait pas. Elle répétait :

« Qu'est-ce qu'il y a ? Où court-on ? »

Sans un mot, il l'entraîna sur la chaussée que des

centaines de personnes, insouciantes des voitures, traversaient en tous sens.

Un attroupement, qui grossissait à vue d'œil, s'était formé, devant un bureau de poste.

Sur le vitrage, un papier blanc venait d'être collé, de l'intérieur. Mais Jacques et Jenny se trouvaient à trop grande distance pour pouvoir lire. On entendait murmurer : « Ça y est... Ça y est... » Ceux des premiers rangs demeuraient une minute, hébétés, le front levé vers l'affiche, qu'ils avaient l'air d'épeler, à grand effort d'attention. Puis ils se retournaient, l'œil morne, le visage suant et défait ; les uns, sans rien dire, sans regarder personne, se frayaient un passage et s'enfuyaient, le menton sur la poitrine ; d'autres, au contraire, les yeux embués, hochaient la tête, et s'en allaient comme à regret, quêtant des regards fraternels, et balbutiant des paroles étouffées qui ne trouvaient pas d'accueil.

Enfin, les deux jeunes gens purent approcher à leur tour. Sur la petite feuille rectangulaire, fixée au carreau par quatre pains à cacheter rosâtres, une écriture impersonnelle, appliquée, une écriture de femme, avait tracé ces trois lignes, sagement soulignées à la règle :

MOBILISATION GÉNÉRALE
LE PREMIER JOUR DE LA MOBILISATION
EST LE DIMANCHE 2 AOÛT.

Jenny serrait contre son buste la main que Jacques avait glissée sous son bras. Lui, il restait immobile. Comme les autres, il pensait : « Ça y est. » Dans son cerveau, les pensées se succédaient, très vite. Il s'étonnait, malgré tout, de souffrir si peu. N'eût été ce tocsin qui, de seconde en seconde, lui martelait le cerveau, peut-être même eût-il ressenti une sorte de détente nerveuse : cette espèce de soulagement organique que lui apporterait, tout à l'heure, sans doute, à la fin de cette journée orageuse, la première goutte de pluie... Apaisement factice, qui ne dura qu'un instant. Comme un blessé qui, d'abord, n'a pas senti le coup, mais dont la plaie s'ouvre soudain et saigne, une douleur aiguë le pénétra ; et Jenny perçut un soupir rauque, entre les dents contractées.

« Jacques... »

Il ne voulait pas parler. Il se laissa emmener par elle, hors du rassemblement. Des chaises, des tables de bistrot encombraient le trottoir. Ils s'assirent, en silence. Par-dessus les têtes pressées et dont le flot se renouvelait sans cesse, ils apercevaient, sur le vitrage, l'affiche blanche, dont ils ne pouvaient détourner les yeux.

Ainsi, pendant des semaines, il avait vécu, sans douter un seul jour du triomphe de la justice, de la vérité humaine, de l'amour ; non pas comme un illuminé qui souhaite un miracle, mais comme un physicien qui attend la conclusion d'une expérience infaillible — et tout s'écroulait... Honte ! Une rage froide, méprisante, lui serrait la gorge. Jamais il ne s'était senti aussi mortifié. Pas tant révolté ni découragé, que confondu et humilié : humilié par l'atrophie de la volonté populaire, par l'incurable médiocrité de l'homme, par l'impuissance de la raison !... « Et moi ? se dit-il. Que faire maintenant ? » Dans un éclair de conscience, il plongeait en lui-même, au plus dense de sa solitude. Il y cherchait une réponse, un mot d'ordre, une direction. En vain. Et il ne pouvait se défendre d'une sorte de panique devant sa propre incertitude.

Jenny respectait son silence. Elle regardait autour d'elle, avec une curiosité mêlée d'effroi. Elle réalisait assez mal ce qu'était la mobilisation, ce qu'était la guerre. Elle avait aussitôt pensé à sa mère, à Daniel ; à Jacques surtout. Mais, faute d'imagination, les dangers que couraient tous ces êtres chers ne lui apparaissaient pas nettement.

Comme un écho aux anxiétés de Jacques, elle dit, à mi-voix :

« Qu'est-ce que vous allez faire ? »

La voix était calme et ferme. Il prit le temps de penser : « Comme elle est bien, dans tout ça... »

Mais il n'avait pas le courage de répondre. Il détourna les yeux, en s'épongeant le front.

« Allons tout de même à la gare », fit-il, en se levant.

Tout l'après-midi, tassée dans sa bergère, près du téléphone, Anne avait espéré en vain un message d'Antoine. Vingt fois, elle avait failli décrocher le récepteur. Elle était à bout de nerfs ; mais résolue à attendre, à ne pas appeler la première. Un journal déplié traînait à ses pieds. Elle l'avait parcouru avec exaspération. Que lui importaient ces histoires, et l'Autriche, et la Russie, et l'Allemagne ?... Repliée sur elle-même comme une maniaque, elle ne cessait d'imaginer la scène qu'elle aurait avec Antoine, chez eux, dans leur chambre de l'avenue de Wagram, ajoutant sans cesse de nouveaux détails, de nouvelles répliques, des reproches de plus en plus blessants et qui soulageraient un instant sa rancune. Puis elle oubliait tout à coup sa colère, elle lui demandait pardon, l'entourait de ses bras, l'entraînait vers le lit...

Elle entendit soudain, au rez-de-chaussée, des portes claquer, des pas courir. Machinalement, elle leva les yeux vers la pendule : cinq heures moins vingt. La porte s'ouvrit en coup de vent, et la femme de chambre parut :

« Madame ! Joseph a vu l'ordre de mobilisation ! On vient de l'afficher à la poste ! C'est la
guerre !

— Alors ? » fit Anne, glaciale.

Elle se répétait mentalement : « La guerre... », sans
bien comprendre. Sa première pensée fut de dépit :
« Simon va revenir. » Puis elle songea : « Qu'il aille
donc se battre, l'imbécile. » Mais, aussitôt, une idée
poignante la transperça : « Mon Dieu, s'il y a la
guerre, Tony va partir... Ils vont me le tuer !... » Elle
se leva d'un bond :

« Mon chapeau, mes gants... Vite... Commandez la
voiture. »

Elle s'aperçut dans la glace de la cheminée, vieillie,
les narines pincées. « Non... Je suis trop laide aujour-
d'hui », se dit-elle avec désespoir.

Quand la femme de chambre revint, Anne s'était
rassise dans sa bergère, le buste penché en avant, les
mains jointes et serrées entre ses deux genoux...
Sans se redresser, elle dit, d'une voix douce :

« Non, Justine... Merci... Décommandez Jo... Pré-
parez-moi un bain, voulez-vous ? Un bain très
chaud... Et faites-moi mon lit. Je voudrais essayer de
dormir un peu... »

Quelques instants plus tard, elle était dans sa
chambre, couchée dans la pénombre. Les rideaux
étaient tirés. L'appareil était à sa portée : elle n'aurait qu'à étendre le bras s'il appelait... C'était encore
là, entre ces draps frais, qu'elle souffrirait le moins.
Naturellement, le mieux ne se ferait pas sentir tout
de suite. Il fallait patienter une demi-heure, et puis les
palpitations cesseraient, le tumulte du sang s'apai-
serait, le cerveau s'engourdirait un peu. Mais cela
demandait un effort vraiment surhumain, d'attendre
ainsi, allongée, les paupières closes, sans un mouve-

ment, sans un battement de cils... Tony... La guerre...
Tony... Ah, seulement le voir... Le reprendre...

Elle se releva d'un bond, et, chancelante, pieds
nus, pressant son visage entre ses mains, elle courut
jusqu'au petit salon. Sans même prendre la peine
d'approcher une chaise, elle s'agenouilla sur le tapis,
devant le bureau, saisit une feuille de papier, un
crayon, et griffonna :

« Je souffre trop, Tony. Ça ne peut plus durer. Je
ne peux plus, je ne peux plus. Tu vas partir, peut-
être ? Quand ? Je ne sais plus rien de toi. Que t'ai-je
fait ? Pourquoi ? Il faut que je te voie, Tony. Ce soir.
Chez nous. Je t'attendrai. Il est cinq heures. J'y vais.
Je t'attendrai, là-bas, toute la soirée, toute la nuit.
Viens quand tu pourras. Mais viens. Il faut que je te
voie. Promets-moi que tu viendras. Mon Tony.
Viens. »

Elle sonna :

« Dites à Jo qu'il porte ça, tout de suite... Qu'il
monte à l'appartement. »

L'idée lui vint que Simon avait peut-être pris le
train du matin, qu'il pourrait arriver d'une minute à
l'autre... Alors, elle s'habilla en hâte et s'enfuit.

Pour dompter ses nerfs, elle s'obligea à marcher,
et, malgré son impatience, gagna l'avenue de Wagram
à pied.

Cette fois, sans qu'elle pût dire pourquoi, elle était
sûre, sûre, qu'Antoine viendrait.

Elle pénétra « chez eux » par la porte privée de
l'impasse. Et, au moment où elle tournait la clef dans
la serrure, elle *sentit* qu'il était là. Sa certitude fut
telle qu'elle sourit superstitieusement. Elle referma
sans bruit le battant, et s'élança sur la pointe des
pieds à travers les pièces dont les portes étaient

ouvertes, appelant, à mi-voix : « Tony... Tony... » La chambre était vide. Il l'avait entendue, il se cachait. Elle courut à la salle de bains. Elle courut jusqu'à la cuisine. Épuisée, elle revint dans la chambre, et s'assit sur le lit.

Antoine n'était pas là, mais il allait venir...

Lentement, elle commença à se dévêtir. Elle ôta d'abord ses souliers, puis retira ses bas, comme on pèle un fruit, d'un geste long et brusque qui dénudait d'un coup sa chair. Elle crut entendre marcher et tourna la tête. Non, ce n'était pas encore lui... Ses yeux errèrent à travers la chambre, et se fixèrent sur leur lit. Elle aimait s'éveiller la première, surprendre son amant endormi, examiner, tout à loisir, le front sans rides, et la bouche assoupie, la bouche sans volonté — si différente, avec ses lèvres détendues, entrouvertes, enfantines ! C'est à ces moments-là seulement qu'elle le sentait en sa possession. « Mon Tony... » Il allait venir. Elle en avait la certitude. Il viendrait ce soir.

Elle ne se trompait pas.

LXVIII

La gare du Nord était occupée militairement. Dans la cour, dans le hall, ce n'était que pantalons rouges, faisceaux, ordres brefs, bruits de crosses. Cependant, on laissait circuler les civils ; et Jacques n'eut pas de peine à pénétrer, avec Jenny, jusqu'aux quais.

Une soixantaine de militants étaient venus attendre le train. « Ça y est ! » répétaient-ils, en s'abordant. Ils secouaient la tête avec colère, crispaient les poings, et se dévisageaient un instant avec des regards outrés. Mais, sous cette violence trop aisément contenue perçait déjà de la passivité, de la résignation. Tous semblaient penser : « C'était fatal. »

« Qu'est-ce qu'il aurait dit, qu'est-ce qu'il aurait fait, le Patron ? fit le vieux Rabbe, après avoir serré silencieusement la main de Jacques.

— Il n'y a plus d'espoir que dans cette conférence avec Müller », murmura Jacques. L'accent était têtu : il s'obstinait dans sa confiance, comme on tient un serment.

En avant, au bout du trottoir, la délégation des députés socialistes formait un petit peloton distinct.

Jacques, suivi de Jenny et de Rabbe, s'avançait parmi les groupes, sans se mêler à aucun. Les yeux au loin, il dit, comme s'il rêvait :

« Cet homme qui, à l'heure la plus tragique, nous arrive d'Allemagne, chargé peut-être des plus lourdes responsabilités... Cet homme qui vient par la Belgique, et qui a quitté Berlin avant-hier, sans rien savoir encore... Qui, coup sur coup, d'étape en étape, a dû apprendre la mobilisation russe, — et la mobilisation autrichienne — et le *Kriegsgefahrzustand* — et, ce matin, l'assassinat de Jaurès... Et auquel on va annoncer, à sa descente du train, que la France mobilise... Et qui, pour finir, apprendra sans doute, ce soir, que la mobilisation générale est également décrétée dans son pays... C'est pathétique... »

Lorsque la locomotive émergea enfin de la buée, poussant devant elle le nuage de sa vapeur, un frémissement courut sur le quai, et tous, du même mouvement, se portèrent en avant. Mais les employés de la gare veillaient. Il y eut un remous, un barrage improvisé : seule la délégation des parlementaires fut autorisée à s'approcher du convoi.

Jacques les vit entourer un wagon, sur le marchepied duquel se tenaient deux voyageurs. Il reconnut tout de suite Hermann Müller. L'autre, qu'il ne connaissait pas, était un homme encore jeune, bien bâti, dont le masque volontaire dégageait une impression de droiture et de force.

« Qui donc accompagne Müller ? demanda-t-il à Rabbe.

— Henri de Man, un Belge. Un vrai, un pur. Un type qui réfléchit, qui cherche... Tu as dû le voir, mercredi, à Bruxelles ?... Il parle l'allemand comme le français ; il a dû venir pour servir d'interprète. »

Jenny toucha le bras de Jacques :

« Voyez... On laisse passer, maintenant. »

Ils se hâtèrent pour rejoindre le groupe officiel. Mais la file des voyageurs bloquait la sortie.

Lorsqu'ils purent franchir les guichets, les parlementaires qui avaient pour mission de conduire directement le délégué allemand à la réunion privée du Palais-Bourbon avaient disparu.

Dans le hall, un attroupement stationnait devant un placard fraîchement posé. Jacques et Jenny s'approchèrent. Le titre de l'affiche portait, en grosses majuscules :

DISPOSITIONS
CONCERNANT LES ÉTRANGERS

Une voix, derrière eux, s'éleva, goguenarde :

« Perdent pas de temps, les copains ! Faut croire qu'ils avaient tout fait imprimer d'avance ! »

Jenny se retourna. L'homme qui parlait était jeune : un ouvrier en cotte bleue, un mégot aux lèvres ; deux godillots tout neufs, en cuir épais, pendaient, à cheval sur son épaule.

« Toi non plus, remarqua son voisin, en désignant les chaussures cloutées, tu ne perds pas de temps !

— Pour botter les fesses à Guillaume ! » jeta l'ouvrier, en s'éloignant. On rit.

Jacques n'avait pas bougé. Ses yeux ne se détachaient plus de l'affiche. Ses doigts crispés serraient le coude de Jenny. De sa main libre, il lui désigna un paragraphe en caractères gras :

Les étrangers, sans distinction de nationalité, peuvent quitter le camp retranché de Paris, AVANT LA FIN DU PREMIER JOUR DE LA MOBILISATION. *Ils devront, à leur départ, justifier de leur identité au commissariat de la gare.*

Dans le cerveau de Jacques, les idées galopaient. « Les étrangers... » Le paquet qu'il avait laissé chez Jenny contenait encore les faux papiers d'identité qui lui avaient été remis pour sa mission à Berlin... Le Français Jacques Thibault, même en exhibant ses certificats de réforme, aurait sans doute quelque peine à passer en Suisse ; mais, qui pouvait empêcher l'étudiant genevois Éberlé de rentrer chez lui, dans le délai légal ?... *avant la fin du premier jour de la mobilisation*... Dimanche... Demain...

« Partir avant demain soir, se dit-il brusquement. Mais elle ? »

Il avait passé le bras autour des épaules de la jeune fille, et il la poussait hors de la foule.

« Écoutez, fit-il d'une voix saccadée. Il faut absolument que je passe chez mon frère. »

Jenny avait consciencieusement lu le paragraphe en caractères gras : *Les étrangers*, etc. Pourquoi, soudain, Jacques avait-il l'air si troublé ? Pourquoi l'entraînait-il si vite ? Pourquoi voulait-il aller chez Antoine ?

Lui-même n'aurait su le dire. C'était à Antoine

qu'avait été sa première pensée, dans la rue Caumartin, tandis que sonnait le tocsin. Et, maintenant,
dans le désarroi où le jetait cette affiche, le besoin
irraisonné de revoir son frère s'emparait de lui.

Jenny n'osait pas poser de questions. Ce quartier
des gares du Nord et de l'Est, où elle venait si rarement, était lié pour elle au souvenir de sa fuite
devant Jacques, le soir du départ de Daniel ; et ce
souvenir ravivé l'oppressait.

En une heure, l'aspect de la ville avait déjà changé.
Autant de piétons dans les rues, sinon davantage ;
mais plus de flâneurs. Tous se dépêchaient, ne songeant qu'à leurs affaires. Chacun de ces passants
semblait s'être découvert des difficultés à résoudre
en hâte, des dispositions à prendre, une gérance à
céder, des parents, des amis à voir, une réconciliation urgente à tenter, une rupture à consommer. Les
yeux à terre, la bouche close, le visage soucieux, ils
couraient, envahissant, pour aller plus vite, la chaussée, où les véhicules étaient devenus rares. Très peu
de taxis ; les chauffeurs avaient presque tous remisé,
pour être libres. Plus d'autobus : les voitures de
transport en commun étaient, dès ce soir, réquisi-
tionnées.

Jenny peinait à suivre Jacques, et s'appliquait à ne
pas le laisser paraître. Il marchait, les traits tendus,
la mâchoire en avant, semblable aux autres : il avait
l'air d'être pourchassé. Sans qu'elle pût deviner ses
pensées, elle le sentait la proie d'un débat intérieur.

En effet : la lecture de l'affiche avait subitement
cristallisé en lui des velléités jusqu'alors incons-
cientes et diffuses. La silhouette de Meynestrel s'était
dressée devant ses yeux. Il avait revu la chambre de
Bruxelles, le Pilote, debout, dans son pyjama bleu,
l'œil hagard... l'âtre plein de cendres... Il était sans
nouvelles depuis jeudi. Bien des fois, il s'était

demandé : « Que fait-il, lui, là-bas ? » Sûrement, il était en pleine action révolutionnaire... *Les étrangers pourront quitter Paris*... À Genève, auprès du Pilote, il retrouverait un milieu actif, resté pur, indépendant ! Il songeait à Richardley, à Mithœrg, à cette phalange intacte, isolée là-bas au centre de l'Europe en armes. Filer en Suisse ?... La tentation était forte. Cependant, il hésitait. À cause de Jenny ? Oui... Mais Jenny n'était pas la véritable cause de son irrésolution. Éprouverait-il donc un scrupule à déserter ? Aucun ! Au contraire : son premier devoir était de se refuser à défendre, en soldat, tout ce qu'il n'avait cessé de condamner et de combattre... C'était la pensée d'aller se mettre à l'abri qui lui était intolérable. À l'abri, pendant que les autres !... Non ! Il ne vivrait en paix avec lui-même que si son refus constituait un risque, un danger personnel, équivalents à ceux que ses frères mobilisés allaient être condamnés à courir... Alors ? Renoncer au refuge du pays neutre, rester en France ? Lutter contre la guerre, contre l'armée, dans un pays en état de siège ? où toute propagande pacifiste se heurterait à une impitoyable répression ? où il serait suspect, surveillé, préventivement coffré peut-être ? C'était absurde... Alors ? Filer en Suisse !... Mais pour y faire quoi ?

— Être n'est rien », articula-t-il violemment. Et, comme Jenny le regardait, interdite : « Être, penser, croire, ça n'est rien ! Ça n'est rien, tant qu'on ne peut pas traduire son existence, sa pensée, sa conviction, *en acte* !

— En acte ? »

Elle croyait avoir mal entendu. Comment d'ailleurs eût-elle compris ce qu'il voulait dire ?

« Voyez-vous, reprit-il avec la même brusquerie solitaire, je me dis que cette guerre va sans doute avoir raison pour longtemps de l'idéal internationa-

liste! Très longtemps... Des générations, peut-être...
Eh bien, s'il y avait un *acte* à accomplir pour sauver
cet idéal de cette faillite momentanée, je le ferais,
moi! Fût-ce un acte désespéré!... Mais quel acte?...»
ajouta-t-il, à mi-voix.

Jenny s'arrêta net :

«Jacques! Vous pensez à partir!»

Il la regardait. Elle précisa :

«Pour Genève?»

Il fit un geste de demi-aveu.

Deux sentiments opposés — joie et détresse — la
déchirèrent : «S'il gagne la Suisse, il est sauvé!...
Mais, sans lui, que vais-je devenir?»

«Si je me décidais à partir», expliqua-t-il, oui, ce
serait pour Genève. D'abord, parce que c'est là-bas
qu'on peut encore tenter quelque chose... Et puis,
parce que j'ai des faux papiers qui me permettraient
de rentrer facilement en Suisse. Vous avez lu l'affiche...»

Elle l'interrompit, d'un vif élan :

«Partez! Partez demain!»

Il fut stupéfait de la fermeté de sa voix.

«Demain?»

Elle eut, malgré elle, une lueur d'espoir, car le ton
semblait dire : «Non. Bientôt, peut-être. Mais pas
demain.»

Il s'était remis à marcher. Elle s'accrochait à lui,
les jambes molles.

«Je partirais demain, murmura-t-il enfin, si... si
vous partiez avec moi.»

Elle frémit de bonheur. Toute son appréhension
s'évanouit miraculeusement. Il allait partir, il était
sauvé! Et il partirait avec elle, ils ne se sépareraient
pas!

Jacques crut qu'elle hésitait.

« N'êtes-vous pas libre, dit-il, puisque votre mère est retenue à Vienne ?... »

Pour toute réponse, elle se serra davantage contre lui. Les battements de son cœur résonnaient jusque dans ses tempes, l'étourdissaient. Elle lui appartenait corps et âme. Ils ne se quitteraient jamais plus. Elle le protégerait. Elle empêcherait le danger de l'atteindre...

Maintenant, ils parlaient de ce départ comme d'une chose depuis longtemps projetée. Jacques avait oublié l'heure exacte du train de nuit pour la Suisse ; mais il trouverait un indicateur chez Antoine. Il fallait aussi s'assurer que Jenny pouvait voyager sans passeport ; pour les femmes, les formalités devaient être moins sévères. L'argent des billets ? En réunissant leurs ressources, ils avaient largement la somme nécessaire. À Genève, Jacques se débrouillerait... Néanmoins, tout dépendait encore de l'issue des pourparlers avec le délégué allemand. Qui sait ? Si l'on se décidait encore, brusquement, à tenter dans les deux pays un mouvement insurrectionnel ?...

Ils arrivèrent aux jardins qui bordent les Tuileries, sans s'être aperçus du chemin. Jenny était en nage, épuisée tout à coup. Timidement, elle lui montra, de loin, un banc, parmi les fleurs. Ils s'assirent. Ils étaient seuls. L'orage qui, depuis midi, pesait sur la ville semblait retenir au ras du sol le parfum des parterres.

« De Suisse, se disait Jenny, je pourrai correspondre avec maman... Elle pourra nous rejoindre : pays neutre !... » Elle imaginait déjà sa vie à Genève, entre sa mère retrouvée et Jacques à l'abri du danger.

Jacques, obsédé, se répétait : « Partir, oui... Mais pour faire quoi ? » Il avait beau mettre tout son espoir en Meynestrel, et se persuader que Genève était le dernier foyer révolutionnaire intact, il se rappelait *La Parlote*, et ne pouvait vaincre ses doutes sur l'efficacité du travail révolutionnaire qui lui était réservé là-bas.

Il se leva. Il ne pouvait tenir en place.

« Venez, maintenant. Vous vous reposerez rue de l'Université. »

Elle eut un haut-le-corps.

Il souriait :

« Mais oui ! Venez.

— Moi ? Chez votre frère ? Avec vous ?

— Que nous importe maintenant ? Mieux vaut qu'Antoine sache. »

Il paraissait si sûr de lui, si résolu, qu'elle abdiqua toute volonté, et, docilement, le suivit.

LXIX

Dans le vestibule, il y avait une cantine d'officier, toute neuve, à laquelle pendait encore l'étiquette du magasin. — « Monsieur est ici », dit Léon, en ouvrant aux deux jeunes gens la porte du cabinet de consultation.

Jenny, sans hésiter, entra.

La pièce était silencieuse. Jacques aperçut son frère, debout, devant son bureau. Il crut qu'il était seul, et fut désappointé en voyant Studler, puis Roy, émerger des fauteuils où ils étaient enfouis, loin l'un de l'autre : Roy, près de la fenêtre, et Studler, dans l'angle des bibliothèques. Antoine rangeait des papiers ; sous le bureau, la corbeille était pleine, et des feuillets déchirés jonchaient le tapis.

Il s'avança vers Jenny et, paternellement, lui prit la main. Il ne paraissait pas autrement surpris ; c'était un jour où l'on ne s'étonnait de rien. Il se souvint d'ailleurs que Mme de Fontanin, dans le petit mot qu'elle lui avait écrit, après l'enterrement, pour le remercier de ses visites à la clinique, lui avait annoncé son départ. Il pensa vaguement que Jenny, seule à Paris, venait lui demander conseil ; et qu'elle avait dû rencontrer Jacques dans l'escalier.

Les regards des deux frères se croisèrent. Une émotion fraternelle crispa en même temps leurs bouches, dans une sorte de sourire amical, lourd d'arrière-pensées. Malgré tout ce qui les divisait, jamais ils ne s'étaient sentis aussi proches ; jamais, pas même devant le lit de mort de leur père, ils ne s'étaient sentis aussi liés par le secret d'un même sang. Ils se serrèrent la main, sans un mot.

Antoine avait fait asseoir la jeune fille, et commençait à l'interroger sur le voyage de sa mère, lorsque la porte s'ouvrit. Le docteur Thérivier parut, amené par Jousselin.

Il vint droit à Antoine.

« Ça y est... Et on n'y peut rien... »

Antoine ne répondit pas tout de suite. Son regard était grave, presque calme.

« Non, on n'y peut rien », dit-il enfin. Puis il sourit, car c'était exactement ce qu'il pensait ; et cette pensée, pour lui, était une force.

(Lorsque le petit Manuel Roy était venu lui annoncer la mobilisation, Antoine se trouvait dans le laboratoire de Jousselin. Il n'avait pas bronché. Il avait pris une cigarette, et il l'avait allumée lentement, d'un geste machinal. Depuis trois jours, il se sentait captif, condamné à la passivité, entraîné par l'événement mondial, solidaire de sa patrie, de sa classe : aussi impuissant qu'un caillou pris dans la masse glissante d'un tombereau qu'on décharge. Son avenir, ses projets, l'organisation si longuement préméditée de sa vie, tout était par terre. Devant lui, l'inconnu. L'inconnu, mais aussi l'action. Cette idée, chargée de potentiel, l'avait aussitôt redressé. Il avait le don de ne pas s'insurger longtemps contre l'accompli, contre l'inévitable. Un obstacle, c'est une nouvelle donnée. Tout obstacle pose un nouveau problème. Pas d'obstacle qui, pour peu qu'on le veuille, ne puisse devenir un tremplin, une occasion de rebondir...)

« Quand pars-tu ? demanda Thérivier.

— Demain matin. Compiègne... Et toi ?

— Après-demain, lundi. Châlons... » Il s'adressa à Studler, qui venait vers eux : « Et vous ? »

Thérivier avait une telle habitude de la bonne humeur, que, même aujourd'hui, sa voix restait gaie, et que son visage barbu, grassouillet, aux pommettes roses, gardait une expression hilare. Mais le contraste de cette jovialité avec l'anxiété du regard lui faisait un masque désaccordé, pénible à voir.

« Moi ? » fit le Calife, en battant des cils. La question du médecin semblait l'avoir tiré d'un rêve. Il se tourna vers Jacques, comme si c'était à lui qu'il devait des explications : « Moi aussi, je pars ! lança-t-il, sur un ton rogue. « Dans huit jours seulement. Pour Évreux. »

Jacques évita de le regarder. Il ne le condamnait pas. Il savait que la vie du Calife n'avait été qu'une suite de dévouements, de sacrifices : et que, en acceptant, malgré ses convictions, de servir cette guerre « défensive », cet homme loyal se soumettait, une fois de plus, à ce qu'il croyait être le devoir.

Il chercha Jenny des yeux. Elle était debout près de la cheminée, un peu à l'écart des autres. Elle n'avait pas l'air gêné, mais absent. Il la vit se redresser légèrement, chercher un siège des yeux, faire quelques pas, et s'asseoir. « Comme elle est souple », se dit-il. Il crut la tenir encore dans ses bras. Il se souvint de quelle façon violente, contenue, elle avait frémi sous ses premiers baisers. Un trouble délicieux l'envahit, auquel il ne résista pas. Leurs regards se rencontrèrent ; il sourit, et se sentit rougir.

Antoine s'était approché de Jenny, et s'informait de Daniel, lorsque Thérivier les interrompit :

« Et pour vos services des hôpitaux ? Qu'est-ce qu'on a prévu ?

— On demande aux vieux de revenir. Chez nous, Adrien, Daumas, même le père Deléry, ont accepté... Dis donc, toi, fit-il en pointant brusquement son index vers Thérivier, tu ne nous as jamais rapporté le dossier que Jousselin t'a prêté l'autre jour ! *Végétations et glossoptosisme...* »

Thérivier, souriant, prit la jeune fille à témoin :

« Il est incorrigible !... C'est bon, je le renverrai à Studler, ton dossier... Partez tranquille, Monsieur le Major ! »

De la rue, par l'une des croisées qui était grande ouverte, montait depuis un instant une rumeur : des chants, des piétinements de chevaux. Tous s'avancèrent pour voir. Jacques en profita pour s'approcher de son frère, qui restait seul au milieu de la pièce ; mais, à ce moment, Antoine rejoignit les autres, et Jacques le suivit vers la fenêtre.

Un convoi d'artillerie, qui arrivait des Invalides, venait de rencontrer une colonne de manifestants italiens qui gravissait la rue des Saints-Pères, précédée de quatre tambours et d'un drapeau. Les Italiens, arrêtés, chantaient *La Marseillaise* et acclamaient la troupe. Les tambours battaient. Le bruit devenait assourdissant.

Antoine ferma la croisée, et demeura une minute,

pensif, le front au carreau. Jacques était resté à côté de lui. Les autres avaient regagné le centre de la pièce.

« J'ai reçu ce matin une lettre d'Angleterre, dit Antoine, sans changer de pose.

— D'Angleterre ?

— De Gise.

— Ah ? » fit Jacques. Et son regard glissa jusqu'à Jenny.

« Une lettre datée de mercredi. Elle me demande ce qu'elle devrait faire en cas de guerre. Je vais lui répondre qu'elle reste là-bas, dans son couvent. C'est ce qu'elle a de mieux à faire, tu ne trouves pas ? »

Jacques approuva d'un signe de tête évasif. Il s'assura qu'ils étaient seuls, à l'écart. Il voulait parler de Jenny. Mais comment amorcer cette conversation ?

À ce moment, Antoine, brusquement, se tourna vers lui. Ses traits avaient pris une expression anxieuse. Il demanda, très bas :

« Tu es toujours dé... dé... décidé à... ?

— Oui. »

Le ton était ferme, sans arrogance.

Antoine restait penché, évitant le regard de son frère. Ses doigts, machinalement, tambourinaient sur la vitre le rythme des tambours lointains. Il s'aperçut qu'il avait bégayé — ce qui, chez lui, était rare, et toujours le signe d'une perturbation profonde.

Du vestibule, Léon annonça :

« Le docteur Philip. »

Antoine se redressa. Une émotion différente éclaira son visage.

La silhouette dégingandée de Philip s'encadra dans la porte. Ses yeux clignotants firent le tour du cabinet, et s'arrêtèrent sur Antoine. Il branlait tris-

tement la tête. Il tira un mouchoir des basques
flottantes de sa jaquette, et s'épongea le front.

Antoine s'était avancé :

« Eh bien, ça y est, Patron... »

Philip lui toucha la main, en silence ; puis, sans
aller plus loin, comme un pantin dont on a lâché les
ficelles, il s'affala sur le bout de la chaise longue,
houssée de toile blanche, qui était devant lui.

« Vous partez quand ? demanda-t-il, de sa voix
courte et sifflante.

— Demain matin, Patron. »

Philip, comme s'il suçait une pastille, faisait avec
ses lèvres un bruit mouillé.

« Je viens de l'hôpital, reprit Antoine, pour dire
quelque chose. Tout est déjà organisé. J'ai passé mon
service à Bruhel. »

Ils se turent.

Philip, les yeux au sol, remuait bizarrement la tête.

« Vous savez, mon petit, dit-il enfin, ... ça peut
durer longtemps... — très longtemps.

— Beaucoup de techniciens affirment le contraire, hasarda Antoine, sans conviction.

— Ouais ! coupa Philip, comme s'il savait de
longue date ce qu'il fallait penser des techniciens et
de leurs pronostics. Tous raisonnent sur les bases
normales du ravitaillement, du crédit. Mais, si les
gouvernements sont assez fous pour jouer leur va-
tout et risquer la ruine totale, plutôt que de céder !...
Après ce que nous avons vu, depuis huit jours, tout
est possible... Non, moi, je crois à une guerre très
longue, où toutes les nations s'épuiseront à la fois,
sans qu'aucune veuille, ou puisse, s'arrêter sur la
pente. »

Après une courte pause, il reprit :

« Je n'en finirais pas de réfléchir à tout ça... La
guerre... Qui aurait cru cette chose possible ?... Il a

suffi que la presse brouille obstinément les cartes, pour que, en quelques jours, la notion de l'agresseur se soit progressivement obscurcie pour tous, et que chaque peuple s'imagine qu'il est menacé dans son "honneur"... Une semaine de folles terreurs, d'exagérations, de rodomontades, et voilà tous les peuples d'Europe qui se jettent, comme des énergumènes, les uns sur les autres, avec des cris de haine... Je n'en finis pas de réfléchir... C'est tout à fait le drame d'Œdipe... Œdipe aussi était averti. Mais, au jour fatal, il n'a pas reconnu dans les événements ces choses terribles qui lui étaient annoncées... Nous, de même... Nos prophètes avaient tout prédit ; on guettait le danger, et on le guettait bien du côté d'où il est venu, des Balkans, de l'Autriche, du tsarisme, du pangermanisme... On était prévenu... On veillait... Beaucoup de gens sages ont tout mis en œuvre pour empêcher la catastrophe... Et, pourtant, la voilà : on n'a pas pu l'éviter ! Pourquoi ?... Je tourne et retourne la question... Pourquoi ? Peut-être, simplement, parce que, dans tous ces événements redoutés, attendus, s'est glissé un peu d'imprévu, un rien, juste assez pour modifier légèrement leur aspect, et les rendre subitement méconnaissables... juste assez pour que, malgré la vigilance des hommes, le piège du destin puisse jouer !... Et nous voilà pris... »

À l'autre bout de la pièce, où Jousselin, Thérivier, Jacques et Jenny étaient groupés autour de Manuel Roy, un rire juvénile fusa :

« Eh bien, quoi ? disait Roy à Thérivier. Vous ne voudriez pas que je me lamente ! Ça va nous aérer un peu, nous sortir des *labos* ! C'est une expérience passionnante que nous allons vivre !

— *Vivre ?* » murmura Jousselin.

Jenny, qui regardait Roy, détourna subitement les

yeux : le visage exalté du jeune homme lui faisait mal.

Philip avait écouté, de loin. Il se retourna vers Antoine :

« Les jeunes ne peuvent pas s'imaginer ce que c'est... Ça explique bien des choses... Moi, j'ai vu 70... Les jeunes ne savent pas ! »

Il tira de nouveau son mouchoir, s'essuya le visage, les lèvres, la barbiche, et se tamponna longuement le creux des mains.

« Vous autres, vous partez tous, reprit-il à mi-voix, avec mélancolie. Et vous pensez sûrement que les vieux ont de la chance de rester. Ce n'est pas vrai. Nous, notre sort est pire encore que le vôtre : parce que, nous, notre vie est bien terminée.

— Terminée ?

— Oui, mon petit. Bel et bien terminée... Juillet 1914 : quelque chose finit, dont nous étions ; et quelque chose commence, dont nous, les vieux, nous ne serons pas. »

Antoine le contemplait affectueusement, sans rien trouver à lui répondre.

Philip se tut. Puis, comme si une pensée comique lui chatouillait l'esprit, il fit entendre un ricanement nasillard.

« J'aurai eu trois sombres dates dans mon existence, commença-t-il, sur ce ton appliqué qu'il prenait en public, à ses cours (et qui faisait dire aux étudiants : "Phi-Phi s'écoute parler." La première a révolutionné mon adolescence ; la seconde a bouleversé mon âge mûr ; la troisième empoisonnera sans doute ma vieillesse... »

Antoine le dévisageait, comme pour l'inciter à poursuivre :

« La première, c'est quand l'enfant provincial et pieux que j'étais a découvert, une nuit, en lisant à la file les quatre Évangiles, que c'était un tissu de contradictions... La seconde, c'est quand je me suis convaincu qu'un vilain monsieur, qui s'appelait Esterhazy, avait fait une saloperie, qui s'appelait "le bordereau", et que, au lieu de le condamner, on s'acharnait à torturer à sa place un monsieur qui n'avait rien fait, mais qui était juif...

— Et la troisième, interrompit Antoine, avec un triste sourire, c'est aujourd'hui...

— Non... La troisième, c'est il y a huit jours, quand les journaux ont donné le texte de l'ultimatum, quand j'ai vu se dessiner la partie de billard... Quand j'ai compris que c'étaient les peuples qui allaient faire les frais du carambolage...

— Carambolage ? »

Sous les sourcils broussailleux, les yeux de Philip pétillèrent d'une sorte de malice, presque cruelle :

« Oui : et un sinistre carambolage, Thibault ! Une boule rouge, la Serbie — heurtée par une boule blanche, l'Autriche —, poussée elle-même par une autre boule blanche, l'Allemagne... Mais qui tient la queue de billard ? Qui ? La Russie ? Ou bien l'Angleterre ?... » Il éclata de ce rire rageur qui ressemblait à un hennissement. « Je voudrais bien ne pas mourir sans le savoir. »

Jacques s'approchait du coin où Antoine et Philip étaient assis.

« Patron, dit Antoine, je vous ai déjà présenté mon frère, n'est-ce pas ? »

Le vieux praticien dirigea vers Jacques son regard incisif.

Le jeune homme s'inclina. Puis, s'adressant à Antoine :

« Tu n'aurais pas un indicateur des chemins de fer ?

— Si... » Leurs regards se heurtèrent. Antoine

faillit demander : « Pourquoi ? » Il dit seulement :
« Là-bas... Sous l'annuaire des téléphones.

— Et vous, Monsieur, quand partez-vous ? » questionna Philip.

Jacques se raidit, hésita, et regarda Antoine, qui bredouilla précipitamment :

« Mon frère, lui, c'est au... autre chose... »

Il y eut un court silence.

Philip avait-il compris ? Il considérait le jeune homme avec la plus grande attention. Se souvenait-il de la conversation qu'il avait eue avec Jacques ? Et, lorsque Jacques s'éloigna, il le suivit des yeux.

Dès qu'ils furent de nouveau seuls, Antoine se pencha vers Philip :

« Lui, il se refuse, par principe, à être soldat... »

Philip resta une demi-minute silencieux.

« Toute mystique est légitime, concéda-t-il, d'une voix lasse.

— Non, fit Antoine. À l'heure que nous traversons, le devoir est très simple, très net. On n'a pas le droit de s'y soustraire. »

Philip ne parut pas avoir entendu.

« ... légitime, et peut-être nécessaire, poursuivit-il, en nasillant. L'humanité progresserait-elle, sans mystique ? Relisez l'histoire, Thibault... À la base de toutes les grandes modifications sociales, il a toujours fallu quelque aspiration religieuse vers l'absurde. L'intelligence ne mène qu'à l'inaction. C'est la foi qui donne à l'homme l'élan qu'il faut pour agir, et l'entêtement qu'il faut pour persévérer. »

Antoine se taisait. En présence de son maître, il retombait automatiquement en tutelle.

Il aperçut, debout devant la cheminée, Jenny penchée près de Jacques sur l'indicateur, et s'étonna une seconde. Sans doute la jeune fille s'informait-elle des trains qui pouvaient encore ramener sa mère d'Autriche?

Philip continuait à penser à haute voix :

« Qui sait, Thibault ? Peut-être que ceux qui pensent comme votre frère sont des précurseurs ? Peut-être que cette guerre fatale, en déséquilibrant à fond notre vieux continent, prépare une floraison de pseudo-vérités nouvelles que nous ne soupçonnons pas ?... Ce serait presque bon de pouvoir croire ça... Pourquoi non ? Tous les pays d'Europe vont avoir à jeter dans ce brasier la totalité de leurs forces, aussi bien spirituelles que matérielles. C'est un phénomène sans précédent. Les conséquences sont imprévisibles... Qui sait ? Tous les éléments de la civilisation vont peut-être se trouver refondus, dans ce brasier ! Les hommes ont encore tant d'expériences douloureuses à faire, avant le jour de la sagesse !... le jour où, pour organiser leur vie sur la planète, ils se contenteront, humblement, d'utiliser ce que la science leur a appris... »

Léon glissa par l'entrebâillement de la porte son profil de jocrisse :

« *On* demande Monsieur. »

Antoine fronça le sourcil, mais se leva :

« Vous permettez, Patron ? »

Léon attendait, dans le vestibule. Impassible, il présentait le plateau à lettres, sur lequel se détachait une enveloppe bleue.

Antoine la saisit et l'enfouit dans sa poche, sans l'ouvrir.

« *On* demande s'il y a une réponse, murmura le domestique, les yeux bas.

— Qui, *on* ?

— Le chauffeur.

« — Non ! » dit Antoine. Et il pivota sur les talons, car il venait d'entendre s'ouvrir la porte, derrière lui.

Jenny, suivie de Jacques, parut dans le vestibule.

« Vous vous en allez ? »

« — Oui ! » fit Jacques, sur le même ton, péremptoire et sec, qu'Antoine venait de prendre pour répondre : « Non ! » au domestique. Il regardait fixement son frère ; et ce regard énigmatique, chargé de reproche, signifiait, en réalité : « Ainsi, nous sommes venus, un jour comme aujourd'hui, pour te voir, seul, et tu n'as pas trouvé une minute à nous donner ! »

Antoine balbutia :

« Déjà ?... Et vous aussi, Mademoiselle ? »

« Si elle avait un avis, un service à demander, songea-t-il rapidement, pourquoi file-t-elle sans s'être expliquée ? Et avec lui ? »

Il hasarda :

« Puis-je vous être utile à quelque chose, avant mon départ ? »

Elle le remercia d'un sourire évasif et d'une brève inclinaison de tête. Il ne savait que penser.

« Et toi ? dit-il en s'adressant à Jacques qui se dirigeait délibérément vers l'escalier. Je ne te reverrai pas ? »

Le ton était soudain si fraternel que Jenny leva les yeux, et que Jacques se retourna. Les traits d'Antoine trahissaient tant d'émotion que la rancune de Jacques s'évanouit :

« Tu pars demain ? demanda-t-il.

— Oui...

— À quelle heure ?

— Très tôt. Je quitterai l'appartement vers sept heures. »

Jacques regarda Jenny, et dit enfin, d'une voix un peu rauque :

« Veux-tu que je vienne te prendre ? »

Le visage d'Antoine s'illumina :

« Oui, fais cela ! Viens... M'accompagnerais-tu jusqu'à la gare ?

— Entendu.

— Merci, mon vieux. » Il considérait tendrement son cadet. Il répéta : « Merci. »

Ils étaient arrivés tous trois près de la grand-porte.

Jacques l'ouvrit, fit passer la jeune fille et franchit à son tour le seuil, sans avoir croisé le regard de son frère. Sur le palier, il murmura :

« Alors, à demain. »

Puis il tira le battant.

Mais, au même instant, il se ravisa :

« Descendez sans moi, dit-il à Jenny, je vous rejoindrai en bas. » Et, précipitamment, il heurta la porte de son poing.

Antoine était encore dans le vestibule. Il revint ouvrir. Jacques entra, seul, et repoussa la porte derrière lui.

« Je voudrais te dire un mot », fit-il. Ses yeux étaient baissés.

Antoine eut l'intuition que c'était grave.

« Viens. »

Jacques le suivit, en silence, jusque dans le petit bureau. Là, il s'arrêta, debout contre la porte refermée, et regarda son frère.

« Il faut que tu saches, Antoine... Nous étions venus, tous les deux, pour te parler... Jenny et moi...

— Jenny et toi ? répéta Antoine, surpris.

— Oui », fit Jacques, avec netteté. Il souriait bizarrement.

« Jenny *et* toi ? reprit Antoine, au comble de la stupéfaction. Qu'est-ce que tu veux dire ?

— C'est une chose qui date de loin, expliqua Jacques, d'une voix brève, hachée, en rougissant malgré lui. Et maintenant, voilà. Tout s'est décidé. En huit jours.

— Décidé. Quoi, décidé ?... »

Il recula jusqu'à son divan, et s'assit.

« Voyons, balbutia-t-il, ça n'est pas sérieux ?... Jenny ?... Toi et Jenny ?

— Mais oui !

— Vous vous connaissez à peine... Et puis, en ce moment ? Des fiançailles, à la veille de... ? Alors, quoi ? Tu renoncerais à quitter la France ?

— Non. Je pars demain soir. Pour la Suisse. » Après un léger temps, il ajouta : « Avec elle.

— Avec elle ? Mais, voyons, Jacques, tu es fou ! Complètement fou ! »

Jacques souriait toujours :

« Mais non, mon vieux... C'est tout simple : nous nous aimons.

— Ah, ne dis pas de stupidités ! » fit Antoine brutalement.

Jacques eut un mauvais rire. L'attitude de son frère le blessait au vif.

« Ce sont peut-être des sentiments qui t'étonnent... que tu désapprouves... Tant pis... Tant pis pour toi... Je voulais te mettre au courant. C'est fait. Maintenant, au revoir.

— Attends ! s'écria Antoine. C'est idiot ! Je ne peux pas te laisser partir avec de pareilles sottises en tête !

— Au revoir.

— Non ! J'ai à te parler, moi !

— À quoi bon ? Je commence à croire que nous ne pouvons pas nous comprendre... »

Il avait ébauché un mouvement pour sortir, mais il ne s'en allait pas. Il y eut un silence.

Antoine fit un effort pour se ressaisir :

« Écoute, Jacques... Raisonnons... » Jacques sourit ironiquement. « Il y a deux choses à envisager... Ton caractère, d'une part. Et, d'autre part, l'heure que tu as choisie pour... Eh bien, d'abord ton caractère, l'homme que tu es... Laisse-moi te dire la vérité : tu es foncièrement inapte à faire le bonheur d'un autre être... Foncièrement ! Donc, même en d'autres circonstances, jamais tu n'aurais pu rendre Jenny heureuse. Et, en aucun cas, tu n'aurais dû... »

Jacques haussa les épaules.

« Laisse-moi continuer. En aucun cas ! Mais, en ce moment, moins que jamais !... La guerre... Et avec tes idées !... Qu'est-ce que tu vas faire, qu'est-ce que tu vas devenir ? C'est l'inconnu. Un inconnu terrible !... Libre à toi de courir tes risques. Mais lier un autre être à ta destinée, en un moment pareil ? C'est monstrueux, allons ! Tu as totalement perdu la tête ! Tu as cédé à un enfantillage qui ne supporte pas une minute l'examen ! »

Jacques éclata de rire : un rire assuré, impertinent, presque haineux ; un rire un peu dément et qui s'arrêta court. Il releva brusquement sa mèche, et croisa les bras, avec colère :

« Alors, voilà ! Je viens vers toi, je viens te confier notre bonheur — et tout ce que tu trouves à dire, c'est ça ? » Il haussa encore une fois les épaules, saisit le bouton de la porte, et, se tournant, jeta par-dessus son épaule : « Je croyais te connaître. Je te connais seulement depuis cinq minutes ! Je sais maintenant ce que tu vaux ! Tu es un cœur sec ! Tu n'as jamais aimé ! Tu n'aimeras jamais ! Un cœur sec, irrémédiablement sec ! » Il toisait son frère de haut — du haut de son intangible amour. Il grimaça un sourire, et articula, du bout des lèvres : « Sais-tu ce que tu es ? avec tous tes diplômes, et tout ton orgueil ? Tu es un pauvre type, Antoine ! Rien de plus qu'un pauvre, pauvre type ! »

Il eut un petit ricanement étranglé, et disparut en claquant la porte.

Antoine resta une minute immobile, la nuque ployée, les regards rivés au tapis.

« *Un cœur sec !* » dit-il, à mi-voix.

Sa respiration était courte. Le tumulte de son sang lui faisait éprouver un trouble physique, un de ces malaises comme en cause l'altitude. Il allongea le bras devant lui, la main horizontale et tendue : elle était agitée d'un tremblement qu'il ne pouvait maîtriser. « Mon pouls doit être à cent vingt... », songea-t-il.

Il se redressa lentement, se mit debout, alla jusqu'à la croisée, et poussa les persiennes.

La cour était silencieuse : au-delà, entre deux pans de murs, le feuillage souffreteux d'un marronnier faisait une tache jaune. Mais il ne voyait rien, rien que le visage insolent de Jacques, son sourire suffisant, son regard ivre et buté.

« *Tu n'as jamais aimé !* murmura-t-il, en crispant ses poings sur l'appui de fer. Si c'est ça, l'amour, imbécile, eh bien, non, je n'ai jamais aimé ! Et je m'en vante ! »

Une fillette parut à l'une des croisées de l'immeuble voisin, et leva les yeux vers lui. Avait-il parlé à haute voix ? Il quitta la fenêtre et revint au milieu de la pièce.

« L'amour ! À la campagne, au moins, ils n'ont pas peur d'appeler la chose par son nom : ils disent qu'une bête est *en folie*... Mais, pour nous, ce serait

trop simple ; et ce serait humiliant ! Il faut sublimer !
Il faut dire, en roulant des yeux blancs : "Nous nous
aimons !... Je l'aime !... L'â-âmour !!!" Le cœur, on le
sait, c'est votre monopole à vous autres, les amoureux ! Moi, je suis un "cœur sec" ! Entendu !... Et,
naturellement : "Tu ne peux pas comprendre !"
L'éternel refrain. Le besoin vaniteux d'être incompris ! Ça les grandit, à leurs propres yeux ! Comme
les aliénés ! Exactement comme les aliénés : pas un
fou qui ne se targue d'être incompris ! »

Il s'aperçut dans la glace, gesticulant, l'œil rageur.
Il enfonça ses mains dans ses poches, et chercha un
plus noble prétexte à sa colère :

« C'est l'*absurdité* de ça, qui m'exaspère ! Oui : c'est
mon bon sens qui s'irrite, et me cause ces élancements... Ce n'est pas la première fois, d'ailleurs, que
je le constate : on peut souffrir d'une blessure au bon
sens comme d'un panaris, comme d'une rage de
dents ! »

La pensée de Philip, qui l'attendait dans son cabinet, l'aida à se reprendre. Il secoua les épaules :

« Allons... »

Ses doigts, au fond de sa poche, pétrissaient machinalement un papier. La lettre d'Anne... Il prit l'enveloppe, la déchira en deux et jeta les morceaux dans
la corbeille. Ses yeux tombèrent sur le livret militaire, préparé sur le bureau. Et, tout à coup, il eut
une défaillance. Demain, la guerre, les risques —
mutilation, mort ? *Tu n'as jamais aimé !* Demain, le
cycle de la jeunesse se terminait à l'improviste, et
peut-être que l'heure d'aimer était à jamais révolue...

Il se pencha brusquement vers la corbeille,
ramassa une moitié d'enveloppe, en tira un fragment
de billet, qu'il déplia. Ce n'était qu'un cri violent et
doux comme une caresse :

... Ce soir. Chez nous. Je t'attendrai... Il faut que je te voie. Promets-moi que tu viendras. Mon Tony. Viens.

Il se laissa tomber dans son fauteuil. Passer une dernière nuit contre elle. Être encore une fois câliné... Pouvoir, encore une fois, s'endormir et oublier tout, dans ses bras... Une nostalgie soudaine, une vague de détresse, violente comme une lame de fond, le submergea. Il mit ses coudes sur la table, et, pendant quelques minutes, sa tête entre les mains, il sanglota comme un enfant.

LXX

Paris était calme, mais tragique. Les nuages qui s'amoncelaient depuis midi formaient une voûte sombre qui plongeait la ville dans une pénombre crépusculaire. Les cafés, les magasins, prématurément éclairés, jetaient des traînées livides à travers les rues noires, où la foule, privée de ses moyens de transport, courait, hâtive et angoissée. Les bouches du métro refoulaient jusque sur le trottoir le flot des voyageurs, contraints, malgré leur impatience, à piétiner une demi-heure sur les marches avant de pouvoir pénétrer à l'intérieur.

Jacques et Jenny, renonçant à attendre, gagnèrent à pied la rive droite.

Les crieurs de journaux étaient postés à tous les coins. On s'arrachait les éditions spéciales. On s'arrêtait, une minute, pour les parcourir d'un œil avide. Chacun, malgré lui, y cherchait obstinément la grande nouvelle : que tout était arrangé : que les dirigeants d'Europe s'étaient subitement ressaisis ; qu'ils avaient, d'un commun accord, trouvé une solution amiable ; que l'absurde cauchemar était enfin dissipé ; qu'on en était quitte pour la peur...

À *L'Humanité*, depuis que la mobilisation était décrétée, le vide, comme ailleurs, s'était fait ; chacun semblait avoir été repris par sa vie personnelle. L'entrée, l'escalier, étaient déserts. L'unique garçon, qui allait et venait dans le couloir, prévint Jacques que Stefany n'était pas dans son bureau. La permanence était assurée par Gallot ; mais il travaillait au numéro du lendemain ; il avait condamné sa porte ; et Jacques, que Jenny, exténuée, suivait comme une ombre, n'essaya pas de forcer la consigne.

« Allons jusqu'au *Progrès* », dit-il.

Au café, dans la salle du bas, personne. Le gérant lui-même était absent ; sa femme était seule, à la caisse ; elle semblait avoir pleuré, et ne se dérangea pas.

Ils montèrent à l'entresol.

Une seule table était occupée : quelques militants, tous jeunes, et que Jacques ne connaissait pas. Ils se turent une minute, à l'arrivée de ces nouveaux venus ; mais ils reprirent vite leur discussion.

Jacques avait soif. Il fit asseoir Jenny, près de l'entrée, et descendit chercher une canette de bière.

« Et qu'est-ce que tu veux faire d'autre, ballot ? attendre les gendarmes ? te faire fusiller, comme un imbécile ? »

Celui qui parlait était un garçon de vingt-cinq ans, au teint coloré, la casquette sur la nuque. Sa voix était âpre. Il dévisageait tour à tour ses camarades, de son œil noir et dur.

« Et puis, je vais te dire ! reprit-il, avec nervosité.

Pour nous, pour les types comme nous qui ont suivi ça de près, il y a une chose certaine, et qui prime tout : nous appartenons à un pays qui ne voulait pas la guerre, et qui n'a rien à se reprocher !

— C'est exactement ce que disent tous les autres, interrompit le plus âgé de la bande, un homme d'une quarantaine d'années, qui portait l'uniforme des employés du métro.

— Les Allemands ne peuvent pas dire ça ! La paix dépendait d'eux ! Dix fois, depuis quinze jours, ils ont eu l'occasion de barrer la route à la guerre !

— Nous aussi ! Nous aurions pu carrément dire : "merde !" à la Russie !

— Ça n'aurait rien empêché ! On voit bien, aujourd'hui, que les Allemands avaient salement manigancé leur coup ! Alors, tant pis pour eusses ! On a beau être pour la paix, on n'est pas des nouilles, après tout ! La France est attaquée, la France doit se défendre ! Et la France, c'est toi, c'est moi, c'est nous tous ! »

Sauf l'employé du métro, les autres semblaient approuver.

Jacques tourna vers Jenny un regard de détresse. Il se rappelait Studler, implorant : « J'ai besoin, besoin de croire à la culpabilité de l'Allemagne ! »

Sans boire la bière qu'il avait versée, il fit signe à la jeune fille, et se leva. Mais, avant de partir, il s'approcha du groupe :

« La guerre *défensive* !... La guerre *légitime*, la guerre *juste* !... Vous ne voyez donc pas que c'est l'éternelle duperie ! Vous aussi, vous allez vous y laisser prendre ? Il n'y a pas trois heures que la mobilisation est décrétée, et voilà déjà où vous en êtes ? Sans défense contre toutes ces passions mauvaises que la presse s'applique à exaspérer depuis une semaine ? ces passions dont les chefs militaires ne vont que trop avoir l'emploi!... Qui résistera à cette folie si, vous, socialistes, ne résistez pas!»

Il ne s'adressait spécialement à aucun d'eux. Mais il les dévisageait, à tour de rôle, et ses lèvres tremblaient.

Le plus jeune de tous, un plâtrier dont la figure et les cheveux étaient encore poudrés de blanc, dressa vers lui sa face de Pierrot:

«Je pense comme Châtaignier, fit-il, d'une voix posée et fraîche. Je suis mobilisé le premier jour: demain!... Je hais la guerre. Mais je suis Français. Le pays est attaqué. On a besoin de moi, j'irai! J'irai, la mort dans l'âme; mais j'irai!

— Moi, je suis comme eux, déclara son voisin. Moi, je pars mardi, le troisième jour... Moi, je suis de Bar-le-Duc; mes vieux y habitent... J'ai pas du tout envie que mon patelin devienne un territoire allemand!»

«Les neuf dixièmes des Français en sont là, pensa Jacques, avides d'innocenter leur pays, et de pouvoir conclure à l'infâme préméditation de l'adversaire, pour justifier les réactions de leurs instincts défensifs. Et même, se disait-il, dans quelle mesure ces êtres jeunes n'éprouvent-ils pas une trouble satisfaction à faire soudain partie d'une communauté outragée, à respirer cet air capiteux de rancune collective?...» Rien n'avait changé depuis l'époque où le cardinal de Retz osait écrire: *Il n'est rien de si grande conséquence dans les peuples, que de leur faire paroistre, même quand l'on attaque, que l'on ne songe qu'à se défendre.*

«Réfléchissez! reprit Jacques, d'une voix sourde. Si vous abandonnez la résistance — demain, il sera trop tard!... Pensez à ceci: de l'autre côté des frontières, c'est exactement la même explosion de colères, d'accusations fausses, d'antagonismes butés! Chaque peuple est devenu pareil à ces galopins batailleurs qui se jettent les uns sur les autres, avec des yeux de petits fauves : "C'est lui qui a commencé!..." Est-ce que ça n'est pas absurde ?

— Alors, quoi ? s'écria le plâtrier. Nous, les mobilisés, qu'est-ce que tu veux qu'on foute ?

— Si vous pensez que la violence ne peut pas être la justice, si vous pensez que la vie humaine est sacrée, si vous pensez qu'il n'y a pas deux morales, celle qui condamne le meurtre en temps de paix et celle qui le prescrit en temps de guerre — refusez la mobilisation! Refusez la guerre! Restez fidèles à vous-mêmes! Restez fidèles à l'Internationale!»

Jenny, qui était restée à l'entrée de la salle, se rapprocha brusquement, et vint se placer tout contre lui.

Le plâtrier s'était levé. Il croisa les bras, rageusement :

«Pour se faire coller au mur? Non, mais dis! tu en as de bonnes!... Au moins, *là-bas*, chacun court sa chance; on peut s'en tirer, avec deux sous de veine!

— Mais, s'écria Jacques, vous sentez bien que c'est lâche d'abdiquer sa volonté, sa responsabilité personnelle, entre les mains de ceux qu'on sait les plus forts! Vous vous dites : "Je désapprouve, mais je n'y peux rien..." Ça vous coûte, mais vous calmez votre conscience à peu de frais, par le sentiment que cette soumission est difficile et méritoire... Vous ne voyez donc pas que vous êtes les dupes d'un jeu criminel? Avez-vous oublié que les gouvernements ne sont pas installés au pouvoir pour asservir les peuples et les faire massacrer — mais pour les servir et les protéger, et les rendre heureux?»

Un noiraud, d'une trentaine d'années, qui n'avait encore rien dit, frappa la table de son poing :

«Non et non! Tu n'as pas raison. Tu n'as pas raison aujourd'hui!... Dieu sait que je n'ai jamais

marché avec le gouvernement. Je suis aussi socialiste que toi ! J'ai cinq ans de carte au parti ! Eh bien,
moi, socialiste, je suis prêt à faire le coup de feu,
pour le gouvernement, comme tout le monde ! »
Jacques voulut l'interrompre. Mais l'autre éleva la
voix : « Et ça n'a rien à voir avec les convictions ! Les
nationalistes, les capitalistes, tous les *gros*, on les
retrouvera après ! et on leur réglera leur compte, à
leur tour, tu peux t'en rapporter à moi ! Mais, pour
l'instant, s'agit pas de faire des théories ! Le premier
compte à régler, c'est avec les Pruscos ! Ces salauds-
là, ils ont voulu la guerre, ils l'auront ! Et je te le dis :
s'il ne tient qu'à moi, il leur en cuira ! »

Jacques haussa lentement les épaules. Il n'y avait
rien à faire. Saisissant le bras de Jenny, il l'entraîna
vers l'escalier.

« Et vive la Sociale quand même ! » cria une voix
derrière eux.

Dehors, ils marchèrent quelques minutes, en silence.
Des grondements sourds annonçaient l'orage. Le ciel
était d'encre.

« Voyez-vous, dit Jacques, j'ai cru, j'ai vingt fois
répété, que les guerres ne sont pas affaire de sentiments, qu'elles ne sont qu'un heurt fatal de concur-
rences économiques. Eh bien, en voyant aujourd'hui
la frénésie nationaliste s'élever si naturellement, si
indistinctement, de toutes les classes de la société,
j'en arrive presque à me demander... si les guerres
ne seraient pas plutôt le résultat d'un obscur, d'un
indomptable conflit de passions, auquel la confla-
gration des intérêts servirait seulement d'occasion,
de prétexte... » Il se tut de nouveau. Puis, suivant au
hasard le fil de ses pensées : « Et le plus dérisoire,
c'est ce souci qu'ils ont, non seulement de se justi-

fier, mais d'afficher que leur consentement est raisonné, et *libre* !... Oui, libre !... Tous ces malheureux qui, hier encore, combattaient pied à pied cette guerre, et qui s'y trouvent lancés malgré eux, ils tiennent mordicus, aujourd'hui, à paraître agir délibérément !... C'est tragique, d'ailleurs, reprit-il, après une nouvelle pause, que tant d'hommes avertis, méfiants, puissent devenir tout à coup si crédules, dès qu'on fait vibrer la corde patriotarde... Tragique — et presque incompréhensible... Peut-être est-ce simplement à cause de ceci : que l'homme moyen s'identifie naïvement avec sa patrie, avec sa nation, avec l'État... L'habitude de dire : "Nous, Français..." "Nous, Allemands..." Et, comme chaque individu désire de bonne foi la paix, il lui est impossible d'admettre que cet État, qui est le sien, veuille la guerre. Et, alors, on pourrait presque dire : plus l'individu est attaché à la paix, plus il est porté à innocenter son pays, ceux de son clan ; et plus ça devient facile de le convaincre que la menace hostile vient de l'étranger, que son gouvernement n'est pas responsable, qu'il fait partie d'une collectivité victime, et qu'il doit se défendre en le défendant... »

De larges gouttes de pluie l'interrompirent. Ils traversaient à ce moment la place de la Bourse.

« Courons, dit Jacques, vous allez être trempée... »

À peine s'ils eurent le temps, pour se mettre à l'abri, de gagner les arcades de la rue des Colonnes. L'orage qui, tout le jour, avait pesé sur la ville, éclatait enfin, avec une violence soudaine et dramatique. Les éclairs se succédaient sans interruption, cinglant les nerfs, et le roulement incessant du tonnerre se répercutait entre les immeubles avec un fracas qui rappelait les orages de montagne. Rue du Quatre-Septembre, un escadron de la garde républicaine passa, au trot : les hommes, courbés sous la rafale, se penchaient sur l'encolure des bêtes fumantes dont les sabots soulevaient des gerbes d'eau ; et, comme dans un bon tableau de peintre de batailles, les casques étincelaient sous le ciel plombé.

« Entrons là, proposa Jacques en indiquant, au fond des arcades, un petit restaurant mal éclairé et déjà envahi. Nous mangerons quelque chose, en attendant. »

Ils eurent du mal à trouver deux places côte à côte, à une table de marbre où se pressaient d'autres consommateurs.

À peine assise, Jenny sentit sa fatigue l'anéantir.

Ses genoux tremblaient ; ses épaules, sa nuque, étaient douloureuses ; sa tête pesait un poids intolérable. Elle crut qu'elle allait se trouver mal. Si seulement elle avait pu, quelques minutes, fermer les yeux, s'allonger, dormir... Dormir près de lui... Aussitôt, le souvenir de la nuit précédente s'empara d'elle, et ce fut comme un coup de fouet qui lui rendit ses forces. Jacques, à son côté, ne s'était aperçu de rien. Elle le voyait de profil : sa tempe moite, la mèche sombre, aux reflets roux... Elle faillit lui saisir le bras, lui dire : « Rentrons. Qu'importe tout le reste ?... Prenez-moi contre vous... Serrez-moi fort ! »

Autour d'eux, la conversation était générale. Les yeux brillaient. On se passait la salière, le moutardier, avec des regards fraternels. Les nouvelles les plus folles, les plus contradictoires, s'échangeaient avec une assurance imperturbable, et trouvaient aussitôt crédit. « Un orage pareil, pourvu que ça ne retarde pas l'offensive », gémit une dame entre deux âges, dont le visage couperosé reflétait un héroïsme platonique, mais agressif. « En 70, expliqua un gros monsieur décoré de la rosette, qui était en face de Jenny, les hostilités n'ont commencé que longtemps après la déclaration de guerre : au moins quinze jours. — Il paraît qu'on va manquer de sucre, dit quelqu'un. — Et de sel », ajouta la dame héroïque. Elle s'inclina confidentiellement vers Jenny : « Moi, je n'ai pas attendu pour prendre mes précautions. »

Le monsieur décoré, s'adressant à la cantonade avec une émotion admirative qui taisait trembler sa voix et semblait douée de propriétés contagieuses, contait l'histoire d'un certain colonel d'une garnison de l'Est, qui, recevant l'ordre de faire reculer ses hommes à dix kilomètres de la frontière et croyant que la France cédait déjà devant l'ennemi, avait sorti son revolver, et, plutôt que de survivre au déshonneur, s'était brûlé la cervelle devant son régiment.

Au bout de la table, un ouvrier mangeait en silence ; son regard méfiant croisa celui de Jacques. Il prit aussitôt la parole :

« Vous rigolez, vous autres, fit-il sur un ton rageur. Mais nous, ce soir, à l'atelier, on n'a pas pu obtenir la paie de la semaine !

— Pourquoi ? dit le monsieur avec bienveillance.

— Le patron prétend que son argent est déposé en banque, et que la banque a fermé boutique... Ça a fait un beau chambard, vous pensez ! Mais, n'y a rien eu à faire. "Revenez lundi", qu'il a dit...

— Mais oui, lundi on vous paiera tous, affirma la dame héroïque.

— Lundi ? D'abord, beaucoup sont mobilisés dès demain. Alors, vous vous rendez compte ? Partir, et laisser la femme sans le sou, avec les gosses ?

— Vous inquiétez pas, fit avec autorité le monsieur décoré. Le gouvernement a prévu ça, comme tout le reste. Il y aura des distributions de subsides dans les mairies. Partez tranquilles ! Vos familles

sont sous la protection de l'État : elles ne manque-
ront de rien !

— Vous croyez ? murmura l'homme, ébranlé.
Pourquoi qu'on le dit pas, alors ? »

Un voisin de Jacques, qui avait eu la chance de
pouvoir acheter l'édition spéciale d'un journal du
soir, fit allusion à la proclamation que Poincaré
adressait « à la Nation française ».

Des mains se tendirent :

« Montrez ! Montrez ! »

Mais l'autre ne voulait pas se dessaisir de son
exemplaire.

« Lisez ! » commanda le monsieur décoré.

L'homme, un petit vieux à mine chafouine, assujettit son binocle :

« C'est contresigné par tous les ministres ! »
annonça-t-il avec emphase. Puis il commença, sur
un ton de fausset : « *Soucieux de sa responsabilité,
sentant qu'il manquerait à un devoir sacré s'il laissait
les choses en l'état, le gouvernement vient de prendre
le décret qu'impose la situation.* » Il prit un temps :
« *La mobilisation n'est pas la guerre...* »

« Vous entendez, Jacques », souffla Jenny, d'une
voix qui frémissait d'espoir.

Jacques haussa les épaules :

« Il s'agit de faire entrer les rats dans la ratière...
Mais, quand on les tiendra, on les tiendra bien. »

« *Dans les circonstances présentes*, continuait
l'homme au binocle, *la mobilisation apparaît au
contraire comme le moyen d'assurer la paix dans
l'honneur...* »

Le silence s'était fait, même aux tables voisines.

« Plus haut ! » cria quelqu'un, au fond de la salle.
Le lecteur se leva pour continuer ; sa voix, par instants, se trouait : nul doute que le pauvre homme

eût, en ce moment, l'impression que c'était lui qui parlait au peuple. Il répéta, gravement :

« *... la paix dans l'honneur... Le gouvernement compte sur le sang-froid de cette noble nation pour qu'elle ne se laisse pas aller à une émotion injustifiée.* »

« Bravo ! fit la dame couperosée.

— Injustifiée ! » murmura Jacques.

« *... Il compte sur le patriotisme de tous les Français, et il sait qu'il n'en est pas un seul qui ne soit prêt à faire son devoir. À cette heure, il n'y a plus de partis. Il y a la France éternelle, la France pacifique et résolue. Il y a la France du Droit et de la Justice, tout entière unie dans le calme, la vigilance et la dignité.* »

La lecture avait été suivie d'un silence, qui dura une longue minute. Puis, sur ce thème exaltant, les conversations rebondirent. L'héroïsme de la dame n'était pas un phénomène individuel. Le monsieur décoré était devenu rouge comme sa rosette. Au bout de la table, l'ouvrier sans salaire avait les yeux pleins de larmes. Chacun subissait, avec une note de délectation, l'ivresse collective ; chacun se trouvait soulevé sans effort, transporté au-delà de lui-même, grisé de sublime, prêt au renoncement des martyrs.

Jacques se taisait. Il songeait aux proclamations identiques qu'avaient dû signer, là-bas, à la même heure, les autres responsables, le Kaiser, le tsar ; à ces formules magiques, chargées partout du même pouvoir, et qui sans doute déchaînaient partout le même délire absurde...

Il vit que Jenny repoussait devant elle son assiettée de potage à peine touchée. Alors, il lui fit signe, et se leva.

Dehors, la pluie avait cessé. Les balcons s'égouttaient. Les ruisseaux, élargis et fangeux, se déversaient dans les égouts, avec un bruit de déglutition ;

sur les trottoirs luisants d'eau la foule avait repris sa
course désordonnée.

« Maintenant, à la Chambre, dit Jacques, en entraînant Jenny d'un pas fébrile. Savoir ce qu'ils fabri-
quent, là-bas, avec Müller ?... »

Si insensé que cela pût paraître, il n'aurait pas pu
affirmer qu'il n'espérait plus.

LXXI

Le Palais-Bourbon était discrètement gardé par
des municipaux. Néanmoins, derrière les grilles de
la cour, stationnaient plusieurs groupes, vers lesquels Jacques, toujours suivi de Jenny, se dirigea.

Dans l'un d'eux, à la lueur des globes électriques,
il avait reconnu la haute silhouette de Rabbe.

« L'entretien n'est pas terminé, lui expliqua le
vieux militant. Ils viennent de sortir. Ils sont partis
dîner. La discussion doit reprendre tout à l'heure.
Mais pas ici : dans les bureaux de *L'Huma*.

— Eh bien ? Les premières impressions ?

— Pas fameuses... Difficile de se renseigner, d'ailleurs. Ils étaient tous congestionnés, à demi morts
de soif — et muets comme des carpes... Le seul dont
j'ai pu tirer quelque chose, c'est Siblot... Et il ne nous
a pas caché sa déception. N'est-ce pas ? » ajouta-t-il,
s'adressant à Jumelin, qui s'approchait.

Jenny, silencieuse, examinait les deux hommes.
Jumelin ne lui plaisait qu'à demi. Ce long visage
étroit, suant et blême, cette mâchoire glabre, trop
saillante, la façon sèche qu'il avait de parler en
hachant les phrases, sans desserrer suffisamment les
dents, ces épaules carrées, l'éclat dur de ses prunelles
trop petites et trop noires, causaient à la jeune fille

une impression de malaise. Le vieux Rabbe, au contraire, avec son front bosselé, ses yeux clairs et tristes dont le regard se posait toujours sur Jacques avec une douceur paternelle, lui inspirait confiance et sympathie.

« Ce Müller n'a, paraît-il, aucun mandat précis, dit Jumelin. Il n'apporte aucune proposition ferme.

— Alors, pourquoi serait-il venu ?

— Uniquement dans un but d'information.

— D'information ? s'écria Jacques. À l'heure où, sans doute, il n'y a même plus le temps d'agir ! »

Jumelin secoua les épaules :

« Agir... Tu es drôle !... Crois-tu qu'il est encore possible de prendre des décisions, quand la situation change d'heure en heure ? Tu sais que l'Allemagne, elle aussi, a décrété sa mobilisation générale ? Ça s'est fait, à cinq heures, un peu après nous... Et on dit que, ce soir, elle va déclarer officiellement la guerre à la Russie...

— Mais, reprit Jacques, impatiemment, oui ou non, ce Müller est-il venu pour faire l'union des prolétariats allemand et français ? pour organiser enfin la grève, dans les deux pays ?

— La grève ? Sûrement pas, répliqua Jumelin. Il vient, je crois, simplement pour savoir si le Parti français votera ou ne votera pas les crédits militaires que le gouvernement doit demander aux Chambres, dès lundi. Et c'est tout.

— Et ce serait déjà quelque chose, dit Rabbe, si sur ce point précis, les parlementaires socialistes français et allemands adoptaient une politique semblable.

— Pas bien sûr », fit Jumelin, énigmatiquement.

Jacques piétinait sur place.

« Ce qu'on peut dire, reprit Jumelin d'un air pénétré, et ce que, paraît-il, les chefs du Parti ne se sont pas fait faute de répéter sur tous les tons à Müller, c'est que la France a tout mis en œuvre pour éviter la guerre... Jusqu'au dernier moment! jusqu'à consentir un recul de ses troupes de couverture!... Nous, socialistes français, nous avons du moins notre conscience pour nous! Et nous avons le droit de considérer l'Allemagne comme l'État agresseur!»

Jacques le regardait, abasourdi.

«Autrement dit, trancha-t-il, les députés socialistes français s'apprêtent à voter pour les crédits?

— En tout cas, ils ne peuvent pas voter contre.

— Comment, *ils ne peuvent pas*?

— Le plus probable, c'est qu'ils s'abstiendront de prendre part au vote, émit Rabbe.

— Ah, s'écria Jacques, si Jaurès était là!

— Peuh... Je crois que, devant la situation actuelle, le Patron lui-même n'aurait pas osé voter contre.

— Mais, fit Jacques hors de lui, cette distinction entre le pays agresseur et le pays attaqué, Jaurès a montré cent fois combien elle est absurde! Ça n'est qu'un prétexte à d'inextricables chicanes! Vous avez tous l'air d'avoir oublié les causes véritables du pétrin où nous sommes : le capitalisme, l'impérialisme des gouvernements! Quelles que soient les apparences que prennent les premiers actes d'hostilité, c'est contre la guerre — contre toute guerre! — que le socialisme international doit s'insurger! Ou bien alors!...»

Rabbe approuva évasivement :

«En principe, oui... Et Müller a bien dit quelque chose dans ce goût-là, paraît-il...

— Et alors?»

Rabbe eut un grand geste de lassitude :

«Alors, on en est là. Et on est allé dîner, bras dessus, bras dessous.

— Non, répliqua Jumelin. Tu oublies de dire que Müller a manifesté le désir de téléphoner à Berlin, pour se concerter avec les chefs de son parti.

— Ah », fit Jacques, qui ne demandait qu'à reprendre espoir.

Il pivota rageusement sur ses talons, fit quelques pas au hasard, et revint se planter devant les deux hommes :

«Savez-vous ce que je pense, moi ? Ce Müller, eh bien, il venait tout bêtement pour tâter le degré réel d'internationalisme et de pacifisme du Parti français. Et, s'il avait trouvé devant lui de vrais réfractaires, décidés à tout, décidés à la grève générale, pour faire échec au nationalisme du gouvernement, je dis que la paix pouvait encore être sauvée ! Oui ! Même aujourd'hui, même après le décret de mobilisation ! La paix pouvait encore être sauvée par l'union formidable du prolétariat français et du prolétariat allemand ! Au lieu de ça, qu'est-ce qu'il a trouvé ? Des discoureurs, des ergoteurs, des modérés, toujours prêts, en paroles, à condamner la guerre et le nationalisme, mais qui pensent déjà à voter les crédits militaires, et à donner carte blanche à l'état-major ! Jusqu'à la dernière minute, ç'aura été la même absurde et criminelle contradiction : le même conflit équivoque entre cet idéal internationaliste auquel on adhère théoriquement, et tous ces intérêts nationaux, dont, pratiquement, personne, même parmi les chefs socialistes, ne consent à faire le sacrifice ! »

Tandis qu'il parlait, Jenny, excédée de fatigue, ne le quittait pas des yeux. La voix de Jacques l'enveloppait, comme une musique connue et caressante. Elle paraissait attentive, mais elle était trop lasse pour écouter. Elle épiait le visage de Jacques, et, dans ce visage, la bouche; et son regard, fixé sur ces lèvres sinueuses dont la ligne s'allongeait, se contractait, comme une chose étonnamment vivante, lui donnait la sensation physique d'un contact. Au souvenir de la nuit passée dans ses bras, elle défaillait d'attente. «Partons, se disait-elle. Qu'attend-il? Qu'il vienne... Rentrons... Qu'importe tout le reste?»

Cadieux, qui courait de groupe en groupe, semant des nouvelles, s'approcha d'eux :

«On vient de faire une démarche auprès du ministre de l'Intérieur, pour que Müller puisse téléphoner à Berlin. Mais sans succès : les communications sont coupées. Trop tard! Des deux côtés, état de siège...

— C'était peut-être la dernière chance», murmura Jacques, en se penchant vers Jenny.

Cadieux avait entendu; il ricana :

«Chance de quoi?

— D'une action prolétarienne! D'une action internationale!»

Cadieux sourit bizarrement.

«Internationale? fit-il. Mais, mon cher, soyons réalistes : à partir d'aujourd'hui, ce qui est international, ça n'est plus la lutte pour la paix; c'est la guerre!»

N'était-ce qu'une boutade découragée? Il haussa les épaules, et disparut dans la nuit.

«Il a raison, grommela Jumelin. Sinistrement raison. La guerre est là. Ce soir, que nous l'acceptions de bonne grâce ou non, nous sommes, nous socialistes, comme tous les Français, *dans* la guerre... Notre activité internationale, nous la retrouverons, nous la reprendrons oui : mais plus tard. Ce soir, l'heure du pacifisme est passée.

— C'est toi, Jumelin, qui dis ça ? fit Jacques.

— Oui ! il y a un fait nouveau : la guerre *est*. Pour moi, de ce fait, tout est changé : et notre rôle de socialistes me paraît très clair : nous ne devons pas entraver l'action du gouvernement ! »

Jacques le considérait avec stupeur :

« Alors, tu accepterais d'être mobilisé ?

— Bien sûr. Mardi prochain, je t'annonce que le citoyen Jumelin sera simple *bibi* de seconde classe au 239ᵉ régiment de réserve, à Rouen ! »

Jacques baissa les yeux et ne répondit rien.

Rabbe lui mit la main sur l'épaule :

« Ne te fais pas plus mauvaise tête que tu n'es... Si tu ne penses pas comme lui ce soir, tu penseras comme lui demain... C'est évident : la cause de la France, c'est la cause de la démocratie. Nous, socialistes, nous devons être les premiers à défendre la démocratie contre l'agression des impérialismes voisins !

— Alors, toi aussi ?

— Moi ? Si je n'étais pas si vieux, j'irais m'engager... J'essayerai d'ailleurs. On peut peut-être encore utiliser ma vieille carcasse... Tu me regardes ? Je n'ai pas changé d'opinion. J'espère fermement vivre assez pour pouvoir reprendre un jour la lutte contre le militarisme. Ça reste ma bête noire !... Mais, pour le moment, pas de sottise : le militarisme n'est plus ce qu'il était hier. Le militarisme, aujourd'hui, c'est le salut de la France ; et c'est même davantage : le salut de la démocratie en péril. Alors, je rentre mes griffes. Et je suis tout prêt à faire comme les copains : à prendre un flingot, et à défendre le pays. On verra après ! »

Il soutenait crânement le regard de Jacques. Un vague sourire, à la fois confus et fier, hésitait sur ses lèvres, et rendait plus poignante la tristesse de ses yeux.

« Même Rabbe ! » murmura Jacques, en détournant les yeux.

Il étouffait.

Il saisit le bras de Jenny, et s'éloigna avec elle, sans dire adieu.

Devant la grille, un groupe animé obstruait la sortie.

Au centre, Pagès, le secrétaire de Gallot, discutait en gesticulant. Parmi les jeunes militants qui l'entouraient, Jacques reconnut des figures de connaissance : Bouvier ; Hérard ; Fougerolle ; Latour, un syndicaliste ; Odelle et Chardent, qui étaient rédacteurs à *L'Huma*.

Pagès aperçut Jacques, et lui fit signe.

« Tu sais la nouvelle ? Une dépêche de Pétersbourg : l'Allemagne a déclaré ce soir la guerre à la Russie. »

Bouvier, un orateur de meeting, un homme d'une quarantaine d'années, malingre, au teint gris, se tourna vers Jacques :

« À quelque chose malheur est bon ! Là-bas, au front, il y aura du travail pour nous autres ! Dès qu'ils nous auront donné des fusils et des cartouches !... »

Jacques ne répondit pas. Il se méfiait de Bouvier, il n'aimait pas son regard fuyant. (Mourlan lui avait dit, un soir, au sortir d'un meeting où Bouvier avait prononcé un discours très violent : « Ce gars-là, moi, je le tiens à l'œil. Un peu trop de ferveur, pour mon goût... Chaque fois qu'il y a des arrestations, il est toujours cueilli dans les premiers ; mais, comme par hasard, il bénéficie toujours d'un non-lieu... »)

«Le plus rigolo, reprit Bouvier, avec un rire étouffé, c'est qu'ils croient nous embarquer dans une guerre nationaliste! Ils ne se doutent pas que, avant un mois, ce sera la guerre civile!

— Et, avant deux mois, la révolution!» cria Latour.

Jacques demanda froidement:

«Alors, vous autres aussi, vous vous laissez tous mobiliser?

— Dame! L'occasion est trop belle!

— Et toi? dit Jacques, en s'adressant à Pagès.

— Parbleu!»

Ses traits n'avaient pas leur expression habituelle. Il élevait nerveusement la voix. Il avait l'air d'être un peu ivre.

«Cette guerre, reprit-il, ce n'est pas notre faute si on n'a pas pu l'empêcher! Mais on n'a pas pu. Le fait est là... Au moins, qu'elle soit la fin de cette société moribonde, qui ne s'aperçoit pas qu'elle se suicide elle-même. Il ne tient qu'à nous que le capitalisme ne survive pas au désastre qu'il a voulu! Cette guerre, qu'elle serve, au moins, à l'évolution sociale! qu'elle profite à l'humanité! qu'elle soit la dernière! qu'elle soit la guerre libératrice!

— Guerre à la guerre! gronda une voix.

— On va se battre, s'écria Odelle. Mais en soldats de la Révolution, pour le désarmement définitif et l'émancipation des peuples!»

Hérard, un postier, qui attirait toujours l'attention parce qu'il ressemblait étonnamment à Briand (dont il avait jusqu'à la voix chaude, frémissante de sonorités sourdes), prononça lentement:

«Oui... Des milliers et des milliers d'innocents vont être sacrifiés! C'est monstrueux! Mais la seule chose qui puisse faire accepter cette horreur, c'est de penser que nous allons payer pour l'avenir! Ceux qui reviendront de ce baptême de sang seront des hommes régénérés... Devant eux, il n'y aura plus rien, que des ruines. Et, sur ces ruines, ils pourront enfin construire la société nouvelle ! »

Jenny, qui était derrière Jacques, vit ses épaules tressaillir. Elle crut qu'il allait intervenir dans le débat. Mais il se retourna vers elle, sans rien dire. Elle fut frappée par l'altération de son visage. Il lui reprit le bras, et s'éloigna du groupe, en la serrant contre lui. Il était heureux qu'elle fût venue : la sensation de sa solitude lui était moins amère. « Non, se disait-il, non !... Plutôt mourir que d'accepter ce que je désapprouve de toute mon âme ! Plutôt mourir que ce reniement ! »

« Vous avez entendu ? dit-il, après une courte pause. Je ne les reconnais plus. »

À ce moment, Fougerolle, qui, durant le colloque à la grille, n'avait pas soufflé mot, les rejoignit :

« Tu as raison, fit-il, sans préambule, forçant les deux jeunes gens à s'arrêter pour l'entendre. J'ai même pensé à déserter, moi, pour rester logique avec moi-même. Ainsi, tu vois !... Mais, si je faisais ça, je ne serais jamais sûr de l'avoir fait par conviction, et non par frousse. Parce que, la vérité, c'est que j'ai terriblement peur... Alors, c'est absurde, mais je ferai comme eux : je partirai... »

Il n'attendit pas la réponse de Jacques, et s'éloigna d'un pas ferme.

« Peut-être qu'il y en a beaucoup d'autres comme lui... », murmura Jacques, rêveur.

Par la rue de Bourgogne, ils longèrent le Palais-Bourbon, pour gagner la Seine.

« Savez-vous ce qui me frappe ? reprit-il, après un nouveau silence, c'est leurs regards, leurs voix, cette sorte d'allégresse involontaire qu'on surprend dans leurs gestes... Au point qu'on se demande : "S'ils apprenaient ce soir que tout s'arrange, qu'on démobilise, est-ce que leur premier mouvement ne serait pas d'être déçus?..." Et le plus désespérant, ajouta-t-il aussitôt, c'est toute cette énergie qu'ils mettent au service de la guerre!... Ce courage, ce mépris de la mort! Toute une force d'âme *gaspillée*, dont la centième partie aurait suffi à empêcher la guerre, si seulement ils l'avaient mise, à temps, tous ensemble, au service de la paix!...»

Sur le pont de la Concorde, ils croisèrent Stefany, qui marchait seul, tête basse, son nez osseux chevauché de ses grandes lunettes. Il accourait, lui aussi, pour savoir le résultat des négociations.

Jacques lui apprit que l'entretien était interrompu, et devait se poursuivre, un peu plus tard, mais à *L'Humanité*.

«En ce cas, je rentre au journal», dit Stefany, en rebroussant chemin.

Jacques demeurait sombre. Il fit quelques pas sans parler; puis, se souvenant de la prophétie de Mourlan, il toucha Stefany au coude :

«C'est fini, il n'y a plus de socialistes : il n'y a plus que des *socialo-patriotards*.

— Pourquoi dis-tu ça?

— Je vois qu'ils acceptent tous de partir... Ils croient obéir à leur conscience en sacrifiant leur idéal révolutionnaire au mythe nouveau de la Patrie menacée! Les plus acharnés contre la guerre sont devenus les plus ardents à courir la faire!... Jumelin... Pagès... Tous!... Même le vieux Rabbe, qui est prêt à s'engager, si on veut de lui.

— Rabbe?» répéta Stefany, sur un ton interrogatif. Cependant il déclara : «Ça ne me surprend pas... Cadieux part aussi. Et Berthet, et Jourdain. Ils avaient tous leur livret militaire en poche, depuis hier... Gallot lui-même, tout myope qu'il est, a demandé à Guesde d'intervenir au ministère pour qu'on le sorte des riz-pain-sel !...

— Le Parti est décapité, conclut Jacques sombrement.

— Le Parti ? Non, peut-être pas. Mais ce qui est décapité, à coup sûr, c'est la résistance contre les forces de guerre. »

Jacques se rapprocha dans un élan fraternel.

« Tu penses, aussi, n'est-ce pas, que, si Jaurès était encore là... ?

— Naturellement, il serait avec nous ! Ou plutôt, le Parti entier serait resté avec lui !... C'est Dunois qui a trouvé la formule juste : *La conscience socialiste ne serait pas divisée.* »

Ils traversèrent en silence la Concorde, déserte de voitures et qui semblait plus vaste, plus éclairée que de coutume. Le visage bilieux de Stefany tressaillait, sillonné de tics.

Soudain, il s'arrêta. La lueur d'un réverbère découpait d'insolites reliefs sur son visage allongé, et faisait, par éclairs, étinceler ses lunettes sur ses orbites remplies d'ombre.

« Jaurès ? » fit-il. (Pour prononcer ce nom, sa voix chantante de Méridional prit une inflexion si caressante, si désespérée, que Jacques en eut la gorge nouée.) « Sais-tu ce qu'il a dit, devant moi, jeudi dernier, au moment de quitter Bruxelles ? Huysmans repartait pour Amsterdam et lui faisait ses adieux. Le Patron l'a regardé, brutalement, dans les yeux, et lui a dit : *"Écoutez-moi bien, Huysmans. Si la guerre éclatait,* MAINTENEZ L'INTERNATIONALE ! *Si des amis vous supplient de prendre parti dans le conflit, n'en faites rien :* MAINTENEZ L'INTERNATIONALE ! *Et, si, moi, Jaurès, je viens vous demander de prendre fait et cause pour l'un ou l'autre des belligérants, ne m'écoutez pas, Huysmans !* MAINTENEZ, COÛTE QUE COÛTE, L'INTERNATIONALE !" »

Jacques, bouleversé, s'écria :

« Oui ! Même si nous ne devons plus être que dix ! Même si nous ne devons plus être que deux ! Maintenir, coûte que coûte, l'Internationale ! » Sa voix tremblait ; Jenny, frissonnante d'émotion, vint se serrer contre lui, mais il ne parut pas s'en apercevoir. Il répéta, encore une fois, comme un serment : « Maintenir l'Internationale ! »

« Mais comment ? » se disait-il. Et il lui semblait s'enfoncer seul, dans les ténèbres.

Il était plus de minuit quand Jacques et Jenny quittèrent les bureaux de *L'Humanité*, où, ce soir, beaucoup de militants étaient venus aux nouvelles. Bien qu'il n'eût conservé aucun espoir, Jacques n'avait pas voulu s'en aller sans connaître l'issue des conversations avec le délégué allemand. À plusieurs reprises, tourmenté par le visage défait de la jeune fille, il l'avait suppliée de rentrer se reposer chez elle, en attendant qu'il pût l'y rejoindre ; mais, chaque fois, elle avait répondu par le même refus. Enfin, dans le bureau de Stefany où ils s'étaient réfugiés avec une vingtaine d'autres socialistes, Gallot vint annoncer que la séance prenait fin. Müller et de Man étaient pressés par l'heure : il leur restait à peine le temps de gagner la gare du Nord, s'ils voulaient attraper le dernier convoi civil à destination de la Belgique. Jacques et Jenny les virent passer dans le couloir, conduits par Morizet. Cachin, muni de son écharpe de député, se proposait de les accompagner au train pour leur faciliter le départ. Encore n'était-

on pas certain que Müller pût franchir la frontière
belge.

Gallot, harcelé de questions, secouait rageusement
sa tête hirsute. On finit par lui arracher des détails.
Tout compte fait, cet ultime contact entre les partis
socialistes de France et d'Allemagne n'avait abouti à
rien. Après six heures de loyale discussion, il avait
fallu se contenter d'émettre timidement le vœu que
les socialistes de la Chambre et ceux du Reichstag,
sans faire obstacle à ce que les crédits de guerre fussent accordés, s'abstiendraient du moins du vote
favorable ; et l'on s'était séparé sur cette conclusion
dérisoire : « L'instabilité de la situation ne permet
pas de prendre des engagements plus précis ».

La faillite était consommée. Le dogme de la solidarité internationale n'avait été qu'un leurre.

Jacques tourna les yeux vers Jenny, comme s'il
cherchait auprès d'elle un dernier secours à sa
détresse. Elle était assise, un peu à l'écart, sur un
tabouret, les mains abandonnées sur les genoux, le
dos appuyé à un rayonnage. La lumière du plafon-
nier fouillait obliquement son profil, amassait de
l'ombre sous les paupières, sous les pommettes. L'effort qu'elle faisait pour tenir les yeux ouverts lui dila-
tait les prunelles. La prendre dans ses bras, bercer,
endormir, cette faiblesse... Toute la pitié que Jacques,
ce soir, avait du monde décupla soudain sa compassion pour cet être fragile et las, qui seul maintenant devait compter pour lui.

Il vint à elle, l'aida à se lever, et, en silence, l'entraîna dehors.

Enfin ! Elle s'élança devant lui dans l'escalier. Elle
ne sentait plus sa fatigue. Et quand ils se trouvèrent
sur le trottoir, quand elle sentit la main brûlante de
Jacques se glisser autour de sa taille, elle éprouva
tout à coup, au milieu de sa joie, au-delà de ce sen-

timent irrésistible qui la rivait à lui, quelque chose
de trouble, d'effrayant, d'absolument neuf, dont la
violence fit affluer contre ses tempes une telle montée de sang, qu'elle chancela, et porta la main à son
front.

« Vous n'en pouvez plus, murmura-t-il, consterné.
Que faire ? Aucune chance de pouvoir prendre une
voiture, ce soir... »

Serrés l'un contre l'autre, épuisés, fiévreux, ils partirent, devant eux, dans la nuit.

Il y avait encore beaucoup de monde dans les rues.
De petits paquets d'agents et de gardes républicains
veillaient à tous les carrefours.

Devant Notre-Dame-des-Victoires, ils furent surpris de voir ouverte à deux battants la porte de
l'église. Ils approchèrent. La nef se creusait comme
une grotte miraculeuse, obscure et pourtant illuminée par d'innombrables herses de cierges qui trans-
formaient l'abside en un buisson ardent. Les travées,
malgré l'heure tardive, étaient pleines d'ombres
silencieuses, en prière ; autour des confessionnaux,
de jeunes hommes, agenouillés, attendaient leur
tour. Curieux et, malgré lui, ému par le désarroi que
révélait, à pareille heure, cet élan de piété populaire,
Jacques serait volontiers entré là, un moment. Mais
Jenny, cabrée, le retint : en elle, inconsciemment,
trois siècles de protestantisme se dressaient contre
la pompe — l'idolâtrie — catholique...

Ils reprirent leur route, sans échanger leurs
impressions.

Jenny, de plus en plus lasse, marchait, suspendue
au bras de Jacques. À un moment, sans raison, elle
saisit la main du jeune homme et y appuya sa joue.
Il s'arrêta, bouleversé. Après un coup d'œil autour
d'eux, il poussa la jeune fille dans l'encoignure d'une
porte et l'étreignit. « Enfin ! » songea-t-elle. Ses lèvres

s'amollirent; elle ne cherchait plus à dérober sa bouche; depuis des heures, elle attendait ce baiser; elle ferma les yeux, et s'abandonna en frissonnant.

Ils traversèrent les Halles, et remontèrent le boulevard Saint-Michel. L'horloge du Palais marquait une heure et quart. Les piétons n'étaient plus aussi nombreux; mais, dans les grandes artères qui menaient aux portes de la ville, des convois suivaient la chaussée : chariots réquisitionnés, files de chevaux tenus à la bride, autos conduites par des soldats, régiments silencieux qui se déplaçaient vers des destinations secrètes. Cette nuit-là, il n'y avait pas de repos en Europe.

Ils avançaient lentement. Jenny boitait. Elle dut avouer qu'un de ses souliers l'avait blessée. Il voulut qu'elle s'appuyât davantage sur lui; il la soutenait, la portait presque. Elle en était mortifiée, et attendrie. À mesure qu'ils approchaient de la maison, une sourde angoisse se mêlait à leur impatience. Ils se sentaient l'un et l'autre à la limite de leur résistance physique et morale; mais, malgré tout, à travers cette fatigue et cette anxiété, brûlait une flamme tenace de joie.

Le premier regard de Jenny, en allumant l'électricité de l'antichambre, fut pour s'assurer, comme chaque fois qu'elle rentrait, que la concierge n'avait pas glissé sous la porte un télégramme de Vienne. Rien. Son cœur se crispa. Il n'y avait plus aucune chance pour qu'elle eût des nouvelles de sa mère avant leur départ.

«Pourvu que les communications soient restées normales entre la Suisse et l'Autriche», murmura-t-elle. C'était maintenant son unique espoir.

« Dès notre arrivée à Genève, nous irons au consulat », promit Jacques.

Ils s'attardaient dans le vestibule, debout, hantés l'un et l'autre par le souvenir de la nuit précédente, gênés tout à coup de se retrouver seuls, en pleine lumière, avec ces visages las et ces regards fuyants que troublait le même souvenir.

« Allons », fit Jacques.

Il ne bougeait pas. Il se baissa machinalement pour ramasser un journal, le plia sans hâte, et le remit sur le guéridon.

« Je meurs de soif, dit-il, avec une désinvolture un peu forcée. Et vous ?

— Moi aussi. »

Dans la cuisine, les restes de leur déjeuner traînaient encore sur la table.

« Notre dînette », fit Jacques.

Il fit couler l'eau jusqu'à ce qu'elle fût fraîche, et tendit le verre à Jenny, qui s'était assise sur la chaise la plus proche. Elle en but quelques gorgées, et le lui rendit, en détournant les yeux : elle était sûre qu'il mettrait ses lèvres là où elle venait de poser les siennes... Il avala deux verres, coup sur coup, émit une sorte de grognement satisfait, et vint à elle. Il lui saisit le visage entre ses mains, et se pencha... Mais il se contenta de la regarder longuement, de tout près. Puis il dit, avec une grande douceur :

« Pauvre, pauvre chérie... Il est tard... Vous n'en pouvez plus... Et la nuit prochaine, ce long voyage... Il faut aller faire un grand somme... Dans votre lit », ajouta-t-il.

Elle ploya les épaules, sans répondre. Il l'obligea à se redresser, et la mena, flageolante, jusqu'à l'entrée de sa chambre.

La pièce était obscure, à peine éclairée par la nuit d'été qui entrait par la fenêtre ouverte.

«Maintenant, il faut dormir, dormir», répéta-t-il, à son oreille.

Elle se raidit. Elle restait sur le seuil, serrée contre lui. Elle murmura, dans un souffle :

«Là-bas...»

«Là-bas», c'était le divan de la chambre de Daniel... Il respira profondément, et ne répondit pas. Au moment où Jenny avait accepté de l'accompagner en Suisse, il avait pensé : «C'est à Genève qu'elle sera ma femme.» Mais, après les secousses de cette pathétique journée... L'équilibre universel semblait rompu ; l'imprévu régnait, l'exceptionnel était devenu la loi ; aucun engagement ne tenait plus...

Quelques secondes encore, pleinement conscient, il lutta contre lui-même. Il s'écarta d'elle, et la regarda.

Elle levait vers lui ses prunelles limpides. Un même trouble, une même joie grave et pure les oppressaient tous deux.

«Oui», dit-il enfin.

LXXII

Le Simplon-Express, qui, d'après l'horaire, devait arriver vers dix-sept heures à Paris, n'atteignit qu'à vingt-trois heures passées la gare de Laroche, où il fut immédiatement garé sur une voie latérale, afin de laisser les grandes lignes aux convois de ravitaillement de l'armée. Presque uniquement composé de vieux wagons de troisième classe, il était bondé de voyageurs, entassés à treize ou quatorze dans des compartiments de dix places. À une heure du matin, après d'interminables manœuvres, le train repartit péniblement vers la capitale. À trois heures, il défilait à l'allure d'un chasseur à pied dans la gare de Melun, pour s'arrêter presque aussitôt sur le pont de la Seine. Une fin de nuit laiteuse blanchissait la courbe du fleuve ; la ville se devinait à quelques rangées de lumières qui clignotaient dans la brume. Peu à peu, derrière les collines, l'aube parut ; et, sur une route en contrebas, le long de l'eau, on put distinguer un régiment en marche, suivi par une longue file de voitures régimentaires.

Enfin, à quatre heures et demie, après d'innombrables stationnements, de faux départs, d'attentes sous des tunnels, le train, sifflant et stoppant à tous les signaux, traversa lentement la banlieue parisienne, et vint s'arrêter sur une voie sans quai, à trois cents mètres de la gare P.-L.-M.

Mme de Fontanin suivit les voyageurs que les employés faisaient descendre sur le ballast, et chassaient à travers les rails vers le hall d'entrée. Sa lourde valise lui barrait les jarrets, et la faisait chanceler à chaque pas.

Elle avait quitté Vienne en plein branle-bas de guerre, dans un des derniers trains d'étrangers qu'on expédiait sur l'Italie. Elle voyageait depuis trois jours ; elle avait changé sept fois de wagon, et passé trois nuits sans dormir. Mais elle avait obtenu le retrait des plaintes contre son mari, et que le nom de Fontanin ne figurât pas dans les rapports de l'enquête.

Le hall, rempli de pantalons rouges, ressemblait à un bivouac. Elle dut se faufiler parmi les faisceaux, se heurter à des barrières gardées par des plantons, et rebrousser dix fois chemin avant de pouvoir sortir de la gare. La pensée de son fils, qui ne la quittait guère, l'étreignit davantage au milieu de ces soldats. Elle était sans nouvelles de lui. Elle allait trouver des lettres à la maison. Daniel! Vers quel destin s'avançait-il? Elle le vit, dans son bel uniforme, avec son casque étincelant, à cheval près d'un poteau frontière, dressé comme un défenseur devant la patrie menacée... Dieu le protégerait! Craindre pour lui eût été manquer de foi.

Dehors, aucun taxi, aucun autobus. Rentrer chez elle à pied n'était pas infaisable : la joie de toucher au but l'empêchait de sentir tout le poids de sa fatigue. Mais que faire de son bagage? À la consigne, plus de cent personnes faisaient queue. Traînant tant bien que mal sa valise, elle traversa la place, et aperçut une brasserie ouverte. Le désordre des tables, l'aspect ensommeillé des garçons, quelques lampes restées allumées bien qu'il commençât à faire grand jour, indiquaient que le café, en dépit des règlements, n'avait pas dû fermer cette nuit. Une jeune femme, à la caisse, apitoyée par le sourire avenant de la voyageuse, consentit à garder la valise en dépôt; et Mme de Fontanin, délestée, partit vers l'Observatoire. Elle touchait enfin au terme de ses tribulations : dans une demi-heure, elle serait auprès de Jenny, chez elle, devant son plateau de thé. Elle ne sentait presque plus son épuisement.

Ce Paris matinal du 2 août était déjà si animé que, en arrivant à sa maison, elle fut étonnée de trouver la grand-porte close. Sa montre était arrêtée. En passant devant la loge, dont les rideaux étaient encore tirés, elle calcula qu'il ne devait pas être plus de cinq heures et demie. «Jenny dort, et elle a certainement mis la chaîne, pensa-t-elle, en gravissant l'escalier. Entendra-t-elle seulement le timbre du vestibule?»

À tout hasard, avant de carillonner, elle essaya d'entrer avec sa clef. Le battant s'ouvrit : la serrure n'était même pas fermée à double tour.

Son premier coup d'œil dans le vestibule se heurta

à un chapeau d'homme, un feutre noir... Daniel?
Non... Elle fut prise de peur. Toutes les portes
béaient. Elle fit deux pas jusqu'à l'entrée du couloir.
Là-bas, au fond, la cuisine était allumée... Rêvait-
elle? Elle ne se sentait pas très lucide. Elle appuya
un instant son épaule au mur. Aucun bruit. L'appartement semblait vide. Pourtant, ce chapeau, cette
ampoule allumée... L'idée d'un cambriolage lui traversa l'esprit... Machinalement, elle avançait dans le
couloir, vers la cuisine, quand tout à coup, devant la
chambre de Daniel dont la porte était ouverte, elle
s'arrêta, l'œil fixe : sur le divan, parmi les coussins
en désordre, deux corps enlacés...

Une seconde, l'idée d'un meurtre se substitua à
l'idée du vol. Une seconde à peine : car elle avait aussitôt reconnu les deux visages renversés : Jenny
dormait dans les bras de Jacques endormi!

Elle recula brusquement dans l'ombre du couloir.
Elle pressait la main contre sa poitrine, comme si les
battements de son cœur allaient signaler sa présence. Son unique pensée était de fuir. Fuir, pour ne
pas avoir vu! Fuir pour éviter l'atroce humiliation :
la leur, la sienne...

Vite, à pas de loup, elle regagna le vestibule. Là,
elle dut faire halte, prête à défaillir. Et peut-être se
serait-elle demandé si elle n'avait pas été victime
d'une hallucination, quand elle aperçut de nouveau
le feutre de Jacques, insolemment posé au milieu de
la table. Alors elle se roidit, ouvrit avec précaution
la porte du palier, la referma sans bruit, et, accrochée à la rampe, lourdement, marche à marche, elle
descendit les étages.

Et maintenant? Lui faudrait-il, pour qu'on lui
ouvrît la grande porte, frapper à la loge, se faire
reconnaître, expliquer son retour, et ce départ subit?...
Par chance, la concierge, qu'elle avait sans doute

éveillée en arrivant, s'était levée, et s'habillait ; il y
avait de la lumière derrière les rideaux, et la porte
de l'avenue était ouverte. La pauvre femme put se
glisser dehors sans être remarquée.

Où aller ? Où trouver un refuge ?

Elle traversa la chaussée et entra dans les jardins.
Ils étaient déserts. Elle gagna le banc le plus proche
et s'y laissa tomber.

Autour d'elle, le silence, la fraîcheur. Au loin, un
bruit sourd, continu : le roulement des convois et des
camions, qui ne cessaient de passer boulevard Saint-
Michel.

Mme de Fontanin n'essayait pas de comprendre.
Elle ne se demandait même pas ce qui avait pu se
passer en son absence, comment les choses en
étaient arrivées là. Elle ne parvenait pas à réfléchir.
Mais elle continuait à *voir*. L'image restée devant ses
yeux avait le relief indiscutable de la réalité : le divan
en désordre, le pied nu de Jenny tendu sous le jour
de la fenêtre, les bras de Jacques refermés sur le
buste de la jeune fille, et leur pose abandonnée, et,
sur leurs lèvres rapprochées dans le sommeil, cette
expression de molle, de douloureuse extase... « Qu'ils
étaient beaux ! » songeait-elle, malgré sa honte, malgré son effroi. À son indignation, à son instinctive
révolte, se mêlait déjà cet autre sentiment, si fort
enraciné en elle : le respect d'autrui ; le respect de la
destinée, de la responsabilité d'autrui.

Jacques eut-il, à travers son sommeil, l'intuition
que quelque chose avait bougé dans l'appartement ?
Ses paupières battirent ; il ouvrit les yeux. En une
seconde, il reprit conscience de tout. Son regard,
avant de se poser sur le visage endormi, glissa sur
un pied nu, sur la rondeur d'un sein, sur la courbe

d'une épaule. Quelle tristesse, dans le pli de cette
bouche! Quelle impression figée de souffrance, sur
ces traits inanimés! De souffrance, et pourtant de
repos... Le masque mortuaire d'une enfance dont
l'agonie a été cruelle...

Il retenait son souffle, et ne pouvait détacher les
yeux de cette bouche crispée. La pitié, le remords,
un sentiment d'effroi, dominaient sa tendresse. Une
fatalité s'appesantissait sur eux. Fatalité? Non : ce
qui était arrivé, il l'avait voulu, il était seul à l'avoir
voulu. De tout temps, il s'était jeté sur Jenny comme
sur une proie. À Maisons-Laffitte, c'était lui qui
s'était imposé à elle, qui s'était fait aimer — pour fuir
aussitôt, l'abandonner à son désespoir. Et, cet été,
voilà que, de nouveau, il avait fondu sur elle — sur
elle qui commençait à se reprendre, à oublier... L'irréparable était accompli. Huit jours plus tôt, elle
pouvait encore vivre sans lui. Aujourd'hui, non. Elle
était sienne; il l'entraînait dans son sillage. Vers quel
redoutable inconnu...? Sans lui, maintenant, elle ne
pouvait plus trouver de saveur à la vie. Et, avec lui,
serait-elle heureuse? Non. Il le savait bien. Antoine
n'avait que trop raison! Il n'était pas de ceux qui
apportent aux autres le bonheur.

Antoine... Instinctivement ses yeux cherchèrent la
pendule. C'était ce matin qu'il avait promis d'accompagner son frère à la gare. Six heures moins
vingt. Dans cinq minutes, il faudrait se lever.

Par la fenêtre ouverte entrait un roulement saccadé et sourd. Il dressa la tête. Des régiments, des
convois, des trains d'artillerie, parcouraient la ville.
La guerre était là, guettant leur réveil. *Le premier
jour de la mobilisation est le dimanche 2 août...* La
guerre, ce matin, commençait pour tous!

Il restait là, dressé sur un coude, l'oreille tendue,
l'œil fixe, le front moite. Par instants, le bruit sem-

blait s'évanouir. Un émouvant silence succédait au
martèlement de fer ; un silence que traversait parfois
un pépiement d'oiseaux, ou bien, comme un soupir,
le discret murmure du vent sur les cimes de l'avenue. Puis la sinistre rumeur renaissait au loin. De
nouvelles troupes montaient le boulevard ; leur
pas cadencé s'approchait, s'amplifiait, étouffant le
silence, couvrant le chant des moineaux, écrasant
tout sous son pilonnement.

Au risque d'éveiller Jenny, il la souleva doucement
et la prit dans ses bras. Le rapprochement de leurs
chairs la fit se contracter brusquement, dans son
sommeil. Elle murmura : « Non... non... » Puis ses
paupières se soulevèrent, et elle lui sourit : un
sourire tendre et craintif, tandis que, au fond des
prunelles noyées, la lueur apeurée s'éteignait avec
lenteur. Une minute, ils demeurèrent étroitement
joints, sans bouger. Dans l'immobilité brûlante de ce
contact, leurs corps frémissaient des souvenirs de la
nuit. Mais ce n'étaient pas les mêmes souvenirs... Et
lorsque Jacques resserra son étreinte, Jenny, paraly-
sée dans sa tendresse par la crainte de souffrir
encore, chercha d'instinct à se dérober. Vaincue
enfin par sa faiblesse, par son amour, par l'exaltation du sacrifice autant que par son propre désir, elle
céda... Abandon résolu — où s'exprimait juste assez
de passion et même de joie pour que Jacques pût s'y
méprendre, et ne pas soupçonner ce qu'un tel
consentement dissimulait de peur, de renoncement,
de volonté.

Appuyée au dossier du banc, les mains jointes sur
sa jupe, Mme de Fontanin regardait devant elle, sans
force pour penser à rien.

Le temps passait. Le jardin, brillant de soleil mati-

nal, avec ses chants d'oiseaux, ses verdures, ses
fleurs, ses statues blanches dont les ombres s'allon-
geaient sur les gazons, l'enveloppait de solitude. Les
hommes, les femmes qui, à pas rapides, traversaient
en biais l'avenue, passaient loin d'elle, sans un coup
d'œil pour cette femme en deuil, échouée sur un
banc. Les arbres lui cachaient les fenêtres de son
appartement, mais elle apercevait, par-dessus les
massifs, la porte de sa maison.

Brusquement, elle baissa la tête et rabattit son
voile : Jacques, puis Jenny, venaient d'apparaître sur
le seuil... Ils ne pouvaient guère la voir ni la reconnaître à cette distance, à moins qu'ils ne fussent
venus vers elle. Lorsqu'elle se décida à relever les
yeux, ils s'éloignaient rapidement vers le Luxembourg.

Elle respira. Le sang battait dans ses veines. Elle
suivit le couple des yeux, avec égarement, jusqu'à ce
qu'il eût disparu. Quelques instants encore, elle
demeura assise, sans courage. Puis elle se leva, et,
d'un pas presque ferme — malgré tout, cette interminable attente l'avait un peu délassée —, elle se
dirigea vers sa maison.

LXXIII

« Repose-toi, avait dit Jacques à Jenny. Moi, je
vais conduire Antoine au train. J'irai ensuite faire
mes adieux à Mourlan ; je passerai à la C.G.T., à
L'Huma. Et puis, à la fin de la matinée, je reviendrai
ici te prendre. »

Mais Jenny ne l'entendait pas ainsi. Elle était bien

décidée à ne pas rester seule, ce matin, dans l'appartement.

« Et ton bagage à faire ? Et ces rangements dont tu parlais hier ? Tu ne seras jamais prête à partir ce soir », dit-il, pour la taquiner.

Elle souriait, d'un sourire tout à fait nouveau, timide et voluptueux, qui embuait son regard.

« J'ai mon idée... Je vais aller revoir notre petit square de la rue La Fayette. Vous... tu m'y trouveras, si tu veux, en sortant de la gare du Nord. Ou plus tard. »

Ils convinrent qu'elle l'accompagnerait, à pied, à travers le Luxembourg, jusqu'à la rue de l'Université ; puis qu'elle irait patiemment l'attendre devant l'église Saint-Vincent-de-Paul. Et elle courut s'habiller.

Antoine avait quitté Anne à trois heures du matin.

Il n'avait pas pu résister, la veille, au besoin nostalgique de la revoir : suprême et amère joie, qu'il s'était accordée, sans illusions, comme une faveur de condamné. Mais l'atroce désespoir d'Anne au moment de son départ et le regret qu'il éprouvait d'avoir cédé à la tentation l'avaient laissé frissonnant et abattu. Rentré chez lui, il avait passé le reste de la nuit debout, à ranger des tiroirs, à brûler des papiers, à mettre sous enveloppe les petites sommes d'argent qu'il destinait à diverses personnes, à M. Chasle, aux bonnes, à Mlle de Waize, et même aux deux orphelins de la rue de Verneuil, le petit clerc débrouillard, Robert Bonnard, et son frère. (Il avait continué à s'occuper d'eux, de loin en loin, et ne voulait pas les laisser sans ressources dans ces premières semaines de désorganisation générale.) Puis il avait écrit une assez longue lettre à Gise pour lui recommander de ne pas quitter l'Angleterre ; et une autre à Jacques, adressée à Genève — car il s'était persuadé que son frère, après la scène de la veille, ne viendrait pas lui dire adieu. En quelques mots fraternels, il s'excusait de l'avoir blessé, et le suppliait de lui donner des nouvelles.

Après quoi, il avait gagné son cabinet de toilette pour endosser son uniforme de réserviste. Et, aussitôt équipé, il s'était senti très calme ; comme si le pas décisif se fût trouvé franchi.

En mettant ses jambières, il passa mentalement en revue tout ce qu'il avait projeté de faire avant son départ. Rien n'était oublié. Cette certitude acheva de l'apaiser. Il réfléchit soudain que bien des choses allaient lui faire défaut pour accomplir efficacement sa besogne de médecin militaire. Sans hésiter, il vida rapidement la cantine qu'il avait cependant préparée avec beaucoup d'application, et remplaça la majeure partie du linge, des objets personnels, des livres même qu'il avait eu la faiblesse d'emporter, par tout ce qu'il put trouver, dans ses placards, de bandes, de compresses, de pinces, de seringues, d'anesthésiques et de désinfectants.

Les deux bonnes étaient levées depuis longtemps et rôdaient dans les couloirs. (Léon avait déjà quitté Paris ; avant de rejoindre son régiment, il avait voulu aller au pays revoir ses « vieux ».)

Adrienne vint annoncer que le déjeuner était servi dans la salle à manger. Elle avait les yeux rouges. Elle supplia Antoine de glisser dans son bagage un poulet rôti qu'elle apportait, tout empaqueté.

Antoine se levait de table, lorsqu'on sonna.

Il pâlit légèrement ; son visage s'éclaira d'un tendre sourire. Jacques ?...

En effet, c'était lui. Il s'arrêta sur le seuil. Antoine s'avança, gauchement. L'émotion leur nouait la

gorge. Ils se serrèrent la main, en silence, comme si
rien ne s'était passé la veille.

« Je craignais d'être en retard, balbutia enfin
Jacques. Tout est prêt ? Tu allais partir ?

— Oui... Sept heures... Il va être temps. »

Il s'efforçait d'affermir sa voix. D'un mouvement
désinvolte, il saisit son képi, et s'en coiffa. Sa tête
avait-elle grossi depuis la dernière période militaire ?
Ou bien portait-il les cheveux plus longs que
naguère ? Le képi restait ridiculement juché sur le
haut du crâne. Il se vit dans le miroir du vestibule ;
ses sourcils se froncèrent. Tandis qu'il bouclait mal-
adroitement son ceinturon, son regard errait autour
de lui ; il semblait prendre congé de son logis, de sa
vie civile, de lui-même ; mais ses yeux revenaient
sans cesse vers l'image désobligeante que lui ren-
voyait la glace.

À ce moment, les deux bonnes, debout, côte à côte
et les bras ballants, éclatèrent en sanglots. Agacé, il
leur sourit cependant, et vint leur serrer la main :

« Allons, allons... »

Son ton martial ne sonnait pas très juste. Il s'en
aperçut et, pour brusquer le départ, il se tourna vers
Jacques :

« Aide-moi à descendre ça, veux-tu ? »

Ils saisirent chacun une poignée de la cantine et
gagnèrent le palier. En passant la porte, l'angle de la
cantine heurta le battant, et fit une longue estafilade
sur le vernis neuf. Antoine considéra le dégât, fit
machinalement une grimace, aussitôt corrigée par
un geste d'indifférence ; et ce fut peut-être à cette
seconde-là qu'il sentit le plus intensément la coupure
entre son passé et l'avenir.

Ils descendirent les deux étages sans échanger un
mot. Antoine marchait lourdement dans ses brode-

quins cloutés ; son dolman boutonné, son col raide,
l'étouffaient. En bas, essoufflé, il murmura :

« C'est bête. Je n'ai pas pensé qu'il y avait l'ascenseur. »

Il avait prévu qu'il ne trouverait pas de taxi, et —
bien que le chauffeur, Victor, fût mobilisé, dès ce
matin, pour la réquisition des poids lourds, à
Puteaux — il avait décidé de prendre sa voiture, et
d'emmener un vieux mécano du garage voisin,
capable de ramener l'auto.

Sous la porte cochère, dans l'ombre de la voûte, la
concierge, en camisole blanche, surveillait le départ.
Elle larmoya :

« Monsieur Antoine ! »

Il lui cria allègrement :

« À bientôt ! »

Puis il fit monter le mécano dans le fond, installa
Jacques à côté de lui, et prit le volant.

Il commençait déjà à y avoir beaucoup de monde
dans les rues. Par suite de la désorganisation des services de voirie, les boîtes à ordures, non vidées,
encombraient le devant des portes.

Aux quais, l'auto dut s'arrêter longtemps pour laisser le passage à une file de camions et d'automobiles
déséquipés, conduits par des soldats. Sur le pont
Royal, nouvel arrêt : au milieu de la chaussée, des
piétons, le nez en l'air, agitaient joyeusement leurs
chapeaux. Jacques se pencha : dans le ciel léger, six
aéroplanes, volant bas, en triangle, se dirigeaient
vers le nord-est. On voyait distinctement les cocardes
tricolores sur les plans inférieurs.

Rue de Rivoli, entre deux haies de curieux, un régiment d'infanterie coloniale, en tenue de campagne,
défilait au pas cadencé, sans musique, dans un
silence saisissant. Au passage des chefs de bataillon
montés, la foule se découvrait.

Avenue de l'Opéra, les balcons étaient pavoisés de drapeaux. L'auto longea une section de voitures de la Croix-Rouge ; puis un détachement de soldats, en bourgerons de corvée, avec des pelles et des pioches.

Place de l'Opéra, il fallut stopper de nouveau. Un train d'artillerie, suivi d'une dizaine de voitures blindées, montait vers la Bastille. Sur le toit de l'Opéra, des équipes d'ouvriers installaient des projecteurs destinés à surveiller la venue nocturne des « taubes » sur Paris.

Tout le long des boulevards, malgré le service d'ordre, des curieux se massaient devant les magasins allemands ou autrichiens qui avaient été pillés, dans la nuit. Autour de la *Cristallerie de Bohême*, le sol était jonché de tessons et de verre pulvérisé. La *Brasserie Viennoise* semblait avoir subi un siège : par la devanture éventrée, l'on apercevait les glaces brisées, les tables et les banquettes démolies.

Jacques, muet, enregistrait ces premiers témoignages du fanatisme patriotique. Il observait passionnément la rue, le visage des gens. Il aurait volontiers rompu le silence ; mais il n'avait rien à dire à son frère. D'ailleurs, la présence du mécano, au fond de la voiture, pouvait être une excuse... Il songeait, avec une précipitation fiévreuse, à cent choses diverses : à Jenny, à la nuit dernière, à leur prochain départ pour Genève... Et ensuite ? C'était toujours là que sa pensée venait buter... Meynestrel, *La Parlote*... Non, sous aucun prétexte, il n'accepterait de reprendre cette vie d'attente, de conspiration illusoire, de vaines palabres... Alors, quoi ? Militer, agir, risquer — le pourrait-il, là-bas ?...

Soudain, il tressaillit. Antoine, qui conduisait à petite allure — il fallait corner sans cesse, les piétons étant aussi nombreux sur la chaussée que sur les trottoirs —, Antoine, profitant d'un court arrêt,

avait quitté d'une main le volant, et, sans rien dire,
sans même tourner la tête, il avait doucement posé
cette main sur le genou de Jacques. Mais, avant que
celui-ci eût pu répondre à ce geste affectueux,
Antoine avait déjà repris le volant, et la voiture était
repartie.

La rue de Maubeuge était noire de mobilisés,
accompagnés par leurs femmes, par leurs parents ;
ils montaient, en rangs pressés, vers la gare.

« Comme ils se dépêchent, murmura Jacques, stupéfait.

— Et il y a de grandes chances, gouailla Antoine,
avec un rire forcé, pour que tous ces pauvres bougres
attendent une demi-journée, ou plus, parqués sur un
quai de gare, avant de pouvoir monter dans un
train ! »

« Ils veulent arriver à l'heure, songeait Jacques.
Impatients de commencer la guerre par un acte de
discipline ! Faut-il qu'ils aient peu conscience qu'ils
sont le nombre ! qu'ils seraient les maîtres, s'ils
voulaient !... »

Une palissade de bois, improvisée pendant la nuit,
entourait la gare d'une clôture infranchissable, protégée par la troupe. L'encombrement était tel qu'il
ne pouvait être question d'approcher en auto.
Antoine stoppa. Jacques l'aida à traverser la chaussée avec sa cantine. L'étroite entrée était gardée par
une section de fantassins, baïonnette au canon. Les
mobilisés seuls avaient accès dans l'enceinte.

Un adjudant examinait les livrets. Il leva les yeux
sur le galon d'Antoine, salua, et désigna aussitôt un
soldat pour porter le bagage du « major ».

Antoine se retourna vers son frère. Chacun d'eux
lut dans le regard de l'autre la même interrogation :

« Te reverrai-je ? » Des larmes, en même temps, leur montèrent aux paupières. Tout leur passé, toute cette histoire familiale, insignifiante et unique, qu'ils possédaient en commun et qu'ils étaient seuls au monde à posséder, leur revint, par brusques images, à l'esprit. Du même geste, ils écartèrent les bras et s'étreignirent gauchement. Le feutre de Jacques heurta la visière d'Antoine. Il y avait des années, des années, qu'ils ne s'étaient embrassés : depuis cette petite enfance qu'ils venaient tous deux de revivre, dans un éclair.

Mais l'homme de corvée s'était emparé de la cantine, et l'emportait déjà sur son épaule. Précipitamment Antoine se dégagea. Il n'avait plus qu'une pensée : suivre l'homme, ne pas perdre de vue son bagage, la seule chose, en ce monde nouveau, qui fût encore à lui. Il ne regardait plus son frère. À tâtons, il tendit la main, saisit celle de Jacques, la serra farouchement ; puis, titubant un peu, il s'enfonça à son tour dans la cohue.

Aveuglé par ses larmes, bousculé par les arrivants, Jacques s'écarta de quelques pas et s'adossa à la palissade.

Un à un, sans arrêt, des mobilisés entraient dans l'enclos. Ils se ressemblaient. Ils étaient tous jeunes. Ils avaient tous mis de vieux vêtements sacrifiés, de grosses chaussures, une casquette. Ils portaient en bandoulière les mêmes sacoches gonflées, les mêmes musettes neuves d'où émergeaient un pain, un goulot de bouteille. Et la plupart avaient sur le visage la même expression concentrée et passive, une sorte de désespoir et de peur, matés. Jacques les voyait traverser la chaussée en biais, leur livret à la main, déjà seuls. À mi-chemin, certains se retournaient vers le trottoir qu'ils venaient de quitter : un geste de la main, parfois un bref sourire crâneur, à celui ou à

celle dont ils sentaient le regard éperdu fixé sur eux ;
puis, la mâchoire serrée, ils fonçaient à leur tour
dans la souricière.

« Restez pas là ! Circulez ! »

Le soldat d'active qui montait la faction, arme à
l'épaule, le long de la palissade, était un gars râblé
qui redressait les reins sous sa tenue de campagne ;
sa patte courte s'écrasait sur la crosse ; il avait un
soupçon de moustache, des yeux puérils qui se déro-
baient, des traits durcis par l'importance de sa
consigne.

Jacques obéit et s'engagea sur la chaussée.

Devant lui passa une limousine cossue, dont le
pare-brise portait une bande de calicot : *Transport
gratuit à la disposition des mobilisés*. Le chauffeur
était en livrée. Dedans, s'entassait une demi-douzaine de jeunes hommes à musettes, qui gueulaient,
à tue-tête, comme des recrues : « *C'est l'Alsace et la
Lorraine, — C'est l'Alsace qu'il nous faut !* »

Sur le trottoir où Jacques aborda, un couple allait
se séparer. L'homme et la femme se regardaient une
dernière fois. Autour de la mère, l'enfant, un petit
gars de quatre ans, s'amusait : agrippé à la jupe, il
sautillait sur un pied, en chantonnant. L'homme se
pencha, empoigna le bambin, l'éleva et l'embrassa ;
si rudement, que le gamin se débattit, furieux.
L'homme reposa l'enfant à terre. La femme ne bougeait pas, ne disait rien : debout, en tablier de
ménage, les cheveux défaits, les joues souillées
d'avoir pleuré, elle dévisageait son homme avec des
yeux fous. Alors, comme s'il eût craint qu'elle se jetât
sur lui et qu'il ne pût plus s'arracher d'elle, au lieu
de la prendre dans ses bras, il recula, sans la quitter
des yeux ; puis, se retournant soudain, il s'élança vers
la gare. Et elle, au lieu de le rappeler, au lieu de le
suivre du regard, elle fit un brusque demi-tour, et se

sauva. Le gosse, qu'elle traînait derrière elle, butait, manquait de tomber ; elle finit par le soulever du bout du bras et le hisser sur son épaule, sans s'arrêter, pour fuir plus vite, pour arriver plus tôt, sans doute, dans son logis vide, où seule, et la porte close, elle pourrait sangloter tout son saoul.

Jacques, le cœur chaviré, se détourna. Et il se mit à errer de droite et de gauche, sans but, s'éloignant puis se rapprochant de la place. Malgré lui, il revenait toujours à ce lieu pathétique, où tant d'êtres suppliciés venaient, ce matin, comme à un rendez-vous fatal, rompre leurs amarres humaines. Dans ces yeux de douleur et de courage, il quêtait un regard qui répondît au sien ; un regard, un seul, où il pût lire, sous la détresse, un reflet de cette sourde fureur qui le faisait serrer les poings dans ses poches, et trembler de colère impuissante ! Mais non ! Partout, sur tous ces visages diversement contractés, le même découragement, la même souffrance stérile ! Parfois, une lueur d'héroïsme aveugle ; mais, partout, la même soumission au sacrifice, la même trahison inconsciente ou timide, la même abdication ! Et il lui semblait que, en ce moment, tout ce qui restait de liberté dans le monde n'avait plus de refuge qu'en lui.

Cette pensée le gonfla soudain de puissance et d'orgueil. Sa foi restait intacte ; elle le soulevait au-dessus du troupeau. Fût-il le plus méconnu, le plus abandonné, il se sentait plus fort, à lui tout seul, dans sa rébellion, que tout ce peuple contaminé par le mensonge, et résigné à subir ! Il était dans le juste et le vrai. Il avait pour lui la raison, les forces obscures de l'avenir. La défaite momentanée de l'idéal pacifiste ne pouvait en altérer la grandeur, ni en compromettre le triomphe. Aucune force au monde ne pouvait empêcher l'erreur d'aujourd'hui d'être

une erreur, une erreur monstrueuse — fût-elle
acceptée, avec noblesse, avec stoïcisme, par des millions de victimes ! « Aucune force au monde ne peut
empêcher une idée juste d'être juste ! se répétait-il,
ivre de désespoir et de confiance. Un jour viendra,
en dépit des bâillons, en dépit des reculs, où éclatera
la vérité ! »

Mais, cette vérité, comment la servir dans la
tourmente ? Il se voulait libre, il allait fuir : mais
qu'allait-il faire de sa liberté ?

Sa tiédeur révolutionnaire au cours de ces dernières journées lui apparut comme une défaillance.
Il fut tenté d'en rejeter la responsabilité sur son
amour. Il songea brusquement à Jenny, et s'étonna
de l'avoir, depuis une heure, si facilement, si totalement, oubliée. Il lui en voulut presque d'exister, de
l'attendre, de l'arracher à son enivrante solitude. « Si
elle mourait subitement... », songea-t-il. Et, pendant
une seconde, livré aux égarements de son imagination, il savoura un mélange amer de chagrin et d'indépendance reconquise...

Cependant, il se hâtait vers le square Saint-Vincent-de-Paul. Et il souriait déjà d'impatience amoureuse, n'attachant même pas assez d'importance à
son fol reniement d'une seconde, pour en éprouver
du remords.

L'auto d'Antoine n'avait pas quitté depuis dix
minutes la rue de l'Université, qu'un ancien fiacre à
galerie, terne et poussiéreux comme une chaise à
porteurs de musée, s'arrêtait devant la porte
cochère.

La jeune fille qui en descendit jeta un regard hésitant sur les palissades, sur la façade repeinte ; puis
elle paya le vieux cocher, prit les deux valises qui

étaient sur le siège, et s'engagea rapidement sous la voûte.

La concierge, en camisole, parut à la porte de la loge.

« Ah, mon Dieu ! Mademoiselle Gise ! »

Elle ouvrait des yeux si effarés que Gise comprit qu'un malheur l'attendait.

« Mais, ma pauvre demoiselle, il n'y a plus personne ! M. Antoine vient juste de partir !

— Partir ?

— Rejoindre son régiment ! »

Gise ne répondit rien. Son regard caressant, son regard d'animal fidèle, s'obscurcit. Elle laissa choir ses valises à ses pieds. Sur sa petite figure de métisse, dont le teint était devenu cendreux, la stupeur semblait s'inscrire tout naturellement, trouver des plis tout prêts. (De cette plage anglaise où elle prenait ses vacances avec les pensionnaires de son couvent, elle avait très superficiellement suivi ce qui se passait en Europe. La veille seulement, lorsque les journaux avaient annoncé l'imminence de la mobilisation française, elle avait pris peur, et, n'écoutant aucun avis, sans même revenir à Londres, elle avait gagné Douvres et sauté dans le premier bateau.)

« Ces messieurs sont tous mobilisés, comme de juste, expliquait la concierge. Léon nous a quittés hier soir. Victor aussi. Je n'ai plus là-haut qu'Adrienne et Clotilde. »

Le visage de Gise s'éclaira. Adrienne et Clotilde !... Loué soit Dieu ! Tout n'était pas perdu. Ces deux bonnes, qui l'avaient élevée, c'était sa famille, en somme : ce qui lui restait de famille... Elle se redressa avec courage, et, précédée de la concierge qui s'était emparée des valises, elle se dirigea vers l'ascenseur.

« On a donc tout changé ? » murmura-t-elle.

Cet escalier blanc, cette rampe... Des images, des souvenirs, se succédaient dans son cerveau embrumé par l'insomnie ; et elle se sentait plus dépaysée dans ce décor transformé où elle cherchait en vain des points de repère, qu'elle ne l'eût été dans un immeuble tout à fait inconnu.

Une demi-heure plus tard, en peignoir de cretonne à fleurs, les pieds dans des pantoufles, elle était installée, avec les deux bonnes, dans la vaste salle à manger d'Antoine, devant le chocolat fumant et les rôties beurrées de son enfance. Accoudée à la table, elle remuait sa cuillère dans sa tasse, et cédait puérilement au bien-être de la minute présente. Son esprit n'avait jamais été particulièrement vif ; et son existence en Angleterre, dans cette annexe conventuelle où toute activité se trouvait limitée par la règle, n'avait pas développé en elle le goût des initiatives.

Quand elle s'abandonnait ainsi, les épaules rondes, les seins lourds, les traits détendus, elle perdait subitement tout le charme de sa jeunesse. Ce n'était plus « Nigrette », la sauvageonne, mais une quelconque esclave de couleur, au corps appesanti, aux lèvres épaisses, au large regard inexpressif, courbée sous l'acceptation fataliste des races serves.

L'arrivée de Gise offrait au désarroi des deux sœurs une diversion providentielle. Assises de chaque côté de la jeune fille, elles bavardaient à qui mieux mieux, pleurant et souriant tour à tour. Elles lui donnaient d'abondantes nouvelles de sa tante, Mlle de Waize, à laquelle, par acquit de conscience, elles continuaient à porter des bananes et des berlingots, tous les mois, le dimanche, à l'*Asile de l'Âge mûr*. Clotilde ne cachait pas que la vieille demoiselle « battait la breloque»; qu'elle ne s'intéressait plus à rien, si ce n'était aux menus incidents de l'hospice; qu'elle accueillait parfois les deux visiteuses sans aménité, comme des étrangères importunes dont les intentions étaient suspectes; et qu'elle les congédiait généralement bien avant l'heure de la clôture du parloir, pour ne pas manquer sa partie de bésigue.

Gise écoutait, les paupières gonflées de larmes. Elle soupira:

«J'irai la voir avant de repartir.

— Repartir?»

Les deux bonnes se récrièrent. Elles étaient bien résolues à dissuader Gise de retourner en Angleterre. M. Antoine leur avait laissé de l'argent pour plusieurs mois. Adrienne imaginait déjà et décrivait avec complaisance ce que serait leur vie à trois. Elle étourdit la jeune fille de ses projets. Elle avait découpé dans un journal du matin un *Appel aux femmes de France qui veulent contribuer à la défense de la Patrie*. Les occasions de se dévouer, d'être utiles, ne manquaient pas! Garderies pour les enfants des mobilisés, agences de distribution de lait pour les nourrissons, préparation d'objets de pansement, manutentions pour la confection des uniformes, etc. Chacun se devait à la défense nationale! L'embarras, c'était de choisir.

Gise souriait, tentée. Rien ne la pressait de repartir. En France, elle pouvait, en effet, se rendre utile...

Ni la concierge ni les deux bonnes n'avaient songé à prononcer le nom de Jacques. Gise croyait Jacques en Suisse, et n'avait pas eu l'idée de poser des questions. Elle apprit seulement le surlendemain, au hasard d'un bavardage de Clotilde, qu'il se trouvait à Paris le jour de son arrivée. Mais, si elle avait été avertie plus tôt, l'eût-elle retrouvé? Personne n'avait son adresse. Et, même, eût-elle cherché à le revoir?

LXXIV

Dans l'escalier de *L'Étendard*, avant même d'avoir atteint le palier, en apercevant une boîte à lait sur le paillasson de Mourlan, Jacques s'écria, dépité ·

« Il n'est pas là ! »

En effet, au coup de sonnette, personne ne répondit. À tout hasard, Jacques frappa trois coups espacés.

« Qui est-ce?

— Thibault. »

La porte s'ouvrit. Mourlan avait le torse nu, la barbe et les cheveux tout mousseux de savon.

« Excuse ! fit-il, en apercevant Jenny. Le gamin aurait dû prévenir qu'il amenait une dame. » Il repoussa la porte, du pied. « Entrez... Asseyez-vous. »

Il y avait près de l'entrée une chaise de paille, que Jenny prit aussitôt.

Les fenêtres étaient closes. L'air sentait le cartonnage, la colle, le salpêtre, la poussière. Des paquets de journaux, ficelés, s'entassaient, partout, sur la table, sur un banc de jardin, dans un baquet disloqué. Par terre, dans un coin, près d'un plat de sciure, traînait un vieux compteur à gaz dont la tuyauterie, sectionnée et aplatie, venait en avant comme un moignon.

Mourlan était retourné dans la cuisine.

« Je viens de rentrer. J'étais fait comme un voleur », cria-t-il, de loin, en s'ébrouant sous le robinet. Il reparut bientôt, vêtu d'une chemise propre, et achevant de se bouchonner la tête à grands coups de serviette. « J'ai passé la nuit dehors, comme un imbécile... comme un froussard... Tu comprends, la mobilisation, pour moi, ça voulait dire : perquisitions, arrestations... Pour les perquisitions, on pouvait venir : il n'y a plus rien, j'avais pris mes précautions. Pour l'arrestation, ma foi, je préférais attendre un peu... Oh, ça n'est pas tellement que je craignais d'être mis à l'ombre, expliqua-t-il, en enveloppant Jenny d'un coup d'œil goguenard. J'ai jamais été si tranquille que pendant mes mois de taule... Sans la prison, je crois bien que je n'aurais jamais eu le temps de penser à mes bouquins, ni de les écrire... Mais enfin, je ne tenais pas à être de la première fournée ! Hier, les *poulets* avaient fureté un peu partout : chez Pulter, chez Geulpa... Même à *L'Églantine*. Leur police est bien faite. Seulement, ils n'ont rien trouvé. Sauf le manifeste de Pierre Martin, *Appel au bon sens*, tu sais ? — qu'ils ont chipé, juste au moment où les camarades sortaient le stock de l'imprimerie. Quant à Claisse, Robert Claisse, celui de *La Vie ouvrière* — un jeune, qui a été réformé, qui n'a jamais été soldat —, il paraît qu'il a été dénoncé, qu'on l'accuse d'avoir écrit un tract antimilitariste, et qu'il est sous les verrous, pour attendre le premier conseil de réforme, qui l'enverra en première ligne... J'ai appris ça hier soir. Avis aux amateurs !... Bref, moi, je me suis dit que c'était bête de se faire pincer : j'ai pris le large... »

— Et alors ?

— J'ai cru que je trouverais refuge chez les copains. Quiche ! Chez Siron, ç'aurait pas été meilleur qu'ici. J'ai donc été chez Guyot : personne. Chez Cottier : personne. Chez Lasseigne, chez Molini, chez Vallon, personne. Ils avaient tous décampé, les frères — comme moi ! Alors, j'ai erré toute la nuit, au petit bonheur, seul. Ce matin, à Vincennes, j'ai acheté les journaux ; et j'ai compris que je n'étais qu'une vieille bête. Et je suis rentré. Voilà. » Il tourna vers Jacques ses yeux broussailleux : « Tu as lu les journaux, gamin ?

— Non.

— Non ? »

Le regard de Mourlan glissa sur Jenny, et revint vers le jeune homme. Il semblait établir un rapport entre la présence de Jenny et le fait que Jacques, le lendemain de la mobilisation, à dix heures du matin, ne s'était pas encore enquis des nouvelles. Il prit une liasse de journaux dans la poche de sa blouse noire, qui pendait à un clou ; du bout des doigts, comme s'il ramassait une ordure, il en tira un du tas, et laissa choir les autres sur le carrelage.

« Tiens, mon petit ami, amuse-toi, si tu as le cœur à rire. Moi, j'ai beau avoir l'habitude d'encaisser, j'ai reçu ça comme un coup dans l'estomac ! *Le Bonnet rouge !* Le journal de Merle et d'Almereyda ! devenu, du jour au lendemain, le porte-parole du gouvernement Poincaré ! On aura tout vu ! Regarde ! »

Tandis que Mourlan décrochait sa blouse, et l'enfilait rageusement, Jacques lut, à mi-voix :

« ... *Nous sommes formellement autorisés à déclarer que le gouvernement ne fera pas usage du* CARNET B... *Le gouvernement fait confiance à la population française, et, en particulier, à la classe ouvrière. Tout le monde sait qu'il a tenté — et qu'il tente encore — l'impossible, pour sauvegarder la paix. Les déclarations très nettes des révolutionnaires les plus résolus...*

— *Des révolutionnaires les plus résolus !...* Canailles ! grommela Mourlan.

— ... *sont de nature à rassurer pleinement le gouvernement... Tous les Français sauront faire leur*

*devoir... C'est ce qu'a voulu marquer le gouvernement
en renonçant à user du* CARNET B.

— Hein? Qu'est-ce que tu en penses, gamin? J'ai
lu ça deux fois, avant de bien comprendre ce que ça
voulait dire. Faut pourtant se rendre à l'évidence...
Ça veut dire : le prolétariat français accepte si allègrement *leur guerre*, et l'opposition ouvrière est si
peu dangereuse, que le gouvernement renonce aux
arrestations préventives... Tu comprends? C'est
comme s'il s'adressait à tous les révolutionnaires, et
qu'il leur pinçait gentiment l'oreille : *"Allez, mauvaises têtes, on vous pardonne vos rouspétances! Allez
faire votre devoir de soldats!"* Le gouvernement, bon
prince, déchire, en rigolant, ses listes noires, et laisse
courir les suspects... Parce que, aujourd'hui, les suspects, *ça n'est plus rien*, tu comprends? »

Il riait; et ce rire insolite, sonore, grinçant, qui faisait grimacer son masque de vieux Christ, avait
quelque chose d'effrayant.

« Les suspects, il n'y en a pas! *Il n'y en a plus!* Tu
y es? Et tu imagines quelles assurances formelles il
a fallu que les chefs des partis révolutionnaires
donnent au ministère, pour que le gouvernement
soit aussi sûr de lui! pour qu'il puisse, sans aucun
risque, dès le premier jour de la guerre, se permettre
un pareil geste de générosité! Crois-tu qu'ils nous
ont proprement *donnés* au gouvernement, les
salauds!... Hein! Cette fois, ça y est, c'est bien fini!
L'état-major tient le bon bout! La parole n'est plus à
ceux qui vont faire la guerre : elle est à ceux qui la
font faire! »

Il s'éloigna de quelques pas, les mains croisées
dans le dos sous sa blouse flottante.

« Et pourtant, nom de Dieu! fit-il soudain, en pivotant sur ses talons, je ne peux pas y croire! Je ne
peux pas croire que ce soit vraiment fini! »

Jacques tressaillit.

« Moi non plus, murmura-t-il sourdement. Je ne peux pas croire qu'il n'y ait plus rien à faire ! Même maintenant !

— Même maintenant ! reprit Mourlan, comme un écho. Et, à plus forte raison, dans quelques jours, dans quelques semaines, quand tout ce pauvre bétail aura goûté du casse-pipe !... Ah, si Kropotkine était là... Ou un autre, n'importe lequel, qui dirait ce qu'il faut dire, et qui saurait se faire entendre ! Les camarades ont tous accepté cette guerre, parce qu'on leur a menti, parce qu'on a exploité, une fois de plus, leur crédulité... Mais il suffirait peut-être d'un rien, d'une brusque reprise de conscience, pour que tout change, d'un seul coup ! »

Jacques s'était levé, comme cinglé par une lanière de fouet.

« Quoi ?... D'un rien ? Quel rien ? » Il marchait vers Mourlan : « Qu'est-ce que vous croyez qu'on peut faire, vous ? »

Sa voix avait un timbre si étrange que Jenny tourna la tête vers lui, et resta une seconde sans souffle, les lèvres entrouvertes, saisie de peur.

Mourlan, interloqué, regardait Jacques, qui balbutia :

« Qu'est-ce que vous pensez ? Dites-le ! »

Mourlan haussa les épaules, avec un léger embarras :

« Ce que je pense, gamin ? Des sottises, sans doute... Je parle... Je dis ce qui me passe par la tête... C'est tellement absurde, tout ça ! Je ne peux pas m'empêcher d'espérer quand même, d'espérer encore, d'espérer contre tout !... Les peuples — le nôtre, aussi bien que celui d'en face — ont été si manifestement trompés ! Qui sait ? Il suffirait... »

Jacques regardait fixement le vieil homme.

« Il suffirait ?

— Il suffirait... Je ne sais pas, moi... Si, brusquement, entre les deux armées, un éclair de conscience déchirait cette épaisseur de mensonge ! Si tous ces malheureux, dans un sursaut de lucidité, pouvaient s'apercevoir, brusquement, des deux côtés de la ligne de feu, qu'on les a pareillement foutus dedans, tu ne crois pas qu'ils se lèveraient tous, dans un même élan d'indignation, de révolte ? et qu'ils se retourneraient, tous ensemble, contre ceux qui les ont menés là ?... »

Jacques battait des paupières, comme aveuglé soudain par une éblouissante clarté. Puis il baissa les yeux, revint vers Jenny sans paraître la voir, et s'assit.

Il y eut un instant de gêne, un silence. Quelque chose semblait s'être passé, que tous trois avaient vaguement perçu, et qu'ils ne comprenaient pas bien.

« Et c'est l'unanimité, dans tout le pays ! reprit Mourlan, après une pause. En province, tous les conseils municipaux socialistes ont voté des ordres du jour pour célébrer la Patrie menacée, exhorter à la défense nationale, mettre l'Allemagne au ban des nations civilisées ! Tiens ! fit-il, en ramassant la poignée de journaux qu'il avait jetés par terre. Voilà le manifeste de la C.G.T. : *Aux prolétaires de France*. Sais-tu ce qu'elle trouve à dire, la C.G.T. ? *Les événements nous ont submergés... Le prolétariat n'a pas assez unanimement compris tout ce qu'il fallait d'effort continu pour préserver l'humanité des horreurs de la guerre...* Autrement dit : "Rien à tenter, mes gars ; résignez-vous à vous faire casser la gueule !"... Et voilà le texte que le Syndicat des Cheminots... — les Cheminots, gamin ! Nos Cheminots ! Crois-tu ! — fait afficher aujourd'hui sur tous les murs de Paris :

*Camarades! Devant le danger commun s'effacent
les vieilles rancunes. Socialistes, syndicalistes, révolutionnaires, vous déjouerez les bas calculs de
Guillaume, et vous serez les premiers à répondre à
l'appel, lorsque retentira la voix de la République!*...
Attends, attends... C'est pas fini, tu n'as pas vu le plus
beau! Déguste ça maintenant : *Lettre ouverte à M. le
ministre de la Guerre*... Signé? Devine! Signé : Gustave Hervé!... Écoute : *Comme la France me semble
avoir fait l'impossible pour écarter la catastrophe, je
vous prie de m'incorporer, par faveur spéciale, dans le
premier régiment d'infanterie qui partira pour la frontière!* Et voilà! Oui, mon petit! Voilà comment on
retourne sa veste! Notre Gustave Hervé, directeur de
La Guerre sociale! Notre Gustave Hervé, qui proclamait qu'aucune patrie n'a jamais mérité qu'on verse
pour elle une goutte de sang ouvrier!... Après ça, tu
vois que le gouvernement peut être bien tranquille,
et remettre au tiroir son *Carnet B!* il les aura tous
eus, l'un après l'autre, nos grands bergers de la
révolution! »

Quelqu'un frappa trois coups à la porte.

« Qui est-ce? demanda Mourlan, avant d'ouvrir.

— Siron. »

Le nouveau venu était un homme d'une cinquantaine d'années : une face aplatie, coupée d'une moustache grise ; un front dégarni, tout en largeur ; un nez
aux narines écrasées ; des yeux très séparés, au
regard ironique. Un masque d'énergie calme, avec
un rien de morgue.

Jacques le connaissait de vue. Il était le seul qu'on
rencontrât souvent avec Mourlan.

Syndicaliste, ancien militant plusieurs fois
condamné pour son action révolutionnaire. Siron
vivait depuis quelques années à l'écart du mouvement. Il écrivait des brochures, et collaborait à

L'Étendard, aux heures de loisir que lui laissait son travail d'ouvrier spécialisé. Comme Mourlan, il faisait partie de ces francs-tireurs, à l'intelligence toujours en éveil, à la foi intacte, orgueilleux, passablement désabusés, sévères à la sottise, dévoués à la cause plus qu'aux camarades, respectés par tous, mais critiqués pour leur réserve, et un peu jalousés aussi pour leur valeur personnelle.

« Assieds-toi, dit Mourlan, — bien que la seule chaise libre fût occupée par Jenny. Tu les as lus, leurs journaux ? »

Siron esquissa un geste de l'épaule qui semblait indiquer en même temps son mépris pour la presse, et qu'il ne venait pas pour commenter les événements.

« Il y aura, ce soir, réunion au *Jean-Bart*, dit-il, en regardant le typo. J'ai dit que je te préviendrais. Faut que tu y viennes.

— J'y tiens guère, grogna Mourlan. On sait d'avance tout ce...

— S'agit pas de ça, coupa Siron. J'irai, moi : j'ai des choses à leur dire. Et j'ai besoin qu'on soit deux.

— C'est différent, acquiesça Mourlan. Quelles choses ? »

L'autre ne répondit pas sur-le-champ. Il regarda Jacques, puis Jenny, alla jusqu'à la fenêtre, l'entrouvrit et revint vers Mourlan :

« Des choses. Des choses qu'il faut faire, et auxquelles personne n'a l'air de penser. Nous sommes dans un foutu pétrin, c'est entendu ; pas une raison, tout de même, pour se croiser les bras et leur laisser carte blanche !

— Explique.

— Eh bien, si les chefs socialistes et syndicalistes jugent bon de se rallier et de collaborer avec le gouvernement, faudrait, au moins, en échange de cette collaboration, qu'ils exigent des garanties pour ceux qu'ils représentent. Ça n'est pas ton idée ? La guerre, en fait, crée une situation révolutionnaire. Qu'on en profite ! Jaurès n'y aurait pas manqué ! Il aurait su arracher à l'État des concessions pour le prolétariat... Ça sera toujours ça de pris ! La guerre va imposer, à tous, des restrictions, des sacrifices. Bien le moins qu'on réclame, pour les travailleurs, une part de contrôle sur les mesures qu'on va prendre ! Il est encore temps de poser des conditions. Le gouvernement, pour l'heure, a besoin de nous. Alors, donnant, donnant... C'est pas ton idée ?

— Des conditions ? Exemple ?

— Exemple ? Faut les obliger à réquisitionner toutes les usines de guerre, pour empêcher les patrons de faire d'énormes bénéfices sur le dos du peuple qu'on envoie se faire tuer ; et, ces usines, il faut en confier la gestion aux syndicats...

— Pas bête, grommela Mourlan.

— Faudrait aussi faire obstacle à la hausse des prix. Voilà déjà que ça commence partout. Je ne vois qu'un moyen, moi ; forcer le gouvernement à faire main basse sur tous les produits de première nécessité ; à constituer des stocks d'État, en écartant les intermédiaires, les spéculateurs ; à organiser la répartition...

— Mais c'est une entreprise du tonnerre de Dieu, qu'il faudrait mettre sur pied...

— Les cadres, le personnel, sont tout trouvés : suffit d'utiliser les coopératives de consommation qui fonctionnent déjà... Ça n'est pas ton idée ? Tout ça est à voir. Mais, puisqu'on a proclamé l'état de siège dans toute la France, et même en Algérie, qu'on s'en serve au moins pour protéger les petits contre les voraces ! »

Il allait et venait, à travers la pièce qu'emplissait sa voix posée. Il ne s'adressait qu'à Mourlan, jetant de temps à autre un coup d'œil distrait vers les jeunes gens. La sueur perlait sur son beau front lisse.

Jacques se taisait. Bien qu'il eût un visage exceptionnellement attentif, et une flamme dans le regard, il n'écoutait pas. Perdu dans les méandres de sa propre pensée, il était à cent lieues de Siron, de la réquisition des usines, de l'état de siège, des stocks d'État... *Si, brusquement, entre les deux armées, un éclair de conscience déchirait cette épaisseur de mensonge !*... avait dit Mourlan...

Il profita d'une interruption du vieux typographe, pour faire signe à Jenny, et se lever.

« Vous partez ? dit Mourlan. Tu viendras aussi, ce soir, au *Jean-Bart* ? »

Jacques parut sortir d'un rêve :

« Moi ? fit-il. Non. Ce soir, c'est le dernier délai pour les étrangers qui se débinent. Nous filons tous les deux en Suisse... J'étais venu vous dire adieu. »

Mourlan regarda Jenny, puis Jacques :

« Ah ? Tu t'es décidé ?... En Suisse ? Oui... Tu as raison... » Il avait soudain l'air très ému, bien qu'il fût persuadé que cela ne se voyait pas. « Eh bien, reprit-il d'un ton bourru, allez ! Et tâchez de nous faire du bon travail là-bas ! Bonne chance, mes petits ! »

Jacques se sentait dans un état d'effervescence et de confusion intérieure qui lui faisait impérieusement souhaiter un peu de solitude.

« Maintenant, Jenny, il faut être raisonnable et m'écouter », murmura-t-il, dès qu'ils furent dans la rue. Il avait pris le bras de Jenny, et, penché vers elle,

parlait avec une douce autorité : « Tu auras mille
choses fatigantes à faire encore avant ce soir. Tu es
fatiguée. Il faut rentrer chez toi. Ne dis pas non. Il
faut que tu te reposes... Dix heures et quart. Je vais
te reconduire... J'irai seul à *L'Huma*. Et puis, j'ai à
me renseigner sur les formalités de ton départ. En
deux heures, tout sera fait... Tu veux bien ?

— Oui », dit-elle.

C'était vrai qu'elle était dans un état très pito-
yable : épuisée, fiévreuse, profondément meurtrie
dans sa chair. Elle avait attendu, longtemps, assise
dans le petit square, sur ce banc dur qui lui brisait
les reins, à l'endroit même où Jacques lui avait dit :
« Aucun être n'a jamais été aimé comme vous l'êtes
par moi ! » Plongée dans une douloureuse torpeur,
elle s'était rappelé tous les détails de cette soirée, si
proche, si éloignée déjà, et tous les jours qui avaient
suivi — jusqu'au brutal miracle de cette nuit... Et,
lorsque, après deux heures d'attente, elle avait enfin
vu Jacques surgir au haut des marches, avec son
visage tourmenté, combatif, son regard absent, elle
avait compris qu'ils n'étaient pas à l'unisson, et elle
en avait éprouvé un violent chagrin. Sans rien oser
lui dire de sa longue rêverie, elle avait écouté le récit
du départ d'Antoine ; elle s'était laissé emmener, à
pied, jusque chez Mourlan. Mais elle n'en pouvait
plus. L'accompagner ailleurs, elle n'en aurait pas eu
le courage... Elle aspirait à rentrer chez elle, à
s'allonger parmi les coussins, à reposer son corps
endolori.

Les tramways étaient très espacés, mais, par
chance, le service fonctionnait encore. De la Bastille,
ils purent gagner, sans avoir à marcher, le haut du
boulevard Saint-Michel. Jacques la soutint jusqu'à
l'avenue de l'Observatoire, et ils se séparèrent devant
la porte.

« Je te laisse... Je reviendrai, entre une heure et deux. » Il sourit : « Nous ferons notre dernière dînette parisienne... »

Mais il n'avait pas franchi vingt mètres, qu'il entendit, derrière lui, une voix oppressée, méconnaissable :

« Jacques ! »

En deux bonds, il eut rejoint Jenny.

« Maman est là ! »

Elle le regardait avec égarement.

« C'est la concierge qui m'a arrêtée... Maman est revenue ce matin... »

Ils se dévisageaient, le cerveau vidé brusquement de toute idée. La première pensée de Jenny fut pour le désordre qu'ils avaient laissé là-haut, le lit de Daniel défait, les objets de toilette de Jacques dans la salle de bains...

Puis, en un clin d'œil, sa décision prit forme. Elle lui saisit le bras :

« Viens ! »

Son visage était clos, indéchiffrable. Elle répéta, comme si c'était tout simple :

« Viens. Monte avec moi.

— Jenny !

— Viens ! » répéta-t-elle presque durement.

Elle paraissait tellement résolue, et il se sentait l'esprit si nébuleux, la volonté si abolie, qu'il la suivit, sans autre résistance.

Elle grimpa les étages, devant lui, très vite ; elle avait oublié sa fatigue ; elle semblait impatiente maintenant d'en finir.

Mais, sur le palier, elle s'arrêta avant d'introduire la clef. Elle chancelait. Ils entendirent, dans le silence, leurs deux respirations essoufflées. Elle ne prononça pas un mot. Elle se raidit, ouvrit la porte, saisit

Jacques au poignet, l'étreignit avec force, et l'entraîna derrière elle dans l'appartement.

LXXV

Mme de Fontanin avait passé la matinée chez elle, dans un état de trouble que, même aux pires heures de sa vie conjugale, elle n'avait jamais connu.

La porte de la chambre de Daniel, par bonheur, était close ; et la pauvre femme aurait pu se persuader qu'elle avait été le jouet d'un cauchemar, si le désir de se préparer une tasse de thé ne l'avait conduite dans la cuisine : en apercevant les deux couverts, elle avait instinctivement fermé les yeux, fait demi-tour, et elle était revenue se réfugier dans sa chambre.

Aux minutes d'abattement succédaient des instants d'une fébrilité somnambulique. Lorsqu'elle eut quitté ses vêtements de voyage, revêtu une vieille robe d'intérieur, rangé la pièce, accompli avec application toutes sortes de gestes inutiles, elle voulut se contraindre à l'immobilité, et s'installa dans sa bergère, près de la fenêtre aux persiennes ensoleillées. Il fallait à tout prix qu'elle retrouvât la possession d'elle-même. Pour l'y aider, sa petite bible, restée dans sa valise, lui manquait. Elle alla chercher, sur une étagère, l'ancienne bible de son père : un gros volume noir, lourd, dont le pasteur de Fontanin avait empli les marges de signes et de références. Elle l'ouvrit au hasard, et s'efforça de lire. Mais son esprit rétif, fuyant le texte, s'abandonnait malgré elle à un défilé incohérent d'images et d'idées, où la pensée de Daniel se mêlait aux souvenirs des hommes d'af-

faires de Vienne, des tribulations de son voyage, des
gares remplies de troupes ; associations confuses que
finissait toujours par dominer cette vision du lit où
Jenny et Jacques dormaient enlacés. Le bruit des
convois qui passaient sur les boulevards voisins
ébranlait les murs, se répercutait dans sa tête, enveloppait sa rêverie d'un accompagnement sinistre.
Pour la première fois de son existence, une impression de peur, de panique, pesait sur elle, sans qu'elle
pût réagir : la sensation qu'elle était prise, entraînée
dans un tourbillon ; que des désordres terrifiants
saccageaient l'Europe, son foyer ; que l'Esprit du Mal
triomphait dans le monde.

Elle entendit soudain remuer dans la direction de
l'antichambre ; puis, aussitôt, elle perçut des pas dans
le couloir. Ses traits se figèrent. Elle n'avait pas la
force de se lever ; elle redressa seulement le buste.
La porte s'ouvrit, et Jenny, singulièrement pâle sous
son voile de deuil, entra, l'œil fixe, la figure ravagée.

La vue de sa mère, si calmement installée à sa
place habituelle, dans sa robe à ramages, la bible sur
ses genoux, surprit la jeune fille et la bouleversa :
c'était tout son passé, qui, après des années d'absence, lui sautait au visage. Sans réfléchir, sans s'occuper de Jacques qui, derrière elle, hésitait à la
suivre, elle courut vers sa mère, l'entoura de ses bras,
et, pour se rapprocher davantage, se laissant glisser
sur le tapis, elle appuya son front contre la robe.

« Maman... »

La tendresse, la pitié délivrèrent instantanément
Mme de Fontanin de son angoisse ; son cœur se gonfla d'indulgence ; et, du même coup, le secret qu'elle
avait surpris lui apparut sous un jour différent ; non
plus comme un scandale : comme une faiblesse. Elle
se penchait déjà vers l'enfant retrouvée, elle allait la
prendre dans ses bras, recevoir ses aveux, mesurer

avec elle le désastre, comprendre, secourir, guider, — mais, brusquement sa respiration s'arrêta : une ombre avait bougé sur le mur du couloir... Jenny n'était pas seule ! Jacques était là ! Il allait paraître !... Sa main, posée sur la nuque de Jenny, se crispa. Elle ne détachait plus son regard de cette porte ouverte. Quelques secondes passèrent. Le voile de crêpe répandait sa senteur amère et forte... Enfin la silhouette de Jacques se dressa dans l'encadrement. De nouveau, la vision du lit, des deux visages pâmés, vacilla devant les yeux de Mme de Fontanin.

D'une voix étranglée, pleine de reproche et d'effroi, elle balbutia :

« Mes enfants... Mes pauvres enfants... »

Jacques avait franchi le seuil. Il se tenait debout devant elle ; il la regardait, à la fois timide et sourcilleux. Alors elle prononça, distinctement :

« Bonjour, Jacques. »

Jenny releva rapidement la tête. Certes, elle ne riait pas : mais le rictus qui déformait ses traits répandait sur son visage comme un reflet de joie diabolique ; et une lueur absolument nouvelle, une lueur effrontée, qui éveillait l'idée d'un instinct mis à nu, faisait scintiller ses prunelles bleues. Elle tendit le bras vers Jacques, lui happa le poignet, l'attira violemment, et, se tournant vers sa mère, elle dit, sur un ton qu'elle voulait affectueux, mais où sonnait le triomphe, et aussi une nuance de défi, presque de menace :

« Je l'ai retrouvé, maman ! Et pour toujours ! »

Mme de Fontanin, une seconde, les considéra l'un puis l'autre. Elle fit un effort pour sourire, et n'y parvint pas. Un faible soupir s'échappa de ses lèvres.

Jenny la regardait. Dans ce soupir, dans ce visage maternel, tremblant d'alarme, mais de douceur aussi, et où elle aurait déjà pu lire comme un gage

d'acceptation, sa sensibilité ombrageuse ne voulut
voir qu'une tristesse désapprobatrice. Elle en fut
mortifiée, atteinte jusqu'au fond de sa tendresse
filiale. Elle s'écarta de sa mère, et se leva d'un geste
prompt qui la dressa, debout, contre Jacques. Son
attitude cabrée, le feu de son regard, exprimaient un
orgueil démesuré, aveugle, insolemment agressif.

Jacques, au contraire, contemplait Mme de Fontanin avec une insistance affectueuse, et, s'il eût
parlé, c'eût été pour dire, sans doute : « Je vous comprends... Mais, nous aussi, il faut nous comprendre... »

Mme de Fontanin enveloppa le couple d'un coup
d'œil embarrassé ; elle baissa les yeux : de nouveau,
l'image du lit s'imposait à elle...

Il y eut un silence.

Puis, par habitude, elle eut un geste de courtoisie
vers Jacques :

« Ne restez pas debout, mes enfants... Asseyez-
vous... »

Jacques approcha une chaise pour Jenny, et, sur
un signe de Mme de Fontanin, vint s'asseoir à sa
gauche.

Ces quelques mots simples semblaient avoir apporté une détente. Dès qu'ils furent installés, en
cercle, comme pour une visite, la température parut
s'abaisser, se rapprocher de la normale. Jacques,
d'un ton presque naturel, put rompre le silence pour
demander des détails sur le voyage de retour.

« Tu n'as donc pas reçu ma dernière lettre ?
demanda Mme de Fontanin à Jenny.

— Rien. Aucune lettre. Je n'ai rien reçu de toi.
Rien. Sauf cette carte. La première. Écrite en gare
de Vienne, lundi. » Elle parlait par saccades, les dents
serrées.

« Lundi ? » répéta Mme de Fontanin. L'effort

qu'elle tenta pour reconstituer la succession des
jours fit battre ses paupières. « Je vous ai pourtant
écrit, chaque soir, deux lettres : une pour toi, et une
pour Daniel. »

La pensée de son fils lui serra, une fois de plus, le
cœur.

« Aucune ne m'est arrivée, déclara Jenny, d'un ton
cassant.

— Et Daniel, il ne t'a pas donné de ses nouvelles ?

— Si. Une fois.

— Où est-il ?

— Il a quitté Lunéville. Depuis, rien. »

Un silence, que Jacques, gêné, rompit de nouveau :

« Et... quand êtes-vous partie de Vienne,
Madame ? »

Mme de Fontanin eut quelque peine à se souvenir :

« Jeudi, finit-elle par dire. Oui : jeudi matin... Mais
nous ne sommes arrivés à Udine que dans la nuit. Et
nous ne sommes repartis qu'à midi pour Milan.

— Est-ce que, jeudi matin, on annonçait déjà, en
Autriche, le bombardement et l'occupation de Bel-
grade ? »

Mme de Fontanin regarda le jeune homme avec
confusion.

« Je ne sais pas », avoua-t-elle. Pendant son séjour
à Vienne, elle n'avait songé qu'à défendre la mémoire
de son mari, et ne s'était guère tenue au courant des
événements.

« Jenny ne m'a même pas demandé si j'avais
réussi à arranger nos affaires », se dit-elle. Et, regardant sa fille, elle se posa soudain cette question poignante : « N'est-elle pas un peu déçue que j'aie pu
revenir ? »

Jacques, pour dire quelque chose, continuait à
s'informer de l'état d'esprit à Vienne, des manifesta-

tions ; et Mme de Fontanin faisait de son mieux pour lui répondre, s'accrochant comme lui à ces sujets impersonnels, qui reculaient d'autant la redoutable explication — car, tous trois, à ce moment-là, pensaient encore qu'une « explication » était imminente, inévitable.

Jacques se tournait sans cesse vers Jenny, comme pour l'entraîner dans la conversation. En vain. La jeune fille ne faisait même plus mine d'écouter. La raideur du port de tête, la crispation de son visage amaigri, ses yeux fuyants et durs, une façon qu'elle avait, ce matin, de tenir le menton levé, en serrant les lèvres, tout indiquait non seulement la volonté de rester à l'écart, mais une tension secrète, étrangère, hostile. Piquée sur sa chaise dont le dossier ne lui soutenait pas les reins, le corps douloureux, les nerfs à vif, elle promenait à travers la chambre un regard indifférent, qui, par instants, s'arrêtait sur sa mère comme sur une figurante, posée dans un décor à peine réel : Mme de Fontanin, avec sa bible, dans ce vieux fauteuil de velours vert éternellement tourné de biais pour mieux recevoir le jour de la fenêtre, lui semblait assise là depuis l'origine des temps ; souvenir d'autrefois, symbole (attendrissant peut-être, irritant surtout) d'un passé révolu qui, de minute en minute, se détachait doucement d'elle ; d'un passé qui lui semblait s'enfoncer dans la brume, comme s'éloigne du passager en partance le groupe des parents venus lui dire adieu. Elle voguait déjà vers d'autres rivages ; et, le cœur battant fort, semblable au navire qui appareille, elle sentait frémir en elle les pulsations d'une nouvelle vie. Si Jacques, à cet instant, lui avait saisi le bras, et lui avait dit : « Venez, quittez tout cela pour toujours », elle serait partie, sans même un regard en arrière.

Dans le silence, la petite pendule qui était sur la

table de chevet, près d'une photographie de Jérôme et de Daniel, sonna longuement.

Jacques y porta les yeux, et, tenté soudain de fuir, il se pencha vers Jenny :

« Onze heures... Il va falloir que je parte. »

Ils échangèrent un bref coup d'œil. Jenny approuva, d'un signe de tête, et aussitôt, avant lui, elle se leva.

Mme de Fontanin les observait. L'idée qui lui vint fut particulièrement pénible : sa Jenny, si droite, si franche... Elle ne la reconnaissait plus ! Elle lui trouvait un air fuyant, un air « mauvaise conscience »... Oui : en dépit de leur apparence assurée, elle leur trouvait en ce moment — à tous les deux d'ailleurs — un air hypocrite. Ils se regardaient, avec une solennité vaniteuse, un peu ridicule, à la façon de deux augures, de deux initiés. Mme de Fontanin pensa : « De deux complices... » Et c'était bien cela : il y avait, entre eux, l'enivrante complicité de leur amour ; de cet amour qu'ils voulaient absolu, mystérieux, sans précédent, unique — unique surtout ; et tel que personne, hormis eux, n'en pouvait pénétrer le caractère exceptionnel !

Jacques, enhardi par l'assentiment de Jenny, s'approcha de Mme de Fontanin pour prendre congé.

Elle était toute déconcertée par ce départ trop rapide. Allaient-ils vraiment la laisser seule, sans que rien de plus eût été dit ? N'avait-elle pas mérité plus de confiance ?... Elle essayait de se raisonner, d'accepter encore cela, ce manque d'égards qui la blessait. Peut-être eût-ce été à elle de forcer les confidences ? Maintenant, il était trop tard. Elle n'en avait pas le courage. Et puis, elle se sentait énervée par sa fatigue, par la secousse morale qu'elle avait reçue : à la merci d'un mouvement d'humeur, d'injustice. Sans doute valait-il mieux que cette première rencontre se

terminât sans explication... Cependant, elle ne pouvait s'empêcher d'en vouloir à Jenny ; mais, pour
l'instant, elle lui en voulait moins de sa passion coupable, que de cette attitude insurgée qui était incompréhensible, injustifiée, inacceptable ! À Jacques, elle
ne reprochait rien. Au contraire, il lui avait plu, au
cours de cette visite : elle avait senti, sous sa défé-
rence intimidée, une tacite compréhension ; elle
devinait en lui une conscience pure, une vie intérieure sans bassesse. Et puis, c'était l'ami de Daniel.
Elle était prête, si tel était le dessein de Dieu, à l'aimer comme un fils.

Elle lui en voulait si peu, que, au moment de serrer sa main, elle fut sur le point de l'attirer vers elle,
comme elle faisait pour Daniel, et de lui dire : « Non,
laissez-moi vous embrasser, mon enfant. » Par malheur, à ce moment, elle leva les yeux vers Jenny. La
jeune fille était debout, tournée vers eux, et son
regard perçant, chargé d'animosité en puissance, était
fixé sur sa mère ; et ce regard semblait dire : « Oui, je
te surveille, j'observe ce que tu vas faire, je veux voir
si tu vas trouver enfin le geste maternel que j'attends
de toi, depuis que j'ai fait entrer Jacques ici ! » Alors,
l'irritation qui couvait dans le cœur de Mme de Fontanin fut la plus forte : elle eut un sursaut de fierté.
Ce que, d'elle-même, elle s'apprêtait à faire, elle ne le
ferait pas sous l'injonction d'une muette menace !

Renonçant à cette accolade qu'elle se préparait
déjà à donner, elle se contenta de tendre sa main au
jeune homme ; et il fut seul à percevoir le tremblement de cette main, l'émotion, l'acquiescement caché,
la tendresse, que la pauvre femme mettait dans cette
banale étreinte.

Tout cela n'avait duré qu'une seconde. Mais, tandis que Jacques s'éloignait, accompagné par Jenny,
Mme de Fontanin eut l'atroce intuition que, pendant

cette seconde, tout le bonheur futur de ses relations
avec Jenny s'était joué, s'était compromis, et que,
entre sa fille et elle, un lien irréparable s'était rompu.
Elle eut peur :

« Jenny... Tu sors aussi ?

— Non », jeta la jeune fille, sans se retourner.

Dans le couloir, Jenny saisit le bras de Jacques, et,
rapidement, en silence, elle entraîna le jeune homme
jusqu'au vestibule.

Là, ils se séparèrent. Et, dans leurs regards qui se
croisèrent, se lisait la même perplexité.

« Tu pars quand même avec moi ? » murmura
Jacques.

Elle eut un vif haut-le-corps :

« Voyons ! » Elle semblait offensée, autant que s'il
eût douté d'elle.

« Comment vas-tu lui dire ?... » demanda-t-il, après
une courte pause.

Elle se tenait debout devant lui, un bras levé, la
main accrochée au montant de l'armoire de chêne.

« Oh, fit-elle, avec un mouvement impétueux de la
tête, maintenant tout m'est égal ! »

Il la dévisagea, surpris. Son regard glissa jusqu'à
cette main crispée sur le bois sombre, si blanche
avec ses petits muscles frémissants ; et il y appuya
ses lèvres.

Elle dit brusquement :

« L'emmènerais-tu ?

— Qui ? Ta mère ? » Il hésita un quart de seconde.
« Oui, si tu crois... Bien sûr... Pourquoi ? Tu penses
qu'elle désirera partir avec nous ?

— Je ne sais pas, reprit-elle avec précipitation.
Non, je ne crois pas... Mais, enfin, c'est pour tout
prévoir... » Elle se tut et sourit faiblement. « Merci !
dit-elle. Où te retrouverai-je ?

— Tu ne veux donc pas que je revienne te prendre ici ?

— Non.

— Mais, ton bagage ?

— Il ne sera pas lourd.

— Tu pourras le porter, seule, jusqu'au tram ?

— Oui.

— Et mes papiers ? Le paquet que j'ai déposé dans ta chambre l'autre jour...

— Je le mettrai dans mes affaires.

— Eh bien, alors, viens me rejoindre à la gare de Lyon... À quelle heure ? »

Elle réfléchit :

« À deux heures ; deux heures et demie, au plus tard.

— Je t'attendrai à la buvette, veux-tu ? Nous pourrons y laisser ta valise jusqu'à l'heure de notre train. »

Elle s'approcha, lui prit le visage entre ses deux paumes. « Mon amour », songea-t-elle. Lentement, elle plongea dans les yeux de Jacques son regard passionné, jusqu'à ce que leurs bouches se fussent jointes.

Cette fois encore, elle se dégagea la première :

« Va », dit-elle. Dans sa voix, comme sur ses traits, une extrême nervosité se mêlait à la lassitude. « Moi je retourne près de maman. Je vais lui parler, lui dire tout. »

LXXVI

À peine évadé de l'appartement, ressaisi par ce trouble qui, au sortir de *L'Étendard*, lui avait donné si grand désir d'être seul, Jacques se demanda d'abord, une seconde, quelle était cette chose urgente qu'il avait à faire ; et, soudain, les paroles de Mourlan retentirent de nouveau en lui : *Il suffirait peut-être d'un rien... Si, brusquement, entre les deux armées, un éclair de conscience...*

Ce fut comme un éblouissement. *Entre les deux armées...* Cette idée s'imposait à lui avec une telle violence, avec une netteté si concrète, qu'il s'arrêta, au milieu de l'escalier, la main sur la rampe, la tête étourdie, le cœur battant de témérité et d'espoir... Un projet qui, depuis quelques heures, cheminait dans son inconscient, jaillit enfin à la lumière et s'empara de tout son être. Ce n'était pas un rêve vague, une tentation de velléitaire : ce qui prenait subitement forme en lui, c'était un plan précis, le plan d'un geste déterminé, personnel ; une de ces idées fixes comme en sécrètent, dans l'ombre, les cerveaux anarchistes. Il savait maintenant pourquoi il gagnait la Suisse, et ce qu'il allait préparer là-bas ! Il savait par quel acte matériel, par quel acte solitaire et décisif, il pouvait enfin, après tant de jours d'inaction, d'anxiété stérile, lutter pour sa foi, et faire obstacle à la guerre ! Un acte qui, sans doute, impliquait un sacrifice total. Cela, il l'avait compris d'emblée ; et il l'avait accepté, sans forfanterie, sans même avoir le sentiment de sa bravoure : uniquement mû par la certitude mystique que cette action, pour laquelle il était prêt à donner sa vie, était aujourd'hui le seul et suprême moyen de réveiller la conscience des masses, de changer brutalement le cours des choses, et de mettre en échec les forces coalisées contre les peuples, contre la Fraternité et la Justice.

Il avait complètement oublié le retour de Mme de Fontanin, l'étrange visite qu'il venait de faire ; il avait même oublié Jenny.

Elle, au contraire... Avant de rejoindre la chambre

de sa mère, elle s'était glissée sur le balcon, pour voir Jacques quitter la maison ; et elle s'inquiétait déjà qu'il tardât tant. Elle l'aperçut enfin qui sortait de la porte cochère, et, sans souci des passants, des convois qui embarrassaient la chaussée, s'élançait comme un possédé vers le boulevard Saint-Michel. Elle le suivit des yeux jusqu'à ce qu'il eût disparu. Mais il ne se retourna pas.

Restée seule, Mme de Fontanin avait appuyé sa tête au dossier de la bergère, et elle était demeurée quelques minutes comme pétrifiée. Elle ne parvenait pas à formuler une pensée claire ; mais son impression se concrétisait dans cette phrase vague, qu'elle se répétait avec accablement : « Rien de bon ne peut sortir de là... » Elle continuait à voir, côte à côte, Jacques et Jenny, dressés devant elle, semblables à deux fûts d'une même souche. Puis, par une involontaire association, elle revit l'austère salon de son père, et, dans l'embrasure d'une fenêtre, jeune et conquérant, cambré dans une jaquette claire gansée de noir, un Jérôme fiancé, qui lui souriait. Avec quelle assurance ils s'élançaient alors, eux aussi, vers l'avenir ! Comme ils faisaient bien front, tous deux, contre la famille ! Auprès de lui, comme elle se sentait invincible !... Elle retrouvait d'emblée son exaltation de jadis, ses illusions, sa certitude d'être heureuse, sa conviction qu'ils étaient les premiers à connaître pareils transports. Et, loin d'éprouver à cette évocation dérisoire un sentiment de rancune ou seulement de mélancolie, elle en était radieusement illuminée, autant que si ces promesses de bonheur eussent été tenues par la vie.

Elle tressaillit en entendant sa fille revenir. Ce pas résolu, la façon dont Jenny referma la porte, son

visage tendu, son regard absent, fanatique, comme
brûlé et brûlant à la fois, lui firent peur.

Pensant trouver dans la tendresse le seul exor-
cisme efficace, elle balbutia craintivement :

« Embrasse-moi, ma chérie... »

Jenny rougit légèrement : elle avait encore à la
bouche le goût des lèvres de Jacques. Elle fit semblant de n'avoir pas entendu, occupée qu'elle était à
retirer son chapeau, son voile, et à les porter sur le
lit. Puis, cédant à sa fatigue, elle avisa la chaise
longue, au fond de la chambre, et s'y allongea.

De là-bas, élevant la voix avec une précipitation un
peu gauche, elle s'écria :

« Je suis tellement heureuse, maman ! »

Mme de Fontanin porta vivement les yeux du côté
de sa fille. Dans cette affirmation où sonnait une
pointe de défi, son cœur maternel avait cru discer-
ner l'indice d'une détresse. C'en fut assez pour la
convaincre qu'il lui restait un devoir, un dernier
devoir, à remplir — quels qu'en fussent les risques.
Obéissant à une injonction qu'elle attribuait à l'Esprit,
elle se redressa avec une soudaine autorité.

« Jenny, dit-elle, as-tu seulement prié ? vraiment
prié ?... Et peux-tu dire : *l'Éternel est avec moi* ? »

Dès les premiers mots, Jenny s'était cabrée. Entre
elle et sa mère, la question de la foi était un douloureux abîme, dont elle était seule à connaître la
profondeur.

Mme de Fontanin poursuivait :

« Jenny... Jenny, mon enfant... Dépouille ton
orgueil... Prions ensemble, invoquons le secours de
Celui qui sait tout... Regarde, avec Lui, dans le secret
de ton âme... Jenny ! Est-ce que tu ne sens pas, au
fond de toi, quelque chose qui... résiste ? » Sa voix se
mit à trembler : « ... quelque chose... Quelqu'un... qui

t'avertit que peut-être tu te trompes ? que peut-être
tu te mens à toi-même ? »

Le mutisme de Jenny fit croire à sa mère qu'elle
se recueillait pour prier. Mais, après un assez long
silence, la jeune fille soupira :

« Tu ne peux pas comprendre ! »

Le ton était âpre, découragé, hostile.

« Mais si, ma chérie... Mais si !

— Non ! » fit Jenny ; et dans son regard borné se
lisait une obstination impatiente. Elle savourait avec
une délectation morbide l'ivresse de se sentir incomprise, et de se croire persécutée. Elle fut sur le point
de déclarer : « Tu n'as aucune idée de ce qu'est un
amour comme le nôtre ! » ; mais ce mot « amour »,
elle ne pouvait pas le prononcer à haute voix. Elle
eut un sourire grimaçant : « J'ai bien vu, tout à
l'heure, que tu ne comprenais pas... Absolument
pas !

— Que veux-tu dire, Jenny ? Tu trouves que je ne
vous ai pas fait un bon accueil ?

— Non.

— Non ?

— Non ! » trancha Jenny, les yeux au plafond. Et,
sur un ton sourd, plein de griefs, elle précisa en
redressant le buste : « Si tu nous avais compris, tu
aurais trouvé un mot pour le dire ! un mot pour nous
montrer que tu partageais notre bonheur ! »

Mme de Fontanin avait détourné les yeux. Elle dit
enfin :

« Tu es injuste, Jenny... Comment peux-tu me faire
ce reproche ? J'arrive ici, ce matin, ignorant tout...
Tu m'avais tenue à l'écart, tu m'avais tout caché... »

Jenny l'interrompit par un haussement d'épaules :
un geste qui ne lui était pas naturel, que sa mère
ne lui avait peut-être jamais vu faire : un geste de

Jacques. D'un air têtu, mystérieux, satisfait, elle articula :

« Je ne t'ai rien caché !... Tu vois : tu accuses déjà
sans savoir. Il y a deux semaines, moi-même j'étais
bien loin de me douter...

— Mais il n'y a pas deux semaines que je t'ai quittée : il y a aujourd'hui huit jours... Quand je suis partie, tu ne te doutais pas ?...

— Non ! »

(Elle mentait, puisque sa mère était encore à Paris
le jour de sa rencontre avec Jacques, à la gare du
Nord. La tête renversée, elle dissimulait son visage ;
mais sa voix l'avait trahie d'une façon si flagrante,
qu'elles rougirent toutes les deux.)

« Il y a deux semaines, reprit Jenny, et sa confusion se traduisit par un petit rire forcé, si tu m'avais
parlé de Jacques, je t'aurais répondu que je le détes-
tais ! que je ne consentirais jamais à le revoir ! »

Mme de Fontanin, posant ses mains sur les bras
de la bergère, se pencha avec vivacité :

« Et c'est en quelques jours, alors ?... sans avoir
pris le temps de réfléchir... » (Elle faillit dire : « de
m'en parler... ») Elle ajouta seulement : « de... consulter Daniel ?...

— Daniel ? répéta Jenny, affectant la surprise.
Pourquoi Daniel ? » Poussée par une sorte d'exaspération qu'elle-même n'aurait su justifier (où écla-
taient peut-être, à son insu, des années de tendre
contrainte et de petits agacements silencieux), elle
fit entendre de nouveau son rire arrogant. Puis,
cédant à l'incompréhensible tentation de blesser sa
mère au point le plus vulnérable : « Comme si Daniel
pouvait savoir, pouvait comprendre ! Qu'est-ce qu'il
m'aurait dit, Daniel ? Les choses stupides que tout le
monde peut dire ! Les choses "raisonnables" !

— Jenny... », gémit Mme de Fontanin.

Mais Jenny ne se retenait plus :

« Les choses que tu penses, sans doute, toi aussi ? Dis-les donc à la fin !... Quoi ? Qu'il y a la guerre ?... Ou quoi ? Que nous ne nous connaissons pas assez, Jacques et moi ? Que je ne serai pas heureuse ?

— Jenny ! » dit encore Mme de Fontanin.

Elle dévisageait sa fille avec stupeur. Cette Jenny, aux sourcils froncés, au masque raidi, à la voix mordante, ne ressemblait à aucune des Jenny qu'elle avait pu voir auprès d'elle, depuis vingt ans ; cette Jenny-là était la proie d'instincts récemment déchaînés... « Irresponsable », songea-t-elle, avec une impression de désespoir, mais aussi d'indulgence, presque de réconfort.

La désapprobation, et même la souffrance de sa mère, loin de toucher Jenny, l'aiguillonnaient :

« Et si ça m'est égal, à moi, d'être malheureuse *avec lui* ? Ça ne regarde pas Daniel ! Ça ne regarde que moi ! Je ne demande pas de conseils ! Peu m'importe ce que les autres pensent ! Je n'ai plus à consulter personne, personne, maintenant que je l'ai, *lui* ! »

Mme de Fontanin reçut ce nouveau coup, et pâlit. Ce qui la poignait le plus, c'était de sentir combien l'offense était consciente, volontaire. L'Esprit du Mal, l'Esprit des Ténèbres, s'était installé au cœur de son enfant ! Elle jeta vers Dieu un appel atterré. Elle commençait à ne plus pouvoir se défendre contre la contagion de cette ambiance envenimée ni refouler la colère qui la gagnait. Elle réussit cependant, un moment encore, à garder un ton de fermeté prudente :

« Tu as toujours eu ta complète indépendance morale, Jenny. Tu le sais bien : depuis que tu as l'âge d'entendre la voix de ta conscience, je ne t'ai imposé

aucune volonté ni même aucun conseil pressant.
Aujourd'hui encore, tu peux te croire libre d'agir
sans prendre mon avis. Mais, moi, j'ai le devoir...

— Je t'en prie, maman !

— ... J'ai le devoir de te parler, fût-ce en vain... le
devoir de te prémunir contre toi-même... Jenny...
Mon enfant... Je fais appel au meilleur de toi-
même... Est-il possible que tu aies perdu toute
notion du bien et du mal ? Ouvre les yeux, reprends-
toi ! Tu es victime d'un inconcevable égarement... Tu
en es à ce point où tu t'abandonnes à ta passion, non
seulement sans remords, mais comme si cet abandon était une manifestation de... de force... de courage... de noblesse... » Elle s'essoufflait. Elle eut la
sensation cuisante qu'elle était au-dessous de sa
tâche ; trop fatiguée... qu'elle faisait fausse route,
qu'elle ne disait pas ce qu'elle devait dire ni avec l'accent qu'il eût fallu... Elle se serait arrêtée, peut-être,
si, à ce moment, la vue de Jenny étendue n'avait
brusquement fait resurgir devant ses yeux la vision
du couple enlacé sur le divan de Daniel.

« Tu devrais avoir honte ! balbutia-t-elle.

— Je t'en prie, maman ! répéta Jenny, avec une
dureté chargée de menace.

— Honte ! reprit la pauvre femme qui, cette fois,
ne se maîtrisait plus. Toi, Jenny ? Ma petite fille,
mon enfant !... Tu as profité de ce que tu étais seule
pour céder à tous les entraînements !... » Elle regretta
soudain la voie où son indignation l'entraînait, et,
coupant court, changea de direction : « Est-ce en
quelques jours qu'on prend une décision aussi grave,
aussi lourde de conséquences ? Une décision qui
engage toute une vie ? Et non seulement ta vie à toi,
mais la nôtre... Celle de ton frère — la mienne... Car,
enfin, c'est tout notre avenir commun qui est en jeu !
Y as-tu pensé ? Non ! Tu étais... Tu as...

« — Assez, maman ! Assez ! Assez !

— Tu as perdu la tête ! Tu as agi comme une enfant ! » lança Mme de Fontanin, à bout de course. Et la phrase qu'elle se répétait sans cesse lui jaillit enfin des lèvres : « Rien de bon ne peut sortir de là ! »

Jenny sentit monter en elle une violence froide, qui la souleva comme une lame de fond, et, brusquement, la mit debout. Ah, comme elle jugeait sa mère, aujourd'hui ! Incompréhension, sécheresse, égoïsme !

« Veux-tu que je te dise ? articula-t-elle, en s'avançant vers Mme de Fontanin. Si quelqu'un de nous ne voit pas clair en lui, c'est toi ! Oui ! Tu penses à ton avenir, pas au mien ! Il y a une chose que je découvre, maintenant : c'est que tu ne m'as jamais aimée que pour toi, pour toi seule ! C'est la jalousie qui te dresse contre nous ! Tu es jalouse ! Jalouse ! Tu ne songes qu'à une chose : pouvoir me garder égoïstement près de toi !... Eh bien, n'y compte pas ! Trop tard ! Je regrette d'avoir à te faire cette peine. Mais, autant que tu l'apprennes le plus tôt possible : Jacques part, ce soir, pour la Suisse. Et moi... — je m'en vais avec lui !

— Ce soir ? Pour la Suisse ? murmura Mme de Fontanin, d'une voix à peine perceptible.

— Ce n'est pas un coup de tête : nous étions décidés, avant ton retour. C'est le dernier train qui...

— Toi ? Ce soir ?

— Oui, tout à l'heure !

— Non ! N'y compte pas, Jenny ! Ça, non !

— Il n'y a rien à dire, rien à faire, maman, répliqua Jenny, d'une voix cinglante. Personne, maintenant, ne nous fera changer d'avis !

— Je m'y oppose ! Tu entends ! »

Pour toute réponse, la jeune fille haussa les épaules.

« Tu m'entends, Jenny ? Je te *défends* de partir !

— C'est inutile d'insister, maman... je te répète... D'ailleurs, au lieu de me désapprouver, tu devrais... si seulement tu avais un peu de cœur...

— Si j'avais un peu de cœur ?... » balbutia Mme de Fontanin. Elle oubliait tout le reste, pour ne retenir que ces mots affreux...

« Oui ! si tu avais vraiment souci de mon bonheur, cria Jenny, perdant tout contrôle d'elle-même, si tu m'aimais pour moi, eh bien, aujourd'hui, tu... »

Cette fois, Mme de Fontanin n'eut pas la résistance d'en supporter davantage. Elle prit son front entre ses mains, et enfonça ses doigts dans ses oreilles pour échapper à cette voix qui la transperçait. « Ce n'est pas la Créature qui décide, c'est l'Éternel, pensa-t-elle, en fermant les yeux. Mon Dieu, que Ta volonté soit faite ! »

Elle entendit un bruit sourd, et releva craintivement la tête. Jenny avait quitté la chambre, en claquant la porte. Son chapeau, son voile n'étaient plus sur le lit.

« Il faut prier... prier », se disait Mme de Fontanin. Elle ne parvenait pas à écarter la vision de Jenny, telle qu'elle l'avait vue là, hors d'elle, insolemment dressée...

« Mon Dieu, supplia-t-elle, aide-moi, donne-moi la force !... Rien n'est irréparable... Nous ne devons jamais désespérer de Tes créatures... » Lentement, deux fois de suite, elle se récita la parole sainte : *Il ne faut pas regarder aux choses visibles, mais aux invisibles. Car les visibles ne sont que pour un temps ; mais les invisibles sont éternelles.*

Enfin, au premier moment d'hébétude succéda, au

contraire, une activité d'esprit inattendue. Brisée, les épaules rondes, les mains jointes, elle restait enfoncée dans sa bergère, immobile. Mais son cerveau travaillait avec lucidité. Elle s'efforçait patiemment à un premier examen de conscience. Ainsi qu'elle faisait toujours aux heures d'épreuves, elle s'appliquait à analyser sa douleur, à en circonscrire les contours, à en faire, pour ainsi dire, une chose définie qui se puisse détacher, qui se puisse offrir à Dieu. *Tout ce qui n'est pas offert est perdu...*

Le départ de Jenny pour la Suisse n'était pas ce qui la bouleversait le plus. Elle ne parvenait d'ailleurs pas tout à fait à y croire. Ce dont, à tort ou à raison, elle souffrait surtout, c'était d'avoir été trompée. La blessure, la vraie, la profonde blessure, était là. Elle avait cru, naïvement, que sa tendresse compréhensive, la liberté qu'elle avait laissée à Jenny, même au temps où celle-ci n'était encore qu'une enfant, avaient créé, entre elle et sa fille, une telle habitude de confiance réciproque que Jenny ne pourrait jamais prendre aucune résolution grave sans l'avertir, sans quêter son assentiment. Or, à l'heure la plus décisive de sa vie, Jenny s'était cachée d'elle ; profitant même de son absence, elle avait agi avec la dissimulation d'une jeune fille élevée dans la plus rigide dépendance, et qui, par un geste de révolte, se libère enfin d'une tutelle étroite, incompréhensible, impatiemment subie. Naturellement, malgré la douloureuse scène qui venait d'avoir lieu, Mme de Fontanin ne doutait pas de l'affection de sa fille ; pas plus qu'elle ne sentait diminuée son affection maternelle. Non : c'était *dans sa confiance* qu'elle se sentait atteinte. Une confiance comme celle qu'elle avait mise en Jenny reste à jamais mutilée quand elle a été aussi brutalement trahie. Autant

de tendresse qu'autrefois, oui. La même confiance ?
Non, jamais plus.

Cette pensée la désespéra. Elle reprit sa bible, et
l'ouvrit au hasard. Elle fixait, sans trop de peine, son
attention sur le texte. Le calme revenait, peu à peu.
Un calme étrange, inattendu, presque inquiétant. Et,
soudain, s'examinant avec plus d'attention, elle crut
entrevoir le redoutable secret de ce calme : un sentiment venait, à son insu, de naître en elle, et s'y dé-
veloppait déjà, doucement, sûrement... Un sentiment
qu'elle connaissait pour l'avoir déjà éprouvé, à
l'époque la plus cruelle de son existence, lorsque, sans
force pour souffrir plus longtemps en vain, elle avait
décidé de séparer sa vie de celle de Jérôme. Un sentiment ? Une réaction instinctive, plutôt. Quelque chose
comme une défense organique. « Un remède, songea-
t-elle, que, dans sa sagesse, la Nature tire de nous-
mêmes, pour nous rendre supportables certaines
douleurs... » Elle posa son livre, et chercha à préciser
le caractère de ce qu'elle ressentait, à lui donner un
nom... Résignation ? Détachement ?... Peut-être n'y
avait-il pas de terme pour désigner ce mélange de
deux sentiments aussi contradictoires : la tendresse et
l'indifférence ? *Indifférence !* Le mot brutal la fit frémir. L'idée qu'une affection maternelle comme celle
qui, pendant tant d'années, lui avait gonflé le cœur
pût, un jour, sous la pression des événements, se tem-
pérer d'indifférence — bien que, à cette minute, cette
pensée ne fût pas sans douceur —, c'était, pour l'avenir, une épreuve de plus. Elle ferma les yeux. Elle se
refusait à réfléchir plus avant. « Que Ta volonté soit
faite », murmura-t-elle, une fois encore.

Mais elle chavirait sous le chagrin. Elle pencha de
nouveau son front dans ses mains, et pleura.

LXXVII

Jenny était farouchement décidée à s'enfuir ; et un instinct l'avertissait que, pour accomplir sans défaillance ce geste dont tout l'avenir dépendait, il ne fallait, à aucun prix, revoir sa mère... Ni même prendre le temps de réfléchir !

Elle avait couru d'un trait dans sa chambre ; fébrilement, elle avait empilé dans une mallette le linge, les quelques vêtements noirs qu'elle possédait, puis, les dents serrées, les joues en feu, elle avait remis son chapeau, son voile, et sans même un coup d'œil vers la glace, elle avait quitté l'appartement comme si elle était poursuivie.

« Maintenant, je suis seule, et libre, se dit-elle, avec une sorte d'ivresse mêlée d'effroi, en descendant précipitamment l'escalier. Maintenant, je n'ai vraiment plus que *lui* ! »

Dehors, elle eut une minute de vertige. Où aller ? Jacques ne l'attendait pas avant deux heures à la buvette ; et il n'était guère plus de midi. Peu importait : le plus simple, à cause de son bagage, c'était de gagner dès maintenant la gare de Lyon, par le tramway du boulevard Saint-Michel et celui du boulevard Saint-Germain.

Elle eut la chance de n'avoir pas à attendre, et de trouver une place sur la plate-forme.

« Ne pas réfléchir, se disait-elle. Ne pas réfléchir. »

Elle y parvint sans trop de peine, parce que, dans la voiture bondée, la conversation était bruyante, générale, comme après un accident : « Et les mariages, Madame ! Dans les mairies, ce matin, aux guichets de l'état civil, ils ne savent plus où donner de la tête, tant il y a de mobilisés qui se marient avant de partir ! — Mais les formalités... — On a tout simplifié. À la guerre comme à la guerre, c'est le cas de le dire... Pourvu que vous ayez deux actes de naissance et un livret militaire, vous pouvez régulariser en cinq sec n'importe quelle vieille liaison... — Moi, vous savez, je trouve ça bien : moral, et puis tout... — Oh, le moral, ça n'est pas ce qui manque ! En France, quand il faut, on est toujours à la hauteur. — Moi, j'habite près des fortifs. Eh bien, depuis qu'il fait jour, les bureaux de recrutement de la ceinture sont assiégés. On s'engage en masse ! — Non, rectifia un médecin major en uniforme. On ne peut pas encore contracter d'engagements. Mais on vient se renseigner, s'inscrire peut-être... »

Le tramway de la Bastille, lui aussi, était comble : des voyageurs, debout, s'entassaient entre les banquettes. Néanmoins, Jenny put s'asseoir, grâce à la prévenance d'une matrone qui, la voyant embarrassée de son bagage, lui offrit la place de sa fillette.

Bercée par le ronron du tram et le bruit des voix, elle écoutait volontairement, afin d'échapper à ses propres pensées, les propos qui s'échangeaient au-dessus de sa tête.

Devant la rue Saint-Jacques, le tramway dut s'arrêter pour laisser défiler un régiment d'artillerie légère qui montait vers la Sorbonne.

« Toute la garnison a déjà quitté Paris, en douce, à ce qu'il paraît... — On sent qu'on est commandé. Tout ça marche... militairement. — Oui ! À la façon dont ça commence, on voit que ça ne va pas traîner ! »

« Moi, j'étais en vacances dans les Vosges, à Ribeauvillé... Eh bien, vous savez, quand on a vu nos braves soldats de l'Est, nos petits chasseurs à pied, surtout — on est tranquille ! — N'empêche qu'on a fait les couillons, en reculant de dix kilomètres... — Laissez donc ! Quand *ils* auront vingt millions de baïonnettes russes dans le dos, et nous par-devant !... — Le patron de mon hôtel m'a dit qu'un voyageur qui venait du Luxembourg avait vu un aviateur français piquer droit sur un zeppelin, — et le crever, comme une bulle de savon ! — Faut se méfier des fausses nouvelles, dit le receveur. Ainsi, tout à l'heure, un client disait qu'il y avait eu, cette nuit, une victoire décisive, en Alsace. — Non : ça c'est trop, bien sûr !... Mais on m'a dit que des patrouilles d'Alboches ont été vues autour de Nancy... — Nancy ! Pensez-vous ! — Vous n'avez pas entendu dire, vous autres, qu'on avait fait sauter les ponts de Soissons ? — Nous, ou *eux* ? — Nous, bien sûr ! À Soissons ! — Ç'aurait pu être un espion... — Faut avoir l'œil sur les espions ! Paraît qu'ils pullu-lent ! La police peut pas y suffire. Faudrait que cha-cun exerce une surveillance dans son quartier, dans sa maison. — Moi, mon frère est employé à la gare d'Orléans. Eh bien, sa femme nous a dit qu'elle avait vu son voisin de palier cacher un drapeau allemand sous son lit. — Moi, émit sentencieusement un mon-sieur à lorgnon, j'admets qu'un Allemand puisse crier : "Vive l'Allemagne !" À condition, bien en-tendu, que ça n'ait pas le caractère d'une provoca-tion... Que voulez-vous ? Ils sont de là-bas, c'est pas leur faute... »

Place Maubert, nouvel arrêt. Un rassemblement obstruait la chaussée. Jenny aperçut, à l'entrée de la rue Monge, une bande d'énergumènes, armés d'un madrier, et qui défonçaient à grand fracas la devan-ture d'un magasin, sur lequel elle lut : *Laiterie Maggi*.

Dans la voiture, les gens se passionnaient :

— Hardi, les gars ! — Maggi, c'est un Prusco..., dit le monsieur à lorgnon. Un colonel de uhlans,

même!... *L'Action française* l'a dénoncé depuis longtemps! Il n'attendait que la mobilisation pour faire
son coup! — Paraît que ce matin, rien qu'à Belle-
ville, il a empoisonné plus de cent gosses, avec son
lait!»

Jenny voyait le va-et-vient du bélier; elle entendait
ses coups sourds contre le rideau de fer. Enfin la tôle
céda. À l'intérieur, des carreaux volèrent en miettes.
La foule, amassée devant la boutique, exultait : «À
bas l'Allemagne! Mort aux traîtres!» Au coin de la
place, un peloton d'agents cyclistes avait mis pied à
terre; ils surveillaient la scène de loin, sans intervenir. Après tout, la France était attaquée; le peuple
se faisait justice lui-même : il n'y avait qu'à laisser
faire.

Enfin, le tramway atteignit la gare de Lyon.

La cour était pleine de monde. Jenny, traînant son
bagage, fonça dans la foule, et gagna la buvette, où
elle s'installa.

Par la baie largement ouverte, un jour cruel entrait
à flots dans la salle. Tapie dans un angle du fond,
elle serrait l'une contre l'autre ses mains moites; et,
bien qu'il fût beaucoup trop tôt pour qu'elle pût
espérer voir arriver Jacques, elle ne quittait pas la
porte du regard. La chaleur était étouffante. L'in-
confort de cette banquette de cuir, après les secousses du tramway, rendait tous ses membres
douloureux. L'éclat de la lumière l'aveuglait. Des
gens ne cessaient d'entrer, de sortir, à contre-jour;
d'autres passaient sur le trottoir, marchant vite,
poussant eux-mêmes leurs chariots de bagages. Elle
s'interrompit pour saisir sa mallette qu'elle avait
posée près d'elle, et la glissa sous la table; puis elle
la remit sur la banquette et recommença à guetter.

Ses gestes incohérents trahissaient sa fébrilité. Pendant le trajet, elle avait réussi à s'étourdir ; maintenant, elle était sans recours contre elle-même ; et l'obligation de rester là, une heure peut-être, seule, livrée à cette effervescence intérieure, l'emplissait d'une intolérable angoisse. Elle s'ingéniait à faire travailler son esprit sur des riens, à multiplier de petites pensées inoffensives ; mais elle sentait voleter autour de son cerveau, comme un rapace dont les cercles vont se rapprochant, l'idée terrible qu'elle avait jusque-là pu tenir à distance... Pour se défendre, elle s'appliqua, un instant, à examiner les objets disposés devant elle, à compter les croissants de la corbeille, les morceaux de sucre de la soucoupe. Puis elle ramena son regard vers la porte, et suivit les allées et venues des gens. Une femme en cheveux, grisonnante, franchit le seuil ; elle avisa, près de l'entrée, la première table libre, s'accouda lourdement, sa tête entre ses paumes. Et, aussitôt, Jenny se sentit happée par le souvenir qu'elle écartait, qui n'attendait qu'une occasion pour fondre sur elle... Sa mère lui apparut, telle qu'elle l'avait laissée, au fond de sa bergère, les mains pressées sur les tempes. Que faisait-elle maintenant ? Penserait-elle à déjeuner ? Jenny l'imagina dans la cuisine en désordre, devant les assiettes sales, les deux couverts... Et ce fut elle, cette fois, qui, fermant les yeux, pencha son front entre ses mains.

Quelques minutes passèrent sans qu'elle fît un mouvement... *Tu es jalouse !... Si tu avais un peu de cœur...* Elle se répétait ses propres paroles ; elle ne parvenait plus à comprendre comment elle avait pu les prononcer ; ni comment, après l'avoir fait, elle avait pu partir !

Lorsqu'elle souleva enfin la tête, ses traits étaient calmes, durs, et, sur ses joues, la pression des doigts laissait des traces sensibles. « À quoi bon réfléchir, se dit-elle ; c'est ça que je dois faire, et rien d'autre. » Elle demeura un moment encore, les prunelles fixes, sans voir, écrasée sous le poids de sa résolution. Elle n'hésitait plus que sur un point : ce geste, cet impérieux devoir, attendrait-elle l'arrivée de Jacques, avant de l'accomplir ? Pourquoi ? Pour le consulter ? Gardait-elle donc le lâche espoir qu'il la dissuaderait ? Non : sa décision était irrévocable. Alors, le plus urgent, n'était-ce pas d'abréger le martyre maternel ?

Elle redressa le buste, et appela le garçon :

« D'où peut-on envoyer un pneumatique ?

— La poste ? Elle doit être ouverte, un jour pareil ! Tenez, vous la voyez d'ici : le réverbère bleu...

— Gardez mon bagage. Je reviens. »

Elle partit en courant.

En effet, le bureau était ouvert ; des civils, des militaires, assiégeaient les guichets. Elle se fit donner un petit bleu, et, tout d'un trait, elle écrivit :

Maman chérie, j'étais folle, je ne me pardonnerai jamais la peine que je t'ai faite. Mais toi, je te supplie de comprendre, d'oublier. Je reste. Je renonce à accompagner ce soir Jacques en Suisse. Je ne veux pas te laisser seule. Lui, c'est le dernier délai, il faut bien qu'il parte. Je le rejoindrai plus tard. Avec toi, j'espère. N'est-ce pas ? Tu ne refuseras pas de partir avec moi, pour que je le retrouve ?

J'aurais dû rentrer tout de suite, courir t'embrasser. Mais, ces dernières heures avant son départ, ce serait trop dur de ne pas les passer toutes avec lui. Ce soir, je reviendrai près de toi, et je t'expliquerai tout, maman chérie, pour que tu me pardonnes.

J.

Elle ferma le billet sans le relire. Ses mains tremblaient, et tout son corps ; une sueur glacée lui col-
lait son linge à la peau. Avant de jeter le pneu dans
la boîte, elle s'assura qu'il serait distribué l'heure sui-
vante. Puis, lentement, elle retraversa la place, et
revint s'asseoir dans l'angle de la buvette.

Était-elle un peu apaisée par ce qu'elle venait de
faire ? Elle se le demanda, sans pouvoir se répondre.
Elle était anéantie par son sacrifice ; anéantie,
comme après une perte de sang. Si désespérée,
qu'elle redoutait maintenant l'arrivée de Jacques :
loin de lui, elle se sentait plus forte pour tenir sa pro-
messe. Elle essaya de se raisonner : « Dans quelques jours... Une semaine... Deux, au plus... » Deux
semaines sans lui ! Son effroi devant cette séparation
n'était vraiment comparable qu'à la peur de la mort.

Quand enfin, dans l'encadrement de la baie, elle
vit se découper la silhouette de Jacques, elle se
dressa debout et se tint droite, pâle, sans force, les
regards tendus vers lui. Il l'aperçut ; et, dès le premier coup d'œil, il comprit qu'il s'était passé des
choses graves.

D'un geste tragique, elle refusa toute question :
« Pas ici... Sortons. »

Il lui prit la mallette des mains, et la suivit dehors.

Elle fit quelques pas, sur le trottoir, au milieu de
la foule, puis s'arrêta brusquement ; et, levant vers
lui un regard déchirant, elle dit, très bas, très vite :
« Je ne peux pas partir ce soir avec toi... »

Les lèvres de Jacques s'entrouvrirent, mais il ne
répondit rien. Il se baissa pour poser la mallette à
terre ; et lorsqu'il se redressa, il avait eu le temps,
presque à son insu, de se composer un visage. Son

expression atterrée et incrédule ne reflétait rien de
la première pensée, fulgurante, qui lui était venue
malgré lui : « Ma mission... Me voici libre !... »

Des voyageurs, des soldats les bousculaient. Il fit
reculer Jenny jusqu'à un renfoncement du mur,
entre deux piliers.

Elle reprit d'une voix saccadée :

« Je ne peux pas partir... Je ne peux pas quitter
maman... Pas aujourd'hui... Si tu savais... J'ai été
abominable avec elle... »

Elle regardait le sol, n'osant pas croiser son
regard. Lui, l'observait ; et, les lèvres tremblantes, les
yeux pleins de ténèbres, il se penchait, comme pour
l'aider à parler.

« Tu comprends ? murmura-t-elle. Je ne peux plus
partir, après ça...

— Je comprends, je comprends..., fit-il, entre ses
dents.

— Il faut que je reste avec elle... Au moins quelques jours... Je te rejoindrai là-bas... Bientôt... Le
plus tôt possible.

— Oui, dit-il, avec force. Le plus tôt possible ! »
Mais, en lui-même, il pensa : « Non. Jamais... C'est
fini. »

Ils demeurèrent pendant quelques secondes sans
se regarder, paralysés, silencieux. Elle avait eu l'intention de lui confesser ce qui s'était passé entre sa
mère et elle. Mais elle ne se souvenait même plus de
l'enchaînement des détails. Et puis, à quoi bon ? Elle
se sentait irrémédiablement solitaire au centre de
ce drame personnel, incommunicable, où Jacques
n'avait aucune part, et auquel il resterait toujours
étranger.

Lui aussi, à cette minute, il se sentait irrémédiablement distinct d'elle. Distinct de tous les autres :
l'héroïsme dont il s'enivrait depuis deux heures l'iso-

lait, le rendait imperméable à toute émotion normale. Comme une montre arrêtée par une secousse,
son esprit restait immobilisé sur les premières
paroles — libératrices — prononcées par Jenny : « Je
ne peux pas partir avec toi. » La souffrance, la déception qu'affichait son attitude n'étaient pas feintes ;
mais elles étaient superficielles. Les dernières
entraves se rompaient. Il allait partir, et partir seul !
Tout était simplifié...

Elle le dévisageait, avec la pensée que, demain, elle
ne le verrait plus, frappée par la puissance qui émanait de ce visage, mais trop bouleversée pour dis-
cerner quelle sorte de transformation venait de
s'opérer en lui, quel masque neuf, affranchi, lui avait
déjà modelé sa résolution. D'un regard noyé de tendresse, elle caressait cette grande bouche expressive,
cette mâchoire, ces épaules... ce thorax sonore et
dur, sur lequel elle avait dormi... Et la douleur de ne
pas pouvoir passer la nuit prochaine contre lui, dans
sa chaleur, s'empara d'elle avec une si poignante
acuité, qu'elle oublia tout le reste :

« Mon amour... »

À la lueur qui s'alluma dans les prunelles de
Jacques, elle comprit quelle imprudence elle avait
commise en laissant éclater sa tendresse... Le souvenir que cette lueur éveillait en elle la fit frissonner
de crainte. Elle aurait souhaité dormir dans ses bras
— mais rien d'autre...

Il plongeait son trouble regard dans celui de
Jenny. Il balbutia, sans presque mouvoir les lèvres :

« Avant que je parte... Notre dernier après-midi...
Tu veux bien ? »

Elle n'osait lui refuser cette dernière joie. Elle rougit, et détourna son visage, avec un doux et misérable sourire.

Les yeux de Jacques, se détachant d'elle, errèrent

quelques secondes par-delà la place ensoleillée, sur
les façades où flamboyaient des enseignes d'or :
*Hôtel des Voyageurs... Central-Palace... Hôtel du
Départ...*

« Viens », fit-il, en lui saisissant le bras.

                              LXXVIII

Saffrio prit un air soupçonneux :

« Qui te l'a dit ?

— Le concierge de la rue de Carouge, répondit
Jacques. Je débarque du train : je n'ai encore vu personne.

— *Si, si...* Il habite chez moi, depuis qu'on est
revenu de Bruxelles, avoua l'Italien. Il se cache... Je
voyais bien : ça lui faisait mal, rentrer chez lui sans
Alfreda. J'ai dit : "Viens chez moi, Pilote." Il est venu.
Il est là-haut. Il vit comme dans la prison. Il couche
toute la journée sur le lit, avec les journaux. Il se
lamente de ses *reumatizmes...* Mais c'est *oune pretesto*, ajouta-t-il, en clignant de l'œil. C'est pour pas
sortir, pas causer... Il n'a pas voulu voir personne,
même Richardley ! Ah, il est changé, tu sais ! La
garce, elle lui a cassé les genoux ! Jamais j'aurais
cru... » Il eut un geste de désespoir : « C'est un
homme fini. »

Jacques ne répondit pas. Les paroles de Saffrio lui
arrivaient comme à travers un brouillard : il ne parvenait pas à sortir de l'état somnambulique dans
lequel il avait vécu pendant cet interminable voyage
de dix-huit heures entre Paris et Genève. De plus, il
souffrait d'une inflammation des gencives, qui déjà,
ces dernières semaines, l'avait plusieurs fois empê-

ché de dormir, et qui s'était aggravée, cette nuit, dans le courant d'air du wagon.

Saffrio poursuivait :

« Tu as mangé ? Tu as bu ? Tu ne veux pas rien ? Fais-toi une cigarette : c'est du bon, il vient d'Aosta !

— Je voudrais *le* voir.

— Attends un petit *pou*... Je monterai, je lui dirai que tu es revenu. Peut-être qu'il voudra oui, peut-être non... Toi aussi, tu es changé ! reprit-il en fixant sur Jacques son regard caressant. *Si, si !* Tu n'écoutes pas, tu penses la guerre... Tout le monde est changé... Raconte ce que tu as vu là-bas. Ils t'ont laissé venir ?... Ce qui est le plus terrible, tu sais, voilà : c'est la folie de tous, devenus soldats ! Leurs chansons, leur *furia !*... Les trains de mobilisés, qui brillent des yeux, et qui crient : "À Berlin !" Et les autres : *"Nach Paris !"*

— Moi, ceux que j'ai vus partir ne chantaient pas », dit Jacques, sombrement. Puis, d'une voix fiévreuse, et comme s'il s'éveillait soudain : « Ce qui est terrible, Saffrio, ce n'est pas ça... C'est l'Internationale... Elle n'a rien fait. Elle a trahi... Jaurès mort, tous ont lâché ! Tous, même les meilleurs ! Renaudel, l'ami de Jaurès ! Guesde ! Sembat ! Vaillant ! Oui, Vaillant, un type pourtant ! Le seul qui ait osé dire à la Chambre : *plutôt l'insurrection que la guerre !* Tous ! Même les dirigeants de la C.G.T. !... Et ça, c'est plus incompréhensible que tout ! Ils n'étaient pourtant pas contaminés par le parlementarisme, ceux-là ! et les décisions des congrès confédéraux étaient pourtant formelles : "Déclaration de guerre : grève générale immédiate !..." La veille de la mobilisation, le prolétariat hésitait encore. On aurait pu ! Mais ils n'ont même pas essayé ! *Le territoire sacré ! La Patrie ! L'union nationale !... La défense du socialisme contre le militarisme prussien !* Voilà ce qu'ils ont trouvé à dire ! Et, à ceux qui demandaient : "Qu'est-ce qu'on va faire ?" ils n'ont su répondre que ça : "Obéissez au fascicule de mobilisation !" »

Saffrio avait les yeux pleins de larmes.

« Même ici, tout est renversé, fit-il, après un silence. Les camarades, maintenant, parlent bas... Tu verras ! Tout le monde est changé... On a peur... Le gouvernement fédéral, il est neutre, aujourd'hui ; il nous laisse. Mais demain ? Et alors, s'il faut partir, où aller ?... Tout le monde a peur. La police surveille tout... Au *Local*, plus personne... Richardley, la nuit, fait des réunions chez lui, ou chez Boissonis... On apporte les journaux. Ceux qui savent, ils traduisent pour les autres. Après, on discute, on s'énerve... Pour rien ! Qu'est-ce qu'on peut ?... Richardley, seul, fait du travail. Il a confiance. Il dit que *L'Internazionale*, elle ne peut pas mourir, elle ressuscitera, plus forte ! Il dit que l'Italie doit parler, maintenant. Il veut l'union des socialistes suisses avec les socialistes italiens, pour commencer à relever l'honneur... Parce que, reprit-il, en relevant fièrement le front, en Italie, tu sais, tout le prolétariat est fidèle ! L'Italie, c'est la vraie patrie pour la Révolution ! Tous les chefs de groupes, Malatesta, et Borghi, et Mussolini, tous, ils luttent plus fort que jamais ! Pas seulement pour empêcher le gouvernement de partir, lui aussi, dans la guerre : mais pour amener bientôt la paix, par l'union avec tous les socialistes d'Europe : ceux d'Allemagne, ceux de Russie ! »

« Oui..., se dit Jacques. Ils n'ont pas pensé qu'il y a des moyens plus rapides d'amener la paix !... »

« En France aussi, vous trouveriez quelques îlots qui tiennent encore, murmura-t-il, d'un ton détaché, comme si ces questions ne le concernaient plus. Vous devriez garder le contact avec la Fédération des métaux, par exemple. Il y a là des hommes. Tu as entendu parler de Merrheim?... Il y a aussi Monatte, et le groupe de *La Vie ouvrière*. Ceux-là n'ont pas flanché... Et vous en trouveriez d'autres : Martov... Mourlan, avec les types de *L'Étendard*.

— En Allemagne, il y a Liebknecht... Richardley s'occupe déjà avec lui.

— À Vienne, aussi... Hosmer... Par Mithœrg, vous devriez pouvoir...

— Mithœrg?» coupa l'Italien. Il s'était levé. Ses lèvres tremblaient. «Mithœrg? Tu ne sais donc pas?... il est parti!

— Parti?

— Pour l'Autriche!

— Mithœrg?»

Saffrio baissa les paupières. Sur son beau masque romain, se lisait une douleur nue, animale.

«Le jour où Mithœrg est revenu de Bruxelles, il a dit : "Je retourne là-bas." Nous tous, nous avons dit : "Tu es fou, voyons! Tu es déjà condamné pour déserteur!" Mais lui, il disait : "Justement. Un déserteur, ça n'est pas un lâche. Un déserteur, il revient quand il y a la guerre. Je dois aller!" Moi, je lui ai dit : "Pour faire quoi, Mithœrg? Pas pour devenir soldat?" Je n'avais pas compris!... Alors, il a dit : "Non, pas pour devenir soldat. Pour être un exemple. Pour qu'ils me fusillent, devant tous!..." Et, voilà. Le soir, il est parti...»

La phrase se perdit dans un sanglot.

«Mithœrg?» balbutia Jacques, le regard perdu. Après une pause de quelques instants, il se tourna vers l'Italien : «Maintenant, va *lui* dire que je suis là, veux-tu?»

Resté seul, il répéta, à mi-voix : «Mithœrg...» Mithœrg avait fait quelque chose; Mithœrg avait fait tout ce qu'il pouvait faire... Tout ce qu'il pouvait pour se prouver qu'il restait fidèle à lui-même!... Et

il avait choisi un *acte exemplaire*, auquel il avait
sacrifié sa vie...

Quand Saffrio redescendit, il fut stupéfait de surprendre sur le visage de Jacques comme le reflet d'un
sourire qui tardait à s'effacer.

« Tu as bonne chance, Thibault ! Il veut bien...
Monte ! »

Jacques s'engagea, derrière l'Italien, dans l'escalier
en spirale qui partait de la droguerie. Au dernier
étage, Saffrio s'effaça, et, désignant au fond du gre-
nier un réduit cloisonné de planches :

« Il est là... Va seul, c'est meilleur. »

Meynestrel tourna la tête vers la porte qui s'ouvrait. Il était allongé sur son lit, le visage luisant ; ses
cheveux noirs, collés par la sueur, faisaient paraître
le crâne plus petit, le front plus bombé. Il tenait un
journal au bout du bras pendant. Au-dessus de lui,
une tabatière s'ouvrait sur un carré de ciel embrasé.
L'air était étouffant. Des journaux dépliés traînaient
sur le carrelage, jonché de cigarettes à demi fumées.

Meynestrel n'avait pas répondu au sourire de
Jacques, dont l'élan s'était arrêté net, à mi-chemin
du lit. Mais, d'un mouvement vif, qui n'était pas celui
d'un rhumatisant — (« c'est *oune pretesto* », songea
Jacques), — il s'était mis debout. Il portait une com-
binaison d'aviateur en toile bleue déteinte dans
laquelle il était nu ; le col ouvert laissait voir un thorax velu et décharné. Il était mal tenu, presque sale :
ses cheveux, trop longs, relevaient du bout, formant
sur la nuque un retroussis plumeux, pareil au crou-
pion des canards.

« Pourquoi es-tu revenu ?

— Qu'est-ce que je pouvais faire là-bas ? »

Meynestrel s'était adossé à la commode ; les bras

croisés, il regardait Jacques, en triturant sa barbe. Un nouveau tic faisait sans cesse cligner l'œil gauche.

Jacques, totalement démonté par cet accueil, poursuivait au hasard :

« Là-bas, vous n'imaginez pas ce que c'est, Pilote... Toute réunion est interdite : plus de meetings... La censure : pas un journal qui veuille, qui puisse, publier un article d'opposition... À la terrasse d'un café, j'ai vu écharper un type qui n'avait pas assez vite salué le drapeau... Que faire ? Des tracts dans les casernes ? Pour être coffré le premier jour ? Quoi ? Sabotage ? Pas mon genre, vous savez bien... D'ailleurs, faire sauter un dépôt d'obus, un train de munitions, quand il y a des centaines de dépôts, des milliers de trains... Non. Pour le moment, rien à faire là-bas ! Rien ! »

Meynestrel haussa les épaules. Un sourire sans vie effleura ses lèvres.

« Ici non plus !

— Ça dépend ! » répliqua Jacques, en détournant les yeux.

Meynestrel ne parut pas avoir entendu. Il se retourna vers la commode, trempa sa main dans la cuvette et se mouilla le front. S'avisant alors que Jacques, faute de siège libre, était resté debout, il débarrassa l'escabeau, encombré de paperasses. Le regard voilé qu'il promenait autour de lui était celui d'un obsédé. Il revint vers le lit, s'assit au bord du matelas, les bras ballants, et soupira.

Puis, soudain :

« Elle me manque, tu sais... »

L'accent, net, quasi indifférent, ne marquait rien qu'une constatation.

« Ils n'auraient pas dû faire ça », murmura Jacques, après une hésitation.

Cette fois encore, Meynestrel n'eut pas l'air d'entendre. Mais il se releva, poussa du pied un journal, marcha jusqu'à la porte, et, pendant quelques minutes, tirant la jambe comme un insecte blessé, il arpenta la chambre dans sa longueur, avec un mélange de fébrilité et de nonchalance.

« À ce point changé ? » pensa Jacques. Il doutait encore. Il observait d'autant plus librement Meynestrel que celui-ci paraissait avoir oublié sa présence. Le visage, maigri, avait perdu son expression de force concentrée, de lucidité toujours en éveil. Les yeux restaient mobiles, mais sans éclat ; et le regard s'était étrangement adouci, au point de refléter par moments une sorte de sérénité, de paix. « Non, se dit aussitôt Jacques, pas de sérénité : de lassitude... De cette paix négative qu'apporte la lassitude. »

« Ils n'auraient pas *dû* ? » répéta enfin Meynestrel, sur un ton vaguement interrogatif. Il esquissa un haussement d'épaules, sans interrompre ses allées et venues. Puis, brusquement, il s'arrêta devant Jacques : « S'il y a une notion que je n'ai plus, aujourd'hui, *après tout ça* — c'est bien celle de la responsabilité ! »

« Tout ça... » Jacques eut l'impression que Meynestrel ne songeait pas seulement à ce qui lui était arrivé, pas seulement à Alfreda, à Paterson, mais à l'Europe, à ses dirigeants, à ses diplomates, aux officiels du parti ; et peut-être à lui-même, à son poste déserté.

Le Pilote fit encore une fois le trajet d'un mur à l'autre, revint s'étendre sur son lit, et murmura :

« Au fond, qui est responsable ? responsable de ses actes, de soi-même ? Connais-tu quelqu'un de responsable ? Moi, je n'en ai jamais rencontré. »

Un long silence suivit ; un silence opaque, oppressant, qui faisait corps avec la chaleur, avec la lumière implacable.

Meynestrel gisait, immobile, les yeux clos. Couché, il semblait très grand. Sa main, aux ongles jaunis par le tabac, aux doigts à demi fermés comme s'ils se crispaient sur une balle invisible, reposait, renversée, au bord du matelas. La manche découvrait le poignet. Jacques regardait fixement cette main, qui ressemblait à une serre, ce poignet, qui jamais ne lui était apparu aussi frêle, aussi féminin. « La garce lui a cassé les genoux... » Non. Saffrio n'avait pas exagéré !... Mais constater n'expliquait rien. Une fois de plus, Jacques se heurtait au mystère du Pilote. Renoncer, au moment où tout permettait d'espérer que son heure allait enfin venir ? Un homme de cette trempe...

« De cette trempe ? » se demanda Jacques.

Tout à coup, sans avoir bougé, Meynestrel articula :

« Mithœrg, lui, est allé au-devant de sa mort. »

Jacques tressaillit.

« Chacun la sienne », songea-t-il.

Quelques secondes passèrent. Il murmura :

« Ça ne doit pas être tellement difficile, quand on peut faire de sa mort un acte... Un acte conscient. Un acte dernier. Un acte *utile*. »

La main de Meynestrel eut un léger frémissement ; sa face osseuse, aux paupières baissées, semblait pétrifiée.

Jacques redressa le buste. D'un geste impatient, il releva la mèche qui lui barrait le front :

« Moi, dit-il, voilà ce que je veux. »

Sa voix avait pris soudain une telle vibration, que Meynestrel ouvrit les yeux et tourna la tête. Le regard de Jacques était fixé sur la lucarne ; ses traits mâles, éclairés à plein, reflétaient une résolution intense.

« À l'arrière pas de lutte possible ! Pour le moment, du moins. Contre les gouvernements, contre l'état de siège et la censure, contre la presse, contre le délire patriotique, rien, rien à faire !... Mais à l'avant, c'est autre chose ! Sur l'homme qu'on mène au feu, oui, on peut agir ! C'est lui qu'il faut atteindre ! » Meynestrel esquissa un mouvement que Jacques prit pour un geste de doute, et qui n'était qu'un tic nerveux. « Laissez-moi dire !... Oh, je sais. Aujourd'hui, la fleur au fusil, *La Marseillaise*, la *Wacht am Rhein*... Oui. Mais demain ?... Demain, cet homme-là, qui est parti en chantant, il ne sera plus qu'un pauvre type face à face avec la réalité ! Face à face avec la guerre ! Un type à jeun, les pieds en sang, exténué, terrifié par les premiers bombardements, les premiers assauts, les premiers blessés, les premiers morts... C'est à celui-là qu'on peut parler ! C'est à lui qu'il faut crier : "Imbécile ! On t'a exploité, une fois de plus ! On a exploité ton patriotisme, ta générosité, ton courage ! Tout le monde t'a trompé ! Même ceux qui avaient ta confiance, même ceux que tu avais choisis pour te défendre ! Mais, maintenant tu dois enfin comprendre ce qu'on te voulait ! Révolte-toi ! Refuse de leur donner ta peau ! Refuse de tuer ! Tends la main à tes frères d'en face, à ceux qu'on a trompés, qu'on a exploités, comme toi ! Jetez vos flingots ! Révoltez-vous !" » L'émotion l'étranglait. Il souffla dix secondes, et reprit : « Le tout, c'est de pouvoir l'atteindre, celui-là !... Vous allez me dire : "Comment ?" »

Meynestrel s'était soulevé sur un coude. Il considérait Jacques avec une attention qu'un peu d'ironie, flottant dans le regard, ne parvenait pas à dissimuler. Et il avait en effet l'air de dire : « Oui, comment ? »

« En avion ! » cria Jacques, sans attendre la question. Et, d'une voix ralentie, plus basse : « C'est *en avion* qu'on peut l'atteindre !... Il faut aller au-dessus des lignes. Il faut survoler les troupes françaises et les troupes allemandes... Il faut répandre sur elles des milliers et des milliers de manifestes... — de manifestes, en deux langues !... Le commandement français, le commandement allemand, ils peuvent empêcher des tracts d'entrer dans les cantonnements. Ils ne peuvent rien — rien ! — contre une nuée de papiers pelure qui tombent du ciel sur des kilomètres de front, et qui s'éparpillent sur les villages, sur les bivouacs, sur toutes les agglomérations de soldats !... Cette nuée, elle pénétrera partout ! Ces papiers, ils seront lus, en France, en Allemagne !... Ils seront compris !... Ils circuleront de main en main, jusqu'aux formations de réserve, jusqu'aux populations civiles !... Ils rappelleront à chaque ouvrier, à chaque paysan, français et allemand, ce qu'il est, ce qu'il se doit à lui-même ! et ce qu'est le mobilisé d'en face ! et que c'est un crime absurde, monstrueux, de vouloir qu'ils s'entr'égorgent ! »

Meynestrel ouvrit la bouche pour parler. Mais il se tut, et s'allongea de nouveau, les yeux au plafond.

« Ah, Pilote, imaginez l'effet de ces manifestes ! Quel appel à la révolte !... L'effet ? Il peut être foudroyant ! Que seulement, sur un seul point des lignes, les troupes ennemies fraternisent, et la contagion gagnera aussitôt comme une traînée de poudre ! Refus d'obéissance... Démoralisation des chefs... Le jour même de mon vol, le commandement français, le commandement allemand, seront paralysés... Toute action sera devenue impossible sur le secteur que j'aurai survolé !... Et quel exemple ! Quelle force de propagande ! Cet avion magique... Ce messager de paix... La victoire que l'Internationale n'a pas su gagner avant les mobilisations, on peut encore la gagner aujourd'hui ! Nous avons raté l'union des prolétaires, nous avons raté la grève générale : mais nous pouvons réussir la fraternisation des combattants ! »

Les lèvres du Pilote grimacèrent un rapide sourire. Jacques fit un pas vers lui. Il souriait, lui aussi, avec l'assurance d'une inébranlable certitude. Sans se départir de son calme, sans élever la voix, il reprit :

« Rien, dans tout ça, qui ne soit parfaitement réalisable. Mais j'ai besoin qu'on m'aide. J'ai besoin de vous, Pilote. Vous seul, par vos anciennes relations, pouvez me procurer un appareil. Et vous pouvez aussi, en quelques jours, me faire apprendre le pilotage : suffisamment pour voler, pendant quelques heures, dans une direction donnée. Les champs de bataille sont à portée de vol. Du nord de la Suisse, ce n'est rien d'atteindre les troupes françaises et allemandes massées en Alsace... Non, non : j'ai tout pesé. Les difficultés et les risques... Les difficultés, si vous le voulez, si vous m'aidez, elles peuvent être vaincues. Quant *au* risque — car il n'y en a *qu'un* —, ça me regarde ! » Il rougit brusquement, et se tut.

Meynestrel s'assura d'un coup d'œil que Jacques avait achevé ce qu'il voulait dire. Puis il se dressa lentement et s'assit au bord du lit. Il évitait de regarder Jacques. Il resta quelques secondes incliné, les pieds ballants, frottant doucement ses genoux avec ses paumes. Puis, sans changer de pose, il dit :

« Alors, toi, déserteur français, tu crois pouvoir faire ton apprentissage, comme ça, en Suisse, sans que ça paraisse suspect ? Et tu crois que, en quelques jours, tu sauras décoller tout seul, et lire ta carte, et repérer le terrain, et tenir le vol, tout seul,

pendant des heures ? » Sa voix était unie, à peine
narquoise, et son masque impénétrable. Il souleva
une de ses mains, jusqu'à la hauteur de son menton,
et, pendant un instant, avec une attention distraite,
examina, l'un après l'autre, ses ongles sales : « Maintenant, fit-il, presque sèchement, veux-tu ? Laisse-
moi... »

Jacques, déconcerté, restait planté au milieu de la
mansarde. Avant d'obéir, il cherchait à croiser le regard du Pilote, se demandant s'il avait bien compris,
s'il fallait vraiment partir, et sans un mot d'approbation, sans un conseil, sans un sourire encourageant.

« Au revoir, prononça distinctement Meynestrel,
sans relever les yeux.

— Au revoir », murmura Jacques en se dirigeant
vers la porte.

Au moment de franchir le seuil, il eut un mouvement de révolte, et fit brusquement volte-face. Les
yeux du Pilote étaient fixés sur lui ; ils avaient
retrouvé leur feu ; le regard était fixe, comme étonné,
mais toujours indéchiffrable.

« Reviens me voir demain », dit alors Meynestrel,
très vite. (La voix, aussi, avait retrouvé son timbre
ancien, sa fermeté, son élocution rapide.) « Demain,
à la fin de la matinée. À onze heures... Et cache-toi.
Tu entends ? Ne te montre pas. À personne ! Que tout
le monde ici ignore que tu es revenu. » Brusquement,
le visage s'éclaira du plus déconcertant, du plus
tendre sourire : « À demain mon petit. »

« Oui, se dit-il, dès que la porte se fut refermée sur
Jacques. Pourquoi pas, après tout ?... »

Ce n'était pas qu'il crût à l'efficacité de ce projet
extravagant. La fraternisation des armées ennemies !

Plus tard, peut-être : après des mois de souffrances, de massacres !... Mais tout ce qui pouvait démoraliser, semer des germes de révolte, était bon...

« Et je comprends très bien ce petit : il a envie d'avoir sa part d'héroïsme, pour finir... »

Il se leva, vint pousser le loquet, et fit quelques pas à travers la pièce.

« L'occasion..., se dit-il, en regagnant son lit. Une chance qui s'offre, peut-être... Une solution !... »

LXXIX

Jacques appuie sa tête contre la cloison de bois. Le tintamarre du train pénètre son corps, se propage en lui, l'exalte. Il est seul dans ce compartiment de troisième classe. Une température de fournaise, malgré les fenêtres ouvertes. Trempé de sueur, il s'est jeté sur la banquette, du côté de l'ombre... Ce n'est plus le bruit du train qu'il entend, c'est le ronflement d'un moteur... L'avion en plein ciel... Des centaines, des milliers de papiers blancs s'éparpillent dans l'espace...

Le courant d'air qui caresse son front est chaud, mais les battements des stores donnent une illusion de fraîcheur. En face de lui, son sac oscille à tous les cahots : un sac de toile jaune, décoloré, gonflé comme une besace de pèlerin : vieux compagnon fidèle jusqu'au dernier voyage... Jacques y a entassé, précipitamment, quelques paperasses, un peu de linge ; sans choix, avec une totale indifférence. Tout juste s'il a eu le temps d'attraper l'express. Il s'est conformé aux instructions de Meynestrel : il a quitté Genève, en une heure, sans laisser d'adresse, sans avoir vu personne. Depuis le matin, il n'a rien mangé ; même pas eu le temps de prendre des cigarettes à la gare. Peu importe, il est parti. Et, cette fois, c'est bien *le départ* : un départ solitaire, anonyme — sans retour. N'étaient cette chaleur, ces mouches qui l'énervent, ce bruit d'enclume qui lui martèle le crâne, il se sentirait calme. Calme et fort. L'angoisse, le désespoir des jours qu'il vient de vivre sont dépassés.

Une seconde, il ferme les yeux. Mais il les rouvre aussitôt. Il n'a besoin d'aucun recueillement pour vivre son rêve...

Il rase des crêtes de collines, s'abaisse vers des vallées bleues, survole des prés, des forêts, des villes. Il est assis dans la carlingue, derrière Meynestrel. À ses pieds s'entassent les manifestes. Meynestrel fait un signe. L'avion s'est rapproché de la terre. Un grouillement de capotes bleues, de pantalons rouges, de tuniques feld-grau... Jacques se baisse, saisit une brassée de tracts, la jette. Le moteur ronfle. L'avion file dans le soleil. Jacques se baisse, se relève, sème sous lui, sans arrêt, la nuée de papillons blancs. Meynestrel le regarde par-dessus l'épaule. Il rit !

Meynestrel... Meynestrel, c'est le point solide autour duquel tourne l'idée de sa mission.

Jacques vient de le quitter. Si différent, ce matin, du Meynestrel d'hier ! Le chef d'autrefois ! Un torse droit, des gestes précis et vifs. Habillé, chaussé : il venait de sortir. Et, dès l'accueil, ce sourire triomphant ! « Ça va ! Nous avons de la chance. Tout sera plus facile que je ne pensais. Nous pouvons décoller dans trois jours. » *Nous ?* Jacques, qui hésitait encore à comprendre, avait balbutié des mots vagues : « ... certaines vies précieuses... qui sont l'âme d'un groupe... qu'il serait criminel de risquer... » Mais le Pilote avait, d'un coup d'œil, coupé court ; et le haus-

sement d'épaules qui accompagnait ce regard dur,
qui l'humanisait, semblait dire : « Je ne suis plus bon
à rien ni à personne... » Puis il s'était redressé, et, très
vite : « Pas de phrases, mon petit... Il faut immédiatement que tu files à Bâle. Pour de multiples raisons.
En partant de la frontière, notre avion sera tout de
suite sur l'Alsace... Chacun sa tâche : moi, je prépare
l'oiseau ; toi, les tracts. Établir le texte, d'abord. Difficile ; mais tu as dû y réfléchir. Ensuite l'imprimer.
Pour ça, Plattner. Tu ne le connais pas ? Voilà un
mot pour lui. Il est libraire, dans la Greifengasse. Il
a une imprimerie, des gens sûrs. Là-bas, tous parlent aussi bien allemand que français ; ils te tradui-
ront ton manifeste ; ils te tireront un million
d'exemplaires, dans les deux langues, en quelques
nuits de travail... Que tout soit prêt, à tout hasard,
dès samedi. Trois jours pleins. Pas impossible...
N'écris pas. Ni à moi ni à personne : la poste est surveillée. S'il y a quelque chose, je te ferai prévenir par
quelqu'un que je sais. L'adresse est là, dans cette
enveloppe. Avec d'autres instructions précises. Et
quelques cartes... Non, laisse ! Tu regarderas ça en
route... Donc, rendez-vous, près de la frontière, au
point que je choisirai, au jour et à l'heure que je te
fixerai... D'accord ? » Alors seulement les traits
s'étaient adoucis, et la voix avait légèrement fléchi :
« Bon. Tu as un train pour Bâle à 12 h 30. » Il s'était
avancé, et il avait posé ses deux mains sur les épaules
de Jacques : « Je te remercie... Un rude service que
tu me rends là... » Son regard s'était voilé. Jacques,
l'espace d'une seconde, avait cru que Meynestrel
allait le serrer dans ses bras. Mais, au contraire, le
Pilote avait retiré ses mains d'un mouvement
brusque : « J'aurais fini, fatalement, par un geste
idiot. Celui-là, du moins, peut servir. » Et il avait, en

boitillant, poussé Jacques vers la porte : «Tu vas manquer ton train. À bientôt ! »

Jacques se lève, et s'approche de la fenêtre, pour quêter un peu d'air. Il regarde dehors ; mais le paysage familier du lac et des Alpes, sous le soleil d'août, resplendit pour la dernière fois devant ses yeux, sans qu'il le voie.

Jenny... Avant-hier encore, sur la banquette de cet autre train qui l'amenait de Paris, dès que le souvenir de Jenny l'envahissait, une intolérable souffrance lui coupait le souffle. Tenir, encore une fois, entre ses mains la petite tête aux prunelles bleues, enfoncer ses doigts dans cette chevelure, voir, de tout près, chavirer ce regard, s'entrouvrir ces lèvres ! Une fois, une fois seulement, sentir encore contre lui ce jeune corps, si souple, si chaud !... Il se levait alors, d'un bond, gagnait le couloir, étreignait de ses poings la barre de la fenêtre, et, les yeux clos, il restait là, tordu, palpitant, offrant son visage à la morsure du vent, de la fumée, des escarbilles... Maintenant, il peut penser à elle, sans souffrir autant. Elle repose dans son souvenir : une morte passionnément aimée. L'irréparable porte en soi son apaisement. Depuis que le but est si proche, tout, — son existence d'hier, Paris, les secousses de la dernière semaine, — tout a pris soudain un tel recul ! Il songe à son amour comme à son enfance, comme à un passé révolu que rien ne peut ressusciter. Ce qui lui reste d'avenir n'est plus qu'un demain fulgurant...

Il laisse retomber le store qu'il avait machinalement soulevé. Il enfonce les mains dans ses poches, et les retire aussitôt, moites. Cette chaleur l'exaspère ; cette poussière, ce bruit, ces mouches ! Il se rassied, arrache son col, et tapi dans l'angle de la banquette, un bras pendant hors de la fenêtre, il s'efforce de réfléchir.

L'important reste à faire : écrire ce manifeste, dont tout dépend. Il faut que ce soit un éclair dans la nuit, qui atteigne au cœur ces hommes prêts à s'entre-tuer, qui les pénètre d'évidence, et les redresse tous, dans un même élan.

Déjà, des mots, sans lien, s'entrechoquent dans sa tête. Des phrases, même, s'ébauchent, avec des sono-rités de meetings :

« Armées ennemies... Pourquoi, ennemis ? Fran-çais, Allemands... Hasard de naissance... Des hommes, les mêmes ! Majorité d'ouvriers, de paysans. Des tra-vailleurs ! Travailleurs ! Pourquoi ennemis ? Natio-nalités différentes ? Mais intérêts identiques ! Tout les lie ! Tout fait d'eux des alliés naturels !... »

Il tire de sa poche un carnet, un bout de crayon : « Si je notais déjà, à tout hasard, ce qui me vient ? »

Français, Allemands. Tous frères ! Vous êtes pareils ! Et pareillement victimes ! Victimes de mensonges imposés ! Aucun de vous n'a quitté, de son gré, sa femme, ses enfants, sa maison, son usine, son maga-sin, son champ, pour servir de cible à d'autres tra-vailleurs pareils à lui ! Même horreur de la mort. Même répugnance à tuer. Même conviction que toute existence est sacrée. Même conscience que la guerre est absurde. Même désir de s'évader de ce cauchemar, de retrouver, au plus tôt, femme, enfants, travail, liberté, paix ! Et, pourtant, vous voilà aujourd'hui face à face, avec des balles dans vos fusils, stupidement prêts à vous entre-tuer au premier signal, sans vous connaî-tre, sans aucun motif de haine, sans même savoir pourquoi on vous force à devenir des meurtriers !

Le train ralentit et stoppe.
« Lausanne ! »

Mille souvenirs... Sa chambre de sapin blond, à la pension Cammerzinn... Sophia...

Pour n'être pas reconnu, il résiste à la tentation de descendre. Il écarte un peu le rideau. La gare, les quais, le kiosque à journaux... C'est sur le 3ᵉ quai, là-bas, qu'il a fait les cent pas, un soir d'hiver, avec Antoine, avant de revenir à Paris pour la mort de son père... Il lui semble que ce voyage avec son frère date de dix ans !

Des gens vont et viennent, dans le couloir, portant des valises, traînant des enfants. Deux gendarmes passent, inspectent le convoi. Un couple âgé entre dans le compartiment et s'installe. L'homme, un vieil ouvrier aux mains durcies par le travail, qui a mis pour voyager ses habits du dimanche, enlève sa veste, sa cravate, s'éponge le front et allume un cigare. La femme a pris la veste, la plie soigneusement et la garde sur ses genoux.

Jacques, enfoncé dans son coin, a repris son carnet. Fébrilement, il griffonne :

En moins de deux semaines, folie collective, démoniaque. L'Europe entière ! La presse, les fausses nouvelles. Tous les peuples, grisés par les mêmes mensonges ! Ce qui, hier encore, semblait impossible, odieux, est devenu inévitable, nécessaire, légitime !... Partout, les mêmes foules, artificiellement fanatisées, chauffées à blanc, prêtes à se ruer les unes contre les autres, sans savoir pourquoi ! Mourir et tuer, devenus synonymes d'héroïsme, de suprême noblesse !... Pourquoi tout ça ? Pour qui ? Les responsables, où sont-ils ?

Les responsables... Il prend dans son portefeuille un feuillet plié. C'est une phrase que Vanheede a extraite pour lui d'un livre sur Guillaume II, une phrase d'un discours prononcé par le Kaiser : «*Je suis persuadé que la plupart des conflits entre nations sont le résultat des manœuvres et des ambitions de quelques ministres, qui usent de ces moyens criminels, à seule fin de conserver leur pouvoir et d'accroître leur popularité.* »

« Il faudrait retrouver le texte allemand, se dit-il. Pour pouvoir leur dire : "Voyez ! Votre Kaiser lui-même !..." Retrouver le texte. Où ? Comment ?... Vanheede ? Impossible d'écrire, Meynestrel a défendu... Retrouver le texte !... À la bibliothèque de Bâle ! Mais, le titre du livre ? Et le temps de chercher... Non... Pourtant !... Retrouver le texte !... » Le sang lui monte à la tête, l'étourdit. « Les responsables... Les responsables... » Il s'agite, change de pose. Ces gens l'exaspèrent. La vieille le suit des yeux, avec étonnement. Elle est assise en face de lui sur la banquette trop haute ; elle porte des bottines noires et des bas blancs ; les cahots balancent ses petites jambes... « Les responsables... Retrouver le texte... » Si la vieille continue à le regarder, il... Elle prend dans son cabas une tranche de pain et des mirabelles ; elle mâche avec lenteur, et crache les noyaux dans le creux de sa main, où brille une alliance. Sur son front, une mouche qu'elle ne paraît pas sentir va et vient, comme sur un mort... Intolérable.

Il se lève.

Comment retrouver ce texte... À Bâle ? Non, non, peine perdue... Trop tard... Il sait qu'il ne le retrouvera pas !

Avide de fraîcheur, il gagne le couloir et s'agrippe des deux mains à la fenêtre. Des nuées sombres coiffent maintenant la chaîne des Alpes. « Il va y avoir de l'orage. Voilà pourquoi il fait si lourd... »

Le lac, vu de haut, a la densité du mercure, son

éclat mort. Les vignes sulfatées, qui dévalent jusqu'au rivage, sont d'un bleu de poison.

« Les responsables... Quand on recherche un incendiaire, on se demande d'abord à qui l'incendie profitera... » Il s'éponge la figure, reprend son crayon, et, debout, adossé au chambranle, s'efforçant d'être indifférent à tout, à la vieille, à cette touffeur d'orage, aux mouches, au bruit, aux secousses, au paysage, à tout l'univers hostile, il note, fiévreusement :

Une puissance occulte, l'État, a disposé de vous comme le fermier de son bétail !... L'État ! Qu'est-ce que l'État ? L'État français, l'État allemand, sont-ils les représentants authentiques, autorisés, du peuple ? les défenseurs des intérêts de la majorité ? Non ! L'État, en France comme en Allemagne, c'est le représentant d'une minorité, c'est le chargé d'affaires d'une association de spéculateurs dont l'argent seul a fait le pouvoir, et qui sont aujourd'hui maîtres des banques, des grandes sociétés, des transports, des journaux, des entreprises d'armement, de tout ! Maîtres absolus d'un système social vassalisé, qui sert les avantages de quelques-uns aux dépens du plus grand nombre ! Ce système, nous l'avons vu à l'œuvre, ces dernières semaines ! Nous avons vu ses rouages compliqués briser une à une toutes les résistances pacifiques ! Et c'est lui, aujourd'hui, qui vous jette, baïonnette au canon, sur la frontière, pour la défense d'intérêts qui sont étrangers, qui sont même funestes, à la presque totalité d'entre vous !... Ceux qui vont se faire tuer ont le droit de se demander à qui profitera leur sacrifice ! Le droit, avant de donner leur peau, de savoir à qui, à quoi, ils la donnent !...

Eh bien, les premiers responsables, ce sont ces minorités d'exploiteurs publics, les grands financiers, les grands industriels qui, de pays à pays, se font une concurrence acharnée, et qui n'hésitent pas, aujourd'hui, à immoler le troupeau pour consolider leurs privilèges, pour accroître encore leur prospérité! Une prospérité qui, loin d'enrichir les masses et d'améliorer leur sort, ne servira qu'à assujettir davantage ceux d'entre vous qui échapperont au massacre!...

Mais ces exploiteurs ne sont pas les seuls responsables. En chaque pays, ils se sont assuré, dans le personnel des gouvernements, des soutiens, des auxiliaires... Parmi les responsables, il y a, au second rang, cette poignée d'hommes d'État mégalomanes, dénoncés par le Kaiser lui-même...

« Retrouver le texte, se dit-il. Retrouver le texte... »

... cette poignée de charlatans, de ministres, d'ambassadeurs, de généraux ambitieux, qui, dans l'ombre des diplomaties et des états-majors, par leurs intrigues, leurs manœuvres politiques, ont froidement joué avec votre vie, sans vous consulter, sans même vous avertir, vous, peuple français, peuple allemand, qui étiez les enjeux de leurs combines... Car c'est ainsi : dans cette Europe démocratisée du XXᵉ siècle, aucun peuple n'a su se réserver la direction de sa politique extérieure ; et aucun de ces parlements que vous avez élus, qui devraient vous représenter, aucun n'a jamais connaissance de ces engagements secrets, qui, du jour au lendemain, peuvent vous précipiter — tous — dans la tuerie !

Et, derrière ces grands responsables, il y a enfin, en France comme en Allemagne, tous ceux qui, plus ou moins sciemment, ont rendu la guerre possible, soit en favorisant les agiotages de la haute banque, soit en encourageant de leur approbation partisane les ambitions des hommes d'État. Ce sont les partis

*conservateurs, les organisations patronales, la presse
nationaliste ! Ce sont aussi les Églises, dont les clergés
constituent, en fait, presque partout, une sorte de gendarmerie spirituelle au service des classes possédantes ;
les Églises qui, trahissant leurs devoirs surnaturels,
sont partout devenues les alliées et les otages des puis-
sances d'argent !*

Il s'arrête et tente en vain de se relire. La crispation de ses doigts sur ce bout de crayon, sa fièvre, la
position incommode, les cahots, lui font une écriture
presque indéchiffrable.

« Faire un tri là-dedans, se dit-il. Mauvais... Plein
de redites... Trop long... Pour convaincre, il faut faire
dense et court... Mais, pour qu'*ils* puissent réfléchir,
se reprendre, il leur faut bien aussi les données fon-
damentales !... Difficile ! »

Il n'en peut plus d'être debout. Se rasseoir. Être
seul... Il parcourt le couloir, en quête d'un compartiment vide. Tous sont occupés et bruyants. Force lui
est de revenir à sa place.

Le soleil, qui commence à baisser, emplit le wagon
d'un or rouge, aveuglant. L'homme ronfle, abruti de
chaleur, versé sur un coude, son cigare éteint aux
lèvres. La vieille, tenant toujours la veste sur ses
genoux joints, s'évente avec un journal ; l'air fait
voleter ses frisons gris. Elle évite le regard de
Jacques ; mais, à tous moments, il surprend, fixé sur
lui, un regard furtif, borné et sévère.

Alors il croise les bras, ferme les yeux, compte jusqu'à cent pour s'obliger au calme. Et brusquement
submergé de fatigue, il s'endort.

Il s'éveille en sursaut, stupéfait d'avoir dormi.
Quelle heure ? Le train ralentit. Où est-on ? Ses com-

pagnons de voyage sont debout : l'homme a remis sa
veste, rallumé son mégot ; la femme cadenasse son
cabas... Le cerveau engourdi, Jacques cherche à
reconnaître la gare. Berne ? Déjà ?

« *Grüetzi* [1] », dit l'homme, en passant devant lui.

Il y a du monde sur le quai. Le train est pris d'assaut. Le compartiment est envahi par une famille
loquace, qui parle allemand : la mère, la grand-mère,
deux fillettes, une bonne. Les filets plient sous un
amoncellement de filets à provisions, de jouets d'enfants. Les femmes ont des visages fatigués, craintifs.
Les fillettes, énervées par la chaleur, se querellent
pour occuper les coins libres. Sans doute, des gens
que la guerre a surpris en vacances, et qui regagnent
leur pays ; le père a dû rejoindre son régiment, dès
les premiers jours.

Le train repart.

Jacques s'évade dans le couloir, qui est bondé de
voyageurs debout ; des hommes, pour la plupart.

Sur la gauche, trois jeunes gens, des Suisses, cau-
sent à voix haute, en français :

« Viviani garde la présidence du Conseil, mais sans
portefeuille... — Qu'est-ce que c'est que ce Dou-
mergue, qui prend les Affaires étrangères ? »

À droite, deux voyageurs, un jeune étudiant, sa
serviette sous le bras, et un homme âgé, à lorgnon,
un professeur peut-être, parcourent les journaux.

« Vous avez vu ? dit l'étudiant, goguenard, en passant à son compagnon *Le Journal de Genève*. Le pape
en a de bonnes ! Il vient de lancer un *Appel aux catholiques du monde* !

— Eh bien ? fait l'autre. Que tu le veuilles ou non,
il existe encore des millions de catholiques sur terre.
L'anathème du pape ? Mais, s'il était formel, reten-

1. « Dieu vous garde ! » Diminutif de : *Gott grüsse Sie !*

tissant... Et, s'il était lancé *avant* que ça commence !...

— Lisez, reprend l'étudiant. Vous croyez peut-être qu'il condamne solennellement la guerre ? qu'il donne tort aux Pouvoirs ? qu'il confond, sans distinction, tous les États belligérants, dans une même excommunication à grand fracas ? Doucement ! Et la prudence apostolique ? Non, non... Tout ce qu'il trouve à dire, à ces millions de catholiques qui, demain, vont être armés pour tuer, et qui, sans doute, attendent anxieusement ses ordres pour se mettre en règle avec leur conscience — ce n'est pas : "Tu ne tueras point ! Refuse !" — ce qui aurait peut-être, en effet, rendu la guerre impossible... Non ! Il dit, gentiment : "Allez-y, mes enfants !... Allez-y, mais n'oubliez pas *d'élever vos âmes vers le Christ !*" »

Jacques écoute, distrait. Il se souvient tout à coup d'un prêtre mobilisé qu'il a vu quelque part. Où donc ? À la gare du Nord, en conduisant Antoine... Un jeune prêtre sportif, à l'œil brillant (du genre « abbé de patronage », « entraîneur de jeunes »), qui portait deux musettes en travers de sa soutane retroussée sur des brodequins d'alpiniste tout neufs, et un petit calot de sergent, coquettement campé sur l'oreille... La gare du Nord. Antoine... Antoine, Daniel, Jenny... Tous ceux que son souvenir évoque involontairement, et tous ces hommes, ces femmes qui l'entourent, font partie du monde dont il n'est plus : ce monde des vivants, pour lesquels l'avenir existe, et qui continuent sans lui leur traversée...

Sur la gauche, les trois jeunes Suisses commentent avec indignation l'ultimatum adressé par l'Allemagne à la Belgique.

Jacques fait un pas vers eux, et prête l'oreille.

« C'était affiché : un corps d'armée allemand a

franchi la frontière belge, cette nuit, et marche sur Liège. »

Un homme, encore jeune, sort d'un compartiment voisin pour se mêler au groupe. Il est Belge. Il regagne en hâte Namur pour s'engager.

« Moi, je suis socialiste, déclare-t-il aussitôt. Mais, justement pour ça, je ne peux pas accepter que la Force écrase le Droit ! »

Il parle d'abondance. Il hausse le ton. Il flétrit la Barbarie teutonne ; il exalte la Civilisation occidentale.

D'autres voyageurs s'approchent. Tous, également, se montrent révoltés par le cynisme du gouvernement allemand.

« La Chambre belge a fait réunion ce matin, dit un homme d'une cinquantaine d'années, qui parle le français avec un fort accent tudesque. Vous croyez que les socialistes voteront les crédits de défense nationale ?

— Comme un seul homme, Monsieur ! » s'écrie le Belge, terrassant son interlocuteur d'un regard flambant de défi.

Jacques n'a soufflé mot. Il sait que le Belge dit vrai. Mais il se rappelle, rageusement, l'attitude des socialistes belges, à Bruxelles, leurs professions de pacifisme intégral... Vandervelde... Jeudi dernier : il n'y a pas six jours !...

« À Paris aussi, dit l'un des Suisses, c'est aujourd'hui que la Chambre se réunit pour les crédits de guerre.

— À Paris, ce sera pareil ! affirme le Belge, avec feu. Dans tous les pays alliés, les socialistes voteront les crédits, ça ne fait pas question ! Nous avons pour nous la Justice !... Cette guerre, elle nous est imposée. Dans cette lutte contre le militarisme prussien, tout vrai socialiste se doit d'être au premier rang ! »

Il ne cesse, en parlant, de toiser l'homme au parler germanique, qui se tait.

Au secours de la Patrie menacée ! Sus à l'impérialisme allemand ! C'est le refrain de tous. Dans les derniers journaux français de gauche que Jacques a lus hier, c'était partout le même mot d'ordre : partout, les socialistes renonçaient à l'opposition. On annonçait hier encore, par-ci, par-là, en banlieue, quelques réunions de sections, mais c'était pour « délibérer sur les moyens de venir en aide aux familles des mobilisés » ! La guerre était devenue un fait ! un fait accepté sans protestation. Le numéro de *la Guerre sociale* était particulièrement significatif. Gustave Hervé, en première page, avait le front d'écrire : *Jaurès, vous êtes heureux de ne pas assister à l'écroulement de notre beau rêve... Mais je vous plains d'être parti sans avoir vu comment notre race nerveuse, enthousiaste, et idéaliste a accepté d'aller accomplir le douloureux devoir ! Vous auriez été fier de nos ouvriers socialistes !...* Et, plus significatif encore était le *Manifeste aux cheminots* lancé par ce Syndicat des Chemins de fer, qui, naguère encore, affirmait si violemment son antinationalisme : *Devant le danger commun s'effacent les vieilles rancunes ! Socialistes, Syndicalistes et Révolutionnaires, vous déjouerez les bas calculs de Guillaume, et vous serez les premiers à répondre à l'appel, quand retentira la voix de la République !* « Quelle dérision..., se disait Jacques. Le voilà réalisé, dans chaque pays, cet accord des partis populaires, qui semblait impossible ! Et réalisé justement *par* la guerre ! Alors que, s'il avait été réalisé *contre* elle... Quelle dérision ! Les partisans de l'Internationale, partout unanimes aujourd'hui à accepter *nationalement* le conflit ! Alors que, pour l'empêcher, il aurait suffi, quinze jours plus tôt, qu'ils soient unanimes à décider la

grève préventive!» Le seul, le dernier écho d'indépendance, c'est dans un journal anglais, les *Daily
News*, que Jacques l'avait trouvé : un article, qui
avait le ton d'un manifeste, écrit avant l'ultimatum
à la Belgique. On y dénonçait la naissance des premiers courants bellicistes à travers l'opinion britan-
nique; et l'on y proclamait fermement la nécessité,
pour l'Angleterre, de se défendre de la contagion, de
conserver sa liberté, sa neutralité d'arbitre, de n'intervenir en aucun cas, *même* si l'une des armées
ennemies se risquait à violer la frontière belge. Oui...
Mais, aujourd'hui, l'Angleterre officielle annonçait
qu'elle aussi entrait généreusement dans la danse
macabre!

La voix vibrante du socialiste belge s'élève dans le
couloir :

«Jaurès lui-même serait le premier à donner
l'exemple! Jaurès, Monsieur? Mais il courrait s'engager!»

«Jaurès..., se dit Jacques. Aurait-il empêché les
défections? Aurait-il tenu jusqu'au bout?» Il se
revoit soudain, avec Jenny, devant le café de la rue
Montmartre... la foule silencieuse amassée dans la
nuit... l'ambulance... «C'est aujourd'hui qu'ils l'en-
terrent, songe-t-il. Sous des fleurs, des discours, des
drapeaux tricolores, des musiques militaires! Ils ont
accaparé le grand cadavre, pour le brandir au nom
de la Patrie... Ah, si vraiment le cercueil de Jaurès
traverse ce Paris qu'on mobilise, sans déclencher
l'émeute, c'est que tout est fini, c'est que l'*Internationale ouvrière* est bien morte, et qu'on l'enterre
avec lui...»

Oui, pour l'instant, tout est fini, là-bas, dans les
villes magnétisées; à l'arrière, oui, tous les ressorts,
pour l'instant, sont rompus. Mais sur la ligne de feu,
les malheureux qui ont pris contact avec la guerre,

ceux-là, il en est sûr, n'attendent qu'un appel pour rompre l'infernal envoûtement... Une étincelle, et la révolte libératrice éclatera enfin !...

Des phrases décousues s'ébauchent de nouveau dans sa tête : *Vous êtes jeunes, vivants... On vous envoie à la mort... On vous arrache de force votre vie ! Et pour en faire quoi ? Du capital frais, dans les coffres des grands banquiers !...* Il touche son carnet au fond de sa poche. Mais comment prendre des notes dans ce va-et-vient, dans ce bruit ? D'ailleurs, avant vingt minutes, il sera à Bâle. Il faudra partir à la recherche de Plattner, s'enquérir d'un logement, d'un abri où travailler...

Tout à coup, son parti est pris. Il a bien fait de dormir. Il se sent lucide, énergique. Plattner peut attendre. Ce serait stupide de laisser retomber cette fièvre qui le tient. Au lieu de courir la ville, il se réfugiera dans un coin de la salle d'attente ; et, ces phrases qui bouillonnent et se pressent dans son cerveau, il les jettera, toutes chaudes sur le papier... Dans la salle d'attente, ou bien au buffet — car il meurt de faim.

LXXX

Asile inespéré ! La *Restauration Dritterklasse* est si peu vaste que les clients, pourtant nombreux, n'occupent que le centre du hall : le fond est entièrement désert.

Jacques a choisi, contre le mur, une grande table parmi d'autres grandes tables libres.

Il a retiré son veston, ouvert son col. Il a dévoré une savoureuse portion de veau, généreusement lar-

dée, fricassée dans la poêle et garnie de carottes. Il
a bu toute une carafe d'eau glacée.

Au plafond, les ventilateurs ronronnent. La ser-
vante a posé devant lui de quoi écrire, près d'une
tasse de café qui embaume.

Un garçon circule devant le comptoir, avec un
plateau : *Cigaren; cigaretten!* Ah, oui, *cigaretten!*...
Après douze heures de privation, la première bouffée est un enchantement! Un bien-être capiteux, un
surcroît de vie, courent dans ses veines, font trembler ses mains. Penché sur la table, le front plissé,
les yeux clignotants à travers la fumée, il n'attend
pas, il ne cherche pas à ordonner les idées qui se
pressent. Le tri se fera plus tard, à tête reposée...

Avec une impatience vorace, sa plume, déjà, galope sur le papier :

Français ou Allemands, vous êtes des dupes!

*Cette guerre, on vous l'a présentée, dans les deux
camps, non seulement comme une guerre défensive,
mais comme une lutte pour le Droit des Peuples, la
Justice, la Liberté. Pourquoi? Parce qu'on savait bien
que pas un ouvrier, pas un paysan d'Allemagne, pas
un ouvrier, pas un paysan de France, n'aurait donné
son sang pour une guerre offensive, pour une conquête
de territoires et de marchés!*

*On vous a fait croire, à tous, que vous alliez vous
battre pour écraser l'impérialisme militaire du voisin.
Comme si tous les militarismes ne se valaient pas!
Comme si le nationalisme belliqueux n'avait pas eu,
ces dernières années, autant de partisans en France
qu'en Allemagne! Comme si, depuis des années, les
impérialismes de vos deux gouvernements n'avaient
pas couru les mêmes risques de guerre!... Vous êtes
des dupes! On vous a fait croire, à tous, que vous
alliez défendre votre patrie contre l'invasion criminelle*

d'un agresseur — alors que chacun de vos états-majors, français et allemand, étudiait depuis des années avec la même absence de vergogne les moyens d'être le premier à déclencher une offensive foudroyante! alors que, dans vos deux armées, vos chefs cherchaient à s'assurer les avantages de cette «agression», qu'ils font mine de dénoncer aujourd'hui chez l'adversaire, pour justifier à vos yeux cette guerre qu'ils préparaient!

Vous êtes des dupes! Les meilleurs d'entre vous croient, de bonne foi, se sacrifier pour le Droit des Peuples. Alors qu'il n'a jamais été tenu compte ni des Peuples ni du Droit, autrement que dans les discours officiels! alors qu'aucune des nations jetées dans la guerre n'a été consultée par un plébiscite! alors que vous êtes tous envoyés à la mort par le jeu d'alliances secrètes, anciennes, arbitraires, dont vous ignoriez la teneur, et que jamais aucun de vous n'aurait contresignées!... Vous êtes tous des dupes! Vous, Français, dupés, vous avez cru qu'il fallait barrer la route à l'invasion germanique, défendre la Civilisation contre la menace de la Barbarie. Vous, Allemands dupés, vous avez cru que votre Allemagne était encerclée, que le sort du pays était en jeu, qu'il fallait sauver votre prospérité nationale exposée aux convoitises étrangères. Et tous, Allemands ou Français, chacun de votre côté, pareillement dupes, vous avez cru de bonne foi que, pour vous seuls, cette guerre était une «guerre sainte»; et qu'il fallait, sans marchander, par amour patriotique, faire à «l'honneur» de votre nation, au «triomphe de la Justice», le sacrifice de votre bonheur, de votre liberté, de votre vie!... Vous êtes des dupes! Contaminés, en quelques jours, par cette excitation factice qu'une propagande éhontée a fini par vous communiquer, à vous tous qui en serez les victimes, vous êtes partis, héroïquement, les uns contre les autres, au premier appel de cette patrie qu'aucun danger réel n'a jamais menacée ! sans comprendre que, des deux côtés, vous étiez les jouets de vos classes dirigeantes ! sans comprendre que vous étiez l'enjeu de leurs combinaisons, la monnaie qu'ils gaspillent pour satisfaire leurs besoins de domination et de lucre !

Car c'est bien exactement avec les mêmes mensonges que les pouvoirs constitués de France et d'Allemagne vous ont sournoisement dupés ! Jamais les gouvernements d'Europe n'avaient encore fait preuve d'un tel cynisme, disposé d'un pareil arsenal d'habiletés, pour multiplier les calomnies, suggérer les fausses interprétations, répandre des nouvelles mensongères, semer par tous les moyens cette panique et cette haine dont ils avaient besoin pour faire de vous leurs complices !... En quelques jours, sans même avoir eu le temps d'évaluer l'énormité du sacrifice qu'on exige de vous, vous avez été encasernés, équipés, poussés au meurtre et à la mort. Toutes les libertés supprimées d'un coup ! Dans les deux camps, le même jour, l'état de siège ! Dans les deux camps, une dictature militaire impitoyable ! Malheur à qui voulait raisonner, demander des comptes, se reprendre ! D'ailleurs, qui de vous l'aurait pu ? Vous ignoriez tout de la vérité ! Votre seul moyen d'information, c'était la presse officielle, le mensonge national ! Toute-puissante, au cœur de ses frontières fermées, cette presse n'a plus qu'une voix : la voix de ceux qui vous commandent, et pour qui votre ignorance crédule, votre docilité, sont indispensables à la réalisation de leurs buts criminels !

Votre faute a été de ne pas prévenir l'incendie, quand il en était encore temps ! Vous pouviez empêcher la guerre ! Votre écrasante majorité d'hommes pacifiques, vous n'avez su ni la grouper, ni l'organiser, ni la faire intervenir à temps, d'une façon cohérente, décisive, pour déclencher contre les incendiaires un mou-

vement de toutes les classes, de tous les pays, et impo-
ser aux gouvernements d'Europe votre volonté de paix.
   Maintenant, partout, une discipline implacable a
muselé les consciences individuelles. Partout, vous
êtes réduits à la soumission passive de l'animal auquel
on a bandé les yeux... Jamais l'humanité n'a connu
un pareil envoûtement, un pareil aveuglement de l'in-
telligence ! Jamais les forces du pouvoir n'ont imposé
aux esprits une si totale abdication, ni si férocement
bâillonné les aspirations des masses !

Jacques aplatit dans sa soucoupe le bout de cigarette qui lui a brûlé la lèvre. D'un geste hargneux, il
repousse sa mèche, et essuie la sueur qui lui coule
des joues... *ni si férocement bâillonné les aspirations*
des masses ! La sonorité des mots vibre à ses oreilles,
comme s'il les avait lui-même lancés, à pleine voix,
sur le front de ces deux armées que son hallucination dresse réellement devant lui. Il éprouve le même
transport, le même tumulte du sang, le même sur-
passement de soi, qui l'électrisaient naguère, quand
un subit élan de foi, de colère et d'amour, un fou-
gueux besoin de convaincre et d'entraîner, le proje-
taient à la tribune d'un meeting, et l'élevaient
soudain au-dessus des foules, et de lui-même, dans
l'ivresse de l'improvisation.
   Sans allumer la cigarette qu'il a sortie de sa poche,
il laisse de nouveau courir sa plume :

   Maintenant, vous y avez goûté, à leur guerre !...
Vous avez entendu le sifflement des balles, le gémisse-
ment des blessés, des mourants ! Maintenant, vous
pouvez pressentir l'horreur des charniers qu'ils vous
préparent !... Déjà, la plupart d'entre vous, dégrisés,
sentent tressaillir au fond de leur conscience la honte
de s'être si docilement laissé duper ! Le souvenir des

*êtres chers que vous avez si vite abandonnés vous
hante. Sous la pression des réalités, vos esprits se
réveillent, vos yeux s'ouvrent enfin ! Que sera-ce quand
vous aurez compris pour quels mobiles inavouables,
pour quels espoirs de conquête et d'hégémonie, pour
quels profits matériels qui vous sont étrangers et dont
aucun de vous ne profitera jamais, la féodalité d'argent, maîtresse de cette guerre, vous impose ce monstrueux sacrifice !*

*Qu'a-t-on fait de votre liberté ? de votre conscience ?
de votre dignité d'hommes ? Qu'a-t-on fait du bonheur
de vos foyers ? Qu'a-t-on fait de l'unique trésor qu'un
homme du peuple ait à défendre : sa vie ? l'État français, l'État allemand, ont-ils donc le droit de vous arracher à votre famille, à votre travail, et de disposer de
votre peau, contre vos intérêts personnels les plus évidents, contre votre volonté, contre vos convictions,
contre les plus humains, les plus purs, les plus légitimes, de vos instincts ? Qu'est-ce qui leur a donc
donné, sur vous, ce monstrueux pouvoir de vie et de
mort ? Votre ignorance ! Votre passivité ?*

*Un éclair de réflexion, un sursaut de révolte, et vous
pouvez encore être délivrés !*

*En êtes-vous incapables ! Attendrez-vous, sous les
obus, dans les pires souffrances physiques et morales,
cette paix lointaine — et que vous ne connaîtrez
jamais, vous, les premiers immolés de la guerre ? cette
paix, que vos cadets eux-mêmes, levés en masse pour
vous remplacer sur la ligne de feu, et sacrifiés comme
vous en de « glorieuses » hécatombes, ne connaîtront
sans doute pas plus que vous ?*

*Ne dites pas qu'il est trop tard, et que vous n'avez
plus qu'à vous résigner à la servitude et à la mort ! Ce
serait lâche !*

Et ce serait faux !

L'instant est venu, au contraire, de secouer le joug !

Cette liberté, cette sécurité, cette joie de vivre, tout ce bonheur qui vous a été ravi, il ne tient qu'à vous de le reconquérir !

Ressaisissez-vous, pendant qu'il en est temps encore !

Vous avez un moyen, un moyen infaillible, de mettre vos états-majors dans l'impossibilité de poursuivre un jour de plus cette tuerie fratricide. C'est de refuser de combattre ! *C'est de saper brutalement leur autorité par une révolte collective.*

Vous le pouvez !

Vous le pouvez, DÈS DEMAIN *!*

Vous le pouvez, et sans courir aucun risque de représailles !

Mais, à cela, trois conditions, trois conditions formelles : que votre soulèvement soit subit, *qu'il soit* général, *qu'il soit* simultané.

Subit, parce qu'il ne faut pas laisser à vos chefs le temps de prendre contre vous des mesures préventives. Général et simultané, parce que le succès dépend d'une action de masse, *déclenchée en même temps* des deux côtés de la frontière ! *Si vous étiez cinquante à refuser le sacrifice, vous seriez impitoyablement passés par les armes. Mais si vous êtes cinq cents, si vous êtes mille, dix mille ; si vous vous soulevez en masse, dans les deux camps à la fois ; si votre cri de révolte se propage de régiment en régiment, dans vos deux armées ; si vous faites éclater enfin l'invulnérable force du nombre,* aucune répression n'est possible ! *Et les chefs qui vous commandent, et les gouvernements qui vous ont donné ces chefs, se trouveront, en quelques heures, paralysés pour jamais au centre même de leur puissance criminelle !*

Comprenez tous la solennité de cet instant décisif ! Pour récupérer d'un coup votre indépendance, trois seules conditions, et qui, toutes trois, ne dépendent

que de vous seuls : il faut que votre soulèvement soit
SUBIT *; il faut qu'il soit* UNANIME *et* SIMULTANÉ *!*

Son masque est contracté, sa respiration courte,
sifflante. Il s'arrête une seconde. Il lève vers la ver-
rière un regard d'aveugle. Le monde réel s'est évanoui : il ne voit rien; il n'entend rien; il n'a plus,
devant lui, que cette multitude de condamnés, qui
tournent vers lui des visages d'angoisse.

*Français et Allemands ! Vous êtes des hommes, vous
êtes des frères ! Au nom de vos mères, de vos femmes,
de vos enfants; au nom de ce qu'il y a de plus noble
en vous; au nom de ce souffle créateur, venu du fond
des siècles, et qui tend à faire de l'homme un être juste
et raisonnable — saisissez cette dernière chance ! Le
salut est à votre portée ! Debout ! Tous debout !* avant
qu'il soit trop tard !
*Cet appel, il est lancé, aujourd'hui, en même temps,
à des milliers et des milliers d'exemplaires, en France
et en Allemagne, sur tout votre front de combat. En
cet instant précis, dans vos deux camps, des milliers
de cœurs français et allemands frémissent du même
espoir que le vôtre, des milliers de poings se dressent,
des milliers de consciences optent pour la révolte, pour
le triomphe de la vie contre le mensonge et la mort !*
*Courage ! N'hésitez pas ! Tout retard peut vous
perdre ! Il faut que votre révolte éclate* DÈS DEMAIN !
DEMAIN, AU LEVER DU SOLEIL, *Français et Allemands,* TOUS ENSEMBLE, *à la même heure, dans un
même élan d'héroïsme et d'amour fraternel, levez vos
crosses, jetez vos armes, poussez le même cri de délivrance !*

TOUS DEBOUT, POUR REFUSER LA GUERRE !
POUR IMPOSER AUX ÉTATS LE RÉTABLISSEMENT
IMMÉDIAT DE LA PAIX !

TOUS DEBOUT, DEMAIN, AU PREMIER RAYON
DU SOLEIL !

Il repose avec précaution la plume sur l'encrier.

Lentement, son buste se redresse et s'écarte un
peu de la table. Il a les yeux baissés. Ses mouvements
sont doux, feutrés, silencieux, comme s'il craignait
d'effaroucher des oiseaux. Toute contraction a disparu de son visage. Il semble attendre quelque
chose : l'accomplissement d'un phénomène interne,
un peu douloureux : que le cœur s'apaise, que les
tempes cessent de battre si fort ; que la lente remon-
tée vers le réel s'achève sans trop de souffrance...

Machinalement, il rassemble les feuillets, couverts
d'une écriture fébrile, sans ratures. Il les plie, les
palpe, et, soudain, les appuie fortement contre sa
poitrine. Sa tête se penche un instant ; et, sans
remuer les lèvres, il murmure, comme une prière :
« ... rendre la paix au monde... »

LXXXI

Plattner a logé Jacques chez une vieille femme, la
mère d'un militant nommé Stumpf, que le Parti vient
d'envoyer en mission. Jacques est censé habiter Bâle
pour travailler à la librairie : Plattner lui a remis un
contrat en règle. Si la police, particulièrement active
depuis les déclarations de guerre, s'inquiète de sa
présence, il pourra témoigner d'un emploi et d'un
domicile.

La maison de la vieille Mme Stumpf, située au
Petit-Bâle, dans le misérable quartier de la Erlens-
trasse (non loin de cette Greifengasse où Plattner

tient boutique), est une bicoque branlante, vouée à
la démolition. La chambre louée à Jacques forme un
étroit couloir, percé à chaque bout d'une fenêtre
basse. L'une d'elles, sans vitres, donne sur la cour;
il monte de là un relent de clapier et d'épluchures
aigries. L'autre s'ouvre sur la rue, et, par-delà la
chaussée, sur les docks charbonneux de la gare
badoise; c'est-à-dire, ou presque, sur territoire allemand. Au plafond, et si proches du crâne qu'on peut
les atteindre avec la main, s'alignent les tuiles du
toit, chauffées par le soleil, et d'où émane, jour et
nuit, une température de plaque de four.

C'est là, dans cette étuve, que Jacques s'enferme
pour mettre au point son manifeste, sans autre ali-
mentation que le café et la tartine de graisse d'oie
que la vieille maman Stumpf dépose le matin, devant
sa porte. Parfois, autour de midi, la température
devient si accablante, qu'il essaie de s'évader. Mais,
à peine dehors, il regrette son taudis et se hâte d'y
revenir. Il regagne son lit, et là, trempé de sueur, les
yeux clos, il renoue impatiemment le fil de son rêve...
L'avion, en plein ciel... Assis derrière Meynestrel, il
se penche, saisit des poignées de tracts, les éparpille
dans l'espace... Le ronflement du moteur se confond
avec le battement de son sang. Il est lui-même cet
oiseau aux grandes ailes; ces messages, c'est de son
cœur qu'il les arrache, pour les semer sur le monde...
Tous debout, demain, au lever du soleil! Les diverses
parties du manifeste s'ordonnent. Les phrases, peu
à peu, ont pris forme. Il les sait par cœur. Couché,
l'œil au plafond, il se les récite sans trêve. Parfois, il
se lève d'un bond, court à sa table pour retoucher un
paragraphe, pour déplacer un mot. Puis il se rejette
sur son lit. À peine s'il aperçoit le misérable décor
qui l'entoure. Il vit parmi ses visions... Il voit l'insurrection gagner de proche en proche... Dans les

postes de commandement les officiers se concertent, les secrétaires s'affolent ; les communications avec le Quartier Général sont coupées. Toute répression est impossible. S'ils veulent encore sauver la face, les gouvernements n'ont qu'un recours : conclure en hâte un armistice...

Son obsession le ronge, et le soutient — comme le café. Il ne peut plus se passer ni de l'une ni de l'autre. Dès qu'une obligation urgente — une brève visite à la librairie, ou seulement une rencontre, sur le palier avec Mme Stumpf — l'éloigne un instant de son rêve, il en éprouve un vrai malaise et revient précipitamment à sa solitude, comme un intoxiqué à sa drogue. Et, aussitôt, il retrouve l'apaisement. Pas seulement du calme : une sorte de fièvre heureuse, active... Par instants, lorsque le tremblement de sa main l'oblige à cesser d'écrire, ou lorsqu'il découvre, dans le fragment de miroir cloué au mur, son visage luisant de sueur, ses joues creuses, son regard d'ensorcelé, pour la première fois de sa vie, l'idée lui vient qu'il est malade. Et cette idée le fait sourire : qu'importe, maintenant ?... Pendant la nuit brûlante où il ne parvient pas à fermer l'œil, où il se lève toutes les dix minutes pour tremper une serviette dans le broc et rafraîchir son corps brûlant, il s'attarde un moment à sa lucarne. Elle s'ouvre sur l'Enfer : dans le vacarme des docks, une armée de cheminots grouille sous la lueur des lampes à arc ; plus loin, dans la nuit des dépôts, des camions brimbalent, des wagonnets se heurtent, des lumières courent en tous sens ; et, plus loin encore, sur les voies qui luisent, d'interminables convois sifflent et manœuvrent avant de s'enfoncer les uns derrière les autres dans les ténèbres de l'Allemagne en guerre. Alors, il sourit. Lui seul sait. Lui seul sait que toute cette agitation est vaine... La délivrance approche... Le tract est écrit. Kappel en fera la version allemande. Plattner le tirera à douze cent mille exemplaires... À Zurich, Meynestrel prépare l'avion... Quelques jours encore! *Tous debout, demain, au premier rayon du soleil...*

Après quarante-huit heures de ce travail fiévreux, il se décide enfin à remettre son manuscrit pour l'impression. «Être prêt pour samedi», a dit Meynestrel...

Plattner est dans l'arrière-boutique de sa librairie, entre ses ballots de papier, derrière sa double porte de moleskine, tous volets clos malgré l'heure matinale. (C'est un homme d'une quarantaine d'années, petit, laid, mal portant; il souffre de l'estomac; il a mauvaise haleine. Son thorax bombe comme un bréchet; son crâne déplumé, son cou maigre, son nez proéminent et busqué, font penser à un vautour. Ce nez en porte à faux semble entraîner le corps en avant, déplacer son centre de gravité, et causer à Plattner une sensation constante de déséquilibre, dont la gêne se communique à l'interlocuteur. Il faut s'habituer à cette disgrâce pour remarquer l'ingénuité du regard, la cordialité du sourire, la douceur d'une voix une peu traînante, facilement émue, et où frémit à tout instant comme une offre d'amitié. Mais Jacques n'a que faire d'un nouvel ami. Il n'a plus besoin de personne.)

Plattner est effondré. Il vient de recevoir confirmation du vote des crédits de guerre, au Reichstag, par la fraction parlementaire des sociaux-démocrates.

«Le vote des socialistes français, à la Chambre, c'est déjà un coup terrible, avoue-t-il, d'une voix qui tremble d'indignation. On s'y attendait un peu, malgré tout, depuis l'assassinat de Jaurès... Mais les Alle-

mands! Notre social-démocratie, la grande force
prolétarienne d'Europe!... C'est le coup le plus dur
de toute ma vie de militant!... J'avais refusé de croire
les journaux officiels. J'aurais donné ma main à couper que les sociaux-démocrates tiendraient tous à
infliger une condamnation publique au gouvernement impérial. Quand j'ai lu la note d'agence, j'ai ri!
Ça puait le mensonge, la manœuvre! Je me disais :
"Demain, nous aurons le démenti!" Et voilà. Aujour-
d'hui, il faut se rendre à l'évidence. Tout est exact,
sinistrement exact!... Je ne sais pas encore bien comment les choses se sont passées dans la coulisse.
Peut-être qu'on ne saura jamais la vérité... Rayer prétend que Bethmann-Hollweg aurait convoqué Sude-
kum, le 29, pour obtenir de lui que la social-démo
cesse son opposition...

— Le 29? dit Jacques. Mais, le 29, à Bruxelles, le
discours de Haase!... J'y étais! Je l'ai entendu!

— Possible. Rayer affirme que, quand la délégation allemande est rentrée à Berlin, le comité directeur s'était réuni, et que la soumission était faite : le
Kaiser savait qu'il pouvait décréter la mobilisation;
qu'il n'y aurait pas de soulèvement, pas de grève
générale!... Il a dû y avoir une réunion du Parti, en
séance secrète, avant le vote du Reichstag, et ça n'a
pas dû aller tout seul! Je me refuse encore à douter
de gens comme Liebknecht, comme Ledebour,
comme Mehring, comme Clara Zetkin, comme Rosa
Luxembourg! Seulement, ils ont dû être en minorité : il leur a fallu s'incliner devant les traîtres... Le
fait est là : ils ont voté *pour*! Trente années d'efforts,
trente années de luttes, de lentes et difficiles
conquêtes, annulées par un vote! En un jour, la
social-démo perd, pour jamais, l'estime du monde
prolétarien... À la Douma, au moins, les socialistes

russes, eux, ont fait front contre le tsarisme! Ils ont tous voté contre la guerre! Et en Serbie aussi! J'ai vu la copie d'une lettre de Douchan Popovitch : l'opposition socialiste serbe reste indomptable! Le seul pays, pourtant, où le patriotisme de la défense nationale aurait eu quelque excuse!... Même en Angleterre, la résistance est opiniâtre : Keir-Hardie ne désarme pas. J'ai là le dernier numéro de l'*Independent Labour Party*. Ça, c'est tout de même réconfortant, n'est-ce pas? Il ne faut pas désespérer. Nous nous ferons entendre, peu à peu. On ne nous bâillonnera pas tous... Tenir bon, envers et contre tout! L'Internationale renaîtra! Et, ce jour-là, elle demandera des comptes à ceux qui avaient sa confiance, et que la dictature impérialiste a si facilement domestiqués! »

Jacques le laisse parler. Il approuve, par contenance. Après ce qu'il a vu, à Paris, aucune défection ne peut plus l'étonner.

Il a pris sur la table quelques journaux qui traînent, et il parcourt distraitement les manchettes : *Cent mille Allemands marchent sur Liège... L'Angleterre mobilise sa flotte et son armée... Le grand-duc Nicolas est nommé généralissime de toutes les forces russes... La neutralité de l'Italie est officielle... Victorieuse offensive des Français en Alsace.*

En Alsace... Il repousse les journaux. Offensive en Alsace... *Vous y avez goûté, maintenant, à leur guerre! Vous avez entendu le sifflement des balles...* Tout ce qui le distrait de son exaltation solitaire lui est devenu insupportable. Il a hâte de quitter la librairie, de se retrouver dehors.

Dès que Plattner a pris le manuscrit en main pour commencer le calibrage, il s'évade, sans se laisser retenir.

Bâle s'offre à sa flânerie. Bâle, et son Rhin majestueux, et ses squares, ses jardins ; Bâle, tout en contraste d'ombre et de lumière, de chaleur torride et de fraîcheur ; Bâle, et ses fontaines d'eau vive où il baigne ses mains moites... Le soleil d'août embrase le ciel. De l'asphalte monte une odeur âcre. Il grimpe, par une ruelle, vers la cathédrale. La place du Münster est déserte : aucune voiture, aucun passant... Congrès de Bâle, 1912 !... L'église semble fermée. Son grès rouge a le ton d'une ancienne poterie : on dirait une vieille châsse de terre cuite, monumentale et inutile, abandonnée au soleil.

Sur la terrasse qui domine le Rhin, sous les marronniers où l'ombre de l'abside et le courant du fleuve entretiennent un air frais, Jacques est seul. D'en bas, d'une école de natation cachée dans la verdure, montent, par intervalles, des cris joyeux. Il est seul avec des ramiers : il suit un instant des yeux leurs battements d'ailes. Non, jamais encore jusqu'à son arrivée à Bâle, lui, le solitaire, il ne s'est senti aussi définitivement seul. Et, cet isolement total, il en savoure avec ivresse la dignité, la puissance : il n'en veut plus sortir, maintenant, jusqu'à ce que tout soit consommé... Brusquement, sans motif, il pense : « Je n'agis ainsi que par désespoir. Je n'agis ainsi que pour me fuir... Je ne torpillerai pas la guerre... Je ne sauverai personne, personne d'autre que moi-même... Mais, moi, je me sauverai, en m'accomplissant ! » Il se lève pour chasser la pensée terrible. Il serre les poings : « Avoir raison, contre tous ! Et s'évader, dans la mort... »

Par-dessus le parapet rougeâtre, au-delà de la courbe que fait le fleuve entre ses ponts, au-delà des clochers, des cheminées d'usines du Petit-Bâle, tout cet horizon fertile et boisé, baigné de chaudes va-

peurs, c'est l'Allemagne, l'Allemagne d'aujourd'hui,
l'Allemagne mobilisée, que le branle-bas des armes
a déjà bouleversée jusqu'au cœur. L'envie le prend
d'aller, vers l'ouest, jusqu'au point où le tracé de la
frontière se confond avec le Rhin, où, de la berge
suisse, il aura devant lui, presque à portée d'un jet
de pierre, cette rive, cette campagne, qui sont allemandes.

Par le quartier de Saint-Alban, il gagne la banlieue.
Le soleil s'élève lentement dans un ciel implacable.
De pimpantes villas, entre leurs haies taillées, avec
leurs tonnelles, leurs balançoires, leurs parterres
qu'arrosent des hélices d'eau, leurs tables blanches
couvertes de nappes à fleurs, témoignent que rien
encore n'est venu troubler la quiétude de ce coin
encore immunisé, au centre de l'Europe en feu.
Pourtant, à Birsfelden, il croise un bataillon de soldats suisses, en tenue de manœuvre, qui descend de
la forêt, en chantant.

La forêt de la Hard est sur la droite, au flanc de la
colline. Une longue allée, parallèle au fleuve, s'ouvre
à travers une futaie de jeunes arbres. Une plaque
indique : *Waldhaus*. Sur la gauche, à travers les
troncs, la plaine verte, ensoleillée, au centre de
laquelle coule le Rhin sinueux ; sur la droite, au
contraire, c'est l'épaisseur de la forêt, une montagne
boisée et abrupte. Jacques avance lentement, sans
penser à rien. Après ces jours de réclusion, après
cette marche au soleil entre des maisons, l'ombre des
arbres est apaisante. Au sommet d'un vallonnement,
appuyée aux bois, une construction blanche apparaît dans la verdure. « Ce doit être ça, leur *Waldhaus* », se dit-il. Un sentier dévale en biais, jusqu'à la
berge. La proximité de l'eau rend le sous-bois plus
frais encore. Et, brusquement, il se trouve au bord
du Rhin.

L'Allemagne est là, séparée seulement de lui par
cette eau, par cette coulée lumineuse.

L'Allemagne est déserte. Plus un pêcheur sur la
grève d'en face. Plus un cultivateur, dans les prés
plantés de pommiers qui s'étendent entre le fleuve et
ce petit hameau de toits rouges, groupés autour d'un
clocher, au pied des collines qui barrent l'horizon.
Mais Jacques distingue, au bord de l'eau, dissimulé
dans les broussailles du talus, le faîte d'une cabane
rayée aux trois couleurs : guérite de sentinelles ?
poste de territoriaux ? de douaniers ?...

Il ne peut plus s'arracher à ce paysage chargé de
signes mystérieux. Les mains au fond des poches, les
pieds plantés dans le sol humide, il regarde posément l'Allemagne et l'Europe. Jamais il n'a été aussi
calme, aussi lucide, aussi conscient, qu'à cette
minute où, seul sur la berge du fleuve historique, il
ouvre tout grands les yeux sur le monde et sur
son destin. Un jour viendra, un jour viendra !... Les
cœurs battront à l'unisson, l'égalité des hommes se
fera, dans la dignité, la justice... Peut-être faut-il que
l'humanité passe encore par cette étape de haine et
de violence, avant d'inaugurer l'ère de la fraternité...
Pour lui, il n'attendra pas. Il est arrivé à l'heure de
sa vie où il ne peut plus différer le don total. S'est-il
jamais donné, totalement donné ? à une pensée, à un
ami, à une femme ?... Non... Pas même, peut-être à
l'idée révolutionnaire. Pas même à Jenny ! À tout
don, il a toujours soustrait une part importante de
lui. Il a traversé la vie en amateur inquiet, qui choisit parcimonieusement les parts de lui-même qu'il
abandonne. Maintenant seulement, il connaît le don
où tout l'être se consume... Le sentiment de son
sacrifice le brûle comme une flamme. Fini, le temps
où il frôlait sans cesse le désespoir; où il luttait
chaque jour contre des velléités d'abdication ! La

mort consentie n'est pas une abdication : elle est l'épanouissement d'une destinée !

Des pas, dans le sous-bois, lui font tourner la tête. C'est un couple de bûcherons, vêtus de noir : l'homme porte une serpe à sa ceinture ; la femme tient un panier au bout de chaque bras. Ils ont le visage sévère des paysans suisses, cette bouche coulissée, ce regard soucieux, qui semblent affirmer que la vie n'est pas une promenade. Tous deux examinent avec méfiance cet inconnu qu'ils ont surpris, à demi caché par les arbustes, scrutant de tous ses yeux ce qui se passe *là-bas*.

Il a eu tort de s'aventurer si près de la frontière. Sans doute y a-t-il au bord du fleuve des rondes de douaniers, des patrouilles de soldats... Il rebrousse hâtivement chemin, et pique à travers le taillis pour rejoindre la grand-route.

Le même jour, à la fin de l'après-midi, Jacques se rend au rendez-vous que lui a fixé Kappel.

« Attends-moi dehors, lui dit l'étudiant. C'est l'heure de la contre-visite, et le patron n'est pas là. Je te rejoins dans dix minutes. »

L'*Hôpital des Enfants* est situé dans le Petit-Bâle, sur le quai. Un jardin étroit, enclos de palissades de lierre, entoure le bâtiment à trois étages, tout en terrasses comme un sanatorium, où les lits des enfants malades sont exposés au soleil. Des sièges blancs sont disposés à l'ombre des massifs. Jacques s'assied. Calme, silence... Un silence qui n'est troublé que par le pépiement des oiseaux, et celui, plus lointain, des petits malades que Jacques aperçoit à travers les branches : par instants, un buste frêle se soulève sur les oreillers, à l'approche d'une infirmière.

Quelques bonds sur le gravier. C'est Kappel. Sans blouse et sans lunettes, mince et souple dans sa chemise bouffante et son pantalon de toile, il a l'air d'un

gamin. Les cheveux sont très blonds, le visage légèrement évidé aux joues, la peau tendre et lisse. Mais
le front étonne : sillonné de rides, c'est le front d'un
vieil homme ; et le regard aussi, d'un bleu métallique,
frangé de cils blonds, surprend par sa maturité.

Kappel est sujet allemand. Il poursuit, à Bâle, ses
études de médecine. Il n'a même pas songé à rentrer
en Allemagne. Le jour, il travaille avec le professeur
Webb, au *Kinderspital* ; le soir, la nuit, il milite pour
la révolution. Familier de la librairie, c'est lui que
Plattner a chargé de faire, en un après-midi, la version allemande. Il ne sait d'ailleurs rien des projets
de Jacques ; il n'a posé aucune question.

Il sort de sa poche quatre pages d'une écriture
gothique, fine et pointue. Jacques s'empare des feuillets, les examine, les palpe. Ses doigts tremblent. Va-
t-il parler, va-t-il confier à l'Allemand cet espoir qui
l'étouffe ?... Non. L'heure n'est plus aux épanche-
ments, aux échanges : pour ces quelques jours qui
lui restent, il s'est condamné à la solitude des forts.
Il replie les feuilles et dit seulement :

« Merci. »

Discrètement, Kappel parle déjà d'autre chose. Il
a tiré un journal de sa poche.

« Tiens, écoute : *À l'Académie des Sciences morales,
M. Henri Bergson, président en exercice, a pris la
parole pour saluer les correspondants belges de la
Compagnie. La lutte engagée contre l'Allemagne, a-t-il
déclaré, est la lutte même de la Civilisation contre la
Barbarie*... Bergson !... »

Brusquement, il s'interrompt, comme s'il prêtait
l'oreille à un bruit éloigné.

« C'est bête... Tu n'es pas comme ça, toi ? Vingt fois
par jour, — le soir surtout, la nuit, — je crois
entendre des coups sourds... le bruit de la canonnade, en *Elsass*. »

Jacques détourne les yeux. En Alsace... Oui, là-bas, l'hécatombe est commencée... Une pensée nouvelle lui vient à l'esprit. À l'heure où tant de victimes innocentes sont vouées au plus obscur, au plus passif des sacrifices, il éprouve de la fierté à être demeuré maître de son destin ; à s'être choisi sa mort : une mort qui sera, tout ensemble, un acte de foi et sa dernière protestation d'insurgé, sa dernière révolte contre l'absurdité du monde — une entreprise délibérée, qui portera son empreinte, qui sera chargée de la signification précise qu'il aura voulu lui donner.

Kappel, après une pause, s'est remis à parler :

« À Leipzig, quand j'étais petit, nous habitions près de la prison. Un soir d'hiver, — il neigeait, — la nouvelle est venue dans le quartier que le bourreau était arrivé dans la ville, et qu'il y aurait une exécution à l'aube. Je me souviens : je suis parti, sans rien dire, dans la nuit. Il était tard. La neige était épaisse. Personne dehors. Un silence effrayant sur la place. J'ai fait, tout seul, plusieurs fois, le tour de la prison. Je ne pouvais plus rentrer chez moi. Je ne pouvais plus ôter de ma tête cette pensée : un homme est là, de l'autre côté de ce mur, un homme que les hommes ont condamné à mourir, et qui le sait, et qui attend... »

Quelques heures plus tard, assis au fond de la *Kaffeehalle*, dans la fumée de mauvais cigares, le dos appuyé à la fraîche céramique du poêle, Jacques trempe du pain dans un bol de café au lait, et rêve. L'ampoule nue, pendue au plafond comme une araignée au bout de son fil, l'aveugle, l'hypnotise, l'isole.

Plattner avait insisté pour le retenir à souper ; mais Jacques, prétextant la fatigue, après avoir corrigé en hâte les épreuves du manifeste, a fui. Il a de l'affection pour le libraire, et se reproche de ne pouvoir la lui témoigner davantage. Mais ces bavardages révolutionnaires pleins de lieux communs et de redites, ces regards accaparants, cette main griffue que Plattner pose à tout instant sur le bras de son interlocuteur, cette façon qu'il a de baisser soudainement son bec vers sa poitrine difforme et d'achever ses phrases, tout bas, comme un conspirateur qui livre son secret, exaspèrent Jacques, excèdent sa résistance nerveuse.

Ici, il est bien. La *Kaffeehalle* est sombre, pauvre, meublée de grandes tables sans nappes, d'un bois usé, déteint, qui a la couleur et le grain de la mie de seigle. On y sert, à bon marché, des portions de saucisses aux choux, des assiettées de soupe, des tranches de pain taillées en pleine miche. À défaut de solitude, Jacques y a trouvé l'isolement ; l'isolement anonyme dans une promiscuité de troupeau.

Car la *Kaffeehalle* ne désemplit pas. Bizarre public, où se coudoient toutes les catégories des isolés, des célibataires, des vagabonds. Il y a là des étudiants, familiers et bruyants, qui connaissent le prénom des servantes, commentent les dépêches du soir, discutent tour à tour de Kant, de la guerre, de bactériologie, de machinisme, de prostitution. Il y a là des commis de magasins, des employés de bureau, décemment vêtus, silencieux, séparés les uns des autres par une circonspection semi-bourgeoise qui leur pèse mais qu'ils ne savent pas surmonter. Il y a là des êtres malingres, difficiles à classer, ouvriers en chômage, convalescents évacués de l'hôpital, autour desquels flotte encore un relent d'iodoforme ; des infirmes, comme cet aveugle qui s'est installé près de la porte et garde sur ses genoux serrés une trousse d'accordeur. Il y a, devant le comptoir, une

table ronde où dînent trois femmes de l'Armée du
Salut, qui ne mangent que des légumes, et qui se
font, en chuchotant, d'édifiantes confidences sous
leurs cabriolets à brides. Il y a aussi toute une clientèle flottante d'épaves, de pauvres hères charriés là
par on ne sait quelles vagues de misère, de crime ou
de déveine, et qui, heureux d'être assis, sans trop
oser lever les yeux, courbant le dos sous un passé qui
semble lourd, tassent longuement leur pain dans
leur soupe avant d'y enfoncer la cuiller. L'un d'eux
vient de prendre place vis-à-vis de Jacques. Leurs
yeux se sont croisés, une seconde. Et, dans le regard
de l'homme, Jacques a surpris au passage cette lueur
fugitive, qui est comme le langage chiffré de tous les
hors-la-loi : échange intime, mystérieux, à l'extrémité des antennes visuelles ; pointe d'interrogation,
brève comme l'éclair, toujours la même : « Et toi ?
Es-tu aussi un inadapté, un réfractaire, un traqué ? »

Une jeune femme paraît sur le seuil et fait quelques pas dans la salle. La silhouette est svelte ; la
démarche, légère. Elle porte un tailleur noir. Ses
yeux cherchent quelqu'un, qu'elle n'aperçoit pas.

Jacques a baissé la tête. Son cœur, soudain, lui fait
mal. Et brusquement, il se lève, pour s'évader.

Jenny... Où est-elle, à cette heure ? Que devient-
elle sans lui, sans autres nouvelles que cette carte
laconique, expédiée de la frontière française ? Il
pense souvent à elle, ainsi, dans un élan subit et
court, passionné, nostalgique ; et, chaque nuit, dans
son insomnie, il la serre convulsivement entre ses
bras... L'idée du besoin qu'elle a de lui, l'idée de l'avenir incertain auquel il l'abandonne, lui sont, lorsqu'il
y songe, intolérables. Mais il y songe peu. Jamais la
tentation de conserver sa vie pour elle ne l'a effleuré.
Le sacrifice de son amour ne lui apparaît pas comme
une trahison : plus il se sent fidèle à lui-même, à

celui que Jenny a aimé, plus, au contraire, il se sent
fidèle à son amour.

Dehors, c'est la nuit, la rue, la solitude. Il court
presque, sans savoir où il va. Un chant sourd, viril,
accompagne sa marche. Il a échappé à Jenny. Il est
hors de portée. Il n'y a plus en lui que l'ardente, la
purifiante exaltation des héros.

LXXXII

Chaque jour, son premier soin est de se conformer
à l'une des instructions que lui a remises Meynestrel : *Passer tous les matins, entre huit et neuf, devant
le n° 3 de la Jungstrasse. Le jour où tu verras une étoffe
rouge à la fenêtre, tu demanderas Mme Hultz et tu lui
diras : « Je viens pour la chambre à louer. »*

Le dimanche 9 août, en passant vers huit heures
et demie au coin de la Elssëserstrasse et de la Jungstrasse, son cœur, une seconde, cesse de battre : du
linge sèche au balcon n° 3 ; et parmi les nappes, les
serviettes, en belle vue, pend un morceau d'andri-
nople rouge !

La rue, à cet endroit, est faite de petites maisons,
séparées de la chaussée par un jardinet. Comme il
met le pied sur le perron du n° 3, la porte vire sur
ses gonds. Dans la pénombre de l'entrée, il distingue
la silhouette d'une femme blonde, en corsage clair,
les bras nus.

« Madame Hultz ? »

Sans répondre, elle repousse derrière lui la porte
d'entrée. Le couloir forme un étroit vestibule, assez
obscur, clos de toutes parts.

« Je viens pour la chambre à louer... »

Elle glisse prestement deux doigts dans son corsage, et en tire quelque chose qu'elle lui tend : un
minuscule rouleau de papier pelure comme en trans-
portent les pigeons voyageurs. En l'enfouissant au
fond de sa poche, Jacques a le temps de sentir sur le
papier la tiédeur d'une chair.

« Je regrette, il y a erreur », fait la jeune femme, à
voix haute.

En même temps, elle a rouvert la porte sur le perron. Il cherche son regard, mais elle a baissé les
yeux. Il s'incline et sort. La porte se referme aussitôt.

Quelques minutes plus tard, penché avec Plattner
sur une cuvette photographique, il déchiffre le texte
du message :

*Renseignements sur opérations en Alsace incitent à
agir sans attendre. Ai fixé notre vol au lundi 10. Départ
quatre heures du matin. Pendant la nuit de dimanche
à lundi, transportez tracts sur hauteurs nord-est de
Dittingen. Voir carte-frontière éditée par état-major
français. Tirer ligne droite entre G de Burg et D de Dittingen. Point du rendez-vous est situé à égale distance
de G et D, sur plateau découvert dominant chemin de
fer. Guetter avion dès la fin de la nuit. Si possible, éta-
ler draps blancs sur le terrain pour aider atterrissage.
Apportez cinquante litres essence.*

« Cette nuit... », murmure Jacques, en se tournant
vers le libraire ; son visage n'exprime que du saisissement.

Plattner est né conspirateur. Cet infirme, prématurément vieilli dans le commerce des livres, possède

l'imagination fertile, la prompte décision, d'un chef de bande. Son penchant naturel pour le danger et l'aventure a toujours tenu, dans son dévouement au parti révolutionnaire, autant de place que ses convictions.

«Nous avons suffisamment réfléchi là-dessus, depuis deux jours, dit-il aussitôt. Il faut s'en tenir à ce que nous avons décidé. Reste l'exécution. Laisse-moi faire. Mieux vaut que tu te montres le moins possible.

— Mais, la camionnette? L'auras-tu ce soir? Et le conducteur?... Qui préviendra Kappel? Tu sais qu'il faut être plusieurs, pour porter rapidement les tracts jusqu'à l'avion...

— Laisse-moi faire, répète Plattner, tout sera prêt, comme convenu.»

Certes, s'il était livré à ses seules ressources, Jacques aurait, aussi bien que Plattner, pris les initiatives nécessaires. Mais, après ces quelques jours d'isolement, d'inaction, dans l'état de faiblesse physique où il se trouve, c'est un soulagement pour lui de céder au despotisme du libraire.

Celui-ci a déjà prévu tous les détails. Parmi les militants de sa section, il connaît un garagiste, d'origine polonaise, auquel on peut faire confiance. Pour le rejoindre, il sauta sur sa bicyclette, laissant Jacques seul dans l'arrière-boutique, devant la petite cuve où flotte encore la lettre de Meynestrel.

Pendant l'heure qu'il demeure là, à attendre, Jacques ne fait aucun mouvement. Il a demandé au libraire une carte d'état-major, l'a dépliée sur ses genoux, a trouvé Burg et Dittingen; puis, tout s'est brouillé devant ses yeux. Le fardeau de ses pensées l'écrase, au point, presque, de l'empêcher de penser. Depuis une semaine, il vivait dans son rêve, uniquement obsédé par le but. Ce n'est qu'incidemment

qu'il songeait à lui-même, au sort qui lui est destiné.
Le voici brutalement placé en face de l'action, du
geste qu'il va accomplir dans quelques heures, et qui,
pour lui, sera le dernier. Il se répète, comme un automate : « Cette nuit... Demain... demain, à l'aube...
l'avion. » Mais sa pensée est : « Demain, tout sera
fini. » Il sait qu'il ne reviendra pas. Il sait que Meynestrel poussera le vol au plus loin, jusqu'à l'épuisement des réserves d'essence. Après... Après,
qu'adviendra-t-il ? L'avion, abattu dans les lignes ?...
L'avion, capturé ?... Le conseil de guerre, français ou
allemand ?... De toute façon, pris sur le fait : exécution, sans jugement... Cabré d'horreur, atrocement
lucide, il serre, un instant, son front entre ses mains :
« La vie est l'unique bien. La sacrifier est fou. La
sacrifier est un crime contre nature ! Tout acte d'héroïsme est absurde et criminel !... »

Brusquement, un calme étrange se fait en lui. La
vague d'épouvante est passée... Elle lui a fait franchir comme un cap : il aborde un autre rivage, il
contemple un autre horizon... La guerre, jugulée
peut-être... La révolte, la fraternisation, l'armistice !... « Et même si ça ne réussit pas, quel exemple !
Quoi qu'il arrive, ma mort est un *acte*... Relever
l'honneur... Être fidèle... Fidèle, et utile... *Utile*,
enfin ! Racheter ma vie, l'inutilité de ma vie... Et
trouver la grande paix... »

C'est, maintenant, une détente dans tous ses
membres, un sentiment de repos, presque de douceur : comme une satisfaction mélancolique... Il va
enfin déposer le faix... Il va en avoir terminé avec ce
monde difficile, décevant ; avec l'être difficile, décevant, qu'il a été... Il pense à la vie sans regret ; à la
vie, à la mort... Sans regret, mais avec une stupeur
animale, hébétée, — si absorbante, qu'il ne peut fixer
son esprit sur rien d'autre... La vie, la mort...

Plattner le retrouve, à la même place, les coudes sur les genoux, la tête dans les paumes. Il se lève machinalement et dit, à mi-voix : « Ah, si le socialisme n'avait pas trahi !... »

Plattner a ramené le garagiste, un homme grisonnant, au masque placide et résolu.

« Voilà Andrejew... Sa camionnette est prête. Il nous conduira. On mettra les tracts, l'essence, dans le fond... Kappel est prévenu. Il arrive... On partira à la tombée de la nuit... »

Mais Jacques, que l'arrivée des deux hommes a tiré de sa torpeur, exige, pour plus de sûreté, qu'on reconnaisse la route, au jour. Andrejew approuve.

« Viens, je te mène là-bas, propose-t-il à Jacques. Je prendrai ma petite auto découverte : comme ça, nous aurons l'air de deux qui promènent...

— Mais, le ficelage des tracts ? dit Jacques au libraire.

— Presque fini... Une heure de travail... Ça sera fait pour ton retour. »

Jacques prend la carte, et suit Andrejew.

Plattner les attend dans sa cave, en achevant avec Kappel l'empaquetage du chargement.

Le tract est imprimé sur quatre pages — deux, en français ; deux, en allemand — et tiré sur un papier spécial, léger et résistant. Jacques a fait diviser ces douze cent mille tracts en rames de deux mille exemplaires, chaque rame tenue par une mince bande de papier qu'on peut rompre d'un coup d'ongle. Le poids total dépasse à peine deux cents kilos. Se conformant aux instructions de Jacques, Plattner, aidé de Kappel, réunit ces rames par paquets de dix : soixante paquets, liés chacun par une ficelle dont le nœud à boucle est facile à défaire d'une seule main.

Et, pour rendre plus aisé le transport de ces soixante paquets, Jacques s'est procuré de grands sacs de toile comme en utilisent les postiers. Tout le chargement se réduit à six sacs, pesant chacun une quarantaine de kilos.

À cinq heures, l'auto du Polonais est de retour.

Jacques est inquiet, fébrile :

« Ça va très mal... La route par Metzerlen est surveillée... Impossible : douaniers, petits postes... L'autre, par Laufen, est bonne jusqu'à Röschenz. Mais là, il faut prendre un chemin de terre, impraticable... La camionnette ne passerait pas... Il faut renoncer à l'auto... Il faut trouver une charrette... une charrette de cultivateur, tirée par un cheval... Ça passera partout, et ça n'attirera pas l'attention.

— Une charrette ? dit Plattner. Facile... » Il tire un carnet de sa poche et compulse ses listes. « Viens avec moi, dit-il à Andrejew. Vous deux, restez là, pour achever la mise en sac. »

Il paraît si sûr de lui que Jacques consent à ne pas les accompagner.

« Je n'ai besoin de personne pour ficeler les derniers ballots, dit l'Allemand à Jacques, dès qu'ils sont seuls. Repose-toi, tâche de dormir un peu... Non ? » Il s'approche et lui prend le poignet : « Tu as le mal de fièvre, déclare-t-il, après un instant. Quinine ? » Et comme Jacques refuse d'un haussement d'épaules : « Alors, ne reste pas dans ce trou sans air, qui pue la colle... Va promener un peu ! »

La Greifengasse est encombrée de familles endimanchées, qui flânent. Jacques se mêle au flot, jusqu'au pont. Là, il hésite, tourne à gauche et descend sur le quai. « J'ai de la chance... une belle fin de journée... » Il se redresse, et parvient à sourire. Ne pas penser, se raidir... « Pourvu qu'ils trouvent une charrette... Pourvu que tout se passe bien... »

Le trottoir qui longe la berge est presque désert ; il domine de haut la nappe mouvante, dont le couchant fait une coulée de vermeil. Au bas du talus, sur le chemin de halage, des baigneurs profitent des derniers rayons du soleil. Jacques s'arrête une minute : l'air est d'une douceur qui fait mal ; les torses nus dans l'herbe ont un éclat si tendre... Des larmes lui viennent aux yeux. Il reprend sa marche. Maisons-Laffitte, les bords de la Seine, les baignades, l'été avec Daniel...

Par quels chemins, quels détours, la destinée a-t-elle conduit jusqu'à ce dernier soir l'enfant de jadis ? Suite de hasards ? Non. Certes, non !... Tous ses actes se tiennent. Cela, il le sent, il l'a toujours confusément senti. Son existence n'a été qu'une longue et spasmodique soumission à une orientation mystérieuse, à un enchaînement fatal. Et maintenant, c'est l'aboutissement, l'apothéose. Sa mort resplendit devant lui, semblable à ce coucher de soleil glorieux. Il a dépassé la peur. Il obéit à l'appel, sans vaine crânerie, avec une tristesse résolue, enivrante, tonique. Cette mort consciente est bien l'achèvement de cette vie. Elle est la condition de ce dernier geste de fidélité à soi-même... de fidélité à l'instinct de révolte... Depuis son enfance, il dit : non ! Il n'a jamais eu d'autre façon de s'affirmer. Pas : non à la vie... Non au monde !... Eh bien, voici son dernier refus, son dernier : Non ! à ce que les hommes ont fait de la vie...

Il arrive, sans s'être aperçu du chemin, sous le pont de Wettstein. En haut, passent des véhicules,

des tramways — des vivants. Un square, en contrebas, s'ouvre comme un asile de silence, de verdure,
de fraîcheur. Il s'assied sur un banc. De petites allées
tournent autour des pelouses et des massifs de buis.
Des pigeons roucoulent sur les branches basses d'un
cèdre. Une femme, en tablier mauve, jeune encore,
avec un corps de fillette mais un visage usé, est assise
de l'autre côté de l'allée. Devant elle, dans une voiture
d'enfant, dort un nouveau-né : un fœtus, aux cheveux
rares, au teint cireux. La femme mord goulûment
dans une tranche de pain ; elle regarde au loin, dans
la direction du fleuve ; de sa main libre, qui est frêle
comme une main d'enfant, elle balance distraitement
la voiture délabrée, dont toutes les jointures grincent.
Le tablier mauve est déteint, mais propre ; le pain est
beurré ; l'expression de la femme est paisible, presque
satisfaite ; rien ne révèle un excès de pauvreté, et
toute la misère du siècle, pourtant, s'étale là, si insoutenable, que Jacques se lève et fuit.

À la librairie, Plattner vient de rentrer.

Il a l'œil brillant, et bombe le thorax :

« J'ai ce qu'il faut ! Une voiture bâchée. Le chargement y sera invisible. Une bonne jument de trait.
Andrejew conduira, il a été garçon de ferme, en
Pologne... On mettra plus longtemps, mais on est sûr
de passer partout. »

LXXXIII

Minuit sonne au clocher de la Heiliggeistkirche.
Une charrette de maraîcher traverse au pas les rues

désertes du faubourg sud, et gagne la grand-route d'Aesch.

Sous la bâche épaisse, bouclée de tous côtés, l'obscurité est complète. Plattner et Kappel, assis à l'arrière, parlent à voix basse, la main devant la bouche. Kappel fume ; on voit par instants se déplacer le feu de sa cigarette.

Jacques s'est glissé tout au fond. Calé entre deux ballots de tracts, les épaules pliées, serrant ses genoux entre ses mains jointes, replié sur lui-même dans le noir, il s'efforce, pour vaincre sa fébrilité, de demeurer immobile et les yeux clos.

La voix de Plattner lui arrive, étouffée :

« Maintenant, mon vieux Kappel, pensons à nous. Un avion, à cette heure-là... Pourrons-nous tranquillement repartir, tous les trois, dans notre carriole, sans être inquiétés, sans qu'on nous demande ce que nous faisons là ? Qu'est-ce que tu crois, toi ? » ajoute-t-il, en se penchant vers le fond de la voiture.

Jacques ne répond pas. Il pense à l'atterrissage... À ce qui adviendra ensuite, sur terre, aux survivants !...

« D'autant plus, continue Plattner, loquace, que, même si nous dissimulons la charrette dans les buissons..., il faut renvoyer Andrejew et la voiture avant l'arrivée de l'avion, tout de suite après le déchargement, pour qu'il rejoigne la grand-route avant le jour. »

Jacques se voit déjà dans l'avion... Il se penche hors de la carlingue... Les papiers blancs tournoient dans le vide. Des prairies, des bois, des troupes massées... Les tracts, par milliers, s'éparpillent sur la campagne... Des balles crépitent. Meynestrel se retourne. Jacques voit son visage ensanglanté. Son sourire semble dire : « Tu vois, nous leur apportons la paix, et ils nous canardent!...» L'avion, touché à l'aile, descend, en vol plané... Les journaux en parleront-ils? Non, la presse est muselée. Antoine ne saura pas. Antoine ne saura jamais.

«Et nous, alors? dit Kappel.

— Nous? Dès que l'avion sera chargé, nous décamperons, chacun de notre côté, comme nous pourrons!

— *All right!*» fait Kappel.

La voiture doit être en terrain plat, la jument s'est mise au petit trot. La carriole, haut suspendue et peu chargée, bringuebale sur ses ressorts, et ce balancement monotone, dans la nuit, invite au silence, au sommeil. Kappel éteint sa cigarette, et allonge ses jambes sur les ballots.

«Bonsoir.»

Au bout d'un instant, Plattner grommelle :

«Andrejew est idiot. À ce train-là, on va arriver trop tôt, tu ne crois pas?»

Kappel ne répond rien. Plattner se tourne vers Jacques :

«Plus nous serons en avance, plus nous risquons d'être remarqués, tu ne crois pas?... Tu dors?»

Jacques n'a pas entendu. Il est debout, au centre de la salle. Il est vêtu de ce bourgeron de treillis qu'il portait au pénitencier. Devant lui, en demi-cercle, les officiers du conseil de guerre. La tête haute, il parle en martelant chaque syllabe : «Je sais ce qui m'attend. Mais j'use du dernier droit qui me reste; vous ne m'exécuterez pas sans m'avoir entendu!» C'est la grande salle moyenâgeuse d'un palais de justice, avec un plafond compliqué, à caissons peints rehaussés d'or. Le général qui préside est juché, au milieu du prétoire, sur un siège élevé. C'est M. Faîsme, le directeur du pénitencier de Crouy. Engagé volontaire, sans doute, et général?... Tou-

jours le même : jeune et blond, avec ses joues
rondes, rasées de près et poudrées, et ses lunettes
qui brillent, qui cachent son regard. Il porte coquettement son dolman noir à brandebourgs, garni d'as-
trakan. Au-dessous de lui, côte à côte à une petite
table, deux vieux invalides, la poitrine constellée de
médailles. Ils écrivent, sans arrêt; sous la table,
leurs pilons de bois sont tendus en avant. « Je ne
cherche pas à me défendre ! On n'a pas à se défendre
d'avoir agi selon ses convictions. Mais il faut que
ceux qui sont ici entendent, de la bouche d'un
homme qui va mourir, la vérité... » Sa main étreint
la balustrade demi-circulaire plantée devant lui
dans le sol. Ceux qui sont ici... Il sent derrière lui
des gradins à perte de vue, des gradins de vélo-
drome, surchargés de spectateurs. Jenny est venue.
Elle est assise, seule, au bout d'un banc, pâle,
absente, avec son tablier mauve et une voiture d'enfant. Mais il évite de tourner la tête. Il ne parle pas
pour elle. Il ne parle pas non plus pour cette multitude étrangement silencieuse, dont l'attention pèse,
comme un fardeau, sur sa nuque. Il ne parle pas
pour cette rangée d'officiers qui braquent leurs yeux
sur lui. Il parle uniquement pour M. Faîsme, qui l'a
si souvent humilié jadis. Il fixe passionnément le
visage impassible sans pouvoir un seul instant
accrocher son regard. Les yeux sont-ils seulement
ouverts ? L'éclat des lunettes, l'ombre du képi empêchent d'en être sûr. Jacques se rappelle si bien la
lueur mauvaise, au fond des petits yeux gris ! Non,
il semble bien, à l'aspect figé des traits, que les paupières soient obstinément baissées. Comme il se
sent seul, devant le directeur ! Seul au monde avec
son chien, ce barbet boiteux qu'il a trouvé dans les
docks de Hambourg... Si Antoine venait, il forcerait
bien M. Faîsme à ouvrir les yeux. Comme il se sent

seul! Seul contre tous! Général, officiers, invalides,
et cette foule anonyme, et Jenny elle-même, tous
voient en lui un accusé qui a des comptes à rendre.
Dérision! Il est plus grand, plus pur, qu'aucun de
ceux qui s'arrogent le droit de le juger! C'est contre
la société entière qu'il fait front... «Il y a une loi
supérieure à la vôtre : celle de la conscience. Ma
conscience parle plus haut que tous vos codes...
J'avais le choix entre un absurde sacrifice sur vos
champs de bataille et le sacrifice dans la révolte,
pour la libération de ceux que vous avez dupés. J'ai
choisi! J'ai accepté de mourir : mais pas à votre service! Je meurs, parce que c'est l'unique moyen que
vous m'avez laissé de lutter jusqu'au bout pour la
seule chose qui continue à compter pour moi, en
dépit de vos excitations à la haine : la fraternité
entre les hommes!» À la fin de chacune de ses
phrases, la petite rampe, scellée au sol, vibre sous
son poing crispé. «J'ai choisi! Je sais ce qui m'attend!» La brusque vision d'un peloton de soldats
qui le mettent en joue le fait frissonner. Au premier
rang, il a reconnu Pagès et Jumelin. Il relève la tête,
et se retrouve dans la salle. L'image du peloton a été
si précise, qu'une crispation du visage le fait encore
grimacer; mais il réussit à faire de cette grimace un
rictus hautain. Il regarde l'un après l'autre les officiers. Il regarde M. Faîsme; il le regarde fixement,
comme il faisait jadis lorsqu'il cherchait, avec un
mélange d'angoisse et de défi, à deviner ce que
cachaient les silences du directeur. Il jette, d'une
voix mordante : «Moi, je sais ce qui m'attend! Mais,
vous autres, le savez-vous? Vous vous croyez les
plus forts? Aujourd'hui! Sur un signe, avec
quelques balles, oui, vous pourrez vous enorgueillir
de m'avoir fait taire. Mais vous n'arrêterez rien en
me supprimant! Mon message me survit! Demain,

il portera des fruits que vous ne soupçonnez pas!
Et, même si mon appel n'avait pas d'écho, les
peuples, noyés par vous dans le sang, ne tarderont
pas à comprendre et à se ressaisir! Après moi, vous
verrez se lever contre vous des milliers d'hommes
pareils à moi, forts de leur conscience et du sentiment de leur solidarité! En face de vous et de vos
institutions criminelles, se dressent une réalité
humaine et une force spirituelle devant lesquelles
vos pires moyens de répression sont vains! Le progrès, l'avenir du monde, travaillent infailliblement
contre vous! Le socialisme international est en
marche! Qu'il ait trébuché, cette fois, c'est possible.
Et vous avez sauvagement profité de son faux pas.
Oui, vous avez réussi votre mobilisation! Mais ne
vous illusionnez pas sur cette piètre victoire! Vous
ne renverserez pas, à votre profit, l'ordre des choses.
C'est l'internationalisme, qui, fatalement, triomphera de vous! qui triomphera sur toute la terre! Et
ce n'est pas avec mon cadavre, que vous lui barre-
rez le chemin!» Ses yeux fouillent le masque de
M. Faîsme. Masque aveugle, masque de cire. Vague
sourire de bouddha, d'une indifférence impénétrable... Jacques tremble de colère. Coûte que coûte,
prendre contact avec cet homme, qui est son
ennemi! Avoir, une fois au moins, forcé son regard!
Il crie, brutalement : «Monsieur le directeur, regardez-moi!»

«Qu'est-ce qu'il y a? Que dis-tu? Tu m'as
appelé?» demande Plattner.

Les paupières du général se soulèvent. Un regard
sans âme : le regard que le moribond d'hôpital rencontre dans les yeux de l'infirmier professionnel,
pour qui l'homme entré en agonie n'est déjà plus
qu'un cadavre à ensevelir... Et, tout à coup, une pensée atroce traverse l'esprit de Jacques : «Il fera tuer

aussi mon chien. Par Arthur, le gardien, puisqu'il l'a pris pour ordonnance!... »

« Qu'est-ce que tu dis ? » répète Plattner.

Comme Jacques ne répond pas, il allonge la main dans l'obscurité, et touche la jambe de Jacques, qui ouvre les yeux. Mais ce qu'il voit d'abord, ce n'est pas la voûte de la bâche, c'est le plafond de la cour d'assises, avec ses caissons dorés. Enfin, il reprend conscience : Plattner, les ballots de tracts, la carriole...

« Tu m'as appelé ? répète Plattner.

— Non.

— On ne doit plus être loin de Laufen », remarque le libraire, après un silence. Puis, renonçant à vaincre le mutisme de Jacques, il se tait.

Kappel, couché sur le plancher de la voiture, dort d'un sommeil d'enfant.

De temps à autre, Plattner se dresse, et, par la fente de la bâche, il cherche à regarder dehors. Au bout d'un instant, il annonce, à mi-voix :

« Laufen ! »

La charrette, au pas, traverse la ville déserte. Il est deux heures.

Une vingtaine de minutes s'écoulent encore. Puis la jument s'arrête.

Kappel sursaute :

« Quoi ? Qu'est-ce qui se passe ?

— Chut ! »

La voiture vient de traverser Röschenz. Il faut maintenant quitter la vallée : à la sortie du village, la route se continue par un chemin de terre abrupt, plein de fondrières desséchées. Andrejew est descendu de son siège. Il éteint les lanternes, et saisit la jument par la bride. L'équipe repart.

Des cahots secouent la voiture; les ressorts, les arceaux de bois gémissent. Jacques, Plattner et Kappel s'emploient à empêcher le chargement de glisser d'un côté à l'autre de l'étroite caisse. Ces heurts, ce bruit ont éveillé dans la mémoire de Jacques un rythme, une phrase musicale, tendre et nostalgique, et que, d'abord, il ne reconnaît pas... L'étude de Chopin ! Jenny... Le jardin de Maisons-Laffitte... Le salon de l'avenue de l'Observatoire... Le soir, si proche, si lointain, où, sur sa prière, Jenny s'est mise au piano.

Enfin, après une grande demi-heure, nouvel arrêt, Andrejew vient déboucler les courroies de la bâche :

« On y est. »

Silencieusement, les trois hommes sautent de la voiture.

Il n'est que trois heures. La nuit bien qu'étoilée est encore très noire. Pourtant, déjà, vers l'est, le ciel commence à pâlir.

Andrejew attache la jument au tronc d'un petit arbre. Plattner, maintenant, se tait : il semble moins assuré que dans la librairie ; il cherche à percer du regard l'obscurité qui l'entoure. Il murmure :

« Mais où est-il votre plateau ?

— Viens », dit Andrejew.

Les quatre hommes gravissent un talus planté d'arbustes. Au sommet de la pente, au bord du plateau, Andrejew, qui marche devant, s'arrête. Il souffle un instant, pose une main sur l'épaule de Plattner, tend l'autre dans le noir, et explique :

« À partir de là — tu verras, tout à l'heure — il n'y a plus d'arbres. C'est ça le plateau. Celui qui l'a choisi, tu sais, il connaît son affaire.

— Maintenant, conseille Kappel, il faut vivement décharger la voiture, pour qu'Andrejew puisse repartir.

— Allons-y ! » fait Jacques, à voix haute. La fermeté de cette voix le surprend lui-même.

Ils redescendent tous quatre le talus. Le transport

des sacs, des bidons, s'effectue en quelques minutes, malgré l'escarpement qui sépare le plateau du chemin.

— Dès qu'il fera moins noir, dit Jacques, en déposant à terre un paquet de toiles blanches, nous étalerons les draps sur le plateau, en trois ou quatre points éloignés du centre, pour l'atterrissage.

— Maintenant, toi, file avec ta guimbarde!» grogne Plattner, en s'adressant au Polonais.

Andrejew, tourné vers les trois hommes, reste quelques secondes immobile. Puis il fait un pas vers Jacques. On ne distingue pas l'expression de ses traits. Jacques, spontanément, tend les mains. Il est trop ému pour parler; il éprouve soudain, pour cet homme qu'il ne reverra plus, une tendresse que l'autre ne soupçonnera jamais. Le Polonais saisit les mains tendues, et, se penchant, il baise Jacques à l'épaule sans un mot.

Son pas résonne en dévalant la pente. Un miaulement d'essieux : la voiture tourne sur place. Puis, plus rien... Andrejew doit refermer la bâche, ou vérifier le harnais avant de regrimper sur son siège... Enfin la charrette s'ébranle, et le grincement des roues, le gémissement des ressorts, le pas sourd des sabots dans le sol sableux, d'abord distincts, s'évanouissent progressivement dans la nuit. Sans échanger une parole, Plattner, Kappel et Jacques, coude à coude, debout au bord du talus, attendent, plongeant leurs regards dans les ténèbres, vers le bruit qui s'éloigne. Lorsqu'il n'y a plus rien à écouter que le silence, Kappel, le premier, se retourne vers le plateau, et s'allonge nonchalamment sur le sol. Plattner vient s'asseoir à côté de lui.

Jacques est resté debout. Plus rien à faire, maintenant. Attendre le lever du jour, l'avion... L'inaction forcée le livre, de nouveau, à son angoisse. Ah, qu'il

aurait souhaité vivre seul ces derniers moments...
Pour fuir ses compagnons, il fait quelques pas,
devant lui. « Tout va bien, jusqu'ici... Meynestrel,
maintenant... On l'entendra de loin... Dès qu'il fera
moins nuit, les draps... » L'obscurité est toute frémissante de crissements d'insectes. Rongé de fièvre,
titubant de fatigue, tendant à la fraîcheur de la nuit
son visage en sueur, il va et vient, au hasard, sur le
plateau, trébuchant contre les aspérités du sol, tournant en rond pour ne pas trop s'éloigner de Plattner
et de Kappel, dont par instants il perçoit dans
l'ombre les voix chuchotantes. Enfin, les jambes
rompues par cette déambulation d'aveugle, il se
laisse glisser à terre, et ferme les yeux.

Il a reconnu, à travers l'épaisseur des murs, ce pas
qui glisse sur les dalles. Il savait que Jenny trouverait un moyen de s'introduire dans la prison, de se
frayer encore une fois un chemin jusqu'à lui. Il l'attendait, il l'espérait, et pourtant il ne veut pas... Il
se débat... Qu'on ferme les portes ! Qu'on le laisse
seul !... Trop tard ! Elle vient. Il la voit, à travers les
barreaux. Elle avance vers lui, du fond de ce long
couloir blanc de clinique, elle glisse vers lui, à demi
cachée sous ce voile de crêpe qu'elle n'a pas le droit
de relever devant lui. *Ils* le lui ont défendu... Jacques
la regarde, sans faire un mouvement d'accueil... Il ne
cherche pas à l'approcher ; il ne cherche plus de
contact avec personne : il est de l'autre côté des
grilles... Et maintenant, sans qu'il sache comment, il
tient entre ses paumes, à travers le crêpe, la petite
tête ronde, qui tremble. Sous le voile, il distingue les
traits crispés. Elle demande, tout bas : « Tu as peur ?
— Oui... » Ses dents claquent si fort qu'il a de la
peine à articuler ses mots. « Oui, mais personne ne
le saura, que toi. » D'une voix surprise et paisible,
d'une voix chantante qui n'est pas vraiment la

sienne, elle murmure : « Pourtant, c'est la fin... l'oubli de tout, la paix... — Oui, mais tu ne sais pas ce que c'est... Tu ne peux pas comprendre... » Derrière lui, quelqu'un est entré dans la cellule. Il n'ose pas tourner la tête ; il crispe les épaules... Tout s'efface. On lui a fixé un bandeau sur les yeux. Des poings le poussent. Il marche. Un air frais glace la sueur sur son cou. Ses pieds foulent du gazon. Le bandeau lui couvre les yeux, mais il *voit* distinctement qu'il traverse l'esplanade de Plaimpalais, encadrée de troupes. Peu importe les soldats. Il ne pense plus à rien, ni à personne. Il n'a d'attention que pour cet air léger qui l'environne, cette douceur de la nuit finissante et du jour qui naît. Les larmes ruissellent sur ses joues. Il tient haut sa tête aux yeux bandés, et il marche. Il marche à pas fermes, mais par saccades, comme un pantin désarticulé, parce qu'il ne commande plus à ses jarrets, et que le sol lui semble creusé de trous où il enfonce. Peu importe. Il avance. Des rumeurs ont autour de lui un mugissement ininterrompu et doux, comme la chanson du vent. Chaque pas le rapproche du but. Et il lève à deux mains devant lui, comme une offrande, quelque chose de fragile qu'il lui faut porter sans faux pas, jusqu'au bout... Derrière son épaule, quelqu'un ricane... Meynestrel ?...

Lentement, il rouvre les yeux. Au-dessus de lui, le firmament, où déjà les constellations s'effacent. La nuit s'achève ; elle s'éclaire et se colore là-bas, vers l'est, derrière les crêtes dont la ligne se découpe sur un ciel jaune, poudré d'or.

Il n'a pas le sentiment d'un réveil : il a tout oublié de son cauchemar. Son sang bat avec force. Son esprit est lucide, nettoyé comme un paysage après la pluie. L'action approche : Meynestrel va venir. Tout est prêt... Dans sa tête sonore, où les pensées s'en-

chaînent avec netteté, la phrase de Chopin, de nouveau, s'élève, comme un accompagnement en sour-
dine, d'une déchirante douceur. Il tire de sa poche
son carnet, et en arrache une page qu'il confiera à
Plattner. Sans voir ce qu'il écrit, il griffonne :

*Jenny, seul amour de ma vie. Ma dernière pensée
pour toi. J'aurais pu te donner des années de tendresse. Je ne t'ai fait que du mal. Je voudrais tant que
tu gardes de moi une image...*

Un choc amorti, suivi d'un second, vient d'ébranler la terre, sous lui. Il s'arrête, indécis. C'est une
suite d'explosions lointaines qu'il entend et qu'il perçoit en même temps par tous ses membres collés au
sol. Soudain, il comprend : le canon !... Il fourre le
carnet dans sa poche, et se lève d'un bond. Au bord
du plateau, près du talus, Plattner et Kappel sont
déjà debout. Jacques les rejoint en courant :

« Le canon ! Le canon d'Alsace ! »

Rassemblés, ils s'immobilisent, le cou tendu, l'œil
ouvert et fixe. Oui : c'est la guerre, là-bas, qui attendait la première lueur de l'aube pour reprendre... De
Bâle, ils ne l'avaient pas encore entendue...

Et, tout à coup, tandis qu'ils retiennent leur
souffle, de l'autre bout de la terre, un bruit différent
les fait se retourner, tous trois, en même temps. Ils
s'interrogent des yeux. Aucun d'eux n'ose encore
nommer ce bourdonnement à peine perceptible, et
qui, pourtant, de seconde en seconde, s'amplifie. La
canonnade se poursuit au loin, à intervalles régu-
liers ; mais ils ne l'entendent plus. Tournés vers le
sud, ils scrutent ce ciel pâle qu'emplit maintenant le
ronronnement de l'insecte invisible...

Brusquement, ensemble, leurs bras se lèvent : un

point noir a surgi par-dessus les crêtes de Hogger-
wald. Meynestrel !

Jacques crie :

« Les repères ! »

Chacun d'eux saisit un drap, et s'élance vers un
point différent du plateau.

C'est Jacques qui a le plus long trajet à faire. Il
court, butant contre les mottes de terre, serrant
contre lui le drap plié. Il ne pense plus à rien d'autre
qu'à atteindre à temps l'extrémité du plateau. Il n'ose
pas perdre une seconde à lever la tête pour suivre le
vol de l'avion, dont le grondement l'assourdit, et qui,
déjà, décrivant des cercles d'oiseau de proie, semble
fondre sur lui pour le cueillir et l'emporter.

LXXXIV

Malgré le vent glacial qui lui cingle la figure, lui
emplit les narines, la bouche, lui donne la sensation
qu'il se noie, il ne sent pas qu'il avance. Ballotté,
bousculé comme s'il était sur la plaque trépidante
d'un passage à soufflets entre deux wagons, assourdi
par un roulement de tonnerre qui lui tambourine le
tympan malgré les oreillettes de son casque, il ne
s'est même pas aperçu que l'avion, après une suc-
cession de cahots sur le sol du plateau, avait brusquement décollé. L'espace, autour de lui, n'est
qu'une masse floconneuse, qui pue l'essence. Il a les
yeux ouverts, mais son regard, sa pensée, sont enli-
sés dans cette ouate. Assez vite, il a retrouvé son
souffle. Il lui faut plus longtemps pour accommoder
ses nerfs à ce fracas qui pilonne et paralyse le
cerveau, qui fait courir, jusqu'aux extrémités des

membres, d'incessantes décharges électriques. Peu à peu, cependant, l'esprit recommence à assembler des images, des idées. Non, cette fois, ce n'est plus un rêve !... Il est attaché au dossier de son siège, les genoux immobilisés par les paquets de tracts empilés autour de lui. Il se soulève. À l'avant, dans cette blancheur brouillée qui l'environne, il distingue une silhouette, des épaules, un casque, découpés en ombres chinoises, sous les vastes plans noirs des ailes : le Pilote ! Une jubilation frénétique s'empare de lui. L'avion est parti ! L'avion est en plein vol ! Il pousse un cri animal, un long hurlement de triomphe, qui se perd dans le mugissement de la tempête, sans que le dos de Meynestrel ait tressailli.

Jacques avance la tête au-dehors. Le vent le flagelle, siffle à ses oreilles avec la stridence du couteau sur l'aiguisoir. À perte de vue, c'est une immense et informe fresque grisâtre, une fresque posée à plat et vue de très haut, de très loin : une fresque déteinte, craquelée, plâtreuse, avec des îlots de couleurs ternies. Non pas une fresque : une page d'atlas cosmographique ; la carte muette d'une terre inconnue, avec de grands espaces inexplorés. Alors il songe à cette chose étonnante : que Plattner, que Kappel, continuent au-dessous de lui leur vie rampante d'insectes sans ailes... Une sensation de vertige trouble sa vue. Étourdi, il reprend sa place et ferme les yeux... Brusquement, il se revoit enfant. Son père... Antoine et Gise... Daniel... Puis une image floue : Jenny, en robe de tennis dans le parc de Maisons-Laffitte... Puis tout s'efface. Il rouvre les yeux. Devant lui, Meynestrel est toujours là, avec son dos tassé, le globe de son casque. Non, ce n'est pas une hallucination. Le rêve s'est enfin réalisé ! Comment cela s'est-il fait ? Il ne sait plus. Depuis l'instant où il s'efforçait de déplier le drap sur le plateau — et où,

cédant à un réflexe, il s'est aplati par terre, croyant
sentir le monstre sur lui — jusqu'à cette minute merveilleuse qu'il vit en ce moment, il a perdu tout
contrôle de ses actes. À peine si, mécaniquement, sa
mémoire a enregistré quelques visions incohérentes : des silhouettes de fantômes se mouvant dans
la clarté indécise du petit jour... Il cherche à se souvenir. Ce qu'il revoit, tout à coup, c'est l'apparition
diabolique de Meynestrel, lorsque, donnant soudain
une âme et une voix à ce bolide chu du ciel, il a
dressé hors de la carlingue son buste, son visage serti
de cuir : « Vite, les tracts ! » Et il revoit les hommes
courant, dans la nuit du plateau, les sacs passant de
main en main. Et il se rappelle aussi qu'à un moment
il s'est hissé auprès de Meynestrel avec un bidon
d'essence, et que le Pilote, agenouillé dans l'appareil
éclairé où il resserrait quelque boulon avec une
longue clef, a tourné la tête : « Mauvais contact ! Un
mécano ! — Il est reparti, avec la charrette. » Alors,
Meynestrel avait replongé, sans un mot, au fond de
sa baignoire... Mais, lui, Jacques, comment s'est-il
installé là ? Ce casque ? Qui lui a bouclé ces courroies ?

L'avion avance-t-il ? Perdu dans l'espace qu'il
emplit de son bourdonnement obstiné, il semble être
une chose immobile suspendue dans la lumière.

Jacques se retourne. Le soleil est derrière lui.
Soleil levant. Donc, direction nord-ouest ? Évidemment : Altkirch-Thann... Il se soulève de nouveau,
pour regarder dehors. Émerveillement ! La brume
est devenue transparente. Maintenant, au-dessous
de l'avion, la carte d'état-major sur laquelle il s'est
tant usé les yeux depuis quatre jours se déploie, à
perte de vue, ensoleillée, colorée, vivante !

Passionnément intrigué, le menton sur le bord
métallique, Jacques prend possession de ce monde

inconnu. Une large coulée blanchâtre, qui semble tracer à l'hélice son chemin, divise le paysage en deux. Une vallée ? La vallée de l'Ill ? Au centre de cette voie lactée, ce reptile ondulant, que des buées d'argent cachent par endroits, c'est la rivière. Et ce trait pâle, qui la longe, sur la droite ? Une route ? La grand-route d'Altkirch ? Et cet inextricable lacis de veines et de veinules, sont-ce d'autres routes qui s'entrecroisent, et qui tranchent en clair sur le vert vaporeux de la plaine ? Et cet autre trait d'encre, qu'il n'avait pas remarqué d'abord, presque rectiligne ? La voie ferrée ? Tout ce qui vit en lui s'est concentré dans ce regard plongeant. Il distingue maintenant le relief des collines qui flanquent la vallée. Ici et là, des nappes de brumes dormantes s'étirent dans le vent, se lacèrent et laissent paraître de grands espaces nouveaux. Voici la tache vert sombre d'un sommet boisé. Et qu'est-ce là, sur la droite, qui vient de surgir dans une déchirure de l'ouate ? Une ville ? Une ville, en amphithéâtre, à flanc de coteau, toute une ville minuscule, rose de soleil, grouillante de vies invisibles...

L'avion est légèrement incliné en arrière. Jacques sent qu'il monte, qu'il monte d'un élan continu, allègre et sûr. Maintenant, il est si bien accoutumé au grondement du moteur, qu'il en a besoin, qu'il ne pourrait plus s'en passer, qu'il s'y abandonne et s'en enivre. C'est devenu comme la projection musicale de son exaltation ; comme une orchestration symphonique, dont les ondes puissantes traduisent en un langage sonore le prodige de cet instant, la féerie de ce vol qui l'emporte vers le but. Il n'a plus à lutter, plus à choisir ; il est dispensé de vouloir. Libération ! Le vent de la course, l'air des hauteurs, la certitude têtue de la réussite, font battre son sang plus vite, plus fort. Il perçoit, enfouie au fond de sa poitrine, la pulsation rapide et bien rythmée de son cœur : elle est comme l'accompagnement humain, comme l'ultime collaboration de son être à ce fabuleux hymne triomphal, dont vibre tout l'espace autour de lui...

Meynestrel s'agite.

Tout à l'heure déjà, il s'est penché en avant. Pour lire la carte peut-être ? Ou, simplement, pour mieux agir sur ses commandes ?... Joyeusement, Jacques suit des yeux le manège de son compagnon. Il crie : « Allô ! » Mais la distance, le tintamarre, empêchent entre les deux hommes toute communication.

Meynestrel s'est redressé. Puis il plonge de nouveau, et reste plusieurs minutes, le buste incliné. Jacques l'observe curieusement. Il ne voit pas ce que fait le Pilote ; mais, à de brèves saccades des épaules, il devine des efforts, un travail manuel, peut-être le maniement de cette longue clef, qu'il se souvient d'avoir vue, sur le plateau, entre les mains de Meynestrel.

Aucune inquiétude à avoir : le Pilote connaît son affaire...

Tout à coup, il se produit dans l'air une sorte d'ébranlement, de heurt. Quoi donc ? Jacques, étonné, interroge de l'œil l'espace autour de lui. Il met quelques secondes à comprendre : cette secousse, ce trou subit, c'est simplement l'irruption imprévue du silence ; un silence total, religieux ; un silence interplanétaire, qui, brutalement, s'est substitué au vrombissement du moteur... Pourquoi couper les gaz ?

Meynestrel s'est relevé. Il doit même être debout : son torse masque l'avant de l'appareil.

Jacques, au guet, ne quitte pas de l'œil ce dos immobile. Agaçant, qu'on ne puisse pas se parler !...

L'avion, comme surpris lui-même par son silence, a fait plusieurs ondulations très douces, puis s'est mis à filer droit, sifflant dans l'air avec le bruit soyeux d'une flèche. Vol plané? Vol plongeant? Pourquoi cette manœuvre? Meynestrel craint-il d'être repéré par le son? Veut-il descendre? Seraient-ils déjà à proximité des lignes? Est-ce bientôt le moment de semer les premiers manifestes? Oui, sûrement : car, très vite, sans se retourner, Meynestrel vient d'esquisser un geste du bras gauche... Jacques, frémissant, allonge la main pour saisir un paquet de tracts. Mais, déporté malgré lui de son siège, il perd l'équilibre. Sa courroie lui laboure les côtes. Que se passe-t-il donc? L'avion a perdu sa position horizontale, et pique du nez. Pourquoi? Est-ce voulu?... Un doute pénètre dans l'esprit de Jacques. L'intuition d'un danger possible lutte avec ce sentiment de confiance totale que lui inspire Meynestrel... Il s'agrippe d'une main au bord de la carlingue, il cherche à se redresser pour regarder au-dehors. Épouvante! Le paysage chavire. Ces champs, ces prairies, ces bois, qui l'instant d'avant s'étendaient comme un tapis, oscillent maintenant, se bossellent, se crispent comme une aquarelle qui flambe, et montent, montent vertigineusement vers lui, dans un mugissement de rafale, avec une vitesse de catastrophe!

D'une secousse des reins, il parvient à rompre sa courroie, à se rejeter en arrière.

La chute! Perdu...

Non. L'appareil s'est miraculeusement cambré, s'est presque remis en position de vol... Meynestrel dirige encore... Espoir!

L'appareil flotte une minute, désemparé. Puis des vagues violentes le happent, le soulèvent, le secouent, le disloquent. Le fuselage craque. L'avion s'incline à gauche. Virage sur l'aile? Atterrissage? Tassé sur lui-même, Jacques s'accroche des deux mains à la tôle où ses ongles n'ont pas de prise. Une vision nette s'inscrit sur sa rétine : un bouquet de sapins au soleil, un pré... D'instinct, il a fermé les yeux. Une seconde, interminable. Le cerveau vidé, le cœur dans un étau... Un miaulement de cor lui déchire le tympan. Des rosaces de feu d'artifice l'enveloppent, le roulent, l'emportent dans des lueurs tournoyantes. Des cloches, des cloches, à toutes volées... Il veut crier : « Meynest... » Une commotion d'une violence inouïe lui broie les mâchoires... Son corps est projeté dans l'espace, et lui semble s'aplatir contre un mur, comme une pelletée de mortier.

Une chaleur intense... Des flammes, des crépitements, une puanteur d'incendie... Des pointes, des tranchants, lui fouillent les jambes. Il suffoque, il se débat. Il tente un effort surhumain pour reculer, pour ramper hors du brasier. Impossible. Ses pieds sont rivés dans le feu.

Deux griffes d'acier, derrière lui, l'ont saisi aux épaules, le tirent. Rompu, écartelé, il hurle... On le traîne sur des clous, son corps est en lambeaux...

Et, soudain, toute cette épouvante sombre dans la douceur. Les ténèbres. Le néant...

LXXXV

Des voix... Des paroles, lointaines, interceptées par un épais rideau de feutre. Pourtant elles entrent en lui, tenaces... Quelqu'un lui parle. Meynestrel?... Meynestrel l'appelle... Il lutte, il fait d'épuisants efforts pour s'extraire de ce sommeil cataleptique.

« Qui êtes-vous ? Français ? Suisse ? »

D'intolérables douleurs le mordent aux reins, aux

cuisses, aux genoux. Il est cloué au sol par des pointes de fer. Sa bouche n'est qu'une plaie; sa langue, enflée, l'étouffe. Les yeux clos, il renverse la nuque, il balance la tête de droite et de gauche, il contracte les épaules pour un impossible redressement, et retombe, avec un gémissement étranglé, sur ces clous qui lui percent le dos. Une odeur infecte, d'essence, de drap roussi, emplit ses narines, sa gorge. Il bave et, du coin de ses lèvres qu'il ne peut presque plus entrouvrir, il rejette un caillot de sang, compact comme la pulpe d'un fruit.

« Quelle nationalité? Étiez-vous en mission? »

La voix bourdonne à ses oreilles, et violente sa torpeur. Son regard vacillant remonte des profondeurs opaques, se glisse entre les paupières, émerge un instant au jour. Il aperçoit une cime d'arbre, le ciel. Des jambières, blanches de poussière... des pantalons rouges... L'armée... Un groupe de fantassins français est penché sur lui. Ils l'ont tué, il est en train de mourir...

Et les tracts? L'avion?

Il soulève un peu la tête. Son regard se faufile entre les jambes des soldats. L'avion. À trente mètres, un monceau informe de débris fume au soleil comme un bûcher éteint : amas de ferrailles, où pendent quelques loques charbonneuses. À l'écart, profondément piquée en terre, une aile, déchiquetée, se dresse dans l'herbe, toute seule, comme un épouvantail... Les tracts! Il meurt sans en avoir jeté un seul! Les liasses sont là, consumées, ensevelies pour toujours dans les cendres! Et personne, jamais, jamais plus... Il renverse la tête; son regard se perd dans le ciel clair. Une immense pitié pour ces paperasses... Mais il souffre trop; rien d'autre ne compte... Ces brûlures qui lui rongent les jambes jusqu'à la moelle des os... Oui, mourir! Plus vite, plus vite...

« Eh bien? Répondez! Êtes-vous Français? Qu'est-ce que vous foutiez dans cet aéro? »

La voix est toute proche, essoufflée, forte mais sans rudesse.

Il rouvre les yeux. Un visage encore jeune, bouffi de fatigue; deux yeux bleus, derrière un lorgnon, sous la visière d'un képi recouvert d'un manchon bleu. D'autres voix, tout autour, s'élèvent, se croisent, retombent : « Il n'est plus dans les pommes, je te dis! — As-tu prévenu le capitaine? — Mon lieutenant, il a peut-être des papiers sur lui. Faut le fouiller... — Peut se vanter de l'avoir échappé belle! — Le major va venir; Pasquin a couru le chercher... »

L'homme au lorgnon a mis un genou en terre. Son menton, mal rasé, son cou, sortent d'une tunique dégrafée; sur la poitrine se croisent des courroies, des sangles.

« Tu ne sais pas le français?... *Bist du Deutsch? Verstehst du* [1] ? »

Des doigts rudes se posent sur son épaule meurtrie. Il pousse un râle sourd. Le lieutenant, aussitôt, retire sa main.

« Vous souffrez? Voulez-vous boire? »

Jacques accepte, d'un battement de cils.

« En tout cas, il comprend le français, murmure l'officier, en se relevant.

— Mon lieutenant, c'est sûrement un espion... »

Jacques essaie de tourner la tête vers cette voix criarde. À ce moment, un groupe de soldats, en se déplaçant, laisse voir, par terre, à trois mètres, un amas sombre : une chose sans nom, carbonisée, qui

---

1. « Es-tu Allemand? Comprends-tu? »

n'a d'humain qu'un bras, recroquevillé sur l'herbe ;
et, au bout de ce bras, une serre d'oiseau, noire, dont
Jacques ne peut plus détacher son regard : une main
fine, nerveuse, les doigts en l'air à demi crispés...
Autour de Jacques, le bruit des voix semble s'estomper...

« Tenez, mon lieutenant, voilà Pasquin qui ramène
le major... Pasquin, il a tout vu, lui : il portait le jus
au petit poste... Il dit que l'avion... »

La voix s'éloigne, s'éloigne, interceptée par le
rideau de feutre. Dans le ciel, la cime de l'arbre s'est
brouillée. Et la douleur aussi s'éloigne, lentement, se
fond en une écœurante langueur... Les tracts... Meynestrel... Mourir aussi...

Pour quelle raison mystérieuse, tyrannique, reste-
t-il au fond de ce canot, écrasé, ballotté, impuissant ?
Meynestrel s'est jeté à l'eau, lui, depuis longtemps,
parce que cette tempête sur le lac secouait vraiment
trop fort leur barque... Le soleil brûle comme du
plomb fondu. Jacques cherche en vain à fuir cette
morsure. Dans l'effort qu'il fait pour déplacer les
épaules, il soulève à demi les paupières et les referme
aussitôt, blessé jusqu'au fond des prunelles par cette
flèche d'or. Il souffre. Ces cailloux pointus, au fond
du canot, lui déchirent les chairs. Il voudrait appeler Meynestrel, mais il a dans la bouche un charbon
ardent qui lui ronge la langue... Un choc. Il le perçoit, douloureusement, jusqu'à l'extrémité de ses
nerfs. La barque, roulée par une vague soudaine, a
dû heurter l'embarcadère. Il ouvre les yeux... « Hé,
Fragil, veux-tu boire ? » Un képi... C'est un gendarme
qui a parlé... un visage inconnu, un visage mal rasé
de curé de campagne. Tout autour, des voix rudes,
grasses, qui s'entrecroisent. Il souffre. Il est blessé.
Il a dû être victime d'un accident. Boire... Contre ses
lèvres en feu, il sent le bord d'un quart de fer-blanc.

« Mon vieux, leurs flingots, ça n'est rien. Mais leurs
mitrailleuses ! Et ils en ont partout, les vaches ! —
Nous aussi, on doit bien en avoir, des mitrailleuses !
Attends seulement qu'on les sorte ! »

Boire... Bien qu'il soit au soleil, et trempé de sueur,
il grelotte. Ses dents tremblent contre le métal. Sa
bouche n'est qu'une plaie... Il avale avidement une
gorgée, et s'étrangle. Un peu d'eau coule sur son
menton. Il veut lever un bras : ses poignets sont liés
par des menottes et fixés aux sangles du brancard.
Il voudrait boire encore. Mais la main qui tenait le
quart s'est retournée... Brusquement, il se souvient.
De tout ! Les tracts... La serre calcinée de Meynestrel, l'avion, le brasier... Il ferme ses yeux que
piquent le soleil, les larmes, la poussière, la sueur...
Boire... Il souffre. Indifférent à tout, sauf à sa douleur... Mais le brouhaha qui l'environne lui fait rou-
vrir les yeux.

Tout autour, des fantassins, débraillés, le cou nu,
les cheveux collés par la transpiration, vont et viennent, parlent, s'appellent, crient. Il gît au ras du sol,
sur une civière posée dans l'herbe, au bord de cette
route qui est pleine de soldats. Des voitures grin-
çantes, attelées de mulets, passent, sans arrêt, au
pas, le long de lui, soulevant une poussière épaisse.
À deux mètres, sur l'accotement, des gendarmes,
debout, boivent, chacun leur tour, à la régalade, en
élevant dans la lumière un bidon de soldat. Des faisceaux de fusils, des empilades de sacs, s'alignent à
perte de vue sur la route. Des soldats, en grappes,
vautrés sur le flanc du talus, discutent, font des
gestes, fument. Les plus fourbus se sont allongés sur
le dos, le coude en travers du visage, et dorment sous
le soleil. Dans le fossé, étendu les bras en croix, un
petit soldat, tout jeune, regarde le ciel, de ses grands
yeux ouverts, et mâchonne un brin d'herbe. Boire,

boire... Il souffre. De partout : de la bouche, des jambes, du dos... Des frissons de fièvre lui parcourent les reins, et lui tirent, chaque fois, une plainte sourde. Cependant, ce ne sont plus ces douleurs fulgurantes qui lui lacéraient le corps, après la chute, après l'incendie. On a dû s'occuper de lui, panser ses blessures. Et, brusquement, une idée traverse son esprit somnolent : on l'a amputé des deux jambes... Qu'importe, maintenant ?... Néanmoins, cette pensée d'amputation l'obsède. Ses jambes... Il ne les sent plus. Il voudrait savoir... Des sangles serrées l'attachent au brancard. Il parvient pourtant à soulever la nuque : le temps d'apercevoir ses mains ensanglantées et ses deux jambes qui sortent du pantalon coupé à mi-cuisse. Ses jambes ! Entières... Vivantes ? Des bandages les emmaillotent, et elles sont garrottées, des genoux aux chevilles, sur des éclisses arrachées sans doute à quelque ancienne caisse d'emballage, car l'une des planchettes porte encore, bien en vue, en lettres noires : FRAGIL... Il repose la tête, épuisé.

Des voix, tout autour, des voix... Des hommes, des soldats... La guerre... Des soldats qui parlent : « Un dragon nous a dit que le régiment se rassemblait par-là... — Y a qu'à suivre la colonne. Tu verras bien à l'étape. — D'où que vous venez, vous autres ? — Est-ce qu'on sait les noms ? De là-bas... Et vous ?... — Nous aussi. Nous, tu sais, on en a vu, depuis vendredi ! — Ben, et nous, alors ! — Nous, mon vieux, c'est simple : depuis le début de l'attaque — le 7, vendredi, ça fait trois jours, hein ? — on n'a pas dormi six heures, en tout. Pas vrai, Maillard ? Et rien à bouffer. Samedi on a eu un bout de distribution ; le soir ; mais, depuis qu'on fout le camp dans cette pagaïe, ravitaillement, zéro ! Si on n'avait pas trouvé à se débrouiller dans les patelins... » D'autres voix, plus loin, rageuses : « Et moi, je te dis que c'est pas fini ! — Et moi je te dis qu'on est foutus ! S'pas, Chabaux ? Bien foutus ! Et si on veut reprendre l'offensive, on tombera sur un bec !... »

Le plus douloureux de tout, peut-être, c'est la plaie de la bouche, qui l'empêche d'avaler sa salive, de parler, de boire, presque de respirer. Avec précaution, il essaie de remuer sa langue. Il garde au fond de la gorge un goût tenace d'essence, de vernis brûlé...

« Et puis, tu sais, toutes les nuits dehors, en alerte... Et quand le bataillon s'est amené devant Carspach... »

Oui, c'est à la langue qu'il est blessé : elle est enflée, déchirée, à vif... Il a dû recevoir un débris dans la figure, ou s'écraser le menton en tombant. Pourtant, c'est à l'intérieur de la bouche qu'il a mal. Son cerveau travaille : « Je me suis coupé la langue avec les dents », se dit-il enfin. Mais cet effort d'attention l'a brisé. Il referme les paupières, étourdi. Des flammes dansent devant ses yeux clos. Dans ses jambes, les élancements ne cessent pas. Il geint faiblement et s'abandonne de nouveau à cette douceur soudaine... l'oubli... « Des brûlures, partout... les jambes en marmelade... espion... »

Il rouvre les yeux. Toujours des bottes, des jambières.

Les gendarmes se sont rapprochés du brancard. Un groupe s'est formé autour d'eux. « Paraît que l'avion... — Leur *taube* ? Bricard l'a vu... — Bricat ? — Non ! Bricard, le grand sous-off' de la 5e. — N'en reste rien, de leur *taube* ! — Un de moins ! — Lui, *Fragil*, il a encore de la veine... S'en tirera peut-être, malgré ses guibolles... » Cette voix ne lui est pas inconnue. Il tourne la tête : celui qui parle et qui l'examine, c'est le vieux gendarme curé de campagne, aux yeux pâles, au front dégarni, celui qui lui a donné à boire. «Basta! lance un autre gendarme, un petit noiraud, râblé, une tête de Corse avec des yeux de braise : Vous entendez, chef? Marjoulat dit que *Fragil* s'en tirera! Pas pour longtemps!» Le brigadier de gendarmerie ricane : «Pas pour longtemps, non... Paoli a raison. Pas pour longtemps!» C'est un grand diable qui a des galons neufs cousus à ses manches. Il porte une barbe noire, très fournie, qui ne laisse à découvert que deux pommettes couleur de viande. «Alors, pourquoi qu'on lui a pas réglé son compte, sur place?» demande un soldat. Le brigadier ne répond pas. «Et vous allez le porter loin, comme ça? — On doit le remettre au corps d'armée», explique le Corse. Le brigadier détourne la tête, mécontent. Il grommelle, d'un ton sentencieux : «On attend des ordres.» Un sergent d'infanterie, gavroche, s'esclaffe : «Comme nous! Voilà deux jours qu'on les attend, les ordres! — Et la soupe avec! — Quelle pagaïe! — Y a même plus d'agents de liaison, je crois... Le colonel...» Un coup de sifflet les interrompt. «Rompez les faisceaux! La colonne repart! — Sac au dos! debout, là-bas! Sac au dos!»

Un bruyant remue-ménage se fait maintenant autour de Jacques. La colonne reprend sa marche. Il sombre dans un trou ténébreux. L'eau clapote autour de la barque. Une vague plus forte la soulève, la berce, l'emporte à la dérive... «Appuyez à droite! — Qu'est-ce qu'il y a? — À droite...» Les secousses lui font ouvrir les yeux. Devant lui, le dos du gendarme qui porte l'avant du brancard.

La colonne ondule; le flot s'écarte pour contourner un mulet mort, ballonné, les jambes en l'air, abandonné sur la route. Les hommes crachent, à cause de l'odeur, et se débattent un instant contre les mouches qui se collent aux visages. Puis les rangs se reforment en clopinant, et les semelles cloutées reprennent leur raclement sur le sol caillouteux.

Quelle heure est-il? Le soleil tombe droit et lui brûle la figure. Il souffre. Dix ou onze heures, peut-être? Où le conduit-on?... La poussière empêche de voir à plus de quelques mètres. À gauche, les voitures régimentaires défilent toujours, au pas, dans un nuage âcre, étouffant. La route fume, la route pue le crottin, la laine mouillée, le cuir, l'homme en sueur. Il souffre. Surtout, il est sans forces. Sans forces pour penser, pour sortir de son engourdissement. La gorge irritée par la poussière, les gencives desséchées par la fièvre, par la soif, la langue en sang, il est perdu dans ce piétinement innombrable, dans ce bruit d'armée en marche, perdu et seul, coupé de tout, de la vie, de la mort... Pendant les rares minutes de lucidité qui alternent avec ces longs moments d'inconscience ou de cauchemar, il se répète, sans interruption : «Courage... courage...» Par instants, les hommes marchent si serrés auprès du brancard, qu'il ne voit plus rien que ces torses oscillants, et ces canons de fusils, et l'air qui tremble entre lui et le ciel; il est comme au centre d'une forêt houleuse qui avance, et son œil hébété se fixe obstinément sur une musette gonflée qui se balance, sur un quart luisant attaché à un bidon de drap bleu. Beaucoup de soldats ont débouclé les courroies du sac et fait glisser leur chargement au creux de leurs reins; les épaules plient, les visages sont souillés de poussière et de sueur; les regards que parfois il surprend posés sur lui ont une expression décentrée, à la fois attentive et distraite : une expression troublante, vague à donner le vertige... Ils vont, ils vont droit devant eux, flanc contre flanc, sans rien voir, sans parler, vacillants mais tenaces à suivre cette retraite qui les sauve; et leurs forces s'usent sur cette route comme sur une meule. À droite, un grand soldat efflanqué, au profil de médaille, qui porte un brassard d'infirmier, avance, d'un rythme grave, tête levée, recueilli comme s'il priait. À gauche du brancard, il y en a un petit qui marche à pas précautionneux, et qui boite. Le regard de Jacques, hébété, se fixe sur cette jambe clochante, toujours en retard, et qui, à chaque effort, fléchit un peu du genou. Parfois aussi, quand une débandade écarte les files, Jacques aperçoit des arbres, des haies, des prairies, toute une campagne ensoleillée... Est-ce possible? Tout à l'heure, sur le bord de la route, une cour de ferme lui est apparue, avec sa grange en torchis, sa maison grise aux volets clos, son tas de fumier où picoraient des poules; et l'odeur chaude du purin est venue jusqu'à lui... Engourdi, il se laisse ballotter, les yeux presque constamment clos. Ses jambes... Sa bouche... Si seulement l'homme pensait encore à lui donner à boire... Sans cesse, la marche est interrompue par des arrêts brusques, après lesquels les soldats, haletants, sont obligés de courir pour rattraper la distance et empêcher que les charrettes, profitant des intervalles libres, ne s'insèrent dans la colonne. « C'est malheureux de voir ça! Pourquoi, aussi, qu'on est tous sur la même route! — Mais, mon vieux, c'est partout pareil! Y a des convois sur tous les chemins! Tu penses, toute la division en retraite! — La division? Tout le VIIe corps, à ce qu'il paraît! »

« Hé, toi, où que tu vas par là? — T'es pas fou? — Hé, le territorial! » Un fantassin a traversé la route, en biais, à contre-courant, se dirigeant vers l'est : vers l'ennemi... Indifférent aux appels, il se glisse entre les charrettes, les soldats. Il n'est plus jeune. Sa barbe grisonne, et pas seulement de poussière. Il est sans arme, sans sac, avec une capote déteinte sur un pantalon de paysan, en velours brun. Une grappe

de choses battantes lui pend aux flancs, cartou-
chières, bidon, musettes. « Hé, pépère, où donc que
tu vas ? » Il évite les bras tendus. Son visage est
hagard, son œil obstiné, sauvage ; ses lèvres
remuent : il a l'air de dialoguer à voix basse avec un
fantôme. « Tu rentres chez toi, vieux ? — Bonne
chance ! — Tu m'enverras des cartes postales ! » Sans
tourner la tête, sans un mot, l'homme fonce droit
devant lui, escalade un tas de pierres, traverse le
fossé, écarte la rangée d'arbres qui borde le pâturage
et disparaît.

   « Tiens ! Des bateaux ! — Sur la route ? — Quoi ?
— Une compagnie de pontonniers qui se débine ! —
Ils ont coupé la colonne. — Où ? — C'est vrai !
Regarde ! Des bateaux à roulettes ! On aura tout vu !
— Hé, dis donc, Joseph, faut croire que cette fois on
a renoncé à passer le Rhin ! — Avancez ! — En
avant ! » La colonne s'ébranle et repart.

   Cent mètres plus loin, nouvel arrêt. « Quoi
encore ? » Cette fois, le stationnement se prolonge.
La route croise une voie ferrée, sur laquelle roule un
interminable convoi de wagons vides que traîne à
petite allure une locomotive soufflante, chauffée à
blanc. Les gendarmes posent le brancard dans la
poussière. « Faut croire que ça va mal, chef : ils
refoulent le matériel à l'arrière ! » constate Marjoulat, avec un petit rire. Le brigadier regarde le train,
et s'éponge la figure, sans répondre. « Zou ! gouaille
le petit Corse, Marjoulat, il est tout guilleret, chef,
depuis qu'on se débine ! — Marjoulat, dit un troisième gendarme, un athlète au cou de taureau qui
s'est assis sur un tas de pierres et mâche un peu de
pain, il était pas trop à son affaire, avant-hier, quand
on a vu les uhlans... » Marjoulat est devenu rouge. Il
a un gros nez, de gros yeux gris, un regard triste,
fuyant, mais volontaire ; un front buté ; un visage de

paysan qui calcule. Il s'adresse au brigadier qui le regarde en silence : « J'ai pas honte de le dire, chef : la guerre, ça me va point. J'suis pas Corse, moi : j'ai jamais été batailleur. »

Le brigadier n'écoute pas. Il s'est tourné vers la droite. Un tambourinement sourd se mêle au bruit du train. Longeant la voie, un groupe de cavaliers s'avance, au trot. « Une patrouille ? — Non, c'est de l'état-major. — Des ordres, peut-être ? — Écartez-vous, bon Dieu ! » Le peloton monté se compose d'un capitaine de cuirassiers, suivi de deux sous-off's et de quelques cavaliers. Les chevaux s'insinuent entre les voitures et les fantassins, contournent le brancard, traversent la route, se rassemblent de l'autre côté, et piquent à travers champs, vers l'ouest. « Ils ont de la veine, ceux-là ! — Penses-tu ! Paraît que la division de cavalerie a ordre de se faire bousiller derrière nous, pour *les* empêcher de nous tomber dessus ! »

Autour du brancard, les soldats discutent. Entre les revers des capotes déboutonnées, sur les poitrails où ruisselle la sueur, la plaque d'identité, qui doit conserver à chaque cadavre son matricule, pend à son lacet noir. Quel âge ont-ils ? Ils ont tous un visage fripé, sali, uniformément vieux. « As-tu encore un peu de flotte ? — Rien : plus, pas une goutte ! — Je te dis qu'on en a vu un, nous, de zeppelin, dans la nuit du 7. Il volait au-dessus des bois... — On recule pas ? Non ? Alors, qu'est-ce qu'il te faut ! — Non : c'est un agent de liaison de la brigade, qui a entendu un officier d'état-major l'expliquer au vieux. On recule pas ! — Vous entendez, vous autres ? Il dit qu'on recule pas, lui ! — Non ! C'est un repli stratégique, qu'on appelle. Pour mieux préparer la contre-offensive... Un coup épatant... On va *les* prendre en pincette. — En quoi ? — En pincette ! Demande à l'adjudant. Sais-tu ce que c'est, en pincette ? On les laisse entrer dans du mou, tu comprends ? et puis, crac ! on referme la pincette, et ils sont faits ! — Un *taube* ! — Où ? — Là ! — Où ? — Juste au-dessus de la meule. — Un *taube* ! — Avancez ! — Un *taube*, mon adjudant ! — Avancez ! Voilà le fourgon... C'est la queue de la rame. — À quoi tu vois que c'est un *taube* ? — La preuve ! On le canarde. Tiens ! » Autour du minuscule point brillant, dans le ciel, naissent de petits flocons qui restent un instant en boule, avant de se défaire dans le vent. « Reformez-vous ! Avancez ! » Les derniers wagons glissent lentement sur les rails. Le passage à niveau est libre.

Bousculade... Oh ! ces secousses... Courage... Courage... Lucide une seconde, il entend, au-dessus de lui, le halètement du gendarme qui porte la tête du brancard. Puis tout chavire : un vertige, un écœurement mortel. Courage... Les rangs bariolés des soldats passent en tournoyant comme des chevaux de bois, bleus et rouges. Il pousse un gémissement. La main fine, la main nerveuse de Meynestrel, noircit, se recroqueville à vue d'œil, devient une patte de poule, calcinée... Les tracts ! Tous brûlés, perdus... Mourir... Mourir...

La trompe d'une auto. Il soulève les paupières. La colonne est arrêtée à l'entrée d'un bourg. L'auto corne : elle vient de l'arrière. Les hommes se tassent sur le bord de la route pour laisser le passage. Au garde-à-vous, le brigadier salue. C'est une voiture découverte, avec un fanion ; elle est chargée d'officiers. Dans le fond, le képi doré d'un général. Jacques referme les yeux. La vision du conseil de guerre traverse son cerveau. Il est debout, au centre du prétoire, devant ce général à képi doré...

M. Faîsme... La trompe corne sans arrêt. Tout se brouille... Quand il rouvre les yeux, il aperçoit une haie bien taillée, des pelouses, des géraniums, une villa avec des stores rayés... Maisons-Laffitte... Au-dessus de la grille pend un drapeau blanc à croix rouge. Devant le perron, une voiture d'ambulance, vide, criblée de balles, toutes ses vitres brisées. La colonne passe. Elle avance pendant quelques minutes, et s'arrête. Le brancard touche terre, dure-ment. Maintenant, au moindre stationnement, la plupart des soldats, au lieu d'attendre, debout, se laissent tomber sur la route, à l'endroit même où ils ont stoppé, sans quitter leur sac ni leur fusil, comme s'ils voulaient s'anéantir là.

On est à deux cents mètres du village. «Paraît qu'on va faire halte au patelin», dit le brigadier.

Remue-ménage. «En route!» La colonne repart, fait cinquante mètres et s'arrête encore.

Un choc. Qu'est-ce qu'il y a? Le soleil est encore haut, et brûlant. Depuis combien d'heures, depuis combien de jours dure cette marche? Il souffre. Dans sa bouche, le sang extravasé donne à sa salive une saveur infecte. Les taons, les mouches, dont les mulets sont couverts, s'acharnent sur son menton, sur ses mains.

Un gosse du village, les yeux allumés, raconte en riant à des soldats qui l'entourent : «Dans la cave de la mairie... Ils sont juste en face du soupirail... Trois! Trois-z-uhlans prisonniers!... N'en mènent pas large! On dirait des fouines!... Paraît qu'ils prennent tous les enfants pour leur couper les mains... Y en a un qu'est sorti entre deux sentinelles pour pisser... Nous, on voulait l'étriper!» Le brigadier appelle le gosse : «Y a-t-il encore du vin, par ici? — Pardi! — Tiens, voilà vingt sous, va en chercher un litre. — Reviendra jamais, chef..., prophétise Marjoulat,

désapprobateur. — On avance ! En route ! » Nouveau
bond de cinquante mètres, jusqu'au croisement d'un
chemin où un peloton de cavaliers a mis pied à terre.
Sur la droite, dans un grand terrain en contrebas,
bordé de lices blanches — un champ de foire, sans
doute —, des gradés ont rassemblé ce qui reste d'une
compagnie de fantassins. Au centre, le capitaine
harangue les hommes. Puis les rangs se disloquent.
Près d'une meule, une cuisine roulante distribue la
soupe. Tintements de gamelles, cris, discussions,
bourdonnement d'essaim... Le gosse reparaît,
essoufflé, brandissant une bouteille. Il rit : « Le voilà,
vot'vin. Quatorze sous, qu'ils ont dit. C'est des
voleurs. »

Jacques rouvre les yeux. Le litre, couvert de buée,
semble glacé. Jacques le regarde, et bat des paupières : la seule vue de la bouteille... Boire... Boire...
les gendarmes se sont groupés autour de leur chef,
qui tient la bouteille entre ses deux mains, comme
pour en savourer d'abord, avec ses paumes, la fraîcheur. Il ne se presse pas. Il écarte les jambes, se cale
sur ses reins, soulève le litre dans le soleil, et, avant
d'introduire le goulot entre ses lèvres, pour avoir la
bouche bien nette, il racle la gorge et crache. Quand
il a bu, il sourit et tend la bouteille à Marjoulat, le
plus ancien. Pensera-t-il à Jacques, Marjoulat ? Non,
il boit, et passe le litre à son voisin, Paoli, dont les
narines palpitent comme des naseaux. Jacques
baisse doucement les paupières — pour ne plus
voir...

Des voix autour de lui. Il ouvre et referme les yeux.
Des sous-off's de dragons — ceux dont le peloton
attend dans le chemin de traverse — profitent de la
halte de la colonne pour venir bavarder avec les fantassins : « Nous, on est de la brigade légère. Le 7, on
nous a engagés, avec le VIIe corps... On devait

atteindre Thann, faire un mouvement de conversion, comme ça, un redressement le long du Rhin, pour aller couper les ponts. Mais, on s'est trop pressé. On était mal engagé, tu comprends ? On avait voulu aller trop vite. Les canassons renâclaient, les biffins étaient fourbus... Il a bien fallu battre en retraite. — Une belle pagaïe ! — Et encore, par ici, c'est rien ! Nous, on vient de par là, du nord... Alors, ça ! Sur les routes, y a non seulement les troupes, mais tous les civils des patelins, qui ont les foies, et qui se débinent ! — Nous, dit un sergent d'infanterie, d'une voix grave et chaude, on était en avant-garde. On est arrivé devant Altkirch à la tombée de la nuit. — Le 8 ! — Le 8, samedi ; avant-hier, quoi.. — On y était aussi, nous... La biffe a bien donné, y a rien à dire. Altkirch, c'était plein de Pruscos. En cinq sec, la biffe les a foutus dehors, à la baïonnette... Et nous, on les a poursuivis, dans la nuit, jusqu'à Walheim. — Nous, on a même été jusqu'à Tagolsheim. — Et le lendemain, rien devant nous... Rien ! Jusqu'à Mulhouse... On croyait déjà qu'on était parti comme ça jusqu'à Berlin ! Mais, les vaches, *ils* savaient bien ce qu'*ils* faisaient, en nous laissant avancer. Depuis hier, *ils* contre-attaquent. Paraît que ça ronfle, là-haut. — Encore heureux qu'on ait reçu l'ordre de se replier ! On serait tous fauchés, à cette heure. » Un adjudant d'infanterie et plusieurs sergents de la colonne sont venus écouter. L'adjudant a l'œil fiévreux, les pommettes rouges, une voix saccadée : « Nous, on s'est battu treize heures, treize heures de suite ! Pas vrai, Rocher ? Treize heures... Les uhlans étaient devant nous, dans un bois de sapins. Je verrai ça ma vie durant. Impossible de les faire déloger. Alors on a envoyé notre compagnie sur la gauche, pour tourner le bois. Moi, je suis comptable chez Zimmer, à Puteaux, alors, vous pensez !... On a fait plus d'un

kilomètre sur le ventre, on a mis deux heures, trois heures, on croyait jamais arriver jusqu'à la ferme. On y est arrivé tout de même. Les fermiers étaient dans la cave, les femmes, les gosses pleuraient : une pitié... On les a enfermés à clef. Des Alsaciens, oui, mais on ne sait jamais... On a fait des créneaux dans les murs... On est monté au deuxième, on a mis des matelas aux fenêtres. On n'avait qu'une mitrailleuse, mais des cartouches en masse. Eh ben, on a tenu toute la journée ! Paraît que le colo avait dit que nous étions sacrifiés... On en est revenu tout de même ! C'est pas croyable ce qu'on arrive à faire !... Seulement, quand on nous a donné l'ordre de revenir, je vous jure, on se l'est pas fait dire deux fois ! On était encore deux cents quand on a quitté le bois. On n'était plus que soixante quand on a quitté la ferme ; et, sur les soixante, il y avait bien une vingtaine de blessés... Eh ben, au fond — tu me croiras pas ? —, c'est pas si terrible que ça... C'est pas si terrible, parce que tu sais plus ce que tu fais. Ni les hommes, ni les officiers, ni personne. On voit rien. On comprend rien. On se planque. On voit même pas les copains qui tombent. Moi, y en a un, près de moi, qui m'a giclé son sang dessus. Il m'a dit : "Je suis foutu." Je l'entends encore. J'entends sa voix, mais je ne sais même plus qui c'était. Je crois que j'ai pas eu le temps de le regarder. On va, on va, on crie, on tire, on ne sait plus où on en est. Pas vrai. Rocher ?
— D'abord, dit Rocher en regardant un à un ses interlocuteurs d'un air coléreux, faut bien le dire : les Pruscos, rapport à nous, eh bien, ça n'existe pas !
— Chef ! crie un gendarme, la colonne qui repart ! — Oui ? Alors, en avant ! » Les gradés regagnent leurs places en courant. « Serrez, là-bas ! Serrez ! — En avant ! — Au revoir, et bonne chance ! » crie le brigadier, en passant devant les dragons.

La colonne s'est remise en route. Sans autre arrêt, elle pénètre dans le bourg, emplissant la chaussée de ses rangs compacts, de son piétinement de troupeau. L'allure de la marche s'est ralentie. Le ballottement du brancard est moins douloureux. Jacques regarde. Des maisons... Est-ce le terme de son martyre !...

Sur les seuils, les habitants se tiennent debout, par groupes ; des hommes âgés, des femmes qui portent des enfants, des gosses accrochés aux jupons de leurs mères. Depuis des heures, depuis l'aube peut-être, le dos collé au mur, le cou tendu, le visage soucieux, aveuglés de poussière et de soleil, ils sont là et regardent couler à pleine rue cet interminable défilé de voitures régimentaires, de trains de combat, de sections sanitaires, de convois d'artillerie, de régiments harassés, toute cette belle « armée de couverture » qu'ils avaient vue, avec confiance, monter, les jours précédents, vers la frontière, et qui maintenant recule en désordre, les laissant à la merci de l'invasion... La ville, étouffée sous la poussière, fume au soleil comme un chantier de démolition. Un bourdonnement de ruche pillée emplit les rues, les ruelles, les cours. Les boutiques sont envahies de soldats qui raflent ce qui reste de pain, de charcuterie, de vin. La place de l'église est grouillante d'hommes, de convois arrêtés. Des dragons, tenant leurs chevaux par la bride, sont massés sur la droite, où il y a un peu d'ombre. Un commandant, rouge, furieux, se penche sur l'encolure de son cheval pour invectiver un vieux garde champêtre, en uniforme d'opérette. Le portail central de l'église est ouvert à deux vantaux. Dans le clair-obscur de la nef, sur une litière de paille, s'alignent des blessés, autour desquels s'agitent des femmes, des infirmiers, des majors en tablier blanc. Dehors, sur une charrette, en plein soleil, un sergent-fourrier hurle dans le

tumulte : « La 5ᵉ ! Distribution !... » La colonne
avance de plus en plus lentement. Derrière l'église,
la grand-rue se rétrécit, forme un boyau. Les rangs
se tassent, les hommes piétinent sur place, en jurant.
Un vieux, dans un fauteuil garni d'oreillers, est assis
devant sa porte, comme au spectacle, une main sur
chaque genou. Au passage, il interpelle le brigadier :
« C'est-il encore loin que vous reculez comme ça ? —
Sais pas. On attend des ordres. » Le vieux promène
un instant sur le brancard, sur les gendarmes, son
regard clair comme de l'eau, et branle la tête d'un air
désapprobateur : « J'ai vu tout ça, en 70... Mais, nous,
on avait tenu plus longtemps... »

Jacques croise le regard apitoyé du vieux. Douceur...

La colonne continue à avancer. Elle a maintenant
dépassé le centre du bourg. « Paraît qu'on fait halte
là-bas, aux dernières maisons, explique le brigadier,
qui vient d'interroger un lieutenant de gendarmerie.
— Ça vaut mieux, dit Marjoulat, on sera les premiers
à repartir. » Le pavé cesse : la rue redevient une
route, large, sans trottoirs, bordée de maisons basses
et de jardinets. « Halte ! Laissez passer les voitures ! »
Les trains régimentaires continuent à avancer.
« Vous autres, dit le brigadier, cherchez voir si la
roulante, des fois, n'aurait pas suivi... Il fait faim...
Moi, je reste là, avec Paoli, rapport à *Fragil*... »

Le brancard a été posé sur l'accotement, près d'un
abreuvoir où les soldats de toutes armes viennent
emplir leurs bidons. L'eau, remuée, jaillit par-dessus
la margelle, coule en rigoles... Jacques ne peut détacher les yeux de ce ruissellement. Il a dans la bouche
un atroce goût de fer. Sa salive est comme du coton
humide... « Veux-tu boire, petit ? » Miracle ! Un bol
blanc luit entre les mains d'une vieille paysanne.
Autour, un attroupement s'est formé. Des soldats,

des civils, des vieux à peau tannée, des gamins, des
femmes. Le bol s'approche des lèvres de Jacques. Il
tremble... Son regard remercie, comme celui d'un
chien. Du lait!... Il boit, douloureusement, gorgée
par gorgée. Avec un coin de tablier, la vieille lui
essuie le menton à mesure.

Un médecin à trois galons, qui passait, s'est approché : « Un blessé? — Oui, Monsieur le major. Pas
intéressant... Un espion... Un *alboche*...» La vieille
paysanne s'est redressée comme un ressort; d'un
coup sec, elle vide le reste de son bol dans la poussière. « Un espion... un *alboche*...» Les mots courent
de bouche en bouche. Autour de Jacques, le cercle
se resserre, hostile, menaçant. Il est seul, ligoté, sans
défense. Il détourne les yeux. Une brûlure à la joue
le fait tressaillir. On ricane. Il aperçoit, au-dessus de
lui, le buste d'un apprenti, en cotte bleue. L'enfant
rit méchamment; il tient encore entre les doigts un
mégot incandescent. « Laisse-le tranquille! gronde le
brigadier. — Pisque c'est un espion! réplique le
gamin. — Un espion! Viens voir! Un espion!...» Des
gens sont sortis des maisons voisines, et forment un
groupe haineux, que les gendarmes ont peine à tenir
à distance. « Qu'est-ce qu'il a fait? — Où l'a-t-on
pris? — Pourquoi qu'on ne lui fait pas son affaire?»
Un gosse ramasse une poignée de cailloux, et la
lance. D'autres l'imitent. « Assez! Foutez-nous la
paix, vingt dieux!» crie le brigadier, mécontent. Et,
s'adressant à Paoli : « Transportons-le là, dans la
cour. Et tu fermeras la barrière. »

Jacques se sent soulevé, emporté. Il ferme les yeux.
Les injures, les ricanements s'éloignent.

Silence... Où est-il? Il hasarde un regard. On l'a
mis à l'abri, hors de vue, dans la cour d'une ferme,
à l'ombre d'un hangar qui sent le foin chaud. Près
de lui, une vieille calèche dresse en l'air deux moi-

gnons de brancards, sur lesquels dorment des
poules. Ombre silencieuse !... Personne... Mourir là...

L'irruption des gendarmes l'éveille brutalement.
Les poules s'enfuient avec des caquettements effa-
rouchés, de grands battements d'ailes.

Que se passe-t-il ? De tous côtés, des appels,
des galopades, un branle-bas général. Le brigadier
endosse précipitamment sa tunique, son harnache-
ment. « Allez ! Prenez-moi *Fragil*... Et en vitesse !... »
De l'autre côté de la cour, il y a une ruelle où passe
au trot une file de voitures d'ambulance. « Chef, ils
déménagent même le poste de secours. — Je
vois bien. Où est Marjoulat ? Pressons, Paoli... Quoi
encore ? Du génie, maintenant ? » Deux camionnettes sont entrées dans la cour, suivies d'un détachement de soldats. Les hommes déchargent en hâte
des piquets, des rouleaux de fil de fer. « Les chevaux
de frise, dans ce coin-là... Le reste par ici... Vite ! »
Le brigadier, inquiet, interroge le sergent qui surveille la corvée. « Ça va donc si mal que ça ? — Faut
croire !... Nous, on vient fortifier la position... Paraîtrait qu'*ils* occupent déjà les Vosges... Qu'*ils* descen-
dent sur Belfort... Paraîtrait qu'on parle de
capituler, pour éviter l'occupation... — Sans blague ?
Alors, ça serait fini pour nous ? — En attendant,
feriez pas mal de mettre les voiles, vous autres... On
fait filer les habitants. Dans une heure, faut que le
village soit évacué... » Le brigadier s'est retourné vers
ses gendarmes : « Et *Fragil*, à qui le tour ? Marjoulat,
pas le moment de lambiner ! Vite ! » Le bruit des
moteurs emplit la cour. Les camionnettes, vidées,
font demi-tour. La voix d'un capitaine domine le
tumulte : « Rassemblez-moi tout ce que vous pourrez trouver de charrues, de herses... même les fau-
cheuses... Allez dire au lieutenant qu'il empêche les
civils d'emmener les tombereaux. On en aura besoin

pour barricader les routes... — Eh bien, Marjoulat!
crie le brigadier. — Voilà, chef... »

Quatre bras empoignent le brancard. Jacques
geint. Les gendarmes rejoignent rapidement la
route, où la colonne, reformée, est déjà en marche.
Les rangs sont si serrés qu'il n'est pas facile de pénétrer dans cette cohue avec un brancard... « Pousse!
Faut nous faire notre place là-dedans, coûte que
coûte! — Basta! grogne Paoli, on pourra tout de
même pas marcher des jours en traînant ce coco-là
avec nous ! »

Des secousses... des secousses... toutes les douleurs réveillées...

Le village est en plein désarroi. Dans les cours des
maisons, ce ne sont qu'appels, cris, lamentations.
Les paysans attellent en hâte leurs carrioles. Les
femmes y entassent pêle-mêle des ballots, des
malles, des berceaux, des paniers de provisions.
Beaucoup de familles fuient à pied, mêlées aux soldats, poussant devant elles des brouettes, des voitures d'enfant, remplies d'objets disparates. Sur la
gauche de la route, des convois de munitions, des
prolonges traînées par de gros percherons, roulent
au trot, dans un fracas d'enfer. De toutes les ruelles
affluent des charrettes, tirées par des ânes, des chevaux. De vieilles femmes, des enfants y sont juchés
sur des empilades de meubles, de caisses, de matelas. Les attelages civils se glissent au milieu des
trains régimentaires qui vont au pas et dont la file
occupe le centre de la chaussée. Les fantassins,
repoussés sur la droite, marchent où ils peuvent, sur
l'accotement, dans le fossé. Le soleil tape dur. Dos
courbé, képi en arrière, un mouchoir sur la nuque,
chargés comme des bêtes de somme (certains ont
jusqu'à des fagotins de bois mort en travers des
épaules), ils vont, d'un pas hâtif et lourd, sans par-

ler. Ils ont perdu leur régiment. Ils ne savent d'où ils
viennent ni où ils vont ; peu leur importe : huit jours
de guerre, ils ont depuis longtemps déjà renoncé
à comprendre ! Ils savent seulement qu'« on se
débine » ; et ils suivent... La fatigue, la peur, la honte
et la satisfaction de fuir, leur font à tous le même
masque farouche. Ils ne se connaissent pas, ils ne se
parlent pas ; quand ils se heurtent, ils échangent un
juron ou un propos hargneux...

Jacques ouvre et ferme les yeux, au gré des
secousses. Les souffrances des jambes se sont plutôt
atténuées pendant ce court répit, à l'ombre du hangar ; mais, dans sa bouche enflammée, ce sont des
élancements continuels... Autour de lui oscillent des
torses, des fusils ; la poussière, la touffeur de ce
bétail humain, le suffoquent ; la houle de ces corps
qui se balancent en désordre provoque dans son
estomac vide des nausées de mal de mer. Il n'essaie
pas de réfléchir. Il est une chose abandonnée de
tous, et de lui-même...

La marche continue. La route se rétrécit entre
deux talus. À tout instant, il y a un embouteillage,
un arrêt ; et chaque fois, le brancard posé à terre
heurte rudement le sol ; et, chaque fois, Jacques
rouvre les yeux et geint. « Basta, bougonne le petit
Corse, à ce train-là, chef, les Pruscos n'auront pas de
mal à nous... — Allez donc, crie le brigadier, qui
s'énerve, vous voyez bien qu'on ravance ! » La
colonne s'ébranle de nouveau, fait, cahin-caha, une
cinquantaine de mètres et stoppe encore. Les gendarmes se trouvent arrêtés au croisement d'un chemin de terre, où une compagnie de fantassins attend,
massée, l'arme à la bretelle. Des officiers, groupés
autour du capitaine, se concertent et consultent
leurs cartes, debout sur le talus. Le brigadier interroge un adjudant qui s'est approché curieusement

du brancard. « Où que vous allez, vous autres ? —
Sais pas... Le capiston attend des ordres. — Ça la
fout mal, hein ? — Oui, plutôt... Paraît qu'on a
signalé des uhlans, au nord... » Un officier s'est
avancé au bord du talus. Il crie : « Arme à la main !
Par quatre, derrière moi ! » Et, laissant à sa gauche
la route encombrée, il emmène ses hommes à travers les prés parallèlement à la route. « Pas bête,
celui-là, chef ! L'est sûr d'être avant nous à l'étape ! »
Le brigadier mâchonne sa moustache et ne répond
pas.

L'arrêt se prolonge. La colonne paraît sérieusement bloquée. Même les trains d'artillerie, sur la
gauche, sont immobilisés. Une section de cyclistes,
machines à la main, essaie de se faufiler entre les
voitures ; mais elle s'enlise, elle aussi, dans cet entas-
sement inextricable.

Vingt minutes passent. La colonne n'a pas avancé
de dix mètres. À droite, dans la campagne, des formations d'infanterie font retraite vers l'ouest, sans
se soucier des routes. Le brigadier, nerveux, fait un
signe à ses gendarmes. Les têtes se rapprochent au-
dessus du brancard pour un conciliabule à voix
basse. « Vingt dieux, on peut tout de même pas rester toute la journée là, à faire les zouaves... N'ont
qu'à faire marcher leur colonne, s'ils veulent qu'on
suive leur route... Moi, j'ai une mission particulière,
est-ce pas ? Faut livrer ce coco-là à la gendarmerie
du corps, ce soir... Je prends tout sur moi. Suivez.
Hop ! » Sans perdre une seconde, les gendarmes
obéissent : bousculant les soldats qui les entourent,
ils ont empoigné le brancard, franchi le fossé,
grimpé le talus, et ils s'élancent à travers champs,
abandonnant la route et ses convois paralysés.

Le saut du fossé, l'ascension du talus, ont arraché
à Jacques un long, un rauque gémissement. Il tord

la nuque ; il essaie d'entrouvrir ses lèvres tuméfiées...
Une nouvelle secousse... Une autre encore... Le ciel,
les arbres, tout vacille... L'avion flambe ; ses pieds
sont deux torches ; la mort, une mort atroce, le saisit aux jambes, aux cuisses, monte jusqu'au cœur...
Il s'évanouit.

Brusquement heurté, il reprend conscience. Où
est-il ? Le brancard est posé dans l'herbe. Depuis
combien de temps ? Cette fuite lui semble durer
depuis des jours... La lumière a changé, le soleil est
plus bas, la journée s'achève... Mourir... L'excès de
la douleur l'engourdit comme une drogue. Il lui
semble qu'il est enseveli sous terre, à une profondeur
où les chocs, les sons, les voix, ne parviennent
qu'étouffés, lointains. A-t-il dormi ? rêvé ? Il a gardé
la vision d'un bosquet d'acacias où broutait une
chèvre blanche ; d'un pré marécageux où les bottes
des gendarmes enfonçaient, l'éclaboussant de boue...
Il ouvre tout grands les yeux, il cherche à voir. Marjoulat, Paoli, le brigadier, ont mis un genou en terre.
Devant, à quelques mètres, un grand tas qui bouge :
une compagnie de fantassins couchée : les sacs,
imbriqués les uns dans les autres, forment une
gigantesque carapace qui tressaille dans l'herbe.

Un capitaine, debout derrière ses hommes, ins-
pecte l'horizon à la jumelle. Vers la gauche, un
coteau : une prairie en pente, sur laquelle un
bataillon bleu et rouge s'est déployé en éventail et
couché, pareil à un jeu de cartes sur un tapis vert...
« Qu'est-ce qu'on attend, chef ? — Des ordres. —
S'il fallait courir, dit Marjoulat, comment qu'on
ferait pour suivre, nous autres, avec *Fragil* ? »

Le capitaine s'est approché du brigadier et lui
prête sa jumelle. Soudain, sur la droite, des foulées
de chevaux : un peloton de cavaliers, avec, en tête,
un sous-off' de dragons, droit sur ses étriers, la cri-

nière au vent. Le sous-off s'est arrêté près du capitaine. Il a des traits d'enfant, un visage animé, joyeux. Sa main gantée se tend vers la droite : «*Ils* sont là... Derrière la colline... Trois kilomètres... La division de soutien doit être engagée, maintenant!»

Il a parlé haut. Jacques l'a aperçu. L'image de Daniel, avec son casque, traverse sa torpeur...

Un cliquetis métallique vibre dans l'air : sans attendre le commandement, les soldats du dernier rang, qui ont entendu, mettent baïonnette au fusil; leur geste se propage de proche en proche, faisant jaillir du sol un champ de tiges luisantes; et toutes les têtes se soulèvent, tous les regards sont tournés vers la sinistre «colline», où le ciel est doré, paisible, pur... D'un signe, le sous-off rassemble ses cavaliers, dont les chevaux piétinent l'herbe grasse, et le peloton repart, au trot. Le capitaine crie : «Dites qu'on nous envoie des ordres!» Il se tourne vers le brigadier : «Vous avez déjà vu ça, vous? À gauche, pas de liaison! À droite, non plus! Qu'est-ce qu'ils veulent qu'on foute, dans cette pagaïe?» Il s'éloigne pour rejoindre ses hommes. «Faut pas rester ici, chef, voyons..., balbutie Marjoulat. — Hé, dit Paoli, voilà qu'ils bougent, là-bas!» En effet : rangée après rangée, par bonds successifs, le bataillon qui était éployé dans le pâturage gagne le haut du coteau; et, chacune à leur tour, chaque rangée de soldats disparaît de l'autre côté du versant. «En avant! crie le capitaine. — Nous aussi, en avant!» dit le brigadier.

Le brancard est soulevé, secoué. Jacques gémit. Nul ne l'écoute, nul ne l'entend. Ah, qu'on le laisse... qu'on le laisse mourir là... Il ferme les yeux. Oh, ces chocs... Tous les cinquante mètres, le brancard tombe violemment dans l'herbe; les gendarmes, agenouillés, soufflent une minute, et repartent. À droite, à gauche, des soldats, par bonds, gravissent à leur

tour le coteau. Les gendarmes arrivent enfin à
quelques mètres de la crête. Le capitaine est là. Il
explique : « De l'autre côté, au fond du ravin, il doit
y avoir un bois, et un chemin... On doit pouvoir se
défiler sous bois, vers le sud-ouest. Faut faire vite...
Passé la crête, on est en vue... » C'est au tour de la
dernière fraction de fantassins. « En avant ! — Sui-
vons ! » crie le brigadier. Le brancard, arraché encore
une fois au sol, atteint la ligne de crête. Un pré,
coupé d'arbustes, dévale vers une gorge boisée, au-
delà de laquelle commencent des bois, qui bornent
l'horizon. « Y a qu'à dégringoler tout droit, au plus
court ! En avant ! » Soudain, un long sifflement
déchire l'air : un bruit grinçant, en vrille, qui s'enfle,
s'enfle... Le brancard, une fois de plus, tombe lourdement dans l'herbe. Les gendarmes se sont aplatis
sur le sol, parmi les soldats. Chacun n'a qu'une pensée : se faire le plus plat possible, s'enfouir dans la
terre, comme s'ensablent les soles à marée basse.
Une explosion sourde et violente éclate, en avant, de
l'autre côté du ravin, dans les bois. Les visages ont
une expression de panique. « On est repéré ! —
Avance donc ! — On va se faire bousiller, dans leur
bois ! — Au ravin ! Au ravin ! » Les hommes se relè-
vent d'un coup de reins et bondissent sur la pente,
profitant du moindre arbuste, du moindre pli de terrain, pour s'écraser contre le sol, avant de bondir de
nouveau. Les gendarmes suivent, ballottant, dislo-
quant le brancard. Ils atteignent enfin la bordure du
bois. Jacques n'est plus qu'un paquet de chairs meur-
tries, inertes. Pendant la descente, tout le poids du
corps a porté sur les jambes cassées. Les sangles lui
entrent dans les bras, dans les cuisses. Il n'a plus
conscience de rien. Au moment où le brancard
pénètre comme un projectile à travers les sapins de
la lisière, il entrouvre une seconde les yeux, cinglé

par les branches, criblé de piqûres, écorché au visage, aux mains. Puis c'est un brusque apaisement. Il lui semble perdre la vie comme on perd son sang, d'une coulée tiède, écœurante... Vertige... Chute dans le vide... L'avion, les tracts...

Un sifflement de fusée s'élève, se rapproche, et passe... Jacques ouvre et referme les yeux... Bourdonnement humain... Ombre, immobilité...

Le brancard gît sous bois, sur un sol d'aiguilles de sapin. Tout autour, une agitation indistincte... Entassés torse contre torse, et si près les uns des autres qu'ils semblent soudés en une masse compacte, les fantassins, debout, engoncés dans leurs équipements, paralysés par leurs fusils et leurs sacs qui s'accrochent au feuillage, piétinent sur place sans pouvoir avancer ni se tourner : «Poussez pas! — Qu'est-ce qu'on attend? — On a envoyé des patrouilles. — Faut bien voir si les bois sont sûrs!» Des officiers, des sous-off' se démènent, sans parvenir à regrouper leurs hommes : «Silence! — Sixième, à moi! — Deuxième!...» Contre le brancard, un soldat s'est adossé à un sapin, et, d'un coup, le sommeil l'a pris, comme une mort. Il est jeune; les traits sont creusés, le teint est grisâtre; son bras raidi serre machinalement le fusil contre sa hanche : il a l'air de présenter les armes. «Paraît que le troisième bat' est parti en flanc-garde, pour protéger... — Par là, mes p'tits gars! par là!» C'est un caporal, un paysan trapu qui entre sous bois, traînant son escouade derrière lui, comme une poule ses poussins.

Un lieutenant enjambe le brancard. Il a cet air arrogant et peureux du chef débordé, prêt à tout pour sauver son prestige. «Les gradés, faites faire silence! Voulez-vous obéir, oui ou merde? Première section, rassemblement!» Les soldats, en rechignant, tentent de se mouvoir : ils ne demandent qu'à retrouver leurs chefs, leurs camarades, pour se sentir de nouveau pris en charge, encadrés. Il y en a qui rient, sottement rassurés par l'horizon limité du sous-bois : comme si la guerre était restée là-bas, de l'autre côté de la lisière, en terrain découvert. Par instants, un agent de liaison, suant, essoufflé, rageur, ne trouvant jamais celui qu'il cherche, se fraie un passage, avec des jurons, et disparaît parmi les arbustes et les hommes, après avoir jeté, d'un air hagard, un numéro de régiment ou le nom d'un colonel... Un nouveau sifflement, plus sourd, plus sec, passe par-dessus les arbres. Brusque silence : les épaules plient, les nuques se tassent contre les sacs. Cette fois, l'explosion est sur la droite... « Ça, c'est un 75 ! — Non ! Ça, c'est un 77 !... » Les gendarmes, groupés autour du brancard comme autour de leur raison d'être, forment un îlot fixe, contre lequel la houle humaine vient battre.

À l'orée du bois, une voix jaillit soudain : « Hausse à 1 800 mètres !... la ligne de crête... le boqueteau noir... À mon commandement ! Feu !... » Une salve nourrie ébranle l'air. Sous bois, le silence s'est fait. Une nouvelle salve éclate. Puis des coups partent, un à un, de plus en plus nombreux. Tous ceux qui sont près de la lisière se sont tournés vers la prairie, et, sans avoir reçu d'ordre, heureux d'agir, ils épaulent au hasard, et tirent à travers le feuillage. Le jeune soldat qui tout à l'heure dormait contre l'arbre, agenouillé maintenant au pied du brancard, tire sans arrêt, avec application, le fusil calé dans la fourche de deux branches. Chaque coup cingle Jacques, comme une lanière de fouet ; mais il n'a plus la force d'ouvrir les yeux.

Sur la droite, soudain, le galop de quelques chevaux... Un groupe d'officiers montés, deux comman-

dants, un colonel, font irruption sous bois, dans
un fracas d'arbustes cassés. Une voix glapissante
domine le crépitement du tir : « Qui a donné l'ordre ?
Vous êtes fous ? Sur quoi tirent-ils ? Vous voulez
faire repérer toute la brigade ? » De tous côtés les
gradés hurlent : « Cessez le feu ! Rassemblement ! »
Le tumulte s'arrête brusquement. Obéissant à un
élan collectif, tous ces hommes entassés et qui semblaient à jamais prisonniers de leur enchevêtrement
réussissent à se dégager, à se tourner dans le même
sens ; ils se pressent, s'entrechoquent, se poussent en
silence, et bientôt, comme un vol d'oiseaux migra-
teurs, ils s'ébranlent lentement dans la direction du
sud, derrière le peloton des officiers supérieurs. Le
tintement des marmites, des quarts, des gamelles,
qu'accompagne le piétinement sourd des godillots
sur le sol feutré, emplit le sous-bois d'une rumeur
de troupeau. Une poussière résineuse monte, en un
nuage roux, à travers les sapins.

« Et nous, chef ? » Le brigadier a déjà pris sa décision : « Nous, faut suivre ! — Avec *Fragil* ? — Parbleu !... Allez ! Derrière moi, en avant ! » Et, sans plus
attendre, comme s'il marchait à l'attaque, il se coule
dans le flot, immédiatement suivi par les deux gendarmes libres. Les deux autres ont prestement soulevé Jacques. « Tu y es, Marjoulat ? » souffle
Paoli. Il cherche à se glisser dans le courant ; mais
le flot humain est encore si dense que, à chaque tentative, le brancard est impitoyablement repoussé.
« Faut attendre que ça s'espace un peu, conseille
Marjoulat. — Basta ! dit le Corse en lâchant brutalement le pied du brancard. Alors, faut que je rattrape
le chef, pour lui dire qu'il attende... — Hé, Paoli, tu
vas pas me laisser là ! » crie le vieux gendarme en
lâchant à son tour le brancard. Mais Paoli est déjà
hors d'appel : agile comme une anguille, il s'est fau-

filé dans la cohue, et son képi bleu, sa courte nuque hâlée ont aussitôt disparu. « Nom de Dieu ! » fait Marjoulat. Il se penche vers Jacques, comme il faisait pour lui donner à boire. Un éclair de rage luit dans ses yeux : « Tu nous en auras fait voir, salaud ! » Mais Jacques ne l'entend pas. Il a perdu connaissance.

Le gendarme écarte les branches, et cherche à saisir un fantassin par sa patte d'épaule : « Aide-moi à porter ça ! — Pas brancardier », fait l'autre, en se dégageant d'un coup sec. Le gendarme avise un gros blond, à l'air bonasse : « Un coup de main, vieux ! — Penses-tu ! — Quoi faire de ce coco-là », murmure Marjoulat. Il a tiré son mouchoir, et s'éponge machinalement la figure.

Bientôt, le flot est moins compact. Si Paoli revenait, on pourrait avancer, c'est sûr ! « Mon capitaine ! » balbutie Marjoulat. Un officier passe, tirant un cheval par la bride ; il regarde devant lui, sans même tourner la tête... Ceux qui défilent maintenant sont des retardataires. Ils se hâtent, en débandade, tête basse, épuisés, tirant la jambe, inquiets d'être à la traîne. Inutile d'essayer : aucun d'eux ne voudra s'encombrer d'un brancard...

Soudain, de l'autre côté de la lisière, dans la prairie, des voix, une course précipitée... Marjoulat s'est retourné, tout pâle : d'instinct, ses doigts ouvrent l'étui de son revolver et saisissent la crosse. Non ! des voix françaises : « Par là ! Par là !... » Un blessé surgit entre les sapins. Il court comme un somnambule, le front bandé, la figure exsangue. À sa suite, une dizaine de fantassins font irruption dans le taillis. Sans sacs, sans armes : de petits blessés, eux aussi, un bras en écharpe, une main, un genou, entourés de linges. « Alors, vieux, c'est par là, dis ? On peut filer par là ?... Sont pas loin, tu sais ! — Pas... pas loin ? » bégaie Marjoulat.

Les branches s'écartent de nouveau : un major paraît, à reculons. Il fraie le passage à deux infirmiers qui portent sur leurs mains nouées en forme de siège un gros homme, nu-tête, au teint cadavérique, les yeux clos ; sa tunique d'officier est ouverte ; quatre galons ; le ventre bombe sous la chemise tachée de sang. « Doucement... doucement... » Le major aperçoit le gendarme, et Jacques à ses pieds. Il se retourne vivement : « Une civière ! Qu'est-ce que c'est ? Un civil ? Un blessé ? » Marjoulat, au garde-à-vous, bredouille : « Un espion, Monsieur le major... — Un espion ? Manquerait plus que ça !... Besoin de la civière pour le commandant... Allez, ouste ! »

Le gendarme, docile, commence à déboucler les sangles, à dénouer les liens. Jacques tressaille, bouge une main, ouvre les yeux... Un képi de major ? Antoine ?... Il fait un effort surhumain pour comprendre, pour se souvenir. On va le délivrer, lui donner à boire... Mais que lui fait-on ? Le brancard se soulève ! Aïe !... Pas si fort ! Les jambes !... Une souffrance atroce : malgré les planchettes, ses tibias fracturés lui entrent dans les chairs, des pointes rougies à blanc lui fouillent les moelles... Nul n'a vu ses lèvres tordues de douleur ni son regard dilaté d'épouvante... Versé mollement hors du brancard comme d'une brouette qu'on vide, il s'effondre sur le côté, avec un rauque gémissement. Un froid soudain, un froid qui vient des jambes, monte, avec une lenteur mortelle, jusqu'au cœur...

Le gendarme n'a pas protesté. Il regarde avec effroi autour de lui. Le major examine sa carte, tandis que les infirmiers installent hâtivement sur le brancard le commandant aux yeux clos et dont la chemise est devenue rouge. Marjoulat balbutie :

«Sont pas loin, Monsieur le major?» Un brusque ululement aigu, traînant, déchire l'air, brutalement suivi d'un éclatement, tout proche, qui fait sauter le cerveau dans la boîte crânienne. Et, presque aussitôt, venant de la prairie, le crépitement d'un feu de salve.

«En avant! crie le major. On va se faire prendre entre deux feux... Sommes foutus si nous restons là!»

Marjoulat, comme les autres, s'est aplati par terre au moment de l'explosion. Il a du mal à se remettre debout. Il aperçoit la civière qu'on emporte, le détachement des blessés qui s'enfonce dans le bois. Il hurle, d'une voix étranglée d'angoisse : «Eh bien? Et moi? Et *Fragil*?...» Le vieux sous-off au bras bandé, qui ferme la marche, se retourne, sans s'arrêter. «Et moi? répète Marjoulat, suppliant. T'en va pas... Qu'est-ce que je vais en foutre, de ce coco-là?» Le sous-off, un rengagé, un ancien colonial à peau tannée, fait un porte-voix de sa main valide : «Belle camelote, ton espion! Fous-y son compte, imbécile! Et débine-toi, si tu ne veux pas être fait comme un rat!

— Nom de Dieu de nom de Dieu!» glapit le gendarme.

Maintenant, il est seul : seul avec ce demi-cadavre, versé sur le flanc, les yeux clos. Tout autour, un silence solennel, anormal... *Sont pas loin... Fous-y son compte*... L'œil peureux, il glisse la main dans son étui à revolver. Ses cils battent. La peur d'être pris lutte avec la peur de tuer. Il n'a jamais tué; pas même une bête... Sans doute, à ce moment-là, si les yeux du blessé s'étaient une fois encore entrouverts, s'il avait fallu que Marjoulat affronte un regard vivant... Mais ce profil blême d'où la vie semble s'être déjà retirée, cette tempe qui s'offre, à plat... Marjou-

lat ne regarde pas. Il crispe les paupières, les
mâchoires, et allonge le bras. Le canon touche
quelque chose. Les cheveux ? L'oreille ?... Pour se
donner le courage — pour se justifier aussi —, les
dents serrées, il crie :

« Fumier ! »

Cri et coup sont partis en même temps.

Libre ! Le gendarme se redresse, et, sans se retourner, bondit dans le taillis. Les branches lui fouettent
la figure ; le bois mort craque sous ses bottes. À travers le fourré, le sillage de la retraite a tracé un chemin. Les camarades sont proches... Sauvé ! Il court.
Il fuit le danger, sa solitude, son meurtre... Il retient
son souffle pour galoper plus vite ; et, à chaque nouveau bond, pour exhaler sa rancune et sa peur, il
répète, sans desserrer les dents :

« Fumier !... Fumier !... Fumier !... »

ÉPILOGUE

I

« Pierret ! T'entends pas le téléphone ? »

Le planton au secrétariat, profitant de l'heure matinale où les médecins et les malades, occupés par le traitement, laissaient le rez-de-chaussée vacant, humait l'odeur des jasmins, penché à la balustrade de la véranda. Il jeta précipitamment sa cigarette, et courut décrocher le récepteur.

« Allô !

— Allô ! Ici, le bureau de Grasse. Un télégramme pour la clinique du Mousquier.

— Minute..., fit le planton, en attirant à lui le bloc et le crayon. J'écoute. »

La buraliste avait déjà commencé à dicter :

« PARIS — 3 MAI 1918 — 7 H 15 — DOCTEUR THIBAULT — CLINIQUE DES GAZÉS — LE MOUS-QUIER PRÈS GRASSE — ALPES-MARITIMES — Vous y êtes ?

— MA-RI-TIMES, répéta le planton.

— Je continue : TANTE DE WAIZE... W comme Wladimir, A, I, Z, E... TANTE DE WAIZE DÉCÉDÉE — ENTERREMENT ASILE DIMANCHE 10 HEURES

— TENDRESSES — Signature : GISE. C'est tout. Je relis... »

Le planton sortit du hall et se dirigea vers l'escalier. À ce moment, un vieil infirmier, en tablier blanc, tenant un plateau, parut à la porte de l'office.

«Tu montes, Ludovic? Porte-moi donc ce télégramme au 53. »

Le 53 était vide; le lit fait, la chambre rangée. Ludovic s'approcha de la croisée ouverte et inspecta le jardin : le major Thibault n'y était pas. Quelques malades valides, en pyjamas bleus et en espadrilles, un calot de soldat ou d'officier sur la tête, allaient et venaient au soleil, en devisant; d'autres, alignés contre la rangée des cyprès, lisaient les journaux, étendus à l'ombre sur des sièges de toile.

L'infirmier reprit son plateau, où refroidissait un bol de tisane, et entra au 57. Depuis une quinzaine, le « 57 » ne se levait plus. Dressé sur les oreillers, le visage en sueur, les traits tirés, la barbe pas faite, il respirait péniblement et son souffle rauque s'entendait du couloir. Ludovic versa deux cuillerées de potion dans le bol, soutint la nuque pour aider le malade à boire, vida le crachoir dans le lavabo; puis, après quelques paroles d'encouragement, partit à la recherche du docteur Thibault. Par acquit de conscience, avant de quitter l'étage, il entrouvrit la porte du 49. Le colonel, allongé sur une chaise longue de rotin, son crachoir près de lui, faisait un bridge avec trois officiers. Le major n'était pas parmi eux.

« Il doit être à l'inhalation, suggéra le docteur Bardot, que Ludovic croisa au bas de l'escalier. Donnez, j'y vais. »

Plusieurs malades, assis, la tête encapuchonnée de serviettes, étaient penchés sur les inhalateurs. Une vapeur qui sentait le menthol et l'eucalyptus emplissait la petite salle chaude et silencieuse, où l'on se voyait à peine.

« Thibault, une dépêche. »

Antoine sortit de sous les linges, sa figure congestionnée, ruisselante de gouttelettes. Il s'épongea les yeux, prit avec étonnement le télégramme des mains de Bardot, et le déchiffra.

« Grave ? »

Antoine secoua négativement la tête. D'une voix creuse, étouffée, sans timbre, il articula :

« Une vieille parente... qui vient de mourir. »

Et, glissant le papier dans la poche de son pyjama, il disparut de nouveau sous les serviettes.

Bardot lui toucha l'épaule :

« J'ai le résultat de l'examen chimique. Viens me trouver quand tu auras fini. »

Le docteur Bardot était de la même génération qu'Antoine. Ils s'étaient connus à Paris, jadis, alors qu'ils commençaient l'un et l'autre leur médecine. Puis, Bardot avait dû interrompre ses études pour aller se soigner deux ans dans les montagnes. Guéri, mais contraint à des ménagements et redoutant les hivers parisiens, il avait pris ses diplômes à la Faculté de Montpellier, et s'était spécialisé dans les affections pulmonaires. La déclaration de guerre l'avait trouvé à la direction d'un sanatorium dans les Landes. En 1916, le professeur Sègre, dont il avait été l'élève à Montpellier, l'avait demandé pour collaborateur à l'hôpital de gazés qu'il était chargé de créer dans le Midi ; et ils avaient fondé ensemble cette clinique du Mousquier, près de Grasse, où plus de soixante soldats et une quinzaine d'officiers étaient actuellement en traitement.

C'est là qu'Antoine, ypérité à la fin de novembre 17

au cours d'une inspection sur le front de Champagne, avait échoué, au début de l'hiver, après avoir été soigné sans succès dans divers services de l'arrière.

Au Mousquier, dans le pavillon réservé aux officiers, Antoine se trouvait être l'unique major atteint par les gaz. Leurs communs souvenirs d'adolescence rapprochèrent tout naturellement les deux médecins, bien qu'ils fussent de tempéraments assez différents : Bardot était plutôt un méditatif, d'esprit appliqué, peu entreprenant, de volonté faible ; mais, comme Antoine, il avait la passion de la médecine, et une conscience professionnelle exigeante. Ils s'aperçurent vite qu'ils parlaient la même langue ; des liens d'amitié se nouèrent entre eux. Bardot, à qui le professeur Sègre laissait toute la besogne, ne sympathisait qu'à demi avec son assistant, le docteur Mazet, un ancien major de l'armée coloniale, affecté à la clinique du Mousquier après de graves blessures. Il prit d'autant plus de plaisir à confier ses idées, ses hésitations, à Antoine ; à le consulter, à le tenir au courant de ses recherches, dans cette thérapeutique naissante où tant de points restaient encore obscurs. Bien entendu, il ne pouvait être question qu'Antoine secondât Bardot dans sa tâche : il était trop sérieusement touché, trop préoccupé de lui-même, trop souvent arrêté par des rechutes, trop accaparé par les soins méticuleux qu'exigeait son état, mais cet état ne l'empêchait pas de porter un constant intérêt au cas des autres malades ; et, dès qu'une amélioration passagère lui rendait quelque force, quelque liberté d'esprit, quelques loisirs, il se montrait aux consultations de Bardot, prenait part à ses expériences, assistait même parfois aux conférences qui, chaque soir, réunissaient Bardot et Mazet dans le cabinet du professeur Sègre. Grâce à quoi, cette atmosphère d'hôpital, où il ne menait pas exclusivement l'existence d'un malade, mais par instants aussi celle d'un médecin, lui était devenue moins pénible : il ne s'y trouvait pas complètement sevré de ce qui, depuis quinze ans, en temps de paix comme en temps de guerre, avait toujours été sa vraie, sa seule raison de vivre.

Dès qu'il eut terminé ses inhalations, Antoine noua un foulard autour de son cou pour se prémunir contre un trop brusque changement de température, et partit retrouver le docteur, qui, chaque matin, passait une demi-heure à l'annexe, pour surveiller en personne les exercices de gymnastique respiratoire qu'il ordonnait à certains gazés.

Bardot, debout au milieu de ses malades, présidait cette cacophonie essoufflée et rauque, avec une attention souriante. Il dépassait les plus grands d'une demi-tête. Une calvitie précoce lui dégageait le front et le grandissait encore. Le volume du corps était proportionné à la taille : cet ancien tuberculeux était un colosse. Des épaules aux reins, le torse, vu de dos, présentait sous la toile tendue de la blouse une surface presque carrée, de dimensions imposantes.

« Je suis content, dit-il, entraînant aussitôt Antoine dans la petite pièce qui servait de vestiaire, et où ils se trouvèrent seuls. Je craignais... Mais non : albumino-réaction négative, c'est bon signe. »

Il avait tiré un papier du revers de sa manche. Antoine le prit et le parcourut des yeux :

« Je te rendrai ça ce soir, après l'avoir copié. »

(Depuis le début de son intoxication, il tenait, dans un agenda spécial, un journal clinique très complet de son cas.)

« Tu restes bien longtemps à l'inhalation », gronda Bardot. Ça ne te fatigue pas ?

— Non, non, fit Antoine. Je tiens beaucoup à ces inhalations. » Sa voix était faible, courte de souffle, mais distincte. « Au réveil, les sécrétions qui couvrent la glotte sont si épaisses que l'aphonie est complète. Tu vois : elle s'atténue notablement, dès que le larynx est bien récuré par la vapeur. »

Bardot ne renonçait pas à son opinion :

« Crois-moi, n'en abuse pas. L'aphonie, si agaçante qu'elle soit, ce n'est qu'un moindre mal. Les inhalations prolongées risquent d'enrayer trop brusquement la toux. » Sa prononciation traînante trahissait son origine bourguignonne ; elle accentuait encore l'expression de douceur, de sérieux, qui émanait du regard.

Il était assis et avait fait asseoir Antoine. Il s'appliquait à donner aux malades l'impression qu'il n'était pas pressé, qu'il avait tout le temps de les écouter, que rien ne l'intéressait plus que leurs doléances :

« Je te conseille de reprendre, ces jours-ci, une de tes potions expectorantes, dit-il, après avoir interrogé Antoine sur la journée de la veille et sur la nuit. Terpine ou droséra, ce que tu voudras. Et dans une infusion de bourrache... Oui, oui : remède de bonne femme... Une sueur abondante, avant de s'endormir, à condition de ne pas prendre froid — rien de meilleur ! » La façon dont il appuyait sur certaines voyelles, sur les diphtongues, et dont il prolongeait en chantant les finales (« pôtions expectôrantes... bourrâche... sûeur abôndânte... »), rappelait l'écrasement de l'archet sur les cordes basses d'un violoncelle.

Il prenait plaisir à multiplier les recommandations : il croyait religieusement à l'efficacité de ses traitements, et ne se laissait décourager par aucun échec. Il n'aimait rien tant qu'à persuader autrui : et spécialement Antoine, dont il sentait, sans mesquine jalousie, la supériorité.

« Et puis, poursuivit-il, sans quitter son patient des yeux, si tu veux modérer les sécrétions nocturnes, pourquoi pas, pendant quelques jours, une cure sulfo-arsenicale ?... N'est-ce pas ? » ajouta-t-il, s'adressant au docteur Mazet qui venait d'entrer.

Mazet ne répondit pas. Il avait ouvert une armoire, au fond du vestiaire, et changeait contre une blouse blanche sa tunique de toile kaki, tout effilochée et pâlie par les lessives, mais chamarrée de décorations. Un relent de transpiration flotta dans la pièce.

« Au cas où l'aphonie augmenterait, nous pourrons toujours recourir de nouveau à la strychnine, continua Bardot. J'ai eu de bons résultats cet hiver, avec Chapuis. »

Mazet se tourna, gouailleur :

« Si tu n'as pas d'exemple plus encourageant à proposer !... »

Il avait la tête carrée, le front court et traversé d'une profonde balafre ; ses cheveux grisonnants, très denses, étaient plantés bas et taillés en brosse. Le blanc des yeux se congestionnait facilement. La moustache noire tranchait durement sur son teint recuit de vieux colonial.

Antoine regardait Bardot d'un air interrogatif.

« Le cas de Thibault n'a heureusement aucun rapport avec le cas de Chapuis », lança Bardot, précipitamment. Il était mécontent, et le dissimulait mal. « Ce pauvre Chapuis ne va pas fort, expliqua-t-il, s'adressant cette fois à Antoine. La nuit a été mauvaise. On est venu me réveiller deux fois. L'intoxication du cœur fait de rapides progrès : arythmie extra-systolique totale... J'attends ce matin le patron, pour le mener au 57. »

Mazet, boutonnant sa blouse, s'était rapproché. Ils discoururent quelques instants sur les troubles cardio-vasculaires des ypérités, « si différents, affirmait Bardot, selon l'âge des malades ». (Chapuis était un colonel d'artillerie en traitement depuis huit mois. Il avait dépassé la cinquantaine.)

« ... et selon leurs antécédents », ajouta Antoine.

Chapuis était son voisin de palier. Antoine l'avait ausculté plusieurs fois, et il supposait que le colonel, avant d'être atteint par les gaz, devait être porteur d'un rétrécissement mitral latent : ce que ni Sègre, ni Bardot, ni Mazet, ne semblaient avoir soupçonné. Il fut sur le point de le dire. (Plus encore que naguère, il éprouvait une méchante satisfaction d'orgueil à prendre autrui en faute et à le lui faire constater — fût-ce un ami : c'était une petite revanche de cette infériorité à laquelle le condamnait la maladie.) Mais, parler lui était un effort. Il y renonça.

« Avez-vous mis le nez dans les feuilles ? » demanda Mazet.

Antoine fit un signe négatif.

« L'attaque des Boches dans les Flandres semble vraiment arrêtée, déclara Bardot.

« Oui, c'en a l'air, dit Mazet. Ypres a tenu bon. Les Anglais annoncent officiellement que la ligne de l'Yser est maintenue.

— Ça doit coûter cher », observa Antoine.

Mazet eut un mouvement de l'épaule qui pouvait aussi bien signifier : « Très cher », que : « Peu importe ! » Il retourna vers l'armoire, fouilla les poches de sa tunique et revint vers Antoine :

« Tenez, justement : un journal suisse que m'a passé Goiran... Vous verrez : d'après les communiqués des Centraux, dans le seul mois d'avril, les

Anglais auraient perdu plus de deux cent mille hommes, rien que sur l'Yser !

— Si ces chiffres étaient connus de l'opinion publique alliée... », remarqua Bardot.

Antoine hocha la tête, et Mazet ricana bruyamment. Il était près de la porte. Il jeta, par-dessus l'épaule :

« Mais aucun renseignement exact n'arrive jamais jusqu'à l'opinion publique ! C'est la guerre ! »

Il avait toujours l'air de tenir les autres pour des imbéciles.

« Sais-tu ce à quoi je réfléchissais ce matin ? reprit Bardot, lorsque Mazet fut sorti. C'est que, aujourd'hui, aucun gouvernement ne représente plus le sentiment national de son pays. Ni d'un côté ni de l'autre, personne ne sait ce que pensent vraiment les masses : la voix des dirigeants couvre celle des dirigés... Regarde, en France ! Crois-tu qu'il y ait un combattant français sur vingt qui tienne à l'Alsace-Lorraine au point de consentir à prolonger la guerre d'un mois, pour la ravoir ?

— Pas un sur cinquante !

— N'empêche que le monde entier est persuadé que Clemenceau et Poincaré sont authentiquement les porte-parole de l'opinion générale française... La guerre a créé une atmosphère de mensonges officiels, sans précédent ! Partout ! Je me demande si les peuples pourront jamais faire entendre de nouveau leur vraie voix, et si la presse européenne pourra jamais recouvrer... »

L'entrée du professeur l'interrompit.

Sègre répondit militairement au salut des deux médecins. Il serra la main de Bardot, mais non celle d'Antoine. Son menton en galoche, son nez busqué, ses lunettes d'or, sa petite taille surmontée d'un toupet blanc vaporeux, le faisaient ressembler aux caricatures de M. Thiers. Il était extrêmement soigné dans sa tenue, toujours rasé de près. Son parler était bref ; sa politesse, distante, même avec ses collaborateurs. Il vivait à l'écart, dans son bureau, où il se faisait servir ses repas. Grand travailleur, il passait ses journées à rédiger, pour des revues médicales, des articles sur la thérapeutique des gazés, d'après les observations cliniques de Bardot et de Mazet. Ses relations avec les malades étaient rares : à l'arrivée, et en cas d'aggravation subite.

Bardot voulut le mettre au courant de l'état du 57. Mais, dès la première phrase, le professeur coupa court en se dirigeant vers la porte :

« Montons. »

Antoine les regarda partir. « Bon type, ce Bardot, songea-t-il. J'ai de la chance de l'avoir... »

À cette heure-là, il avait l'habitude de regagner sa chambre, d'y achever son traitement, et de s'y reposer jusqu'à midi. Souvent, il était si fatigué par les soins de la matinée qu'il s'assoupissait dans son fauteuil, et que le gong du déjeuner le réveillait en sursaut.

Il suivit, à quelque distance, les deux médecins. « N'empêche, se dit-il tout à coup, si j'avais eu à mourir ici, l'amitié d'un Bardot ne m'aurait été d'aucun secours... »

Il marchait lentement pour ménager son souffle. L'ascension des deux étages, pour peu qu'il ne prît pas les précautions nécessaires, lui donnait parfois un point de côté, pas très douloureux, mais qui mettait plusieurs heures à se dissiper.

Joseph avait encore oublié de baisser le store. Des mouches voletaient autour de l'étagère où s'alignaient les médicaments. La tapette à mouches pen-

dait à un clou ; mais Antoine était trop las pour faire
la chasse. Sans un regard pour l'admirable panorama qui se déployait devant sa fenêtre, il baissa le
store, s'assit dans son fauteuil, et ferma un instant
les yeux. Puis il tira de sa poche le télégramme et le
relut machinalement.

Elle avait accompli son temps, la pauvre vieille...
Qu'avait-elle d'autre à faire, qu'à disparaître ? Pourtant, elle n'était pas tellement âgée... « À soixante et
des, tu comprends, Antoine, je ne veux pas être à
charge » répétait-elle, en branlant la tête, lorsqu'elle
s'était mis dans l'esprit d'aller finir ses jours à l'Asile
de l'Âge mûr. C'était peu de jours après la mort de
M. Thibault. En décembre 13, en janvier 14, peut-
être... Mai 18 : plus de quatre ans, déjà ! Avait-elle
seulement atteint ses soixante-dix ans, avant de
mourir ?... Il revoyait, sous la suspension, le petit
front jaune entre les bandeaux gris, les petites mains
d'ivoire qui tremblotaient sur la nappe, les petits
yeux de lama effarouché... Tout l'effrayait : une sou-
ris dans un placard, un roulement lointain de tonnerre, autant qu'un cas de peste découvert à
Marseille, ou qu'une secousse sismique enregistrée
en Sicile. Le claquement d'une porte, un coup de
sonnette un peu brusque, la faisaient sursauter :
« Dieu bon ! » et elle croisait anxieusement ses bras
menus sous la courte pèlerine de soie noire qu'elle
nommait sa « capuche ». Et son rire... Car elle riait
souvent, et toujours pour peu de chose, d'un rire de
fillette, perlé, candide... Elle avait dû être charmante
dans sa jeunesse. On l'imaginait si bien jouant aux
grâces dans la cour de quelque pensionnat, avec un
ruban de velours noir au cou et les nattes roulées
dans une résille !... Quelle avait pu être sa jeunesse ?
Elle n'en parlait jamais. On ne la questionnait pas.
Savait-on seulement son prénom ? Personne au

monde ne l'appelait plus par son prénom. On ne l'appelait même pas par son nom. On la désignait par sa fonction : On disait « Mademoiselle », comme on disait « la concierge », comme on disait « l'ascenseur »... Vingt ans de suite, elle avait vécu, avec une dévotieuse terreur, sous la tyrannie de M. Thibault. Vingt ans de suite, effacée, silencieuse, infatigable, elle avait été la cheville ouvrière de la maison, sans que nul songeât à lui savoir gré de sa ponctualité, de ses prévenances. Toute une existence impersonnelle, de dévouement, d'abnégation, de don de soi, de modestie, de tendresse bornée et discrète qui ne lui avait guère été rendue.

« Gise doit avoir du chagrin », se dit Antoine.

Il n'en était pas autrement sûr, mais il désirait s'en persuader : il avait besoin des regrets de Gise pour réparer une longue injustice.

« Il va falloir écrire », songea-t-il, avec impatience. (Dès la mobilisation, il avait réduit la correspondance au strict indispensable ; et, depuis qu'il était malade, il avait à peu près complètement renoncé à écrire : par-ci, par-là, quelques mots sur une carte adressée à Gise, à Philip, à Studler, à Jousselin...) « Je vais envoyer un long télégramme de condoléances » décida-t-il. Ça me donnera quelques jours de répit, pour la lettre... Pourquoi me donne-t-elle l'heure de l'enterrement ? Elle n'a tout de même pas supposé que je ferais le voyage !... »

Il n'avait pas remis les pieds à Paris depuis le début de la guerre. Qu'aurait-il été y faire ? Ceux qu'il aurait eu plaisir à revoir étaient mobilisés, comme lui. Retrouver la maison, l'appartement désert, l'étage des laboratoires désaffecté, à quoi bon ? Ses tours de permission, il les avait toujours abandonnés à d'autres. Au front, il était du moins assujetti à une vie active, réglée, qui aidait à ne pas penser. Une seule fois, d'Abbeville, avant l'offensive de la Somme, il avait accepté de prendre sa « perm' », et il était parti se terrer, seul, à Dieppe, en fin d'hiver. Mais, deux jours après son arrivée, il avait repris le train et rejoint sa formation, tant lui pesait son oisiveté dans cette ville qui puait la marée, qu'un vent mouillé battait jour et nuit, et qui était infestée de blessés anglais... Il n'avait jamais revu Gise (ni Philip, ni Jenny, ni personne), depuis la mobilisation. Il n'avait même pas consenti à ce que Gise vînt le voir à Saint-Dizier, pendant sa convalescence, après sa première blessure. Les billets, tendres et laconiques, qu'ils échangeaient tous les deux ou trois mois, lui suffisaient bien pour garder un minimum de contact avec le monde de l'arrière et avec le passé.

C'était par correspondance qu'il avait appris la grossesse de Jenny ; par correspondance, qu'il avait eu confirmation définitive de la mort de Jacques. Au cours de l'hiver 1915, Jenny, avec laquelle il avait échangé plusieurs lettres déjà, et des lettres assez intimes, lui avait écrit qu'elle désirait se rendre à Genève. Elle donnait à ce voyage un double but : elle voulait y faire ses couches, seule, loin des siens ; et elle comptait profiter de son séjour en Suisse pour entreprendre des recherches sur la mort de Jacques — mort qui restait jusqu'alors assez mystérieuse : le bruit s'était répandu, dans les milieux révolutionnaires avec lesquels Jenny était demeurée en relations, que Jacques avait disparu dans les premiers jours d'août, au cours d'une « mission périlleuse ». Antoine eut alors l'idée d'adresser Jenny à Rumelles. Le diplomate était mobilisé à Paris, à son poste du Quai d'Orsay. Sans grande peine, il avait procuré à la jeune femme les laissez-passer nécessaires. À Genève, Jenny avait retrouvé Vanheede. L'albinos l'avait aidée dans son enquête. Il l'avait accompagnée à

Bâle et présentée à Plattner. Par le libraire, elle avait eu, enfin, des détails précis sur les derniers jours de Jacques, appris la rédaction du manifeste, le rendez-vous avec l'avion de Meynestrel, l'envol vers le front d'Alsace, au matin du 10 août. Plattner n'en savait pas davantage. Mais Antoine, mis au courant par Jenny, lança Rumelles sur la piste. Et c'est ainsi que, après de vains sondages parmi les listes de prison-niers des camps allemands, Rumelles avait fini par découvrir, dans les archives du ministère de la Guerre, à Paris, une note, émanée du Q.G. d'une divi-sion d'infanterie, et datée précisément du 10 août. Cette note, relative au repli des troupes d'Alsace, signalait qu'un avion en flammes s'était abattu dans les lignes françaises. Les restes humains, carbonisés, n'avaient permis aucune identification ; mais, d'après la carcasse de l'appareil, il était possible d'af-firmer qu'il s'agissait d'un avion non armé, de fabri-cation suisse ; et le rapport ajoutait que, parmi des ballots de papiers calcinés, on avait réussi à déchif-frer les fragments d'un tract violemment antimilita-riste. Pas de doute : les débris humains étaient ceux de Jacques et de son pilote... Inepte fin ! Antoine n'avait jamais pu prendre son parti des conditions absurdes de cette mort. Aujourd'hui encore, après quatre ans, il en ressentait plus d'irritation que de chagrin.

Il se leva, décrocha la tapette, massacra rageuse-ment une douzaine de mouches, et voulut chasser le reste à coups de serviette ; mais une quinte de toux l'immobilisa, plié en deux, les mains sur le dossier de son fauteuil. Lorsqu'il put se redresser, il humecta de térébenthine une compresse qu'il appliqua quel-ques instants sur sa poitrine. Puis, momentanément soulagé, il alla prendre deux oreillers sur le lit, vint se rasseoir, et, le buste droit pour éviter l'hypostase, il commença avec précaution ses exercices respiratoires, pinçant son larynx entre le pouce et l'index, et s'efforçant d'émettre des sons bien distincts, d'un souffle de plus en plus soutenu :

« A... E... I... O... U... »

Ses regards erraient de-ci, de-là, à travers la chambre. Elle était petite et d'une écœurante banalité. Ce matin, la brise de mer agitait le store, et des reflets dansaient sur les murs laqués, rose brique, nus jusqu'à la frise de liserons chocolat, qui ondulait sous la corniche. Au-dessus de la glace de la toilette, une rangée de six *girls* américaines, à cols marins, découpées dans quelque magazine, levait six jambes aux pieds cambrés : dernier vestige de la décoration artistique dont le prédécesseur d'Antoine avait, avant de mourir, orné le 53 ; décoration qu'Antoine avait réussi à faire disparaître, à l'exception de ces six *girls* frénétiques, placées trop haut pour qu'il pût les atteindre sans un imprudent effort. Il avait toujours eu l'intention de faire procéder à cette dernière exécution par Joseph, le garçon de l'étage ; mais Joseph était de petite taille, l'escabeau était au rez-de-chaussée, et Antoine avait préféré n'y plus penser. Sur l'étroite table de pitchpin — où trônait un crachoir de porcelaine, et où, parmi des flacons et des boîtes pharmaceutiques, s'amassaient de vieux journaux, des revues, des cartes du front, des disques —, c'est à peine s'il lui restait la place d'ouvrir, chaque soir, son agenda, pour y noter les observations médicales de la journée. D'autres fioles de potions encombraient la tablette de verre du lavabo. Entre la table et une armoire de bois blanc (qui contenait son linge et ses effets) était dressée, debout, une cantine vide, où se lisait encore, écaillée, l'inscription réglementaire : *Docteur* THIBAULT —

Major au 2ᵉ Bataillon. Elle servait de piédestal à un
phonographe hors d'usage.

Près de cinq mois bientôt qu'Antoine, confiné dans
cette cellule rosâtre, surveillait les fluctuations de
son mal et guettait en vain des symptômes nets de
guérison. Près de cinq mois... Il y avait souffert,
compté les minutes, mangé, bu, toussé, commencé
des lectures qu'il n'avait jamais finies, rêvé au passé,
à l'avenir, reçu des visites, plaisanté, discuté jusqu'à
l'essoufflement sur la guerre et sur la paix... Il avait
pris en dégoût ce lit, ce fauteuil, ce crachoir, témoins
des heures de fièvre, d'étouffement, d'insomnie. Par
bonheur, son état lui permettait assez souvent de
descendre, de s'évader. Il se réfugiait alors, avec un
livre qu'il ne lisait pas, mais qui protégeait un peu
sa solitude, dans l'allée des cyprès, ou sous les oliviers, parfois même jusqu'au fond du potager, près
de la noria dont le ruissellement donnait une impression de fraîcheur. Ou bien, s'il se sentait capable
de rester quelque temps debout, il allait s'enfermer
avec Bardot et Mazet dans le laboratoire. Il y respirait aussitôt un air familier. Bardot lui prêtait une
blouse, l'associait à ses manipulations. Il sortait de
là fourbu, mais c'était ses meilleurs jours.

Si seulement il avait pu mettre à profit, pour l'avenir, ce répit forcé, ces semaines, ces mois, qu'il perdait là à attendre son rétablissement ! À plusieurs
reprises, il avait essayé d'entreprendre quelque travail personnel. Mais toujours survenait une rechute
qui l'obligeait à suspendre son effort avant même
qu'il eût donné quelque résultat. Un projet surtout le
hantait : condenser en une longue étude les observations qu'il avait amassées, avant la guerre, sur les
troubles respiratoires infantiles dans leur rapport
avec le développement intellectuel et la faculté d'attention des enfants. Ces documents formaient dès

maintenant un ensemble assez riche pour lui permettre d'en tirer un petit livre, au moins un copieux
article de revue; et il avait hâte de le faire, pour
prendre date, car ce sujet était «dans l'air», et
Antoine risquait d'être devancé par quelque autre
spécialiste d'enfants. Mais sa santé lui eût-elle permis cet effort, qu'il n'aurait pu l'entreprendre, faute
d'avoir ses dossiers, ses *tests*, qui étaient tous à Paris.
Et aucun moyen de les faire revenir : son secrétaire,
le jeune Manuel Roy, avait disparu, avec toute sa section, dans une attaque sous Arras, dès le second mois
de la guerre; Jousselin était depuis deux ans prisonnier dans un camp, en Silésie; et quant au Calife,
blessé à Verdun en 1916, puis rétabli mais resté dur
d'oreille, il s'était spécialisé dans la radiologie, et il
venait d'être affecté au service sanitaire de l'Armée
d'Orient.

Le premier tintement de gong, qui annonçait l'approche du déjeuner, le fit se lever. Il alluma l'applique du lavabo pour éclairer le fond de sa gorge.
Avant de se mettre à table il prenait également la
précaution de se faire quelques instillations, afin
d'atténuer la difficulté de la déglutition — difficulté
qui devenait si pénible, certains jours, qu'il lui fallait
recourir à Bardot et à son galvano-cautère.

En attendant le second appel, il poussa son fauteuil près de la fenêtre et souleva le store. Devant lui,
s'étendait une vaste pente de cultures en terrasses,
couronnée de crêtes rocheuses; sur la droite, ondulait la ligne familière des collines, qui se succédaient,
dans un poudroiement de soleil, jusqu'à l'horizon
bleu foncé de la mer. Au-dessous de lui, le jardin,
d'où montaient des parfums de fleurs et des voix. Il
se pencha pour suivre un instant le va-et-vient habituel des malades dans la grande allée qu'abritait la
rangée de cyprès. Il les connaissait tous : Goiran et

son complice Voisenet (les deux seuls malades dont les cordes vocales étaient intactes, et qui discouraient du matin au soir); Darros, avec son livre sous le bras; Echmann, qu'on appelait « le Kangourou »; et le commandant Reymond, qui, au centre d'un groupe de jeunes officiers, avait, comme chaque matin, déplié une carte et commentait le communiqué. Rien qu'à les voir s'agiter, gesticuler, il croyait les entendre; et il en éprouvait presque la même lassitude que s'il avait été parmi eux.

Le gong retentit de nouveau, et tout le jardin s'anima comme une fourmilière alertée.

Antoine se redressa en soupirant. « Rien de moins engageant que ce tintement sinistre, songea-t-il. Pourquoi pas une cloche, comme partout ? »

Il n'avait aucune faim. Il se sentait sans courage pour descendre encore une fois ses deux étages, affronter une fois de plus l'odeur de mangeaille, le service bruyant, la promiscuité de l'éternelle *popote*, écouter avec un sourire complaisant les palabres quotidiennes sur les projets de l'Allemagne, les calculs sur la durée de la guerre, l'explication des sousentendus du communiqué... — le tout, assaisonné de taquineries rituelles, de souvenirs du front, d'histoires scabreuses, et, pis encore : de confidences ingénues sur l'aspect de certaines mucosités ou sur l'abondance des expectorations de la nuit...

En troquant sa veste de pyjama contre une vieille tunique à trois galons, en toile blanche, il sortit de sa poche la dépêche de Gise, et s'immobilisa brusquement :

« Si j'y allais ? »

Il ne put s'empêcher de sourire. Il savait qu'il n'en ferait rien, et cette certitude intérieure laissait à son imagination toute liberté de vagabonder un instant autour de ce projet fantaisiste. En soi, il n'aurait rien eu d'irréalisable, ce projet. Avec des précautions, en n'interrompant pas son traitement, en prenant soin d'emporter un inhalateur et son arsenal de drogues, Antoine ne courrait aucun risque d'aggravation. *Enterrement dimanche dix heures*.... Il suffirait de prendre, demain, samedi, le rapide de l'après-midi, pour être à Paris dimanche matin... Sègre ne lui refuserait certainement pas une permission : n'en avait-il pas accordé une à Dosse, malgré son état ?... L'occasion était tentante, à certains égards... Alléchante même, par son inattendu...

Il se vit, soudain, comme au temps de l'avant-guerre, — au temps de la vie facile et de la santé, — assis, seul, silencieux, à la table bien servie d'un wagon-restaurant...

À Paris, il pourrait consulter sur son état son vieux maître Philip... Surtout, il retrouverait ses dossiers, ses *tests* : il rapporterait une pleine valise de notes, de livres ; de quoi travailler, de quoi utiliser enfin cette interminable convalescence...

Paris ! Trois ou quatre jours d'évasion ! Trois ou quatre jours sans *popote* !

Pourquoi pas, après tout ?

II

Un déclic joua dans le silence, et le guichet de la sœur tourière s'entrebâilla. Antoine aperçut une manche de drap bleu, une main parcheminée où brillait une alliance.

« Tout droit, murmura une bouche invisible ; dans la cour, au bout du corridor. »

Le vestibule se prolongeait par un couloir carrelé,

vide et miroitant, qui s'enfonçait dans les profondeurs muettes de l'Asile. Sur la gauche, groupées comme pour une figuration, deux vieilles, accroupies sur les premières marches d'un escalier, les épaules serrées dans des fichus de crochet noirs, jacassaient à voix retenue, penchées l'une vers l'autre.

La cour, aux trois quarts ensoleillée, était déserte. Une chapelle en occupait le fond. L'un des battants, ouvert, creusait dans la façade un rectangle d'ombre ; il s'en échappait des sons d'harmonium. Le service était commencé. Antoine approcha. Son regard, plongeant dans les ténèbres de la chapelle, aperçut une herse de petites flammes. Le dallage était plus bas que le sol de la cour ; il fallait descendre deux degrés. Antoine se faufila entre les employés des pompes funèbres qui obstruaient le passage. Le petit vaisseau était plein de monde. Il y régnait une fraîcheur de crypte. Avec effort, s'appuyant d'une main au bénitier, Antoine se haussa sur ses pointes. Devant l'autel, la bière, mal recouverte d'un drap noir, reposait entre quatre cierges. Debout derrière cet humble catafalque, un nain à lunettes et à cheveux blancs se tenait, les bras croisés, auprès d'une infirmière agenouillée, dont le voile bleu cachait le visage ; elle tourna la tête, et Antoine reconnut le profil de Gise. « Sans parents, sans amis... Personne, que cet imbécile de Chasle..., songea-t-il. J'ai bien fait de venir... Jenny n'est pas là... Ni Mme de Fontanin, ni Daniel. Tant mieux. Je dirai à Gise de ne pas leur annoncer ma présence à Paris : ça m'évitera d'avoir à aller à Maisons-Laffitte. » Il s'assura, une dernière fois, qu'il ne découvrait aucune figure de connaissance dans les quelques rangées de bancs où s'entassaient des vieilles femmes à fichus et quelques religieuses à larges cornettes. « Jamais je ne pourrai rester debout jusqu'à la fin... Sans compter qu'il fait presque froid là-dedans... » Comme il se disposait à sortir, les bancs craquèrent : l'assistance se levait pour se mettre à genoux. Le prêtre qui officiait se retourna, les mains levées, vers les fidèles. Antoine reconnut la haute stature, le front dégarni, de l'abbé Vécard.

Il remonta les marches, se retrouva dans la cour, avisa un banc au soleil, et alla s'y asseoir. Il souffrait d'un point douloureux entre les omoplates. Pourtant, ce long voyage en chemin de fer ne l'avait pas fatigué outre mesure ; il avait pu s'allonger, une partie de la nuit. Mais le trajet de la gare de Lyon au Point-du-Jour, dans un vieux taxi, sur le pavé rocailleux des quais, l'avait rompu.

« Un cercueil d'enfant, songea-t-il. Si petite ! » Il la revoyait, trottinant à travers l'appartement de la rue de l'Université, ou bien, dans sa chambre, piquée à contre-jour au bord d'une chaise, devant son bureau de marqueterie — son « meuble de famille », comme elle disait ; le seul souvenir qu'elle eût apporté avec elle lorsqu'elle était venue tenir la maison de M. Thibault. Elle y serrait l'argent du mois, dans un tiroir « à secret » ; elle y gardait toutes ses reliques ; elle y entassait ses réserves. C'était là qu'elle rangeait son jujube et ses factures, son papier à lettres et l'étui à vanille, les bouts de crayon jetés par M. Thibault, ses prospectus et ses recettes, son fil, ses aiguilles, ses boutons, sa mort-aux-rats et son taffetas gommé, ses sachets d'iris et son arnica, toutes les vieilles clefs de la maison, et ses paroissiens, et des photographies, et la pommade au concombre qui lui adoucissait la peau des mains et dont l'odeur fade, mêlée à celle de la vanille, à celle de l'iris, se répandait jusqu'au vestibule, dès que le bureau était ouvert. Longtemps, pour Antoine et pour Jacques enfants, ce bureau avait eu le prestige d'un trésor magique. Plus tard, Jacques et Gise l'avaient baptisé « la papeterie-mercerie du village », parce qu'il était comme ces bazars de campagne où l'on trouve de tout...

Un bruit de piétinement lui fit dresser la tête. Les hommes noirs avaient poussé le second battant, et ils déposaient des couronnes par terre, dans la cour. Antoine se leva.

L'office se terminait. Deux femmes de service en coutil, attelées à un grand panier à roulettes chargé de légumes, passèrent, les yeux baissés, et se hâtèrent de disparaître dans un des bâtiments qui encadraient la cour. Aux croisées du premier étage, les rideaux s'étaient soulevés, et de vieilles impotentes, en camisoles, s'installaient derrière les vitres. Les pensionnaires valides commençaient à sortir de la chapelle, et, clopin-clopant, se groupaient de chaque côté du portail. L'harmonium s'était tu. Une croix d'argent, un surplis, émergèrent de l'ombre. La bière apparut, portée par deux hommes. Des enfants de chœur suivaient, puis un vieux prêtre, puis l'abbé Vécard.

À son tour, Gise monta les marches et surgit dans la lumière. M. Chasle était derrière elle. Les porteurs s'étaient arrêtés pour laisser aux employés des pompes funèbres le temps de replacer les couronnes sur le cercueil. Les yeux de Gise étaient pleins de larmes et tournés vers la bière. Sur son visage recueilli, Antoine remarqua une expression de maturité qui le surprit : lorsqu'il songeait à elle, c'était toujours la gamine de quinze ans qu'il évoquait. « Elle ne m'a pas vu... Elle est bien loin de soupçonner que je suis là », se dit-il, un peu gêné de pouvoir l'examiner tout à son aise, sans qu'elle se doutât de rien. Il avait oublié qu'elle eût le teint aussi fortement bistré. « C'est ce liséré blanc sur le front qui doit faire paraître la peau plus sombre... »

M. Chasle, ganté de noir, tenait à la main un chapeau de forme antique ; il tendait le cou et remuait de droite et de gauche sa petite tête d'oiseau. Soudain, il aperçut Antoine et mit brusquement sa main sur sa bouche, comme pour étouffer un cri. Gise tourna les yeux ; son regard vint se poser sur Antoine. Elle le dévisagea deux secondes, comme si d'emblée elle ne le reconnaissait pas ; puis elle courut à lui et fondit en sanglots. Il la tenait embrassée, gauchement. Il vit les porteurs se remettre en marche, et se dégagea avec douceur.

« Viens près de moi, souffla-t-elle. Ne me quitte pas. »

Elle alla reprendre sa place, et il la suivit. M. Chasle les regardait venir, la mine effarée.

« Ah, c'est vous ? murmura-t-il, comme en rêve, lorsque Antoine lui tendit la main.

— Le cimetière est loin ? demanda Antoine à Gise.

— Notre caveau est à Levallois... Il y a des voitures », répondit-elle à voix basse.

Le cortège traversa lentement la cour.

Un fourgon à deux chevaux attendait dans la rue. Des gens du quartier, des gamins, faisaient la haie sur le trottoir. Une sorte de coupé à trois places était juché sur le haut du vieux véhicule, comme un palanquin sur un éléphant. On y accédait par plusieurs marchepieds. Les trois places étaient réservées à Gise, à M. Chasle, et à l'ordonnateur de la cérémonie ; mais ce dernier, cédant son privilège à Antoine, grimpa sur le siège, près du cocher à bicorne. La voiture s'ébranla et partit au pas, brimbalant sur le pavé de banlieue. Les deux prêtres suivaient dans un landau de deuil.

Pour se hisser dans le coupé, Antoine avait dû faire une suite d'efforts qui lui avaient irrité les bronches. À peine assis, il fut secoué par une quinte de toux tenace, et dut rester, un bon moment, tête baissée, le mouchoir aux lèvres.

Gise était placée entre les deux hommes. Elle attendit que la quinte fût passée, et toucha le bras d'Antoine.

« Tu es bon d'être venu. Je m'y attendais si peu !...

— Ah, il faut s'attendre à tout, en ces temps », soupira sentencieusement M. Chasle. Il s'était penché pour regarder Antoine tousser, et il continuait à le considérer, par-dessus ses lunettes. Il hocha la tête : « Excusez. J'ai eu du mal à vous remettre, tout à l'heure. C'est déroutant, n'est-ce pas, Mademoiselle Gise ? »

Antoine ne put se défendre d'une impression désagréable. Il fit bonne contenance, néanmoins :

« Hé, oui... J'ai passablement maigri... L'ypérite !... »

Gise se tourna effrayée soudain par cette voix caverneuse. Au premier instant, dans la cour, elle avait bien été frappée par l'aspect général d'Antoine ; mais elle ne l'avait guère examiné. Rien d'étonnant d'ailleurs à ce qu'il lui parût changé, après ces cinq ans d'absence, et sous cet uniforme. La pensée qu'il était peut-être plus atteint qu'elle n'avait cru l'effleurait maintenant. Elle n'avait jamais eu de détails sur cette intoxication. Elle le savait en traitement dans le Midi : « En voie de guérison », disaient les lettres...

« L'ypérite ? répéta M. Chasle, d'un air satisfait et connaisseur. Parfaitement. Le gaz d'Ypres. Qu'on appelle aussi : *moutarde*... Une découverte du modernisme... » Il dévisageait toujours Antoine avec curiosité. « Ça vous a tout *écorcé*, ce gaz... Mais ça vous a donné la croix de guerre. Et avec deux palmes, jusqu'à plus ample informé... C'est glorieux. »

Gise jeta les yeux sur la tunique d'Antoine. Dans sa correspondance, il n'avait jamais soufflé mot de ces décorations.

« Et tes médecins ? hasarda-t-elle. Que disent-ils ? Pensent-ils te garder longtemps encore dans leur clinique ?

— Les progrès sont lents », avoua Antoine. Il s'efforça de sourire. Il voulut ajouter quelque chose, respira profondément, mais se tut : les chevaux s'étaient mis à trotter, et les secousses lui coupaient le souffle.

« Nous vendons tout le nécessaire, et aussi le masque, bien entendu, à notre comptoir des Inventions », débita, tout d'un trait, M. Chasle, avec un rictus engageant.

Gise voulut dire un mot aimable :

« Ça marche, votre commerce, Monsieur Chasle ? Vous êtes content ?

— Ça marche, euh, ça marche... Comme tout, en ces temps, Mademoiselle Gise ! Il faut s'adapter. On nous a mobilisé tous nos inventeurs, vous comprenez ; et, au front, dame, ils ne font plus rien d'utile... De temps à autre, il y en a un qui a une idée. Par exemple, notre *Jeu de l'Oie des Alliés*, qui vient de sortir... Portatif... Vignettes empruntées aux opérations : la Marne, les Éparges, Douaumont... Très apprécié dans les tranchées... Il faut s'adapter, Mademoiselle Gise... »

« Toi, en tout cas, tu n'as pas changé », pensa Antoine.

Le fourgon, pour aller du Point-du-Jour à Levallois, avait pris les boulevards extérieurs. Cette journée de dimanche s'annonçait lumineuse et gaie. Le soleil était déjà chaud. Sur les fortifications, des soldats flânaient. À la porte Dauphine, des Parisiennes, en robe claire, gagnaient le Bois, avec des enfants, des chiens ; et le long des trottoirs, des voitures des quatre-saisons stationnaient, chargées de fleurs. Comme autrefois.

« De quoi... Mademoiselle... est-elle morte ? » demanda Antoine, d'une voix brisée par les cahots.

Gise se tourna avec empressement :

« De quoi ? Pauvre tante... Elle était usée, comme on dit. L'estomac, les reins, le cœur. Depuis des semaines elle ne digérait rien. La dernière nuit, le cœur a brusquement flanché. » Elle se tut, quelques secondes. « Tu n'imagines pas à quel point son caractère s'était modifié, depuis qu'elle était à l'Asile... Elle ne s'intéressait plus qu'à elle... Son régime, son bien-être, sa Caisse d'épargne... Elle tyrannisait les bonnes, les religieuses... Mais oui ! Elle se plaignait de tout, elle se croyait persécutée. Elle a été jusqu'à accuser une voisine de l'avoir volée : toute une histoire... Elle restait des jours entiers sans boire, persuadée que les sœurs cherchaient à l'empoisonner !... »

Elle se tut de nouveau et il y eut un silence. Elle s'expliquait mal le mutisme d'Antoine ; elle l'interprétait comme un reproche. Car elle était, depuis ces derniers jours, la proie de ses scrupules : elle ne cessait de se demander si elle avait bien fait pour sa tante tout ce qu'elle devait. « Elle m'a entièrement élevée, se disait-elle ; et moi, dès que j'ai pu la quitter, je l'ai fait ; et c'est à peine si j'allais la visiter, à son Asile... »

« À Maisons, reprit-elle, élevant un peu la voix, comme pour se disculper, nous sommes tellement prises par notre hôpital !... Tu comprends, cela m'était très difficile de venir. Ces derniers mois, surtout, j'étais restée longtemps sans la voir. Et puis, le mois dernier, la Supérieure m'a écrit, et je suis arri-

vée tout de suite. Je n'oublierai jamais... Pauvre
tante... Je l'ai trouvée au fond du cabinet où elle rangeait ses robes, assise sur une malle, en chemise et
en jupon, l'air égaré, son bonnet de treillis blanc sur
ses bandeaux, un bas mis, l'autre jambe nue. Elle
était déjà squelettique. Le front bombé, les joues
creuses, un cou décharné... Mais la jambe était restée étonnamment jeune, fraîche même : une jambe
de petite fille... Elle ne m'a pas demandé de mes nouvelles ni de personne. Elle s'est mise à se plaindre de
ses voisines, des sœurs. Et puis, elle a été ouvrir son
bureau, tu sais ? Elle voulait me montrer le tiroir où
elle cachait ses économies, "pour payer le service".
Alors, elle a commencé à parler de son enterrement :
"Tu ne me reverras pas. Je serai morte." Et puis, elle
m'a dit : "Mais, n'aie pas peur : je dirai à la Supérieure de t'envoyer quand même tes étrennes." J'ai
essayé de plaisanter : "Mais, ma tante, voilà des
années que tu dis que tu vas mourir !" Elle s'est
fâchée : "Je veux mourir ! *Ça me fatigue de vivre !*" Et
puis, elle a regardé sa jambe : "Vois, comme j'ai le
pied mignon. Toi, tu as toujours eu des pattes de
garçon !" Au moment de partir, j'ai voulu l'embrasser, mais elle s'est débattue : "Ne m'embrasse pas.
Je sens mauvais, *je sens le vieux*..." Et c'est alors
qu'elle a parlé de toi. J'étais à la porte ; elle m'a
rappelée : "Tu sais j'ai perdu six dents ! Cueillies,
comme ça, comme des radis !" Et elle s'est mise à
rire, gaiement, de son petit rire, tu sais ? "Six dents !
Dis-le à Antoine... Et qu'il se dépêche, s'il veut me
revoir !" »

Antoine écoutait. Non sans émotion : il éprouvait
maintenant une sorte de curiosité pour les histoires
de maladie, de mort. D'autre part, ce bavardage le
dispensait de parler.

« Et ç'a été ta dernière visite ?

— Non. Il y a une dizaine de jours, je suis revenue. On m'avait écrit qu'elle avait reçu les sacre-
ments. La chambre était obscure. Elle ne supportait
plus la lumière du jour. Sœur Marthe m'a conduite
jusqu'au lit. Ma tante était pelotonnée sous l'édredon, minuscule. La sœur a essayé de la tirer de sa
torpeur : "C'est votre petite Gise !" L'édredon a fini
par remuer. Je ne sais pas si elle a compris, si elle
m'a reconnue. Elle a dit très distinctement : "C'est
long !" Et, un instant après : "Quoi de nouveau, cette
guerre ?" Je lui ai parlé, mais elle ne répondait pas,
elle ne paraissait pas comprendre. Elle m'a interrompue, à plusieurs reprises : "Alors ? Quoi de nouveau ?" Quand j'ai voulu l'embrasser sur le front, elle
m'a repoussée : "Je ne veux pas qu'on me décoiffe !"
Pauvre tante... *Je ne veux pas qu'on me décoiffe*, le
dernier mot que j'ai entendu d'elle... »

M. Chasle s'essuya les yeux avec son mouchoir.
Puis il replia soigneusement le mouchoir dans ses
plis, et marmotta entre ses dents, avec un accent de
réprobation :

« Ça, il ne fallait pas... Il ne fallait pas qu'on la
décoiffe ! »

Gise baissa rapidement la tête, et un sourire
involontaire, jeune et malicieux, passa, comme un
éclair, sur son visage. Antoine surprit ce sourire, et
Gise lui redevint tout à coup très proche ; il eut envie
de l'appeler « Nigrette », et de la taquiner, comme
autrefois.

La voiture franchit la grille de la porte Champer-
ret, et s'arrêta pour des formalités. Sur la place, stationnaient des autocanons de défense aérienne, des
automitrailleuses, des projecteurs gardés par des
sentinelles et recouverts de bâches camouflées.

Lorsque le cortège eut repris sa marche et se fut

engagé dans les rues populeuses de Levallois, M. Chasle poussa un soupir :

« Ah !... Quand même, elle a été heureuse, à l'Asile de l'Age Mûr, la bonne Mademoiselle ! C'est ça que je cherche, moi, Monsieur Antoine : un asile d'hommes ; mais bien conditionné... Et alors, on serait tranquille... On n'aurait plus à s'occuper de ce qui se fait... » Il retira ses lunettes pour les essuyer. Ses yeux, débarrassés de leurs verres, avaient un regard clignotant, pathétique et doux. « Je leur laisserais la rente que j'ai de Monsieur votre père, reprit-il, et je serais à l'abri, pour jusqu'à la fin... Je pourrais dormir le matin, je pourrais penser à mes choses... J'en ai visité un, à Lagny. Mais, pour ces temps, c'est trop à l'Est. Est-ce qu'on peut être sûr de rien, avec ces Boches ? Et puis, leurs caves, non ; ça n'est pas des vraies caves. Et il faut de vraies caves, en ces temps... » Il prononçait : *en ces temps*, d'une voix craintive, en soulevant devant lui, comme pour écarter des présages néfastes, ses mains gantées de noir : des gants de Suède, râpés, trop longs, et dont la peau racornie se recroquevillait au bout des doigts en tortillons répugnants, pareils à des bigorneaux.

Antoine et Gise se taisaient. Ils n'avaient plus envie de sourire.

« Rien n'est sûr, on n'a plus de tranquillité nulle part, reprit plaintivement le bonhomme. On n'a plus de tranquillité que les nuits d'alerte, quand on peut avoir une vraie cave... Là, c'est sûr... Au 19, en face de chez moi, j'en ai une, de cave, une vraie... » Il se tut un instant, parce qu'Antoine toussait. Puis, il conclut : « Les nuits de cave, Monsieur Antoine, en ces temps, voyez-vous, c'est encore le meilleur ! »

Les chevaux s'étaient mis au pas pour longer un grand mur.

« Ce doit être ici, dit Gise.

— Et après, où vas-tu ? » demanda Antoine. Il s'appuyait fortement des épaules au dossier de la guimbarde, pour atténuer les secousses qui lui labouraient les côtes.

« Mais, rue de l'Université, chez toi... J'y couche, depuis avant-hier... Le fourgon doit m'y reconduire, c'est convenu dans le prix.

— Nous tâcherons plutôt de trouver un bon taxi », dit-il en souriant. Depuis qu'il était grimpé dans le palanquin, il souffrait autant d'être obligé d'y rester qu'il appréhendait d'avoir à en descendre. Aussi, pour le retour, était-il bien résolu à chercher un autre mode de locomotion.

Elle le regarda, surprise. Mais elle ne demanda aucune explication.

D'ailleurs, la voiture venait de franchir le seuil du cimetière.

III

« Elles sont toutes prises. Tu les garderas bien dix minutes ?

— Vingt, si tu veux. »

Huit ventouses collées sur son dos nu, Antoine était assis à califourchon sur une chaise, dans son petit bureau de la rue de l'Université.

« Attends, dit Gise. Ne prends pas froid. »

Elle avait déposé sa pèlerine d'infirmière sur le dossier d'un fauteuil ; elle lui enveloppa les épaules.

« Qu'elle est douce et gentille, pensa-t-il, bouleversé de découvrir en lui, intacte, une tendresse qui lui réchauffait le cœur. Pourquoi l'ai-je tenue à distance, ces dernières années ? Pourquoi ne lui écrivais-je pas ? » Il songea soudain à sa chambre rosâtre du Mousquier, aux six *girls* qui levaient la jambe au-dessus de la glace, à la promiscuité des repas, aux soins dévoués, mais rudes, de Joseph. « Comme ce serait bon de rester ici, avec Gise pour garde-malade... »

« Je laisse les portes ouvertes, dit-elle. Si tu as besoin de quelque chose, appelle. Je vais préparer la popote.

— Non, pas la *popote* ! » fit-il avec brusquerie. Non, non ! Trop de *popotes*, vois-tu, depuis quatre ans ! »

Elle sourit et s'esquiva, le laissant seul.

Seul, avec cette sensation d'un foyer retrouvé, ce rêve d'une douceur féminine à son chevet.

Seul, aussi, avec l'*odeur* : elle l'avait saisi, dès l'entrée, tandis qu'il traversait l'antichambre pour suspendre mécaniquement son képi à cette patère de gauche où il accrochait autrefois son chapeau ; et, depuis, à chaque instant, il ouvrait les narines, avec une curiosité jamais rassasiée, pour humer ces effluves de chez lui, oubliés et pourtant si vite reconnus, flottants, indistincts, impossibles à analyser, qui émanaient à la fois de la peinture, du tapis, des rideaux, des fauteuils, des livres, et qui imprégnaient subtilement tout l'étalage — mélange de dix relents divers, laine, encaustique, tabac, cuir, pharmacie...

Le retour du cimetière, le détour par la gare de Lyon pour y prendre sa valise, lui avaient paru interminables. Son point de côté s'était accru ; ses étouffements redoublaient ; et, en descendant de taxi devant sa porte, sérieusement incommodé, il s'était amèrement reproché d'avoir entrepris ce voyage. Par bonheur, il avait avec lui son matériel de traitement ; et, aussitôt arrivé, il avait pu se faire une injection d'oxygène qui avait apaisé la dyspnée. Puis, sur ses indications, Gise lui avait posé ces ventouses ; elles commençaient à agir ; déjà les bronches se dégageaient, la respiration devenait plus aisée.

Immobile, la nuque pliée, le dos tendu, ses bras maigres croisés sur le dossier de la chaise, il promenait autour de lui un œil attendri. Il n'avait pas prévu qu'il ressentirait tant de trouble à revoir sa maison, à retrouver son petit bureau de travail. Rien n'avait changé. En un tournemain, Gise avait enlevé les housses, remis les fauteuils à leurs places, ouvert les volets, baissé à demi le store. Rien n'avait changé, et pourtant tout était inattendu : cette pièce, où, naguère, il avait toujours coutume de se tenir, lui était à la fois familière et étrangère, comme ces souvenirs d'enfance qui surgissent à l'improviste, avec une précision hallucinante, après des années d'oubli total. Ses regards erraient amicalement sur le beau tapis havane, les fauteuils de cuir, le divan, les coussins, la cheminée et sa pendule, les appliques, les rayons de la bibliothèque. « Ai-je vraiment pu attacher tant d'importance à l'ameublement de cet appartement ? » se dit-il. Sur chacun de ces livres — auxquels il n'avait certes pas une fois pensé depuis quatre ans —, il mettait le titre exact, comme s'il l'eût manié la veille. Chaque meuble, chaque objet — le guéridon, le coupe-papier d'écaille, le cendrier de bronze avec son dragon, la boîte à cigarettes — lui rappelait quelque chose, un moment de sa vie, l'époque et l'endroit où il en avait fait l'emplette, la gratitude d'un client après une maladie dont il savait encore toutes les phases, tel geste d'Anne, telle réflexion du Calife, tel souvenir de son père. Car ce bureau avait été le cabinet de toilette de M. Thibault. Il n'eut qu'à fermer les yeux pour revoir le grand lavabo d'acajou massif, l'armoire à glace, le bain de pieds en cuivre rouge, le tire-botte debout dans l'angle... Et peut-être aurait-il été moins surpris s'il avait retrouvé cette pièce telle qu'il l'avait connue durant son enfance, qu'en la voyant telle qu'elle était aujourd'hui, transformée par lui.

« Étrange..., pensa-t-il. Tout à l'heure, déjà, en franchissant la porte cochère, ce n'est pas *chez moi* que j'avais l'impression d'entrer, mais *chez Père*... »

Il rouvrit les yeux et aperçut le téléphone sur la table basse du divan. L'homme jeune, qui tant de fois avait téléphoné là, se dressa devant lui, florissant, fier de sa force, autoritaire, toujours pressé, infatigablement heureux de vivre et d'agir. Entre cet homme et lui, il y avait quatre années de guerre, de révolte, de méditation ; il y avait des mois de souffrance, une déchéance physique momentanée, un vieillissement précoce qui, pas un instant, ne se laissaient oublier. Accablé soudain, il appuya son front sur ses bras. Le présent s'effaçait devant le passé. Son père, Jacques, Mademoiselle : tous disparus. L'ancienne existence familiale lui apparut à travers le prisme de la jeunesse, de la santé. Que n'eût-il pas donné pour retrouver cet autrefois ? Le regret de ce qui n'était plus se mêlait à la tristesse d'aujourd'hui. Il fut sur le point d'appeler Gise, pour échapper à sa solitude. Mais il était encore capable de se ressaisir. De regarder la réalité en face. Tout ça, question de santé. D'abord, retrouver la santé. Il résolut d'avoir, au plus tôt, un sérieux entretien avec son maître, le docteur Philip, de chercher avec lui un traitement plus actif, plus rapide. Celui qu'il suivait, au Mousquier, devait, à la longue, être débilitant. Ce n'était pas naturel qu'il fût devenu si peu robuste ; Philip l'aiderait à reprendre des forces. Philip... Gise... Ses pensées devinrent confuses. Emmener Gise au Mousquier... Guérir... Brusquement, il s'assoupit.

Lorsqu'il s'éveilla, quelques minutes plus tard, Gise, juchée sur le bras d'un fauteuil, le regardait. L'attention — avec une pointe d'inquiétude — lui fronçait les sourcils. Il lut ce qu'elle pensait sur son visage lisse qui n'avait jamais bien su dissimuler.

« Tu me trouves amoché, n'est-ce pas ?

— Non : maigri.

— J'ai perdu neuf kilos depuis l'automne !

— Te sens-tu un peu soulagé, déjà ?

— Très.

— Tu as encore le timbre un peu... voilé. » (Parmi tous les changements qu'elle remarquait en lui, ce qui la frappait le plus, c'était cette faiblesse, cet enrouement des cordes vocales.)

« En ce moment, ce n'est rien. Il y a des heures, le matin, par exemple, où je suis complètement aphone. »

Il y eut un silence, qu'elle rompit en sautant sur ses pieds :

« Alors, on les enlève ?

— Si tu veux. »

Elle approcha une chaise, s'assit près de lui, passa les mains sous la pèlerine pour qu'il ne se refroidît pas, et, délicatement, elle décolla les ventouses. À mesure, elle les déposait entre ses genoux ; puis, elle releva les coins de son tablier, et emporta les verres pour les rincer.

Il se mit debout, constata qu'il respirait beaucoup plus librement, examina dans la glace son dos osseux marqué de ronds violets, et se rhabilla.

Elle achevait de mettre le couvert lorsqu'il la rejoignit.

Il parcourut des yeux la vaste salle à manger, les

vingt chaises alignées, la crédence de marbre où jadis officiait Léon, et déclara :

« Tu sais, dès que la guerre sera finie, je vendrai la maison. »

Elle s'était tournée, surprise, les yeux fixés sur lui, une assiette à la main :

« La maison ?

— Je ne veux rien garder de tout ça. Rien. Je louerai un petit appartement, simple, pratique... Je... »

Il sourit. Il ne savait pas bien ce qu'il ferait, mais une chose était sûre : contrairement à ce qu'il avait cru jusqu'à ce matin, il ne reprendrait pas son train de vie d'autrefois.

« Escalopes, nouilles au beurre, et fraises... Ça te va ? » demanda-t-elle, renonçant à comprendre la désaffection d'Antoine pour un cadre qu'il avait entièrement fait à sa convenance. Elle avait peu d'imagination, et ne s'intéressait jamais beaucoup aux projets futurs.

« Tu t'es donné bien du mal, petite fée, dit-il, en inspectant la table servie.

— Il me faut encore dix minutes. Et je n'ai pas trouvé de serviettes.

— Je vais en chercher. »

La lingerie était encombrée par un lit pliant, ouvert et défait. Dans le creux du matelas, il aperçut une dizaine de chapelets. Des vêtements traînaient sur une chaise.

« Pourquoi n'a-t-elle pas pris la chambre du bout ? » se demanda-t-il.

Il ouvrit un placard, puis un second, puis un troisième. Ils étaient tous trois remplis de linge neuf : draps, taies d'oreiller, peignoirs en tissu éponge, torchons, tabliers d'office ; les douzaines étaient encore nouées par les ficelles rouges du fournisseur. Il haussa les épaules : «Absurde, tout ça... Le strict nécessaire. Le reste, à l'Hôtel des Ventes!» Il prit néanmoins une pile de serviettes, et en tira deux du tas. «Je sais pourquoi, parbleu! Elle a voulu s'installer là, pour ne pas coucher dans l'ancienne chambre de Jacques...»

Il reprit le couloir, d'un pas flâneur, palpant de-ci, de-là la peinture laquée des murs, entrouvrant les portes devant lesquelles il passait, et jetant un coup d'œil curieux à l'intérieur, comme s'il visitait le logis d'un autre.

Revenu dans le vestibule, il s'arrêta devant la porte à deux battants de son cabinet de consultation. Il hésitait à entrer là. Enfin il tourna le bouton. Les fenêtres étaient closes. On avait roulé devant les bibliothèques les meubles recouverts de housses. La pièce paraissait encore plus grande. Le jour qui glissait par les lames des persiennes répandait une lumière diffuse, comme dans ces grands salons de province où l'on ne pénètre qu'aux jours de réception.

Il se rappela soudain les derniers jours de juillet 1914, les journaux qu'apportait Studler, les discussions, l'angoisse... Et les visites de son frère... Jacques n'était-il pas venu là, avec Jenny? Le jour même de la mobilisation?...

Appuyé au chambranle, le buste penché, il reniflait à petits coups : *l'odeur* était là, mieux conservée, plus pénétrante qu'ailleurs; un peu différente aussi, plus aromatique... Au centre, le grand bureau ministre, dissimulé sous un drap, ressemblait à un catafalque d'enfant.

«Qu'est-ce qu'ils ont bien pu empiler là-dessous?»

Il se décida à entrer et à soulever la toile. Le bureau disparaissait sous un amoncellement de paquets et de brochures. Depuis le début de la guerre, c'était là que la concierge apportait tout le fatras des imprimés, des prospectus, des journaux, des revues, et les multiples échantillons qu'envoyaient les laboratoires. « Qu'est-ce que ça sent ? » se dit-il. À l'odeur familière, se mêlait ici un parfum particulier, lourd, vaguement balsamique.

Machinalement, il déchira l'enveloppe de quelques périodiques médicaux, pour les feuilleter. Et brusquement, il pensa à Rachel. Pourquoi ? Pourquoi pas à Anne ? Pourquoi, précisément, à celle qui n'était jamais entrée dans cette maison, et dont il n'avait pas évoqué le souvenir depuis des mois ? « Qu'est-elle devenue ? Où peut-elle être ? Quelque part, sous les tropiques, avec son Hirsch, loin de l'Europe, loin de la guerre... » Il jeta sur la cheminée plusieurs brochures qu'il souhaitait emporter au Mousquier. « Les médecins qui accaparent maintenant ces revues sont tous des vieux, non mobilisés... Une aubaine ! Ils en profitent, ils raclent leurs fonds de tiroir... » Il parcourait des yeux les sommaires. De temps en temps, d'une ambulance du front, un jeune trouvait le temps d'envoyer un bref rapport, sur un cas curieux. Des chirurgiens, surtout... « La guerre aura du moins servi à ça : à faire avancer la chirurgie... » Il restait là, piochant dans le tas, pêchant de-ci, de-là un fascicule qu'il envoyait sur la cheminée.« Si je pouvais seulement mettre au net mon article sur les troubles respiratoires infantiles, Sébillon me le prendrait sûrement dans sa revue... »

Un paquet, différent des autres, attira son attention, à cause des timbres bariolés qui le couvraient. Il le prit, et aussitôt le flaira : de nouveau, ces émanations aromatiques, qu'il avait remarquées tout à l'heure, l'intriguèrent soudain. Les narines en éveil, il déchiffra le nom de l'expéditeur : *Mlle Bonnet. Hôpital de Conakry. Guinée française.* Les timbres

étaient estampillés : *mars 1915*. Trois ans. Étonné, il
retournait le petit colis dans sa main, le soupesait.
Un médicament ? Un parfum ? Il rompit la ficelle et
sortit du papier une boîte rectangulaire, en bois rougeâtre, clouée sur toutes ses faces. « Hum... Difficile
à ouvrir... » Il chercha des yeux un outil. Il allait
renoncer à satisfaire sa curiosité, lorsqu'il réfléchit
qu'il avait son couteau de guerre dans sa poche. La
lame grinça dans la rainure ; une légère pesée, et le
couvercle céda. Un parfum violent monta jusqu'à
lui ; un parfum de cassolette orientale, de benjoin,
d'encens ; un parfum connu, et que cependant il ne
parvenait pas à identifier. Prudemment, du bout de
l'ongle, il écarta le lit de sciure : de petits œufs jau-
nâtres apparurent, brillants et poussiéreux. Et tout
à coup, le passé lui sauta au visage : ces grains
jaunes... Le collier d'ambre et de musc ! Le collier de
Rachel !

Il le tenait entre ses doigts, et l'essuyait avec précaution. Ses yeux s'étaient embués. Rachel ! Son cou
blanc, sa nuque... Le Havre, le départ de la *Roma-
nia*, dans le petit jour... Mais pourquoi ce collier ?
Qui était cette demoiselle Bonnet, de Conakry ? Mars
1915... Qu'est-ce que tout cela voulait dire ?

Il entendit marcher dans le couloir, et glissa vivement le collier dans sa poche.

Gise le cherchait pour déjeuner. Elle s'arrêta sur
le seuil, et huma l'air.

« Ça sent drôle... »

Il rabattit le drap sur le fouillis de brochures et de
médicaments.

« C'est là qu'ils empilent toutes les spécialités pharmaceutiques...

« Viens-tu ? C'est prêt. »

Il la suivit. Au fond de sa poche, dans le creux de

sa paume, il sentait s'attiédir les grains froids. Il pensait au corps blanc et roux de Rachel.

IV

Dès qu'ils furent installés côte à côte à l'un des bouts de la grande table, Gise prit un petit air résolu :

« Maintenant, parle-moi sérieusement de ta santé. »

Il fit la moue. Il n'était que trop enclin à parler de lui, de son mal, de son traitement ; mais il ne lui déplaisait pas de se faire prier, et il répondit sans empressement aux premières questions de la jeune fille. Il s'aperçut vite que ces questions n'étaient pas sottes. Cette petite Gise, qu'il avait toujours tendance à traiter comme une enfant, avait, en ses trois années d'hôpital, acquis des compétences précises. On pouvait parler médecine avec elle. Un lien de plus entre eux... Encouragé par l'attention qu'elle lui portait, il fit un exposé de son cas, et passa en revue les diverses phases qu'il avait traversées ces derniers mois. Si elle avait paru prendre à la légère ce qu'il lui disait, et si elle avait cru bon de lui prodiguer des paroles d'encouragement, il aurait aussitôt exagéré ses inquiétudes. Mais elle l'avait écouté avec un visage si tendu, elle fixait sur lui un regard si préoccupé, si scrutateur, qu'il prit, au contraire, un ton rassurant pour conclure :

« Tout compte fait, je m'en tirerai. » (Et c'était, en effet, le fond de sa pensée.) « Ce sera plus ou moins long, reprit-il, souriant avec confiance. Mais, pour m'en tirer, ça oui : je m'en tirerai... Seulement, voilà : me remettrai-je jamais complètement ? Imagine que je reste infirme du larynx, ou très fragile des cordes vocales, pourrai-je exercer, comme avant?... Tu comprends, il ne me suffit pas d'avoir la certitude de vivre. Je ne me soucie pas, à l'avenir, de mener l'existence d'un homme diminué. Je voudrais être sûr de retrouver ma belle santé d'autrefois! Et ça, c'est moins certain... »

Elle avait cessé de manger, pour mieux écouter, mieux comprendre. Elle le considérait de ses yeux ronds, étonnés, immobiles, enfantins et fidèles comme ceux des êtres primitifs. Ce tendre intérêt, dont il était sevré depuis des années, lui semblait très doux. Il eut un petit rire assuré...

« C'est moins certain, mais ce n'est pas impossible. Avec de la ténacité, il y a fort peu de choses impossibles!... Jusqu'à maintenant, tout ce que j'ai voulu énergiquement, je l'ai fait. Pourquoi ne réussirais-je pas cette fois encore?... Je veux guérir. Je guérirai. »

Il avait forcé la voix sur ces derniers mots, et dut s'arrêter pour tousser. La quinte fut forte, et dura une grande minute, pendant laquelle Gise, penchée sur son assiette, l'observait à la dérobée. Elle s'efforçait de se tranquilliser : « Il peut ce qu'il veut. Il saura se soigner. Il saura guérir. »

Lorsque la crise fut passée, elle se tourna vers lui. Il fit signe qu'il préférait demeurer quelques instants sans parler.

« Bois un peu d'eau », dit-elle, en emplissant son verre. Et, incapable de retenir la question qui lui brûlait les lèvres : « Combien de jours restes-tu avec nous? »

Il ne répondit pas. C'était un sujet qu'il aurait voulu éviter. En réalité, sa permission était de quatre jours. Mais il pensait l'écourter : il n'avait guère envie de passer à Paris quatre longs jours, réduit à des soins improvisés, exposé à cent occasions de fatigue.

« Combien ? reprit-elle, en l'interrogeant du regard. Huit ? Six ? Cinq ? »

Il secouait négativement la tête. Il fit une aspiration profonde, sourit, et dit enfin :

« Je repars demain.

— Demain ? » Elle était si déçue que sa voix trembla. « Alors, tu ne viendras pas nous voir à Maisons-Laffitte ?

— Pas possible, ma petite Gise... Pas possible, cette fois-ci... Plus tard... Dans le courant de l'été, peut-être...

— Mais je t'aurai à peine vu ! Après si longtemps !... Demain ?... Et je ne peux même pas rester à Paris avec toi : il faut que je rentre coucher ce soir à Maisons ! J'ai mon service demain matin, qui m'attend. Pense donc ! Trois jours que je suis partie ; et la veille de mon départ, il venait d'arriver six nouveaux !

— Nous avons du moins une bonne journée à passer ensemble, fit-il, conciliant.

— Mais ça aussi, c'est impossible ! s'écria-t-elle, consternée. J'ai rendez-vous à l'Asile, tout à l'heure. Il faut en finir, là-bas, avec les affaires, les meubles, de ma tante : ils ont besoin de la chambre... »

Des larmes gonflaient ses paupières. Il se souvint aussitôt de ses désespoirs, quand elle était enfant. Et, de nouveau, cette pensée le traversa : « Il serait bon d'être soigné par elle, de sentir cette affection autour de moi... »

Il ne savait que dire. Lui-même, il était tout désappointé que cette rencontre fût si courte.

« Peut-être pourrai-je obtenir une prolongation... hasarda-t-il hypocritement. Je ne sais pas... Je peux essayer... »

Les yeux de Gise s'éclairèrent d'un coup, redevinrent rieurs. Ils étaient beaux à travers les larmes... (Et cela aussi rappelait à Antoine les années d'autrefois.)

« C'est ça qu'il faut faire! décida-t-elle en battant des mains. Et tu viendras passer quelques jours à Maisons, avec nous! »

« Elle est encore une enfant, se dit-il. Et ce je ne sais quoi de puéril, qui contraste avec sa maturité de femme, est plein de charme... »

Pour changer le tour de la conversation, il se pencha, d'un air interrogatif :

« Maintenant, explique-moi quelque chose. Comment se fait-il que personne ne soit venu à Paris avec toi! Maisons n'est pas si loin. T'avoir laissée toute seule pour cet enterrement! »

Elle protesta aussitôt :

« Mais tu n'as aucune idée du travail que nous avons là-bas! Comment veux-tu?... Et, moi partie, les autres avaient encore plus à faire! »

Il ne put s'empêcher de sourire de cet air indigné. Alors, pour le convaincre, elle se lança dans une volubile explication de ce qu'était le service de l'hôpital, leur vie à Maisons, etc.

(Dès la mi-septembre 1914, après la Marne, Mme de Fontanin, que dévorait le besoin de se rendre utile, avait formé le projet de fonder un hôpital à Maisons-Laffitte. Elle y possédait toujours la propriété de son père, à la lisière de la forêt de Saint-Germain; les locataires, des Anglais, avaient quitté la France à la déclaration de guerre; le vieux chalet familial était donc libre. Mais, outre qu'il était trop exigu, il se trouvait trop éloigné de la gare et des ressources. C'est alors que Mme de Fontanin avait eu l'idée de demander à Antoine s'il consentirait à lui prêter la maison de M. Thibault, qui était beaucoup plus importante que la sienne, et située à proximité du « pays ». Antoine avait naturellement acquiescé ; et il avait aussitôt écrit à Gise, restée à Paris, de se mettre, avec les deux bonnes, à la disposition de Mme de Fontanin pour la transformation de la villa. De son côté, Mme de Fontanin s'était assuré la collaboration de sa nièce Nicole Héquet, la femme du chirurgien, laquelle possédait son diplôme d'infirmière. Un comité de direction, placé sous le contrôle de la Société de secours aux blessés militaires, avait été rapidement constitué. Et, six semaines plus tard, la villa Thibault, hâtivement équipée, figurait sous la désignation : Hôpital n° 7, sur les états du Service sanitaire, et se trouvait prête à recevoir sa première fournée de convalescents. Depuis lors, l'Hôpital n° 7, dirigé par Mme de Fontanin et par Nicole, n'avait pas chômé un seul jour.)

Antoine avait été tenu au courant de tout cela, par des lettres. Il avait été heureux que la propriété de son père servît à quelque chose ; heureux surtout que Gise, qu'il s'inquiétait de savoir désœuvrée à Paris, eût trouvé un si chaud accueil dans la famille Fontanin. Mais, à vrai dire, il n'avait pas attaché grand intérêt au fonctionnement de l'Hôpital n° 7 ; non plus qu'à l'organisation du chalet des Fontanin, devenu, sous la conduite de la robuste Clotilde, l'ancienne cuisinière de M. Thibault, un bizarre phalanstère — où logeaient Nicole et Gise — où Daniel avait échoué après son amputation — et où Jenny était venue habiter avec son enfant, à son retour de Suisse. Aussi écoutait-il avec curiosité le bavardage de Gise : l'existence de ce petit groupe humain, auquel il ne songeait pas souvent, prenait soudain une réalité à ses yeux.

« De nous toutes, c'est encore Jenny qui se donne le plus de mal, expliquait Gise, pleine de son sujet.

Elle a non seulement à s'occuper de Jean-Paul, mais à diriger le service de la lingerie : et tu imagines ce que c'est, le blanchissage, le repassage, le raccommodage, la comptabilité, et le rangement, et la distribution quotidienne, de tout le linge nécessaire à un hôpital de trente-huit lits, parfois quarante, et même quarante-cinq! Elle rentre éreintée le soir. Elle passe tous ses après-midi à l'hôpital, mais elle reste au chalet le matin, pour les soins du petit... Quant à Mme de Fontanin, elle loge auprès de ses malades ; elle s'est installé une chambre au-dessus des écuries, tu sais ? »

Cela semblait assez étrange à Antoine d'entendre Gise (la nièce de la prude Mademoiselle) parler de Jenny et de sa maternité comme d'une chose toute naturelle. « Il est vrai, se dit-il, que ça date de trois ans, déjà... Et puis, ce qui aurait sans doute fait quelque scandale autrefois est plus facilement accepté aujourd'hui, dans le bouleversement général de toutes les valeurs... »

« Et, un peu plus, tu allais être venu à Paris sans seulement avoir vu notre petit! soupira Gise, sur un ton de reproche. Jenny en aurait été inconsolable.

— Tu n'aurais eu qu'à n'en rien dire, petite sotte..

— Non, fit-elle, sur un ton étrangement sérieux, en baissant soudain le front. À Jenny, je ne veux rien cacher, jamais. »

Il la regarda, surpris, et n'insista pas.

« Es-tu sûr, au moins, de l'obtenir, cette prolongation ? demanda-t-elle.

— Je vais essayer.

— Comment ? »

Il continua de mentir :

« Je demanderai à Rumelles de téléphoner aux bureaux militaires dont ces choses-là dépendent...

— Rumelles..., fit-elle, songeuse.

— J'avais, de toutes façons, l'intention de lui faire visite aujourd'hui. Je ne l'ai jamais revu, depuis... Je veux le remercier de la peine qu'il a prise pour nous. »

C'était la première fois de la journée qu'une allusion était faite à la mort de Jacques. Le visage de Gise se contracta brusquement, et le bistre de son teint fonça par plaques.

(Pendant l'automne 1914, elle s'était longtemps refusée à croire que Jacques fût mort. Le silence persistant de Jacques, l'annonce de sa disparition par ses amis de Genève, la certitude de Jenny, d'Antoine, tout cela, pour elle, ne comptait pas : « Il a profité de la guerre pour une nouvelle évasion, pensait-elle obstinément. Il nous reviendra, une fois de plus. » Ce retour, elle l'attendait anxieusement, en faisant des neuvaines. C'est à cette époque qu'elle s'était attachée à Jenny. Attachement qui avait d'abord pris racine dans un assez vilain calcul : « Quand Jacques reviendra, il nous trouvera amies : je resterai en tiers dans leur vie. Et peut-être me sera-t-il reconnaissant d'avoir entouré Jenny en son absence... » Lorsqu'on avait appris, par Rumelles, la chute de l'avion en flammes, lorsqu'elle avait vu la copie de la note officielle, il avait bien fallu qu'elle se rendît à l'évidence. Mais, dans son cœur, une intuition confuse la persuadait que ce n'était pas l'exacte vérité. Et maintenant encore, il lui arrivait par éclairs de se dire : « Qui sait ?... »)

Elle avait de nouveau baissé le front, pour ne pas croiser le regard d'Antoine ; et, comme si tout en elle avait chaviré soudain, elle demeura quelques secondes immobile, interdite, retenant avec effort ses larmes. Enfin, pour ne pas éclater en sanglots, elle se leva précipitamment, et se dirigea vers l'office.

« Comme elle s'est alourdie, remarqua-t-il, en la suivant des yeux, agacé un peu par ce trouble qu'il avait involontairement provoqué. Ces hanches !... Du buste, du corps, on lui donnerait dix ans de plus que son âge : elle paraît avoir passé la trentaine ! »

Il avait sorti le collier de sa poche. Des petits grains de musc, d'un gris plombé, gros comme des noyaux de cerises, alternaient avec les boules d'ambre ancien, qui avaient la forme de mirabelles, et aussi leur couleur : ce jaune assombri, mi-opaque, mi-transparent, des mirabelles trop mûres. Machinalement, il roulait le collier entre ses doigts, et l'ambre devenait tiède, et il semblait à Antoine qu'il venait de détacher le collier du cou de Rachel...

Quand Gise reparut, apportant une platée de fraises, l'acuité de son chagrin se lisait encore si clairement sur son visage, qu'Antoine en fut ému. Comme elle déposait les fraises sur la table, il caressa en silence le poignet mordoré, que cerclait un bracelet d'argent. Elle tressaillit ; ses cils frémirent... Elle évitait de le regarder. Elle s'assit à sa place, et deux nouvelles larmes se formèrent au bord de ses paupières. Alors, ne cherchant plus à dissimuler son chagrin, elle se tourna vers lui, avec un sourire confus, et demeura quelques secondes ainsi, sans pouvoir parler.

« Je suis stupide », soupira-t-elle, enfin. Et, sagement, elle commença de sucrer ses fraises. Mais, presque aussitôt, elle posa la sucrière et se redressa nerveusement : « Sais-tu ce dont je souffre le plus, Antoine ? C'est que personne, autour de moi, ne prononce plus son nom... Jenny ne cesse pas de penser à lui, je le sais, je le sens : elle n'aime tant ce petit que parce qu'il est le fils de Jacques... Et Jacques est

toujours présent entre nous : cette affection que j'ai
maintenant pour elle est faite du souvenir de
Jacques. Et elle, pourquoi m'aurait-elle accueillie
aussi tendrement, pourquoi me traiterait-elle
comme une sœur, sans cela ? Mais jamais, jamais,
elle ne me parle de lui ! C'est comme un secret, qui
nous obsède l'une et l'autre, qui nous lie pour toujours, et auquel, jamais, aucune allusion n'est faite !
Et moi, Antoine, ça m'étouffe !... Je vais te dire,
continua-t-elle avec une sorte de halètement, elle est
orgueilleuse, Jenny, et difficile ! Elle... Je la connais
bien, maintenant !... Je l'aime, je donnerais ma vie
pour elle et pour ce petit ! Mais je souffre. Je souffre
qu'elle soit comme elle est, si fermée, si... — je ne
sais comment dire... Vois-tu, je crois qu'elle est tor-
turée par l'idée que Jacques a été méconnu de tous
— sauf d'elle. Elle se figure qu'elle est la seule à
l'avoir compris ! Et elle tient farouchement à avoir
été la seule ! Et alors, elle refuse de parler de lui avec
personne. Surtout avec moi !... Et pourtant, pourtant... »

De lourdes larmes coulaient maintenant sur ses
joues, bien que son visage, soudain vieilli, n'expri-
mât plus le chagrin, mais seulement la passion, la
colère, avec quelque chose de sauvage qu'Antoine ne
s'expliquait pas bien. Il réfléchissait. Il était surpris :
il n'avait jamais soupçonné que Jenny et Gise fussent devenues si intimes.

« Je n'ai jamais été certaine qu'elle ait su... mes
sentiments pour Jacques, poursuivit Gise, plus bas,
mais avec la même altération de la voix. J'aimerais
tant pouvoir lui en parler, moi, à cœur ouvert ! Je n'ai
rien à lui cacher... J'aimerais qu'elle sache tout !
Qu'elle sache même que si je l'ai détestée, autrefois
— oh, oui : profondément détestée ! —, maintenant,
au contraire, depuis que Jacques est mort, tout ce

que j'éprouvais pour lui... » (son regard prit un éclat magnétique)... « je l'ai reporté sur elle, et sur leur enfant ! »

Depuis un instant, Antoine oubliait presque de l'écouter, attentif seulement au battement de ces paupières brunes, de ces longs cils, qui se levaient et s'abaissaient avec lenteur, voilant et dévoilant le jet lumineux des prunelles, comme le rayonnement intermittent d'un phare. Il avait posé son coude sur la table et appuyait sa joue sur sa main, flairant amoureusement le bout de ses doigts qui restaient imprégnés de musc.

« C'est toute ma famille, aujourd'hui ! reprit Gise, faisant effort pour paraître plus calme. Jenny m'a promis qu'elle me garderait toujours auprès d'elle... »

« Viendrait-elle vivre avec moi, si je le lui proposais ? » se demanda-t-il.

« ... Oui, elle me l'a promis. Et c'est ça qui m'aide à vivre, à accepter l'avenir, tu comprends ? Rien au monde ne compte plus pour moi : rien d'autre qu'elle — et notre petit ! »

« Elle n'accepterait pas », se dit-il. Cependant, il était frappé de percevoir, dans la vibration de cette voix, certaines sonorités discordantes, qui lui semblaient révélatrices. « Que de choses troubles, sans doute, songea-t-il, dans l'intimité de ces deux cœurs de femmes — de ces deux cœurs de *veuves* !... Tendresse, je n'en doute pas. Mais jalousie, à coup sûr. Et de la haine, à doses perfides, bien probablement !... Et tout ça fait un violent mélange qui ressemble diablement à de l'amour... »

Gise poursuivait ; et c'était maintenant un monologue plaintif, qui la soulageait, qu'elle ne pouvait retenir :

« Un être exceptionnel, cette Jenny... Noble, énergique... Admirable! Mais, comme elle est sévère pour les autres! Ainsi, elle est sévère, elle est même injuste, pour Daniel... Et pour moi aussi, je sens bien qu'elle... Oh, elle en a le droit, je suis si peu de chose à côté d'elle! Tout de même, elle n'a pas toujours raison. Elle s'aveugle, elle n'a confiance qu'en elle-même, elle n'admet pas qu'on puisse avoir d'autres idées... Je ne demande pourtant pas l'impossible! Si elle ne veut pas que Jean-Paul soit élevé dans la religion de son père, je n'y peux rien, je ne la convaincrai pas... Mais, alors, qu'elle le fasse au moins baptiser par un pasteur!» Son regard était devenu dur; et, comme faisait jadis Mademoiselle, elle remuait son front bombé, à petits coups têtus, et ses lèvres jointes étaient fermées à toute conciliation. «Tu ne trouves pas? s'écria-t-elle, en se tournant avec brusquerie vers Antoine: Qu'elle en fasse un petit protestant, si elle veut! Mais qu'elle n'élève pas le fils de Jacques comme un chien!»

Antoine esquissa un geste évasif.

«Tu ne le connais pas, ce petit, reprit-elle. C'est une nature ardente, et qui aura besoin de piété!...» Elle soupira, et ajouta soudain, sur un autre ton, douloureux: «Comme Jacques! Rien ne serait arrivé, si Jacques n'avait pas perdu la foi!...» Et, de nouveau, avec une mobilité extrême, sa physionomie se modifia, s'adoucit, tandis qu'un sourire ravi illuminait progressivement ses yeux: «Il ressemble tellement à Jacques, ce petit! Il est roux foncé, comme lui! Il a ses yeux, ses mains!... Et, à trois ans déjà, si volontaire! Si rétif, quelquefois, et, par instants, si câlin...» Toute trace de rancune avait disparu de sa voix. Elle rit franchement: «Il m'appelle: *Tante Gi!*

— Si volontaire, dis-tu?

— Comme Jacques. Et il a ces mêmes colères, tu

sais ? ces colères sourdes... Et alors il fuit au bout du
jardin, seul, pour ruminer on ne sait quoi.

— Intelligent ?

— Très ! Il comprend, il devine tout. Et d'une sensibilité ! On peut tout obtenir de lui par la douceur.
Mais si on le heurte, si on lui défend quelque chose
qu'il a décidé de faire, ses sourcils se crispent, ses
poings se serrent, il ne se connaît plus... Exactement
comme Jacques. » Elle resta quelque temps songeuse. « Daniel vient de faire une bonne photo de lui.
Jenny a dû te l'envoyer ?

— Non. Jenny ne m'a jamais envoyé aucune photo
de son fils. »

Surprise, elle leva les yeux sur lui, sembla l'interroger, faillit dire quelque chose, et y renonça. Puis :

« Je l'ai ici, dans mon sac, cette photo... Tu veux la
voir ?

— Oui. »

Elle courut chercher son sac à main, et en tira
deux petites épreuves d'amateur.

Dans l'une, qui devait dater de l'an dernier, Jean-
Paul était avec sa mère : une Jenny un peu épaissie,
le visage plus plein qu'autrefois, les traits calmes et
même austères. « Elle ressemblera à Mme de Fontanin », se dit Antoine. Jenny portait une robe noire ;
elle était assise sur une marche de perron, et serrait
l'enfant contre elle.

Dans l'autre, évidemment plus récente, Jean-Paul
était seul : vêtu d'un jersey rayé qui moulait un petit
corps étonnamment musclé, il se tenait debout,
raidi, le menton baissé, l'air boudeur.

Antoine considéra longuement les deux images. La
seconde surtout lui rappelait Jacques : même plan-
tation des cheveux, même regard encaissé, péné-
trant, même bouche, même mâchoire — la forte
mâchoire des Thibault.

« Tu vois, expliquait Gise, debout, penchée sur l'épaule d'Antoine, il était en train de jouer au sable. Voilà sa pelle, là-bas : il l'avait jetée dans un mouvement de rage, parce qu'on l'interrompait dans son jeu ; et il avait reculé jusqu'au mur... »

Antoine leva la tête vers elle, en riant :

« Tu l'aimes donc tant que ça, ce petit ? »

Elle ne répondit pas, mais elle sourit, et rien n'était plus révélateur que ce sourire épanoui, empreint d'une tendresse émerveillée.

Cependant, un trouble, dont Antoine ne s'aperçut pas, venait de s'emparer d'elle — comme chaque fois qu'elle se rappelait cette chose insensée qu'elle avait faite... (Il y avait deux ans de cela, davantage, même : Jean-Paul était encore un poupon, non sevré... Gise n'aimait rien tant que de l'avoir dans ses bras, de le bercer, de l'endormir contre sa poitrine ; et lorsqu'elle voyait Jenny allaiter l'enfant, un sentiment atroce de désespoir, d'envie, s'emparait d'elle. Un jour d'été que Jenny lui avait donné l'enfant à garder — il faisait une chaleur orageuse, énervante —, cédant à une tentation insensée, elle s'était enfermée avec le bébé dans sa chambre, et elle lui avait donné le sein. Ah, comme cette petite bouche avide s'était jetée sur elle, comme elle l'avait sucée, mordue, meurtrie !... Gise avait souffert plusieurs jours ; de ses ecchymoses, autant que de sa honte... Était-ce un péché ? Elle n'avait retrouvé un peu de calme qu'après en avoir fait l'aveu, à demi-mot, au confessionnal, et s'être infligé, elle-même, une longue pénitence. Et jamais elle n'avait recommencé...)

« Il a souvent cette attitude-là ? Cet air de ne pas vouloir céder ? demanda Antoine.

— Oh, ça oui, très souvent ! Pourtant, là, c'était Daniel qui l'avait dérangé. Et c'est encore à Daniel

qu'il obéit le moins mal. Parce que c'est un homme,
je crois. Oui. Il adore sa mère ; et moi, il m'aime bien.
Mais nous sommes des femmes. Comment dire ? Il
a déjà très bien conscience de sa supériorité
d'homme. Tu ris ? Je t'assure ! Ça se sent à un tas de
petites choses...

— Je croirais plus volontiers que votre autorité
s'émousse, parce que vous êtes toujours auprès de
lui ; tandis que son oncle, qu'il voit plus rarement...

— Plus rarement ? Mais il est bien plus souvent
avec son oncle qu'avec nous, à cause de l'hôpital !
C'est Daniel qui le garde, presque toute la journée.

— Daniel ? »

Elle retira sa main, qui était restée sur l'épaule
d'Antoine, s'écarta légèrement, et s'assit :

« Oui. Pourquoi ? Ça t'étonne ?

— J'imagine assez mal Daniel dans ce rôle de
nurse... »

Gise ne comprenait pas : elle ne connaissait Daniel
de Fontanin que depuis son amputation.

« Au contraire. Le petit lui tient compagnie. Les
journées sont longues, à Maisons.

— Mais, maintenant qu'il a sa réforme, il doit
s'être remis à travailler ?

— À l'hôpital ?

— Non, à sa peinture !

— Sa peinture ? Je ne l'ai jamais vu peindre...

— Et il ne va pas souvent à Paris ?

— Jamais. Il ne quitte même pas le chalet, ou le
jardin.

— Il a vraiment tant de peine à marcher ?

— Oh, ce n'est pas ça. Il faut même l'observer avec
attention, pour s'apercevoir qu'il boite ; surtout
depuis son nouvel appareil... Mais il n'a pas envie de
sortir. Il lit les journaux. Il surveille Jean-Paul, il le
fait jouer, il le promène autour de la maison. Quel-

quefois il va aider Clotilde à écosser des pois, à éplucher des fruits pour les confitures. Quelquefois aussi il ratisse le gravier de la terrasse. Pas souvent... Je crois que c'est une nature comme ça, tranquille, indifférente, un peu endormie...

— Daniel ?

— Mais oui.

— Il n'était pas du tout comme tu dis... Il doit être très malheureux.

— Quelle idée ! Il n'a même pas l'air de s'ennuyer. En tout cas, il ne se plaint jamais. S'il est quelquefois un peu maussade — avec les autres, jamais avec moi —, c'est parce qu'on ne sait pas le prendre. Nicole le taquine, l'asticote, inutilement. Jenny aussi est maladroite : elle le blesse par ses silences, ses raideurs... Elle est bonne, Jenny, très bonne : mais elle ne sait pas le montrer : elle n'a jamais le mot, le geste, qui font plaisir... »

Antoine ne protestait plus. Mais il gardait un air si stupéfait que Gise se mit à rire :

« Je crois que tu ne connais pas bien la nature de Daniel. Il a toujours dû être un peu trop gâté... Et affreusement paresseux ! »

Le repas était achevé depuis longtemps. Elle consulta sa montre, et se leva vivement :

« Je vais débarrasser la table, et puis il faudra que je parte. »

Elle se tenait debout, devant lui, et le considérait tendrement. Elle était désespérée de le laisser seul, malade, dans cette maison déshabitée. Elle hésitait à dire quelque chose. Un sourire engageant et timide passa dans son regard et vint jusqu'à ses lèvres :

« Si je revenais te prendre, à la fin de la journée ? Et si tu passais la soirée avec nous, à Maisons, au lieu de rester ici, tout seul ? »

Il secoua la tête :

«Pas ce soir, en tout cas. Aujourd'hui, j'ai à voir Rumelles. Demain, j'ai à voir Philip. Et puis des rangements à faire en bas, des dossiers à chercher...»

Il réfléchissait. Il suffisait qu'il fût de retour au Mousquier vendredi soir. Rien ne l'empêchait donc d'aller passer deux jours à Maisons-Laffitte.

«Mais, où logerai-je là-bas?»

Avant de répondre, elle se pencha, très vite, et l'embrassa joyeusement.

«Où? Au chalet, bien sûr! Il reste deux chambres inoccupées.»

Il avait gardé à la main la photo de Jean-Paul, et, de temps à autre, il y jetait un regard.

«Eh bien, je vais faire le nécessaire, pour la prolongation... Et, demain, à la fin de la journée...» Il souleva la photo entre ses doigts : «Tu me la donnes?»

V

Bien que ce fût dimanche, Rumelles était à son bureau du Quai d'Orsay, lorsque Antoine, resté seul après le départ de Gise, l'appela au téléphone. Le diplomate s'excusa de ne pouvoir disposer d'une heure dans le courant de l'après-midi, et invita Antoine à venir le prendre pour dîner.

À huit heures, Antoine arriva au ministère. Rumelles l'attendait au bas de l'escalier, où brûlait une ampoule en veilleuse. Dans cette pénombre réglementaire, le va-et-vient silencieux des employés qui quittaient leurs bureaux et de quelques visiteurs tardifs prenait un aspect étrange, clandestin.

«Je vous emmène chez *Maxim's*, ça vous changera

un peu de votre vie d'hôpital », proposa Rumelles, avec un sourire gentiment protecteur, en conduisant Antoine vers l'une des autos à fanion qui stationnaient dans la cour.

« Je suis un piètre convive, avoua Antoine, le soir, je ne prends que du lait.

— Ils en ont de l'excellent, en carafes frappées », affirma Rumelles, qui avait décidé de dîner chez *Maxim's*.

Antoine acquiesça d'un mouvement de tête. Il était exténué de sa journée, qu'il avait passée chez lui à fouiller dans ses cartonniers et ses bibliothèques. Cette soirée de conversation n'était pas sans lui faire peur. Il se hâta de prévenir Rumelles qu'il parlait avec effort, et devait ménager ses cordes vocales.

— Bonne aubaine pour un bavard comme moi », s'écria le diplomate. Il affectait un ton plaisant, pour ne rien laisser paraître de la fâcheuse impression que lui causaient les traits tirés, la voix caverneuse et oppressée, de son ami.

Dans la salle illuminée du restaurant, l'amaigrissement, la mauvaise mine d'Antoine, le frappèrent davantage encore. Mais il évita de l'interroger avec trop d'intérêt sur sa santé, et, après quelques questions imprécises, s'empressa de parler d'autre chose :

« Pas de potage. Quelques huîtres, plutôt. C'est la fin de la saison, mais elles sont encore bonnes... Je dîne souvent ici.

— J'y suis beaucoup venu, moi aussi », murmura Antoine. Son regard fit lentement le tour de la salle, et s'arrêta sur le vieux maître d'hôtel, qui, debout, attendait la commande. « Vous ne me reconnaissez pas, Jean ?

— Oh, parfaitement si, Monsieur », fit l'autre, en s'inclinant avec un sourire banal.

« Il ment, songea Antoine, il m'appelait toujours : _Monsieur le docteur..._ »

« C'est si près de mon bureau, continua Rumelles. Et, les soirs d'alerte, c'est assez commode : je n'ai qu'à traverser la rue, pour trouver un bon abri au ministère de la Marine. »

Antoine l'observa, tandis qu'il composait son menu. Il avait changé, lui aussi. Son masque léonin s'était empâté ; la crinière avait passablement blanchi ; autour des yeux, d'innombrables petites rides plissaient en tous sens sa peau de blond vieillissant. Le regard restait bleu et vif ; mais, sous les paupières inférieures, des boursouflures mauves surplombaient des pommettes vermiculées de couperose.

« Pour le dessert, je verrai », acheva-t-il d'un air las, en rendant la carte au maître d'hôtel. Il renversa la tête, posa un instant ses mains à plat sur sa figure, appuyant ses doigts sur ses paupières brûlantes, et soupira profondément : « Tel que vous me voyez, cher ami, je n'ai pas pris un jour de vacances depuis la mobilisation. Je suis à bout. »

Cela se voyait. La fatigue accumulée se traduisait, chez ce nerveux, par une extrême fébrilité. Antoine avait quitté un Rumelles-1914, assuré, maître de lui, un peu suffisant et qui pérorait volontiers sur toutes choses, mais avec une retenue étudiée. Quatre années de surmenage en avaient fait cet homme au rire brusque et convulsif, au regard papillotant, cet homme gesticulant, qui sautait sans transition d'un sujet à l'autre, et dont le visage congestionné passait soudain d'une agitation maladive au plus morne abattement. Néanmoins, il s'efforçait de porter beau, comme naguère. À chaque aveu de fatigue, à chaque abandon, succédait un bref redressement : il renversait un peu la tête, peignait sa chevelure d'un

ample geste de la main et arborait un sourire plein
d'ardeur retrouvée.

Antoine voulut le remercier de sa longue enquête
sur la mort de Jacques, et de l'aide qu'il avait apportée à Jenny lorsqu'elle avait voulu gagner la Suisse.
Rumelles l'arrêta avec vivacité :

« Tout naturel, voyons ! Laissez donc, mon
cher !... » Puis il lança étourdiment : « La jeune
femme m'a paru charmante... tout à fait charmante... »

« Trop homme du monde pour n'être pas souvent
un sot », pensa Antoine.

Rumelles lui avait coupé la parole et il ne la lâchait
plus. Il entreprit un récit détaillé des démarches qu'il
avait faites, comme si Antoine eût été étranger à l'affaire. Tout était demeuré étonnamment précis dans
sa tête : il citait sans hésiter des noms d'intermédiaires, des dates.

« Triste fin ! soupira-t-il, en conclusion. Vous ne
buvez pas votre lait ? Il va tiédir... » Il coula vers
Antoine un regard hésitant, trempa ses lèvres dans
son verre, essuya ses moustaches ébouriffées de
chat, et soupira de nouveau : « Oui, triste fin... Bien
pensé à vous, je vous assure... Mais, étant donné les
circonstances... vos idées... l'honorabilité du nom...
on peut se demander si — pour la famille, du
moins — cette fin... n'a pas été, somme toute, une
chose... heureuse ?... »

Antoine fronça les sourcils, sans répondre. Le propos de Rumelles le blessait au vif. Pourtant, cette
pensée, il lui fallait bien reconnaître qu'il l'avait eue
lui-même, lorsqu'il avait connu la vérité sur les derniers jours de Jacques. Oui, il l'avait eue ; mais
aujourd'hui il ne l'avait plus ; et il éprouvait même,
à se souvenir qu'il l'avait eue, une poignante confusion. Ces dernières années de guerre, les réflexions

qu'il avait été amené à faire pendant les longues insomnies de la clinique, avaient mis un grand désarroi dans la plupart de ses jugements antérieurs.

Il n'avait aucune velléité d'aborder avec Rumelles ces questions personnelles. Et ici moins qu'ailleurs. Sa présence, dans cette salle où il était si fréquemment venu dîner avec Anne, lui causait, depuis son arrivée, un surcroît de gêne. Il était surpris, naïvement, qu'il y eût tant de monde dans ce restaurant de luxe, en ce quarante-quatrième mois de guerre. Toutes les tables étaient occupées, comme autrefois aux soirs d'affluence. Les femmes étaient peut-être moins nombreuses — moins élégantes aussi : beaucoup d'entre elles gardaient leur allure d'infirmière. La grande majorité des hommes appartenait à l'armée : sanglés dans leurs baudriers bien cirés, ils plastronnaient, la tunique barrée de rubans multicolores. Quelques permissionnaires, officiers de troupe ; mais, la plupart, officiers de la Place de Paris ou du Grand Quartier général. Un grand nombre d'aviateurs, bruyants et fêtés, le regard triste, un peu fou, et qui paraissaient ivres avant d'avoir bu. Un échantillonnage bariolé d'uniformes italiens, belges, roumains, japonais. Quelques officiers de marine. Mais surtout des Anglais — vestes kaki à cols ouverts et linge impeccable — qui venaient là pour dîner au champagne.

« N'oubliez pas de me prévenir quand vous serez à la fin de votre convalescence, dit aimablement Rumelles. Il ne faut pas qu'on vous renvoie sur le front. Vous avez largement payé votre part... »

Antoine voulut rectifier. Depuis l'hiver 17, époque où il avait été jugé guéri de sa première blessure, on l'avait affecté à des hôpitaux de l'arrière. Mais Rumelles continuait de parler :

« Moi, je suis à peu près sûr, maintenant, que je

finirai la guerre sans quitter le ministère. À l'arrivée de M. Clemenceau, j'ai failli être envoyé à Londres : sans le président Poincaré, avec qui je suis resté en excellents termes, et surtout sans la protestation de M. Berthelot, dont je connais toutes les manies et qui a besoin de moi, j'étais débarqué. Évidemment, la vie là-bas, en ce moment, n'aurait pas été sans intérêt. Mais je n'aurais plus été au centre de tout, comme je suis ici. Ce qui est passionnant !

— Je le crois sans peine... Vous, au moins, vous êtes de ces privilégiés qui peuvent comprendre quelque chose aux événements... Et, qui sait ? prévoir un peu l'avenir.

— Oh, coupa Rumelles, comprendre, non ; et prévoir, moins encore... On a beau connaître le dessous des cartes, mon cher, on ne comprend rien à ce qui se passe ; à peine si, rétrospectivement, on comprend quelque chose à ce qui s'est passé... Ne croyez pas qu'un homme d'État d'aujourd'hui, fût-il entier et tyrannique comme M. Clemenceau, ait prise directe sur les faits. Il est à la remorque des circonstances... Gouverner, en temps de guerre, c'est quelque chose comme piloter un navire qui fait eau de toutes parts : il s'agit d'improviser, d'heure en heure, des trucs pour aveugler les voies d'eau les plus menaçantes ; on vit dans une atmosphère de naufrage ; à peine si on a, de temps à autre, le loisir de faire le point, de regarder la carte, d'indiquer une vague direction... M. Clemenceau fait comme les autres : il subit les événements, et, quand il le peut, il les exploite. Je le vois d'assez près, au poste où je suis. Curieux phénomène... » Il prit un air pensif, et débita, avec des hésitations étudiées : « M. Clemenceau, voyez-vous, c'est un paradoxal mélange de scepticisme naturel... de pessimisme réfléchi... et d'optimisme résolu ; mais il faut reconnaître que le dosage est excellent ! »

Il souriait finement, jusque dans le coin des paupières, comme s'il s'amusait lui-même de son improvisation et savourait la qualité des formules qu'il
venait de trouver. Or, de toute évidence, c'était un
cliché qu'il servait depuis des mois à chaque nouvel
interlocuteur. « Et puis, continua-t-il, ce grand dou-
teur est mû par une foi de charbonnier : il croit dur
comme fer que la patrie de M. Clemenceau ne peut
pas être battue. Cela, mon cher, c'est une force
incomparable ! Même en ce moment — où pourtant,
avouons-le tout bas, je vois chanceler la confiance
des plus optimistes —, eh bien, pour ce vieux
patriote, la victoire reste absolument certaine ! Certaine, comme si, par droit divin, la cause de la
France ne pouvait pas ne pas triompher glorieuse-
ment ! »

Antoine, toussotant — à la table voisine, un major
anglais venait d'allumer un cigare —, essaya de
prendre la parole. Mais la voix était si faible, étouffée encore par la serviette qu'il appuyait sur ses
lèvres, que seuls quelques mots furent intelligibles :

« ... aide américaine... Wilson... »

Rumelles trouva plus simple de faire comme s'il
avait entendu. Il prit même un air particulièrement
intéressé :

« Peuh, fit-il, en se caressant la joue d'un geste
rêveur, vous savez, pour nous autres, le président
Wilson !... Nous sommes bien obligés, en France et
en Angleterre, d'afficher une respectueuse considération pour les fantaisies de ce professeur américain ; mais nous ne nous méprenons pas sur son
compte. C'est un esprit obtus, et qui n'a aucune
notion du relatif. Pour un homme d'État... ! Il vit
dans un univers irréel que son imagination mystique
a créé de toutes pièces... Dieu nous préserve de voir
le moralisme simpliste de ce puritain venir fausser

les rouages subtils de nos vieilles affaires européennes ! »

Antoine aurait souhaité pouvoir intervenir. L'état
de sa voix ne le lui permettait guère. Wilson était le
seul, parmi les grands responsables de l'heure, qui
lui parût capable de regarder au-delà de la guerre ;
le seul, capable de penser l'avenir du monde. Il se
contenta d'ébaucher un geste énergique de protestation.

Rumelles sourit, amusé :

« Non, sans blague, mon cher ? Vous ne marchez
tout de même pas pour les billevesées du président
Wilson ! Cela peut être pris au sérieux de l'autre côté
de l'Atlantique, dans un pays d'enfants, à demi sauvage. Mais dans notre vieille et sage Europe, allons
donc ! Acclimater chez nous ces utopies, ce serait
préparer un beau gâchis ! Voyez-vous, on ne se
méfiera jamais assez du mal que peuvent faire certains grands mots à majuscules : "Droit", "Justice",
"Liberté", etc. Dans la France de Napoléon III, on
devrait pourtant savoir à quels désastres conduisent
les politiques "généreuses" ! »

Il allongea le bras, posa sur la nappe sa main tra-
pue, tachée de son, et, se penchant, confidentiel :

« D'ailleurs, les gens renseignés prétendent que le
président Wilson est bien moins naïf qu'il ne le
paraît, et qu'il n'est pas dupe lui-même de ses *Messages*... Ce champion de la "paix sans victoire" aurait
tout simplement l'ambition très réaliste de profiter
des circonstances pour mettre le Vieux Continent
sous la tutelle américaine, en empêchant les Alliés
de prendre, demain, dans les affaires du monde, la
place prépondérante qu'une victoire pourrait leur
assurer. Ce qui, entre parenthèses, révèle une
fameuse dose d'ingénuité ! Car il faut être bien naïf
pour supposer que la France et l'Angleterre accepte-

raient de s'être épuisées pendant des années dans une lutte aussi ruineuse, sans en tirer de sérieux profits *matériels* ! »

« Mais, répliquait Antoine en son for intérieur, est-ce que l'établissement d'une véritable paix, d'une paix enfin durable, ne serait pas, pour les peuples européens, le plus *matériel* des profits de guerre ? » Il se taisait, néanmoins. La chaleur, le bruit, l'odeur des victuailles mêlée à la fumée du tabac, lui causaient un malaise croissant. Son oppression ne cessait d'augmenter. « Pourquoi suis-je là ? songeait-il, furieux contre lui-même. Je me prépare une belle nuit ! »

Rumelles ne s'apercevait de rien. Il semblait prendre un plaisir personnel à dénigrer Wilson. Dans les couloirs du Quai d'Orsay, c'était depuis des mois la cible sur laquelle la verve de ces messieurs s'exerçait férocement. Il coupait ses phrases d'un rire de gorge, vindicatif, et s'agitait sur sa chaise comme s'il eût été assis sur des chardons :

« Heureusement, le président Poincaré et M. Clemenceau, en bons réalistes, en bons Latins qu'ils sont, ont compris, non seulement l'inanité de ses chimères, mais aussi la secrète mégalomanie du président Wilson... Laquelle peut être utilisée à des fins... qui rapportent ! L'important, à l'heure présente, c'est de soutirer d'Amérique autant de pétrole, de matériel, d'avions et d'hommes que possible. Pour cela, prendre bien garde de contredire le puissant pourvoyeur. Au besoin, même donner complaisamment dans ses marottes. Comme on fait avec les doux aliénés. Et, ma foi, jusqu'ici, les résultats de cette tactique sont appréciables... » Il inclina le buste vers Antoine et lui souffla à l'oreille : « Saviez-vous que c'est grâce aux deux mille tonnes d'essence qu'il nous a procurées en quelques semaines, et grâce aux trois cent mille hommes qu'il nous expédie chaque mois, que nous avons pu tenir le coup, cette année, après le désastre anglais en Picardie?... Il n'y a donc qu'à continuer. À flatter les manies chimériques de ce Lohengrin à binocle... Quand nous aurons, sur notre sol français, une solide armée américaine pour prendre la relève, alors nous pourrons souffler un peu, et attendre en spectateurs que l'Amérique nous tire les marrons du feu!»

Antoine, pensivement, regardait Rumelles mordre dans son tournedos — qu'il avait commandé : «à peine cuit : bleu!» Il souleva la main comme pour demander la parole :

«Ainsi, vous croyez... à plusieurs années de guerre encore?»

Rumelles repoussa son assiette, se renversa légèrement en arrière :

«Plusieurs années, non; en réalité, je ne crois pas. Je crois même que nous pourrions avoir d'heureuses surprises...» Il examina un instant ses ongles, en silence : «Écoutez, Thibault, reprit-il, baissant de nouveau la voix pour ne pas être entendu des voisins. Je me rappelle. C'était en février 15. M. Deschanel, un soir, a déclaré devant moi : "La durée et les péripéties de cette guerre sont incalculables. Pour moi, c'est le recommencement des guerres de la Révolution et de l'Empire. Peut-être y aura-t-il des *trêves*; mais *la paix finale* est loin!" Eh bien, à ce moment-là, j'ai cru que c'était une boutade. Aujourd'hui... Aujourd'hui, je suis bien près de considérer cela comme une vision prophétique.» Il fit une pause, joua un instant avec la salière, et ajouta : «À telle enseigne que si, demain, après un succès écrasant des Alliés, les Centraux proposaient de déposer les armes, je penserais, avec M. Deschanel : Voilà *la trêve*; mais *la paix finale* est encore loin.»

Il soupira, et, sans quitter ce ton de leçon apprise, qui agaçait tant Antoine, il se lança dans un brillant compte rendu des diverses phases de la guerre depuis l'invasion de la Belgique. Ainsi décantés, réduits à des schèmes bien nets, les événements s'enchaînaient avec une logique impressionnante. On eût dit le récit d'une partie d'échecs. Cette guerre, — qu'Antoine, lui, jour après jour, avait faite, — elle lui apparaissait soudain avec le recul du temps et sous son aspect historique. Dans la bouche diserte du diplomate, la Marne, la Somme, Verdun — ces noms qui, jusqu'alors, évoquaient pour Antoine des souvenirs concrets, personnels et tragiques — devenaient, dépouillés soudain de leur réalité, les jalons précis d'un exposé technique, les têtes de chapitres d'un manuel pour les générations futures.

« Et nous voici en 18, conclut Rumelles. L'entrée des États-Unis dans la guerre, c'est le resserrement du blocus, la démoralisation des peuples germaniques. Logiquement, c'est leur défaite inévitable. Devant ce fait neuf, ils avaient le choix entre deux attitudes : négocier une paix boiteuse, tandis qu'il en était encore temps ou bien, reprendre désespérément l'offensive pour essayer de vaincre avant l'arrivée massive des Américains. Ils ont opté pour l'offensive. D'où le formidable coup de bélier de mars, en Picardie. Une fois de plus il s'en est fallu de peu qu'ils ne l'emportent. Aussi reviennent-ils à la charge. Et nous en sommes là. Réussiront-ils ce coup-ci ? C'est possible : rien ne permet de dire que nous ne serons pas réduits à demander la paix, avant cet été. Mais, s'ils échouent, alors ils auront joué leur ultime carte. Alors ils auront perdu la guerre. Soit que nous attendions passivement l'heure de la ruée américaine ; soit que — ce qui, paraît-il, serait le projet du général Foch — nous jetions nos dernières forces dans une attaque sur tous les fronts, et prenions des gages sérieux, avant que les Américains se soient mis en branle. C'est pourquoi je dirais volontiers : la véritable paix, *la paix finale*, elle est peut-être encore éloignée ; mais une *trêve* est vraisemblablement assez proche. »

Il dut s'interrompre : Antoine était en proie à une quinte si violente qu'il était difficile, cette fois, de ne pas paraître s'en apercevoir.

« Excusez-moi, mon cher... Je vous éreinte avec mes bavardages... Partons. »

Il fit un signe au maître d'hôtel, sortit de la poche de son pantalon — à la manière des soldats américains — une poignée de billets froissés, et régla négligemment l'addition.

La rue Royale était obscure. L'auto, feux éteints, attendait au bord du trottoir.

Rumelles leva le nez en l'air :

« Le ciel est clair, *ils* pourraient bien venir, cette nuit... Je retourne au ministère, voir s'il y a du neuf. Mais, d'abord, je vais vous déposer chez vous. »

Avant de monter dans la voiture, où déjà Antoine avait pris place, il acheta plusieurs feuilles du soir à une vendeuse de journaux.

« Bourrage de crâne », murmura Antoine.

Rumelles ne répondit pas tout de suite. Il prit la précaution de clore le châssis vitré qui les séparait du chauffeur.

« Bien sûr, bourrage de crâne ! » fit-il alors, en se tournant presque agressif vers Antoine. Comment ne comprenez-vous pas que l'approvisionnement régulier en nouvelles rassurantes est aussi essentiel pour le pays que le ravitaillement en vivres ou en munitions ?

— C'est vrai, vous avez charge d'âmes », lança ironiquement Antoine.

Rumelles lui tapota familièrement le genou :

« Allons, allons, Thibault, soyez sérieux. Réfléchissez. Que peut un gouvernement en guerre ? Diriger les événements ? Vous savez bien que non. Mais diriger l'opinion ? ça, oui : c'est même la seule chose qu'il puisse faire !... Eh bien, nous nous y employons. Notre principal travail, c'est — comment dirais-je ? — la transmission *arrangée* des faits... Il faut bien alimenter sans cesse la foi de la nation en sa victoire finale... Il faut bien protéger, quotidiennement, la confiance qu'elle a mise, à tort ou à raison, dans la valeur de ses chefs, militaires ou civils...

— Et tous les moyens vous sont bons !

— Bien sûr !

— Le mensonge organisé !

— Franchement : croyez-vous possible de laisser dire — je ne sais pas, moi... — que nos bombardements aériens sur Stuttgart et sur Carlsruhe ont fait, dans la population civile, infiniment plus "d'innocentes victimes", que tous les obus que la *Bertha* pourra lancer sur Paris ?... Ou bien, que la campagne des sous-marins boches, que nous avons présentée comme un crime de lèse-humanité, était, pour les Centraux, une opération nécessaire, la seule chance qui leur restait de briser notre résistance après l'échec des offensives de 1916 ?... Ou bien, que le fameux torpillage du *Lusitania* était, à tout prendre, un acte de représailles parfaitement justifié, une très bénigne réponse, en somme, à ce blocus implacable qui a déjà tué, en Allemagne et en Autriche, dix ou vingt mille fois plus de femmes et d'enfants qu'il n'y en avait sur le *Lusitania* ?... Non, non, la vérité est très rarement bonne à dire ! Il est indispensable que l'ennemi ait toujours tort, et que la cause des Alliés soit la seule juste ! Il est indispensable...

— ... de mentir !

— Oui, ne fût-ce que pour cacher, à ceux qui se battent, ce qui se trame à l'arrière ! Ne fût-ce que pour cacher à ceux de l'arrière les choses effroyables qui se passent au front !... Indispensable de taire, aux uns comme aux autres, ce qui se fait dans la coulisse des chancelleries, chez l'adversaire, chez les neutres ! Mais oui, mon cher ! Aussi, le plus clair de notre activité — je veux dire l'activité des chefs civils — est-elle employée... pas seulement à mentir, comme vous dites, mais à *bien* mentir ! Ce qui n'est pas toujours facile, veuillez le croire ! Ce qui exige une longue expérience, et une ingéniosité, un esprit d'invention, qui ne soient jamais à court. Il y faut une espèce de génie... Et, je peux l'affirmer : l'avenir nous rendra justice ! Dans ce domaine du *mensonge utile*, nous avons, en France, accompli des prodiges, depuis quatre ans ! »

La voiture, après avoir suivi, à faible allure, le boulevard Saint-Germain et la rue de l'Université, à peine éclairés, venait de stopper devant la porte d'Antoine. Les deux hommes descendirent.

« Tenez, poursuivit Rumelles, je me rappelle la semaine de l'offensive Nivelle, en avril 17... » Sa voix trahit soudain une recrudescence de fébrilité. Il saisit Antoine par le bras, pour l'entraîner à quelque distance du chauffeur : « Vous n'imaginez pas ce que cela a pu être, pour nous qui savions tout, heure par heure... — qui assistions à cette accumulation de fautes... —, qui pouvions calculer, chaque soir, le total des pertes ! Trente-quatre mille tués, plus de quatre-vingt mille blessés, en quatre ou cinq jours !... Et la rébellion de ces régiments décimés !... Pourtant, il ne s'agissait ni d'être véridiques ni d'être justes. Il fallait, coûte que coûte, réprimer impitoyablement l'insurrection des troupes avant qu'elle ne gagne toute l'armée ! Question de vie ou de mort pour le

pays... Il fallait, coûte que coûte, soutenir le commandement, camoufler ses fautes, sauvegarder son
prestige... Pire encore : il fallait, sciemment, persévérer dans l'erreur, et reprendre l'offensive, et jeter
d'autres divisions dans la fournaise, et sacrifier vingt
ou vingt-cinq mille nouveaux soldats, au Chemin des
Dames, devant Laffaux...

— Mais pourquoi ?

— Pour obtenir un petit succès, si mince fût-il, sur
lequel nous puissions greffer *le mensonge salutaire* !
Et redresser la confiance, qui flanchait de toutes
parts !... Enfin, nous avons eu l'heureux coup de
main de Craonne. Nous avons pu en faire une éclatante victoire. Nous étions sauvés !... Dix jours plus
tard, le gouvernement limogeait les chefs, et nommait le général Pétain... »

Antoine, épuisé, incapable de rester plus longtemps debout, s'était adossé au mur. Rumelles le
soutint jusqu'à la porte cochère :

« Oui, poursuivait-il, nous étions sauvés ; mais, je
vous jure, je donnerais un an de ma vie plutôt que
d'avoir à revivre ces quatre ou cinq semaines-là ! » Il
semblait sincère. « Je vous laisse. J'ai été si heureux
de vous revoir... » Et tandis qu'Antoine franchissait
le seuil : « Soignez-vous sérieusement, mon cher !
Les médecins sont tous les mêmes : quand il s'agit
de leur propre santé, les plus consciencieux sont
d'une négligence !... »

La chambre avait été préparée par Gise. Les volets
et les rideaux étaient clos, les housses retirées des
sièges, le lit fait ; un verre et une carafe d'eau fraîche
avaient été posés à portée de la main, sur la table de
chevet. Ces menues attentions troublèrent Antoine si

fort, qu'il se dit : «Je dois être encore plus fatigué que je ne crois... »

Son premier soin fut de se faire une injection d'oxygène. Après quoi, il se laissa tomber dans un fauteuil, et demeura une dizaine de minutes, immobile, le buste droit, la nuque appuyée au dossier.

Il pensait à Rumelles avec une hostilité soudaine, violente, injuste sans doute, et dont il était lui-même surpris : «Ceux qui *la* font... Ceux qui ne *la* font pas... Entre nous et eux, jamais plus la réconciliation ne sera possible ! »

Son étouffement cédait peu à peu. Il se leva pour prendre sa température, 38°1... Rien d'excessif après une pareille journée...

Il prit encore le temps de faire une bonne inhalation, avant de se mettre au lit.

« Non, se dit-il, en enfonçant rageusement sa tête dans l'oreiller, pas d'entente possible avec eux ! Le jour de la démobilisation, ceux qui ne *l*'auront pas faite devront se cacher, disparaître. La France, l'Europe, de demain, seront, de droit, aux anciens combattants. Nulle part, ceux qui *l*'auront faite n'accepteront de collaborer avec ceux qui n'y auront pas été ! »

L'obscurité lui pesait, mais il se retint de rallumer. Sa chambre était l'ancienne chambre de M. Thibault, celle où le vieillard avait tant lutté, tant souffert, avant de mourir. Antoine se rappelait les moindres détails, le dernier bain, Jacques, la piqûre libératrice, toutes les péripéties de cette agonie. Et c'était la chambre de son père, avec le grand lit d'acajou, le prie-Dieu de tapisserie, et la commode chargée de médicaments, que ses yeux, grands ouverts dans le noir, croyaient apercevoir autour de lui.

VI

La nuit n'avait pas été mauvaise, grâce à la piqûre
d'oxygène ; mais Antoine n'avait pour ainsi dire pas
dormi. À l'aube enfin, le sommeil l'avait pris, un bref
instant : le temps de se débattre dans un absurde
cauchemar, d'où l'avait tiré un accès de transpiration, si violent qu'il avait dû changer de linge.
Recouché, et bien certain qu'il ne se rendormirait
plus, il chercha à se rappeler les détails du rêve sau-
grenu qu'il venait de faire :

« Voyons... Il y a eu trois épisodes distincts... Trois
scènes, mais dans un décor unique : le vestibule de
mon appartement...

Au début, je m'y trouvais avec Léon. En proie à
une folle angoisse, parce que d'une minute à l'autre
Père allait arriver. La situation était terrible. J'avais
profité de l'absence de Père pour m'emparer de tout
ce qu'il possédait, pour bouleverser de fond en
comble la maison. Et Père allait revenir ; et j'allais
être pris sur le fait. C'était affreux. J'arpentais le vestibule, ne sachant que faire pour éviter la catastrophe. Et il m'était impossible de fuir. À cause de
quoi ? À cause de Gise, qui allait bientôt rentrer...
Léon, aussi affolé que moi, était au guet, la joue collée à la porte d'entrée. Je vois encore son œil
godiche, écarquillé de peur. À un moment, il a
tourné la tête pour dire : "Si j'allais vite prévenir
Madame ?"

Ça, c'est la première scène. Ensuite, Père s'est tout
à coup trouvé là, devant moi, debout au milieu du
vestibule, en redingote, avec un chapeau garni d'un
crêpe (comme celui de Chasle), *à cause de l'enterrement*. Quel enterrement ? Autour de lui, par terre,

une valise neuve (comme celle du type avec qui j'ai voyagé avant-hier). Léon avait disparu. Père fouillait dans ses poches, d'un air digne et affairé. Il m'a aperçu, il m'a dit : "Ah, c'est toi?... Mademoiselle n'est pas là." Et puis, il m'a dit aussi : "Mon cher, je te raconterai : j'ai visité des pays très *pittoresques*..." (Sur ce ton paterne et solennel qu'il prenait dans ces cas-là.) Moi, j'avais la bouche sèche, j'étais incapable de dire un mot. Je me sentais redevenu le petit garçon qui tremble devant une correction méritée... Et, en même temps, je me demandais, avec stupéfaction : "Comment se fait-il qu'il n'ait pas remarqué, en montant, les changements de l'escalier? La suppression des vitraux? Le tapis neuf?" Et puis, j'ai pensé avec terreur : "Comment l'empêcher d'entrer dans *notre* chambre, de voir le lit?..."Et puis, je ne sais plus; je crois qu'il y a eu une coupure...

En tout cas, — et c'est la troisième scène, — je revois Père, toujours debout à la même place, mais en chaussons et sans sa vieille vareuse d'intérieur. Il avait son air mécontent. Il dressait par à-coups sa barbiche, et tirait son cou pincé entre les pointes de son faux-col. Et alors il m'a dit, avec son petit rire froid : "Dis-moi, mon cher : où diable as-tu mis mon lorgnon?" Et ce lorgnon qu'il réclamait, c'était ce lorgnon d'écaille que je me souviens d'avoir trouvé sur son bureau, et que j'ai donné, en même temps que sa garde-robe et toutes ses affaires, aux Petites Sœurs des pauvres... Et alors, sa colère a brusquement éclaté. Il s'est avancé sur moi en criant : "Et mes titres? Qu'est-ce que tu as fait de mes titres?" Je balbutiais : "Quels titres, Père?" Je suais à grosses gouttes, je m'épongeais, et, tout en m'épongeant, je me souviens que je prêtais l'oreille : je m'attendais, d'un instant à l'autre, à entendre le déclic de l'ascenseur, et à voir entrer Gise (en infirmière, parce

que c'était l'heure où elle rentrait de sa clinique)...
Et, à ce moment-là, je me suis éveillé, effectivement
trempé de sueur... »

Il souriait au souvenir de son épouvante. Mais il
en était encore tout ébranlé. « Je dois avoir un peu
de température », se dit-il. En effet. 37°8. Un peu
moins que la veille au soir ; mais un peu plus qu'il
n'aurait fallu, ce matin.

Deux heures plus tard, vaquant aux soins de sa toilette et de son traitement, sa pensée le ramena au
souvenir de son rêve.

« Curieux, remarqua-t-il. Ce rêve, en somme, a été
très court. En tout, trois tableaux rapides : l'attente
anxieuse avec Léon ; puis, l'irruption de Père, avec la
valise ; puis, cette histoire de lorgnon, et de titres...
Oui, mais tout ce qu'il y avait *autour* ! Tout ce passé,
très particulier, très complet, dans lequel ce rêve prenait racine ! »

Comme il éprouvait un peu d'oppression pour
avoir fait une station trop prolongée devant son
lavabo, il s'assit sur le rebord de la baignoire, et
demeura un moment pensif :

« Ce passé, dans lequel baignent, en quelque sorte,
les rêves, c'est évidemment un phénomène connu, et
qui doit avoir été étudié... Je n'y avais jamais réfléchi... Pour mon rêve de cette nuit, le cas est particulièrement net... Au point que, si j'avais le courage,
ça mériterait que je le note... Sans quoi, dans deux
jours, j'aurai tout oublié. »

Il regarda l'heure. Rien ne le pressait. Il prit
l'agenda où il inscrivait chaque soir ses observations
de malade et qu'il n'avait pas omis d'apporter, en
arracha quelques pages blanches, et, s'enveloppant
dans le peignoir de bain que Gise avait pendu à une
patère du cabinet de toilette (« elle a pensé à tout,

cette petite », se dit-il en souriant), il alla se remettre
sur son lit.

Il griffonnait avec entrain depuis trois quarts
d'heure, lorsqu'un coup de sonnette l'interrompit.

C'était un pneumatique du Patron. En termes très
affectueux, le docteur Philip s'excusait de ne pouvoir
recevoir Antoine avant le surlendemain soir : il quittait Paris pour deux jours, à la tête d'une commission chargée d'inspecter quelques hôpitaux du Nord.

Antoine était fort désappointé. Pour se consoler, il
se dit qu'il avait encore de la chance que Philip revînt
avant son départ. Il dînerait mercredi avec lui, et
reprendrait jeudi le train pour Grasse.

Les feuillets étaient épars sur le lit. Ils étaient au
nombre de cinq, couverts de sa bizarre écriture hié-
roglyphique où chaque lettre était isolée — habitude
qui datait de l'époque où il faisait des thèmes grecs.
Antoine les rassembla, et les relut. Les deux premiers
étaient consacrés au récit analytique du rêve, avec
les détails caractéristiques dont il se souvenait. Les
trois autres contenaient un commentaire assez
confus. « *Ce que l'on conçoit bien...* », grommela-t-il,
dépité. Autrefois, il excellait pourtant à la rédaction
de ces notes substantielles où, en quelques lignes,
son esprit net savait condenser l'essentiel d'une
longue réflexion. « Un entraînement à refaire, se dit-
il, si je veux me remettre à travailler pour les
revues... »

Voici ce qu'il avait écrit :

. . . .

Dans un rêve, deux choses bien distinctes :
1° *Le rêve lui-même, l'épisode (auquel le rêveur est
toujours plus ou moins mêlé). Action, généralement*

brève, fragmentaire, mouvementée, analogue à une scène de théâtre jouée par des acteurs.

2° Autour de ce court moment dramatique, il y a une situation donnée. Qui commande ce moment, et qui le rend plausible. Une situation qui reste en dehors, en marge, de l'action. Mais dont le rêveur a une conscience précise. Situation dans laquelle, d'après l'affabulation du rêve, le rêveur se trouve installé depuis longtemps. Comparable à ce que représente, pour chacun de nous, à l'état de veille, notre passé.

Dans l'exemple du rêve que je viens d'avoir, je remarque, autour des trois épisodes qui constituent l'action, tout un faisceau de circonstances qui, sans faire partie intégrante de mon rêve, y étaient implicitement contenues. Et même, à bien considérer, ces circonstances sont de deux sortes, constituent comme deux zones différentes : il y a les circonstances immédiates, dans lesquelles le rêve est comme enveloppé. Et puis, il y a une seconde zone, plus éloignée dans le temps : un ensemble de circonstances beaucoup plus anciennes, formant un passé imaginaire sans lequel le rêve n'aurait pas été possible. Ce passé, dont moi, le rêveur, j'étais constamment conscient, n'a joué au cours du rêve aucun rôle : il était seulement préexistant à ce rêve, comme le passé des personnages est préexistant à l'action qui les rassemble fortuitement sur la scène.

Précisons un peu. Ce que j'entends par circonstances de la première zone, c'est, par exemple, que je savais l'heure qu'il était, bien qu'il n'ait pas été question de l'heure pendant le rêve. Je savais qu'il était midi moins quelques minutes, et que j'attendais Gise pour déjeuner, comme tous les jours. Je savais que, le matin même, en son absence et sans pouvoir l'avertir, j'avais reçu un télégramme de Père, annonçant son retour, à cause de l'enterrement. (Ici, un point qui reste obscur : *l'enterrement de qui ?* Ce n'était pas l'enterrement de Mademoiselle. Mais c'était l'enterrement d'un proche, car nous étions tous atteints par ce deuil.) Je savais *que Père fouillait dans ses poches à la recherche de monnaie pour payer sa voiture,* car je savais *qu'un taxi, chargé de bagages, venait de le déposer devant la maison.* (Je crois même pouvoir dire que je voyais *ce taxi, arrêté dans la rue,* en même temps que je voyais *Père dans le vestibule.*) Etc.

Circonstances de seconde zone. J'entends par là une série d'événements assez anciens, dont l'Antoine du rêve connaissait l'existence. Ces événements, je ne puis pas dire précisément que j'y pensais, au cours du rêve ; mais leur souvenir était en moi, comme sont les souvenirs de notre vie réelle. Ainsi je savais (en réalité je devrais écrire : j'étais sachant) *que Père avait quitté la France depuis longtemps, envoyé à l'autre bout du monde,* par je ne sais quelle *Société de bienfaisance pour procéder à des enquêtes relatives à ses œuvres.* (Inspection des services pénitentiaires étrangers, ou quelque chose de ce genre.) Voyage si lointain, que c'était comme s'il n'avait jamais dû en revenir... Je savais *également les réactions que nous avions eues au moment de ce départ, accueilli par nous tous comme une aubaine inespérée.* Je savais *que, aussitôt libéré de sa tutelle, j'avais épousé Gise.* Que nous *avions pris possession de l'appartement, déménagé tout, vendu les meubles, distribué aux Sœurs les affaires personnelles de Père, abattu des cloisons pour transformer totalement la maison.* (Et, ce qui est étrange : ces transformations, dans le rêve, n'étaient pas celles que j'ai faites, dans la réalité. Ainsi, le vestibule du rêve était bien repeint en ocre clair ; mais il était garni d'un tapis rouge et non havane ; et, à la place de la console, il y avait l'ancienne horloge de chêne de l'antichambre de Père.) Ce n'est pas tout. Je

*n'en finirais pas de noter ce que je savais. Ceci, par
exemple : je savais, très précisément, que notre
chambre, à Gise et à moi (où pourtant aucune scène
de rêve ne s'est passée), était l'ancienne chambre de
Père, et qu'elle était devenue semblable à la chambre
d'Anne, avenue de Wagram. Bien plus : je savais que,
ce matin-là, Léon n'avait pas eu le temps de faire le
ménage, que notre grand lit était resté en désordre; et
j'étais terrifié à l'idée que Père allait ouvrir la porte de
cette chambre... Enfin je savais mille autres détails de
notre vie, et de celle de notre entourage. Notamment
ceci, qui me paraît curieux, puisque mon frère n'a eu
absolument aucun rôle dans ce rêve; je savais que
Jacques, désespéré de jalousie après notre mariage,
avait émigré en Suisse, et qu'il...*

La rédaction s'arrêtait là. Antoine n'avait plus
aucune envie de poursuivre. Il prit son crayon et ins-
crivit en marge :

*Rechercher ce qu'ont dit, à ce sujet, ceux qui se sont
occupés du Rêve.*

Puis il plia les feuillets, se leva, et mit de l'eau à
chauffer pour son inhalation.

Quelques instants plus tard, la tête enfouie sous
les serviettes, la figure ruisselante, les yeux clos, il
respirait profondément la buée bienfaisante, tout en
continuant à ruminer son rêve de la nuit. Il s'avisa
soudain que le sujet même de ce rêve témoignait
d'un certain état de mauvaise conscience, d'un certain sentiment de responsabilité, voire de culpabilité, que, à l'état de veille, son orgueil parvenait à
maintenir dans l'ombre. « Et, en effet, reconnut-il, je
n'ai pas lieu d'être bien fier de tout ce qui s'est passé
après la mort de Père. » (Il entendait par là, non seu-

lement son installation luxueuse, mais aussi sa liaison avec Anne, ses sorties du soir ; tout un irrésistible glissement vers la vie facile.) « Sans compter, ajouta-t-il, la perte d'une grande partie de la fortune laissée par Père... » (Il avait englouti, dans les dépenses faites pour la transformation de la maison, une bonne moitié de la fortune mobilière ; le reste, dédaignant le taux des sages placements de M. Thibault, il l'avait converti en valeurs russes, aujourd'hui tombées à zéro.) « Bah, se dit-il, pas de regrets stériles... » C'est ainsi qu'il avait coutume d'apaiser ses scrupules. Cependant — et ce rêve en était le sûr indice, — il conservait, au fond, la conception bourgeoise du « bien familial », de l'argent économisé pour être transmis ; et, bien qu'il n'eût de comptes à rendre à personne, il éprouvait un sentiment de honte à avoir dilapidé, en moins d'un an, un patrimoine que plusieurs générations avaient sagement constitué.

Il dégagea sa tête pendant quelques secondes, respira un peu d'air frais, tamponna ses yeux congestionnés, puis se blottit de nouveau sous les linges humides et brûlants.

Ces réflexions de ce matin, sur son hiver de 1914, rejoignaient les impressions irritantes qu'il avait éprouvées, la veille, après le départ de Gise, en parcourant ses beaux laboratoires déserts, et la pièce pompeusement baptisée « des archives », avec ses fichiers de *tests*, ses rangées de cartons neufs, numérotés et vides. Il avait pénétré dans la « salle de pansement », si bien agencée, et qui, pas une fois, n'avait servi. Et là, se souvenant de sa modeste installation de jadis, au rez-de-chaussée, de son existence active, utile, de jeune médecin, il avait compris que, depuis la mort de son père, il était engagé dans une fausse route.

L'inhalateur, attiédi, ne produisait plus qu'une faible vapeur. Il jeta loin de lui les serviettes trempées, s'épongea le visage, et regagna sa chambre.

« Ah... Eh... Ah... Oh... », fit-il, debout devant la glace, pour essayer sa voix. Elle était rauque, mais elle avait retrouvé du timbre, et il sentait son larynx momentanément dégagé.

« Vingt minutes de gymnastique respiratoire... Puis, dix minutes de repos. Après quoi, je m'habillerai, je préparerai ma valise, et, puisque je ne peux pas voir Philip aujourd'hui, j'irai prendre le premier train pour Maisons. »

Dans l'auto qui le conduisait à la gare, tandis qu'il traversait les parterres des Tuileries et regardait, sous le soleil de mai, les statues blanches se dresser sur les gazons, et une buée mauve estomper les contours de l'arc du Carrousel, il se rappela soudain ce matin de printemps où Anne et lui s'étaient donné rendez-vous dans la cour du Louvre ; et une idée subite lui traversa l'esprit :

« Menez-moi à l'entrée du Bois, cria-t-il au chauffeur. Et vous prendrez la rue Spontini. »

Parvenu à proximité de l'hôtel Battaincourt, il fit ralentir l'allure, et se pencha à la portière. Tous les volets étaient clos ; la grille, fermée. Sur le pavillon du concierge était pendu un écriteau :

BEL HÔTEL À VENDRE
Cour intérieure — Garage — Jardin
(Superficie totale : 625 m²)

Au-dessus de : À VENDRE, on avait ajouté, à la main : OU À LOUER.

L'auto longea lentement le mur du jardin. Antoine

n'éprouvait rien. Exactement, rien : ni émotion ni regret. Et il se demanda pourquoi il était venu faire ce pèlerinage.

« Demi-tour... Gare Saint-Lazare », cria-t-il au chauffeur.

« Oui, se dit-il, presque aussitôt, comme si rien n'avait interrompu ses méditations du matin, je me suis bien dupé moi-même en me persuadant qu'il était indispensable de mieux organiser ma vie professionnelle... Au lieu de stimuler le travail, toutes ces facilités matérielles ne faisaient que le paralyser ! Tout ce beau mécanisme fonctionnait à vide. Tout était prêt pour des réalisations de grande envergure. Et, en réalité, je ne fichais plus rien... » Il se rappela, soudain, l'attitude de son frère devant l'héritage paternel, et ce dégoût de Jacques pour l'argent, qu'Antoine, alors, avait jugé si niais. « C'est lui qui avait raison. Comme nous nous comprendrions mieux, aujourd'hui !... L'empoisonnement par l'argent. Par l'argent hérité, surtout. L'argent qu'on n'a pas gagné... Sans la guerre, j'étais foutu. Je ne me serais jamais purgé de cette intoxication. J'en étais arrivé à croire que tout s'achète. Je m'attribuais déjà, comme un privilège naturel d'homme riche, le droit de travailler peu, de faire travailler les autres. Je me serais, sans vergogne, attribué le mérite de la première découverte faite par Jousselin ou par Studler dans *mes* laboratoires... Un profiteur, voilà ce que je m'apprêtais à devenir !... J'ai connu le plaisir de dominer, par l'argent... J'ai connu le plaisir d'être considéré pour mon argent... Et je n'étais pas loin de trouver cette considération naturelle, pas loin de penser que l'argent me conférait une supériorité... Pas beau !... Et ces rapports faussés, équivoques, que l'argent établit entre le richard et les autres ! Un des plus sournois méfaits de l'argent ! Je commençais déjà à me méfier de tout et de tous. Je commençais à penser, de mes meilleurs amis : "Pourquoi me raconte-t-il ça ? Est-ce à mon carnet de chèques qu'il en a ?..." Pas beau, pas beau !... »

Il ressentait, à remuer cette lie, une telle amertume, que son arrivée à la gare Saint-Lazare lui parut une délivrance. Et il s'élança dans la cohue qui encombrait le hall, sans prendre garde à son essoufflement, heureux de cette diversion qui lui permettait d'échapper à lui-même.

« Un billet de... Non : une *troisième* militaire pour Maisons-Laffitte... À quelle heure est le train ? »

Il n'était pas bien souvent monté dans un wagon de troisième. Il y prenait aujourd'hui un âpre plaisir.

VII

Clotilde avait frappé. Le plateau en équilibre sur une main, elle attendit quelques secondes, puis frappa de nouveau. Pas de réponse. Dépitée à la pensée qu'Antoine était sorti sans avoir déjeuné, elle ouvrit la porte. L'obscurité régnait dans la chambre. Antoine était encore au lit. Il avait entendu ; mais, le matin, avant son inhalation, il était si aphone qu'il renonçait d'avance à tout effort pour émettre un son. C'est ce qu'il essaya de faire comprendre, par gestes, à Clotilde.

Bien qu'il eût accompagné sa mimique d'un sourire rassurant, la brave femme restait sur le seuil, les sourcils levés de surprise et de saisissement : en voyant Antoine incapable d'articuler un mot, — alors que, la veille au soir, à son arrivée, il était venu cau-

ser avec elle dans la cuisine, — l'idée qu'il avait eu
une attaque et qu'il était à demi paralysé lui avait
subitement traversé l'esprit. Antoine devina vaguement sa pensée, lui sourit davantage, lui fit signe
d'apporter le plateau jusqu'au lit, et prenant le
crayon et le bloc posés sur la table de chevet, il griffonna :

Excellente nuit. Le matin, suis toujours sans voix.

Elle déchiffra lentement le papier, considéra un
instant Antoine avec stupéfaction, puis déclara, sans
ambages :

« Ça ne fait rien, on ne s'attendait pas à retrouver
Monsieur dans cet état... *Ils* vous ont proprement
arrangé ! »

Elle alla pousser les persiennes. Le soleil matinal
envahit la pièce. Le ciel était bleu, et, par-delà l'encadrement de la vigne vierge qui pendait au balcon
de bois, les sapins tout proches, et, plus loin, les
cimes déjà verdoyantes de la forêt de Saint-Germain,
frémissaient sous un souffle léger.

« Monsieur va-t-il seulement pouvoir manger ? » fit-
elle, en revenant près du lit. Elle emplit la tasse de
lait chaud ; et, tandis qu'Antoine y émiettait un peu
de pain, elle recula d'un pas, attentive, les mains
dans les poches de son tablier. Il avalait si difficile-
ment, qu'elle ne se retint pas de répéter :

« On ne s'y attendait pas, non, pour sûr ! On savait
bien que Monsieur était gazé. Mais on se disait : "Les
gaz, c'est tout de même moins pire qu'une blessure..." Faut croire que non !... C'est vrai qu'aux
maladies, j'y connais rien. Quand Monsieur nous a
écrit, à ma sœur et à moi, de venir avec Mlle Gise
chez Mme Fontanin, Adrienne, elle, tout de suite,
elle a dit : "Je veux soigner des blessés." Mais moi,
j'ai dit : "Tout ce qu'on voudra, cuisine, ménage, j'ai
jamais boudé le travail. Seulement, pour ce qui est

des blessés, non, c'est pas mon goût." Ça fait que ces dames ont pris Adrienne à l'hôpital, et que je suis restée au chalet. Je ne me plains pas, quoiqu'il n'y ait guère le temps de musarder, Monsieur se rend compte : pour faire proprement tout ce qu'il y a à faire ici, une femme seule, il lui faudrait des jours de vingt-cinq heures. Mais, moi, ça me plaît mieux que de tripoter dans les plaies. »

Antoine l'écoutait en souriant. (À défaut de Gise, être soigné par cette fille dévouée n'eût pas été désagréable... Dommage qu'elle eût si peu la vocation de garde-malade...)

Pour marquer qu'il savait apprécier à sa valeur le fardeau de cette tâche quotidienne, il pinça les lèvres avec considération, et secoua plusieurs fois la tête.

« Oh, reprit-elle aussitôt, prise de scrupule, à bien regarder, ça fait moins de tracas qu'on ne croit. Ces dames sont quasiment toujours parties à l'hôpital. Je ne les ai guère que pour le dîner. Au midi, j'ai seulement M. Daniel et Mme Jenny, avec le petiot. »

Plus familière qu'autrefois, comme si les années de guerre avaient aboli d'anciennes distances, elle assourdissait Antoine de son bavardage, s'exprimant en toute liberté sur chacun : « ... Mlle Gise, toujours si serviable avec nous... » « ... Mme Fontanin, pas fière dans le fond, mais si intimidante qu'on ne sait jamais comment lui causer... » « ... Mme Nicole, qui a si peu d'ordre — et qui sait bien se faire servir, elle ! » « ... Mme Jenny, pas très parlante, mais forte au travail, et qui comprend les choses... » Et toujours elle revenait au « petiot », sur un ton d'admiration et de tendresse : « Un petiot qui promet ! Et qui saura commander, comme feu Monsieur !... » (« C'est vrai qu'il est le petit-fils de Père », se dit Antoine.) « Il ferait déjà tourner tout son monde en bourriques, si on le laissait faire... Monsieur n'imagine pas ce que

c'est : un vif-argent, un touche-à-tout ! Ça n'écoute
rien ni personne... Encore heureux que M. Daniel
soit toujours là pour le garder : moi, avec mon
ouvrage, ça ne serait pas possible. Faut jamais le
perdre de vue... M. Daniel, lui, ça l'occupe : toute la
journée, là, tout seul, à ne rien faire que de mâcher
son élastique, le temps lui durerait, sans ça... » Elle
branla un instant la tête, d'un air plein de sous-
entendus : « On ne m'ôtera pas de l'idée que, par le
temps qui court, il y en a d'aucuns qui ne sont pas
fâchés de pouvoir boiter... »

Antoine prit son bloc, et écrivit : *Léon* ?

« Ah, le pauvre Léon... » Elle n'avait guère de nouvelles à lui donner du domestique. (Il avait été fait
prisonnier, près de Charleroi, après quatorze heures
de campagne, le lendemain même du jour où il était
arrivé sur le front ; et Antoine, dès qu'il avait connu
le numéro du camp, avait chargé Clotilde d'expédier,
chaque mois, un colis de provisions. Léon remer-
ciait, régulièrement, par trois mots sur une carte. Il
ne donnait aucun détail sur sa vie.) « Monsieur sait
qu'il nous a demandé une flûte ? Mlle Gise en a
acheté une, à Paris. »

Antoine avait depuis longtemps achevé de boire
son lait.

« Faut que je redescende aider Mme Jenny, dit Clotilde, en le débarrassant du plateau. Mardi, c'est son
blanchissage, et la lessiveuse est lourde à manier :
ça salit, un petiot !... »

Elle avait déjà gagné la porte, lorsqu'elle se
retourna pour jeter sur Antoine un dernier regard.
Son visage plat prit soudain un air songeur :

« Monsieur Antoine, on en aura vu, quand même,
en ces années, dites ? On en aura vu de toutes !... Je
le dis souvent avec Adrienne : "Si défunt Monsieur

revenait! S'il pouvait voir tout ce qui s'est passé, depuis qu'il n'est plus là!" »

Resté seul, Antoine commença flâneusement sa toilette. Rien ne le pressait. Il avait l'intention de faire, avec application, son traitement.

« Si défunt Monsieur revenait... » La phrase de Clotilde lui avait remis en mémoire son rêve de la veille. « Quelle emprise Père exerce encore sur nous tous! » songea-t-il.

Il était onze heures passées, lorsqu'il rouvrit la fenêtre — qu'il avait fermée pour faire, sans être entendu, ses vocalises respiratoires.

Une voix d'homme s'éleva dans le jardin : « Jean-Paul! Descends de là! Viens près de moi! » Et, comme un écho éloigné, une voix de femme, calme et fraîche : « Jean-Paul! Veux-tu obéir à l'oncle Dane! »

Il s'avança sur le balcon. Sans écarter le rideau de vigne vierge, il glissa un regard dehors. Au-dessous de lui s'étendait l'étroite terrasse dominant le saut de loup qui séparait le jardin de la forêt. À l'ombre des deux platanes (où Mme de Fontanin se tenait toujours autrefois), Daniel était allongé sur une chaise d'osier, un livre sur les genoux. À quelques pas, un bambin en tricot bleu pâle cherchait à grimper sur le parapet de la terrasse à l'aide d'un petit seau, renversé à dessein au pied du mur. De l'autre côté du terre-plein, dans l'ancienne maison du jardinier, dont la porte ensoleillée était grande ouverte, Jenny, les bras nus, à demi agenouillée devant un baquet, savonnait du linge.

« Viens, Jean-Paul! » répéta Daniel.

Un rayon de soleil fit flamber, une seconde, la tignasse rousse. L'enfant s'était décidé à se retourner. Mais, pour ne pas paraître céder, il s'assit gra-

vement par terre, prit sa pelle, et remplit le seau de
sable.

Lorsque Antoine, quelques instants plus tard, descendit le perron, Jean-Paul était toujours à la même
place.

« Viens dire bonjour à l'oncle Antoine », fit Daniel.

Le gamin, accroupi au pied du parapet, s'affairait
à manier sa pelle, sans paraître avoir entendu. Il vit
Antoine approcher, lâcha sa pelle et baissa davantage la tête. Saisi à bras-le-corps, soulevé, il gigota
une seconde : puis, acceptant le jeu, il éclata d'un
rire clair. Antoine lui planta un baiser sur les cheveux, et lui demanda à l'oreille :

« Tu le trouves méchant, l'oncle Antoine ?

— Oui », cria l'enfant.

L'effort avait essoufflé Antoine. Il reposa le petit à
terre, et revint auprès de Daniel. Il était à peine assis,
que Jean-Paul revint à lui, en courant, escalada ses
genoux, et, se blottissant contre la tunique, feignit
de dormir.

Daniel n'avait pas bougé de sa chaise longue. Il
était sans cravate, vêtu d'un vieux pantalon sombre
et d'une ancienne veste de tennis en flanelle à
raies. Sa jambe artificielle était chaussée d'une
bottine noire ; l'autre pied était nu dans une
pantoufle. Il avait engraissé : il gardait une noble
régularité de traits, mais dans un masque empâté.
Avec ses cheveux trop longs, ce menton bleu, il
faisait songer, ce matin, à quelque tragédien de
province qui se néglige à la ville, mais qui, le soir,
à la rampe, fait encore de l'effet en empereur
romain.

Antoine qui, depuis son lever, s'occupait de ses
bronches et de son larynx remarqua, sans d'ailleurs
y attacher autrement d'importance, que le jeune
homme, après s'être laissé serrer la main, n'avait

même pas pensé à le questionner sur sa santé. (La veille au soir, à vrai dire, ils avaient eu l'occasion de s'entretenir l'un l'autre de leur état, et de se confier leurs misères.) Par contenance, il se pencha, avec un geste interrogatif, vers l'in-quarto relié que Daniel venait de fermer et de poser sur le gravier.

« Ça ? fit Daniel. *Le Tour du monde*... Un vieux périodique de voyages... *L'Année 1877.* » Il avait repris le volume et le feuilletait d'un doigt nonchalant : « C'est plein de gravures... Nous avons toute la collection là-haut. »

Antoine, distraitement, caressait les cheveux du petit qui semblait perdu dans une profonde songerie, la tête appuyée à la poitrine de son oncle, et les yeux largement ouverts.

« Quoi de neuf, ce matin ? Vous avez eu les journaux ?

— Non, fit Daniel.

— Le Conseil interallié semblait décidé, ces jours-ci, à étendre au front italien les pouvoirs de Foch.

— Ah ?

— Ce doit être officiel maintenant. »

Comme si tout à coup il avait découvert qu'il s'ennuyait, Jean-Paul se laissa glisser à terre.

« Où vas-tu ? dirent, en même temps, l'oncle Dane et l'oncle Antoine.

— Avec maman. »

Le gamin, sautant deux fois sur chaque pied, s'élança gaiement vers la maison du jardinier. Les deux hommes échangèrent un coup d'œil amusé.

Daniel avait sorti de sa poche un paquet de *chewing-gum*. Il le présenta à Antoine.

« Non, merci.

— Ça occupe, expliqua Daniel. Je ne fume plus. »

Il choisit une tablette, l'introduisit tout entière dans sa bouche, et commença à mastiquer.

Antoine le regardait faire en souriant :

« Vous me rappelez un souvenir de guerre... À Villers-Bretonneux... Nous avons eu à installer notre ambulance dans une ferme qui avait été occupée longtemps par des formations sanitaires américaines. Nos infirmiers ont perdu toute une journée à détacher à coups de marteaux les dépôts de chiques que ces dégoûtants avaient collées partout, aux plinthes, aux portes, sous les tables, sous les bancs... Ça devient dur comme du ciment, cette saleté-là !... Pour peu que l'occupation anglo-saxonne dure encore quelques années, tous les mobiliers de l'Artois et de la Picardie auront perdu leur silhouette primitive, pour devenir d'informes agglomérats de *chewing-gum*... » Une légère quinte l'interrompit quelques secondes. « ... À la façon... dont certains rochers du Pacifique... sont devenus des montagnes de *guano* ! »

Daniel sourit ; et Antoine, qui avait toujours été, comme Jacques, très sensible au charme de ce sourire, éprouva un sentiment de plaisir à constater que ce sourire n'avait rien perdu de sa séduction, et que, malgré l'empâtement des traits, la lèvre supérieure se retroussait toujours de même, vers la gauche, de biais, avec une spirituelle lenteur, tandis qu'une lueur malicieuse s'allumait insensiblement entre les paupières plissées.

Il n'en finissait pas de tousser. Il eut un geste d'impatience et de découragement :

« Vous voyez... quel vieux... catarrheux... je suis devenu... », articula-t-il, avec effort. Puis, après avoir repris son souffle : « *Ils* nous ont proprement arrangés — comme dit Clotilde. Et encore : nous sommes, sans doute, parmi les privilégiés !... »

— Vous, peut-être », dit Daniel, vite et bas.

Il y eut une minute de silence. Ce fut, cette fois, Daniel qui le rompit :

«Vous me demandiez si j'avais lu les journaux? Non. Le moins possible. Je ne pense que trop à tout ça! Je ne peux plus penser à rien d'autre... La lecture du communiqué, quand on sait, comme nous, ce que les mots veulent dire : *Légère activité sur le front de*... Ou bien : *Coup de main heureux à*... Non! » Il renversa la tête sur le dossier de sa chaise longue, et ferma les yeux, tout en continuant à mi-voix : «Il faut avoir *attaqué*, et attaqué comme fantassin, pour comprendre... Tant que j'étais cavalier, je ne savais pas ce qu'était la guerre... J'avais pourtant chargé, oui, trois fois... Et, ça non plus, une charge, ça ne peut pas se raconter... Mais ce n'est rien, à côté d'un assaut d'infanterie, d'une "sortie", à l'heure H, avec la baïonnette... »

Il frissonna, rouvrit les yeux, et regarda fixement devant lui, en mâchant rageusement sa gomme, avant de poursuivre :

«Au fond, combien sommes-nous, à l'arrière, qui savons que c'est? Ceux qui en sont revenus, combien sont-ils?... Et ceux-là, pourquoi en parleraient-ils? Ils ne peuvent, ils ne veulent rien dire. Ils savent qu'on ne peut pas les comprendre. »

Il se tut, et les deux hommes restèrent plusieurs minutes sans échanger un mot, sans même se regarder. Puis, Antoine, à son tour, commença, d'une voix hésitante, entrecoupée de toux :

«Il y a des moments où je me dis que c'est la dernière; que, après celle-là, non, il n'est pas possible de penser qu'il puisse y en avoir d'autres!... Des moments, où j'en suis sûr... Mais, à d'autres moments, je doute... Je ne sais plus... »

Daniel mastiquait en silence, les regards perdus. Que pensait-il?

Antoine s'était tu. Il avait vraiment trop de peine à parler plusieurs minutes de suite. Mais il continuait à réfléchir aux mêmes choses, pour la centième, pour la millième fois. « On est épouvanté, se disait-il, quand on mesure froidement tout ce qui s'oppose à la pacification entre les hommes... Combien de siècles encore avant que l'évolution morale — s'il y a une évolution morale ? — ait enfin purgé l'humanité de son intolérance instinctive, de son respect inné de la force brutale, de ce plaisir fanatique qu'éprouve l'animal humain à triompher par la violence, à imposer, par la violence, ses façons de sentir, de vivre, à ceux, plus faibles, qui ne sentent pas, qui ne vivent pas, comme lui ?... Et puis, il y a la politique, les gouvernements... Pour l'autorité qui déclenche la guerre, pour les hommes au pouvoir qui la décident et la font faire aux autres, ce sera toujours, aux heures de faillite, une solution si tentante, si facile... Peut-on espérer que jamais plus les gouvernements n'y auront recours ?... Il faudrait alors que ce leur soit devenu impossible : il faudrait que le pacifisme ait de telles racines dans l'opinion, ait pris une telle extension, qu'il oppose un infranchissable obstacle à la politique belliqueuse des États. C'est chimère que d'espérer ça... Et puis, le triomphe du pacifisme serait-il seulement une sérieuse garantie de paix ? Même si, un jour, dans nos pays, les partis pacifistes tenaient le pouvoir, qui nous dit qu'ils ne céderaient pas à la tentation de faire la guerre pour le plaisir d'imposer, par la violence, l'idéologie pacifiste du reste du monde ?... »

« Jean-Paul ? » lança gaiement Clotilde, à la cantonade.

Elle s'avançait vers eux, portant, sur un plateau,

une écuelle de porridge, des pruneaux cuits, une timbale de lait, qu'elle déposa sur la table du jardin.

« Jean-Paul ! » appela Daniel.

Le bambin traversa la terrasse, courant dans le soleil de toute la vitesse de ses jambes. Le bleu de son tricot, déteint par les lavages, avait exactement la nuance de ses yeux. Sa ressemblance avec Jacques enfant frappa de nouveau Antoine, tandis que Jean-Paul, enlevé par la robuste Clotilde, se laissait installer sur une chaise. « Le même front, songeait-il. Le même épi dans les cheveux... Le même teint brouillé, le même semis de taches de son autour du petit nez froncé... » Il lui sourit ; mais l'enfant, croyant qu'il se moquait, détourna la tête, et, crispant ses sourcils, lui jeta un coup d'œil furtif et rancunier. Ses yeux, semblables à ceux de Jacques, étaient d'une expression insaisissable, trop changeante : tantôt rieurs et câlins, tantôt inquiets, tantôt, comme en ce moment, sauvages et durs, du ton de l'acier. Mais, sous ces expressions diverses, le regard demeurait extraordinairement aigu, observateur.

Jenny, à son tour, traversa le terre-plein ensoleillé. Elle avait les manches retroussées, les mains gonflées par l'eau ; son tablier était trempé. Elle eut un bref et affectueux sourire pour Antoine :

« Comment s'est passée la nuit ?... Non, j'ai les doigts mouillés... Avez-vous dormi ?

— Plutôt mieux que de coutume, merci. »

Devant cette jeune mère, au buste épanoui, et qui accomplissait avec simplicité ces besognes de femme de ménage, Antoine se souvint brusquement de la jeune fille réservée, distante, raidie dans son tailleur de drap sombre, et les mains gantées — que Jacques avait amenée rue de l'Université, le jour de la mobilisation.

Elle se tourna vers Daniel :

« Tu serais gentil de lui faire manger son porridge. Je n'ai pas encore étendu mon linge. » Elle s'approcha de son fils, lui noua une serviette au cou, et caressa la petite nuque d'oiseau : « Jean-Paul va manger sagement sa bouillie avec l'oncle Dane... Je vais revenir, ajouta-t-elle en s'éloignant.

— Oui, maman. » (Il prononçait : *ma-man*, en détachant les syllabes, comme faisaient aussi Jenny et Daniel.)

Celui-ci avait quitté sa chaise longue pour venir s'asseoir à côté de l'enfant. Il n'avait pas cessé de suivre sa pensée, car, dès que sa sœur se fut éloignée, il dit, comme si rien ne l'avait interrompu :

« Et autre chose encore dont on ne peut pas parler, une chose dont personne, à l'arrière, ne pourra jamais se faire une idée : cette espèce de miracle qui se produisait toujours, dès qu'on entrait dans la zone de feu : d'abord, cette sensation d'affranchissement suprême que donnaient la soumission absolue aux hasards, l'interdiction de choisir, l'abdication de toute volonté individuelle ; et puis, ajouta-t-il, d'une voix qui trahissait son émotion, la camaraderie, la *fraternité* qu'il y avait là-bas, entre tous, dans la menace du danger... C'était si vrai, qu'il nous suffisait de passer "en soutien", de faire quatre kilomètres vers l'arrière pour redevenir des hommes... »

Antoine acquiesça en silence. De la guerre, il avait surtout des souvenirs de boue et de sang. Mais il comprenait ce que Daniel voulait dire. Il avait connu ce « miracle », cette communauté mystique des troupes au feu, cette épuration de l'individu, cette formation soudaine d'une âme collective et fraternelle, sous le poids d'une même fatalité.

Jean-Paul, intimidé par la présence d'Antoine, se laissait donner la becquée par Daniel, dont l'adresse à enfourner, tout en causant, la cuiller pleine dans la bouche ouverte de l'enfant témoignait qu'il n'en était pas à ses débuts dans ce rôle de père nourricier.

« Ce qui se passe là, devant moi, se dit tout à coup Antoine, aurait été jadis absolument imprévisible... Daniel, infirme, mal tenu, métamorphosé en bonne d'enfant !... Et ce petit, qui est le fils de Jenny et de Jacques !... Pourtant, cela est. Et c'est à peine si je m'étonne... Tant la réalité a d'évidence... Tant cette évidence s'impose !... Dès que les choses sont arrivées, nous ne pensons même plus qu'elles auraient pu ne pas être... Ou qu'elles auraient pu être toutes différentes... » Il pataugea une demi-minute dans ces pensées confuses : « Si Goiran m'entendait, je n'y couperais pas d'un discours en quatre points sur le libre arbitre... », observa-t-il.

« Allons, fais donc attention », gronda l'oncle Dane. Le gavage devenait plus laborieux depuis que le porridge avait cédé la place aux pruneaux. Le gamin, distrait, suivait des yeux le va-et-vient de sa mère, qui, de l'autre côté de la terrasse, suspendait sa lessive au grillage du poulailler ; et Daniel restait souvent, un bon moment, la cuiller levée, attendant que Jean-Paul consentît à ouvrir le bec. Mais il ne s'impatientait pas.

Lorsque Jenny eut terminé sa besogne, elle se hâta de venir relayer son frère. Antoine la regarda traverser de nouveau l'espace ensoleillé ; elle avait quitté son tablier, et baissait ses manches en marchant. Elle voulut délivrer Daniel. Mais il protesta :

« Laisse. Nous avons fini.

— Et notre lait ? fit-elle, d'une voix gaie. Vite ! Qu'est-ce que va dire l'oncle Antoine si Jean-Paul n'a pas bu son lait ? »

L'enfant qui, le coude dressé, repoussait déjà la

timbale s'arrêta pour fixer sur l'oncle Antoine un regard volontaire, chargé de défi. Il s'attendait à quelque menace. Déconcerté par le sourire complice et le clignement d'œil qu'Antoine lui décochait, il hésita une seconde; puis, une gaieté malicieuse éclaira sa frimousse; et, sans quitter Antoine des yeux, comme pour le prendre à témoin de sa docilité, il vida sa timbale sans reprendre souffle.

« Maintenant, Jean-Paul va venir faire un bon somme, pour que maman puisse déjeuner tranquille avec l'oncle Antoine et l'oncle Dane », reprit Jenny, en dénouant la serviette, et en aidant le petit à descendre de sa chaise.

Les deux hommes restèrent seuls.

Daniel fit quelques pas sur place, arracha au tronc du platane une lamelle d'écorce qu'il considéra distraitement avant de la briser entre ses doigts. Puis, il tira de sa poche une nouvelle tablette de gomme, et se remit à mastiquer. Enfin, il revint à sa chaise longue, et s'y allongea.

Antoine se taisait. Il songeait à Daniel, à la guerre, à l'attaque; il songeait à cette confrérie mystique de la première ligne. Le petit Lubin, au Mousquier — ce petit Lubin, qui, si souvent, lui rappelait son ancien collaborateur, le jeune Manuel Roy —, n'avait-il pas, un jour, à table, soutenu, avec un frémissement de la voix et de la nostalgie dans le regard, qu'« on peut dire ce qu'on voudra, la guerre a aussi sa *beauté* » ? Parbleu : c'était un gamin de vingt ans qui avait brusquement passé des bancs de la Sorbonne à la caserne, d'une équipe de football aux tranchées; qui était arrivé au front sans avoir rien « commencé » dans le civil, sans rien laisser derrière lui. Il s'était enivré gaillardement de ce sport

périlleux. « *La beauté* de la guerre, se disait Antoine.
Est-ce que ça compte, auprès de toutes les horreurs
que j'ai vues ? »

Brusquement, un souvenir lui revint. Une nuit —
au début de septembre 14, au cours de cette longue
bataille qu'Antoine, en lui-même, continuait à appeler « les attaques de Provins », et qui était pour tous
la bataille de la Marne — il avait eu à déménager en
vitesse son poste de secours, sous un violent bombardement. Après avoir réussi à évacuer les blessés,
il était parvenu, en rampant dans un fossé, suivi de
ses infirmiers, à s'éloigner des points de chute et à
atteindre une masure décapitée, dont les murs épais
et la cave voûtée pouvaient offrir un refuge provisoire. À ce moment, les canons ennemis avaient
allongé leur tir. Les obus se rapprochaient. Il avait
aussitôt fait descendre tous ses hommes dans la
cave, et refermé lui-même la trappe sur eux. Puis il
était resté seul, une vingtaine de minutes, au rez-de-
chaussée de la maison, accoté à la porte d'entrée,
guettant la fin de la rafale. Et c'est alors que la chose
s'était produite. Un éclatement brutal, à trente ou
quarante mètres, l'avait fait reculer précipitamment
au fond de la salle, sous un nuage de plâtras ; et là,
il s'était heurté à ses hommes, debout, alignés dans
l'obscurité. Comment étaient-ils là ? Voyant que le
major dédaignait de se « planquer » avec eux, ils
avaient, un à un, soulevé la trappe, et, sans se donner le mot, ils étaient venus se ranger silencieusement derrière leur chef.

« C'était pourtant un assez sale moment, songea
Antoine. Mais cette preuve de solidarité, de fidélité,
m'a procuré une minute de joie que je n'oublierai
jamais... Cette nuit-là, si quelque Lubin m'avait dit ·
"La guerre a aussi sa beauté", peut-être que j'aurais
dit : oui... »

Aussitôt il se ressaisit :

« Non ! »

Daniel, surpris, tourna la tête. Antoine, sans s'en apercevoir, avait parlé à mi-voix.

Il sourit légèrement :

« Je veux dire... », commença-t-il.

Il souriait, comme pour s'excuser. Il renonça à s'expliquer, et se tut.

Au premier étage, on entendait pleurer Jean-Paul, qui refusait de se laisser mettre au lit.

VIII

Jenny avait couché l'enfant dans son petit lit, et, comme chaque matin, en attendant qu'il fût endormi, elle s'habillait pour pouvoir, aussitôt après le déjeuner, aller prendre son service à la lingerie de l'hôpital. Lorsqu'elle passait devant l'une des fenêtres, elle apercevait à travers le tulle les deux hommes qui devisaient sous les platanes. La voix sans timbre d'Antoine ne parvenait pas jusqu'à elle ; celle de Daniel, lasse, avec de brusques éclats, montait par instants, sans toutefois que Jenny pût distinguer les paroles.

Elle se rappelait, avec un serrement de cœur, les deux jeunes hommes qu'ils avaient été, robustes, insouciants, gonflés l'un et l'autre de projets ambitieux. La guerre en avait fait ce qu'ils étaient aujourd'hui... Du moins ils étaient là, eux ! Ils continuaient à vivre ! Leur état s'améliorerait ; Antoine retrouverait sa voix ; Daniel s'accoutumerait à sa boiterie ; bientôt ils reprendraient leurs existences !... Jacques, non ! Lui aussi, par ce clair matin de mai, il aurait

pu être vivant, quelque part... Elle aurait tout quitté
pour le rejoindre... Ils seraient deux pour élever leur
fils... Mais tout était à jamais fini !

La voix de Daniel s'était tue. Jenny s'approcha de
la croisée et vit qu'Antoine se dirigeait vers la maison. Elle cherchait, depuis la veille, une occasion de
le voir seul. Elle s'assura d'un coup d'œil que Jean-
Paul ne s'agitait plus, acheva d'agrafer sa jupe, mit
rapidement un peu d'ordre dans sa chambre, et
ouvrit la porte sur le palier.

Antoine gravissait lentement l'escalier, la main
agrippée à la rampe. Lorsqu'il leva la tête et l'aperçut, elle sourit, posa un doigt sur ses lèvres, et vint
au-devant de lui :

« Venez le voir dormir. »

Trop essoufflé pour répondre, il la suivit sur la
pointe des pieds.

La chambre, tapissée d'une toile de Jouy à dessins
bleus, était très grande ; plus longue que large. Le
fond était occupé par deux lits pareils, entre lesquels
était placé celui de l'enfant. « Ce doit être l'ancienne
chambre des parents Fontanin », se dit Antoine,
cherchant à s'expliquer ces lits jumeaux, qui, chose
curieuse, semblaient être utilisés l'un et l'autre, car
chacun d'eux était flanqué d'une table de chevet garnie d'objets familiers. Au-dessus des lits, au centre
du panneau, attirant le regard comme une présence,
était accroché un portrait de Jacques, grandeur
nature : une peinture à l'huile, de facture moderne,
et qu'Antoine voyait pour la première fois.

Jean-Paul sommeillait, recroquevillé, une épaule
enfouie sous le traversin, les cheveux emmêlés, les
lèvres entrouvertes et humides ; le bras libre était

allongé sur la couverture, mais sans abandon : le petit poing était serré, comme pour un pugilat.

Antoine désigna le portrait, avec une mimique interrogative.

« Une toile que j'ai rapportée de Suisse », souffla Jenny. Elle contempla à son tour la peinture, puis l'enfant : « Ce qu'ils se ressemblent !

— Et si vous aviez connu Jacques à cet âge-là ! »

« Mais, songeait-il, ça n'implique en rien qu'ils se ressembleront moralement... Les innombrables éléments étrangers à Jacques que ce gosse porte en lui ! » Il acheva sa pensée à mi-voix :

« Étrange, n'est-ce pas ? cette multitude d'ancêtres, proches et lointains, directs et indirects, qui ont collaboré à cette petite existence ! Quels sont ceux dont l'influence prédominera ? Mystère... Chaque naissance est un miracle inédit ; chaque être est un ensemble d'éléments anciens, mais un assemblage entièrement neuf... »

L'enfant, sans s'éveiller, sans desserrer le poing, replia brusquement le bras devant son visage, comme pour se dérober à l'examen. Antoine et Jenny sourirent en même temps.

« Étrange aussi, se dit-il, tandis que tous deux, en silence, reculaient à l'autre bout de la pièce, étrange que, sur toutes les possibilités d'êtres différents que Jacques portait en lui, celui-là seul — ce composé-là, Jean-Paul, et aucun autre — ait trouvé sa forme, ait éclos à la vie... »

« De quoi ce pauvre Daniel vous parlait-il avec tant d'animation ? demanda-t-elle, en retenant un peu sa voix.

— De la guerre... Quoi qu'on fasse, c'est toujours par cette obsession-là qu'on est repris. »

Les traits de Jenny se durcirent :

«Avec lui, c'est un sujet que je n'aborde jamais plus.

— Non?

— Il émet trop souvent des opinions qui me font honte pour lui... Des choses qu'il trouve dans ses journaux nationalistes... Des choses que Jacques n'aurait jamais supporté qu'il dise devant lui! »

«Et elle, quels journaux lit-elle donc? se demanda Antoine. *L'Humanité*, en souvenir de Jacques? »

Elle se rapprocha brusquement :

«Le soir de la mobilisation (je vois encore l'endroit : devant la Chambre, près d'une guérite de factionnaire), Jacques m'a dit, en me saisissant le bras : "Voyez-vous, Jenny! à partir d'aujourd'hui, il faudra classer les gens d'après leur acceptation ou leur refus de l'idée de guerre!" »

Elle demeura un instant immobile; les paroles de Jacques résonnaient encore en elle. Puis elle eut un soupir étouffé, tourna sur elle-même, et vint s'asseoir devant un secrétaire d'acajou, dont le battant était ouvert. D'un geste, elle invita Antoine à prendre un siège.

Il restait debout, examinant le portrait. Jacques y était peint de trois quarts, assis, la tête hardiment levée, une main crispée sur la cuisse. Il y avait un peu de défi dans cette pose. Mais elle était naturelle, et Jacques aimait à s'asseoir ainsi. La mèche roux sombre barrait durement le front. («Plus tard, les cheveux du petit fonceront aussi», se dit Antoine.) Le regard encaissé, la grande bouche au pli amer, la mâchoire tendue, donnaient au visage une expression tourmentée, presque farouche. Le fond était inachevé.

«Ça date de juin 14, expliqua Jenny. C'est l'œuvre d'un Anglais, un nommé Paterson — qui se bat maintenant dans les rangs bolchevistes, paraît-il...

Vanheede avait recueilli ce portrait chez lui, et me l'a donné, à Genève. Vous savez, le petit Vanheede, l'albinos, l'ami de Jacques... J'ai dû vous en parler, dans mes lettres. »

De souvenir en souvenir, elle se mit à raconter tout son séjour en Suisse. (Elle était visiblement heureuse de s'entretenir avec Antoine, de ces choses qu'elle taisait à tous.) Vanheede l'avait conduite à l'*Hôtel du Globe*, lui avait montré la chambre de Jacques (« une mansarde, sur un palier, sans fenêtre... »), l'avait emmenée au *Café Landolt*, au *Local*, l'avait présentée aux survivants des réunions de *La Parlote*... C'est parmi eux qu'elle avait retrouvé Stefany, l'ancien collaborateur de Jaurès à *L'Humanité* (que Jacques lui avait fait connaître à Paris). Stefany avait réussi à gagner la Suisse, où il avait créé un journal : *Leur Grande Guerre*. Il était un des plus actifs de ce groupe de purs socialistes internationaux... « Vanheede m'a aussi accompagnée à Bâle », dit-elle, les yeux songeurs.

Elle se pencha vers son secrétaire, ouvrit un tiroir fermé à clef, et, avec précaution, comme d'un reliquaire, elle en tira un paquet de feuilles manuscrites. Avant de les donner à Antoine, elle les garda quelques secondes dans ses mains.

Antoine, intrigué, avait pris les papiers, et les feuilletait. Cette écriture...

Vous voilà aujourd'hui face à face, avec des balles dans vos fusils, stupidement prêts à vous entre-tuer...

Tout à coup, il comprit. Il tenait là, entre ses doigts, les dernières pages griffonnées par Jacques à la veille de sa mort. Les feuillets étaient froissés, surchargés de ratures, tachés d'encre d'imprimerie. L'écriture était bien celle de Jacques, mais méconnaissable, déformée par la hâte et la fièvre, tantôt violente et appuyée, tantôt tremblée comme celle d'un enfant :

L'État français, l'État allemand, ont-ils donc le droit de vous arracher à votre famille, à votre travail, et de disposer de votre peau, contre vos intérêts personnels les plus évidents, contre votre volonté, contre vos convictions, contre les plus humains, les plus légitimes, de vos instincts ? Qu'est-ce qui leur a donné, sur vous, ce monstrueux pouvoir de vie et de mort ? Votre ignorance ! Votre passivité !...

Antoine leva les yeux.

« Le brouillon du *manifeste*, murmura Jenny, d'une voix altérée. Plattner me l'a remis à Bâle... Plattner, le libraire qui s'était chargé de l'impression... Ils avaient gardé le manuscrit, ils m'ont...

— *Ils ?*

— Plattner et un jeune Allemand, Kappel, qui avait connu Jacques... Un médecin... Qui m'a été d'un précieux secours pour l'accouchement... Ils m'ont fait visiter le taudis où Jacques avait logé, où il avait écrit ça... Ils m'ont menée sur le plateau d'où il est parti en avion... » Elle revivait, en le racontant, son séjour dans la ville frontière, remplie de soldats, d'étrangers, d'espions... Elle revoyait ces bords du Rhin qu'elle essayait de décrire à Antoine, les ponts gardés militairement, la vieille maison de Mme Stumpf, la soupente habitée par Jacques, l'étroite lucarne qui s'ouvrait sur un paysage charbonneux de docks... Le trajet qu'elle avait fait jusqu'au plateau, avec Vanheede, Plattner et Kappel, dans la carriole branlante d'Andrejew, la même qui avait conduit Jacques au rendez-vous de Meynestrel... Elle entendait encore la voix gutturale de Plattner expliquer : « Ici, nous avons grimpé le talus... Il faisait nuit... Ici, nous nous sommes couchés, en attendant le petit jour... Ici, dans l'échancrure de la crête, l'avion est apparu... Il s'est posé là-bas... Thibault est monté... »

« Qu'a-t-il fait, à quoi songeait-il, pendant cette attente sur le plateau ? soupira-t-elle. Ils disent qu'il s'est éloigné d'eux... Qu'il a été s'étendre à l'écart, tout seul... Il a dû pressentir sa mort. Quelles ont été ses dernières pensées ? Je ne le saurai jamais. »

Antoine, les regards attirés vers le portrait, réfléchissait, lui aussi, en écoutant la jeune femme, à cette veillée sur le plateau, à cette arrivée de l'avion fatal — à cet absurde sacrifice ! Il songeait à l'inutilité tragique de cet héroïsme et de tant d'autres... À l'inutilité de presque tous les héroïsmes. Vingt souvenirs de guerre lui revenaient à l'esprit, sublimes et vains ! « Presque toujours, pensait-il, c'est une faute de jugement qui est à la base de ces folies courageuses : une confiance illusoire en certaines valeurs dont on ne s'est pas demandé, froidement, si elles méritaient la suprême abnégation... » Il avait — jusqu'au fétichisme — le culte de l'énergie et de la volonté ; mais sa nature répugnait à l'héroïsme ; et quatre années de guerre n'avaient fait que fortifier cette répugnance. Il ne cherchait nullement à rapetisser l'acte de son frère. Jacques était mort pour défendre ses convictions ; il avait été conséquent avec lui-même, jusqu'au sacrifice. Une telle fin ne pouvait inspirer que du respect. Mais, chaque fois qu'Antoine songeait aux « idées » de Jacques, il se heurtait toujours à cette contradiction fondamentale : comment son frère, qui, de toutes les forces de son tempérament et de son intelligence, haïssait la violence — (et ne l'avait-il pas prouvée, cette haine foncière, lorsqu'il n'avait pas hésité à risquer sa vie pour lutter contre la violence, pour prêcher la fraternisation et le sabotage de la guerre?) —, comment avait-il pu, pendant des années, militer pour la révolution sociale, c'est-à-dire soutenir la pire violence, la violence théorique, calculée, implacable, des doctrinaires? «Jacques n'était tout de même pas assez naïf, se disait-il, Jacques n'avait tout de même pas assez d'illusions sur la nature de l'homme, pour croire que la révolution totale qu'il espérait pût se faire sans de sanglantes injustices, sans une hécatombe d'innombrables victimes expiatoires!»

Ses regards, cessant d'interroger l'énigmatique visage du portrait, revinrent se poser sur celui de Jenny. Elle poursuivait simplement son récit; et une merveilleuse exaltation intérieure la transfigurait.

«Après tout, se dit-il, je n'ai jamais rien accompli qui me donne le droit de juger ceux que leur foi jette dans l'action extrême... Ceux qui ont l'audace de tenter l'impossible.»

«Une des choses qui me torturent le plus, ajouta Jenny, après un bref silence, c'est de penser qu'il n'a pas su que j'allais avoir un enfant.» Tout en parlant, elle avait repris les feuillets et les avait remis dans le tiroir. Elle se tut de nouveau, quelques secondes. Puis, comme si elle continuait à penser tout haut (et Antoine lui savait un gré infini de cette simple confiance) : «Vous savez, je suis heureuse que le petit soit né à Bâle; là où son père a vécu ses derniers jours; là où, sans doute, il a vécu les heures les plus intenses de sa vie...»

Chaque fois qu'elle évoquait le souvenir de Jacques, le bleu de ses prunelles fonçait insensiblement, un peu de rougeur envahissait ses tempes, et sur tout le visage affleurait une expression particulière, ardente et comme inassouvie, qui s'évanouis-

sait aussitôt. «Cet amour l'a marquée pour toujours», se dit Antoine. Il en était irrité, et il s'étonna
de cette irritation. «Amour absurde, ne pouvait-il
s'empêcher de penser. Entre ces deux êtres si manifestement mal faits l'un pour l'autre, l'amour n'a pu
être qu'un malentendu... Un malentendu qui n'aurait
sans doute pas duré, mais qui se prolonge maintenant dans le souvenir qu'elle garde de Jacques, et qui
perce dans tout ce qu'elle dit de lui!» (C'était une
idée à laquelle il tenait : qu'il y a, fatalement, à la
base de tout amour passionné, un malentendu, une
illusion généreuse, une erreur de jugement : une
conception fausse qu'on s'est faite l'un de l'autre, et
sans laquelle il ne serait pas possible de s'aimer
aveuglément.)

  « Le devoir qui me reste est lourd, dit-elle, faire de
Jean-Paul ce que Jacques aurait voulu faire de son
fils. Par instants, ça m'épouvante...» Elle releva le
front : une lueur d'orgueil glissa dans son regard.
Elle semblait penser : « Mais j'ai confiance en moi. »
Elle dit :

  « Mais j'ai confiance en ce petit! »

  Il était enchanté, d'ailleurs, de la voir aussi virile,
aussi vaillante en face de l'avenir. D'après le ton de
certaines lettres, il s'était attendu à la trouver plus
hésitante, plus vulnérable, moins bien préparée à sa
tâche. Il constatait avec plaisir qu'elle avait su échapper à l'envoûtement du désespoir; qu'elle ne s'était
pas, comme tant de femmes éprouvées, offerte avec
complaisance en pâture au malheur, pour sublimer
à ses propres yeux et au regard de tous son amour
brisé. Non : elle avait fait le rétablissement salutaire;
elle avait, énergiquement, repris la maîtrise d'elle-
même, et assumé, seule, la direction de sa vie. Il lui
laissa entendre combien une telle attitude lui inspirait d'estime :

« En cela, vous avez donné la mesure de votre trempe ! »

Elle l'avait écouté en silence. Puis, très simplement :

« Je n'ai aucun mérite... Ce qui m'a considérablement aidée, je crois, c'est que nous n'avions jamais eu de vie commune, Jacques et moi. Sa mort ne changeait rien aux habitudes de mon existence quotidienne... Oui, au début du moins, ça m'a aidée... Ensuite, il y a eu le petit. Bien avant sa naissance, c'est sa présence qui m'a soutenue. Ma vie gardait encore un but : élever l'enfant que Jacques m'avait laissé... »

Elle se tut de nouveau. Puis elle reprit :

« C'est une entreprise difficile... Cette petite nature est si délicate à manier ! Parfois, il me fait peur, ce petit... » Elle l'enveloppa d'un regard scrutateur, presque soupçonneux : « Daniel a dû, naturellement, vous parler de lui ?

— De Jean-Paul ? Non, pas particulièrement. »

Il flaira aussitôt que le frère et la sœur ne portaient pas le même jugement sur le caractère de l'enfant, et que cette divergence créait entre eux un point de désaccord.

« Daniel prétend que Jean-Paul éprouve du plaisir à désobéir. C'est injuste. Et c'est faux. En tout cas, c'est plus compliqué que ça... J'y ai bien réfléchi. Il est exact que, d'instinct, cet enfant dit : non. Mais ce n'est pas une mauvaise volonté : c'est un besoin de s'opposer. Je veux dire : un besoin de s'affirmer. Quelque chose comme le besoin de se prouver à lui-même qu'il existe... Et c'est, si manifestement, l'expression d'une force intérieure irrésistible qu'on ne peut pas lui en vouloir... C'est un instinct qui est en lui, comme l'instinct de conservation !... Moi, le plus souvent, je n'ose pas le punir. »

Antoine écoutait avec un intérêt amusé. Il fit un signe d'approbation pour encourager Jenny à poursuivre.

« Vous me comprenez ? dit-elle, avec un sourire rassuré et confiant. Vous qui avez l'habitude des enfants, il est probable que ça ne vous surprend pas... Moi, devant ce caractère rétif, je me sens devant un mystère... Oui : souvent, je le regarde me désobéir, avec une sorte de stupeur, de surprise intimidée, — j'allais presque dire : d'émerveillement, — comme je le regarde grandir, se développer, comprendre... S'il est seul dans le jardin, et qu'il tombe, il pleure ; mais je l'ai bien rarement vu pleurer s'il se fait du mal en présence de l'un de nous... Sans aucune raison perceptible, il refusera le bonbon que je lui offre ; mais il reviendra, en cachette, voler la boîte. Non par gourmandise : il n'essayera même pas de l'ouvrir : il ira la cacher sous le coussin d'une bergère, ou l'enfouir dans son tas de sable. Pourquoi ? Par simple désir, je crois, de faire un acte *d'indépendance*... Si je le gronde, il se tait : tous ses petits muscles se raidissent de révolte ; son regard change de couleur et se fixe sur moi si durement que je n'ose pas continuer. Un regard irréductible... Mais aussi un regard pur, solitaire... Un regard qui m'en impose ! Le regard de Jacques enfant, sans doute... »

Antoine sourit :

« Et le vôtre, peut-être, Jenny ! »

Elle écarta cette supposition d'un geste de la main, et enchaîna aussitôt :

« Je dois dire que, s'il résiste à toute contrainte, il cède, en revanche, au moindre geste de tendresse... Ainsi, au cours d'une bouderie, quand je parviens à l'attirer dans mes bras, tout est sauvé : il cache sa figure dans mon cou, il m'embrasse, il rit : c'est comme si quelque chose de dur, qu'il portait en lui, s'amollissait et fondait tout à coup... Comme s'il était brusquement délivré de son démon !

— Avec Gise, il doit être encore plus désobéissant ?

— Ce n'est pas la même chose, fit-elle, avec une soudaine raideur. *Tante Gi*, c'est une passion : dès qu'elle est là, rien ne compte plus !

— Obtient-elle de lui ce qu'elle veut ?

— Moins encore que moi, ou que Daniel. Il ne peut se passer d'elle, mais c'est pour la plier à tous ses caprices ! Et les services qu'il exige d'elle, ce sont, en général, ceux qu'il ne demandera à personne d'autre, par orgueil : comme de lui déboutonner sa culotte, ou de prendre un objet qu'il n'est pas assez grand pour atteindre. Et, si je ne suis pas là, jamais il ne lui dira merci ! Il faut entendre de quel air il la commande ! On croirait... » Elle s'interrompit une seconde, avant d'achever sa pensée : « Ce n'est pas très gentil pour Gise, ce que je vais dire là, mais je crois que c'est vrai : on croirait que Jean-Paul a flairé en elle l'esclave-née... »

Antoine, intrigué par ces derniers mots, considérait Jenny avec une attention interrogative. Mais elle évita son regard ; et comme à ce moment-là la cloche du déjeuner se mettait à tinter, elle se leva.

Ils s'approchèrent ensemble de la porte. Jenny semblait désireuse de dire quelque chose. Elle posa la main sur la serrure, puis la retira.

« Ça m'a fait du bien..., murmura-t-elle. Depuis mon retour de Suisse, je n'ai pu parler de Jacques avec personne...

— Et pourquoi pas avec Gise ? » hasarda Antoine, se souvenant des confidences et des regrets de la jeune fille.

Jenny, debout, les yeux baissés, l'épaule appuyée au chambranle, paraissait ne pas avoir entendu.

« Avec Gise ? répéta-t-elle enfin, comme si les sons avaient mis plusieurs secondes pour arriver jusqu'à elle.

— Gise est la seule qui pourrait vous comprendre. Elle aimait Jacques. Elle a beaucoup de chagrin... — elle aussi. »

Jenny, sans lever les paupières, secoua la tête. Elle semblait vouloir se dérober à toute explication. Puis elle regarda Antoine, et avec une rudesse inattendue :

« Gise ? Elle a son chapelet ! Ça occupe ses doigts, ça l'aide à ne pas penser ! » Elle avait de nouveau courbé la tête. Après une pause, elle ajouta : « Parfois, je l'envie ! » Mais le ton, et un bruit de gorge semblable à un rire avorté, démentaient violemment ses paroles. Elle parut aussitôt regretter ce qu'elle venait de dire : « Vous savez, Antoine, Gise est devenue une véritable amie pour moi, murmura-t-elle, d'une voix radoucie, et d'un accent sincère. Quand je songe à notre avenir, elle y tient une grande place. C'est une espèce de consolation pour moi d'espérer que, sans doute, elle restera toujours auprès de nous... »

Antoine attendait un « mais », qui vint, en effet, après une brève hésitation :

« Mais Gise est comme elle est, n'est-ce pas ? Chacun sa nature... Gise a d'immenses qualités. Gise a aussi ses défauts... » Après une nouvelle hésitation, elle déclara : « Par exemple, Gise n'est pas très franche.

— Gise ? Avec son regard si droit ! »

Le premier mouvement d'Antoine avait été de protester. À la réflexion, il entrevoyait maintenant ce que Jenny voulait dire. Sans être fausse, Gise, en effet, gardait volontiers certaines pensées secrètes ; elle évitait d'affirmer ses préférences ou ses antipa-

thies; elle redoutait les explications; elle savait taire
un ressentiment, et se montrer sans effort souriante,
serviable, avec ceux qu'elle aimait le moins. Timidité? Pudeur? Dissimulation? Ou plutôt, instinctive
duplicité de ces noirs dont un peu de sang coulait
dans ses veines — défense naturelle des races longtemps asservies? « L'esclave-née... »

Il rectifia presque aussitôt :

« Si, si, je comprends.

— Et vous voyez alors pourquoi, en dépit d'une
affection qui est très grande, en dépit d'une intimité
quotidienne, eh bien... malgré tout... il y a des sujets
que je ne peux pas aborder avec elle... » Elle se
redressa : « Absolument pas ! »

Et, d'un geste vif, comme pour mettre un point
final à l'entretien, elle ouvrit la porte :

« Venez à table ! »

IX

Le couvert était mis dehors, sous le porche de la
cuisine.

Le déjeuner fut rapide. Jenny n'avait guère d'appétit. Antoine, à qui le temps avait manqué pour
faire son traitement avant le repas, avalait avec difficulté. Daniel fut le seul à faire honneur aux ten-
drons de veau et aux petits pois de Clotilde. Il
mangeait en silence, indifférent et distrait. À la fin
du repas, à propos d'une remarque d'Antoine sur
Rumelles et les « mobilisés de l'arrière », il sortit
brusquement de son mutisme pour se lancer dans
une apologie féroce des « profiteurs » (« les seuls qui
ont su ramener les événements à la mesure de

l'homme... »). Et, à titre d'exemple, il cita, avec une admiration ricanante, l'essor pris par son ancien patron, « ce génial forban de Ludwigson », installé à Londres depuis le début des hostilités, et qui, affirmait-on, avait plusieurs fois décuplé sa fortune en créant, avec l'appui équivoque des banquiers de la City et de quelques politiciens anglais, une Société Anonyme de Carburants, la fameuse S.A.C.

« Oui, plus tard, elle ressemblera étrangement à sa mère », se disait Antoine, frappé de voir combien le physique de Jenny s'était modifié en ces quatre ans. La maternité, l'allaitement, avaient développé les hanches, les seins, épaissi la base du cou. Mais cet alourdissement n'était pas désagréable : il corrigeait ce qui subsistait encore de raideur protestante dans son maintien, son port de tête, et jusque dans la finesse un peu sèche des traits. Le regard était bien resté le même : il avait toujours cette expression de solitude, de courage silencieux, de détresse, qui avait tant intrigué Antoine, jadis, la première fois qu'il l'avait vue, enfant, au moment de la fugue de son frère et de Jacques... « Mais, malgré tout, se disait-il, elle paraît maintenant être plus à l'aise dans son personnage... Je m'étonne de l'attrait qu'elle exerçait sur Jacques... Comme elle était rebutante, autrefois ! Cet inconfortable mélange de timidité et d'orgueil ! Cette réserve glaciale ! Maintenant au moins elle ne donne plus cette impression d'avoir un effort surhumain à faire pour livrer un peu d'elle à autrui... Ce matin, elle m'a vraiment parlé avec confiance... Oui, elle a vraiment été parfaite, ce matin, avec moi... Oh, elle n'aura jamais la grâce, l'aménité de sa mère... Non : il y aura toujours, dans ce genre de distinction qu'elle a, je ne sais quoi que semble dire : "Je ne cherche pas à paraître. Je n'ai pas le souci de plaire. Je me suffis à moi-même..." Il en faut pour tous les goûts. Ce ne sera jamais mon type... N'empêche : elle a beaucoup gagné. »

Il avait été convenu qu'Antoine, aussitôt le déjeuner fini, accompagnerait Jenny à l'hôpital pour rendre visite à Mme de Fontanin.

Tandis que Daniel, allongé de nouveau sur sa chaise longue, prenait son café, Jenny monta éveiller Jean-Paul ; et Antoine en profita pour gagner lui aussi sa chambre, et procéder à une rapide inhalation : il redoutait les fatigues de la journée.

Jenny avait coutume de faire le trajet à bicyclette. Elle prit sa machine pour l'avoir au retour, et elle partit à pied avec Antoine à travers le parc.

« Daniel me semble assez changé, hasarda Antoine, dès qu'ils eurent traversé le jardin et atteint l'avenue. Est-ce que vraiment il ne travaille plus ?

— Plus du tout ! »

Le ton était chargé de reproche. Au cours de la matinée et pendant le repas, Antoine avait observé quelques indices de mésentente entre le frère et la sœur. Il en avait été surpris, se souvenant des prévenances que Daniel, naguère, prodiguait à Jenny. Et il s'était demandé si, sur ce terrain-là aussi, Daniel ne se négligeait pas.

Ils marchèrent quelques minutes en silence. Le feuillage naissant des tilleuls projetait sur le sol une ombre parsemée de taches lumineuses. L'air, sous ces vieux arbres, était lourd et mou comme avant la pluie, bien que le ciel fût pur.

« Sentez-vous ? » dit-il en dressant la tête. Par-dessus la palissade d'un jardin une haie de lilas en fleur embaumait.

« Il pourrait, s'il voulait, se rendre utile à l'hôpital, reprit-elle, sans attacher d'attention aux lilas.

Maman le lui a demandé bien des fois. Il dit : "Avec ma patte en bois, je ne suis plus bon à rien !" Mais ce n'est qu'un prétexte... » Elle changea la main qui tenait le guidon, pour se rapprocher d'Antoine. « Le vrai, c'est qu'il n'a jamais été capable de faire grand-chose pour les autres. Et maintenant moins que jamais. »

« Elle est injuste, se dit-il, elle devrait lui savoir gré de s'occuper de l'enfant. »

Jenny s'était tue. Puis elle décréta avec raideur :

« Il n'a jamais eu aucun sens social. »

Le mot était inattendu... « Elle rapporte tout à Jacques, remarqua-t-il, agacé. C'est d'après Jacques, maintenant, qu'elle juge son frère. »

« Vous savez, dit-il tristement, on est à plaindre quand on se sent un homme diminué... »

Elle ne songeait qu'à Daniel ; elle répliqua brutalement :

« Il pourrait avoir été tué ! De quoi se plaint-il ? Il est vivant, lui ? »

Elle reprit aussitôt, sans avoir conscience de sa cruauté :

« Sa jambe ? Il boite à peine... Qu'est-ce qui l'empêcherait d'aider maman à tenir la comptabilité de l'hôpital ? Ou même, s'il n'éprouve pas le désir d'être utile à la collectivité... »

« Encore un mot qui vient de Jacques », pensa Antoine.

« ... qu'est-ce qui l'empêcherait de se remettre à sa peinture... Non, voyez-vous, il y a autre chose. Ce n'est pas une question de santé, c'est une question de caractère ! » Sa fébrilité lui avait fait insensiblement accéléré l'allure. Antoine s'essoufflait. Elle s'en aperçut, et ralentit le pas. « Daniel a toujours eu la vie trop facile... Tout lui était dû ! Aujourd'hui, c'est dans sa vanité qu'il souffre, tout bêtement. Il ne

sort jamais du jardin, il ne va jamais à Paris. Pourquoi ? Parce qu'il a honte de se montrer. Il ne prend
pas son parti d'avoir dû renoncer à ses "succès" d'autrefois ! de ne plus pouvoir mener l'existence qu'il
menait ! son existence de joli garçon ! son existence
dissolue ! son existence immorale d'avant la guerre !

— Vous êtes sévère, Jenny ! »

Elle regarda Antoine, qui souriait, et elle attendit
que ce sourire fût dissipé pour déclarer, d'un ton
tranchant :

« J'ai peur pour mon petit !

— Pour Jean-Paul ?

— Oui ! Jacques m'a fait comprendre bien des
choses... J'étouffe, maintenant, dans ce milieu — qui
n'est plus le mien ! Et je ne peux pas accepter la pensée que c'est dans cette atmosphère-là que Jean-Paul
est appelé à grandir ! »

Antoine eut un bref redressement du buste,
comme s'il ne saisissait pas bien.

« Je vous dis tout cela parce que j'ai confiance, dit-
elle. Parce que j'aurai besoin de vos conseils, plus
tard... J'ai pour maman une affection profonde. J'ad-
mire son courage, la dignité de sa vie. Je n'oublie pas
tout ce qu'elle a fait pour moi... Mais, qu'y puis-je ?
Nous n'avons plus une seule idée commune ! Sur
rien !... Évidemment, je ne suis plus celle que j'étais
en 1914. Mais maman a tant changé, elle aussi !...
Voilà quatre ans qu'elle est à la tête de cet hôpital ;
quatre ans qu'elle organise, qu'elle décide, qu'elle ne
fait pas autre chose que de donner des ordres, de se
faire respecter, de se faire obéir... Elle a pris le goût
de l'autorité. Elle... Enfin, elle n'est plus la même, je
vous assure !... »

Antoine esquissa un geste évasif, vaguement incrédule.

« Maman était toute indulgence, continua Jenny.

Elle avait beau être très croyante, jamais elle ne cherchait à imposer aux autres ses façons de voir. Aujourd'hui !... Si vous l'entendiez catéchiser ses malades !... Et ce sont toujours les plus dociles qui obtiennent les plus longues convalescences...

— Vous êtes sévère, répéta Antoine. Injuste, sans doute.

— Peut-être... Oui... J'ai peut-être tort de vous raconter tout ça... Je ne sais comment me faire comprendre... Tenez, par exemple : maman dit "nos poilus"... Maman dit "les Boches"...

— Nous tous !

— Non. Pas de la même manière... Tous les crimes que l'on a pu commettre, depuis quatre ans, au nom du patriotisme, maman les absout ! Maman les approuve ! Maman est convaincue que la cause des Alliés est la seule pure, la seule juste ! La guerre doit durer aussi longtemps que l'Allemagne ne sera pas anéantie !... Et ceux qui ne pensent pas comme elle sont de mauvais Français... Et ceux qui cherchent les vraies origines du mal, et qui rendent le capitalisme responsable de tout ça, sont... »

Il l'écoutait avec étonnement. Ce que ces confidences lui révélaient sur l'état d'esprit de Jenny, sur sa vision du monde, sur cette nouvelle échelle des valeurs qu'elle avait adoptée sous l'influence posthume de Jacques, intéressait Antoine bien plus que les modifications survenues dans le caractère de Mme de Fontanin. Il avait envie de dire, à son tour : « J'ai peur pour le petit ! » Car il se demandait avec inquiétude si cette évolution de Jenny (qui ne pouvait être, selon lui, qu'assez factice, assez superficielle) ne risquait pas de créer autour de Jean-Paul une atmosphère dangereuse, plus dangereuse, en tout cas, pour le développement d'un jeune cerveau, que l'exemple oisif de l'oncle Dane, ou que le chauvinisme à courte vue de la grand-mère...

Ils débouchaient sur le rond-point ensoleillé d'où l'on apercevait l'entrée de la villa Thibault. Distrait malgré lui, Antoine parcourait du regard ces lieux qu'il lui semblait avoir connus dans un lointain passé, dans une existence antérieure...

Tout était cependant demeuré immuablement pareil : la large avenue, à large bas-côté, que bornait la perspective solennelle du château ; la petite place, avec son bassin rond et son jet d'eau des dimanches, ses parterres gazonnés et leurs bordures de buis, ses lices blanches, et, là-bas, enfouie sous les branches basses des arbres du jardin paternel, la barrière de service où Gise enfant venait guetter son arrivée. Ici, la guerre semblait n'avoir touché à rien...

Jenny s'arrêta avant de traverser la place :

« Maman, depuis plus de trois ans, vit en contact quotidien avec les souffrances de la guerre... Et on dirait qu'elle n'est plus capable d'en être émue, tant sa sensibilité s'est endurcie à faire ce métier révoltant...

— Le métier d'infirmière ?

— Non, fit-elle durement, le métier qui consiste à soigner, à guérir, de jeunes hommes uniquement pour qu'ils puissent repartir se faire tuer ! Comme on recoud les chevaux éventrés des picadors avant de les relancer dans l'arène ! » Elle baissa le front, et, soudain, se tourna vers Antoine avec une tardive timidité : « Je vous scandalise ?

— Non ! »

Il fut surpris lui-même par la spontanéité de ce « non » ; surpris de s'apercevoir qu'il était, aujourd'hui, infiniment plus éloigné du patriotisme d'une Mme de Fontanin que des réprobations, des indignations, d'une Jenny. Et, songeant à son frère, il se répéta, une fois de plus « Comme je le comprendrais mieux qu'autrefois. »

Ils arrivaient à la grille.

Elle soupira ; elle regrettait que leur promenade prît fin. Elle lui sourit affectueusement :

« Merci... C'est si bon, une fois par hasard, de pouvoir parler à cœur ouvert... »

X

La grille ouvragée de la villa (avec son prétentieux monogramme O.T., à peine dédoré par le temps) était ouverte. Les roues des ambulances avaient creusé des ornières dans l'allée, où il ne restait plus trace du gravier fin que M. Thibault faisait jadis ratisser chaque jour. Ouvertes aussi, la plupart des fenêtres de la maison, dont on apercevait entre les branches la façade ensoleillée, gaiement pavoisée de stores neufs à raies rouges.

« C'est ici mon domaine de lingère, dit Jenny, lorsqu'ils arrivèrent devant les portes des anciennes remises. Je vous laisse... Traversez la véranda, et entrez à droite, au bureau. Vous y trouverez maman. »

Resté seul, il fit halte pendant quelques secondes, pour souffler. Chaque buisson, chaque tournant d'allée où se posait son regard, lui redevenait immédiatement familier. Les sons d'un piano, qui arrivaient jusqu'à lui par bouffées, évoquèrent soudain une vision d'autrefois : Gise, juchée sur un tabouret, sa natte sur le dos, et ânonnant des gammes sous le double contrôle de la vieille Mademoiselle et d'un métronome au rythme impératif...

À travers les massifs, il apercevait, devant la villa,

une animation de kermesse : de jeunes hommes, coiffés de bonnets de police et vêtus de flanelle grise, en espalier sur les degrés du perron, devisaient au soleil. D'autres, réunis autour des tables de jardin, jouaient aux cartes ou lisaient les journaux. Deux soldats, sans veste, en culottes bleues d'uniforme et en bandes molletières, coupaient l'herbe de la pelouse, et Antoine reconnut le cliquetis exaspérant de la tondeuse à gazon. Plus loin, sous le hêtre, une demi-douzaine de convalescents s'ébrouaient autour du vieux jeu de tonneau, et l'on entendait tinter les palets contre la grenouille de bronze.

À l'approche de ce major étranger, les hommes vautrés sur les marches se soulevèrent pour saluer militairement. Antoine gravit le perron. La véranda avait été entièrement vitrée et transformée en un jardin d'hiver, clos et tiède comme une serre. C'est là que venaient s'étendre les malades que leur état n'autorisait pas encore à sortir. À gauche, se dressait le piano — et c'était bien l'antique instrument en noyer clair sur lequel s'exerçait Gise enfant. Un soldat, assis au clavier, y cherchait d'un doigt novice le refrain de *La Madelon*.

Le piano se tut, et des mains se levèrent pour saluer le passage du major. Antoine pénétra dans le salon. Il était désert à cette heure. Il avait pris l'aspect d'un hall d'hôtel : fauteuils et chaises étaient groupés autour de quatre tables à jeu.

La porte du cabinet de M. Thibault était fermée. Sur un carton fixé par des punaises, il lut : *Secrétariat*. Il entra. Et, d'abord, il ne vit personne. La pièce avait conservé son mobilier : la grande table de chêne, le fauteuil, les bibliothèques, trônaient solennellement à leurs places consacrées. Mais le cabinet était divisé en deux par un paravent déplié. Au bruit de la porte, une machine à écrire stoppa, et la tête d'un jeune secrétaire émergea au-dessus du paravent. Il eut à peine dévisagé l'arrivant, qu'il s'écria, joyeux :

« Monsieur le docteur ! »

Antoine, interloqué, sourit. À vrai dire, il ne reconnaissait pas du tout le grand garçon qui venait à lui ; mais ce devait être Loulou, le plus jeune des deux orphelins de la rue de Verneuil, le gamin qu'il avait jadis opéré d'un abcès au bras. (En quittant Paris au début de la guerre, Antoine avait confié les deux enfants à Clotilde et à Adrienne. Il se rappela vaguement avoir appris que Mme de Fontanin leur avait trouvé un emploi à l'hôpital.)

« Ce que tu as grandi ! fit-il. Quel âge, maintenant ?

— Classe 20, Monsieur le docteur.

— Et qu'est-ce que tu fais ici ?

— J'ai commencé par être vaguemestre. Maintenant, je fais les écritures.

— Et ton frère ?

— En Champagne... Il a été blessé, vous avez su ? À la main. En avril 17. Près de Fismes. Vous connaissez ? Il s'était engagé en 16... On lui a rogné ces deux doigts-là... Heureusement, c'est la gauche...

— Et il est reparti au front ?

— Oh, il sait se débrouiller ! Il s'est fait affecter à la météo... Il ne risque plus. » Loulou regardait Antoine avec une curiosité apitoyée. Il murmura enfin : « Vous, c'est les gaz ?

— Oui », répondit Antoine. Il avisa un petit fauteuil de velours grenat à clous dorés, qui lui rappelait son enfance, et s'assit d'un air las.

« C'est moche, les gaz, constata Loulou, en fronçant le museau. Et puis, moi je trouve que ça n'est pas loyal, pas régulier...

« — Mme de Fontanin n'est pas là ? interrompit Antoine.

— Elle est montée... Je vais la prévenir... On s'attend à un arrivage : on rajoute des lits partout. »

Antoine demeura seul. Seul, avec son père. La forte personnalité de M. Thibault habitait encore cette pièce. Elle émanait de chaque objet, de la place choisie pour chacun d'eux et conforme à un usage déterminé — de l'encrier à capsule d'argent, de la lampe de bureau, du tampon buvard, de l'essuie-plume, du baromètre pendu au mur. Personnalité si tenace, qu'il ne suffisait pas d'un déplacement de meuble ou de la pose d'un paravent pour en venir à bout : elle restait opiniâtrement enracinée dans ces lieux qu'elle avait, durant un demi-siècle, encombrés de son autoritaire prédominance. Antoine n'avait qu'à jeter les yeux sur cette porte de faux chêne pour l'entendre s'ouvrir et se refermer d'une certaine manière, inoubliable, à la fois contenue, sournoise et violente. Il n'avait qu'à regarder sur le tapis cette traînée d'usure, pour revoir aussitôt son père, dans sa jaquette aux basques flottantes, les yeux mi-clos, ses grosses mains gonflées solidement nouées sur sa croupe, allant, d'un pas pesant, de la bibliothèque à la cheminée. Et il lui suffisait de contempler un instant cette copie du *Christ* de Bonnat, et, au-dessous, ce fauteuil vide, avec ces initiales enlacées en creux dans le cuir : il y ressuscitait immédiatement la volumineuse présence de M. Thibault, lourdement tassé sur son siège, les épaules rondes, levant sa barbiche vers quelque visiteur important, et, avant de parler, cueillant son lorgnon entre ses sourcils pour le glisser dans la poche de son gilet, d'un geste recueilli et assuré qui ressemblait à un signe de croix.

Le bruit de la serrure le fit se lever. Mme de Fontanin entra.

Elle était en blouse, comme ses infirmières, mais ne portait pas de voile sur les cheveux, devenus tout à fait blancs. Le visage était pâle et amaigri. « Teint de cardiaque, songea machinalement Antoine. ... Ne fera peut-être pas de vieux os... »

Elle lui saisit les deux mains, le fit rasseoir, et alla s'installer de l'autre côté de la grande table, dans le fauteuil à initiales. C'était, de toute évidence, la place habituelle de la « huguenote... » (Si défunt Monsieur revenait... ! »)

Tout de suite, elle le questionna sur sa santé. Ces quelques minutes d'attente l'avaient reposé ; il sourit :

« Si j'avais dû y rester, ce serait déjà fait... Heureusement, le fond est solide... »

À son tour, il l'interrogea sur l'hôpital, sur la vie qu'elle s'était faite. Elle s'anima aussitôt :

« Je n'ai aucun mérite... J'ai un personnel admirable. Sous les ordres de Nicole. La chère enfant a tous ses diplômes, comme vous savez. Elle me rend d'immenses services... Oui : un personnel admirable ! Et entièrement composé de jeunes femmes et de jeunes filles qui habitent Maisons, de sorte que toutes mes chambres sont pour mes malades. Et mes infirmières sont bénévoles, ce qui me permet de boucler mon budget, malgré la modicité des allocations. Mais je suis très aidée ! Je l'ai été depuis le premier jour ! Le pays s'est montré si généreux ! Songez que tout mon matériel, lits, cuvettes, vaisselle, linge, tout m'a été fourni par des voisins ! Et, tenez : nous prévoyons un nouvel arrivage... Nicole et Gisèle sont parties quêter de la literie. Je suis sûre qu'elles trouveront tout ce qui me manque ! » Ses yeux levés, son sourire triomphant, épanoui de gratitude, sem-

blaient rendre grâce au Tout-Puissant d'avoir peuplé
le monde, et singulièrement Maisons-Laffitte, de
créatures serviables et de cœurs compatissants.

Elle décrivit en détail les modifications apportées
à la villa, et celles qu'elle projetait encore. L'idée que
la guerre et sa vie d'hôpital pussent jamais prendre
fin ne paraissait pas l'effleurer.

« Venez voir ! » fit-elle allègrement.

Tout était transformé, en effet. La salle de billard
était devenue une infirmerie ; l'office, un cabinet de
consultation ; la salle de bains, une salle de pansement. L'orangerie, bien chauffée, était convertie en
chambrée où douze lits tenaient à l'aise.

« Montons. »

Les chambres, désertes à cette heure, formaient
des petits dortoirs. Quinze malades logeaient au premier ; dix au second ; et, à l'étage des combles, une
demi-douzaine de lits supplémentaires étaient utilisés en cas de presse.

Antoine eut la curiosité de revoir son ancienne
chambre, mais elle était fermée à clef. On attendait
le service de désinfection : la pièce venait d'être occupée par un paratyphique qu'on avait transféré le
matin même à l'hôpital de Saint-Germain.

Mme de Fontanin allait de chambre en chambre,
ouvrant les portes avec l'autorité d'un chef d'entreprise, inspectant tout d'un œil averti, vérifiant au
passage la propreté des lavabos, la température des
radiateurs, et jusqu'aux titres des livres et des revues
qui traînaient sur les tables. Par intervalles, d'un
geste qui était devenu un tic, elle soulevait son poignet et vérifiait l'heure.

Antoine suivait, un peu essoufflé. La phrase de
Clotilde lui trottait en tête : « Si défunt Monsieur... ! »

Au second étage, comme Mme de Fontanin le faisait entrer dans une chambre tendue d'un papier à

fleurs et dont la croisée s'ouvrait sur les cimes des marronniers, il s'arrêta sur le seuil, saisi par ses souvenirs :

« La chambre de Jacques... »

Elle le regarda, surprise. Et, soudain, ses yeux s'emplirent de larmes. Par contenance elle alla fermer la fenêtre. Puis, comme si ce rappel imprévu lui faisait désirer un entretien plus intime :

« Maintenant, je vous emmène au pavillon des écuries, où j'ai établi mon quartier général. Nous y serons mieux pour causer. »

Ils descendirent l'escalier en silence. Afin d'éviter le passage par la véranda, ils gagnèrent le jardin par la porte de service. Quatre soldats, à l'ombre, repeignaient en blanc des lits de fer. Mme de Fontanin s'approcha :

« Dépêchons, mes enfants... Il faut que ce soit sec pour demain... Et vous, Roblet, descendez de là ! » (Un homme, perché sur l'auvent de la cuisine, rattachait les tiges de la clématite.) « Avant-hier vous étiez encore au lit, et aujourd'hui vous grimpez aux échelles ? » L'homme, un barbu qui devait être dans la territoriale, obéit en souriant. Dès qu'il fut à terre, elle alla vers lui, défit deux boutons de sa veste, et lui tâta les côtes : « Naturellement. Votre bandage est desserré. Allez montrer ça à l'infirmerie ! » Et, prenant Antoine à témoin : « Un garçon qui a été opéré il n'y a pas trois semaines ! »

Ils firent le tour de la pelouse pour arriver aux anciennes écuries. Les malades qu'ils croisaient tournaient vers Mme de Fontanin un visage amical, et soulevaient leurs bonnets de police, à la manière des civils.

« Mon logis est là-haut », dit-elle, en poussant la porte du pavillon.

Au rez-de-chaussée, des établis occupaient les stalles des chevaux ; le sol était jonché de débris.

« Ici, c'est ce qu'ils appellent l'atelier de *bricolage*, expliqua-t-elle, en s'engageant dans le petit escalier de moulin qui donnait accès à l'ancien logement du cocher. Je n'ai plus jamais de travaux à faire faire au-dehors. Ces braves enfants me font toutes mes réparations : plomberie, menuiserie, électricité... »

Elle le précéda dans la première des deux mansardes, dont elle s'était fait un petit bureau personnel. Le mobilier se composait de deux fauteuils de jardinet, d'une table chargée de dossiers et de livres de comptes ; une natte usée était jetée en travers du carrelage. Sur la table, Antoine, en entrant, avait tout aussitôt reconnu *sa* lampe — une grosse toupie à pétrole, coiffée d'un abat-jour de carton vert, sous lequel, jadis, par les nuits chaudes de juin bourdonnantes de phalènes, il avait préparé tant d'examens, tandis que tout dormait dans la maison. Le mur était fraîchement blanchi à la chaux. Quelques photographies y étaient épinglées : Jérôme, jeune homme, la taille cambrée, une main posée sur le dossier d'un fauteuil à capitons ; Daniel, les mollets nus, en costume de marin anglais ; Jenny, enfant, les cheveux flottants, un pigeon apprivoisé sur son poing tendu ; et une autre Jenny, jeune femme, en deuil, avec son fils sur les genoux.

Une quinte de toux obligea Antoine à prendre un siège, sans attendre d'y être invité. Lorsqu'il redressa la tête, il surprit le regard attentif de Mme de Fontanin fixé sur lui ; mais elle ne fit aucune réflexion sur sa santé.

« Je vais profiter de votre visite pour avancer un peu mes raccommodages, dit-elle, riant avec un rien de coquetterie. Je n'ai plus jamais le temps de faire un point. » Elle repoussa la bible noire qui était sur la table pour installer à la place sa corbeille à ouvrage ; et, après un nouveau coup d'œil à sa montre, elle s'assit.

« Daniel vous a-t-il un peu parlé ? Vous a-t-il seulement laissé examiner sa jambe ? » demanda-t-elle, en étouffant un soupir. (Daniel ne lui avait jamais laissé voir son membre mutilé.)

« Non. Mais il m'a conté toutes ses misères... Je lui ai conseillé certains exercices de rééducation. On arrive à des résultats prodigieux avec un peu de persévérance... Il reconnaît d'ailleurs qu'il ne peine presque plus à marcher, depuis qu'il a ce nouvel appareil. »

Elle semblait ne pas avoir écouté. Les mains au creux de sa jupe, la tête levée vers la croisée, elle laissait son regard songeur errer sur les verdures du jardin.

Brusquement, elle se tourna :

« Vous a-t-il raconté ce qui s'est passé, ici, le jour où il a été blessé ?

— Ici ?... Non...

— Dieu m'a fait la grâce de me prévenir, expliqua-t-elle gravement : Au moment où Daniel a été atteint, j'ai reçu l'avertissement de l'Esprit. » Sa main se souleva légèrement et elle se tut, troublée. Puis, non sans quelque solennité dans sa simplicité voulue (comme si elle récitait une page des Écritures — et aussi comme si elle avait un devoir à remplir en portant, devant les hommes, témoignage d'un miracle), elle poursuivit : « Ce jour-là était un jeudi. Je me suis éveillée au petit jour. J'ai senti la présence de Dieu, et j'ai voulu prier. Mais j'éprouvais un grand malaise... Depuis la création de l'hôpital, c'était la première fois que j'étais souffrante ; et je ne l'ai plus jamais été après... J'ai voulu aller ouvrir ma fenêtre pour appeler une des gardes de nuit. Je n'ai pu tenir debout. Heureusement, ne me voyant pas venir comme à l'habitude, l'une d'elles est accourue. Elle m'a trouvée immobilisée dans mon lit. Dès que je me soulevais, je retombais, prise de vertige. J'étais sans forces, comme si j'avais perdu mon sang par une plaie. Je ne cessais de penser à Daniel. J'ai prié. Mais mon état n'a fait qu'empirer pendant toute la matinée. Jenny m'a plusieurs fois amené le médecin. On m'a donné du sirop d'éther. Je ne pouvais presque pas parler. Enfin, à onze heures et demie, un peu après la première cloche du déjeuner, j'ai poussé un cri involontaire, et j'ai eu une courte syncope. Aussitôt revenue à moi, je me suis sentie mieux. Tellement mieux que, à la fin de l'après-midi, j'ai pu me lever, descendre au secrétariat, signer les états et le courrier. C'était fini. » Elle parlait d'une voix égale, un peu retenue; elle fit une pause avant de continuer : « Eh bien, mon ami, c'est ce jeudi-là, au petit jour, que le régiment de Daniel a reçu l'ordre d'attaquer. Toute la matinée, il s'est battu comme un héros, le cher enfant, sans être blessé. Mais, un peu après onze heures et demie, un éclat d'obus lui a fracassé la cuisse. Un peu après onze heures et demie... On l'a porté au poste de secours, et de là dans une ambulance où il a été amputé, quelques heures après. Il était sauvé... » Elle secoua la tête, plusieurs fois, en le regardant. « Tout cela, naturellement, je ne l'ai su que dix jours plus tard. »

Antoine se taisait. Qu'aurait-il pu dire ?... Ce récit lui remit en mémoire la méningite de Jenny enfant, et l'intervention « miraculeuse » du pasteur Gregory. Il se souvint aussi d'un mot que le docteur Philip disait quelquefois en souriant : « Les gens ont toujours les histoires qu'ils méritent... »

Mme de Fontanin était demeurée quelques instants silencieuse. Elle avait pris son ouvrage. Mais, avant de commencer à coudre, elle pointa vers la photo de Jenny et de Jean-Paul ses lunettes qu'elle venait de tirer de leur étui :

« Vous ne m'avez pas encore dit comment vous trouviez notre petit ?

— Magnifique !

— N'est-ce pas ? dit-elle, triomphalement. Daniel me l'amène, de loin, le dimanche. Chaque fois, je le trouve plus développé, plus vigoureux !... Daniel se plaint que cet enfant soit difficile, désobéissant. Mais si ce petit a du caractère, comment s'en étonner ? Et puis, il faut qu'un garçon ait de l'énergie, de la volonté... Vous ne me contredirez pas ! dit-elle, malicieusement. C'est dur pour moi de le voir aussi rarement. Mais il a moins besoin de moi que mes malades... » Et, comme un cours d'eau un instant détourné qui retrouve sa pente, elle se remit à parler de son hôpital.

Il l'approuvait en silence, peu désireux de répondre, car il craignait de réveiller sa toux. Depuis qu'elle avait mis ses lunettes, c'était une vieille femme. « Un teint de cardiaque », pensa-t-il de nouveau. Elle se tenait très droite dans son fauteuil, et elle cousait sans hâte dans une pose à la fois familière et majestueuse, tout en expliquant le fonctionnement de ses services et les mille soucis de la responsabilité qu'elle assumait.

« À quelque chose malheur est bon, songea Antoine. La guerre a procuré aux femmes de cette espèce, et de cet âge, une forme inespérée de bonheur ; une occasion de dévouement, d'activité publique ; le plaisir de la domination, dans une atmosphère de gratitude... »

Comme si Mme de Fontanin eût deviné ses pensées, elle dit :

« Oh, je ne me plains pas ! Si lourde que soit parfois ma tâche, elle m'est devenue nécessaire : je ne crois pas que je pourrai jamais reprendre ma vie d'autrefois. J'ai maintenant besoin de me sentir utile. » Elle sourit : « Savez-vous ? Il faudrait que vous fondiez, plus tard, une clinique pour vos malades : et moi, je vous la dirigerais ! » Elle ajouta aussitôt : « Avec Nicole, avec Gisèle... Avec Jenny, peut-être... Pourquoi non ? »

Il répéta, complaisamment :

« Pourquoi non, en effet ? »

Après une courte pause, elle reprit :

« Jenny aussi aura besoin d'une occupation dans la vie. » Elle soupira soudain, et, sans chercher à exprimer l'association secrète de ses pensées : « Pauvre Jacques. Je n'oublierai jamais cette dernière fois où je l'ai vu... »

Elle se tut de nouveau. Son retour de Vienne, au lendemain de la mobilisation, lui revint à l'esprit. Mais elle excellait à chasser les souvenirs pénibles. Elle fit, en même temps, un geste de la main pour rejeter une mèche blanche qui lui frôlait le front. Néanmoins, elle était résolue à aborder avec Antoine certaines questions qui lui tenaient à cœur :

« Nous devons avoir confiance en la Sagesse suprême », commença-t-elle (de ce ton aimablement sentencieux qui semblait dire : « Ne m'interrompez pas »). « Nous devons accepter les choses voulues par Dieu. La mort de votre frère a été une de ces choses-là. » Elle se recueillit une seconde avant de prononcer son jugement : « Cet amour était voué aux pires souffrances. Pour l'un et pour l'autre... Pardonnez-moi de vous dire cela.

— Je pense exactement comme vous, fit-il vivement. Si Jacques avait vécu, leur existence à tous deux eût été un enfer. »

Elle l'enveloppa d'un regard satisfait, approuva en remuant plusieurs fois la tête, et se remit à coudre.

Après un nouveau silence, elle repartit de l'avant :

« Je mentirais si je n'avouais pas que j'ai beaucoup souffert de... de tout cela... Le jour où j'ai su que ma Jenny attendait un enfant... »

Il avait souvent pensé à elle, à ce propos. Et, comme elle levait les yeux vers lui, il battit doucement des paupières, pour lui faire comprendre qu'il l'entendait fort bien.

« Oh, fit-elle, craignant qu'il ne se méprît sur ce qu'elle avait voulu dire, pas à cause de... de l'irrégularité de cette naissance... Non... Pas tellement à cause de cela... J'étais surtout accablée par la pensée que cette terrible aventure allait laisser, dans notre vie, ce témoignage, cette conséquence durable... Je vous parle librement, n'est-ce pas ? Je me suis dit : "Voilà l'existence de Jenny entravée pour toujours... C'est la punition ! *Fiat !* "... Eh bien, mon ami, je me trompais. J'ai manqué de foi. Les desseins de l'Esprit sont impénétrables; ses voies, secrètes; sa bonté, infinie... Ce que je supposais devoir être une épreuve, un châtiment, c'était au contraire une bénédiction divine... Un signe de pardon... Une source de joie... Et, en effet, pourquoi Dieu aurait-il châtié ? Ne savait-Il pas, mieux que nous, que le Mal n'avait joué aucun rôle dans cet entraînement ? que le cœur de ces deux enfants était demeuré pur, et chaste, même dans la faute ? »

« Comme c'est étrange, songeait Antoine, elle devrait m'agacer au-delà de toute mesure... Et non : il y a en elle je ne sais quoi qui force le respect. Plus que le respect : la sympathie... Sa bonté, peut-être ?... En somme, c'est extrêmement rare, la bonté : la vraie, la *naturelle*... »

« La part de Jenny est belle, continuait Mme de

Fontanin, de sa voix chantante et ferme, sans cesser
de tirer l'aiguille. Elle possède maintenant au fond
d'elle un trésor qui ennoblira toute sa vie : le souvenir d'un don total, d'un instant merveilleux ; et qui
— chose exceptionnelle — n'a pas été suivi de len-
demains avilissants... »

« Il y a des gens, se dit Antoine, qui se sont fabriqué, une fois pour toutes, une conception satisfai-
sante du monde... Après, ça va tout seul... Leur
existence ressemble à une promenade en barque, par
temps calme : ils n'ont qu'à se laisser glisser au fil
de l'eau — jusqu'au débarcadère... »

« ... Et il lui reste la plus noble des tâches : un
enfant à...

— Je l'ai trouvée toute différente, tout autre, interrompit résolument Antoine. Très mûrie... Non, pas
mûrie... Enfin, très... »

Mme de Fontanin avait posé son ouvrage sur ses
genoux et retiré ses lunettes :

« Je vais vous confesser quelque chose, mon ami :
eh bien, je crois Jenny *heureuse* !... Oui... Heureuse,
comme elle ne l'a jamais été — heureuse, autant qu'il
lui est permis de l'être... Car Jenny n'est pas née pour
le bonheur. Enfant déjà, elle était profondément
malheureuse et personne n'y pouvait rien : la souffrance était installée en elle. Pis encore : la haine de
soi : elle ne parvenait pas à s'aimer, à aimer en elle
la créature de Dieu. Son âme, hélas, n'a jamais été
religieuse : son âme a toujours été un temple désaffecté... Eh bien, voyez les miracles que l'Esprit opère,
chaque jour, en nous, autour de nous ! Toute douleur a sa récompense ; tout désordre concourt à
l'Harmonie universelle... Aujourd'hui, la grâce est
venue. Aujourd'hui, — et mon intuition ne me
trompe pas, — aujourd'hui la chère enfant a trouvé,
dans ce rôle de veuve et de mère, tout ce qu'elle peut

atteindre de bonheur humain, tout ce que sa nature peut réaliser d'équilibre, de contentement... Et je sens maintenant en elle... »

« Tante ! » appela une voix, dans le jardin.

Mme de Fontanin se leva :

« Voilà Nicole de retour.

— Monsieur le maire est là, tante, reprit la voix. Il voudrait vous parler. »

Mme de Fontanin avait déjà gagné la porte. Antoine l'entendit crier gaiement, du haut de l'escalier :

« Monte un instant, ma chérie. Tu tiendras compagnie à... à quelqu'un que tu connais ! »

Lorsque Nicole eut poussé la porte, elle s'arrêta, interdite, dévisageant Antoine comme si elle n'était pas certaine de le reconnaître.

Il en eut un pinçon au cœur, et balbutia :

« Vous me trouvez bien amoché, n'est-ce pas ? »

Elle rougit, et, dominant sa gêne, se mit à rire.

« Mais non... Simplement, je ne m'attendais pas à vous trouver là. »

Ils ne s'étaient pas encore revus, car elle n'était pas venue dîner au chalet la veille, retenue auprès de ce paratyphique qu'elle n'avait pas voulu confier à une garde de nuit.

Elle, en revanche, avait plutôt rajeuni. L'éclat laiteux de son teint n'avait même pas été altéré par cette nuit blanche ; les yeux bleus avaient toujours leur eau incomparable.

Il lui demanda des nouvelles de son mari, qu'il avait rencontré deux fois, au cours de la guerre.

« Actuellement, son *auto-chir* est sur le front de Champagne, dit-elle sans cesser de promener autour d'elle son regard brillant où se mélangeaient, sans qu'on pût jamais les dissocier tout à fait, une innocence de fillette et une coquette sensualité de femme. Beaucoup de travail... Mais il trouve encore le temps d'écrire pour des revues... J'ai reçu cette semaine un travail à faire taper... Sur la pratique du garrot, ou quelque chose de ce genre... »

Un rayon de soleil, glissant sur la rondeur de l'épaule que moulait la toile de la blouse, jouait, à chacun de ses mouvements, dans les plis de son voile, dorait la chair duveteuse de l'avant-bras nu, et faisait luire ses dents, dès qu'elle souriait. « Ce qu'elle doit éveiller de désirs chez tous ces jeunes rescapés », songea-t-il rapidement.

« J'ai bien regretté hier de ne pouvoir rentrer au chalet, dit-elle. Comment s'est passée la soirée ? Daniel a-t-il été aimable ? Avez-vous réussi à l'apprivoiser un peu ?

— Mais oui. Pourquoi ?

— Il est si sombre, si maussade... »

Antoine esquissa un geste apitoyé :

« Il est à plaindre, vous savez !

— Il faudrait le sortir de là, reprit-elle. Le décider à reprendre sa peinture. » L'accent était sérieux, comme s'il se fût agi d'un véritable problème, et qu'elle eût précisément attendu la visite d'Antoine pour le résoudre. « Cette vie qu'il mène ici ne peut pas durer. Il s'abrutit. Il deviendra... »

Antoine sourit :

« Je n'ai pas remarqué.

— Oh, si... Demandez à Jenny... Il est vraiment impossible... Ou bien il monte dans sa chambre dès que nous arrivons — par sauvagerie ? par bouderie ? on ne sait pas... — Ou bien il reste auprès de nous, sans ouvrir le bec ; et alors, c'est comme si brusquement la température baissait dans le salon !... Sa présence gêne tout le monde... Je vous assure : vous lui rendriez un inestimable service si vous le persuadiez qu'il doit travailler, retourner à Paris, revoir des gens, revivre ! »

Antoine se contenta de hocher la tête et de murmurer, à nouveau :

« Il est à plaindre. »

Une défiance instinctive le tenait sur ses gardes. Sans pouvoir expliquer pourquoi, il avait l'impression que la jeune femme était mue par des pensées secrètes qu'elle n'exprimait pas.

(Ce n'était pas complètement faux. Nicole avait son idée sur Daniel, depuis un certain soir du dernier hiver. Ce jour-là, il était tard, Jenny et Gise étaient montées se coucher, et Nicole, attardée à quelque besogne qu'elle désirait finir, se trouvait seule avec son cousin devant la cheminée du salon. Soudain, il avait dit : « Attends, Nico, ne bouge pas ! » Et, sur le dos d'un prospectus qui traînait là, il s'était mis à crayonner un profil de Nicole. Elle s'était prêtée de bonne grâce à ce caprice imprévu. Mais, au bout d'un instant, comme avertie par un pressentiment confus, elle avait brusquement tourné la tête : Daniel ne dessinait plus ; il la couvait des yeux ; un regard odieux, chargé de désir, de fureur sombre, de honte, et peut-être de haine... Baissant aussitôt le front, il avait violemment froissé le prospectus et l'avait jeté dans le feu. Puis, sans un mot, il avait quitté la pièce. « C'est donc ça ! s'était dit Nicole, atterrée, il m'aime encore. » Elle n'avait rien oublié du temps lointain où elle habitait chez sa tante, à Paris, et où Daniel adolescent la traquait, comme un possédé, dans tous les coins de l'appartement. Cet amour frénétique et vain, qu'elle croyait depuis longtemps dissipé, s'était réveillé sans doute dans la cohabitation au chalet... De ce jour-là, tout était devenu clair aux yeux de Nicole ; l'amour de Daniel

expliquait tout : son air renfermé, inquiet, ses bou-
deries, son obstination à ne pas quitter Maisons et à
mener cette existence recluse, oisive et chaste, si
opposée à ses habitudes et à son tempérament.)

« Voulez-vous mon avis ? reprit Nicole, sans se
douter combien son insistance paraissait suspecte
à Antoine. Daniel est à plaindre, vous avez raison.
Mais ce n'est pas seulement de son infirmité qu'il
souffre. Non... Les femmes ont de ces intuitions,
vous savez... Il doit souffrir d'autre chose encore...
D'une chose intime, et qui le ronge... Quelque amour
malheureux, peut-être... Quelque passion sans
espoir... »

Elle craignait brusquement de s'être trahie, et rougit légèrement. Mais Antoine ne la regardait pas. La
vision de Daniel, allongé à l'ombre des platanes,
mâchonnant sa chique, l'œil vague et les mains sous
la nuque, passa devant les yeux d'Antoine.

« C'est possible », fit-il, naïvement.

Elle se mit à rire, rassurée.

« Enfin, voyons, vous vous rappelez comme moi
la vie que Daniel menait à Paris, avant la guerre !... »

Elle n'acheva pas : elle venait d'entendre le pas de
sa tante sur le palier.

Mme de Fontanin portait un paquet de paperasses :

« Excusez-moi ; je reviens, mais c'est pour repartir
tout de suite... » Elle souleva le tas de lettres et de
plis administratifs qu'on venait de lui remettre.
« Nous sommes accablés d'*états* quotidiens, que nous
devons envoyer en plusieurs exemplaires aux autorités. Mon courrier de l'après-midi me demande
deux heures, tous les jours !

— Je vais vous laisser, dit Antoine, qui s'était
levé.

— Il faudra revenir. Restez-vous quelque temps avec nous ?

— Hé, non... Je pars demain.

— Demain ? fit Nicole.

— Je dois être de retour au Mousquier vendredi. »

Ils descendirent tous trois le petit escalier branlant. Mme de Fontanin consulta son poignet :

« Je vais tout de même vous accompagner jusqu'à la grille...

— Et moi, je vous quitte, s'écria Nicole. À ce soir. »

Dès que la jeune femme se fut éloignée, Mme de Fontanin, sans s'arrêter, demanda, d'une voix troublée :

« Nicole vous parlait de Daniel, n'est-ce pas ? Le pauvre enfant... Je pense à lui bien des fois chaque jour. Je prie pour lui... Elle est si lourde, la croix qu'il porte !

— Au moins, vous êtes sûre qu'il vivra, Madame. Malgré tout, par le temps qui court, cette certitude n'est pas sans prix ! »

Elle n'eut pas l'air de vouloir comprendre. Ce n'était pas sous cet angle-là qu'elle voyait les choses.

Ils firent quelques pas en silence.

« Toute la journée, seul..., reprit-elle. Seul, avec son infirmité ! Seul avec ce regret, qu'il ne confie à personne... Pas même à moi ! »

Antoine s'arrêta au milieu de l'allée, avec un regard franchement interrogatif.

« On comprend si bien ce qu'il peut éprouver, le cher enfant, continua Mme de Fontanin, sur le même ton, assuré et douloureux : Avec sa nature ardente, généreuse... Se sentir encore plein de courage, de santé! Et voir sa Patrie envahie... menacée... Sans plus rien pouvoir pour elle!

— Vous croyez que c'est cela? » hasarda Antoine. Il s'attendait si peu à cette explication, qu'il n'avait pu dissimuler son incrédulité.

Elle redressa le buste, et un sourire entendu, avivé d'une pointe de fierté, passa sur ses lèvres :

« Daniel? C'est très simple, et c'est, hélas, sans remède... Daniel est inconsolable de ne plus pouvoir faire son devoir. » Et, comme Antoine ne semblait pas encore complètement convaincu, elle ajouta, avec un visage austère et buté :

« Tenez, ce que je vous dis est si vrai que, si Daniel redoute de venir à l'hôpital, ce n'est pas tant, comme il le dit, parce que le trajet le fatigue. Non : c'est parce qu'il lui est intolérable de se trouver parmi tous ces garçons, tous ces soldats, qui ont le même âge que lui, qui ont été blessés comme lui, mais qui, eux, sont à la veille de pouvoir repartir se battre! »

Il ne répondit rien. Ils arrivèrent en silence à proximité de la grille. Mme de Fontanin s'arrêta :

« Dieu seul sait quand nous nous reverrons », dit-elle, en le considérant avec émotion. Elle prit la main qu'Antoine lui tendait, et la retint un moment entre les siennes : « Bonne chance, mon ami. »

XI

« Ils parlent tous de Daniel comme d'une énigme, songeait Antoine, en traversant la place. Et chacun me donne son interprétation personnelle... Et, bien probablement, il n'y a pas d'énigme du tout! »

Un peu las, — mais surpris et satisfait de ne pas l'être davantage, — il s'achemina sans hâte vers la propriété des Fontanin. Il était soulagé d'être seul. La grande avenue de tilleuls s'allongeait devant lui, jusqu'à la forêt. Le soleil de quatre heures, déjà bas, s'insinuait entre les troncs, et couchait sur le sol de longues traînées flamboyantes. Par instants, se souvenant des routes poussiéreuses du Midi, il humait avec gourmandise cet air léger, aigrelet, saturé de senteurs printanières de l'Île-de-France.

Mais le cours de ses pensées était triste. Ce séjour à Maisons remuait trop de souvenirs. La visite à la villa Thibault avait fait lever trop de fantômes. Ils l'accompagnaient, sans qu'il pût se défendre d'eux. Sa jeunesse, sa santé d'autrefois... Son père, Jacques... Jacques, en ces vingt-quatre heures, lui était redevenu tout proche. Jamais encore il n'avait senti à ce point que la disparition de Jacques le privait d'un être absolument irremplaçable : son seul *frère*... Non, jamais, depuis la mort de Jacques, jamais il n'avait si exactement mesuré l'irréparable de cette perte. Il se reprochait même d'avoir attendu jusqu'à maintenant pour ressentir ce désespoir vrai, ce désespoir nu. Comment cela était-il possible ? Les circonstances, la guerre... Il se souvenait très bien du moment où il avait reçu la lettre de Rumelles — cette lettre après laquelle il eût été insensé de conserver le moindre espoir. Elle lui avait été remise, un soir, dans la cour de l'ambulance de Verdun, quelques heures à peine avant le départ de sa division pour le secteur des Éparges. Il s'attendait à la nouvelle ; et, cette nuit-là, dans le tohu-bohu du départ, il n'avait pas eu le temps de s'abandonner au chagrin. Pas davantage, d'ailleurs, au cours des deux semaines qui avaient suivi : des déplacements successifs, sous la pluie, dans la boue ; la difficulté d'assurer son ser-

vice dans les ruines de ces petits villages de la
Woëvre ; une vie harassante, qui ne laissait aucune
place aux soucis personnels. Plus tard, au repos,
quand il avait relu la lettre, répondu à Rumelles, il
s'était trouvé habitué à cette mort, sans y avoir beaucoup pensé. Mais aujourd'hui, dans ce cadre
retrouvé de la vie familiale, son regret prenait tardi-
vement consistance ; l'irréparable l'obsédait avec une
acuité insolite. Même là, dans ces avenues, chaque
détail du paysage lui rappelait des souvenirs, des
jeux. Ensemble, malgré leur différence d'âge,
Jacques et lui avaient, d'un bond, franchi ces barrières blanches ; ensemble, ils s'étaient roulés dans
cette herbe de mai, avant la fenaison ; ensemble, ils
avaient bouleversé, à la pointe d'un bâton, ces nids
d'insectes à dos plats qui grouillent entre les racines
moussues des tilleuls, et qu'ils appelaient des « soldats » parce que leur carapace est d'un rouge
garance et porte d'étranges soutaches noires. Ensemble, par des après-midi pareils à celui-ci, ils
avaient longé ces palissades et ces haies, arraché au
passage des grappes de cytise ou de lilas, suivi ce
chemin à bicyclette, avec, sur leur guidon, un maillot
de bain ou une raquette. Et là-bas, ce portail
ombragé d'acacias lui rappelait l'année où, encore
un gamin, il allait pendant les vacances prendre des
répétitions chez un professeur de lycée, en villégiature à Maisons. Souvent, à la tombée du jour, en septembre, pour qu'il n'errât pas seul dans le parc,
Mademoiselle et Jacques venaient l'attendre à ce
portail. Il revit son frère, bambin de trois ans,
s'échappant des mains de Mademoiselle, courant à
sa rencontre, et se suspendant à son bras pour lui
conter dans son jargon les menus faits de la journée.

Il y rêvait encore lorsqu'il arriva au chalet. Et
quand il eut poussé la petite porte, et qu'il vit, à l'en-

trée du jardin, Jean-Paul quitter soudain la main de l'oncle Dane pour se précipiter au-devant de lui, c'est Jacques qu'il crut voir courir, avec sa tignasse rousse et ses gestes décidés. Plus ému qu'il ne voulait le laisser voir, il saisit le petit dans ses bras, comme il faisait jadis avec son frère, et le souleva pour l'embrasser. Mais Jean-Paul, qui ne supportait pas d'être contraint, fût-ce à recevoir une caresse, se débattit et gigota avec une telle vigueur qu'Antoine, essoufflé et riant, dut le reposer à terre.

Daniel, les mains dans ses poches, contemplait la scène.

« Est-il musclé, le gaillard ! dit Antoine, avec une fierté quasi paternelle. Ces coups de reins qu'il donne ! Un poisson qu'on vient de sortir de l'eau ! »

Daniel sourit, et il y avait, dans son sourire, une fierté toute semblable à celle d'Antoine. Puis il leva la main vers le ciel :

« Belle journée, n'est-ce pas ?... Encore un été qui commence... »

Antoine, un peu oppressé par sa lutte avec Jean-Paul, s'était assis au bord de l'allée.

« Vous restez là un instant ? demanda Daniel. Il y a longtemps que je suis debout, il faut que j'aille allonger *ma* jambe... Voulez-vous que je vous laisse le petit ?

— Volontiers. »

Daniel se tourna vers l'enfant :

« Tu rentreras tout à l'heure avec l'oncle Antoine. Tu vas être sage ? »

Jean-Paul baissa le front, sans répondre. Il décocha vers Antoine un coup d'œil en dessous, suivi d'un regard hésitant Daniel qui s'en allait, parut un instant vouloir le rejoindre ; mais, l'attention attirée par un hanneton qui venait de choir à ses pieds, il oublia aussitôt l'oncle Dane, s'accroupit, et demeura

en contemplation devant les efforts de l'insecte qui
ne parvenait pas à se remettre sur ses pattes.

« Le mieux pour l'acclimater, c'est de ne pas avoir
l'air de m'occuper de lui », se dit Antoine. Il se souvint d'un jeu qui amusait son frère à cet âge : il
ramassa un épais morceau d'écorce de pin, sortit son
couteau, et, sans rien dire, se mit à sculpter le bois
en forme de barque.

Jean-Paul, qui l'observait à la dérobée, ne tarda
pas à s'approcher :

« À qui c'est le couteau ?

— À moi... L'oncle Antoine est soldat, alors il a
besoin d'un couteau pour couper son pain, pour couper sa viande... »

Visiblement, ces explications n'intéressaient pas
Jean-Paul.

« Qu'est-ce que tu fais ?

— Regarde... Tu ne vois pas ? Je fais un petit
bateau. Je fais un petit bateau pour toi. Quand ta
maman te donnera ton bain, tu mettras le bateau
dans la baignoire, et il restera sur l'eau, sans tomber
au fond. »

Jean-Paul écoutait, le front plissé par la réflexion.
Par un certain malaise aussi : cette voix faible et
rauque lui causait une sensation désagréable.

Il paraissait d'ailleurs n'avoir rien compris au discours d'Antoine. Peut-être n'avait-il jamais vu de
bateau ?... Il poussa un gros soupir ; et s'attaquant au
seul détail qui l'avait frappé parce que ce détail était
d'une flagrante inexactitude, il rectifia :

« D'abord, moi, mon bain, c'est pas maman : c'est
oncle Dane ! »

Puis, parfaitement indifférent au travail d'art d'Antoine, il retourna vers son hanneton.

Sans insister, Antoine jeta la barque, et posa le
couteau près de lui.

Au bout d'un instant, Jean-Paul était revenu. Antoine essaya de renouer les relations :

« Qu'est-ce que tu as fait de beau, aujourd'hui ? Tu as été te promener dans le jardin, avec l'oncle Dane ? »

L'enfant parut chercher jusque dans l'arrière-fond de sa mémoire, et fit signe que oui.

« Tu as été sage ? »

Nouveau signe affirmatif. Mais presque aussitôt, il se rapprocha d'Antoine, hésita une seconde, et confia, gravement :

« Ze ne suis pas sûr. »

Antoine ne put s'empêcher de sourire :

« Quoi ? Tu n'es pas sûr d'avoir été sage ?

— Si ! Moi été sage ! » cria Jean-Paul, agacé. Puis, repris par le même étrange scrupule, et fronçant comiquement le nez, il répéta, en détachant les syllabes : « Mais ze ne suis pas sûr. »

Il passa derrière Antoine, comme s'il s'éloignait, et, se penchant soudain, voulut subrepticement s'emparer du couteau resté à terre.

« Non ! Pas ça ! » gronda Antoine, en posant la main sur son couteau.

L'enfant, sans reculer, lui lança un regard courroucé.

« Pas jouer avec ça ! Tu te couperais », expliqua Antoine. Il referma le couteau, et le glissa dans sa poche. Le petit, vexé, restait dressé sur ses ergots, dans une pose de défi. Gentiment, pour faire la paix, Antoine lui présenta sa main grande ouverte. Un éclair brilla dans les prunelles bleues ; et, saisissant la main tendue comme s'il voulait l'embrasser, l'enfant y planta ses petits crocs.

« Aïe », fit Antoine. Il était si surpris, si déconcerté, qu'il n'eut même pas la tentation de se fâcher. « Jean-

Paul est méchant, dit-il, en frottant son doigt mordu. Jean-Paul a fait mal à l'oncle Antoine. »

Le gamin le regardait avec curiosité :

« Beaucoup mal ? demanda-t-il.

— Beaucoup mal.

— Beaucoup mal », répéta Jean-Paul, avec une satisfaction manifeste. Et, pivotant sur ses talons, il s'éloigna en gambadant.

L'incident avait rendu Antoine perplexe : « Simple besoin de vengeance ? Non... Alors quoi ? Il y a toutes sortes de choses dans un geste de ce genre... Très possible que, devant ma défense, devant la difficulté de l'enfreindre, le sentiment de son impuissance ait atteint tout à coup un paroxysme intolérable... Peut-être n'est-ce pas tant pour me faire mal, pour me punir, qu'il s'est jeté sur ma main. Peut-être a-t-il cédé à un besoin physique, un besoin irrésistible de détendre ses nerfs... D'ailleurs, pour juger une réaction comme celle-là, il faudrait commencer par pouvoir mesurer le degré de convoitise. L'envie de saisir ce couteau était peut-être impérieuse — à un point qu'un adulte ne soupçonne pas !... »

Du coin de l'œil, il s'assura que Jean-Paul restait à portée. L'enfant, à une dizaine de mètres de là, s'efforçait de grimper sur une levée de terre, et ne se souciait de personne.

« Cette réaction rancunière, Jacques, sans aucun doute, en aurait été capable, se disait Antoine. Mais aurait-il été jusqu'au coup de dents ? »

Il faisait appel à ses souvenirs pour mieux comprendre. Il ne résistait pas à la tentation d'identifier le présent avec le passé, le fils avec le père. Ces sentiments embryonnaires de révolte, de rancune, de défi, d'orgueil concentré et solitaire, qu'il avait déchiffrés au passage dans le regard de Jean-Paul, il les reconnaissait : il les avait maintes fois surpris dans les yeux de son frère. L'analogie lui semblait si frappante, qu'il n'hésitait pas à la pousser plus loin encore : et jusqu'à se persuader que l'attitude insurgée de l'enfant recouvrait ces mêmes vertus refoulées, cette pudeur, cette pureté, cette tendresse incomprise, que Jacques, jusqu'à la fin de sa vie, avait dissimulées sous ses violences cabrées.

Craignant de prendre froid, il s'apprêtait à se lever, lorsque son attention fut sollicitée par les acrobaties bizarres auxquelles se livrait le petit. La butte qu'il essayait de prendre d'assaut pouvait avoir deux mètres de haut ; sur la droite et sur la gauche, ce talus rejoignait le sol par des plans inclinés, d'accès facile ; mais, sur la face centrale, l'escarpement était abrupt, et c'est par ce côté que l'enfant avait justement choisi de grimper. Plusieurs fois de suite, Antoine le vit prendre son élan, gravir la moitié de la pente, glisser et rouler à terre. Il ne pouvait se faire grand mal : un tapis d'aiguilles de pin amortissait les chutes. Il semblait tout à son affaire : seul au monde avec ce but qu'il s'était fixé. Chaque tentative le rapprochait de la crête, et chaque fois il dégringolait de plus haut. Il se frottait les genoux, et recommençait.

« L'énergie des Thibault, songea Antoine complaisamment. Chez mon père, autorité, goût de domination... Chez Jacques, impétuosité, rébellion... Chez moi opiniâtreté... Et maintenant ? Cette force que ce petit a dans le sang, quelle forme va-t-elle prendre ? »

Jean-Paul s'était de nouveau lancé à l'attaque : avec tant d'intrépidité rageuse, qu'il avait presque atteint le sommet du talus. Mais le sol s'effritait sous ses pieds, et il allait une fois de plus perdre l'équilibre, lorsqu'il saisit une touffe d'herbe, parvint à se retenir, donna un dernier coup de reins, et se hissa sur la plate-forme.

« Je parie qu'il va se retourner pour voir si je l'ai vu », pensa Antoine.

Il se trompait. Le gamin lui tournait le dos et ne s'occupait pas de lui. Il se tint une minute sur le faîte, bien campé sur ses petites jambes. Puis, satisfait sans doute, il descendit tranquillement par l'un des plans inclinés, et, sans même jeter un regard en arrière sur le lieu de son succès, il s'adossa à un arbre, retira une de ses sandales, secoua les cailloux qui y étaient entrés, et se rechaussa avec application. Mais comme il savait qu'il ne pouvait boutonner lui-même la patte de cuir, il vint vers Antoine, et, sans un mot, lui tendit son pied. Antoine sourit et, docilement, rattacha la sandale.

« Maintenant nous allons rentrer à la maison, veux-tu ?

— Non. »

« Il a une façon très personnelle de dire non, remarqua Antoine. Jenny a raison : c'est moins un désir de se dérober à la chose particulière qui lui est demandée, qu'un refus général, prémédité... Le refus d'aliéner la moindre parcelle de son indépendance, pour quelque motif que ce soit ! »

Antoine s'était levé :

« Allons, Jean-Paul, sois gentil. L'oncle Dane nous attend. Viens !

— Non.

— Tu vas me montrer le chemin », reprit Antoine, pour tourner la difficulté. (Il se sentait fort gauche dans ce rôle de mentor.) « Par quelle allée va-t-on passer ? Par celle-ci ? Par celle-là ? » Et il voulut prendre l'enfant par la main. Mais le petit, buté, avait croisé ses bras sur ses reins :

« Moi, ze dis : non !

— Bien ! fit Antoine. Tu veux rester là, tout seul ? Reste ! » Et il partit délibérément dans la direction de la maison, dont on apercevait, entre les troncs, le crépi rose enflammé par le couchant.

Il n'avait pas fait trente pas qu'il entendit Jean-Paul galoper derrière lui pour le rejoindre. Il résolut de l'accueillir gaiement, comme s'il n'y avait pas eu d'incident. Mais l'enfant le dépassa en courant, et, sans s'arrêter, lui jeta insolemment au passage :

« Moi, ze rentre ! Parce que, moi, ze veux ! »

XII

Les dîners du chalet étaient généralement assez animés, grâce au bavardage de Gise et de Nicole. Heureuses d'en avoir fini de leur tâche quotidienne — peut-être aussi de se sentir hors du contrôle maternel mais vigilant de Mme de Fontanin —, elles passaient le repas à commenter librement les événements de la journée, à échanger leurs impressions sur les nouveaux arrivés à l'hôpital, à se raconter, avec une verve de jeunes pensionnaires, les menus incidents survenus dans leurs services respectifs.

Bien qu'il fût assez las ce soir, Antoine s'amusait du sérieux avec lequel, en termes techniques, elles discutaient de certains traitements, et portaient des jugements sur les capacités des médecins. À plusieurs reprises, elles en appelèrent à sa compétence ; et il leur donna son avis, en souriant.

Jenny, occupée par son fils qui dînait à table, ne prêtait à la conversation qu'une attention distraite. Quant à Daniel, silencieux comme à son habitude (surtout lorsque sa sœur et Nicole étaient là), il adressa néanmoins plusieurs fois la parole à Antoine.

Nicole avait apporté un journal du soir. Il fut question des bombardements à longue portée sur Paris. Divers immeubles des VIe et VIIe arrondissements avaient été atteints récemment. On comptait cinq cadavres, dont trois femmes et un enfant à la mamelle. La mort de ce bébé avait provoqué dans la presse alliée une explosion unanime contre la barbarie teutonne.

Nicole était révoltée que pareilles atrocités fussent possibles.

« Ces Boches ! s'écria-t-elle. Ils font la guerre comme des brutes ! Déjà, avec leurs lance-flammes, leurs gaz asphyxiants ! Leurs sous-marins ! Mais massacrer d'innocentes populations civiles, ça dépasse tout, c'est monstrueux ! Il faut qu'ils aient perdu tout sens moral, tout sentiment d'humanité !

— Le massacre des innocentes populations civiles vous paraît-il vraiment beaucoup plus inhumain, beaucoup plus immoral, beaucoup plus monstrueux, que celui des jeunes soldats qu'on envoie en première ligne ? » demanda insidieusement Antoine.

Nicole et Gise le regardèrent, stupéfaites.

Daniel avait posé sa fourchette. Il se taisait, les yeux baissés.

« Attention..., reprit Antoine. Codifier la guerre, vouloir la limiter, l'organiser (l'*humaniser*, comme on dit !) décréter : "Ceci est barbare ! Ceci est immoral !" — ça implique qu'il y a une autre manière de faire la guerre... Une manière parfaitement civilisée... Une manière parfaitement morale... »

Il fit une pause et chercha le regard de Jenny. Mais elle était penchée vers son fils, qu'elle faisait boire.

« Ce qui est monstrueux, poursuivit-il, est-ce vraiment que telle ou telle façon de tuer soit plus ou moins cruelle ? Et qu'elle atteigne ceux-ci, plutôt que ceux-là... »

Jenny s'interrompit net, et posa si brusquement la timbale qu'elle faillit la renverser :

« Ce qui est monstrueux, dit-elle, en serrant les dents, c'est la passivité des peuples ! Ils sont le nombre ! Ils sont la force ! Toute guerre dépend de leur acceptation ou de leur refus ! Qu'est-ce qu'ils attendent ? Il leur suffirait de dire : Non ! Et la paix, qu'ils réclament tous, deviendrait à l'instant même une réalité ! »

Daniel leva les paupières, et enveloppa sa sœur d'un bref et énigmatique coup d'œil.

Il y eut un silence.

Antoine conclut posément :

« Ce qui est monstrueux, ce n'est ni ceci ni cela : c'est la guerre, tout court ! »

Quelques minutes passèrent sans que personne osât reprendre la parole.

« Les hommes réclament tous la paix, se disait Antoine, songeant à la phrase de Jenny. Est-ce vrai ?... Ils la réclament dès qu'elle est compromise... Mais leur intolérance réciproque, leur instinct combatif, la rendent précaire, dès qu'ils l'ont... Rejeter la responsabilité des guerres sur les gouvernements et la politique, bien sûr ! Mais ne pas oublier, dans cette responsabilité, la part de la nature humaine... À la base de tout pacifisme, il y a ce postulat : la croyance au progrès moral de l'homme. Je l'ai, cette croyance — ou plutôt : j'ai sentimentalement besoin de l'avoir : je ne peux pas me résoudre à penser que la conscience humaine n'est pas indéfiniment perfectible ! J'ai besoin de croire que, un jour, l'humanité saura établir l'ordre et la fraternité sur la planète... Mais pour réaliser cette révolution, il ne suffira pas de la volonté ni du martyre de quelques sages : il y faudra des siècles d'évolution ; des millénaires peut-être... (Que peut-on espérer de vraiment grand d'un homme du xxᵉ siècle?...) Alors, j'ai beau me battre les flancs, je ne parviens pas à trouver, dans une si lointaine perspective, de quoi me consoler d'avoir à vivre dans la faune vorace du monde actuel...»

Il s'aperçut que tous continuaient à se taire autour de lui. L'atmosphère restait lourde, chargée d'électricité. Il regretta d'avoir été la cause de ce brusque orage, et voulut tenter de ranimer l'entretien.

Il se tourna vers Daniel :

«Au fait, et votre ami, ce type extravagant... Le pasteur, vous savez bien... Qu'est-ce qu'il devient?

— Le pasteur Gregory?»

Ce nom avait suffi à ramener une lueur de malice dans tous les regards.

Nicole prit une voix attristée, qui contrastait avec l'expression amusée du visage :

«Tante Thérèse est bien inquiète de lui : depuis Pâques, il est dans un sana d'Arcachon...

— Aux dernières nouvelles, il ne quittait plus son lit», ajouta Daniel.

Jenny fit observer que le pasteur était au front depuis le début de la guerre. Puis la conversation retomba.

Antoine, pour dire quelque chose, demanda :

«Il s'était engagé?

— C'est-à-dire, rectifia Daniel, qu'il a fait l'impossible pour cela. Mais il n'a pu y parvenir à cause de son âge et de sa santé. Alors il s'est fait admettre dans une section des ambulances américaines. Il a passé sur le front anglais tout ce terrible hiver 17... À transporter des blessés... Bronchites sur bronchites... Crachements de sang... Il a fallu l'évacuer de force. Mais trop tard.

— La dernière fois que nous l'avons vu, c'est en 1916, pendant une permission. Il est venu ici», dit Jenny.

Nicole précisa :

« Et il était déjà méconnaissable... Un spectre...
Une longue barbe, à la Tolstoï... Un vrai sorcier de
conte de fées !

— Est-ce qu'il se refusait toujours à employer des
remèdes ? et à soigner les malades autrement que
par ses incantations ? » railla Antoine.

Nicole se mit à rire :

« Oui, oui... Il nous a tenu là-dessus des propos
délirants. Quand il est venu ici, il y avait déjà deux
ans qu'il charriait des mourants dans sa camionnette, et il répétait paisiblement : "La mort n'existe
pas !"

— Nicole ! » fit Gise. Elle souffrait de voir le pasteur exposé aux moqueries, devant Antoine.

« D'ailleurs, le mot *mort* est un mot qu'il ne prononce jamais », continua Nicole. Il dit : « *L'illusion
mortelle*...

— Et dans sa dernière lettre à maman, ajouta
Daniel, en souriant, il y a cette phrase étonnante :
"Ma vie se retirera bientôt dans *le champ de l'invisi-
bilité*"... »

Gise jeta vers Antoine un regard de reproche :

« Ne ris pas, Antoine... C'est un saint homme malgré ses ridicules...

— Que veux-tu ? C'est peut-être un saint, concéda
Antoine. Mais je ne peux pas m'empêcher de penser
à tous les malheureux *tommies* blessés qui ont eu la
guigne de tomber entre ses saintes pattes — et je per-
siste à croire qu'il devait faire un dangereux infirmier ! »

Le dessert était achevé.

Jenny fit descendre Jean-Paul de sa chaise, et se
leva. Tous l'imitèrent et la suivirent au salon. Elle ne
fit que traverser la pièce : il était plus tard que les
autres soirs, et elle avait hâte de mettre l'enfant au lit.

Tandis que Gise s'installait, loin de la lumière, sur
une chaise basse, pour y tricoter une de ces paires
de chaussettes qu'elle remettait, comme un viatique,
aux convalescents guéris qui regagnaient leurs
dépôts, Daniel prit sur le piano un tome du *Tour du
Monde*, et alla s'asseoir sur le canapé, au fond, derrière la table ronde sur laquelle brûlait l'unique
lampe à pétrole de la pièce. « Est-ce une contenance ? se demanda Antoine, en observant le jeune
homme, qui, penché sous l'abat-jour, tournait les
pages avec une application d'enfant sage ; ou bien
prend-il réellement intérêt à ces vieilles gravures ? »

Il s'approcha de la cheminée, où Nicole, agenouillée devant l'âtre, allumait une flambée.

« Voilà bien longtemps que je n'ai vu un feu de
bois !

— Les soirées sont encore fraîches, dit-elle ; et
puis, c'est si gai ! » Elle se releva à demi : « C'est
ici, à Maisons, que nous nous sommes rencontrés
pour la première fois. Je m'en souviens si bien... Et
vous ?

— Moi aussi. »

Il se rappelait, en effet, ce soir d'été lointain, où,
cédant aux instances de Jacques, et à l'insu de
M. Thibault, il avait consenti à accompagner son
frère chez les « Huguenots » ; — son étonnement d'y
trouver Félix Héquet, le chirurgien, son aîné de
quelques années —, Jenny et Nicole, dans l'allée des
roses —; Jacques, étudiant, qui venait d'être reçu à
Normale —; lui-même, jeune médecin, que Mme de
Fontanin était seule à appeler cérémonieusement :
« Docteur »... Tous, jeunes ! Tous, confiants dans leur
âge et dans la vie, ignorant l'avenir, sans le moindre
soupçon du cataclysme que les hommes d'État d'Europe leur préparaient, et qui devait balayer d'un
coup leurs petits projets individuels, anéantir l'exis-

tence des uns, métamorphoser celle des autres, accumuler dans chaque destinée particulière les ruines, des deuils, bouleverser le monde pour combien d'années encore ?

« C'était le début de mes fiançailles », reprit-elle, pensivement. Ce souvenir semblait lourd de mélancolie. « Félix m'avait amenée dans son auto... Nous avons eu une panne, au retour, en pleine nuit, à Sartrouville... »

Daniel leva les paupières, et, sans bouger la tête, décocha dans leur direction un rapide coup d'œil qu'Antoine surprit. Écoutait-il ? Cette évocation du passé remuait-elle en lui des émotions, des regrets ? Ou, simplement, ce papotage l'importunait-il ? Il se remit à feuilleter son livre. Mais, peu après, il étouffa un bâillement, ferma le volume, se leva, et, sans hâte, vint dire bonsoir.

Gise posa son tricot :

« Vous montez, Daniel ? »

Dans la pénombre, ses cheveux paraissaient plus laineux, son teint plus foncé, le blanc de ses yeux plus luisant. Ainsi éclairée par les flammes du foyer, cette silhouette courbée sur ce siège bas évoquait l'Afrique ancestrale : une femme indigène, accroupie devant un feu de brousse.

Elle s'était levée :

« Votre lampe, je crois, est restée à l'office. Venez, que je vous l'allume. »

Ils sortirent ensemble du salon. Antoine les suivit machinalement des yeux, puis son regard revint vers Nicole, qui, debout, l'observait. Ils étaient seuls. Elle sourit bizarrement :

« Il faudrait que Daniel l'épouse, dit-elle, à mi-voix.

— Quoi ?

« — Mais oui. Ce serait parfait, vous ne trouvez pas ? »

L'idée était si inattendue pour lui, qu'Antoine était demeuré immobile, l'œil fixe, les sourcils dressés. Elle éclata de rire : un rire de gorge, sonore et roucoulant :

« Je ne pensais pas vous étonner à ce point ! »

Elle avait approché un fauteuil du feu. Les jambes croisées, dans une pose abandonnée, un peu provocante, elle l'examinait sans rien dire.

Il vint s'asseoir à côté d'elle :

« Vous croyez qu'il y a quelque chose entre eux ?

— Je n'ai pas dit ça, dit-elle vivement. Daniel, en tout cas, n'y a certainement jamais songé...

— Gise non plus, affirma-t-il spontanément.

— Gise non plus, sans doute. Mais on voit bien qu'elle s'intéresse à lui. C'est toujours elle qui fait ses commissions en ville, qui lui achète ses journaux, ses paquets de *chewing-gum*... Elle l'entoure de mille gentillesses. Qu'il accepte, d'ailleurs, avec un visible plaisir... Vous avez déjà pu remarquer, peut-être, qu'elle est la seule à laquelle il épargne ses mouvements d'humeur ? »

Il se taisait. L'hypothèse du mariage de Gise lui avait été, au premier abord, désagréable : il n'avait pas complètement oublié le passé, la place que, pendant un court moment, Gise avait tenue dans sa vie. Mais, à la réflexion, il ne trouvait aucune objection valable à formuler.

Elle continuait à rire en silence, ce qui creusait deux fossettes au coin de sa bouche. Cette gaieté avait quelque chose d'excessif, de peu naturel. « Aimerait-elle son cousin, par hasard ? » se demanda-t-il.

« Allons, docteur, convenez que mon idée n'est

pas tellement saugrenue, insista Nicole. Gise se consacrerait à lui; et c'est dans un dévouement de ce genre qu'une fille comme elle a le plus de chance de se faire une vie acceptable... Quant à Daniel... » Elle renversa lentement la tête jusqu'à ce que ses tresses blondes eussent trouvé l'appui du dossier, et, dans l'écartement des lèvres humides, Antoine vit un instant briller les dents. Puis les paupières s'abaissèrent, et un regard intentionnellement malicieux coula entre les cils : «Vous savez, Daniel est un de ces hommes qui sont toujours prêts à se laisser aimer... »

Un imperceptible signe d'impatience lui échappa : elle venait d'entendre, à travers les cloisons, grincer les marches du vieil escalier.

« C'est comme le paratyphique que j'ai veillé cette nuit, s'écria-t-elle, changeant de sujet avec une prestesse, une fourberie, passablement inquiétantes. Un Savoyard... Un vieux de la classe 92... » L'entrée de Jenny, suivie de Gise, la fit accélérer encore son débit : «Il délirait dans un patois incompréhensible. Mais, à chaque instant, il appelait : "Maman!..." D'une voix enfantine. C'était déchirant.

— Oh, fit Antoine, se prêtant au jeu avec un à-propos dont il se sentit sottement assez fier, j'ai entendu ça, moi aussi, bien souvent. Mais, ne vous y trompez pas : ce n'est heureusement qu'une plainte machinale, une habitude qui remonte inconsciemment du passé... Sur tous les mourants que j'ai entendu crier : "Maman!", il y en a fort peu, je crois, qui pensaient avec précision à leur mère. »

Jenny tenait dans ses bras un paquet d'écheveaux de laine brune, à mettre en pelotes :

«Qui veut m'aider, ce soir?

— J'ai bien sommeil», confessa Nicole, avec un

sourire paresseux. Elle regarda vers la pendule :
« Dix heures moins vingt, déjà...

— Moi », proposa Gise.

Jenny refusa d'un mouvement de tête.

« Non, chérie, tu es fatiguée, toi aussi. Monte te
reposer. »

Après avoir embrassé Jenny, Nicole s'approcha
d'Antoine :

« Excusez-moi : nous partons le matin à sept
heures et je n'ai pas fermé l'œil l'autre nuit. »

Gise, à son tour, s'approcha. Elle avait le cœur
serré en songeant qu'Antoine partait le lendemain,
et que ce séjour s'achevait sans qu'ils se fussent revus
seul à seule, sans qu'ils eussent retrouvé l'intimité de
leur rencontre à Paris. Mais elle craignit de fondre
en larmes si elle exprimait ce regret. Elle lui tendit
son front en silence.

« Adieu, petite Nigrette », dit-il, à mi-voix, avec une
grande douceur.

Elle se persuada aussitôt qu'il avait deviné ce
qu'elle pensait ; qu'il ressentait comme elle le déchi-
rement de cette séparation ; et cette certitude lui
rendit tout à coup cette séparation moins cruelle.

Elle évita de croiser son regard, et rejoignit Nicole.

« Tiens, elle ne dit pas bonsoir à Jenny ? » remarqua Antoine. Il n'eut pas le temps de se demander si
quelque mésentente était survenue entre elles :
Jenny traversait précipitamment le salon, rattrapait
Gise sur le seuil, lui mettait la main à l'épaule :

« J'ai peur de ne pas avoir suffisamment couvert
le petit. Mets-lui quelque chose sur les pieds,
veux-tu ?

— La couverture rose ?

— La blanche est plus chaude. »

De nouveau elles se séparèrent sans s'être dit bonsoir.

Antoine était resté debout :

« Et vous, Jenny, vous ne montez pas ? Il ne faut pas que vous restiez pour moi.

— Je n'ai aucun sommeil, affirma-t-elle, en s'installant dans le fauteuil que Nicole venait de quitter.

— Alors, travaillons. Je vais remplacer Gise. Passez-moi un écheveau.

— Jamais de la vie !

— Pourquoi ? Est-ce si difficile ? »

Il s'empara de la laine et s'accroupit sur la chaise basse. Jenny céda en souriant.

« Voyez, dit-il, après quelques fausses manœuvres, maintenant, ça va tout seul ! »

Elle était surprise et charmée de le trouver aussi simple, aussi affectueux. Elle avait honte de l'avoir longtemps méconnu. N'était-il pas, maintenant, son plus sûr appui ? Comme une quinte obligeait Antoine à s'interrompre : « Pourvu qu'il guérisse ! pensa-t-elle, pourvu qu'il retrouve toute sa santé d'autrefois ! » Elle avait besoin de la santé d'Antoine pour son fils.

Lorsque la toux eut diminué, il déclara, sans préambule, en se remettant au travail :

« Savez-vous, Jenny ? J'éprouve un grand soulagement à vous voir ainsi... Je veux dire : aussi bien... aussi calme... »

Les yeux baissés sur sa pelote, elle répéta, pensivement :

« Calme... »

C'était vrai, malgré tout. Elle-même, parfois, elle s'étonnait de cette atmosphère apaisée où baignait maintenant son chagrin. Réfléchissant à la remarque d'Antoine, elle comparait son état actuel à la période de désarroi, de vide atroce, qu'elle avait

traversée, trois ans et demi plus tôt. Elle se revit,
tout au début de la guerre, sans aucune nouvelle de
Jacques et pressentant le pire, livrée à des accès
contradictoires de faiblesse et de violence, accablée
par sa solitude et ne pouvant supporter la présence
de personne, fuyant sa mère, sa maison comme si
elle était à la recherche d'une chose indispensable
qui lui échappait sans cesse et qu'elle était sans
cesse sur le point de ressaisir, marchant parfois des
après-midi entiers dans ce Paris transformé par la
mobilisation, refaisant sans se lasser le pèlerinage
de tous les endroits où Jacques l'avait conduite — la
gare de l'Est, le square Saint-Vincent-de-Paul, la rue
du Croissant, les bars des environs de la Bourse où
elle avait si souvent attendu, les ruelles de Montrouge et cette salle de meeting où Jacques, un soir,
avait soulevé contre la guerre une foule efferves-
cente... Enfin, l'épuisement, la nuit, la ramenaient
chez elle, brisée. Elle se jetait alors, gémissante, sur
ce lit où Jacques l'avait tenue dans ses bras, et s'en-
dormait quelques heures, pour se réveiller bientôt
au seuil d'une nouvelle journée de désespoir...
Certes oui, comparée à ces semaines-là, sa vie
actuelle était merveilleusement « calme » ! En ces
trois ans, tout avait changé autour d'elle, en elle.
Tout, et même l'image qu'elle gardait de Jacques...
Comme c'est étrange que l'amour le plus fervent ne
puisse se défendre contre le travail du temps ! Lorsqu'elle pensait à Jacques maintenant, jamais elle ne
l'imaginait tel qu'il serait aujourd'hui ; ni même tel
qu'il était en juillet 1914. Non : celui que maintenant
sa pensée évoquait, ce n'était pas l'être fiévreux,
changeant, qu'elle avait connu : c'était un Jacques
immobile et figé, assis de trois quarts, une main sur
la cuisse, le front violemment éclairé par un vitrage

d'atelier ; le Jacques du portrait qu'elle avait nuit et jour sous les yeux.

Et, tout à coup, elle prit conscience d'une chose terrible. Elle venait d'imaginer que Jacques était brusquement de retour ; et, ce qu'elle avait éprouvé, c'était autant de gêne que de joie... Inutile de se mentir : si le Jacques de 1914 lui était soudain rendu, s'il surgissait, par miracle, devant la Jenny d'aujourd'hui, eh bien, la place qu'elle croyait jusqu'alors lui avoir si pieusement conservée, elle ne pourrait pas la lui rendre intacte...

Elle leva vers Antoine un regard de détresse qu'il ne vit pas. Attentif à maintenir l'écheveau bien tendu entre ses poignets crispés, et à guider le dévidage en se penchant avec régularité de droite et de gauche, il n'osait pas quitter des yeux le brin de laine ensorcelé. Il se sentait un peu ridicule. Il souffrait de crampes dans les épaules. Il se disait, en maugréant, qu'il avait eu tort de proposer son concours ; que ce geste de lever le bras augmentait d'instant en instant son oppression ; qu'après être ainsi resté trop près du feu, sur cette chaise basse, il risquait de prendre froid là-haut, en se déshabillant...

Elle eût voulu lui parler d'elle, de Jacques, de l'enfant — comme elle avait fait, ce matin, dans sa chambre. Ce moment de confiance exceptionnelle lui avait fait un bien dont elle s'était ressentie tout le jour. Mais, ce soir, elle était de nouveau *nouée*... C'était le drame de sa vie intime que cette inaptitude au contact, cette condamnation à demeurer incommunicable ! Même auprès de Jacques, elle n'avait pas su s'abandonner sans réticence. Combien de fois lui avait-il reproché d'être « indéchiffrable » ? Ces souvenirs restaient cuisants, et l'obsédaient encore. Comment serait-elle, plus tard, avec son fils ? Ne le rebuterait-elle pas, malgré elle, par sa réserve, son apparente froideur ?

La sonnerie de la pendule leur fit dresser la tête en même temps, et prendre, ensemble, conscience de leur long silence.

Jenny sourit :

« Tant pis pour les écheveaux qui restent. Finissons seulement celui-ci. Il va falloir que je monte. » Et, se hâtant de rouler la pelote commencée, elle expliqua : « Sans quoi je risque de trouver Gise endormie et de l'éveiller dans son premier sommeil... Elle a grand besoin de repos. »

Il se souvint alors des deux lits jumeaux, et il comprit pourquoi Gise n'avait pas dit bonsoir à Jenny : elles faisaient chambre commune. Elles dormaient toutes deux, là-haut, sous le portrait de Jacques, de chaque côté du petit lit d'enfant... Songeant à la morne enfance de Gise dans l'appartement de M. Thibault, il eut un élan joyeux : « La pauvre petite a trouvé une famille. » Les paroles de Nicole Héquet lui revinrent à l'esprit. « Épousera-t-elle Daniel ? » Sans bien savoir pourquoi, il ne le croyait guère. D'ailleurs, elle pouvait être heureuse sans cela ? Elle pouvait trouver sa raison d'être et sa joie à vivre dans le sillage de Jenny et de Jean-Paul. À ces deux êtres en qui survivait pour elle la présence de Jacques, elle consacrerait sa tendresse vacante, son attachement de chien fidèle. Elle deviendrait une moricaude à cheveux gris, une vieille et douce « Tante Gi »...

La pelote achevée, Jenny se leva, rangea les écheveaux, couvrit les bûches de cendre, et s'empara de la grosse lampe qui était sur la table.

« Donnez », proposa Antoine, sans conviction.

Il avait le souffle si rauque, si court, qu'elle voulut lui éviter tout effort :

« Merci. J'ai l'habitude. C'est toujours moi qui monte la dernière. »

Arrivée près de la porte, elle se retourna et souleva la lampe pour s'assurer que tout était en ordre. Son regard fit le tour du vieux salon familial, puis revint se fixer sur Antoine.

« Élever le petit hors de tout ça ! fit-elle, résolument. Aussitôt la guerre finie, je changerai ma vie, je m'installerai ailleurs !

— Ailleurs ?

— Je veux quitter tout ça, reprit-elle, du même ton ferme et réfléchi. Je veux partir.

— Pour où ? » Une supposition traversa son esprit : « Pour la Suisse ? »

Elle le considéra quelques secondes avant de répondre.

« Non, fit-elle enfin. J'y ai pensé, naturellement. Mais, là-bas, depuis la Révolution d'octobre, les vrais, ceux qui étaient les amis de Jacques, ont tous gagné la Russie... J'ai pensé aussi, un moment, à la Russie... Non : il est préférable que Jean-Paul reçoive une éducation française. Je resterai en France. Mais je m'éloignerai de Daniel. Je me ferai une vie à moi. En province, peut-être. Je m'installerai quelque part, avec Gise. Nous travaillerons. Et nous élèverons ce petit comme il doit l'être, comme Jacques aurait voulu qu'il le soit.

— Jenny, dit Antoine avec vivacité, j'espère bien, à cette époque-là, avoir repris mon existence de médecin et pouvoir prendre à ma charge... »

Elle l'interrompit d'un mouvement de tête :

« Merci. De vous, je n'hésiterais pas à accepter une aide, s'il le fallait. Mais je tiens avant tout à être une femme qui gagne sa vie. Je veux que Jean-Paul ait pour mère une femme indépendante, une femme qui se soit assuré, par son travail, le droit de penser ce qui lui plaît, et d'agir selon ce qu'elle croit être bien... Vous me désapprouvez ?

— Non ! »

Elle le remercia d'un regard amical. Et, comme si elle avait achevé de dire ce qu'elle voulait qu'il sût, elle ouvrit la porte et s'engagea devant lui dans l'escalier.

Elle le conduisit jusqu'à sa chambre, y posa la lampe du salon, constata qu'il ne manquait rien. Puis elle lui tendit la main.

« Je vais vous confesser quelque chose, Antoine.

— Oui, fit-il, pour l'encourager.

— Eh bien... Je n'ai pas toujours eu pour vous... les sentiments... que j'ai aujourd'hui.

— Moi non plus », avoua-t-il en souriant.

Elle hésitait à continuer, à cause de ce sourire. Elle avait laissé sa main dans celle d'Antoine. Elle le regardait gravement. Elle se décida, enfin :

« Mais maintenant, quand je pense à l'avenir du petit, je... Vous comprenez, ça augmente mon courage de penser que vous serez là, et que l'enfant de Jacques ne sera pas un étranger pour vous... Il faudra me conseiller, Antoine... Il faut que Jean-Paul ait toutes les qualités de son père, sans avoir... » Elle n'osa pas terminer sa phrase. Mais, aussitôt, elle eut un redressement du buste (il sentit la petite main frémir entre ses doigts) et, pareille à un cavalier qui ramène devant l'obstacle une monture rétive, elle reprit, en avalant sa salive : « Je n'étais pas sans voir les défauts de Jacques, vous savez... » Elle se tut de nouveau ; puis, comme une parenthèse involontaire, elle ajouta, les yeux au loin : « Mais je les oubliais, dès qu'il était là... »

Ses paupières battirent. Elle cherchait en vain la suite de ses idées. Elle demanda :

«Vous ne partez qu'après le déjeuner, n'est-ce pas?... Alors...» Elle fit un effort pour sourire : «... Alors, on se reverra encore un peu, dans la matinée...» Elle dégagea sa main, murmura : «Reposez-vous bien», et s'éloigna sans se retourner.

XIII

«Le docteur Thibault», annonça joyeusement le vieux domestique.

Philip, attablé dans son cabinet, griffonnait quelques lettres en attendant l'arrivée d'Antoine. Il se leva précipitamment, et, de son pas sautillant, dégingandé, s'avança vers Antoine arrêté sur le seuil. Avant de lui saisir les mains, il l'enveloppa d'un de ces regards vifs qui semblaient pétiller entre ses paupières clignotantes ; et, branlant un peu la tête, avec ce sourire gouailleur qui l'aidait à cacher ses émotions :

«Vous êtes magnifique, mon cher, dans ce bleu horizon! Comment va?»

«Qu'il est vieilli», pensa Antoine.

Les épaules de Philip s'étaient voûtées, et son long corps était plus mal affermi que jamais sur ses jambes. Les sourcils broussailleux, la barbe de chèvre, étaient devenus tout à fait blancs; mais les gestes, le regard, le sourire, gardaient une vivacité, une jeunesse, voire une espièglerie déconcertantes, presque déplacées dans ce visage de vieil homme.

Il portait, sur un ancien pantalon d'uniforme rouge à bandes noires, une jaquette aux basques fripées ; et ce costume amphibie symbolisait assez bien ses fonctions à moitié civiles, à moitié militaires. Il

avait été nommé, dès la fin de 1914, à la tête d'une
commission chargée d'améliorer les services sanitaires de l'armée, et, depuis cette date, il s'était
donné pour tâche de lutter contre les vices d'une
organisation qui lui était apparue scandaleusement
défectueuse. Sa notoriété dans le monde médical lui
assurait une exceptionnelle indépendance. Il s'était
attaqué aux règlements officiels ; il avait dénoncé les
abus, alerté les pouvoirs ; et les heureuses mais tar-
dives réformes accomplies en ces trois dernières
années étaient dues, pour une grande part, à ses courageuses et tenaces campagnes.

Philip tenait toujours les mains d'Antoine, et il les
secouait mollement, faisant entendre de petits glous-
sements mouillés :

« Allons !... Eh bien !... Depuis le temps !... Comment va ? » Puis, poussant Antoine vers son bureau :
« On a tant à se dire qu'on ne sait par où commencer... » Il avait installé Antoine dans le fauteuil qu'il
donnait à ses clients ; mais, au lieu d'aller s'asseoir
derrière sa table, il allongea le bras, saisit une chaise
volante, s'assit à califourchon tout près d'Antoine, et
le dévisagea.

« Voyons, mon cher. Parlons de vous. Cette histoire de gaz, où ça en est-il ? »

Antoine se troubla. Il avait cent fois vu sur les
traits de Philip cette attention, cette gravité profes-
sionnelles ; mais c'était la première fois qu'il en était
l'objet.

« Vous me trouvez amoché, Patron ?

— Un peu maigri... Pas très surprenant ! »

Philip enleva son binocle, l'essuya, le remit avec
soin, se pencha et sourit :

« Alors, racontez !

— Eh bien, Patron, je suis ce qu'on nomme avec
respect un *grand gazé*. Ça n'est pas drôle. »

Philip eut un petit mouvement d'impatience.

« Ta, ta, ta... Commençons par le commencement. Votre première blessure ? Qu'est-ce qu'il en reste ?

— Il en serait resté fort peu de chose, si la guerre s'était terminée pour moi l'été dernier, avant ma rencontre avec l'ypérite... J'en ai absorbé assez peu, d'ailleurs, et je ne devrais pas être dans l'état où je suis. Mais il est évident que les lésions produites par le gaz ont été aggravées, à droite, par l'état du poumon, celui qui avait été perforé et qui n'avait pas retrouvé son élasticité normale. »

Philip fit la grimace.

« Oui, reprit Antoine, pensif, je suis sérieusement atteint, il ne faut pas se faire d'illusions... Bien entendu, je m'en tirerai. Mais ce sera long. Et... » Une quinte l'interrompit quelques secondes. « Et je suis très probablement handicapé pour le reste du parcours !

— Vous dînez toujours avec moi ? demanda brusquement Philip.

— Volontiers, Patron. Mais, je vous l'ai écrit, je suis au régime...

— Denis est prévenu : il s'est approvisionné de lait... Donc, si vous dînez, nous avons tout le temps. Reprenons depuis le début. Comment est-ce arrivé ? Je vous croyais à l'abri ? »

Antoine haussa rageusement les épaules :

« Stupidement ! C'était en novembre dernier. J'étais, à cette époque-là, bien tranquille à Épernay, où l'on m'avait chargé — prédestination sans doute — d'organiser un service de gazés. J'avais été frappé, à la suite des récentes opérations dans le secteur du Chemin des Dames — nous venions de prendre la Malmaison, Pargny —, de constater, parmi les gazés qu'on m'envoyait, la présence d'un

grand nombre d'infirmiers et de brancardiers. Ça
n'était pas naturel. Je me suis demandé si, dans les
postes de secours, les précautions contre les gaz
étaient suffisantes, et si elles étaient bien prises par
le personnel. J'ai voulu faire du zèle. Je connaissais
un peu le médecin directeur du corps. J'ai obtenu
l'autorisation d'aller faire une enquête sur place. Et
c'est au retour de cette randonnée, que je me suis
fait choper comme un imbécile... Les Boches ont
déclenché une attaque de gaz au moment où je revenais des lignes ; première déveine. Seconde déveine :
un temps humide et tiède, malgré la saison. Vous
savez que l'humidité rend l'ypérite plus nocive, à
cause des réactions acides.

— Continuez », dit Philip. Il avait posé ses coudes
sur ses genoux, son menton sur ses poings, et il
regardait fixement Antoine.

« Je me dépêchais pour retrouver l'auto que j'avais
laissée au P.C. de la division. J'ai voulu éviter des
boyaux encombrés par des troupes de relève. J'ai cru
prendre un raccourci. Il faisait nuit noire. J'ai bar-
boté vingt minutes dans une tranchée à moitié inon-
dée. Je vous passe les détails...

— Vous n'aviez pas de masque ?

— Si, bien sûr ! Mais un masque prêté... J'ai dû
sans doute l'assujettir mal. Ou trop tard. Je n'avais
qu'une idée : retrouver l'auto... Quand, enfin, je suis
arrivé au P.C., j'ai sauté en voiture, et nous avons
filé. J'aurais mieux fait de m'arrêter à l'ambulance
divisionnaire et de me gargariser tout de suite au
bicarbonate...

— Oui, sans aucun doute !

— Mais je ne soupçonnais pas que j'étais pincé.
C'est seulement une heure plus tard que j'ai senti des
picotements au cou et sous les bras... Nous sommes
rentrés à Épernay au milieu de la nuit. Je me suis

fait aussitôt un pansement au collargol, et je me suis couché. Je pensais toujours que ce n'était pas grand-chose. Mais l'arbre bronchique avait été plus profondément atteint que je ne le soupçonnais... Vous voyez combien c'est ridicule : j'allais là-bas pour vérifier si l'on observait bien toutes les précautions réglementaires — et je n'ai même pas été fichu de les prendre moi-même !...

— Alors ? » interrompit Philip. Et, cédant à la tentation de montrer qu'il n'ignorait pas tout de la question : « Le lendemain, accidents oculaires, accidents digestifs, et cætera...

— Ni l'un ni l'autre. Le lendemain, presque rien. De légers érythèmes aux aisselles. Quelques accidents cutanés, qui paraissaient bénins. Pas de phlyctènes. Mais, aux bronches, des lésions traîtreuses, profondes, qu'on n'a découvertes que plusieurs jours après... Vous devinez le reste : laryngo-trachéites successives... Bronchites aiguës, avec fausses membranes... Les séquelles classiques, quoi ! Ça dure depuis six mois...

— Les cordes vocales ?

— En piteux état ! Vous entendez ma voix. Et encore, ce soir, grâce aux soins que j'ai pris toute la journée, je peux parler. Bien souvent, c'est l'aphonie complète.

— Lésions inflammatoires des cordes ?

— Non.

— Lésions nerveuses ?

— Non plus. C'est la superposition des bandes ventriculaires tuméfiées qui produit l'aphonie.

— Évidemment, ça doit empêcher toute vibration. On vous a fait prendre de la strychnine ?

— Jusqu'à six et sept milligrammes par jour. Sans aucune amélioration, d'ailleurs ! Mais avec de belles insomnies !

— Vous êtes dans le Midi depuis quand ?

— Depuis le début de l'année. J'ai d'abord été envoyé d'Épernay à l'hôpital de Montmorillon, puis à cette clinique du Mousquier, près de Grasse. C'était à la fin de décembre. Les lésions pulmonaires paraissaient alors en voie de cicatrisation. Mais, au Mousquier, on a constaté de la sclérose pulmonaire. La dyspnée a pris assez vite un caractère pénible. Sans raisons apparentes, la température s'élevait brusquement à 39°5 et à 40°, puis retombait, aussi brusquement, à 37°5... En février, j'ai fait une pleurite sèche avec expectorations sanguinolentes.

— Vous n'avez plus de ces grandes oscillations de température ?

— Si.

— Que vous attribuez à quoi ?

— À l'infection.

— À l'infection latente ?

— Ou à une certaine infection chronique, qui sait ? »

Leurs regards se croisèrent. Une lueur interrogative passa dans celui d'Antoine. Philip étendit la main :

« Non, non, Thibault ! Si c'est à *ça* que vous pensez, vous vous inquiétez à tort. L'évolution vers la tuberculose pulmonaire n'a jamais été constatée, à ma connaissance, dans des cas de ce genre. Vous devez savoir ça mieux que moi. Un ypérité ne fait un tuberculeux que s'il a présenté des symptômes *antérieurement* à l'absorption des gaz... Or, ajouta-t-il, en se redressant, vous avez la chance de n'avoir aucun antécédent pathologique du côté respiratoire ! »

Il souriait d'un air confiant. Antoine l'examinait en silence. Tout à coup, il enveloppa son vieux maître d'un regard affectueux, et sourit à son tour :

« Oui, je sais, fit-il, c'est une chance !

— De même, reprit Philip, comme s'il pensait tout haut, l'œdème pulmonaire, qui est fréquent, je crois, chez ceux qui ont été atteints par des gaz suffocants, est extrêmement rare chez les ypérités. C'est encore une chance... Et puis, les séquelles pulmonaires dues à l'ypérite sont plus rares, et, je crois, moins graves en général que celles qui résultent des autres gaz toxiques. N'est-ce pas ? J'ai lu, dernièrement, un bon article, là-dessus.

— Celui d'Achard ? » fit Antoine. Il hocha la tête : « On croit généralement que l'ypérite, contrairement aux suffocants, s'attaque aux petites bronches plutôt qu'aux alvéoles, et qu'elle altère moins profondément les échanges gazeux. Mais mon expérience personnelle et les constatations que j'ai pu faire sur d'autres m'ont rendu sceptique. Le vrai, hélas, c'est que les poumons ypérités présentent toutes sortes d'affections secondaires, très rebelles pour la plupart, et qui tendent à devenir chroniques. Et j'ai même observé, chez des ypérités, plusieurs cas où la sclérose intra-alvéolaire, et en même temps pariétale, a fini par bloquer le poumon... »

Il y eut un silence.

« Du côté cœur ? interrogea Philip.

— Jusqu'à présent, ça tient à peu près. Mais pour combien de temps ? Ce serait folie de demander à un cœur de ne pas flancher, quand il est, depuis des mois, le centre de résistance d'un organisme surmené et intoxiqué. Je me demande même si l'intoxication ne commence pas déjà à gagner la fibre musculaire et les noyaux nerveux. Ces dernières semaines, j'ai constaté quelques troubles cardio-vasculaires...

— Constaté ? Comment ?

— Je n'ai pas encore pu faire faire de radioscopie ;

et, à l'auscultation, ceux qui me soignent affirment qu'ils ne trouvent rien. Mais est-ce vrai?... Il y a d'autres modes d'investigation : l'étude du pouls et de la tension. Eh bien, sans que ma température dépasse 38°5 ou 39°, j'ai observé, pas plus tard que la semaine dernière, des accélérations insolites, variant entre 120 et 135. Je ne serais pas surpris qu'il y ait un rapport entre cette tachycardie et un début d'œdème pulmonaire... Pas vous? »

Philip éluda la question :

« Pourquoi n'allégez-vous pas le travail du cœur par des ventouses scarifiées fréquentes? Au besoin même par de petites saignées?... »

Antoine semblait n'avoir pas entendu. Il regardait attentivement son vieux maître. Celui-ci sourit, tira de son gilet la grosse montre d'or à deux boîtiers, qu'Antoine lui avait toujours connue, et, se penchant (comme s'il cédait à une vieille manie, plutôt qu'à une curiosité réelle), il prit entre ses doigts le poignet d'Antoine.

Une longue minute s'écoula. Philip demeurait immobile, l'œil fixé sur l'aiguille. Subitement, Antoine eut un choc : la vue de ce visage concentré, énigmatique, venait de faire surgir du fond de sa mémoire un souvenir très précis et depuis longtemps oublié. Un matin, à l'hôpital, tout au début de ses relations avec Philip, comme ils sortaient ensemble de la salle de consultation où Philip venait d'avoir à faire un diagnostic particulièrement embarrassant, celui-ci, dans un accès d'humour et de confiance, avait saisi Antoine par le bras : « Voyez-vous, mon cher, un médecin doit, avant tout, dans un cas critique, pouvoir s'isoler, réfléchir. Eh bien, pour ça, il y a un moyen infaillible : le chronomètre! Un médecin doit avoir, dans son gousset, un grand et beau chronomètre, imposant, large comme une soucoupe! Et, avec ça, il est sauvé. Il peut être assailli par toute une famille anxieuse, il peut se trouver dans la rue, devant un accidenté, au milieu d'une foule qui le presse de questions; s'il veut réfléchir, s'il veut qu'on lui fiche la paix, il n'a qu'à faire le geste magique : il tire ostensiblement son oignon, et il prend le pouls! Aussitôt, silence complet, solitude! Tant qu'il restera là, le nez sur son cadran, il pourra peser calmement le pour et le contre, établir son diagnostic avec autant de recueillement que s'il était, dans son cabinet, la tête dans ses mains... Croyez-en mon expérience, mon cher : courez acheter un beau chronomètre! »

Philip ne s'était pas aperçu du trouble d'Antoine. Il lâcha le poignet, et se redressa sans hâte :

« Pouls rapide, évidemment. Un peu vibrant. Mais régulier.

— Oui. Et certains jours, au contraire — surtout le soir — il est petit, mou, difficile à saisir. Expliquez ça. Et puis, en période de troubles pulmonaires accentués, l'accélération reparaît... Intermittente, en général.

— Vous avez essayé la compression oculaire?

— Elle n'amène, pour ainsi dire, aucun ralentissement notable. »

Il y eut une nouvelle pause.

« Je suis déjà un débile pulmonaire, déclara Antoine, avec un sourire contraint. Le jour où je serai aussi un débile cardiaque!... »

Philip l'arrêta d'un geste :

« Pfuit! Hypertension et tachycardie ne sont, bien souvent, que de simples phénomènes de défense, Thibault. Je ne vous apprends rien. Dans les embolies cérébrales minimes, par exemple, vous savez comme moi que c'est par l'hypertension et la tachycardie que le cœur lutte victorieusement contre l'obstruction des alvéoles pulmonaires. Roger l'a démontré. Et bien d'autres, depuis. »

Antoine ne répondit rien. Une nouvelle quinte le ployait en deux.

« Quels traitements ? » demanda Philip, sans paraître attacher lui-même grande importance à sa question.

Dès qu'il put parler, Antoine souleva les épaules, avec lassitude ·

« Tous ! Nous avons tout essayé... Pas d'opiacés, naturellement... Soufre... Et puis arsenic... Et encore soufre — et arsenic... »

Sa voix était rauque, faible, entrecoupée. Il se tut. Cette longue conversation l'avait éreinté. Il rejeta la tête en arrière, et resta quelques secondes le buste droit, la nuque appuyée, les yeux clos. Lorsqu'il rouvrit les paupières, il surprit le regard de Philip posé sur lui et empreint d'une grande douceur. Cette expression de bonté le bouleversa plus que n'eût fait une attitude inquiète. Il balbutia :

« Vous ne vous attendiez pas à me trouver si...

— Au contraire ! interrompit Philip en riant. Je ne m'attendais pas, d'après votre dernière lettre, à vous trouver en si bonne voie ! » Et, coupant court, il ajouta : « Maintenant, j'aimerais écouter un peu ce qui se passe à l'intérieur... »

Antoine fit un effort pour se lever. Il retira sa tunique.

« Faisons les choses selon les règles, dit Philip, gaiement. Allongez-vous là-dessus. »

Il désignait la chaise longue recouverte d'une toile blanche, où il faisait étendre ses clients. Antoine obéit. Philip s'agenouilla devant lui, et procéda, en silence, à une minutieuse auscultation. Puis, brusquement, il se mit debout :

— Peuh..., fit-il, évitant, sans trop en avoir l'air, le

regard anxieux d'Antoine. Évidemment... Quelques râles sibilants disséminés... Un peu d'infiltration, peut-être... Un peu de congestion, aussi, dans toute la hauteur du poumon droit... » Il se décida enfin à tourner la tête vers Antoine. « Je ne vous apprends rien, n'est-ce pas ?

— Non », fit Antoine. Et il se releva lentement.

« Parbleu », reprit Philip, en allant de son pas désarticulé jusqu'à son bureau, devant lequel il s'assit. Machinalement, il tira son stylo de sa poche, comme s'il avait une ordonnance à faire. « Emphysème, ce n'est pas douteux. Et, pour être tout à fait franc, je crois possible que vous conserviez longtemps une certaine sensibilité des muqueuses... » Il jouait avec son stylo, et, les sourcils levés, il examinait distraitement les objets placés sur la table. « Mais, voilà tout ! » fit-il, en fermant, d'un geste sec, l'annuaire des téléphones qui était resté ouvert.

Antoine s'approcha et posa les paumes sur le bord du bureau. Philip reboucha son stylo, le mit dans sa poche, leva la tête, et conclut, en appuyant sur les mots :

« C'est embêtant, mon petit. Mais, *sans plus* ! » Antoine se redressa en silence, et s'éloigna vers la cheminée pour rajuster son col devant la glace.

Deux coups discrets retentirent à la porte.

« Notre dîner est servi », déclara Philip, d'un ton enjoué.

Il restait assis. Antoine revint à lui, et remit, de nouveau, les mains sur la table.

« Je fais vraiment tout ce qu'on peut faire, Patron, murmura-t-il, d'une voix lasse. Tout ! J'essaie avec persévérance tous les traitements connus. Je m'observe cliniquement comme s'il s'agissait d'un de mes malades ! depuis le premier jour, je prends des notes quotidiennes ! Je multiplie les analyses, les radios ;

je vis penché sur moi-même pour ne pas faire une imprudence, pour ne pas laisser échapper une occasion de soin. » Il soupira : « Tout de même, il y a des jours où il est difficile de résister au découragement !

— Non ! Puisque vous constatez des progrès !

— Mais c'est que je ne suis pas sûr du tout de constater des progrès ! » fit Antoine. Il avait répondu d'intuition, sans réfléchir. Il avait presque crié cela, involontairement. Et aussitôt il se sentit envahi par un trouble inattendu, comme si ce qu'il venait de dire trahissait soudain une pensée secrète que jamais encore il n'avait laissée monter à la surface. Une légère sueur perla au-dessus de la lèvre supérieure.

Philip vit-il ce trouble ? En comprit-il le pathétique ? Était-ce parce qu'il restait toujours très maître de lui, que son visage était demeuré aussi paisible, aussi confiant ? Non, il était bien difficile de croire à tant de supercherie, en le voyant hausser gaiement les épaules, en l'entendant lancer de sa voix de fausset, verveuse et ironique :

« Voulez-vous lire jusque dans le fond de ma pensée, mon cher ? Eh bien, je me dis qu'il est très heureux que les progrès soient aussi lents !... » Il savoura quelques secondes l'étonnement d'Antoine : « Écoutez. Sur les *six* anciens internes que je considérais un peu comme mes enfants, trois ont été tués, deux sont infirmes pour la vie. J'avoue égoïstement que je ne suis pas fâché de savoir le sixième à l'abri ; condamné, pour des mois encore, à vivre au bon soleil du Midi, à quinze cents kilomètres du front ! Pensez ce que vous voudrez, je ne tiens pas du tout à vous voir guéri avant la fin du cauchemar ! Si vous n'aviez pas été gazé en novembre dernier, qui sait seulement si nous aurions encore la possibilité de dîner ensemble, comme ce soir!...» Il se leva allègrement : «Et là-dessus, à table!»

«Il a raison, se dit Antoine, gagné par la bonne humeur persuasive de son vieil ami. Le fond est solide, malgré tout...»

Une assiettée de potage fumait sur la table de la salle à manger. (Depuis des années, Philip dînait d'une soupe et d'une compote de fruits.)

Il fit asseoir Antoine devant la tasse et la carafe de lait qui lui étaient destinées.

«Denis n'a pas fait chauffer votre lait, mais il est encore temps...

— Non, je le prends toujours froid. C'est parfait.

— Sans sucre?»

Une quinte empêcha Antoine de répondre. Il fit un geste négatif, de la main. Philip évitait de le regarder, bien décidé à ne pas remarquer cette toux, à ne plus parler de santé, à donner au plus vite un autre cours à l'entretien. Il tournait songeusement sa cuiller dans son potage, en attendant la fin de la quinte. Puis, pour rompre un silence qui devenait gênant, il commença, sur un ton très naturel :

«J'ai encore passé une journée à batailler à notre commission de l'hygiène... L'incohérence des prescriptions officielles pour les injections de vaccin antityphique est incroyable!»

Antoine sourit et but une gorgée de lait pour s'éclaircir la voix :

«Vous avez pourtant fait du bon travail, Patron, depuis trois ans!

— Non sans peine, je vous assure!» Il chercha un autre sujet, n'en trouva pas, et reprit : «Non sans peine! Lorsque j'ai eu, en 1915, à m'occuper de l'or-

ganisation des services sanitaires, vous n'imaginez
pas ce que j'ai trouvé ! »

« J'étais bien placé pour le savoir ! » se dit Antoine.
Mais il voulait éviter les occasions de parler ; il se
contenta d'écouter avec un sourire entendu.

« C'était l'époque, continua Philip, où les blessés
étaient encore évacués dans des trains ordinaires,
ceux qui avaient amené des troupes, ou du ravitaillement... Quand ce n'était pas des wagons à bes-
tiaux !... J'ai vu des malheureux qui avaient attendu
vingt-quatre heures dans des compartiments non
chauffés, parce qu'ils n'étaient pas assez nombreux
pour former un convoi réglementaire... Ils étaient
nourris, le plus souvent, par la population... Et pan-
sés, tant bien que mal, par de bonnes dames chari-
tables, ou par les vieux pharmaciens du cru ! Et
quand, enfin, le train se mettait en marche, ils en
avaient souvent pour deux ou trois jours de trimba-
lage, avant qu'on les sorte de leur paille... Aussi, dans
presque chaque convoi, qu'est-ce que nous avions
comme pourcentage de tétaniques ! Et on les empi-
lait dans des hôpitaux bondés, où l'on manquait de
tout ! d'antiseptiques, de compresses, et, bien
entendu, de gants de caoutchouc !

— J'ai vu, à quatre ou cinq kilomètres des lignes,
dit Antoine, avec effort, des ambulances chirurgi-
cales... où l'on faisait bouillir les pinces... dans de
vieilles casseroles... sur un feu de bois...

— Ça encore, ça pouvait s'expliquer à la rigueur...
On était débordé... » Philip fit entendre son petit
ricanement : « L'offre dépassait la demande... La
guerre exagérait sa casse ! Elle ne se conformait pas
aux prévisions des règlements !... Mais ce qui était
sans excuse, mon cher, continua-t-il, en reprenant
son sérieux, c'est la façon dont la mobilisation médicale avait été conçue, et faite ! L'armée avait eu

sous la main, dès le premier jour, un personnel de réservistes incomparables. Eh bien, quand j'ai été chargé de mes premières inspections, j'ai trouvé des praticiens notoires, comme Deutsch, comme Hallouin, infirmiers de seconde classe dans des ambulances qui étaient dirigées par des médecins militaires de vingt-huit ou trente ans! À la tête de grands services chirurgicaux, des chefs ignares, qui avaient l'air de n'avoir jamais opéré que des panaris, et qui décidaient et pratiquaient les interventions les plus graves, amputaient à tort et à travers, simplement parce qu'ils avaient quatre ficelles sur leur manche, sans vouloir écouter les avis des civils mobilisés — fussent-ils chirurgiens des hôpitaux — qu'ils avaient sous leurs ordres!... Nous avons mis des mois, mes collègues et moi, à obtenir les réformes les plus élémentaires. Il a fallu remuer ciel et terre pour qu'on révise les règlements, pour que les répartitions des blessés soient confiées à des médecins de carrière... Pour qu'on renonce, par exemple, au principe absurde de remplir d'abord les hôpitaux les plus éloignés, sans tenir compte de la gravité des blessures et de leur urgence... On expédiait couramment à Bordeaux ou à Perpignan des blessés du crâne, qui n'arrivaient jamais à destination parce que la gangrène ou le tétanos les avaient achevés en cours de route! Des malheureux qu'on aurait sauvés, neuf sur dix, en les trépanant dans les douze heures!»

Brusquement, son indignation tomba, et il sourit :

«Savez-vous qui m'a aidé, au début de ma campagne? Vous allez être étonné! Une de vos clientes, mon cher! Vous savez : la mère de cette fillette que nous avions plâtrée ensemble, et envoyée à Berck...

— Mme de Battaincourt? bredouilla Antoine, gêné.

— Oui! Vous m'aviez écrit à son sujet, vous sou-
venez-vous, en 14? »

Dans les premiers mois de la guerre, en effet,
lorsque Antoine avait appris par une carte de Simon
que Miss Mary, laissant la petite malade seule à
Berck, était rentrée en Angleterre, il avait demandé
à Philip de s'occuper d'Huguette. Celui-ci avait fait
le voyage, et décidé que la jeune fille pouvait, sans
inconvénient, reprendre une vie quasi normale.

« J'ai rencontré plusieurs fois Mme de Battaincourt, à cette époque. Elle connaissait tout Paris,
cette femme-là! Elle m'a obtenu, en vingt-quatre
heures, une audience que je sollicitais depuis six
semaines; grâce à elle, j'ai pu voir le ministre lui-
même, tout à loisir, déballer mes dossiers — et tout
ce que j'avais sur le cœur... Une visite qui a duré
près de deux heures, mon cher. Mais qui a été décisive! »

Antoine se taisait. Il considérait sa tasse vide avec
une attention que, vraiment, rien ne justifiait. Il s'en
aperçut, et, par contenance, il y versa un peu de lait.

« C'est devenu une belle fille, votre jeune protégée,
dit Philip, surpris qu'Antoine ne lui demandât pas
des nouvelles d'Huguette. Je ne la perds pas de vue...
Elle vient me voir tous les trois ou quatre mois... »

« A-t-il su ma liaison avec Anne? » se demandait
Antoine. Il se força à parler :

« Elle vit en Touraine? »

— Non, à Versailles, avec son beau-père. Battaincourt s'est installé à Versailles pour rester près de
Paris. C'est Châtenaud qui le soigne... Quel déveinard, ce pauvre Battaincourt! »

« Non, se dit Antoine. S'il savait, il aurait évité le
mot *déveinard*. »

« Vous avez appris comment il avait été blessé?

« — Vaguement... En permission, n'est-ce pas ?

— Il avait fait deux ans de front, sans une égrati-
gnure ! Et puis, une nuit, à Saint-Just-en-Chaussée,
— il venait en permission, — son train s'est arrêté à
la gare régulatrice. Et juste pendant cet arrêt, des
avions boches ont bombardé la gare ! On l'a ramassé,
la figure en bouillie, un œil perdu et l'autre très
menacé... Châtenaud le suit de près. Il est presque
aveugle, vous savez... »

Antoine se souvint du regard clair, honnête de
Simon, au cours de la visite que celui-ci lui avait
faite, rue de l'Université, un peu avant la mobilisation — cette visite qui avait décidé Antoine à
rompre.

« Est-ce que... », commença-t-il. Sa voix était si peu
distincte que Philip dut se pencher. « Est-ce que
Mme de Battaincourt vit avec eux ?

— Mais elle est en Amérique !

— Ah ! »

Pourquoi cette nouvelle lui causait-elle une sorte
de soulagement ?

Philip souriait silencieusement, tandis que Denis
déposait sur la table une jatte de cerises cuites.

« Hum !... La mère..., reprit Philip, en se servant
pour laisser au domestique le temps de s'éloigner.
Drôle de créature, à ce qu'il semble ? » Il s'arrêta, la
cuiller levée : « Pas votre avis ? »

« Sait-il ? » se demanda de nouveau Antoine. Il parvint à sourire évasivement. (En présence de Philip,
il perdait toujours de son assurance, et redevenait
automatiquement le jeune interne que le maître
avait longtemps intimidé.)

« Oui, en Amérique !... La petite m'avait dit, la dernière fois que je l'ai vue : "Maman va sans doute se
fixer à New York, où elle a beaucoup d'amis." Renseignements pris, il paraîtrait qu'elle s'est fait

envoyer là-bas, en mission, par je ne sais quel comité de propagande française... Et que cette mission a très exactement coïncidé avec le rappel aux États-Unis d'un certain capitaine américain, qui a occupé quelque temps un poste à l'ambassade de Paris... »

« Non, pensa Antoine, décidément, il ne sait rien. »

Philip cracha quelques noyaux, s'essuya la barbe, et poursuivit :

« C'est du moins ce que dit Lebel, qui dirige toujours l'hôpital que Mme de Battaincourt avait fondé, dans sa propriété, près de Tours — hôpital qu'elle continue d'ailleurs à subventionner royalement, paraît-il... Mais les racontars de Lebel sont suspects : on affirme que lui aussi, malgré ses tempes grises, avait été un... collaborateur intime... C'est ce qui expliquerait qu'il ait tout quitté pour aller s'enterrer en Touraine, dans le premier hiver de la guerre... Vous ne finissez pas votre carafe ?

— Deux tasses, c'est tout ce que je peux faire, murmura Antoine, en souriant. J'ai le lait en horreur ! »

Philip n'insista pas, plia gauchement sa serviette, et se leva :

« Retournons là-bas !... » Il prit familièrement le bras d'Antoine, et, tout en le ramenant vers son cabinet : « Vous avez vu les conditions de paix imposées à la Roumanie par les Centraux ?... Instructif, n'est-ce pas ? Les voilà approvisionnés de pétrole. Ah, ils tiennent encore le bon bout. Quelle raison auraient-ils de faire la paix ?

— L'entrée en jeu des troupes américaines !

— Bah... S'ils n'arrivent pas, cet été, à une victoire décisive — et c'est peu probable, bien qu'on leur prête l'intention de tenter une nouvelle offensive sur Paris — eh bien, l'an prochain, ils opposeront au

matériel et aux soldats américains le matériel et
les soldats russes... Autre réservoir, pratiquement
inépuisable... Que voulez-vous qu'il advienne de
deux masses en lutte, à peu près égales, qui ne veulent d'aucun compromis, et dont aucune ne peut
soumettre l'autre par la suprématie de sa force ?
Elles sont fatalement condamnées à s'affronter jusqu'à leur double épuisement...

— Vous n'espérez donc rien du bon sens d'un
Wilson ?

— Wilson habite Sirius... Et puis, pour l'instant,
je constate que, ni en France ni en Angleterre, on ne
souhaite la paix. Je parle des dirigeants. À Paris
comme à Londres, on veut mordicus une *victoire* ;
toute velléité de paix est qualifiée de trahison. Des
gens comme Briand sont suspects. Wilson le sera
bientôt, s'il ne l'est déjà !

— On peut être contraint de faire la paix ! dit
Antoine, songeant aux propos de Rumelles.

— Je ne crois pas que l'Allemagne puisse jamais
être en état de nous l'imposer. Non : je vous le
répète : je crois à l'égalité approximative des forces
en présence... Je ne vois aucune issue avant l'épuisement commun. »

Il avait repris sa place, derrière son bureau, et
Antoine, fatigué, avait, sans se faire prier, obéi au
geste amical qui l'engageait à s'allonger sur la chaise
longue.

« Nous vivrons peut-être assez pour voir la fin de
la guerre... Mais ce que nous ne verrons certainement pas, c'est la paix. Je veux dire : l'équilibre de
l'Europe dans la paix. » Il se troubla légèrement, et
ajouta aussitôt : « Je dis : *nous*, malgré votre âge,
parce que, à mon avis, pour retrouver cet équilibre-
là, il faudra sans doute attendre plusieurs générations ! » Il s'interrompit de nouveau, jeta vers

Antoine un coup d'œil à la dérobée, fourragea un instant dans sa barbe, et reprit, en haussant tristement les épaules : « Un équilibre, dans la paix, est-il seulement concevable, avec les éléments actuels ? L'idéal démocratique a du plomb dans l'aile. Sembat avait raison ; les démocraties ne sont pas faites pour la guerre : elles s'y fondent comme cire au feu. Plus la guerre dure, et moins l'avenir de l'Europe a de chances d'être démocratique. On imagine très bien dans l'avenir le règne despotique d'un Clemenceau, d'un Lloyd George. Les peuples laisseront faire : ils sont déjà habitués à l'état de siège. Ils abdiqueront peu à peu jusqu'à leur républicaine prétention à la souveraineté. Considérez seulement ce qui se passe en France : la distribution contrôlée des vivres, le rationnement de la consommation, l'ingérence de l'État dans tous les domaines, ceux de l'industrie et du commerce, ceux des contrats entre particuliers — voyez le moratoire, — celui de la pensée, — voyez la censure ! Nous acceptons tout ça comme des mesures exceptionnelles. On se persuade qu'elles sont nécessitées par les circonstances. En fait, ce sont les prodromes de l'asservissement total. Une fois le joug bien assujetti, on ne le secouera plus !

— Vous avez connu Studler ? *Le Calife...* Mon collaborateur ?

— Un juif, avec une barbe assyrienne et des yeux de mage ?

— Oui... Il a été blessé, et maintenant, il est quelque part, sur le front de Salonique... D'où il m'envoie de temps à autre de prophétiques élucubrations, à sa manière... Eh bien, Studler prétend que la guerre amènera infailliblement la révolution. Chez les vaincus, d'abord ; chez les vainqueurs, ensuite. Révolution brutale ou révolution lente, mais révolution partout...

— Oui..., fit évasivement Philip.

— Il annonce la faillite du monde moderne, l'effondrement du capitalisme! Lui aussi, il pense que la guerre durera jusqu'à l'épuisement de l'Europe. Mais, quand tout aura disparu, quand tout sera nivelé, il prédit l'avènement d'un monde nouveau. Il voit s'élever sur les ruines de notre civilisation quelque chose comme une confédération mondiale, l'organisation d'une grande vie collective de la planète, sur des bases entièrement renouvelées... »

Il avait forcé la voix pour arriver au bout de sa tirade. Il s'arrêta, plié en deux par une quinte.

Philip le suivait de l'œil. Il n'eut l'air de s'apercevoir de rien.

« Tout est possible », fit-il, avec un regard amusé. Il était toujours prêt à laisser courir son imagination : « Pourquoi pas? Peut-être que la mystique de 89, après nous avoir longtemps fait croire, contre toutes les évidences biologiques, que les hommes sont égaux par nature et doivent l'être devant les lois, peut-être que cette mystique-là, sur laquelle nous avons vécu un siècle, peut-être qu'elle est parvenue au terme de son efficacité, et qu'elle doit céder la place à quelque autre belle foutaise, d'un genre différent... Une idéologie nouvelle, génératrice, à son tour, de pensée et d'action, dont l'humanité se nourrira, s'enivrera, un certain temps... Jusqu'à ce que tout change, encore une fois... »

Il se tut quelques instants, pour laisser Antoine tousser.

« C'est possible, reprit-il, sur un ton gouailleur, mais je laisse ces visions à votre messianique ami... L'avenir que j'entrevois est plus proche; et tout autre. Je crois que les États ne sont pas prêts à renoncer aux pouvoirs absolus que la guerre leur a conférés. Aussi, je crains que l'ère des libertés démo-

cratiques ne soit close pour longtemps. Ce qui est
assez déroutant, j'en conviens, pour des gens de ma
génération. Nous avons cru, dur comme fer, que ces
libertés-là étaient définitivement acquises ; qu'elles
ne pourraient jamais plus être remises en question.
Mais tout, toujours, peut être remis en question !...
Qui sait si ce n'étaient pas des rêves ? Des rêves que
la fin du XIXe siècle a pris pour des réalités durables,
parce que les hommes d'alors avaient la veine de
vivre dans un temps exceptionnellement calme,
exceptionnellement heureux... »

Il parlait, de sa voix rêche et nasillarde, comme s'il
était seul, les coudes sur les bras de son siège, son
long nez rougeaud baissé vers ses mains jointes,
regardant ses doigts qu'il nouait et dénouait par saccades :

« Nous avons cru que l'humanité, adulte, s'ache-
minait vers une époque où la sagesse, la mesure, la
tolérance, s'apprêtaient enfin à régner sur le
monde... Où l'intelligence et la raison allaient enfin
diriger l'évolution des sociétés humaines... Qui sait
si nous ne paraîtrons pas, aux yeux des historiens
futurs, des naïfs, des ignorants, qui se faisaient d'at-
tendrissantes illusions sur l'homme et sur son apti-
tude à la civilisation ? Peut-être que nous fermions
les yeux sur quelques données humaines essentielles ? Peut-être, par exemple, que l'instinct de
détruire, le besoin périodique de foutre par terre ce
que nous avons péniblement édifié, est une de ces
lois essentielles qui limitent les possibilités construc-
tives de notre nature ? — une de ces lois mystérieuses et décevantes qu'un sage doit connaître et
accepter ?... Nous voilà loin des prédictions de votre
Calife », conclut-il, en ricanant. Et comme Antoine
toussait toujours : « Vous ne voulez pas boire

quelque chose ? une gorgée d'eau ? une cuillerée de codéine ? Non ? »

Antoine fit un geste de refus. Au bout de deux ou trois minutes (pendant lesquelles Philip arpenta la pièce en silence), il se sentit mieux. Il redressa le buste, essuya les larmes qui coulaient sur ses joues, et s'efforça de sourire. Il avait les traits tirés, le teint congestionné, le front en sueur.

« Je vais... me retirer... Patron..., articula-t-il, la gorge en feu. Excusez-moi... » Il sourit de nouveau, fit un effort et se mit debout : « Je suis dans un fichu état, avouez-le ! »

Philip ne parut pas avoir entendu :

« On parle, dit-il, on prophétise... Je me moque de votre *Calife*, et je fais exactement comme lui !... Tout ça est absurde. Tout ce que nous voyons depuis quatre ans est absurde. Et tout ce que ces absurdités nous amènent à prévoir est absurde... On peut critiquer, oui. On peut même condamner ce qui est ; ça ce n'est pas absurde. Mais vouloir prédire ce qui arrivera !...Voyez-vous, mon petit, on en revient toujours là : la seule attitude — j'allais dire : scientifique... Soyons plus modeste : la seule attitude raisonnable, la seule qui ne déçoive pas — c'est *la recherche* de l'erreur, et non pas la recherche de la vérité... Reconnaître ce qui est faux, c'est difficile, mais on y arrive : et c'est tout, rigoureusement tout, ce qu'on peut faire !... Le reste : pures divagations ! »

Il s'aperçut qu'Antoine était debout et l'écoutait distraitement. Il se leva :

« Quand vous reverrai-je ? Quand repartez-vous ?

— Demain matin, à huit heures. »

Philip tressaillit imperceptiblement. Il attendit quelques secondes que sa voix eût retrouvé son assurance :

« Ah, ah... »

Puis il suivit Antoine qui se dirigeait vers le vestibule.

Il examinait ce dos voûté, cette nuque maigre et cordée qui émergeait du col de la tunique. Il eut peur de se trahir, peur de ce silence, peur de sa propre pensée. Il se hâta de parler :

« Au moins, êtes-vous content de cette clinique ? Sont-ils sérieux, là-dedans ? Est-ce bien la clinique qu'il vous faut ?

— Pour l'hiver, rien de mieux, répondit Antoine tout en marchant. Mais je redoute l'été, là-bas. Au point que je pense à me faire envoyer ailleurs... Il me faudrait la campagne... Un pays aéré, pas humide... Des bois de pins, peut-être... Arcachon ? Très chaud, Arcachon... Alors ? Une station thermale, dans les Pyrénées ?... Cauterets ? Luchon ?... »

Il avait atteint le vestibule, et il soulevait déjà le bras pour décrocher son képi, lorsqu'il tourna brusquement la tête, avant d'ajouter : « Votre avis, Patron ? » Et soudain, sur ce visage dont il avait, en dix années de collaboration, appris à déchiffrer les moindres nuances, dans les petits yeux gris, clignotants derrière le lorgnon, il surprit l'aveu involontaire : une intense pitié. Ce fut comme un verdict : « À quoi bon ? » disaient ce visage, ce regard. « Qu'importe l'été ? Là, ou ailleurs... Tu n'échapperas pas, *tu es perdu !* »

« Parbleu, pensa Antoine, étourdi par la brutalité du choc. Moi aussi, *je savais*... Perdu ! »

« Oui, Cauterets », balbutia précipitamment Philip. Il se ressaisit : « Pourquoi pas la Touraine, tout simplement, mon cher ?... La Touraine... Ou bien l'Anjou... »

Antoine regardait fixement le parquet. Il n'osait plus affronter le regard... Que la voix du Patron sonnait faux ! Qu'elle lui faisait mal !...

D'une main qui tremblait, il se coiffa, puis il gagna la porte, sans relever la tête. Il n'avait plus qu'une pensée : brusquer l'adieu, se retrouver seul — avec son épouvante.

« La Touraine... Ou l'Anjou..., répétait mollement Philip. Je me renseignerai... Je vous écrirai... »

Les yeux toujours baissés sous la visière qui dissimulait l'altération de ses traits, Antoine tendit la main, d'un geste machinal. Le vieux médecin la saisit ; ses lèvres émirent un bruit mouillé. Antoine se dégagea, ouvrit la porte et s'enfuit.

« Oui... Pourquoi pas l'Anjou ?... » chevrotait Philip, penché sur la rampe.

XIV

Dehors, l'obscurité pesait sur la ville. De-ci, de-là, un réverbère encapuchonné rabattait sur le trottoir un rond de clarté bleuâtre. Peu de passants. De rares autos glissaient prudemment, précédées du bruit insistant de leurs trompes.

Titubant, sans bien savoir où il allait, il traversa le boulevard Malesherbes et prit la rue Boissy-d'Anglas. Il marchait, indifférent à tout, un poids sur la nuque, le souffle court, la tête étrangement sonore et vide, longeant de si près les façades que parfois son coude heurtait les murs. Il ne pensait pas, il ne souffrait pas.

Il se trouva sous les arbres des Champs-Élysées. Devant lui, à travers les troncs, s'étendait, à peine éclairée mais visible sous la lumière nocturne de ce beau ciel de printemps, la place de la Concorde, sillonnée de voitures silencieuses, qui apparais-

saient comme des bêtes aux yeux phosphorescents,
et s'évanouissaient dans le noir. Il aperçut un banc
et s'en approcha. Avant de s'asseoir, par habitude, il
se dit : « Ne pas prendre froid. » (Pour penser aussitôt : « Qu'importe, maintenant ? ») Le verdict fulgurant qu'il avait saisi dans le regard de Philip habitait
son esprit, et non seulement son esprit, mais son
corps, pareil à une chose énorme, parasite, une
dévorante tumeur qui aurait refoulé tout le reste
pour s'épanouir monstrueusement et occuper l'être
entier.

Ramassé sur lui-même, le dos appuyé au dur dossier, les bras croisés pour comprimer cette chose
étrangère, greffée dans sa chair et qui l'étouffait, il
revivait mentalement sa soirée. Il voyait le Patron à
califourchon sur sa chaise : « Commençons par le
commencement. Votre première blessure ? Qu'est-ce
qu'il en reste ? », et il reprenait posément ses explications. Mais, peu à peu, les mots qu'il s'entendait
dire n'étaient plus tout à fait ceux qu'il avait pro-
noncés : avec une lucidité objective toute nouvelle,
il exposait maintenant son cas sous son véritable
jour. Il décrivait, dans leur réalité inexorable, les
crises successives, les rémissions de plus en plus brèves, les rechutes chaque fois plus sérieuses. Il rendait
sensible, évidente, l'aggravation régulière, ininter-
rompue, irrémédiable. Et il lui semblait suivre, de
seconde en seconde, sur le visage décomposé de son
vieil ami, la progression d'une anxiété clairvoyante,
l'élaboration graduelle du diagnostic fatal. La sueur
au front, le souffle oppressé et douloureux, il tira son
mouchoir et s'épongea la figure.

Au loin, un son traînant, une sorte de mugissement auquel il ne prêta qu'une attention nébuleuse,
troubla soudain le calme du soir.

Il se voyait, sur la chaise longue, après l'ausculta-

tion, redresser péniblement le buste et hocher la tête
avec une feinte résignation : « Vous le voyez, Patron :
il n'y a plus à conserver le moindre espoir ! » Et Philip baissait le nez sans répondre.

Il se leva violemment de son banc pour couper
court à l'angoisse qui l'étranglait. Alors, tandis qu'il
était debout, immobile, — comme un souffle frais
venu de l'abîme, — une idée apaisante se glissa dans
son cerveau : « Nous autres médecins, nous avons
toujours un recours... la possibilité de ne pas
attendre... de ne pas souffrir. »

Il ne tenait pas sur ses jambes. Il se rassit.

Deux ombres, deux silhouettes féminines, sortirent en courant de sous les arbres. Et, presque aussitôt, toutes les sirènes d'alerte se mirent à glapir en
même temps. Les rares points lumineux, qui palpi-
taient faiblement autour de la place, s'éteignirent
tout d'un coup.

« Manquait plus que ça », songea-t-il, en prêtant
l'oreille. Un tambourinement lointain ébranlait le sol.

Derrière lui, dans les allées, des pas fuyaient, des
voix alarmées s'élevaient confusément dans la nuit,
des groupes galopaient, s'enfonçaient dans l'ombre.
Avenue Gabriel, des autos, sans lumière, filaient en
cornant. Une escouade de sergents de ville passa
près de lui, au pas gymnastique. Il restait assis, les
épaules lourdes, regardant sans rien voir, détaché de
tout événement humain.

Plusieurs minutes s'écoulèrent sans qu'il prît
conscience de rien. Quelques détonations étouffées
par l'éloignement, puis quelques coups de canon
espacés, le tirèrent de cette prostration.

« Les pièces du mont Valérien ? » se demanda-t-il.

L'indication donnée par Rumelles lui revint à
l'esprit : l'abri du ministère de la Marine.

Au loin, des canons continuaient à aboyer sourdement. Il se leva, et s'avança vers la place jusqu'au bord du trottoir. Au-dessus de Paris, un ciel admirable s'était mis à vivre. Jaillis de tous les points de l'horizon, des faisceaux lumineux balayaient la voûte nocturne, allongeant et entrecroisant leurs traînées laiteuses, scrutant comme un regard le fouillis des étoiles, brutaux, rapides, ou parfois hésitants, s'arrêtant soudain pour inventorier un point suspect, puis recommençant leur investigation glissante.

Il ne se décidait pas à descendre sur la chaussée. Il demeura figé sur place, la tête levée, jusqu'à ce que la nuque lui fît mal. « S'étendre, songea-t-il, fermer toujours les yeux... Un soporifique... Dormir... » Il ne bougeait toujours pas, paralysé par une indicible lassitude. « Mieux vaudrait rentrer, se dit-il. Si seulement je trouvais un taxi ! » Mais la place était maintenant déserte, obscure, immense. On ne la distinguait que par instants. Elle se dessinait brusquement, surgissant du clair-obscur sous le reflet intermittent des projecteurs, avec ses balustrades, ses statues pâles, son obélisque, ses fontaines, et les colonnes funèbres de ses hauts lampadaires ; pareille à une vision de rêve, à une ville pétrifiée par quelque enchantement, vestige d'une civilisation disparue, une ville morte, longtemps ensevelie sous les sables.

Il fit un effort pour vaincre sa torpeur, et partit, d'un coup, comme un somnambule, à travers cette nécropole. Il piqua droit sur l'obélisque pour gagner, en biais, l'angle des Tuileries et des quais. La traversée de cette étendue lunaire, sous ce ciel chaviré, lui parut interminable. Il croisa un groupe de soldats belges, qui galopaient en débandade. Puis un couple de vieilles gens le dépassa. Ils couraient, gauchement enlacés, flottant comme des épaves dans la nuit. L'homme cria : « Venez vous abriter dans le métro ! » Il ne songea à répondre que lorsqu'ils eurent disparu.

L'air bourdonnait de mille moteurs invisibles, qui se confondaient en une seule et vaste vibration métallique. À l'est, au nord, le tir faisait rage : les lignes de défense crachaient sans cesse leur mitraille ; de minute en minute, une nouvelle batterie, plus proche, entrait en action. La clarté mouvante des pinceaux lumineux empêchait de distinguer les éclatements. Dans les intervalles des coups, il perçut soudain un crépitement de mitrailleuses.

« Vers le pont Royal », se dit-il machinalement.

Il prit le quai, le long du parapet. Pas une voiture. Pas une lumière. Pas un être humain. Sous ce ciel en folie, la terre était inhabitée. Il était seul avec le fleuve, qui luisait, large et paisible, comme une rivière dans la campagne, sous la lune.

Il s'arrêta une seconde, le temps de penser : « Je m'y attendais, *je savais* très bien que j'étais perdu... » Et il reprit sa marche d'automate.

Le tintamarre était devenu si précipité qu'il devenait impossible de distinguer la nature des bruits. Pourtant, une explosion sourde domina tout à coup le vacarme. D'autres suivirent. « Des bombes, songeat-il, *ils* ont traversé les barrages. » Dans la direction du Louvre, très loin, des cheminées se découpèrent soudain sur un fond rose de feu de Bengale. Il se retourna : d'autres halos d'incendie rougeoyaient deci, de-là, sur Levallois, sur Puteaux, peut-être... « Ça flambe un peu partout », se dit-il. Il avait oublié sa misère. Sous cette menace invisible, imprécise, qui planait comme la colère aveugle d'un dieu, une excitation factice lui fouetta le sang, une sorte d'ivresse rancunière lui rendit ses forces. Il hâta le pas, atteignit le pont, franchit la Seine et s'engouffra dans la rue du Bac. Elle était sombre. Il buta contre une boîte à ordures. Le coup de reins qu'il donna pour ne pas perdre l'équilibre retentit douloureusement dans ses bronches. Il descendit du trottoir, se guidant sur la tranchée du ciel, battue par les projecteurs. Un vrombissement se fit entendre derrière lui. Il n'eut que le temps de remonter sur le trottoir. Deux engins étranges, métalliques, brillants, passèrent en trombe, tous feux éteints, suivis d'une auto à fanion.

« Les pompiers », fit une voix, tout près de lui. Un homme était là, collé dans le renfoncement d'une porte. Toutes les cinq secondes il tendait le cou et sortait la tête, comme s'il guettait la fin d'une averse.

Antoine reprit sa marche, sans un mot. Sa fatigue l'avait ressaisi. Il avançait lourdement, traînant son idée fixe, pareil au haleur attelé à une péniche. « Je le savais... Je le savais depuis longtemps... » Aucune surprise dans sa détresse : il était comme quelqu'un qui plie sous un poids, non comme quelqu'un qui vient de recevoir un coup. L'atroce certitude avait trouvé en lui une place toute préparée. Le regard de Philip n'avait fait que lever une secrète interdiction, libérer une pensée claire, enfouie, de longue date, dans les ténèbres de l'inconscient.

À l'angle de la rue de l'Université, à quelques pas de chez lui, une peur le saisit : la peur panique de la solitude qui l'attendait là-haut. Il stoppa net, prêt à fuir. Il avait machinalement levé les yeux vers le ciel balayé de lueurs, cherchant dans sa tête quelqu'un auprès de qui quêter un regard de compassion.

« Personne... », murmura-t-il.

Et, plusieurs minutes, adossé au mur, tandis que les tirs de barrage, le ronflement des avions, le sourd éclatement des bombes, lui martelaient le crâne, il réfléchit à cette chose inexplicable : pas un ami ! Il s'était toujours montré sociable, obligeant ; il s'était acquis l'attachement de tous ses malades ; il avait toujours eu la sympathie de ses camarades, la confiance de ses maîtres ; il avait été violemment aimé par quelques femmes — mais il n'avait pas un seul ami ! Il n'en avait jamais eu !... Jacques lui-même... « Jacques est mort sans que j'aie su m'en faire un ami... »

Il eut soudain une pensée vers Rachel. Ah, qu'il eût été bon, ce soir, de se blottir dans ses bras, d'entendre la voix caressante et chaude murmurer comme autrefois : « *Mon minou...* » Rachel ! Où était-elle ? Qu'était-elle devenue ? Son collier, là-haut... L'envie le prit de tenir entre ses doigts cette épave du passé, de palper ces grains qui devenaient si vite tièdes comme une chair, et dont l'odeur évocatrice était comme une présence...

Il se détacha de la muraille avec effort, et, vacillant un peu, il franchit les quelques mètres qui le séparaient de sa porte.

XV

LETTRES

Maisons, le 16 mai 18.

Les éclats qui m'ont mis la cuisse en bouillie ont fait de moi un être sans sexe. De vive voix, je n'ai pu me décider à cette confidence. Vous êtes médecin, peut-être avez-vous deviné ? Quand nous avons parlé de Jacques, quand je vous ai dit que j'enviais son sort, vous m'avez regardé bizarrement.

Détruisez cette lettre, je ne veux pas qu'on sache, je ne veux pas qu'on me plaigne. J'ai sauvé ma peau, l'État m'assure de quoi n'être à charge à personne, beaucoup m'envient, sans doute ont-ils raison. Tant que ma mère vivra, non; mais si, un jour, plus tard, je préfère disparaître, vous seul saurez pourquoi.

Je vous serre les mains.

D.F.

*

Maisons-Laffitte,23 mai.

Cher Antoine,

Ce n'est pas un reproche, mais nous nous inquié- tons un peu, vous aviez promis de nous écrire et toute la semaine s'est écoulée sans nouvelles, peut-être que ce long voyage a été plus éprouvant encore que nous ne pensions ?

Je voudrais vous dire le réconfort que m'a apporté votre visite, ce sont des choses que je ne sais pas dire, que je ne sais même pas laisser voir, mais depuis votre départ, il me semble que je suis encore plus seule.

Bien affectueusement,

JENNY.

*

Maisons, samedi 8 juin 18.

Cher Antoine,

Les jours passent, trois semaines déjà que vous avez quitté Maisons et toujours rien de vous, aucune nou- velle, je commence à m'inquiéter sérieusement, je ne peux attribuer ce silence qu'à votre état, je vous demande instamment de me dire la vérité.

Le petit a eu quelques jours de grosse fièvre pour une

amygdalite, il va mieux mais je le garde encore à la chambre, ce qui complique un peu la vie à la maison. Figurez-vous, nous avons tous l'impression qu'il a grandi pendant ces huit jours de lit, ce n'est pourtant guère possible, n'est-ce pas ? J'ai l'impression aussi que son intelligence s'est développée pendant cette petite maladie, il invente un tas d'histoires pour expliquer à sa façon les images de ses livres et les dessins que Daniel lui fait. Ne vous moquez pas de moi, je n'ose dire cela qu'à vous : je trouve que cet enfant est extraordinairement observateur pour ses trois ans, et je crois vraiment qu'il sera très intelligent.

À part cela, rien de bien nouveau ici. L'hôpital a reçu l'ordre d'évacuer le plus de convalescents possible pour faire de la place, et il a fallu renvoyer de pauvres diables qui comptaient bien avoir encore dix ou quinze jours de repos. Nous avons tous les jours des arrivées, et maman s'est fait prêter par les voisins anglais la petite villa à glycines qui était inoccupée, ce qui va donner vingt lits de plus, peut-être davantage. Nicole a reçu une longue lettre de son mari, son auto-chir a quitté la Champagne pour aller du côté de Belfort. Il dit qu'en Champagne les pertes sont terribles. Jusqu'à quand ? Jusqu'à quand durera ce cauchemar ? Les habitants de Maisons qui vont quotidiennement à Paris disent que les bombardements commencent à démoraliser beaucoup.

Cher Antoine, même si vous avez à m'apprendre une rechute grave, dites-moi la vérité, ne nous laissez pas plus longtemps dans cette incertitude.

Votre amie,

JENNY.

*

Grasse, 11-6-18.

État de santé médiocre mais actuellement sans aggravation particulière. — Vous écrirai dans quelques jours. Affectueusement.

THIBAULT.

*

Le Mousquier, 18 juin 1918.

Je me décide enfin à vous écrire, ma chère Jenny. Vous aviez raison de redouter pour moi ce long voyage. Dès mon retour, une assez grave alerte m'a mis au lit avec d'inquiétantes oscillations de température. Un nouveau traitement, des soins énergiques, semblent avoir encore une fois enrayé la progression du mal. Depuis une semaine je me lève de nouveau et reprends peu à peu mon ancien train de vie.

Mais cette rechute n'est pas la cause de mon silence. Vous me demandez la vérité. La voici. Il m'est arrivé cette chose terrible : j'ai appris, j'ai compris, que j'étais condamné. _Sans retour. Cela traînera sans doute quelques mois. Quoi qu'on fasse, je ne peux pas guérir._

Il faut être passé par là pour comprendre. Devant une pareille révélation, tous les points d'appui s'effondrent.

Excusez-moi de vous dire cela sans ménagements. Pour celui qui sait qu'il va mourir, tout devient si différent, si étranger. Je vous récrirai. Aujourd'hui, pas capable de faire davantage.

Affectueusement,

ANTOINE.

Je vous demande de garder pour vous seule cette nouvelle.

*

Le Mousquier, 22 juin 18.

Non, ma chère Jenny, ce n'est pas, comme vous le croyez (ou feignez de le croire), contre des craintes imaginaires que je me débats. J'aurais dû avoir le courage de vous donner plus de détails. Je vais essayer de vous écrire moins brièvement aujourd'hui.

Je suis devant une réalité. Devant une certitude. Elle a fondu sur moi le jour où je vous ai quittée, le dernier jour que j'ai passé à Paris : au cours d'un entretien avec mon vieux maître le docteur Philip. Pour la première fois, à la faveur d'un brusque dédoublement dû, sans doute, à sa présence, j'ai pu porter sur mon cas un jugement objectif, lucide, un diagnostic de médecin. La vérité m'est apparue dans un éclair.

Pendant mon voyage, je n'ai eu que trop le temps d'y réfléchir. J'avais avec moi les notes quotidiennes que je prends depuis le début, et qui permettent de suivre, jour à jour, crise par crise, le rythme régulier et continu de l'aggravation. J'avais aussi le dossier que j'ai constitué cet hiver, et qui contient à peu près toutes les observations cliniques et rapports médicaux, français et anglais, parus dans les revues spéciales depuis l'emploi des gaz. Tout cela, qui m'était déjà connu, se présentait à moi sous une lumière nouvelle. Et tout me confirmait dans ma certitude. De retour ici, j'ai discuté mon cas avec les spécialistes qui me soignent. Non plus, comme avant, en malade qui se croit sur la voie de la guérison et qui accepte d'emblée tout ce qui peut

*confirmer sa confiance, mais en confrère averti, bien
armé, qu'on ne trompe plus avec des pieux mensonges.
Je les ai vite acculés à des attitudes évasives, à des
silences significatifs, à des demi-aveux.*

*Ma conviction, maintenant, repose sur des bases
indiscutables. Étant donné depuis sept mois le processus de l'intoxication, ses ravages ininterrompus, je
n'ai plus aucune chance — rigoureusement :
aucune — de jamais guérir. Pas même de rester dans
un état stationnaire, chronique, qui ferait de moi un
infirme à vie. Non : je suis une bille sur une pente —
condamnée à rouler jusqu'en bas, à rouler de plus en
plus vite. Comment ai-je pu me leurrer si longtemps ?
Un médecin, quelle dérision ! J'ignore le délai, cela
dépend des crises futures, et de leur importance, et de
la durée des périodes de rémission. Je peux, selon les
hasards des rechutes, l'efficacité provisoire des traitements, mettre deux mois, ou — extrême limite — une
année, à mourir. Mais l'échéance est fatale, et elle est
proche. Il y a bien, dans certains cas, ce que vous
appelez des « miracles ». Dans le mien, non. L'état
actuel de la science ne permet pas le moindre espoir.
Persuadez-vous que je n'écris pas ceci comme un
malade qui plaide le pire pour quêter des contradictions rassurantes, mais comme un clinicien bien
documenté, en présence d'un mal mortel, définitivement classé. Et si j'insiste ainsi, posément, c'est*

*23 juin. — Je reprends cette lettre commencée hier
et interrompue. Pas encore assez maître de moi pour
m'astreindre à une longue attention. Je ne sais plus ce
que je voulais vous dire encore. J'ai écrit posément.
Ce calme relatif devant la fatalité — calme bien
instable, hélas — je ne l'ai pas atteint sans traverser
une effroyable révolution intérieure.*

*Pendant des jours, d'interminables nuits d'insom-
nie, j'ai vécu au fond d'un gouffre. Les tortures de l'en-*

fer. Je ne peux pas encore y penser sans être ressaisi par un froid affreux, un tremblement de tout l'être. Personne ne peut imaginer. Comment la raison résiste-t-elle ? Et par quel mystérieux cheminement finit-on par dépasser ce paroxysme de détresse et de révolte, pour parvenir à cette espèce d'acceptation ? Je ne me charge pas d'expliquer. Il faut que l'évidence du fait ait sur les cerveaux rationalistes un pouvoir sans limites. Il faut aussi que la nature humaine ait une faculté d'adaptation démesurément extensible, pour que l'on soit capable de s'habituer même à cela : à l'idée qu'on va être dépossédé de sa vie avant d'avoir eu le temps de vivre, qu'on va disparaître avant d'avoir rien réalisé des immenses possibilités qu'on croyait porter en soi. D'ailleurs, je ne sais plus retrouver les étapes de cette évolution. Cela a duré longtemps. Ces crises de désespoir aigu devaient alterner avec des moments de prostration, sans quoi je n'aurais pas pu les supporter. Cela a duré plusieurs semaines, pendant lesquelles la douleur physique et les pénibles soins du traitement étaient les seules diversions à l'autre, à la vraie souffrance. Peu à peu, l'étau s'est desserré. Aucun stoïcisme, aucun héroïsme, rien qui ressemble à de la résignation. Usure de la sensibilité plutôt, créant un état de moindre réaction, un commencement d'indifférence, ou plus exactement d'anesthésie. Ma raison n'y a eu aucune part. Ma volonté non plus. Ma volonté, je l'exerce seulement depuis quelques jours, à essayer de faire durer cette apathie. Je m'applique à une progressive réintégration dans la vie. Je renoue contact avec le monde qui m'entoure. Je me suis levé pour fuir mon lit, ma chambre. Je me contrains à prendre mes repas avec les autres. Aujourd'hui, j'ai regardé quelque temps des camarades jouer au bridge. Et ce soir je vous écris, sans trop de peine. Même avec un étrange et nouveau plaisir. Je suis venu

finir cette heure dehors, à l'ombre d'une rangée de
cyprès derrière laquelle les infirmiers font leur partie
de boules du dimanche. J'ai cru d'abord que cette
proximité, ces contestations, ces rires, me seraient intolérables. Mais j'ai voulu rester, et je l'ai pu. Vous le
voyez, un nouvel équilibre, peut-être, tend à s'établir.

Tout de même, assez las de ces efforts. Je vous récrirai. Dans la mesure où mon esprit peut encore s'intéresser à autrui, c'est à vous que je pense, et à votre
enfant.

ANTOINE.

*

Le Mousquier, 28 juin.

J'ai plusieurs fois depuis ce matin relu votre lettre,
ma chère Jenny. Elle n'est pas seulement simple et
belle. Elle est telle que je la souhaitais. Telle que je vous
souhaitais, telle que je vous avais devinée. J'ai attendu
la nuit, le silence de la maison pour vous écrire :
l'heure où les traitements sont terminés, où l'infirmier
de garde a fait sa tournée, où l'on n'a plus devant soi
que l'insomnie — et les spectres... À cause de vous, je
me sens — j'allais écrire : plus de courage. Ce n'est pas
de courage qu'il s'agit, ni de courage que j'ai besoin,
mais d'une présence peut-être, et de me sentir un peu
moins tout seul dans ce tête-à-tête qui peut durer des
mois. Ces mois, croiriez-vous que j'y songe sans désirer qu'ils soient écourtés ! Un répit, auquel je ne voudrais pas renoncer ! Je m'en étonne. Vous pensez bien,
j'aurais des moyens d'en finir. Mais, ces moyens, je les
réserve pour plus tard. Maintenant, non. J'accepte le
répit, je m'y accroche. Étrange, n'est-ce pas ? Quand
on a été passionnément épris de la vie, on ne s'en

détache pas facilement, il faut croire; et moins encore si l'on sent qu'elle échappe. Un arbre foudroyé, sa sève monte plusieurs printemps de suite, ses racines n'en finissent pas de mourir.

Pourtant, Jenny, il manquait une chose à cette bonne lettre : des nouvelles du petit. Une seule fois, vous m'avez parlé de lui, dans une précédente lettre. Lorsque je l'ai reçue, j'étais encore dans un tel état d'isolement, de refus à tout, que je l'ai gardée, une journée, peut-être davantage, sans l'ouvrir. J'ai fini par la lire, je suis tombé sur ces quelques lignes où il était question de Jean-Paul, et, pour la première fois, j'ai pu, pendant un instant, éloigner l'idée fixe, sortir de l'envoûtement, projeter de l'intérêt sur autre chose, redevenir sensible au monde extérieur. Depuis, j'y repense, à ce petit. À Maisons, je l'ai vu, touché, je l'ai entendu rire, j'ai encore le frémissement de ses muscles sous mes doigts; si je pense à lui, je le revois. Et autour de lui certaines idées cristallisent, des idées d'avenir. Même chez un condamné, un mort en sursis, il y a tel appétit de projets, d'espérances! Cet enfant, je pense qu'il existe, qu'il commence, qu'il a une vie toute neuve à vivre; cela m'ouvre des échappées qui me sont interdites. Rêveries de malade, peut-être. Tant pis, je redoute moins qu'autrefois de me laisser attendrir. (Cela, faiblesse de malade, à coup sûr!) Je dors si peu. Et je ne veux pas encore recourir aux drogues, je n'en aurai que trop l'emploi, avant peu.

Je continue avec méthode mes efforts de réadaptation. Exercice de volonté qui, à lui seul, est déjà salutaire. J'ai recommencé à lire les journaux. La guerre, le discours de von Kühlmann au Reichstag. Il déclare très justement que la paix ne se fera jamais entre gens qui considèrent d'avance toute proposition de l'adversaire comme une manœuvre, une offensive de démoralisation. La presse alliée égare une fois de plus l'opinion. Pas « agressif » du tout, ce discours : conciliant même, et significatif.

(J'ai mis quelque coquetterie à écrire cela. L'obsession de la guerre n'est pas éteinte en moi, et je crois qu'elle m'habitera jusqu'au bout. Mais, tout de même, je me force un peu, en ce moment.)

Je m'arrête. Ce bavardage m'a fait du bien, je le reprendrai bientôt. Nous ne nous serons guère connus, Jenny, mais votre lettre m'a apporté une grande douceur, et j'ai le sentiment de n'avoir pas au monde d'autre ami que vous.

ANTOINE.

*

Le Mousquier, 30 juin.

Je vais vous étonner, ma chère Jenny. Savez-vous à quoi j'ai employé mon après-midi d'hier ? À faire des comptes, à feuilleter des paperasses, à écrire des lettres d'affaires. Depuis plusieurs jours déjà, j'y pensais. Une sorte d'impatience à régler certaines questions matérielles. Pouvoir me dire que je laisse les choses en ordre derrière moi. D'ici peu je serai incapable d'un effort de ce genre. Donc, profiter de l'intérêt momentané que ces préoccupations éveillent encore.

Je m'excuse du ton de cette lettre. Il faut bien que je mette la tutrice de Jean-Paul au courant de mes affaires, puisque c'est à cet enfant que doit naturellement revenir ce que j'ai.

Ce n'est plus grand-chose. Des titres que m'avait laissés mon père, il ne subsistera sans doute rien. J'y avais fait une large brèche lorsque j'ai transformé la maison de Paris. Et j'avais imprudemment converti le reste en fonds russes, que je crois perdus à jamais.

L'immeuble de la rue de l'Université et la villa de Maisons-Laffitte ont, par chance, échappé au désastre.

Pour l'immeuble, il peut être loué, ou vendu. Ce qu'on en tirera doit vous permettre de vivoter et d'assurer à notre petit une éducation convenable. Il ne connaîtra pas le luxe, et tant mieux. Mais il ne pâtira pas non plus des restrictions stérilisantes de la pauvreté.

Quant à la villa de Maisons, je vous conseille, après la guerre, de la vendre. Elle peut tenter quelque nouveau riche. C'est tout ce qu'elle mérite. D'après ce que m'a dit Daniel, la propriété de votre mère est grevée d'hypothèques. Il m'a semblé que Mme de Fontanin et vous-même y étiez très attachées. Ne serait-il pas souhaitable que la somme obtenue par la vente de la villa Thibault serve à vous libérer définitivement de ces hypothèques ? La propriété de vos parents se trouverait ainsi appartenir à Jean-Paul. Je vais consulter le notaire sur les moyens de réaliser ce projet.

Dès que j'aurai une estimation approximative de ce que je laisse, je fixerai le chiffre de la petite rente que je désire assurer à Gise. C'est vous, ma pauvre amie, qui aurez le souci de gérer tout cela jusqu'à la majorité de votre fils. Vous trouverez en la personne de mon notaire, maître Beynaud, un bonhomme assez timoré, un peu trop formaliste, mais sûr et, somme toute, de bon conseil.

Voilà ce que je voulais vous écrire. Soulagé de l'avoir fait. Je ne vous parlerai plus de cela avant de pouvoir vous donner les dernières précisions. Mais il y a un autre projet qui me hante depuis quelques jours, un projet auquel vous êtes personnellement mêlée. Sujet délicat entre tous, et qu'il me faudra aborder pourtant. Je n'en ai pas le courage aujourd'hui.

Je viens de passer deux heures à l'ombre des oliviers, avec les journaux. Que se trame-t-il derrière l'immobilité des armées allemandes ? Notre résistance entre

*Montdidier et l'Oise semble avoir enrayé leur avance.
Il y a aussi l'échec des Autrichiens, qui a dû causer là-
bas une cuisante déconvenue. Si l'effort des Centraux,
au cours des mois d'été, avant l'entrée en ligne des
Américains, n'aboutit pas à des succès décisifs, la
situation pourrait changer. Serai-je encore là pour le
voir ? La terrible lenteur, aux yeux de l'individu, des
événements par lesquels se fait l'histoire, c'est une
chose qui m'a fait frémir bien des fois depuis quatre
ans. Et pour celui qui n'a plus longtemps à vivre !...*

*Je dois dire cependant que je crois entrer momenta-
nément dans une période meilleure. Est-ce l'effet de ce
nouveau sérum ? Les crises d'étouffement sont moins
douloureuses. Les poussées fébriles moins fréquentes.
Voilà pour le physique. Quant au « moral », — terme
consacré, celui dont use le haut commandement pour
mesurer la passivité des soldats qui vont mourir, — il
est meilleur, lui aussi. Peut-être le sentez-vous, à travers
cette lettre ? Sa longueur vous prouve en tout cas le plaisir que je prends à venir bavarder avec vous. Mon seul
plaisir. Mais je dois l'interrompre. L'heure du traitement.*

Votre ami,

A.

*Ce traitement, je m'y soumets avec la même
conscience qu'autrefois. Étrange, n'est-ce pas ? L'attitude du médecin envers moi s'est curieusement modi-
fiée. Ainsi, en ce moment, bien qu'il constate une
amélioration, il n'ose plus m'en faire la remarque, il
m'épargne les : « Vous voyez bien, etc. » Mais il vient
me voir plus souvent, m'apporte des journaux, des
disques, me témoigne de mille manières son amitié.
Ceci, pour répondre à votre question. Nulle part je ne
puis être mieux qu'ici pour attendre la fin.*

*

Hôpital 23, à Royan (Charente-Inférieure),
   29 juin 1918.
   Monsieur le docteur,

   Ayant quitté la Guinée depuis l'automne de 1916, je suis en possession de votre honorée du mois dernier qui vient seulement de me rejoindre ici où je suis infirmière au service de chirurgie. Je me rappelle en effet de l'envoi dont vous me parlez sur votre lettre, mais mes souvenirs ne sont pas assez précis pour vous donner des renseignements comme vous le demandez. Je n'ai guère connu la personne qui m'avait chargée de cette commission pour vous et qui nous était arrivée très malade à l'hôpital d'un accès de fièvre jaune qui l'a emportée peu de jours après, malgré les soins du docteur Lancelost. C'était je crois au printemps 1916. Je me rappelle bien qu'on l'avait débarquée d'urgence d'un paquebot de passage à Conakry. C'est pendant une garde de nuit qu'elle m'a remis cet objet et votre adresse dans un de ses rares moments de lucidité, car elle délirait constamment. Tout de même, je peux affirmer qu'elle ne m'a chargée d'aucune chose à vous écrire. Elle devait voyager seule quand le paquebot a fait escale, car personne ne venait la voir pendant les deux ou trois jours qu'a duré son agonie. Je pense qu'elle a dû être inhumée dans la fosse du cimetière européen. L'administrateur-chef de l'hôpital, M. Fabri, s'il y est encore, pourrait rechercher sur les livres et vous donner sans doute le nom de cette dame et la date de son décès. Je regrette de n'avoir pas d'autres souvenirs à vous faire part.

   Monsieur le docteur, veuillez agréer mes salutations respectueuses.

                                        LUCIE BONNET.

*Je rouvre ma lettre pour vous envoyer encore ce
détail que je crois bien que c'est cette dame-là qui avait
avec elle un gros bouledogue noir qu'elle appelait Hirt
ou Hirch, et qu'elle réclamait tout le temps dès qu'elle
reprenait conscience, mais qu'on ne pouvait garder à
l'étage à cause des règlements et parce que ce chien
était méchant. Une de mes camarades infirmières
avait voulu l'adopter, mais elle a eu tous les ennuis,
on n'a jamais pu en venir à bout et finalement il a
fallu lui donner une boulette.*

XVI

JOURNAL D'ANTOINE

JUILLET

Le Mousquier, 2 juillet 1918.

*Rêvé de Jacques, à l'instant même, dans ce court
assoupissement à la fin de la nuit. Impossible déjà
de renouer les fils de l'histoire. Ça se passait rue de
l'Université, autrefois, dans le petit rez-de-chaussée.
M'a remis en mémoire cette époque où nous avons
vécu ensemble, si proches. Entre autres souvenirs, le
jour où J. est sorti du pénitencier, où je l'ai installé
chez moi. Pourtant, c'est moi qui l'avais voulu, pour
le soustraire à la surveillance de Père. Mais je n'ai
pas pu me défendre d'un vilain sentiment hostile,
d'un regret égoïste. Me rappelle très bien que je me
suis dit : « Soit, je veux bien l'avoir là, mais que ça
ne dérange pas mes habitudes, mon travail, que ça*

ne m'empêche pas d'arriver. » Arriver ! *Tout au long de mon existence, ce refrain :* arriver ! *Le mot d'ordre, l'unique but, quinze ans d'efforts... et main-tenant, ce mot,* arriver, *ce matin, dans ce lit, quelle dérision !...*

Ce cahier. J'ai chargé hier l'économe de m'acheter ce cahier à la papeterie de Grasse. Enfantillage de malade, peut-être. Je verrai bien. Ai constaté, par mes lettres à Jenny, l'espèce de soulagement que j'éprouve à écrire ce que je pense. N'ai jamais tenu de journal, pas même à seize ans, comme faisaient Freud, et, Ger-bron, et tant d'autres. Un peu tard ! Pas un journal, mais noter, si l'envie m'en prend, les idées qui me travaillent. Hygiénique, à coup sûr. Dans le cerveau d'un malade, d'un insomnieux, tout tourne à l'obses-sion. Écrire, ça délivre. Et puis, diversion, tuer le temps. (Tuer le temps, moi, qui, naguère, trouvais le temps si court ! Même au front, et même pendant cet hiver à la clinique, j'ai vécu sous pression, comme j'ai fait toute ma vie, sans une heure inoccupée, sans avoir notion du temps qui coule, sans avoir la conscience du présent. C'est depuis que mes jours sont comptés que les heures sont interminables.) Nuit passable. Ce matin 37,7.

Soir.

Recrudescence des étouffements. Tempér. 38,8. Dou-leurs intercostales. Me demande s'il n'y a pas menace du côté plèvre.

Exorciser les spectres, en les fixant sur le papier.

Hanté toute la journée par cette question de suc-cession. Organiser ma mort. (Ce souci tenace d'orga-nisation ! Mais il ne s'agit pas de moi, cette fois : il

s'agit d'eux, du petit.) Fait et refait dix fois les calculs,
vente de la villa de Maisons, location de la rue de l'Uni-
versité, vente du matériel des labos. À moins de
prendre pour locataire une entreprise de produits chi-
miques ? Studler pourrait s'en occuper. Ou, à défaut,
diriger le démontage des appareils, et chercher acqué-
reur.

Penser aussi à Studler, qui va se trouver sans situa-
tion, sans ressources, après la guerre.

Laisser une note pour lui et pour Jousselin, relative
aux documents, aux tests. (Biblioth. de la Faculté ?)

3 juillet.

Lucas m'a remis les résultats de l'analyse sanguine.
Nettement mauvais. Bardot, de sa voix traînante, a dû
avouer : « Pas fameux. » Mon beau sang d'autrefois !
Ma convalescence à Saint-Dizier, après ma première
blessure, quelle confiance dans ma carcasse ! quelle
fierté de la qualité de mon sang devant la rapidité des
cicatrisations ! Jacques aussi. Le sang des Thibault.

Ai posé à Bardot la question complications pleu-
rales :

« Manquerait plus que je vous fasse une puru-
lente... » Il a haussé ses épaules de bon géant, m'a exa-
miné avec soin. Rien à craindre, dit-il.

Sang des Thibault. Celui de Jean-Paul ! Mon beau
sang d'autrefois, notre sang, c'est dans les veines de ce
petit qu'il galope maintenant !

Au cours de la guerre, je n'ai pas un seul jour
accepté de mourir. Pas une seule fois, fût-ce durant
dix secondes, je n'ai fait le sacrifice de ma peau. Et de
même, maintenant : je me refuse au sacrifice. Je ne
peux plus me faire d'illusions, je suis bien obligé de

constater, d'attendre l'irrémédiable ; mais je ne peux pas consentir ni être complice par la résignation.

Après-midi.

Je sais bien où seraient la raison, la sagesse, où serait la dignité : pouvoir de nouveau considérer le monde et son incessant devenir, en lui-même. Non plus à travers moi et cette mort prochaine. Me dire que je suis une parcelle insignifiante de l'univers. Parcelle gâchée. Tant pis. Qu'est-ce, en comparaison du reste, qui continuera après moi.

Insignifiante, oui, mais j'y attachais tant de prix ! Essayer, pourtant.

Ne pas se laisser aveugler par l'individuel.

4 juillet.

Bonne lettre de Jenny, ce matin. Détails charmants sur son fils. N'ai pu me retenir d'en lire des passages à Goiran, qui raffole de ses deux gosses. Il faut que Jenny le fasse photographier.

Il faut aussi que je me décide à lui écrire la lettre. Difficile. J'attends d'avoir eu une nuit de vrai repos.

Quel miracle — pas d'autre mot — que l'apparition de cet enfant à l'instant précis où les deux lignées dont il sort, Fontanin et Thibault, allaient s'éteindre sans avoir rien donné qui vaille ! Qu'est-ce qu'il porte en lui de son hérédité maternelle ? Les meilleurs éléments, j'espère. Mais ce que je sais déjà, sans doute possible, c'est qu'il est bien de notre sang à nous. Décidé, volontaire, intelligent. Fils de Jacques. Un Thibault.

Rêvé là-dessus toute la journée. Cet élan imprévu de la sève, qui fait à point nommé surgir de notre souche

*ce rameau neuf... Est-ce fou d'imaginer que ça répond
à quelque chose, à quelque dessein de la création ?
Orgueil familial, peut-être. Et pourquoi cet enfant ne
serait-il pas le prédestiné ? l'aboutissement de l'obscur
effort de la race pour fabriquer un type parfait de l'espèce Thibault ? le génie que la nature se doit de réussir un jour, et dont nous n'étions, mon père, mon frère
et moi, que les ébauches ? Cette violence concentrée,
cette puissance, qui étaient déjà en nous avant d'être
en lui, pourquoi ne s'épanouiraient-elles pas, cette
fois, en force vraiment créatrice ?*

Minuit.

Insomnie. Spectres à « exorciser ».

*Un mois et demi, maintenant, sept semaines, que je
me sais perdu. Ces mots :* savoir qu'on est perdu, *ces
mots que j'écris, qui sont pareils à d'autres, et que tout
le monde croit comprendre, et dont personne, sauf un
condamné à mort, ne peut pénétrer intégralement le
sens... Révolution foudroyante, qui brusquement fait
le vide total dans un être.*

*Pourtant, un médecin qui vit en contact avec la
mort devrait... Avec la mort ? Celle des autres ! Ai déjà
essayé bien des fois de rechercher les causes de cette
impossibilité physique d'acceptation. (Qui tient peut-
être à un caractère particulier de ma vitalité. Idée qui
m'est venue ce soir.)*

*Cette vitalité d'autrefois, — cette activité que je met-
tais à entreprendre, ce perpétuel rebondissement, — je
l'attribue en grande partie au besoin que j'avais de me
prolonger par la création : de « survivre ». Terreur instinctive de disparaître. (Assez générale, bien sûr. Mais
à des degrés très variables.) Chez moi, trait héréditaire.
Beaucoup réfléchi à mon père. Désir, qui le hantait, de*

donner son nom : à ses œuvres, à des prix de vertu, à la grande place de Crouy. Désir, qu'il a réalisé, de voir son nom (Fondation Oscar-Thibault) *gravé au fronton du pénitencier. Désir d'imposer son prénom (le seul élément qui, dans son état civil, lui était personnel), à toute sa descendance, etc. Manie de coller son monogramme partout, sur la grille de son jardin, sur sa vaisselle, sur ses reliures, jusque sur le cuir de son fauteuil !... Beaucoup plus qu'un instinct de propriétaire (ou, comme je l'ai cru, un signe de vanité). Besoin superbe de lutter contre l'effacement, de laisser son empreinte. (La survie, l'au-delà, en fait, ne lui suffisaient pas.) Besoin que j'ai hérité de lui. Moi aussi, secret espoir d'attacher mon nom à une œuvre qui me prolonge, à une découverte, etc.*

On n'échappe pas à son père !

Sept semaines, cinquante jours et cinquante nuits face à face avec la certitude ! *Sans un seul moment d'hésitation, de doute, d'illusion. Cependant — et c'est ce que je voulais noter — il y a malgré tout des répits dans cette obsession. De brefs intervalles, non pas d'oubli, mais où l'idée fixe recule... Il m'arrive, et de plus en plus fréquemment, de vivre, quelques instants — deux, trois minutes ; maximum : quinze ou vingt — pendant lesquels la certitude de mourir bientôt n'occupe plus le devant de la scène, se met en veilleuse, pendant lesquels il m'est tout à coup possible d'agir, de lire attentivement, d'écrire, d'écouter, de discuter, enfin de m'intéresser à des choses étrangères à mon état, comme si j'étais délivré de l'emprise ; et pourtant sans que l'obsession cesse d'être là, sans que je cesse de la sentir présente, au second plan, en réserve. (Cette sensation qu'elle est là, je l'ai même en dormant.)*

6 juillet, matin.

Mieux, depuis jeudi. Tout me paraît presque beau et bon, dès que je souffre moins. Dans les journaux de ce matin, l'article sur les succès italiens dans le delta du Piave m'a causé une sorte de plaisir dont j'avais oublié la saveur. Bon signe.

Rien écrit hier. Me suis aperçu, dehors, que j'avais laissé mon cahier dans ma chambre. Paresse de monter, mais ça m'a manqué tout l'après-midi. Je commence à prendre goût à ce passe-temps.

Guère le temps d'écrire aujourd'hui. Trop d'observations à consigner dans l'agenda noir. M'aperçois que je l'ai un peu négligé, l'agenda, depuis l'achat du carnet. Me suis contenté de notations trop abrégées. Pourtant, c'est l'agenda qui mérite effort, qui doit passer avant. Faire deux parts : le carnet, *pour les « spectres »; et* l'agenda, *pour tout ce qui est santé, température, traitements, effets thérapeutiques, réactions secondaires, processus de l'intoxication, discussions avec Bardot ou avec Mazet, etc. Sans m'exagérer leur valeur, je crois que ces précisions quotidiennes, prises depuis le premier jour, par un gazé qui est en même temps un médecin, pourront constituer, en l'état actuel de la science, un ensemble d'observations cliniques d'une incontestable utilité. Surtout si je mène la chose jusqu'au bout. Bardot m'a promis qu'il le ferait paraître dans le* Bulletin.

Hier, départ du gros Delahaye. Congé de convalescence. Se croit définitivement guéri. L'est peut-être, qui sait ? Il est monté me dire adieu. Gauche, faisant semblant d'être en retard, et pressé. Ne m'a pas dit : « On se reverra » ni rien d'approchant. Joseph, qui rangeait la chambre, a dû le remarquer, car il s'est empressé de dire, aussitôt la porte refermée : «Vous voyez bien qu'on s'en tire, Monsieur le major!»

J'ai été sur le point d'écrire, tout à l'heure : «Si je vis encore, c'est à cause de cet agenda.» Il faudra tirer au clair la question suicide. Reconnaître enfin que l'agenda n'a jamais été qu'un prétexte. Les comédies qu'on se joue à soi-même! Étrange. Je répugne à m'avouer que je n'ai jamais eu vraiment le désir d'en finir. Non, même aux pires heures. Si j'avais dû faire le geste, c'est à Paris, le matin où j'ai acheté les ampoules, que... J'y ai bien pensé, avant de monter dans mon train... Et c'est ce matin-là que j'ai commencé à me jouer la comédie de l'agenda. Comme si j'avais un dernier devoir à accomplir avant de disparaître. Comme si j'avais une œuvre capitale à terminer. Comme si l'importance que j'attache à ces notes cliniques était capable de contrebalancer, d'écarter, la tentation. Manque de cran? Non, vraiment non. Si la tentation avait été réelle, ce n'est pas la peur qui m'aurait retenu. Non. Ce n'est pas le cran qui m'a manqué, c'est l'envie. Le vrai, c'est que la tentation n'a jamais fait que m'effleurer. Je la repoussais chaque fois, sans peine. (En simulant la force d'âme, et bien aise d'avoir ce prétexte : l'agenda à tenir...)

Et pourtant, à moins d'une mort brusque — improbable, hélas — je sais que je n'attendrai pas la fin naturelle. Je le sais. Là, je suis sincère, et parfaitement lucide, je crois. L'heure viendra, j'en suis sûr. Je n'ai qu'à la laisser venir. La drogue est là. Un geste à faire. (Pensée qui, malgré tout, apaise.)

Soir.

Avant le déjeuner, sous la véranda, Goiran nous a apporté un journal suisse qui donne en entier le nou-

*veau discours de Wilson. Il l'a lu à haute voix. Ému,
et nous aussi. Chaque message de Wilson, large bouffée d'air respirable qui passe sur l'Europe ! Fait penser
à l'oxygène qu'on projette au fond de la mine après
l'éboulement, pour que les malheureux ensevelis puissent lutter contre l'asphyxie, durer jusqu'à la délivrance.*

7 juillet, 5 heures du matin.

*L'idée fixe. Un mur, contre lequel je me jette. Je me
relève, je me précipite, je me heurte encore, et je
retombe, pour recommencer. Un mur. Par instants, —
sans y croire une seconde, — j'essaye de me dire que
peut-être ce n'est pas vrai, que peut-être je ne suis pas
condamné. Pour avoir un prétexte à refaire tous les
raisonnements logiques qui, toujours, fatalement, me
rejettent contre le mur.*

Après-midi, dehors.

*Relu le message de Wilson. Beaucoup plus précis
que les précédents. Définit sa conception de la paix,
énumère les conditions indispensables pour que le
règlement soit «définitif». Projet d'une ampleur exal-
tante : 1° Suppression des régimes politiques suscep-
tibles d'amener de nouvelles guerres. 2° Avant toute
modification de frontières ou attribution de territoire,
consultation des peuples intéressés. 3° Accord entre
tous les États sur un code de droit international, aux
lois duquel ils s'engageront tous à se soumettre.
4° Création d'un organisme international, faisant
fonction de tribunal d'arbitrage, et où seraient repré-*

sentées, sans distinction, toutes *les nations du monde civilisé.*

(Plaisir enfantin que je prends à écrire ça, à le fixer. Impression d'adhérer davantage : de collaborer.)

Sujet de toutes les conversations ici. Flamme d'espoir sur tous les visages. Et combien bouleversant de penser qu'il en est de même, en ce moment, dans toutes les villes d'Europe, d'Amérique ! Le retentissement de ce discours dans chaque cantonnement de repos, dans chaque abri de tranchée ! Tous, si las de s'entre-tuer depuis quatre ans ! (De s'entre-tuer depuis des siècles, sur l'ordre des dirigeants...) On attendait cet appel à la raison. Sera-t-il entendu des responsables ? Pourvu, cette fois, que la graine lève, et partout ! Le but est si clair, si sage, si conforme au destin de l'homme, à ses instincts profonds ! La réalisation peut soulever mille problèmes, demander de longs efforts ; mais comment douter que ce soit dans cette voie-là, et non dans une autre, que doit s'engager coûte que coûte le monde de demain ? Quatre années de guerre, sans autre résultat que massacres, entassements de ruines. Les plus aventureux rêveurs de conquêtes doivent bien être forcés de reconnaître que la guerre est devenue pour l'homme, pour les États, une catastrophe sans compensation possible. Alors ? À partir du moment où l'absurdité de la guerre est dans tous les domaines vérifiée par l'expérience, où l'accord est fait là-dessus entre les constatations des politiciens, les calculs des économistes, la révolte instinctive des masses — quel obstacle reste-t-il à l'organisation de la paix perpétuelle ?

Après le déjeuner, crise d'étouffement. Piqûre. Chaise longue, sous les oliviers. Trop fatigué pour cette lettre à Jenny, qu'il me tarde tant d'écrire, cependant.

Discussion, en ma présence, entre Goiran, Bardot et Mazet. L'idée maîtresse de Wilson : cet organisme d'arbitrage international. Rien à y perdre pour personne et, pour chaque État, tout à gagner. Et même ceci, à quoi on ne pense pas assez : le fonctionnement de ce tribunal suprême ménagerait les amours-propres, les susceptibilités nationales, d'où sont sorties tant de guerres. Un peuple, un gouvernement, un souverain même, si chatouilleux soient-ils, se sentiraient moins touchés dans leur orgueil et leur prestige, s'ils avaient à s'incliner devant la sentence d'une Cour internationale décidant au nom de l'intérêt collectif des États, que s'ils avaient à capituler devant la menace d'un voisin ou la pression d'une coalition ennemie. Il faudrait (dit Goiran) que ce tribunal soit constitué dès la fin des hostilités, et avant le règlement des comptes. Pour que les clauses de paix soient discutées, non plus hargneusement entre adversaires, mais sereinement, au sein d'une Société universelle des nations, qui arbitrerait de haut, qui répartirait les responsabilités, qui rendrait un verdict impartial.

Société des Nations. — Unique moyen, et moyen infaillible, de rendre désormais toute guerre impossible : puisque, dès qu'un État serait attaqué ou menacé par un autre, tous les États feraient automatiquement front contre l'agresseur, et paralyseraient son action, et lui imposeraient l'arbitrage du droit !

Et il faut voir plus loin encore. Cette Société des Nations devrait être l'instigatrice d'une politique et d'une économie internationale ; aboutir à une coopération générale, organisée, qui soit enfin à l'échelle de la planète. Étape nouvelle, étape décisive, pour la civilisation.

Goiran a dit là-dessus beaucoup de choses très justes. Je me souviens d'avoir été trop sévère pour Goiran. Cet ancien normalien, qui avait toujours l'air de tout savoir, m'agaçait. Et le ton, aussi : comme s'il était à Henri-IV, dans sa chaire de professeur d'histoire... Mais c'est exact, il sait vraiment beaucoup de choses. Il suit de près les événements, il lit huit ou dix journaux tous les jours, il reçoit chaque semaine un colis de journaux et de revues suisses. Esprit pondéré, en somme. (J'ai toujours eu un faible pour les pondérés.) *L'application qu'il met à juger les faits contemporains avec recul, en historien, me plaît. Voisenet était là, lui aussi. («* Goiran et Voisenet sont les seuls de la clinique à avoir des côrdes vôcales à peu près intâctes... Ils en prôfitent ! *» dit Bardot.)*

Pas mauvaise journée. Autant qu'à la piqûre, je crois que c'est à Wilson que je le dois !

J'ajoute encore : la création d'une Société des Nations pourrait faire surgir des décombres de cette guerre quelque chose d'absolument neuf : l'apparition d'une conscience mondiale. Par quoi l'humanité ferait un bond définitif vers la justice et la liberté.

11 heures du soir.

Feuilleté les journaux. Verbiage, médiocrité repoussante. Wilson semble vraiment être le seul homme d'État d'aujourd'hui qui ait le don des larges vues. L'idéal démocratique, dans ce qu'il a de plus noble. Comparés à lui, nos démagogues français (ou anglais) font figure de petits affairistes. *Tous, plus ou moins, restent les instruments de ces traditions impérialistes qu'ils affectent de condamner chez l'adversaire.*

Ai parlé d'Amérique et de démocratie avec Voisenet et Goiran. Voisenet a vécu quelques années à New York. Stabilité des États-Unis, sécurité. Goiran, en verve de prophétie, prédit pour le XXIe *siècle l'envahissement de l'Europe par les Jaunes, et l'avenir de la race blanche réduit au seul continent américain...*

2 heures du matin.

Insomnie. Un bref assoupissement, pendant lequel j'ai rêvé de Studler. À Paris, dans le labo du fond. Le Calife, en blouse, un képi sur la tête, la barbe coupée plus court. Je venais de lui expliquer je ne sais quoi, avec véhémence. Wilson, peut-être, et la Ligue des Nations... Il m'a regardé, par-dessus l'épaule, de son grand œil mouillé : « Qu'est-ce que ça peut bien te foutre, puisque tu vas claquer ? »

Je songe encore à Wilson. (N'en déplaise au Calife.) Wilson me paraît prédestiné au rôle qu'il assume. Pour que la fin de cette guerre soit aussi la fin des guerres, il faut que la paix soit l'œuvre d'un homme neuf, d'un homme du dehors, sans ressentiment ; qui n'ait pas vécu quatre ans dans cette convulsion, comme les dirigeants d'Europe, acharnés à l'écrasement de l'adversaire. Wilson, homme d'outre-mer. Représentant d'un pays qui incarne l'union dans la paix et la liberté. Et il a derrière lui un quart des habitants du globe ! Tout Américain sensé doit évidemment se dire : « Si nous avons pu établir entre nos États, et conserver, depuis un siècle, une paix solide et constructive, pourquoi les États-Unis d'Europe seraient-ils impossibles ? » Wilson continue la lignée des Washington, etc. (Il en a conscience. Allusions dans son discours.) Ce Washington, qui haïssait la guerre, et qui l'a faite néanmoins, pour affranchir son pays de la guerre. Avec l'arrière-pensée (dit Goiran) qu'il affranchirait du même coup le monde ; que, s'il réussissait à faire, de ces petits États hostiles, une vaste Confédération pacifique, l'exemple serait irrésistible pour le Vieux Continent. (Lequel aura mis plus de cent ans à comprendre !)

J'écris, et les aiguilles tournent autour du cadran... Wilson m'aide à tenir en respect les spectres !

Problèmes passionnants, même pour un « mort en sursis ». Pour la première fois depuis mon retour de Paris, je parviens à m'intéresser à l'avenir. L'avenir du monde, qui va se jouer à la fin de cette guerre. Tout serait compromis, et pour combien de temps, si la paix qui vient n'était pas refonte, reconstruction, unification de l'Europe exsangue. Oui : si la force armée continuait à être le principal instrument de la politique entre les États ; si chaque nation, derrière ses frontières, continuait à être seule arbitre de sa conduite, et livrée à ses appétits d'extension ; si la fédération des États d'Europe ne permettait pas une paix économique, comme la veut Wilson, avec la liberté des échanges commerciaux, la suppression des barrières douanières, etc. ; si l'ère de l'anarchie internationale n'était pas définitivement bouclée ; si les peuples n'obligeaient pas leurs gouvernements à se soumettre enfin, de concert, à un régime d'ordre général, basé sur le droit ; — alors, tout serait à recommencer, et tout le sang versé aurait coulé en vain.

Mais tous les espoirs sont permis !

(J'écris ça, comme si je devais « en être »...)

8 juillet.

Trente-sept ans. Dernier anniversaire !...

En attendant la cloche de midi. La blanchisseuse et sa fille viennent de passer sous la véranda, leurs bal-

lots de linge à l'épaule. L'émotion que j'ai ressentie, l'autre jour, en regardant cette jeune femme, en remarquant un peu de lourdeur dans sa démarche, une certaine cambrure des reins, une certaine raideur dans les hanches. Enceinte. À peine visible. Trois mois et demi, quatre au plus. Émotion poignante, effroi, pitié, envie, désespoir! Pour qui n'a plus d'avenir, le mystère de cet avenir, étalé là, presque tangible! Cet embryon, si loin encore de la vie, et qui aura toute sa vie inconnue à vivre! Cette naissance, que ma mort n'empêchera pas...

　　　　　　　　　　　　　　　　　Dehors.

Wilson occupe encore tous les esprits. Les bridges chôment. Même le club de l'adjudant : deux heures qu'ils palabrent, sans toucher leurs cartes.

Les journaux aussi, pleins de commentaires. Bardot constatait ce matin combien significatif que la censure laisse les imaginations s'exciter devant ces mirages de paix. Bon article dans le J. de L. Rappelle le message de Wilson en janvier 17 : « Paix sans victoire », et « limitation progressive des armements nationaux, jusqu'au désarmement général ». (Janvier 17. Souvenir de ce patelin en ruine, derrière la cote 304. La cave voûtée de la popote. Les discussions sur le désarmement avec Payen, et le pauvre Seiffert.)

Interrompu par Mazet, pour l'analyse. Diminution des chlorures et surtout des phosphates.

Temps orageux, épuisant. Me suis traîné jusqu'à la noria, pour entendre le bruit de l'eau. J'ai de plus en plus de mal à lire avec suite, à fixer mon attention sur la pensée d'autrui. Sur la mienne, ça va encore. Ce carnet m'est un délassement. Qui ne durera pas toujours. J'en profite.

Discours Wilson janvier 17. Désarmement. *But essentiel. Conversations au déjeuner. Tous d'accord, sauf Reymond. Des choses qu'on dit couramment aujourd'hui, et qu'on n'aurait pas osé dire, qu'on n'aurait pas osé penser, il y a seulement deux ans : l'armée, chancre qui se nourrit de la substance d'une nation.* (Image frappante, ad usum populi : *chaque ouvrier, employé à la fabrication des obus, cesse de collaborer à la production utile, devient donc un parasite à la charge de la collectivité.*) *Une nation, dont le tiers du budget s'engouffre dans les dépenses militaires, ne peut pas vivre : la ruine ou la guerre. Le cataclysme actuel est le résultat fatal de quarante années d'armement systématique. Aucune paix ne serait durable sans désarmement général. Vérité cent fois proclamée. En vain, et l'on sait pourquoi : en temps de paix armée, il est illusoire d'espérer que des gouvernements, convaincus de la primauté de la force sur le droit, et déjà dressés les uns contre les autres, et lancés à fond dans la course aux armements, puissent jamais s'entendre pour renverser la vapeur et renoncer tous ensemble à leur folle tactique. Mais tout peut changer demain, à l'heure de la paix. Parce que tous les pays d'Europe seront revenus à zéro. Table rase. Épuisés par la guerre, ayant vidé leurs arsenaux, ils auront à recommencer tout sur des bases neuves. Une heure exceptionnelle approche, une heure sans précédent : celle où le désarmement général devient une chose possible. Wilson l'a compris. L'idée du désarmement, reprise et lancée par lui, ne peut pas ne pas être accueillie avec enthousiasme par toutes les opinions publiques. Ces quatre années ont préparé les voies, ont consolidé partout l'instinct de résis-*

tance à la guerre, ont aiguisé le désir de voir s'établir
une morale internationale, qui se substitue enfin
au duel des armées pour régler les conflits entre
peuples.

Il faudrait maintenant que l'immense majorité des
hommes qui veulent la paix impose enfin à l'infime
minorité de ceux qui ont intérêt à fomenter des
guerres une organisation forte, capable de la défendre
à l'avenir — une Ligue des Nations, disposant au
besoin d'une police internationale, et d'une autorité
arbitrale capable d'interdire à jamais l'emploi de la
force. Que les gouvernements soumettent la question à un plébiscite général; le résultat n'est pas
douteux!

Ce matin, à table, il n'y a eu naturellement que le
commandant Reymond pour s'indigner et traiter Wilson de « puritain illuminé », totalement ignorant des
« réalités européennes ». Exactement le son de cloche
de Rumelles, chez Maxim's. Goiran lui a bien tenu
tête : « Si la paix à venir n'était pas une réconciliation,
dans un commun souci de justice, pour la création
d'une Europe solidaire, cette paix, que des millions de
pauvres bougres ont payée si cher, ne serait rien
d'autre qu'un traité de plus, un simulacre de paix,
condamné à être balayé à la première occasion par le
désir de revanche des vaincus! » — « On sait ce que
valent et ce que durent les Saintes Alliances », disait
Reymond. Et comme j'étais intervenu, je me suis attiré
cette boutade (peut-être pas si sotte, à la réflexion; et
moins paradoxale qu'elle n'en a l'air) : « Naturellement, Thibault, vous êtes bien trop réaliste pour ne
pas être sensible aux séductions des utopies! » (Cela
demanderait examen.)

Premières gouttes. Si l'orage pouvait nous donner
une nuit fraîche!

9 juillet, à l'aube.

Mauvaise nuit. Étouffements. Pas dormi deux heures, et en combien de fois ?

Pensé à Rachel. Par ces nuits chaudes, le parfum du collier est insoutenable. Elle aussi, fin stupide, dans un lit d'hôpital. Seule. Mais on est toujours seul pour sa fin.

Pensé brusquement à ceci : que, ce matin comme chaque matin, à cette heure-ci, quelque part dans les tranchées, des milliers de malheureux attendent le signal de l'assaut. Me suis appliqué cyniquement à y chercher du réconfort. En vain. Je les envie plus d'être bien portants et de courir leur chance, que je n'arrive à les plaindre d'avoir à enjamber le parapet...

Dans ce Kipling que j'essaie de lire, je trouve ce mot : juvénile. Je pense à Jacques... Juvénile : épithète qui lui convenait si bien ! N'a jamais été qu'un adolescent. (Voir dans les dictionnaires les caractères typiques de l'adolescent. Il les avait tous : fougue, excessivité, pudeur, audace et timidité, et le goût des abstractions, et l'horreur des demi-mesures, et ce charme que donne l'inaptitude au scepticisme...)

Aurait-il été, dans son âge mûr, autre chose qu'un vieil adolescent ?

Je relis mes notes de cette nuit. La phrase de Reymond : utopies... Non. Me suis toujours défié — exagérément même — des entraînements illusoires. Ai toujours retenu cette maxime de je ne sais qui : que « le pire dérèglement de l'esprit, c'est de croire les choses parce qu'on veut qu'elle soient ». Vraiment, non. Quand Wilson déclare : « Ce que nous demandons, c'est que le monde soit rendu pur et qu'il soit *possible d'y vivre »*, là, *mon scepticisme résiste : pas assez d'illusions sur la perfectibilité de l'homme pour espérer que le monde, aménagé par lui, soit jamais rendu « pur ». Mais quand Wilson ajoute : « et qu'il soit rendu sûr pour toutes les nations qui aiment la paix »*, j'emboîte le pas. Rien de chimérique. La société a bien obtenu des individus qu'ils renoncent à se faire justice eux-mêmes, et qu'ils soumettent leurs querelles à des tribunaux ! Pourquoi n'empêcherait-on pas les gouvernements de jeter les peuples les uns contre les autres, quand ils ont des sujets de désaccord ? La guerre, loi de nature ? La peste aussi. Toute l'histoire de l'humanité est lutte victorieuse contre des forces nuisibles. Les principales nations de l'Europe ont bien su, peu à peu, forger leurs unités nationales. Pourquoi le mouvement n'irait-il pas s'amplifiant, jusqu'à la réalisation d'une unité continentale ? Nouvelle étape, nouvel essor de l'instinct social. « Et le sentiment patriotique ? » dirait le commandant. Ce n'est pas le sentiment patriotique, instinct naturel, qui pousse à la guerre : c'est le sentiment nationaliste, sentiment acquis, et artificiel. L'attachement au sol, au dialecte, aux traditions, n'implique aucune hostilité violente envers le voisin : Picardie et Provence, Bretagne et Savoie. Dans une Europe confédérée, les instincts patriotiques ne seraient rien de plus que des caractères régionaux.*

« *Chimérique !* » *C'est par là, évidemment, qu'ils vont tous essayer de torpiller les idées de Wilson. Agaçant de voir dans la presse que même les plus favorables aux projets américains l'appellent « grand visionnaire », « prophète des temps futurs », etc. Pas du tout ! Ce qui me frappe, au contraire : son bon sens. Ses idées sont simples, à la fois neuves et très anciennes : aboutissement de toutes les tentatives et expériences de l'histoire. L'Europe va se trouver demain à un grand croisement de routes : ou bien la réorganisation fédérative ; ou bien le retour au régime des guerres successives, jusqu'à épuisement de tous. Si, par impossible, l'Europe se refusait à faire la paix raisonnable proposée par Wilson, — et qui est la seule vraie, la seule durable ; la paix du désarmement défi- nitif, — elle s'apercevrait bientôt (et à quel prix peut- être ?) qu'elle s'est de nouveau fourvoyée dans l'impasse, et vouée à de nouveaux massacres. Peu pro- bable, heureusement.*

Soir.

Journée pénible. Repris par le désespoir. L'impres- sion d'être tombé dans une trappe ouverte... Je méri- tais mieux. Je méritais (orgueil ?) ce « bel avenir » que me promettaient mes maîtres, mes camarades. Et tout à coup au tournant de cette tranchée, la bouffée de gaz... Ce piège, ce traquenard tendu par le destin !...

3 heures. — *Trop essoufflé pour m'endormir. Ne respire qu'assis, calé sur trois oreillers. J'ai rallumé pour prendre mes gouttes. Et écrire ceci :*

Je n'ai jamais eu le temps ni le goût (romantique) de tenir un journal. Je le regrette. Si je pouvais aujour- d'hui avoir là, entre mes mains, noir sur blanc, tout mon passé depuis ma quinzième année, il me semble- rait davantage avoir existé ; ma vie aurait un volume, du poids, un contour, une consistance historique ; elle ne serait pas cette chose fluide, informe comme un rêve oublié dont on ne peut rien ressaisir. (De même, l'évolution d'une maladie s'inscrit, se fixe, sur la feuille de température.)

J'ai commencé ce carnet pour exorciser les « spec-

tres ». Je le croyais. Au fond, un tas de raisons obscures : passe-temps, complaisance envers moi-même,
et aussi sauver un peu de cette vie, de cette personnalité qui va disparaître et dont j'étais si fier. Sauver ?
Pour qui ? Pour quoi ? Absurde, puisque je sais que je
n'aurai pas le temps, le recul, de me relire. Pour qui
donc ? Pour le petit ! Oui, cela vient de m'apparaître,
à l'instant, pendant cette insomnie.

Il est beau, ce petit, il est fort, il pousse dru, tout
l'avenir, le mien, tout l'avenir du monde, est en lui !
Depuis que je l'ai vu, je songe à lui, et l'idée que, lui,
il ne pourra songer à moi m'obsède. Il ne m'aura pas
connu, il ne saura rien de moi, je ne laisse rien,
quelques photos, un peu d'argent, un nom : « l'oncle
Antoine ». Rien. Pensée, par moments, intolérable. Si
j'avais, pendant ces mois de sursis, la patience d'écrire
au jour le jour dans ce carnet... Peut-être, plus tard,
petit Jean-Paul, auras-tu la curiosité d'y chercher ma
trace ; une empreinte, ma dernière empreinte, la trace
des pas d'un homme qui s'en va ? Alors, « l'oncle
Antoine » deviendrait pour toi un peu plus qu'un nom,
qu'une photo d'album. Je sais bien, l'image ne peut
guère être ressemblante : entre l'homme que j'étais, et
ce malade rongé par son mal... Pourtant, ce serait
quelque chose tout de même, mieux que rien ! Je m'accroche à cette espérance.

Trop las. Fiévreux. L'infirmier de garde a vu la
lumière. Me suis fait donner un oreiller de plus. Ces
gouttes n'agissent plus du tout. Demander autre chose
à Bardot.

Lueur bleuâtre de la fenêtre dans la nuit. Est-ce
encore la lune ? Est-ce déjà le jour ?... (Tant de fois,
après un assoupissement dont je ne parvenais pas à
évaluer la durée, j'ai allumé pour regarder l'heure, et
lu avec découragement sur le cadran narquois :
11 h 10... 11 h 20... !)

4 h 35. Ce n'est plus la lune. C'est la pâleur qui précède l'aube. Enfin !

11 juillet.

L'amère, l'irritante douceur de ces journées de vague souffrance, dans ce lit...

Le déjeuner est fini. (Ces repas interminables, sur la petite table de malades, ces attentes qui usent la patience, qui coupent le peu d'appétit qu'on pourrait avoir !... Toutes les dix minutes, Joseph et son plateau, une portion de dînette dans une soucoupe...) De midi à 3 heures, c'est l'heure creuse et calme où le jour emprunte à la nuit son silence, coupé par les toux voisines, que j'identifie, sans même y penser, comme des voix connues.

À 3 heures, le thermomètre, Joseph, les bruits du couloir, les appels dans le jardin, la vie...

12 juillet.

Deux tristes jours. Hier, radio. Les paquets de ganglions bronchiques ont encore augmenté. Je le sentais bien.

Kühlmann, qui avait prononcé au Reichstag ce discours si modéré, a dû démissionner. Mauvais symptôme de l'état d'esprit allemand. Par contre, l'avance italienne dans le delta du Piave se confirme.

Soir.

Resté au lit. Quoique la journée ait été moins pénible que je ne craignais. Ai pu recevoir quelques visites, Darros, Goiran. Longue consultation ce matin, en présence de Sègre, que Bardot a envoyé chercher. N'ont rien trouvé de spécialement inquiétant; pas d'aggravation sérieuse. Et autour de moi, tous s'abandonnent à l'espoir. J'ai beau me répéter qu'il ne faut pas prendre ses désirs pour des réalités, je me sens gagné moi-même par cette vague de confiance. Évidemment, nous gagnons du terrain : Villers-Cotterêts, Longpont... La 4ᵉ armée... (Si ce brave Thérivier y est toujours, il doit avoir du travail !) Évidemment, aussi, il y a l'échec autrichien, qui a été complet. Et le nouveau front oriental du Japon. Mais Goiran, bien renseigné souvent, prétend que, depuis que Paris est bombardé, le moral est gravement touché; même à l'avant, où les hommes n'acceptent pas de savoir leurs femmes, leurs enfants, menacés comme eux. Il reçoit beaucoup de lettres. On n'en peut plus. On n'en veut plus. Que la guerre finisse, à n'importe quel prix !... Elle finira bientôt, peut-être, à la remorque des Américains. J'y vois un avantage : si nos gouvernants laissent l'Amérique terminer la guerre, ils seront bien obligés de lui laisser faire la paix — la sienne, celle de Wilson, pas celle de nos généraux.

Si le mieux continue demain, écrirai enfin à Jenny.

16 juillet.

Beaucoup souffert ces derniers jours. Sans force, sans goût à rien. Carnet à portée de la main, mais aucune envie de l'ouvrir. À peine le courage de faire chaque soir bilan santé, sur l'agenda.

Depuis ce matin, apparence de mieux. Étouffements plus espacés, crises courtes, toux moins profonde, supportable. Serait-ce le traitement d'arsenic recom-

mencé depuis dimanche ? Rechute enrayée, cette fois encore ?

Le pauvre Chemery, plus à plaindre que moi ! Phénomènes septicémiques. Broncho-pneumonie gangreneuse à foyers disséminés. Fichu.

Et Duplay, phlébite suppurée de la veine crurale droite !... Et Bert, et Gauvin !

Tout ce qui dort dans les replis ! (Tous ces germes ignorés, que la guerre, par exemple, m'a fait découvrir en moi... Même des possibilités de haine et de violence, voire de cruauté... Et le mépris du faible... Et la peur, etc. Oui, la guerre m'a fait apercevoir en moi les instincts les plus vils, tous les bas-fonds de l'homme. Serais capable maintenant de comprendre toutes les faiblesses, tous les crimes, pour en avoir surpris en moi le germe, la velléité.)

17 juillet, soir.

Mieux certain. Pour combien de temps ?

J'en ai profité pour écrire enfin la lettre. Cet après-midi. Plusieurs brouillons. Difficile de trouver la note juste. J'avais d'abord songé à préparer le terrain par quelques manœuvres d'approche. Mais je me suis décidé pour la lettre unique, longue et complète. Bon espoir. Telle que je crois la connaître, préférable avec elle d'aborder les questions de front. Me suis appliqué à présenter la chose comme une affaire de pure forme, indispensable à l'avenir du petit.

La levée de ce soir était faite. J'ai jusqu'à demain matin pour relire ma lettre, et décider si je l'envoie.

Attaques allemandes en Champagne. Rochas doit être dans la danse. Est-ce le déclenchement de leur fameux plan : atteindre la Marne, pousser sur Saint-Mihiel, encercler Verdun, et se retourner vers l'ouest, direction Marne et Seine ? Ils progressent déjà au nord et au sud de la Marne. Dormans est menacé. (Je revois si bien la ville, le pont, la place de l'église, l'ambulance en face du portail....) Que l'échéance est encore lointaine ! Aucune chance d'en voir même les premiers signes. En mettant tout au mieux : 1919, l'année des débuts américains, une armée d'apprentissage ; 1920, l'année de lutte intense, décisive ; 1921, l'année de la capitulation des Centraux, de la paix Wilson, de la démobilisation...

Relu ma lettre, une dernière fois. Ton satisfaisant, sans équivoque possible ; et les arguments, convaincants au maximum. Elle ne peut pas ne pas comprendre, ne pas accepter.

18, matin.

Viens d'apercevoir Sègre en caleçon. Plus aucune ressemblance avec Monsieur Thiers !

Après-midi, jardin.

Noter ce qui s'est passé ce matin.

Levé plus tôt, pour expédier ma lettre par la voiture de l'économe. En allant baisser mon store, j'ai surpris, dans l'entrebâillement d'une des fenêtres du pavillon 2, Sègre, M. le professeur Sègre, faisant toilette. Torse nu, caleçon collant (ses pauvres fesses de vieux dro-

*madaire!), la mèche mouillée, aplatie, collée au
crâne... Il est fort occupé à se brosser les dents. Suis
tellement habitué à le voir en Monsieur Thiers, tel qu'il
se montre à nous, solennel, cérémonieux, sanglé dans
ses vêtements, le toupet au vent, le menton tendu, ne
perdant pas un pouce de sa petite taille — que,
d'abord, je ne l'ai pas reconnu. L'ai regardé cracher
une eau mousseuse, puis se pencher vers son miroir,
enfoncer ses doigts dans sa bouche, extraire son râte-
lier, l'examiner d'un air soucieux, et le flairer avec une
curiosité d'animal. À ce moment, j'ai reculé brusquement jusqu'au milieu de la chambre, gêné, inexplica-
blement ému. Éprouvant tout à coup pour ce pète-sec
prétentieux — que dire ? — une sympathie fraternelle...*

*Ce n'est pas la première fois que pareille chose m'ar-
rive. Sinon pour Sègre, du moins pour d'autres. Voilà
des mois que je suis ici, en contact, en promiscuité,
avec ces médecins, ces infirmiers, ces malades. Je
connais si bien leurs silhouettes, leurs gestes, leurs
manies, que je peux sans me tromper identifier de loin
une nuque émergeant d'un fauteuil, une main qui vide
un cendrier par la fenêtre, deux voix qui passent derrière le mur du potager. Mais ma camaraderie n'a
jamais franchi les limites de la plus banale réserve.
Même au temps où j'étais comme les autres, libre d'esprit, sociable, je me suis toujours senti séparé de tous
par une cloison étanche, étranger parmi des étrangers.
D'où vient que cette sensation d'isolement peut fondre
soudain, céder la place à un élan de fraternité, presque
de tendresse, pour peu que je surprenne l'un d'entre eux
au cœur de sa solitude ? Tant de fois, il m'a suffi d'apercevoir (au hasard d'un jeu de glaces, d'une porte entrouverte) un voisin d'étage en train de faire un de ces
humbles gestes auxquels on ne s'abandonne que si l'on
est assuré d'être seul (penché sur une photo subrepticement tirée d'une poche; ou se signant avant de se*

mettre au lit ; ou, moins encore : souriant à une pensée secrète, d'un air vaguement égaré) — pour découvrir aussitôt en lui le prochain, le semblable, un pareil à moi, dont, une minute, je rêve de faire mon ami !

Et pourtant, inaptitude totale à « faire ami ». N'ai pas d'ami. N'en ai jamais eu. (Ce que j'enviais tant à Jacques : ses amitiés.)

Retrouve du plaisir à écrire. Vais certainement beaucoup mieux depuis ces derniers jours.

Soir.

Ce matin, à table, souvenirs de guerre. (Après la paix, les histoires de guerre remplaceront les histoires de chasse.) Darros raconte une patrouille, en Alsace, tout à fait au début. Le soir, il traverse avec quelques hommes un village évacué, silencieux, sous la lune. Trois fantassins allemands, couchés sur le trottoir, leurs flingots près d'eux, endormis, ronflants. Il dit : « De si près, ça n'était plus des Boches, ça n'était plus que des copains fourbus. J'ai hésité deux secondes. J'ai décidé de continuer ma route, sans voir. Et les huit bonshommes qui étaient derrière moi ont fait de même. Nous avons passé à dix mètres des dormeurs, sans tourner la tête. Et jamais aucun de nous n'a fait allusion à ce que nous avions fait, d'un commun accord, ce soir-là. »

20 juillet.

Hier, « inspection » de la clinique par une « Commission ». Toutes les huiles de la région. Depuis la veille, Sègre, Bardot, et Mazet étaient sur les dents. Sinistres souvenirs de caserne. À l'arrière, la guerre n'a rien changé.

Rien à dire sur «discipline, force des armées» — parbleu!... Je songe à Brun, à d'autres médecins militaires. Leur infériorité par rapport aux médecins de réserve. Due pour une grande part au fait qu'ils ont travaillé des années dans le respect de la hiérarchie. Habitude prise d'obéir; de limiter au nombre de leurs galons la liberté de leur diagnostic, le sens de leur responsabilité.

Discipline militaire. Me souviens du féroce Paoli, le sous-officier de l'infirmerie, au dépôt de Compiègne. Sa tête de souteneur, ses yeux toujours injectés. Pas mauvais bougre, peut-être : il allait tous les soirs au bord de l'eau cueillir du chènevis pour son sansonnet. De cette race abominable et réprouvée des rempilés d'avant-guerre. (Pourquoi rempilé? Sans doute parce qu'il avait trouvé dans ce métier l'unique occasion de pouvoir régner sur ses semblables par la terreur.) Il était chargé par le major d'inscrire les jeunes soldats qui se présentaient à la visite. J'entendais dans mon bureau les malades frapper à sa porte. Toujours la même question, à pleine gueule : «Alors, nom de Dieu! Est-ce oui ou merde?» J'imaginais la tête effarée du bleu. «Eh bien, si c'est merde, vous pouvez disposer!» Le bleu faisait demi-tour sans demander son reste! Le major prétendait que Paoli était un excellent gradé : «Avec lui, plus jamais de fricoteurs.»

«L'armée est la grande école d'une nation», disait Père. Et il poussait vers les bureaux de recrutement ses pupilles de Crouy.

21, dimanche.

*Analyses de la semaine marquent déphosphatisa-
tion et déminéralisation régulièrement progressives,
malgré tous les efforts.*

*Communiqué. Les nouvelles sont bonnes. Avance
au sud de l'Ourcq. Avance sur Château-Thierry. Le
mouvement va de l'Aisne à la Marne. On dit que Foch
se réservait, à son heure, de passer de la défensive à
l'offensive. L'heure est-elle venue ?*

*Le commandant occupe ses journées à déplacer ses
drapeaux sur la carte. Discussions envenimées sur la
« trahison » Malvy et la Haute Cour. La politique
reprend ses droits dès que les communiqués sont
meilleurs.*

22, soir.

*Kérazel a eu aujourd'hui la visite de son beau-frère,
député de la Nièvre. A déjeuné avec nous. Radical-
socialiste, je crois. Peu importe : tous les partis, maintenant, ont adopté le conformisme de l'état de guerre,
et rabâchent les mêmes lieux communs. Conversation
d'une médiocrité accablante. Ceci, pourtant : à propos
des offres de paix de l'Autriche, transmises au gouvernement français par Sixte de Bourbon, au printemps
de l'an dernier. Goiran s'indignait du refus de la
France. Il paraît que le plus intransigeant aurait été
le vieux Ribot, qui a su convaincre Poincaré et Loyd
George. Et l'un des arguments invoqués dans les
milieux politiques français aurait été celui-ci :
« Impossible d'examiner une paix apportée à la République par un membre de la maison de Bourbon. La
propagande monarchiste en tirerait trop grand avan-*

*tage. Danger pour l'avenir du régime. Surtout à l'heure
où le pouvoir est entre les mains des généraux!... »*
   À peine croyable !

23 juillet.

   *Le député, hier. Beau spécimen de la fébrilité
moderne ! Arrivé de Paris par le rapide de nuit, pour
gagner douze heures. Consulte sans cesse sa montre,
d'un œil fiévreux. Comme une légère ébriété : sa main
vacillait en touchant la carafe. Sa pensée trébuche en
maniant les idées.*
   *Prend le déplacement pour l'activité, et son activité
incohérente pour du travail. Prend la hauteur du verbe
pour un argument rationnel. Et le ton péremptoire
pour un signe d'autorité, de compétence. Dans la
conversation, prend le détail anecdotique pour une
idée générale. En politique, prend l'absence de générosité pour du réalisme intelligent. Prend sa bonne santé
pour du cran, et la satisfaction de ses appétits pour
une philosophie de la vie. Etc.*
   *Peut-être aussi a-t-il pris mon silence pour une
approbation béate ?..*

23 juillet, soir.

   Le courrier. Réponse de Jenny.
   *Je regrette maintenant de ne pas m'être d'abord
adressé à la mère, comme j'y avais songé. Jenny refuse.
Lettre mesurée, mais ferme. Elle revendique dignement
l'entière responsabilité de ses actes. C'est librement
qu'elle s'est donnée. L'enfant de Jacques ne doit pas
avoir d'autre père, même aux seuls yeux de la loi. La*

*femme de Jacques ne doit pas se remarier. Elle n'a rien
à redouter des jugements de son fils, etc.*

Il est visible que mes considérations pratiques, loin
de l'ébranler, lui paraissent parfaitement négligeables,
voire mesquines. Ne le dit pas, mais emploie plusieurs
fois les termes de «convenances sociales», «préjugés
d'autrefois», etc., sur un ton clairement méprisant.

Bien entendu, je ne renonce pas. Revenir à la charge
autrement. Puisque ces «convenances sociales» n'ont
aucune valeur, pourquoi s'insurger contre elles? C'est
justement leur donner une importance qu'elles n'ont
pas! Surtout, insister sur ceci: qu'il ne s'agit pas d'elle
mais de Jean-Paul. Le discrédit, qui s'attache encore aux
naissances irrégulières, est absurde — d'accord. Mais
c'est un fait. Si je lui fais comprendre ça, elle n'hésitera
pas à accepter mon nom et à me laisser reconnaître l'enfant. Les circonstances sont exceptionnelles: tout est tellement simplifié par ma disparition prochaine!

Vais tâcher de lui répondre aujourd'hui même.

Ai eu le tort, aussi, de ne pas donner assez de précisions sur la manière dont les choses se passeront.
Elle a dû imaginer des situations gênantes. Mettre les
points sur les i. Lui dire: «Vous aurez simplement à
prendre un soir le rapide. Je vous attendrai à Grasse.
Tout sera prêt à la mairie. Et deux heures après votre
arrivée, vous reprendrez le train pour Paris. Mais avec
un état civil en règle!»

24.

Content de ma lettre d'hier. Ai bien fait de ne pas
remettre à aujourd'hui. Mauvaise journée. Très fatigué
par le nouveau traitement.

Trop bête de penser qu'il suffit d'une formalité admi-
nistrative, pour épargner définitivement à ce petit

*toutes les difficultés qui l'attendent. Impossible que je
ne parvienne pas à convaincre Jenny.*

25 juillet.

*Journaux. Château-Thierry est occupé par nous.
Défaite allemande ou recul stratégique? La presse
suisse affirme que l'offensive de Foch n'est pas commencée. Le but actuel serait seulement d'entraver le
repli des Allemands. L'immobilité des Anglais sur le
front rend l'hypothèse plausible.*

*Crises d'étouffements, plus nombreuses, avec
angoisses. Oscillations de température. Abattement.*

Samedi 27.

Mauvaise nuit. Mauvais courrier : Jenny s'obstine.

Après-midi.

Piqûre. Deux heures de répit.

*Lettre de Jenny. Elle ne veut pas comprendre. Se
bute. Ce qui n'est qu'un jeu d'écriture prend à ses yeux
de femme l'importance d'un reniement... (« Si je pouvais consulter Jacques, il me déconseillerait sans
aucun doute cette concession aux préjugés les plus
bas... Je croirais le trahir, si je... » Etc.)*

*Irritant, tout ce temps perdu à discuter. Plus elle tar-
dera à consentir, moins je serai en état pour toutes les
démarches (réunir les pièces, obtenir que le mariage
ait lieu ici, publication des bans, etc.).*

*Trop peu vaillant pour lui écrire aujourd'hui. Suis
décidé à porter, moi aussi, la question sur le terrain*

sentimental. Mettre en avant l'apaisement moral que
j'éprouverais, si j'avais enfin la certitude d'épargner à
ce petit une existence difficile. Exagérer même mes
inquiétudes. Conjurer Jenny de ne pas me refuser cette
dernière joie, etc.

Lettre écrite, et expédiée. Non sans un pénible effort.

                                          29 juillet.

Journaux. Pression sur la totalité du front, de
l'Aisne, de la Vesle. La Marne, dégagée. Fresnes, la forêt
de la Père, Villeneuve, et Ronchères, et Romigny, et
Ville-en-Tardenois...
Me souviens si bien de tous ces coins-là !

                                    Dans le jardin.

Ce que j'ai sous les yeux. Tout autour, d'autres jardins pareils aux nôtres, avec leurs orangers en boule,
leurs citronniers, leurs oliviers gris, les troncs écorchés
des eucalyptus, les tamaris plumeux, et ces plantes à
larges feuilles, genre rhubarbe, et ces jarres d'où tombent des cascades de roses, de géraniums. Débauche de
couleurs : toutes les nuances de l'arc-en-ciel. Chacune
de ces habitations qu'on aperçoit, et qui brille au soleil
à travers sa haie de cyprès, est crépie d'un ton différent :
blanc, rose, mauve, orangé. Le vermillon des tuiles,
contre le bleu du ciel. Et ces vérandas de bois, peintes
en brun, en pourpre, en vert sombre ! À droite, la plus
proche : une maison ocre à volets bleu pervenche. Et
cette autre, d'un blanc si cru, avec ses jalousies d'un
vert acide, et son large pan d'ombre violacée !

Qu'il serait bon d'avoir sa maison là, de faire son
bonheur là, d'avoir toute une vie à vivre là...

Dans la rangée noire des cyprès, un coup de soleil donne un éclat presque insoutenable aux porcelaines du poteau télégraphique.

30, soir.

Suis redescendu aujourd'hui. Ce que je n'avais pu faire ces deux jours.

Désemparé, hébété. Je regarde la vie, les autres, comme si l'univers m'était devenu surprenant, incompréhensible, depuis que je suis rejeté hors de l'avenir.

L'avance paraît déjà arrêtée.

Et voilà les Russes (Lénine) qui déclarent la guerre aux Alliés.

Soir.

Souvenir : après la mort de Père, j'avais emporté chez moi son papier à lettres ; trois mois plus tard, j'écrivais un mot au Patron, je retourne la feuille, elle avait été commencée par Père : Lundi. Cher Monsieur, j'ai reçu ce matin seulement... *Rencontre brutale qui fait toucher la mort comme avec la main ! Sa petite écriture appliquée, ces quelques mots vivants, cet effort interrompu à jamais !*

AOÛT

1ᵉʳ août 18.

Toujours l'offensive du Tardenois. Tient-on enfin le bon bout ? Mais à quel prix ? Avance importante entre Soissons et Reims. Bardot a reçu une lettre de la

Somme; on dit qu'une offensive, franco-anglaise, se prépare à l'est d'Amiens. (Amiens, en août 14... Cette pagaïe, partout! J'en ai bien profité! Ce que j'ai pu rafler de morphine et de cocaïne, grâce au petit Ruault, à la pharmacie de l'hôpital, pour réapprovisionner notre poste de secours! Et ce que ça m'a servi, quinze jours plus tard, pendant la Marne!)

La Chambre a voté l'appel de la classe 20. Ce doit être celle de Loulou. Pauvre gosse. Il n'a pas fini de regretter l'hôpital Fontanin.

2 août.

Plus aucun espoir de vaincre l'obstination de Jenny. Cette fois, le non définitif. Lettre courte, pleine d'affection, mais inébranlable. Et tant pis. (Le temps est loin où le moindre échec m'était impossible à accepter. J'abandonne.) Son refus, elle en fait maintenant une question de principe — et assez inattendu! —, de principe révolutionnaire... Elle ne craint pas d'écrire : « Jean-Paul est un bâtard, il restera un bâtard, et si cette situation irrégulière doit mettre, de bonne heure, l'enfant de Jacques en lutte contre la société, tant mieux : son père n'aurait pas souhaité de meilleur départ pour son fils! » (Possible, en effet... Soit, donc! Et que triomphe, même après la mort, l'esprit de révolte que Jacques portait en lui!)

3, nuit.

C'est l'heure où j'aime écrire. Plus lucide que dans la journée, plus seul encore avec moi.

Jenny. Réserve faite quant au fond, je dois reconnaître que ses lettres forment un tout, parfaitement cohérent. Ne manquent ni de force ni de grandeur. Imposent le respect.

À Jean-Paul :

Tu les admireras un jour, ces lettres, mon petit, si tu as la curiosité de lire les papiers de l'oncle Antoine. Je sais que dans ce débat tu donneras sans hésiter raison à ta mère. Soit. Le courage, la générosité de cœur, sont de son côté, non du mien. Je te demande seulement de me comprendre, de voir dans mon insistance autre chose qu'une soumission opportuniste et rétrograde aux préjugés bourgeois. Cette génération qui vient et qui est la tienne, je crains qu'elle ne soit aux prises, dans tous les domaines, avec des difficultés terribles et pour longtemps peut-être insurmontables. Auprès desquelles, celles que nous avons pu rencontrer, ton père et moi, ne sont rien. Cette pensée, mon petit, m'étreint le cœur. Je ne serai pas là pour t'assister dans cette lutte. Alors, il m'aurait été doux de penser que j'avais tout de même fait quelque chose pour toi. De me dire que, en te laissant un état civil régulier, en te faisant porter mon nom, le nom de ton père, j'avais du moins supprimé de ta route un de ces obstacles qui t'attendent, le seul contre quoi je pouvais quelque chose — et dont je veux bien croire, avec ta maman, que je m'exagère un peu l'importance.

4 août.

Journaux. Soissons, repris. Il était occupé par eux depuis la fin de mars. Nous voilà sur l'Aisne et sur la Vesle, devant Fismes. (Fismes, encore des souvenirs ! C'est là que j'ai croisé le frère de Saunders, qui montait en ligne et qui n'est pas revenu.)

Sage discours du père Lansdowne. L'écoutera-t-on ? Du train dont vont les choses, — c'est aussi l'avis de

Goiran —, il y aura essai de négociations avant l'hiver. Mais Clemenceau fera le sourd tant qu'il n'aura pas joué sa dernière carte : les Américains.

En Russie. Là-bas aussi, il doit se passer des choses. Débarquement des Alliés à Arkhangelsk, des Japonais à Vladivostok. Mais, avec le peu de renseignements qu'on laisse passer, comment comprendre quelque chose au chaos russe ?

Soir.

Sègre revient de Marseille. À l'état-major, on dit que la première partie de la contre-offensive alliée, commencée le 18, s'achève. Les buts seraient atteints : front rectiligne de l'Oise à la Meuse ; plus de saillie permettant un coup de force imprévu. Va-t-on s'installer sur cette nouvelle ligne pour tout l'hiver ?

5 août.

Dois-je me féliciter des résultats du nouveau calmant de Mazet. Aucun effet sur insomnie. Mais pouls régulier, apaisement nerveux, sensibilité moindre. Lucidité d'esprit, activité d'esprit, décuplées. (Semble-t-il.) Tout compte fait, nuits sans sommeil mais presque agréables, comparées à certaines.

Profitables au carnet !

Joseph, parti en permission. Remplacé par le vieux Ludovic. Ses bavardages me cassent la tête. Je fuis, quand il vient faire le ménage. Ce matin, retenu tard au lit pour les pointes de feu, me suis trouvé à sa merci. Conversation d'autant plus fatigante qu'elle était coupée de hoquets, aboiements, etc., etc., parce qu'il s'était mis dans l'idée de cirer « son » parquet. Dansait une sorte de gigue sur deux brosses, en monologuant.

M'a raconté son enfance, en Savoie. Et toujours : « C'était le bon temps, Monsieur le major ! » (Oui, vieux Ludovic, moi aussi, maintenant, chaque fois que ma mémoire repêche une parcelle du passé — même une parcelle qui a été pénible à vivre : « C'était le bon temps ! »)

Il use de locutions savoureuses, comme Clotilde, mais d'un autre style, moins patoisant. M'a dit notamment que son père était apiéceur. *C'est-à-dire l'ouvrier qui, dans les ateliers de confection, est chargé d'*apiécer, *d'ajuster entre elles les pièces taillées par le coupeur. Joli mot. Que d'esprits (Jacques)... auraient besoin de recourir à l'*apiéceur *pour coordonner ce qu'ils ont appris !*

Jenny, dans une de ses dernières lettres, parle de Jacques, de sa « doctrine ». Pas de terme plus impropre. Me garderai bien d'ouvrir un débat là-dessus avec elle. Mais il me paraît assez dangereux pour l'éducation du petit qu'elle considère comme une « doctrine » les pensées plus ou moins décousues que Jacques a pu exprimer devant elle, et qu'elle a plus ou moins exactement retenues !

Si tu lis jamais ceci, Jean-Paul, n'en conclus pas trop vite que les pensées de ton père étaient jugées incohérentes par l'oncle Antoine. Je veux seulement dire que ton père, comme les impulsifs, donnait l'impression d'avoir sur la plupart des questions des vues diverses, souvent contradictoires, et qu'il ne parvenait guère lui-même à coordonner. Dont il ne réussissait guère, tout au moins, à tirer une certitude précise, solide, durable, des directives nettement orientées. Sa personnalité, de même, était composée d'éléments hétérogènes, opposés et également impérieux, — ce qui constituait sa richesse, — mais entre lesquels il avait du mal à faire un choix, et dont il n'a jamais su faire un tout harmonieux. De là son éternelle inquiétude, et ce malaise passionné dans lequel il a vécu.

Peut-être, d'ailleurs, sommes-nous tous, à des degrés variables, pareils à lui. Nous, j'entends : ceux qui n'ont jamais adhéré à un système tout construit; ceux qui — faute d'avoir, à un certain moment de leur évolution, adopté une philosophie précise, une religion, une de ces plates-formes stables, placées une fois pour toutes hors d'atteinte, hors de discussion — sont condamnés à faire périodiquement la révision de leurs points d'appui, et à s'improviser des équilibres successifs.

6 août, 7 heures du soir.

Le vieux Ludovic. Avec ces mêmes gros doigts qui ont mis puis retiré le thermomètre au 49, nettoyé le crachoir du 55 et du 57, il me sucre ma tasse de tilleul, après avoir entré sa main jusqu'au fond du sucrier. Et je dis : « Merci, Ludovic... »

Journée médiocre. Mais je n'ai plus le droit de faire le difficile.

Ce soir, piqûre. Répit.

Nuit.

Souffre peu. Mais insomnie.

Ce que j'écrivais hier pour Jean-Paul : passablement inexact en ce qui me concerne. Tu pourrais croire que j'ai passé mon temps à la recherche d'un équilibre. Non. Grâce à mon métier sans doute, je me suis tou-

*jours senti d'aplomb. N'offrais guère de prise à l'in-
quiétude.*

Sur moi-même :

*D'assez bonne heure (dès ma première année de méde-
cine), sans accepter aucun dogme religieux ou philosophique, j'étais assez bien arrivé à concilier toutes mes
tendances, à me confectionner un cadre solide de vie, de
pensée; une façon de morale. Cadre limité, mais je ne
souffrais pas de ces limites. J'y trouvais même un sentiment de quiétude. Vivre satisfait entre les limites que
je m'étais assignées était devenu pour moi la condition
d'un bien-être que je sentais indispensable à mon travail. Ainsi, très tôt, je m'étais commodément installé au
centre de quelques principes — j'écris principes, à
défaut de mieux; le terme est prétentieux, et forcé —
principes qui convenaient aux besoins de ma nature, et
à mon existence de médecin. (En gros : une philosophie
élémentaire d'homme d'action, basée sur le culte de
l'énergie, l'exercice de la volonté, etc.)*

*Rigoureusement vrai, en tout cas, pour la période
d'avant-guerre. Vrai, même, pour la période de guerre,
au moins jusqu'à ma première blessure. Alors (convalescence à l'hôpital de Saint-Dizier), j'ai commencé à
remettre en question certaines façons de penser et de se
conduire qui m'avaient assuré jusque-là une certaine
pondération, une confortable harmonie, et m'avaient
permis de tirer bon rendement de mes facultés.*

*Fatigué. J'hésite à poursuivre cette espèce d'analyse.
Manque d'entraînement. Je m'y enferre. Plus j'avance,
plus ce que j'écris sur moi me semble sujet à caution.*

*Par exemple. Je songe à quelques-uns des actes les
plus importants de ma vie. Je constate que ceux que
j'ai accomplis avec le maximum de spontanéité étaient
justement en contradiction flagrante avec les fameux
« principes ». À chacune de ces minutes décisives, j'ai
pris des résolutions qui m'étaient imposées soudain*

*par une force intérieure plus impérieuse que toutes les
habitudes, que tous les raisonnements. À la suite de
quoi, j'étais généralement amené à douter de cette
«éthique» et de moi-même. Je me demandais alors
avec inquiétude : «Suis-je vraiment l'homme que je
crois être?» (Inquiétudes qui, somme toute, se dissi-
paient vite, et ne m'empêchaient pas de reprendre équilibre sur mes positions coutumières.)*

*Ici, ce soir (solitude, recul), j'aperçois avec assez de
netteté que, par ces règles de vie, par le pli que j'avais
pris de m'y soumettre, je m'étais déformé, artificiellement, sans le vouloir, et que je m'étais créé une sorte
de masque. Et le port de ce masque avait peu à peu
modifié mon caractère originel. Dans le courant de
l'existence (et puis, guère de loisir pour couper des cheveux en quatre), je me conformais sans effort à ce
caractère fabriqué. Mais, à certaines heures graves, les
décisions qu'il m'arrivait spontanément de prendre
étaient sans doute des réactions de mon caractère véritable, démasquant brusquement le fond réel de ma
nature.*

(Suis assez content d'avoir tiré ça au clair.)

*Je suppose d'ailleurs que le cas est fréquent. Ce qui
amène à penser que, pour avoir la révélation de leur
nature intime, ce ne serait pas dans le comportement
habituel des êtres qu'il faudrait chercher, mais bien
dans des actes imprévus, d'apparence mal explicables,
scandaleux quelquefois, qui leur échappent. Et par
quoi se trahit l'authentique.*

*Suis porté à croire qu'il n'en était pas de Jacques
comme de moi. Chez lui, ce devait être la nature profonde (l'authentique), qui commandait la plupart du
temps la conduite de sa vie. D'où, pour ceux qui le
regardaient vivre, l'instabilité de son humeur, l'impré-
visibilité de ses réactions, et souvent leur apparente
incohérence.*

Premier halo du jour dans la fenêtre. Encore une nuit, — une nuit de moins... Vais essayer de m'assoupir. (Pour une fois, ne regrette pas trop mon insomnie.)

                    8 août, dehors.

28° à l'ombre. *Chaleur intense, mais légère, vivifiante. Merveilleux climat. (Incompréhensible, qu'une si grande partie de l'humanité se soit confinée dans le Nord hostile !)*

Tout à l'heure, à table, je les entendais causer de leur avenir. Ils croient tous — ou feignent de croire — qu'un « gazé » n'est pas handicapé pour toujours. Ils croient aussi pouvoir reprendre leur existence au point exact où la mobilisation l'a interrompue. Comme si le monde n'attendait que la paix pour reprendre, tel quel, son tran-tran d'autrefois. Se préparent, je crains, de brutales déconvenues...

Mais, le plus étonnant pour moi : la façon dont ils parlent de leurs besognes civiles. Jamais comme d'une carrière choisie, aimée, préférée. Comme un potache parle de ses classes ; quand ce n'est pas comme un bagnard, des travaux forcés. Grande pitié ! Rien de pire que d'entrer dans la vie sans une vocation forte. (Rien, — si ce n'est d'entrer dans la vie avec une fausse vocation.)

À Jean-Paul :

Mon petit, méfie-toi de la « fausse vocation ». La plupart des existences manquées, des vieillesses aigries, n'ont pas d'autre origine.

Je te vois adolescent. À seize, dix-sept ans. L'âge, par excellence, de la grande confusion. L'âge où ta raison commencera à prendre conscience d'elle-même, à s'illusionner sur ses forces. L'âge où ton cœur, peut-

être, commencera à parler haut, et où il deviendra difficile de modérer ses élans. L'âge où ton esprit, tout
étourdi, grisé par les horizons qu'il aura récemment
découverts, hésitera devant des possibilités multiples.
L'âge où l'homme, encore faible et se croyant fort,
éprouve le besoin de trouver des appuis, des repères,
et se jette avidement vers la première certitude, la première discipline qui s'offre... Attention ! L'âge, aussi —
et tu ne t'en douteras guère —, où ton imagination
sera le plus encline à déformer le réel : jusqu'à prendre
le faux pour le vrai. Tu diras : « Je sais »... « Je sens »...
« Je suis sûr »... Attention ! Le garçon de dix-sept ans,
il est souvent pareil à un pilote qui se fierait à une
boussole affolée. Il croit dur comme fer que ses goûts
d'adolescent lui sont naturels, qu'il doit les prendre
pour guides, qu'ils lui montrent indubitablement la
direction à prendre. Et il ne soupçonne pas qu'il est,
en général, à la remorque de goûts factices, provi-
soires, arbitraires. Il ne soupçonne pas que ses pen-
chants, qui lui semblent si authentiquement être
siens, lui sont au contraire foncièrement étrangers ;
qu'il les a ramassés, comme un déguisement, au
hasard, à la suite de quelque rencontre faite un jour,
dans les livres ou dans le monde.

Comment te préserveras-tu de ces dangers ? Je
tremble pour toi. Écouteras-tu mes conseils ?

Je voudrais, d'abord, que tu ne rejettes pas trop
impatiemment les avis de tes maîtres, de ceux qui
t'entourent, qui t'aiment ; qui te paraissent ne pas te
comprendre, et qui, peut-être, te connaissent mieux
que tu ne te connais toi-même. Leurs avertissements
t'agacent ? Dans la mesure, sans doute, où, obscuré-
ment, tu les sens fondés...

Mais, surtout, je voudrais que tu te défendes toi-
même contre toi. Sois obsédé par la crainte de te tromper sur toi, d'être dupe d'apparences. Exerce ta

*sincérité à tes dépens, pour la rendre clairvoyante et
utile. Comprends, essaie de comprendre, ceci : pour les
garçons de ton milieu, — je veux dire : instruits, nourris de lectures, ayant vécu dans l'intimité de gens intelligents et libres dans leurs propos, — la* notion *de
certaines choses, de certains sentiments, devance l'expérience. Ils connaissent, en esprit, par l'imagination,
une foule de sensations dont ils n'ont encore aucune
pratique personnelle, directe. Ils ne s'en avisent pas :
ils confondent* savoir *et* éprouver. *Ils croient éprouver des sentiments, des besoins, qu'ils* savent seulement *qu'on éprouve...*

*Écoute-moi. La vocation ! Prenons un exemple. À
dix, à douze ans, tu t'es cru sans doute la vocation de
marin, d'explorateur, parce que tu t'étais passionné
pour des récits d'aventure. Maintenant, tu as assez de
jugeote pour en sourire. Eh bien, à seize, à dix-sept
ans, des erreurs analogues te guettent. Sois averti,
méfie-toi de tes inclinations. Ne t'imagine pas trop vite
que tu es un artiste, ou un homme d'action, ou victime d'un grand amour, parce que tu as eu l'occasion
d'admirer, dans les livres ou dans la vie, des poètes, de
grands réalisateurs, des amoureux. Cherche patiemment quel est l'essentiel de ta nature. Tâche de découvrir, peu à peu, ta personnalité réelle. Pas facile !
Beaucoup n'y parviennent que trop tard. Beaucoup n'y
parviennent jamais. Prends ton temps, rien ne presse.
Il faut tâtonner longtemps avant de savoir qui l'on est.
Mais, quand tu te seras trouvé toi-même, alors, rejette
vite tous les vêtements d'emprunt. Accepte-toi, avec tes
bornes et tes manques. Et applique-toi à te développer,
sainement, normalement, sans tricher, dans ta vraie
destination. Car, se connaître et s'accepter, ce n'est pas
renoncer à l'effort, au perfectionnement : bien au
contraire ! C'est même avoir les meilleures chances
d'atteindre son maximum, parce que l'élan se trouve*

*alors orienté dans le bon sens, celui où tous les efforts
portent fruit. Élargir ses frontières, le plus qu'on peut.
Mais ses frontières naturelles, et seulement après
avoir bien compris quelles elles sont. Ceux qui ratent
leur vie, ce sont, le plus souvent, ou bien ceux qui, au
départ, se sont trompés sur leur nature et se sont four-
voyés sur une piste qui n'était pas la leur; ou bien ceux
qui, partis dans la bonne direction, n'ont pas su, ou
pas eu le courage, de s'en tenir à leur* possible.

9 août.

*Journaux. Discours optimiste de Lloyd George.
Optimisme sans doute exagéré pour les besoins de la
cause. Malgré tout, ce qui s'est passé depuis vingt
jours sur le front français était inespéré. (Conversation
de Rumelles, à Paris.) Et l'offensive de Picardie paraît
déclenchée depuis hier. Et les Américains à l'horizon.
Le plan Pershing serait, croit-on, de laisser Foch
redresser le front et dégager largement Paris; puis, pendant que Français et Anglais tiendront l'ancien front,
une massive poussée américaine en direction de l'Alsace, pour passer la frontière et envahir l'Allemagne.
Ce jour-là, dit-on, la guerre serait gagnée, grâce à l'emploi d'un certain gaz, qui ne peut être utilisé qu'en territoire ennemi parce qu'il détruit tout, empêche toute
végétation pendant des années, etc. (À table, enthousiasme général. Tous ces pauvres gazés, dont beaucoup ne se remettront jamais, jubilaient à l'idée de ce
gaz nouveau...)*

*Darros nous a lu une lettre de son frère, interprète,
en liaison avec les troupes américaines. Dit qu'il est
agacé par leur confiance puérile. Officiers et soldats
sont convaincus qu'il leur suffira d'attaquer, pour
remporter à bref délai la victoire finale. Raconte aussi*

qu'ils sont tous décidés à ne pas s'encombrer de prisonniers, et qu'ils déclarent cyniquement que tout
paquet de prisonniers, inférieur à cinq cents hommes,
doit être passé à la mitrailleuse. (Ce qui n'empêche pas
ces idéologues, au sourire féroce et aux yeux candides,
de répéter, paraît-il, à toute occasion, qu'ils viennent
se battre pour la Justice et pour le Droit.)

10 août.

Ai repris un certain goût à lire. Concentre mon
attention sans trop de mal, surtout la nuit. Achève en
ce moment l'excellent travail d'un nommé Dawson
(Bull. méd. de Londres) sur les séquelles dépendant de
l'ypérite, comparées à celles dues aux autres gaz. Ces
observations confirment sur beaucoup de points les
miennes. (Infections secondaires ayant tendance à
devenir chroniques, etc.) Tentation de lui écrire, de lui
envoyer copie de certaines pages de l'agenda. Mais je
redoute de commencer une correspondance. Pas assez
sûr de pouvoir continuer. Pourtant, sensiblement
mieux depuis le 1er. Aucune amélioration de fond,
mais douleurs atténuées. Période de rémission provisoire. Comparée aux semaines précédentes, celle-ci a
été presque supportable. N'étaient, chaque matin, ce
traitement épuisant, et ces crises d'étouffements (surtout le soir, coucher du soleil), et ces insomnies... Mais
les insomnies, moins pénibles quand je peux lire,
comme ces nuits-ci. Et grâce au carnet.

Avant déjeuner, de ma fenêtre.

La majesté de ce paysage, de ces amples vallonne-
ments. Ces centaines d'étroites terrasses cultivées qui

montent à l'assaut des collines. Cette pente verte, striée parallèlement par tous ces traits crayeux que font les petits murets de pierres sèches. Et là-haut, ce diadème de roches dénudées, d'un gris pierre ponce, si tendre, avec des reflets mauves et orangés. Et plus bas, très loin, juste à la limite de la culture et de la roche, ce petit village étagé : une poignée de graviers luisants, qui serait restée accrochée dans un pli du terrain. En ce moment, les ombres des nuages baladent sur cette étendue d'un vert éclatant des plaques sombres, larges, doucement mouvantes.

Combien me reste-t-il de semaines à regarder ça ?

11.

Mazet est un médecin dans le genre de Dezavelles, le quatre galons de Saint-Dizier, qui renonçait totalement à s'occuper de ceux qu'il «flairait» condamnés. Disait : « Un bon toubib doit avoir le flair : sentir le moment précis où le malade cesse d'être intéressant. »

Suis-je encore intéressant aux yeux de Mazet ? Et pour combien de temps ?

Depuis que Langlois a eu son abcès, il ne va plus le voir.

L'offensive de la Somme semble bien engagée. Les Anglais n'ont pas voulu être en reste. Le plateau de Santerre est reconquis. La grande ligne Paris-Amiens, dégagée. Bataille à Montdidier. (Tous ces noms, Montdidier, Lassigny, Ressons-sur-Matz, tous les souvenirs de 16 !...)

Goiran, très optimiste. Soutient que maintenant tous les espoirs sont légitimes. Je crois aussi. (J'imagine qu'il y a bien des gens étonnés. Et d'abord tous nos grands chefs, militaires et civils, qui avaient mesuré de si près l'abîme, au printemps ! Doivent tous redresser la crête. Pourvu qu'ils ne la redressent pas trop.)

12 août, soir.

Passé l'après-midi à recopier extraits de l'agenda, pour ma lettre à Dawson.

Journaux. Les Anglais sont sous Péronne. Pauvre Péronne ! Qu'est-ce qu'il en reste ? (Me rappelle si bien l'évacuation en 14, la ville sans lumière, les falots qui couraient dans la nuit, la retraite de la cavalerie, hommes fourbus, canassons boiteux... Et tous ces brancards alignés au rez-de-chaussée de l'hôtel de ville, jusque sur le trottoir !)

13, soir.

Respiration plus difficile aujourd'hui. Ai pourtant terminé les notes que j'enverrai à Dawson.

Cette révision de l'agenda me laisse bonne impression. Excellente même. Progression du mal, lisible comme sur un graphique. Ensemble documentaire important. Peut-être unique. Peut-être appelé à faire autorité, à servir longtemps de base aux recherches. Devrai lutter contre la tentation d'en finir. Attendre le plus tard possible, pour mener jusqu'au bout l'analyse. Laisser au moins derrière moi l'historique complet d'un de ces cas, encore si mal connus.

À certains moments, cette pensée me soutient. À d'autres, suis obligé de me battre lamentablement les flancs pour y trouver un petit brin de consolation...

1 heure du matin.

Réminiscence. *(Curieux de s'interrompre au cours d'une rêverie pour remonter la chaîne des associations d'idées, suivre en sens inverse le chemin de la pensée, jusqu'au point de départ.)*

Ce soir, au moment où Ludovic est entré avec le plateau, la capsule de la salière, mal vissée, est tombée en tintant sur l'assiette.

J'y avais à peine fait attention. Mais, toute la soirée, pendant mon traitement, et en faisant ma toilette, et en recopiant des notes, j'ai pensé à Père. Défilé d'anciens souvenirs, évoquant des repas en famille, les dîners silencieux de la rue de l'Université, Mlle de Waize et ses petites mains sur la nappe, les déjeuners du dimanche à Maisons-Laffitte, avec la fenêtre ouverte et du soleil plein le jardin, etc.

Pourquoi ? Je le sais maintenant. C'est parce que le tintement de la capsule sur la faïence m'avait (mécaniquement) rappelé le bruit particulier que faisait le lorgnon de Père, au début du repas, lorsque Père s'asseyait lourdement à sa place, et que le lorgnon, pendu au bout du fil, heurtait le bord de son assiette.

Je devrais rédiger quelques notes sur Père, pour Jean-Paul. Personne n'aura l'occasion de lui parler de son aïeul paternel.

Il n'était guère aimé. Même de ses fils. Il était bien difficile à aimer. Je l'ai jugé très sévèrement. Ai-je toujours été juste ? Il m'apparaît, aujourd'hui, que ce qui l'empêchait d'être aimé n'était que l'envers, ou l'excès, de certaines forces morales, de certaines austères vertus. J'hésite à écrire que sa vie forçait l'estime ; et pourtant, vue sous un certain angle, elle a toute été consacrée à faire ce qu'il pensait être le bien. Ses travers éloignaient de lui tout le monde, et ses vertus n'at-

tiraient personne. Il avait une façon de les exercer qui écartait de lui plus que n'auraient fait les pires défauts... Je crois qu'il en a eu conscience, et qu'il a cruellement souffert de son isolement.

Un jour, Jean-Paul, il faudra que je fasse l'effort de t'expliquer l'homme qu'était ton grand-père Thibault.

14 août, matin.

Encore ce vieux bavard de Ludovic. Il affirme (en mettant sa grosse main sur sa moustache) : « Monsieur le major, croyez-moi : le lieutenant Darros n'est qu'un dissimulateur. »

Je proteste, naturellement. Ludovic, d'un air entendu : « On sait ce qu'on sait. » Il précise : quand Darros habitait l'annexe, Ludovic a remarqué qu'il « trichait » en prenant sa température, qu'il ne mettait jamais le thermomètre sans s'être agité un bon quart d'heure, qu'il s'octroyait quelques dixièmes de trop en pointant sa feuille, etc.

Je proteste, mais... Ai constaté moi-même certaines choses troublantes. Salle d'inhalation, par exemple. La mollesse avec laquelle Darros fait son traitement. L'écourte toujours, dès que Bardot ou Mazet ont tourné le dos. Se dérobe en général à tous soins qu'on lui laisse prendre seul, etc. Négligences d'autant plus étranges que Darros s'inquiète beaucoup de lui, m'a questionné souvent, parle de sa « santé définitivement compromise », etc. (Darros n'a pas de lésions, mais état bronchique mauvais, et qui ne s'améliore pas.)

Fin après-midi, dans le potager.

J'aime venir là, jusqu'au banc. Ombres des cyprès sur l'allée. Claies de roseaux. Plates-bandes alignées. Le bruit de la noria. Le va-et-vient de Pierre et de Vincent, avec leurs arrosoirs.

Obsédés par racontars de Ludovic. Si c'était vrai, si Darros est un simulateur, je me pose la question : est-ce mal ?

Pas si simple. Ça dépend pour qui. Pour Ludovic, dont les deux fils ont été tués, c'est mal, c'est même un crime, une sorte de désertion. Il pense sans doute que Darros mérite de passer en conseil. Pour le père de Darros aussi, ce serait sûrement mal. (Le connais un peu. Il vient quelquefois voir son fils. Pasteur à Avignon. Vieux puritain patriote. A poussé son plus jeune fils à s'engager.) Oui, sûrement, pour le père Darros, c'est mal. Mais pour d'autres ? Pour Bardot, par exemple ? Il soigne Darros depuis quatre mois, il l'aime bien. À supposer qu'il s'aperçoive de quelque chose, sévirait-il ? Ou fermerait-il les yeux ? Et pour Darros lui-même, s'il est vraiment coupable de « tricher », a-t-il le sentiment que c'est mal ?

Et pour moi ? Me pose la question. Est-ce mal ? Certes je ne peux pas dire que c'est bien. Instinctive répugnance à l'égard des embusqués d'hôpitaux, qui « s'arrangent » pour ne pas guérir. Mais ne me décide pas à répondre catégoriquement : c'est mal.

Étrange histoire. Intéressant de chercher à tirer ça un peu au clair. Bien ou mal ?

Constate d'abord ceci : que je le suppose, ou non, capable de jouer la comédie, Darros me reste sympathique. Garçon sensible, réfléchi, cultivé, que je crois foncièrement honnête. Je l'estime, même si c'est un dissimulateur. M'a souvent parlé avec confiance. De

son père, de sa jeunesse, de la terrible éducation pro-
testante au point de vue sexuel. De sa vie conjugale
aussi. Le jour, notamment, où il m'a raconté son
passage à Lyon, avec sa femme, le soir de la mobili-
sation. (Ils arrivaient d'Avignon, où ils passaient
leurs vacances. Le lendemain, à l'aube, Darros devait
rejoindre son régiment de réserve. Ils ont fini par trou-
ver une chambre, dans un hôtel borgne. La ville en
rumeur, le branle-bas de guerre. Me rappelle de quelle
voix il disait : « Thérèse tremblait de peur, elle serrait
les dents pour ne pas pleurer. J'ai passé la nuit dans
ses bras, à sangloter comme un gosse. Je n'oublierai
jamais ça. Elle me caressait doucement les cheveux,
sans pouvoir parler. Et sur les pavés, toute la nuit, les
trains d'artillerie, sans arrêt, un tintamarre infer-
nal. »)

Peut-être un simulateur, aujourd'hui. Mais pas un
lâche. Quarante mois d'infanterie, deux blessures, trois
citations, et, pour finir, les gaz aux Hauts-de-Meuse.
Marié six mois avant la guerre. Un enfant. Une femme
de santé fragile. Pas de fortune. Un poste médiocre, dans
l'enseignement, à Marseille. C'est en février dernier qu'il
a été gazé (légèrement). Il a d'abord été soigné à Troyes,
et sa femme — j'attache à ce détail une certaine impor-
tance — est venue s'y installer; ils ont pu revivre
ensemble, un long mois. Ensuite, on l'a expédié ici, à
cent lieues de la guerre. On lui a rendu son ciel bleu, son
soleil, une vie de vacances... J'imagine si bien ce qui a
pu se passer en lui !... S'il a pris la résolution d'user de
tous les moyens pour faire durer ses troubles pulmo-
naires le plus longtemps possible —et, qui sait ? la paix
n'est peut-être plus si éloignée — cela n'a pas été, chez
ce protestant de bonne trempe, sans débats de
conscience. S'il a choisi finalement de sauver coûte que
coûte sa peau, — au risque même d'aggraver son mal
faute de soins, — est-ce bien ? est-ce mal ?

Que répondre ?
Non, même s'il a pris ce parti, je ne veux pas lui reti-
rer mon estime.

Minuit.

Insomnie, insomnie. Interminables méditations des
heures noires... Sorte d'instinct de conservation qui
m'aide, chaque fois que ce n'est pas par trop impos-
sible, à détourner mon attention de moi, des
« spectres ».

Darros. Tout de même assez grave, cette histoire
Darros. Je veux dire grave pour moi, pour tout ce
qu'elle soulève de problèmes pour moi.

Constatation marginale : je ne crois plus à la res-
ponsabilité.

Y ai-je cru, jadis ? Oui. Dans la mesure où un méde-
cin peut y croire. (Pour nous, les limites de la respon-
sabilité ne sont jamais tout à fait là où les situe
l'opinion courante. — Me rappelle, à Verneuil, dis-
cussions avec ce médecin légiste, aide-major au
bataillon de tirailleurs. Savons trop, nous autres, que
nos actes sont la conséquence de ce que nous sommes
et de ce qui nous entoure. Responsables de notre héré-
dité ? de notre éducation ? des exemples donnés ? des
circonstances ? Non, c'est l'évidence même.)

Mais j'ai toujours agi comme si je croyais à ma res-
ponsabilité absolue. Et j'avais très fort le sentiment, —
éducation chrétienne ? — du mérite et du démérite.

(Avec des faiblesses, d'ailleurs : tendance à me sen-
tir relativement irresponsable des fautes commises, et
à revendiquer le mérite de ce que je faisais de bon...)

Tout ça assez contradictoire.

(Pour Jean-Paul :
Ne pas trop redouter les contradictions. Elles sont inconfortables, mais salubres. C'est toujours aux instants où mon esprit s'est vu prisonnier de contradictions inextricables, que je me suis en même temps senti le plus proche de cette Vérité avec majuscule, qui se dérobe toujours.

Si je devais « revivre », je voudrais que ce soit sous le signe du doute)

Point de vue biologique.

Pendant mes premières années de guerre, j'ai cédé — rageusement, mais j'ai cédé — à la tentation de penser les problèmes moraux et sociaux à la seule lumière simpliste de la biologie. (Réflexions de ce genre : « L'homme, brute sanguinaire, spécifiquement, etc. Limiter ses dégâts par une organisation sociale inflexible. Et ne rien espérer de mieux. ») Traînais même dans ma cantine un volume du père Fabre, déniché à Compiègne. Me complaisais à ne plus considérer les hommes, et moi-même, que comme de grands insectes armés pour le combat, l'agression et la défense, la conquête, l'entremangement, etc. Me répétais hargneusement : « Que cette guerre t'ouvre au moins les yeux, imbécile. Voir le monde tel qu'il est. L'univers : un ensemble de forces aveugles, qui s'équilibrent par la destruction des moins résistants. La nature : un champ de carnage où s'entre-dévorent les êtres, les races, opposés par leurs instincts. Ni bien ni mal. Pas plus pour l'homme que pour la fouine, ou l'épervier, etc. »

Comment nier que la force prime le droit, du fond d'une cave ambulance pleine de blessés ? (Quelques souvenirs précis : Soir du Cateau. Attaque de Péronne, derrière le petit mur. Poste de secours de Nanteuil-le-

Haudouin. *Agonie des deux petits chasseurs, dans la
grange, entre Verdun et Calonne.) Me souviens de certaines heures où je me suis saoulé, désespérément, de
cette vue zoologique du monde.*

*Courte vue... Le pessimisme mortel où j'avais som-
bré aurait dû m'avertir que ça mène à des bas-fonds
où l'air n'est plus respirable.*

Vais éteindre, pour essayer de m'assoupir.

                                        1 heure.

Inutile d'espérer dormir cette nuit.

*Ce brave Darros (il ne s'en doute guère) est cause
que me voici empêtré depuis quinze heures dans les
«problèmes moraux», — plus que je ne l'ai été durant
toute ma vie !*

*Littéralement, ces questions ne se posaient pas pour
moi. Le bien, le mal : locutions usuelles, commodes,
que j'employais comme chacun, sans y attacher de
valeur réelle. Notions vides pour moi de tout impératif. Les règles de la morale traditionnelle, je les acceptais, — pour les autres. Je les acceptais en ce sens que
si, par hypothèse, quelque pouvoir révolutionnaire victorieux avait voulu les déclarer caduques, — et s'il
m'avait fait l'honneur de me consulter, — je l'aurais
probablement dissuadé de saper d'un coup ces bases
sociales. Elles m'apparaissaient totalement arbitraires, mais d'une utilité pratique incontestable pour
les rapports des «autres» entre eux. Quant à moi,
dans mes rapports avec moi-même, je n'en tenais
aucun compte.*

*(Je me demande, d'ailleurs, sous quelle forme j'au-
rais pu préciser ma règle personnelle de vie, si j'avais eu
à le faire, — ce dont je n'avais ni le loisir ni l'idée. Je
crois que je m'en serais tenu à quelque formule élas-*

tique, de ce genre : «Tout ce qui accroît la vie en moi et favorise mon épanouissement est bien; tout ce qui entrave la réalisation de mon être est mal.» — Resterait maintenant à définir ce que j'entendais par «la vie» et par «réaliser mon être»... J'y renonce.)

À vrai dire, ceux qui m'ont regardé vivre, s'il en est — Jacques, par exemple, ou Philip — n'ont guère pu s'apercevoir de la liberté quasi totale que je m'octroyais en principe. Car, dans mes actes, je me suis toujours, et sans même y prendre garde, conformé à ce qu'on est convenu d'appeler «la morale» — «la morale des honnêtes gens». Pourtant, à plusieurs reprises — n'exagérons pas : trois ou quatre fois, peut-être, en quinze ans — à certaines heures graves de mon existence privée ou professionnelle, j'ai pris soudain conscience que mon affranchissement n'était pas uniquement théorique. Trois ou quatre fois dans ma vie, je me suis trouvé d'emblée transporté dans une région où ces règles, que j'acceptais habituellement, n'avaient pas cours; où la raison même n'avait pas accès; où l'intuition, l'impulsion, étaient maîtresses. Une région aérée et sereine, une région de désordre supérieur, où je me sentais merveilleusement solitaire, puissant, assuré. Assuré, oui. Car j'éprouvais avec intensité la sensation de m'être infiniment rapproché, tout à coup, de... (Bien du mal à terminer cette phrase...) — mettons : de ce qui serait, pour un Dieu, la pure Vérité. (Celle à majuscule.) Oui, trois fois au moins, à ma connaissance, j'ai sciemment et fermement enfreint les lois les plus unanimement accréditées de la morale. Je n'en ai jamais eu aucun remords. Et j'y pense aujourd'hui avec un complet détachement, sans la plus petite ombre de regret. (D'ailleurs, je peux bien dire que je n'ai aucune expérience du remords. Une disposition foncière à accepter mes pensées ou mes actes, quels qu'ils soient, comme autant de phénomènes naturels. Et légitimes.)

*Me sens, cette nuit, particulièrement en train pour
écrire. Et lucide. Si je dois payer, demain, par une
mauvaise journée, tant pis.*

*Me suis relu. Rêvé sur tout ça, et autour, un bon
moment.*

*Me suis posé, entre autres, cette question : Pour la
moyenne des gens (dont la vie s'écoule, en somme,
sans qu'ils se permettent d'infractions bien accusées
aux règles morales admises), qu'est-ce qui peut bien
les retenir ? Car, il n'y en a guère, parmi eux, qui
échappent à la tentation de commettre des actes répu-
tés « immoraux »... J'écarte, bien entendu, les croyants,
ceux qu'une profonde conviction religieuse ou philosophique aide à triompher des pièges du Malin. Mais
les autres, tous les autres, qu'est-ce qui les arrête ?
Timidité ? Respect humain, crainte des on-dit ?
Crainte du juge d'instruction ? Crainte des conséquences qu'ils risquent d'encourir, dans leur vie privée, ou publique ? Tout ça joue, évidemment. Ces
obstacles sont forts, et sans doute infranchissables
aux yeux d'un grand nombre de « tentés ». Mais ce sont
des obstacles d'ordre matériel. S'il n'y en avait pas
d'autres, et d'ordre spirituel, on pourrait soutenir que
l'individu, pour peu qu'il soit affranchi du joug religieux, n'est maintenu dans la voie droite que par la
peur du gendarme, ou, tout au moins, du scandale. Et
on pourrait soutenir, en conséquence, que tout individu incroyant, si on le suppose aux prises avec la tentation et placé dans des circonstances telles qu'il est
sûr d'un secret total et d'une impunité absolue, céde-
rait aussitôt à l'appel, et commettrait le « mal », avec
une satisfaction éperdue... Ce qui reviendrait à dire
qu'il n'existe pas de considérations « morales » sus-
ceptibles de retenir un incroyant ; et que, pour celui*

*qui n'est soumis à aucune loi divine, à aucun idéal
religieux ou philosophique, il n'existe aucune interdiction morale efficace.*

*Une parenthèse : Cela semblerait donner raison à
ceux qui expliquent la conscience morale (et la distinction que nous faisons tous, spontanément, entre ce
que l'on doit faire et ce que l'on ne doit pas faire, entre
ce qui est* bien *et ce qui est* mal) *par une survivance
en l'homme moderne d'une soumission d'origine religieuse, longtemps acceptée par les générations précédentes, et devenue caractère acquis. Je veux bien. Mais
il me semble que c'est raisonner en oubliant que Dieu
n'est qu'une hypothèse humaine. Car, cette distinction
du bien et du mal, ce n'est pas Dieu,* invention *de
l'homme, qui peut l'avoir imposée à l'esprit humain :
c'est, au contraire, l'homme qui l'a attribuée à Dieu, et
qui en a fait un précepte divin. Si cette distinction est
d'origine religieuse, autant dire que c'est l'homme, un
jour, qui l'a prêtée à Dieu. Et donc qui l'avait en lui.
Et même qu'elle était en lui si fortement enracinée, qu'il
a senti le besoin de donner à cette distinction une
suprême, et à jamais indiscutable, autorité...*

Comment résoudre ?

4 heures.

*Vaincu par la fatigue au milieu de ma parenthèse.
Dormi plus de deux heures d'affilée. Appréciable résultat du carnet. Et de mes velléités philosophiques...*

*Ne sais plus où je voulais en venir. « Comment
résoudre ?... » Oui, comment ? J'avais pourtant l'impression d'être arrivé à y voir un peu plus clair. Mais
bien incapable de retrouver l'enchaînement.*

*Problème de la conscience morale, de ses origines.
Pourquoi pas · survivance d'une habitude sociale ?*

(J'invente peut-être à mon usage une explication archiconnue. Peu importe. Nouvelle pour moi.)

Autant je rejette l'idée que la conscience morale aurait pour source quelque loi divine, autant il me paraît plausible d'admettre qu'elle a ses origines dans le passé humain, qu'elle est une habitude qui survit à la cause qui l'a fait naître, et qui est fixée en nous, à la fois par hérédité et par tradition. Un résidu des expériences que les anciens groupements humains ont eu à faire pour organiser leur vie collective et régler leurs rapports sociaux. Résidu de règlements de bonne police. Je trouverais assez séduisant, assez satisfaisant même pour l'amour-propre de pouvoir se dire que cette conscience morale, cette distinction d'un bien et d'un mal (distinction qui préexiste en chacun de nous ; et qui est souvent absurde dans les ordres qu'elle nous dicte ; et qui, néanmoins, nous contraint sans cesse à lui obéir ; et qui même, parfois, nous dirige aux heures où la raison hésite et se récuse ; et qui fait accomplir aux plus sages des gestes que leur raison, appelée en contrôle, ne saurait pas justifier) — il me séduirait assez d'admettre qu'elle est la survivance d'un instinct essentiel à l'homme, animal social. Un instinct, qui s'est perpétué en nous à travers les millénaires, et grâce auquel la société humaine s'achemine vers son perfectionnement.

15 août, jardin.

Temps glorieux. Cloches des vêpres. Un air de fête, sur tout. Insolence de ce ciel, de ces fleurs, de cet horizon qui tremble dans le halo lumineux des beaux jours. Envie de s'opposer à la beauté du monde, de détruire, d'appeler la catastrophe ! Non, envie de fuir, de se cacher, envie de se replier davantage sur soi, pour souffrir.

À Spa, grand conseil de guerre, le Kaiser, les chefs de l'armée. Trois lignes dans un journal suisse. Rien dans les journaux français. Et peut-être une date historique, que les écoliers apprendront plus tard dans des manuels, et dont les conséquences auront changé le cours de la guerre...

Goiran affirme que, parmi ces messieurs du Quai d'Orsay, nombreux maintenant sont ceux qui annoncent la paix pour cet hiver.

Pas grand-chose dans le communiqué. Attente qui pèse comme une chaleur d'orage.

Soir, 10 heures.

Viens de relire mes élucubrations de la nuit dernière. Surpris et mécontent d'avoir noirci tant de pages. J'y montre un peu trop mes limites... (Et puis ce misérable vocabulaire humain qui, quoi qu'on fasse, est toujours celui du sentiment, et non celui de la logique !)

Pour Jean-Paul :
Ce n'est pas sur ces balbutiements de malade qu'il faudra juger l'oncle Antoine, mon petit. L'oncle Antoine s'est toujours senti très mal à l'aise dans les labyrinthes de l'idéologie : il s'y égare dès les premiers pas... Lorsque je préparais à Louis-le-Grand mon bachot de philo (le seul examen où j'ai dû me présenter deux fois avant d'être reçu), je traversais parfois des heures bien mortifiantes... Un lourdaud qui veut jongler avec des bulles de savon !... Je constate que le tête-à-tête avec la mort ne change rien à ces dispositions. Je quitterai ce monde sans avoir rien pu changer à cette inaptitude fondamentale aux spéculations abstraites !...

Bientôt minuit.

Ce Journal de Vigny ne m'ennuie pas, mais, à chaque instant, mon attention m'échappe, le livre me tombe des mains. Énervement d'insomnie. Mes pensées tournent en rond; la mort, le peu qu'est une vie, le peu qu'est un homme; l'énigme à laquelle l'esprit se heurte, dans laquelle il s'enlise, dès qu'il cherche à comprendre. Toujours cet insoluble « au nom de quoi ? »

Au nom de quoi un être comme moi, affranchi de toute discipline morale, a-t-il mené cette existence que je peux bien dire exemplaire, si je songe à ce qu'étaient mes journées, à tout ce que j'ai sacrifié pour mes malades, à l'extrême scrupule que j'ai toujours apporté dans l'accomplissement de mes devoirs?

(Je m'étais juré d'écarter ces problèmes, qu'il faudrait affronter avec d'autres dons. Peut-être, d'ailleurs, n'était-ce pas le meilleur moyen de m'en délivrer?)

Au nom de quoi les sentiments désintéressés, le dévouement, la conscience professionnelle, etc.?

Mais, au nom de quoi la lionne blessée se laisse-t-elle abattre pour ne pas quitter ses petits? Au nom de quoi le repliement de la sensitive? — ou les mouvements amiboïdes des leucocytes? — ou l'oxydation des métaux? etc.

Au nom de rien, voilà tout. Poser la question, c'est postuler qu'il y a « quelque chose », c'est tomber dans le traquenard métaphysique... Non! Il faut accepter les limites du connaissable. (Le Dantec, etc.) La sagesse : renoncer aux « pourquoi », se contenter des « comment ». (Il y a déjà de quoi s'occuper, avec les « comment » !) Renoncer, avant tout, au désir puéril que tout soit explicable, logique. Donc, renoncer à vouloir m'expliquer à moi-même, comme si j'étais un tout

*cohérent. (Longtemps, j'ai cru l'être. Orgueil des Thi-
bault ? — Plutôt, suffisance d'Antoine...)*

*Tout de même, parmi les attitudes possibles, il y a
celle-ci : accepter les conventions morales, sans être
dupe. On peut aimer l'ordre, et le vouloir, sans en faire
pour cela une entité morale, sans perdre de vue que
cet ordre n'est rien de plus qu'une nécessité pratique
de la vie collective, la condition d'un appréciable bien-
être social. (J'écris : l'ordre, pour éviter d'écrire : le
bien.)*

*Se sentir ordonné, et ne rien démêler des lois aux-
quelles on se sent soumis, — éternel sujet d'irritation !
J'ai cru longtemps que je finirais bien, un jour, par
trouver le mot de l'énigme. Suis condamné à mourir
sans avoir compris grand-chose à moi-même — ni au
monde...*

*Un croyant répondrait : « Mais c'est si simple !... »
Pas pour moi !*

*Recru de fatigue, et incapable de m'endormir. C'est
là le supplice de l'insomnie : la contradiction entre cet
épuisement du corps qui veut à tout prix le repos, et
cette activité déréglée de l'esprit, qui ne laisse pas
approcher le sommeil.*

*Me tourne et me retourne sur mes oreillers depuis
une heure. Travaillé par cette pensée : « J'ai vécu dans
l'optimisme, je ne dois pas mourir dans le doute et la
négation. »*

*Mon optimisme. J'ai vécu dans l'optimisme. Je n'en
ai peut-être pas eu conscience, mais cela m'apparaît
aujourd'hui avec évidence. Cet état d'intuition
joyeuse, de confiance active, qui m'a perpétuellement
soulevé et soutenu, c'est, je crois, dans le commerce
de la science qu'il a pris sa source et qu'il a trouvé de
quoi s'alimenter chaque jour.*

*La science. Elle est plus que simple connaissance.
Elle est désir d'accord avec l'univers, — avec l'univers*

dont elle pressent les lois. (Et ceux qui suivent cette route-là débouchent sur un merveilleux, *autrement plus vaste et plus exaltant que celui des religions !) Par la science, on se sent profondément en contact, en harmonie, avec la nature et ses secrets.*

Sentiment religieux ? Le mot fait peur ; mais, après tout... ?

Charité, espérance et foi. L'abbé Vécard m'a fait remarquer, un jour, que moi aussi je pratiquais les vertus théologales. J'ai protesté. J'acceptais, à la rigueur, charité et espérance, *mais je refusais* foi. *Pourtant ? Si je voulais aujourd'hui justifier cet élan continu qui m'a porté durant quinze ans, si je cherchais le fin mot de cette indomptable confiance, ce que je trouverais serait peut-être assez proche d'une foi... En quoi ? Eh bien, ne serait-ce qu'en la croissance possible et sans doute infinie des formes vivantes.* Foi dans une accession universelle à des états supérieurs...

Est-ce être « finaliste » sans le savoir ? Peu importe. En tout cas, je ne veux pas d'autre « finalité ».

                                                    16 août.

Température. Respiration difficile, plus sifflante. Ai dû recourir plusieurs fois à l'oxygène. Me suis levé, mais sans descendre.

Visite de Goiran, avec les journaux. Continue à croire la paix possible au cours de l'hiver. Défend son point de vue avec adresse et force. Curieux bonhomme. Curieux de le voir dire des choses rassurantes, avec cet air incurablement soucieux que lui donnent ses petits yeux clignotants, trop rapprochés, ce long nez, ce masque qui avance en museau de lévrier. Tousse et expectore sans arrêt. M'a parlé de son métier comme d'une besogne. Pourtant ! Enseigner l'histoire à Henri-IV ne devrait pas

*être une tâche ingrate, sans joies. M'a aussi parlé de
ses études à Normale. Esprit dénigreur. Prend trop de
plaisir à critiquer, pour rester juste. Me donne parfois
l'impression d'un esprit faux. Par excès d'intelligence,
peut-être, — d'une certaine intelligence, complaisante
à elle-même, indifférente à autrui, sans générosité.
Avec ça, spirituel souvent.*

*Spirituel ? Il y a deux façons d'être spirituel : par l'es-
prit qu'on met dans ce qu'on dit (Philip), et par celui
qu'on met dans sa manière de dire. Goiran est de ceux
qui paraissent spirituels sans vraiment rien dire qui le
soit. Par une certaine élocution, insistance sur les
finales, par certains déplacements de voix, certaines
mimiques amusantes, certaines tournures elliptiques,
sibyllines ; par le pétillement malicieux du regard, qui
glisse des sous-entendus derrière chaque mot. Si l'on
répète un propos de Philip, il reste acéré, subtil, il continue à faire mouche. Si l'on s'avisait de répéter ceux de
Goiran, il ne resterait le plus souvent rien qui porte.*

17 août.

*Respiration de plus en plus gênée. Passé à la radio.
L'écran montre que l'excursion du diaphragme est
nulle dans les inspirations profondes. Bardot en permission pour trois jours. Me sens malade, malade,
impossible penser à rien d'autre.*

18 août.

*Mauvais jours, plus mauvaises nuits. Nouveau trai-
tement de Mazet, en l'absence de Bardot.*

19 août.

Très abattu par le traitement.

20 août.

Étrangement mieux ce matin. La piqûre de cette nuit m'a fait dormir près de cinq heures ! Bronches sensiblement dégagées. Lu les journaux.

Soir.

Ai somnolé tout l'après-midi. La crise paraît enrayée. Mazet content.

Obsédé par le souvenir de Rachel. Est-ce un symptôme d'affaiblissement, cette emprise des souvenirs ? Quand je vivais, je ne me souvenais pas. Le passé ne m'était rien.

Pour Jean-Paul :

Morale. Vie morale. À chacun de découvrir son devoir, d'en préciser le caractère, les limites. Choisir son attitude, d'après son jugement personnel, au cours d'une expérience jamais interrompue, d'une continuelle recherche. Patiente discipline. Naviguer entre le relatif et l'absolu, le possible et le souhaitable, sans perdre de vue le réel, en écoutant la voix de la sagesse profonde qui est en nous.

Sauvegarder son être. Ne pas craindre de se tromper. Ne pas craindre de se renier sans cesse. Voir ses *fautes, pour aller plus avant dans l'éclaircissement de soi-même et la découverte de son devoir propre.*

(Au fond, on n'a de devoir qu'envers soi.)

21 août, matin.

Journaux. Les Anglais n'avancent guère. Nous, non plus, malgré de petites progressions ici ou là. (J'écris « petites progressions », comme le communiqué. Mais, moi, je vois ce que ça représente pour ceux qui « progressent » : cratères des éclatements, rampements dans les boyaux, postes de secours envahis...)

Me suis levé pour le traitement. Essaierai de descendre déjeuner.

Nuit, à la lueur de la veilleuse.

J'espérais dormir un peu. (Hier soir, température presque normale : 37,8.) Mais, toute une nuit d'insomnie, pas une minute d'inconscience. Et voilà l'aube.

Très douce nuit néanmoins.

Matin du 22.

Panne d'électricité, hier soir, qui m'a empêché d'écrire. Je voudrais noter cette admirable nuit d'étoiles filantes.

Si chaud, que j'étais allé, vers une heure, pour lever les jalousies. De mon lit, je plongeais dans ce beau ciel d'été. Nocturne, profond. Un ciel qu'on aurait dit tout en éclatements de shrapnells, une pluie de feu, un ruissellement d'étoiles en tous sens. Me suis rappelé l'of-

*fensive de la Somme, les tranchées de Maréaucourt,
mes nuits d'août 16 : les étoiles filantes et les fusées
des Anglais, se croisant, se mélangeant, dans un fée-
rique feu d'artifice.*

*Me suis dit tout à coup (et je suis sûr que c'est vrai)
qu'un astronome, habitué à vivre en pensée dans les
espaces interplanétaires, doit avoir beaucoup moins
de mal qu'un autre à mourir.*

*Rêvé longtemps, longtemps, sur tout ça. Les regards
perdus dans le ciel. Ce ciel sans limites, qui recule
toujours dès que nous perfectionnons un peu nos
télescopes. Rêverie apaisante entre toutes. Ces espaces
sans fin, où tournent lentement des multitudes d'astres
semblables à notre soleil, et où ce soleil — qui nous
paraît immense, qui est, je crois, un million de fois
plus grand que la terre — n'est rien, qu'une unité
parmi des myriades d'autres...*

*La Voie Lactée, une poussière d'astres, de soleils,
autour desquels gravitent des milliards de planètes,
séparées les unes des autres par des centaines de millions de kilomètres ! Et toutes les nébuleuses, d'où sortiront d'autres essaims de soleils futurs ! Et les calculs
des astronomes établissent que ce fourmillement de
mondes n'est rien encore, n'occupe qu'une place
infime dans l'immensité de l'Espace, dans cet éther
que l'on devine tout sillonné, tout frissonnant, de
radiations et d'inter-influences gravitiques, dont nous
ignorons tout.*

*Rien que d'écrire ça, l'imagination chancelle. Vertige
bienfaisant. Cette nuit, pour la première fois, pour la
dernière peut-être, j'ai pu penser à ma mort avec une
espèce de calme, d'indifférence transcendante. Délivré
de l'angoisse, devenu presque étranger à mon organisme périssable. Moi, une infinitésimale et totalement inintéressante miette de matière...*

Me suis juré de regarder le ciel, toutes les nuits, pour retrouver cette sérénité.

Et maintenant, le jour. Un nouveau jour.

                    Après-midi, jardin.

Je rouvre ce carnet avec reconnaissance. Jamais il ne m'a paru répondre si bien à son but : me délivrer des fantômes.

Suis encore tout envoûté par la contemplation de cette nuit.

Étanchéité de l'animal humain. Nous aussi, nous gravitons les uns autour des autres, sans nous rencontrer, sans nous fondre. Chacun faisant cavalier seul. Chacun dans sa solitude hermétique, chacun dans son sac de peau. Pour accomplir sa vie, et disparaître. Naissances et morts se succèdent à un rythme ininterrompu. Dans le monde, une naissance par seconde, soixante par minute. Plus de trois mille nouveau-nés par heure ; et autant de morts ! Chaque année, trois millions d'êtres cèdent la place à trois millions de vies nouvelles. Celui qui aurait vraiment compris, annexé, « réalisé » cela, pourrait-il comme avant s'émouvoir égocentriquement sur son destin ?

                    6 heures.

Je plane aujourd'hui. Je me sens merveilleusement allégé de mon poids. Une parcelle de matière vivante qui serait pleinement consciente de sa parcellarité.

Me suis remémoré les passionnantes conversations que nous avons eues, à Paris, quand Zellinger amenait son ami Jean Rostand passer la soirée avec nous...

Singulière condition que celle de l'homme dans cet

immense univers. Elle m'apparaît aujourd'hui avec la même clarté qu'alors, quand nous écoutions Rostand la définir de sa voix incisive et désabusée, avec la prudente précision d'un savant, l'émotion lyrique et la fraîcheur d'images d'un poète. La proximité de la mort donne aujourd'hui à ces pensées un attrait particulier. Je les manie avec piété. Aurais-je trouvé un remède à ma détresse ?

Me refuse d'instinct aux illusions métaphysiques. Jamais le néant n'a eu pour moi tant d'évidence. Je m'en approche avec horreur, avec une révolte de l'instinct ; mais aucune tentation de le nier, de chercher refuge dans d'absurdes espérances.

Ai plus que jamais conscience du peu que je suis. Une merveille, pourtant ! Je contemple, comme du dehors, cet assemblage prodigieux de molécules, qui pour quelque temps encore est moi. Je crois percevoir au fond de mon être ces mystérieux échanges qui, sans arrêt, depuis trente ans et plus, s'effectuent entre ces milliards de cellules dont je suis fait. Ces mystérieuses réactions chimiques, ces transformations d'énergie, qui s'accomplissent à mon insu dans les cellules de mon écorce cérébrale, et qui font de moi, en ce moment même, cet animal qui pense et qui écrit. Ma pensée, ma volonté, etc. Toutes ces activités spirituelles dont je me suis tant enorgueilli — rien d'autre qu'un composé de réflexes, indépendants de moi, rien de plus qu'un phénomène naturel, instable, qu'il suffira, pour faire cesser à tout jamais, de quelques minutes d'asphyxie cellulaire...

Soir.

Recouché. Calme. L'esprit lucide, un peu grisé. Continue à rêver sur l'Homme et sur la Vie... Songé avec un mélange de stupeur et d'admiration à la lignée organique dont je suis l'épanouissement. J'aperçois, derrière moi, à travers des milliards de siècles, tous les degrés de l'échelle vivante. Depuis l'origine, depuis cette inexplicable et peut-être accidentelle association chimique, qui s'est produite un jour, quelque part, au fond des mers chaudes ou sur la croûte calcinée de la terre, et d'où sont nées les premières manifestations du protoplasme initial, jusqu'à cet étrange et compliqué animal, doué de conscience, capable de concevoir l'ordre, les lois de la raison, la justice... — jusqu'à Descartes, jusqu'à Wilson.

Et cette idée bouleversante, et parfaitement plausible, après tout : que d'autres formes de vie, appelées à produire des êtres infiniment supérieurs à l'homme, ont pu être détruites en germe par les cataclysmes cosmiques. N'est-il pas miraculeux que cette chaîne organique dont l'homme moderne est le dernier chaînon ait pu se dérouler au cours des âges jusqu'à maintenant ? ait pu traverser, sans être anéantie, les mille perturbations géologiques du globe ? ait pu échapper aux aveugles gaspillages de la nature ?

Et ce miracle, jusqu'à quand se poursuivra-t-il ? Vers quelle fin (inévitable) notre espèce s'achemine-t-elle ? Disparaîtra-t-elle à son tour, comme ont disparu les trilobites, les scorpions géants, et tant d'espèces nageantes et rampantes, dont nous savons l'existence ? Ou bien l'humanité aura-t-elle la chance de se maintenir, à travers tous les chaos, sur l'écorce de la planète, et à évoluer longtemps encore ? Jusqu'à quand ? Jusqu'à ce que le soleil, refroidi et immobilisé, lui refuse la chaleur, la possibilité de vie ? Et quels nouveaux progrès aura-t-elle réussi à faire, avant de disparaître ? Rêve vertigineux...

Quels progrès ?

Je ne parviens pas à croire à un plan cosmique, où

*l'animal humain aurait un rôle privilégié. Je me suis
trop heurté aux absurdités, aux contradictions de la
nature, pour admettre une harmonie préexistante.
Aucun Dieu n'a jamais répondu aux appels, aux
interrogations de l'homme. Ce qu'il prend pour des
réponses, c'est seulement l'écho de sa voix. Son univers est clos, limité à lui. La seule ambition qui lui
soit permise, c'est d'aménager au mieux de ses besoins
ce domaine borné, qui peut évidemment lui apparaître
immense, comparé à sa petitesse, mais qui est minuscule, par rapport à l'univers. La science lui apprendra-
t-elle enfin à s'en contenter? À trouver l'équilibre, le
bonheur, dans la conscience même de sa petitesse?
Pas impossible. La science peut encore beaucoup. Elle
peut enseigner à l'homme à accepter ses limites naturelles, les hasards qui l'ont fait naître, le peu qu'il est.
Elle peut l'amener, de façon durable, à ce calme que
j'éprouve ce soir. À cette contemplation presque paisible du néant qui m'attend bientôt, du néant où tout
se résorbe.*

23.

*Au réveil. Sommeil un peu plus long, plus profond,
que de coutume. Reposé. Me sentirais presque bien,
sans ces sécrétions qui m'étouffent, et cette respiration
de soufflet percé.*

*Me suis endormi dans une espèce d'ivresse. D'ivresse
désespérée, et douce, pourtant. Tout ce qui m'accable
de nouveau, ce matin, me semblait sans poids, sans
importance; le néant, ma mort prochaine, s'impo-
saient à moi avec une certitude d'un caractère particulier, qui excluait la révolte. Pas exactement du
fatalisme, non : le sentiment de participer, même par
la maladie et la mort, au destin de l'univers.*

Je voudrais tant retrouver mon état d'esprit d'hier soir !

Sous la véranda, avant le déjeuner. Conversations. Gramophone. Journaux.

On se bat devant Noyon, et sur tout le front entre Oise et Aisne. Avance de quatre kilomètres en vingt-quatre heures. Occupons Lassigny. Les Anglais ont repris Albert, Bray-sur-Somme. (C'est à Bray, derrière le presbytère, que le pauvre Delacour a été tué, si bête-ment, aux feuillées, par une balle perdue.)

Soir.

Retrouver mon calme d'hier. Ce soir, à l'heure du dîner, crise d'étouffement très forte, très longue. Suivie d'un abattement sans bornes.

26.

Depuis hier matin, douleurs rétrosternales à peu près constantes. Cette nuit, intolérables. Accompa-gnées de nausées.

27.

Sept heures du soir. Bu un peu de lait. Joseph va revenir, avant de disparaître jusqu'à demain matin. Je l'attends. J'écoute les pas. Beaucoup de choses impor-tantes à faire : arranger le lit, les oreillers, la mousti-quaire, préparer la potion, l'urinal, régler les jalousies, nettoyer le crachoir, mettre à portée le verre d'eau, le

*flacon de gouttes, la poire pour la lumière, la poire
pour la sonnerie...* « *Bonsoir, Monsieur le major. —
Bonsoir, Joseph.* » *Attendre huit heures et demie, l'apparition du père Hector, l'infirmier de nuit. Il ne parle
pas. Il entrouvre la porte et passe la tête. Il semble dire :
« Je suis arrivé. Je veille. Ne craignez rien. »*

*Après, c'est la solitude, l'interminable nuit qui com-
mence.*

Minuit.

Sans courage. Tout en moi se détraque.

*Ramène tout à moi, c'est-à-dire à ma fin. Si je pense
à quelqu'un d'autrefois, c'est pour me dire aussitôt :
« Encore un qui ne sait pas que je suis perdu. » Ou bien :
« Qu'est-ce qu'il dira, celui-là, en apprenant ma mort ? »*

28.

*Douleurs semblent s'atténuer. Elles disparaîtront
peut-être comme elles sont venues ?*

*Mauvaise radio. La prolifération du tissu fibreux
s'est considérablement accélérée depuis le dernier examen. Surtout poumon droit.*

29 août.

*Souffre moins. Très épuisé par ces quatre mauvais
jours.*

*Communiqué : Les nouvelles offensives (entre la
Scarpe et la Vesle) progressent. Les Anglais avancent
sur Noyon. Bapaume est à nous.*

Pour Jean-Paul :

Orgueilleux, tu le seras. Nous le sommes. Accepte-
toi. Sois orgueilleux, délibérément. Humilité : vertu
parasite, qui rapetisse. (N'est, d'ailleurs, bien souvent,
que la conscience intime d'une impuissance.) Ni
vanité ni modestie. Se savoir fort, pour l'être.

Parasites aussi, le goût du renoncement, le désir de
se soumettre, l'aspiration à recevoir des ordres, la fierté
d'obéir, etc. Principes de faiblesse et d'inaction. Peur
de la liberté. Il faut choisir les vertus qui grandissent.
Vertu suprême : l'énergie. C'est l'énergie qui fait la
grandeur.

Rançon : la solitude.

30.

Noyon est dépassé. Mais à quel prix ?
Surpris qu'on laisse la presse répéter que la fin de la
guerre approche. L'Amérique n'est pas entrée en cam-
pagne pour se contenter d'une victoire militaire, d'une
paix militaire. Wilson veut décapiter politiquement l'Al-
lemagne et l'Autriche. Leur arracher la tutelle de la Rus-
sie. Au train où évoluent les événements, ce n'est tout
de même pas en six mois qu'on peut espérer
l'effondrement des deux Empires, la constitution, à Ber-
lin, à Vienne, à Pétersbourg, de régimes républicains
solides, avec lesquels on puisse efficacement traiter ?

Ma fenêtre. Une demi-douzaine de fils électriques,
bien tendus, traversent ce rectangle de ciel comme des
rayures sur une plaque de photo. Les jours d'orage, de
fines perles d'eau glissent sur les fils, à quelques centi-
mètres d'intervalle, toutes dans le même sens, intermi-

nablement, sans jamais s'atteindre. À ces moments-là, impossible de rien faire, de rien regarder d'autre...

SEPTEMBRE

1ᵉʳ septembre 18.

Un nouveau mois. En verrai-je la fin ?

J'ai recommencé à descendre. Déjeuné en bas.

Depuis que j'ai cessé de me raser (juillet), je n'ai plus guère l'occasion de me regarder dans le miroir qui est au-dessus de mon lavabo. Tout à l'heure, dans le secrétariat, je me suis aperçu brusquement dans la glace. Hésité une seconde à me reconnaître dans ce moribond barbu. « Un peu d'asthénie », reconnaît Bardot. C'est « cachexie » qu'il faut dire !

Impossible que ça se prolonge encore bien des semaines...

Les Anglais ont repris le mont Kemmel. Nous attaquons sur le canal du Nord. L'ennemi se replie sur la Lys.

Nuit du 1ᵉʳ.

Rachel. Pourquoi Rachel ?

Rachel. Ses cils roux, ce halo doré autour de son regard. Et la maturité de ce regard ! Sa main qu'elle appuyait sur mes yeux pour que je ne sois pas témoin de son plaisir. Sa main crispée, lourde, et qui se détendait tout à coup, en même temps que sa bouche, en même temps que tous les muscles de son corps...

2 septembre.

Un peu de vent. M'étais installé à l'abri de la maison. Au-dessus de moi, sous la véranda, j'entendais Goiran, Voisenet et l'adjudant, évoquer leur vie d'étudiants. (Quartier Latin, le Soufflot, la Vachette, *les bals musette, les femmes, etc.*) Prêté l'oreille quelques minutes, et suis remonté dans le hall, irrité, hargneux. Troublé, aussi.

Jean-Paul, ne crains pas trop de perdre ton temps.

Non, ce n'est pas ça que je devrais te dire. Persuade-toi, au contraire, que la vie d'un homme est incroyablement courte, et que tu auras très peu de temps pour te réaliser.

Mais gaspille tout de même un peu de ta jeunesse, mon petit. L'oncle Antoine, qui va mourir, est inconsolable de n'avoir jamais rien su gaspiller de la sienne...

3 septembre.

Premières lueurs du jour.

Rêvé de toi cette nuit, Jean-Paul. Tu étais dans le jardin d'ici, et je te tenais appuyé contre moi, et je te sentais ferme et cambré, pareil à un petit arbre qui pousse dru, dont rien ne peut arrêter l'élan. Et tu étais tout ensemble le petit que j'ai pris sur mes genoux il y a quelques semaines, l'adolescent que j'ai été, le médecin que je suis devenu. Au réveil, et pour la première fois, cette pensée m'est venue : « Peut-être sera-t-il médecin ? »

Et mon imagination a vagabondé autour de ça. Et je pense maintenant à te léguer certains dossiers, certains paquets de notes, dix années d'observations, de *recherches, de projets ébauchés. Quand tu auras vingt ans, si tu ne sais qu'en faire, donne-les à un jeune médecin.*

Mais je ne veux pas si vite abandonner mon rêve. Dans ce jeune médecin qui me continuera, c'est toi, ce matin, que je vois, que je veux voir...

Midi.

Ai peut-être eu tort de renoncer à la rééducation du larynx, d'écourter les exercices respiratoires. En quinze jours, aggravation qui a nécessité ce matin une séance de galvano-cautère.

Matinée au lit.

Journaux. Lu et relu le nouveau message du Labour Day. Accent simple et noble, paroles de bon sens. Wilson répète que la paix véritable doit être autre chose et beaucoup plus qu'une nouvelle modification de l'équilibre européen. Dit nettement : « C'est une guerre d'émancipation. » (Comme celle d'Amérique.) Ne pas retomber dans les vieux errements, liquider une bonne fois cet état paradoxal de l'Europe d'avant-guerre : des peuples pacifiques, travailleurs, qui se laissaient ruiner par leurs armements, qui vivaient baïonnette au canon derrière leurs frontières. Union des nations réconciliées. Une paix qui apporte enfin au Vieux Continent cette sécurité qui fait la force des U.S.A. Une paix sans vainqueurs et sans humiliés, une paix qui ne laisse aucun ferment de revanche derrière elle, rien qui puisse favoriser un jour une résurrection de l'esprit de guerre.

Wilson marque bien la condition première d'une telle paix : abattre les gouvernements autocratiques. But essentiel. Pas de sécurité en Europe, tant que ne sera pas déraciné l'impérialisme germain. Tant que le

*bloc austro-allemand n'aura pas fait son évolution
démocratique. Tant que ne sera pas détruit ce foyer
d'idées fausses (fausses, parce qu'opposées aux intérêts généraux de l'humanité) : la mystique impériale,
l'exaltation cynique de la force, la croyance à la supériorité de l'Allemand sur tous les autres peuples et au
droit qu'il a de les dominer. (Messianisme de l'entourage du Kaiser, qui voudrait faire de chaque Allemand
un croisé dont la mission serait d'imposer l'hégémonie germanique au monde.)*

Soir.

Bonne visite de Goiran et de Voisenet, après leur
dîner. Conversation sur l'Allemagne. Goiran a pré-
tendu que cette néfaste mystique de la force n'est pas
tant un résultat du régime impérial qu'un caractère
ethnique, spécifique, de la race : instinct, plutôt que
doctrine. Discussions : l'Allemagne n'est pas la Prusse,
etc., Goiran reconnaît lui-même qu'il y a, en Allemagne, tous les éléments nécessaires à la formation
d'une nation pacifique et libérale. Et quand bien même
le messianisme germanique serait un instinct de la
race ? Évident qu'un régime autocratique l'encourage,
le développe, l'utilise ! Il dépend de nous, si nous
sommes vainqueurs, il dépend du caractère des traités
de paix, il dépend de notre attitude vis-à-vis des vaincus, que cette Allemagne malfaisante disparaisse.
L'éducation démocratique à laquelle Wilson veut soumettre les Allemands, en laissant ce messianisme sans
emploi, l'émousserait vite, ou bien le détournerait vers
d'autres buts, si toutefois le traité de paix ne laisse au
peuple allemand aucun prétexte de revanche. Ce serait
l'affaire d'une quinzaine d'années. J'ai bon espoir. Je
ne crois pas me tromper en pensant que l'Allemagne

d'après 1930, républicaine, patriarcale, laborieuse et pacifique, sera devenue l'une des plus solides garanties de l'Union européenne.

Voisenet rappelait novembre 1911. Très juste. Pourquoi l'accord franco-allemand de Caillaux a-t-il seulement retardé la guerre ? Parce qu'il ne modifiait pas — ne pouvait pas modifier — le régime politique allemand. Parce que les buts de l'Allemagne, de l'Autriche, de la Russie, continuaient à être ceux de leurs empereurs, de leurs ministres, de leurs généraux. Tout ça, Wilson l'a compris. Vaincre le Kaiser n'est rien, si on n'atteint pas l'esprit prussien, teutonique, du régime impérial, son ambition d'hégémonie, son pangermanisme. Supprimer les causes profondes, afin que l'esprit du régime ne puisse jamais ressusciter. Alors une paix durable sera assurée.

Ne pas oublier que c'est le gouvernement du Kaiser, seul contre toute l'Europe, qui a torpillé la conférence de La Haye. (Détails donnés par Goiran : l'unanimité était faite pour la limitation des armements ; un accord était conclu — accord dont les conséquences auraient été incalculables ; et, la veille de la signature, le représentant de l'Allemagne a reçu de son gouvernement l'ordre de ne pas s'engager.) Ce jour-là, l'Empire a jeté le masque. Si le principe d'arbitrage avait été voté, si la limitation des armements avait été acceptée par l'Allemagne comme elle l'était par les autres États, la situation de l'Europe en 1914 aurait été toute différente, et la guerre vraisemblablement évitée. S'en souvenir. Tant qu'un régime d'extension pangermaniste, placé au centre du continent, gardera pouvoir absolu sur soixante-dix millions de sujets dont il exaspère systématiquement l'orgueil national, pas de paix possible pour l'Europe.

4 septembre.

Depuis ce matin, points de côté, mobiles, successifs, très pénibles. (En plus du reste.)

Communiqué annonce de nouveau la prise de Péronne. N'avait jamais avoué, je crois, que Péronne avait été reperdue depuis août.

Courte lettre de Philip. On raconte à Paris que Foch projette trois offensives simultanées. L'une, sur Saint-Quentin. La seconde, sur l'Aisne. La troisième, avec les Américains, sur la Meuse. Comme dit Philip : « Encore de la casse en perspective... » Faut-il vraiment tant de morts, avant de s'entendre sur les principes de Wilson ?

Soir.

Visite de Goiran. Indigné. Me raconte les discussions soulevées au dîner par le nouveau message Wilson. Quasi-unanimité à considérer que la Ligue des Nations devra être, avant toutes choses, un moyen de prolonger après la guerre, par une institution stable, la coalition du monde civilisé contre l'Allemagne et l'Autriche. Goiran prétend que cette idée, solidement ancrée déjà dans toutes les caboches officielles françaises (à commencer par Poincaré et Clemenceau), peut être formulée ainsi : « L'unification pacifique de l'Europe ne peut pas se faire sans cette condition sine qua non : que les Boches soient exclus de la confédération. Race maudite. Ferment de guerres futures. Pas de paix possible, tant que subsistera en Europe une Allemagne vivace. Donc, la tenir en tutelle pour l'empêcher de nuire. »

Monstrueux. Si Goiran disait vrai, ce serait la tra

hison absolue de la pensée wilsonnienne. Écarter, de prime abord, d'une Ligue générale, un tiers de l'Europe, sous prétexte que ce tiers est responsable de la guerre, et qu'il est à tout jamais impossible de lui faire confiance, ce serait tuer dans l'œuf l'organisation juridique de l'Europe, se contenter d'une caricature de Société des Nations, avouer qu'on rêve de mettre l'Europe sous une hégémonie anglo-française, et cultiver à plaisir des germes de nouveaux conflits sanglants.

Wilson, trop sensé, trop averti, pour tomber dans ce piège impérialiste !

Le 5, jeudi.

Ne tiens pas debout, aujourd'hui. Suis vraiment un asphyxié qui marche. Mis cinq minutes à descendre l'escalier.

Lentement, régulièrement, poussé vers la mort. Ai repensé cette nuit à l'agonie de Père. Le refrain de son enfance, qu'il chantonnait :

Vite, vite, au rendez-vous !

Devrais ne pas attendre pour rédiger les notes sur mon père, que je veux laisser à Jean-Paul.

Que de fois, à l'arrière, dans un cantonnement de repos, au calme, heureux d'avoir retrouvé un lit, j'ai passé des heures, étendu, à imaginer l'après-guerre, à rêver naïvement aux temps qui allaient venir, à la vie meilleure, plus laborieuse, plus utile, que j'étais résolu à mener... Tout semblait devoir être si beau !

Mort, mort. Idée fixe. En moi, comme une intruse. Une étrangère. Un parasite. Un chancre.

Tout changerait si l'acceptation me devenait pos-
sible. Mais il faudrait recourir à la métaphysique. Et
ça...

Étrange, que le retour au néant puisse soulever une
telle résistance. Me demande ce que j'éprouverais si je
croyais à l'enfer, et si j'avais la certitude d'être damné.
Je doute que ce puisse être pire.

5 septembre, soir.

Le commandant m'a fait apporter par Joseph une
revue marquée d'un signet. J'ouvre et lis : Les guerres
ont toutes sortes de prétextes, mais n'ont jamais
qu'une cause : l'armée. Ôtez l'armée, vous ôtez la
guerre. Mais comment supprimer l'armée ? Par la
suppression des despotismes. *C'est une citation tirée*
d'un discours de Victor Hugo. Et Reymond a mis en
marge, avec un point d'exclamation : Congrès de la
Paix, 1869.

Qu'il ricane, tant qu'il voudra. Est-ce une raison
parce qu'on prônait déjà la suppression des despo-
tismes et la limitation des armements il y a cinquante
ans, pour désespérer de voir l'humanité sortir enfin de
l'absurde ?

Expectorations plus abondantes que jamais, ces
jours-ci. Le nombre des fragments augmente. (Lam-
beaux de muqueuses et fausses membranes.)

6 septembre.

Reçu ce matin une lettre de Mme Roy. M'écrit
chaque année, le jour de la mort de son fils.
(Lubin me rappelle souvent le petit Manuel Roy.)
Que penserait-il aujourd'hui, s'il vivait encore ? Je

l'imagine assez bien, amoché *(comme Lubin), mais toujours crâneur, et impatient de guérir pour retourner au front.*

Jean-Paul, je me demande quelles seront tes idées sur la guerre, plus tard, en 1940, quand tu auras vingt-cinq ans. Tu vivras sans doute dans une Europe reconstruite, pacifiée. Pourras-tu seulement concevoir ce qu'était le « nationalisme » ? l'héroïsme mystique de ceux qui avaient ton âge en août 14, vingt-cinq ans, l'avenir devant eux, — et qui sont partis se battre, superbement, comme mon cher petit Manuel Roy ? Ne sois pas injuste, sache comprendre. Ne méconnais pas la noblesse de ces jeunes hommes qui n'avaient pas envie de mourir, et qui ont accepté virilement de risquer leur vie pour leur pays en danger. Ils n'étaient pas tous des têtes folles. Beaucoup, comme Manuel Roy, ont consenti à ce sacrifice parce qu'ils étaient convaincus qu'il assurerait aux générations futures — dont tu es — un avenir plus beau. Oui, beaucoup. J'en ai connu. L'oncle Antoine témoigne pour eux.

Journaux. Nous avons passé la Somme, atteint Guiscard. Avancé aussi au nord de Soissons, repris Coucy. Empêcherons-nous les Allemands de s'installer derrière l'Escaut et le canal de Saint-Quentin ?

Le 7 au soir.

Pour Jean-Paul :
Je pense à l'avenir. À ton avenir. Cet avenir « plus beau » que souhaitaient les Manuel Roy. Plus beau ? Je l'espère pour toi. Mais nous vous laissons en héritage un monde chaotique. Je crains bien que tu n'entres dans la vie en un temps fort troublé. Contra-

*dictions, incertitudes, heurts de forces anciennes et
nouvelles. Il faudra des poumons solides pour respirer cet air vicié. Attention. La joie de vivre ne sera pas
accessible à tous.*

*Je m'abstiens généralement de toute prophétie.
Mais, pour entrevoir l'Europe de demain, il suffit de
réfléchir. Économiquement, tous les États appauvris,
la vie sociale déséquilibrée partout. Moralement, la
rupture brusque avec le passé, l'effondrement des
anciennes valeurs, etc. D'où, vraisemblablement, un
grand désarroi. Une période de mue. Une crise de
croissance, avec accès de fièvre, convulsions, élans et
rechutes. L'équilibre au bout, mais pas tout de suite.
Un enfantement qui n'ira pas sans les douleurs.*

*Que deviendras-tu là-dedans, Jean-Paul? Il sera dif-
ficile d'y voir clair. Chacun croira détenir la vérité,
chacun aura sa panacée à offrir, comme toujours.
Époque d'anarchie, peut-être? Goiran le croit. Moi,
non. Si anarchie, anarchie apparente seulement, et
provisoire. Car l'humanité ne va pas, ne peut pas aller
vers l'anarchie. Impossible à penser. L'histoire est là.
L'humanité, à travers d'inévitables fluctuations, ne
peut aller que vers l'organisation. (Bien probable que
cette guerre marquera un pas décisif, sinon vers la fraternité, du moins vers la compréhension mutuelle.
Avec la paix de Wilson, l'horizon européen s'élargira;
les idées de solidarité humaine, de civilisation collective, tendront à se substituer à celles de nationalité,
etc.)*

*De toutes façons, tu verras de vastes transforma-
tions, une refonte. Et, ce que je voulais écrire, c'est
ceci: il me semble que, en ces temps qui viennent,
l'opinion publique, les idées-forces qui la dirigent,
auront une influence accrue, déterminante. L'avenir
sera probablement plus plastique qu'il n'a jamais été.
L'individu aura plus d'importance. L'homme de*

valeur aura, plus que dans le passé, des chances de pouvoir faire entendre et prévaloir son avis ; des possibilités de collaborer à la reconstruction.

Devenir un homme de valeur. Développer en soi une personnalité qui s'impose. Se défier des théories en cours. Il est tentant de se débarrasser du fardeau exigeant de sa personnalité ! Il est tentant de se laisser englober dans un vaste mouvement d'enthousiasme collectif ! Il est tentant de croire, parce que c'est commode, et parce que c'est suprêmement confortable ! Sauras-tu résister à la tentation !... Ce ne sera pas facile. Plus les pistes lui paraissent brouillées, plus l'homme est enclin, pour sortir à tout prix de la confusion, à accepter une doctrine toute faite qui le rassure, qui le guide. Toute réponse à peu près plausible aux questions qu'il se pose et qu'il n'arrive pas à résoudre seul s'offre à lui comme un refuge ; surtout si elle lui paraît accréditée par l'adhésion du grand nombre. Danger majeur ! Résiste, refuse les mots d'ordre ! Ne te laisse pas affilier ! Plutôt les angoisses de l'incertitude, que le paresseux bien-être moral offert à tout « adhérent » par les doctrinaires ! Tâtonner seul, dans le noir, ça n'est pas drôle ; mais c'est un moindre mal. Le pire, c'est de suivre docilement les vessies-lanternes que brandissent les voisins. Attention ! Que, sur ce point, le souvenir de ton père te soit un modèle ! Que sa vie solitaire, sa pensée inquiète, jamais fixée, te soient un exemple de loyauté vis-à-vis de toi-même, de scrupule, de force intérieure et de dignité.

Petit matin. Insomnie, insomnie.

(Ai tendance à prendre un ton « prêcheur », dès que je m'adresse à Jean-Paul. Renoncer aux : « Attention », etc.)

Devenir un « homme de valeur »... N'ai oublié qu'une chose : lui donner la recette.

La recette ? En fait d'hommes de valeur, je n'ai guère approché que des médecins. Je suis d'ailleurs porté à croire que l'attitude d'un homme de valeur devant les événements, devant les réalités et les imprévus de la vie sociale, ne doit guère différer de celle du médecin devant la maladie. L'important : *une certaine virginité du regard.* En médecine, ce qu'on sait, ce qu'enseignent les livres, suffit bien rarement pour résoudre le problème *nouveau* que pose chaque cas particulier. Toute maladie — et, pareillement, toute crise sociale — se présente comme un cas premier, sans précédent identique ; comme un cas exceptionnel, *pour lequel une thérapeutique nouvelle est toujours à inventer.* Il faut beaucoup d'imagination pour être un homme de valeur...

Dimanche, 8 septembre 18.

Expectoré ce matin, au réveil, un fragment d'environ dix centimètres. L'ai fait remettre à Bardot, pour examen.

Relis ce que j'écrivais cette nuit. Surpris de pouvoir ainsi, par moments, porter intérêt à l'avenir, aux hommes d'après moi. Est-ce seulement à cause de Jean-Paul ?

À la réflexion, cet intérêt est tout spontané, et moins intermittent que je ne dis. C'est, au contraire, ma surprise qui est le résultat d'un effort d'esprit, d'un retour sur moi-même. En réalité, penser à l'avenir reste pour moi une opération d'esprit constante, et toute naturelle... *Étrange !*

Avant déjeuner.

Me souviens d'un écho de presse qui avait frappé Philip. (Une de nos premières conversations extra-professionnelles. Je venais d'entrer dans son service.) Il s'agissait d'un condamné à mort, qui, arrivé devant le couperet, et saisi par les aides, s'était débattu pour crier au procureur : « N'oubliez pas ma lettre. » (Il avait appris, en prison, que sa maîtresse le trompait ; et, le matin de son exécution, il avait écrit aux magistrats pour confesser un mauvais coup, resté sans sanction, et auquel la femme avait pris une part active.)

Nous ne parvenions pas à comprendre. Jusqu'à la dernière seconde, s'intéresser aussi exclusivement aux affaires de ce monde ! Philip voyait là une preuve de la quasi-impossibilité, pour la plupart des hommes, de « réaliser » vraiment le non-être.

Cette histoire ne m'étonne plus autant.

9 septembre.

Un goût infect dans la bouche. À quoi bon ce supplice supplémentaire ? N'ai jamais rien espéré de cette potion à la créosote, qui rappelle le dentiste, qui m'enlève tout désir de manger.

Après-midi, dehors.

En écrivant ce matin la date : 9 septembre, me suis brusquement souvenu : aujourd'hui, deuxième anniversaire de Reuville.

Soir.

Vécu toute la journée dans le souvenir de Reuville.

Notre arrivée à la fin du jour. L'installation du poste de secours, dans la crypte. Le village en décombres. Deux cents marmites, tombées la veille. Nuit noire où s'élèvent les fusées éclairantes. Le P.C. du colonel, qui fait fonction de général de brigade, dans une maison dont il ne reste que trois pans de murs. Le fracas des 75, mis en batterie dans le bois. Les pignons en ruine autour de la mare. L'édredon rouge, éventré, près duquel je devais être blessé le lendemain matin. Le sol de détritus et de boue sèche, raviné par les convois. Et la crête, derrière le village, la crête qu'on voyait à travers les vitraux brisés de la crypte, la crête d'où venaient les blessés, par paquets, blancs de poussière, clopin-clopant, avec cet air absent et doux qu'ils avaient tous. Je la vois cette crête, découpée sur le ciel d'incendie, hérissée de pieux barbelés, tous penchés dans le même sens, comme bousculés par un cyclone. Et le vieux moulin, à gauche, effondré sur ses ailes, comme un joujou cassé. (Étrange plaisir à décrire tout ça. Pourquoi ? Le sauver de l'oubli ? Pour qui ? Pour que Jean-Paul sache qu'un matin, à Reuville, l'oncle Antoine ?...) La crypte, encombrée dès le début de la nuit. Les gémissements, les engueulades. La paille, au fond, où ils déposaient les morts, avec les intransportables. La lampe-tempête posée sur l'autel. La bougie dans la bouteille. La ronde fantastique des ombres sur la voûte. Je revois la table, des planches sur deux tonneaux, les linges, je revois tout comme si j'avais eu le temps d'observer, pour retenir. Mon activité d'alors ! Cet état de demi-ivresse, de joie du métier, cet entrain au boulot. Agir vite. En gardant un maximum de pouvoir sur soi. Tous les sens prodigieusement en éveil, la volonté tendue tout le long des membres jusqu'à l'extrémité des doigts. Une espèce de détresse aussi ; et, en même temps, une insensibilité d'automate. Soutenu par le but, l'ouvrage à faire. Ne rien écouter, ne rien regarder, être tout entier à ce qu'on fait. Et faire dans l'ordre, prestement, sans hâte et sans perdre une seconde, chacun des gestes nécessaires pour que cette plaie soit aseptisée, cette artère liée à temps, cette fracture provisoirement immobilisée. Au suivant !

Je revois plus vaguement l'espèce d'auvent, de remise, où ils installaient les blessés sur les brancards, de l'autre côté de la ruelle. Mais je me rappelle bien cette ruelle, où il fallait raser les murs à cause des balles. Et si bien les petits piaulements aux oreilles, et les claquements secs sur le mur de torchis ! Le regard rageur du petit commandant barbu avec son bras en écharpe, et la façon dont il agitait sa main valide à la hauteur de la tempe, comme s'il écartait un essaim : « Trop de mouches, ici. Trop de mouches. » (Et je pense brusquement à ce vieil engagé barbu, grisonnant, qui était avec nous à l'ambulance de Longpré-les-Corps-Saints, son air sinistre, son accent de faubourg quand il vidait son brancard d'un blessé : « Descendez, on vous d'mande ! »

Toute la nuit, on a travaillé, sans se douter du mouvement tournant. Et à l'aube, l'arrivée de l'agent de liaison, le village pris de flanc, les tranchées d'évacuation devenues dangereuses, la place à traverser malgré les mitrailleuses pour atteindre le seul boyau praticable. Pas eu, un instant, l'idée que je risquais ma peau. En tombant, la vision de l'édredon rouge, et cette certitude lucide : « Poumon perforé... Cœur pas atteint... M'en tirerai. »

(À quoi tiennent les choses... Si, ce matin-là, j'avais été blessé à la jambe ou au bras, je ne serais pas où j'en suis : ce peu d'ypérite que j'ai respiré, plus tard,

*n'aurait pas fait ces ravages si j'avais eu deux pou-
mons intacts.)*

10 septembre.

*Depuis hier, l'esprit tout occupé de souvenirs de
guerre.*

*Veux noter pour Jean-Paul l'histoire des typhiques,
— à quoi j'ai dû de rester au front bien plus longtemps
que la plupart de mes confrères des hôpitaux. Dans
l'hiver 1915. J'étais toujours attaché à mon régiment
de Compiègne, et il se trouvait en ligne, dans le Nord.
Mais on avait établi un roulement entre les majors des
bataillons, et, toutes les quinzaines environ, chacun
de nous s'en allait à six kilomètres en arrière pour diriger pendant quelques jours un petit dépôt, une infirmerie d'une vingtaine de lits. J'arrive là, un soir.
Dix-huit malades, dans un sous-sol voûté. Tous avec
de la température; plusieurs avec 40 !... Je les examine,
à la lueur de la lampe. Pas d'hésitation : dix-huit
typhiques. Or, il avait été interdit d'avoir des typhiques
au front. Pratiquement, la consigne était de ne jamais
diagnostiquer une typhoïde. Je téléphone au quatre
galons, le soir même. Je lui déclare que mes dix-huit
«bonshommes» me paraissent atteints de troubles
gastro-intestinaux graves, très voisins des troubles
paratyphiques (j'évitais prudemment le mot* typhoïde*),
et que, en conscience, je refusais la direction de l'infirmerie, convaincu que ces pauvres bougres allaient
claquer dans leur cave si on ne les évacuait pas sur-
le-champ. Le lendemain, à la première heure, on m'envoie chercher en auto. On me fait comparaître à la
division. Je tiens tête aux autorités. Tant et si bien que
j'obtiens l'évacuation immédiate. Mais de ce jour-là, il
y a eu dans mon service une certaine «note», à*

*laquelle j'ai dû, jusqu'à ma blessure, de me voir refu-
ser tout avancement !*

                                          Soir.

*Je pense à mes rapports, ici, avec les autres. Pro-
miscuité qui devrait rappeler celle du front. Non. Rien
de comparable. Ici, camaraderie, rien de plus. Au
front, le moindre cuistot est un frère.*

*Je pense à ceux que j'ai connus. Triste revue à pas-
ser. Presque tous réformés, mutilés, disparus... Carlier,
Brault, Lambert, et le brave Dalin, et Huart, et Laisné,
et Mulaton, où sont-ils ? Et Saunais ? Et le petit
Nops ? Et tant d'autres ? Combien d'entre eux finiront
la guerre indemnes ?*

*Je pense à la guerre, aujourd'hui, autrement que
d'habitude. Ce que me disait Daniel, à Maisons : « La
guerre, cette occasion d'amitié exceptionnelle entre les
hommes... » (Une atroce occasion, et une éphémère
amitié !) Tout de même, il avait raison : une espèce de
pitié, et de générosité, de tendresse réciproque. Dans
cette malédiction partagée, on finit par n'avoir plus
que des réactions élémentaires, et les mêmes. Galon-
nés ou non, ce sont les mêmes servitudes, les mêmes
souffrances, le même ennui, les mêmes peurs, les
mêmes espoirs, la même boue, souvent la même
soupe, le même journal. Moins de combines, de petites
crasses, moins de méchanceté qu'ailleurs. On a tellement besoin les uns des autres. On aime et on aide,
pour être aimé et aidé. Peu d'antipathies personnelles,
pas de jalousies (au front). Pas de haines. (Pas même
de haine pour le Boche d'en face, victime des mêmes
absurdités.)*

*Et puis, ceci encore : par la force des choses, la
guerre est un temps de méditation. Pour le type inculte*

*comme pour le type instruit. Une méditation simple,
profonde. À peu de chose près, la même pour tous. Est-
ce le tête-à-tête quotidien avec la mort qui force à réfléchir les esprits les moins contemplatifs ? (Exemple, ce
carnet...) Pas un de nos compagnons du bataillon,
dont je n'aie surpris, un jour, la méditation. Une
méditation solitaire, repliée, qu'on cultive comme un
besoin, et qu'on cache. Le seul coin qu'on se réserve.
Dans cette dépersonnalisation forcée, la méditation,
c'est le dernier refuge de la personne.*

*Que restera-t-il des fruits de cette méditation à ceux
qui auront échappé à la mort ? Pas grand-chose, peut-
être. Un furieux appétit de vivre, en tout cas ; l'horreur
des sacrifices inutiles, des grands mots, de l'héroïsme ?
Ou bien, au contraire, une nostalgie des « vertus » du
front ?*

11.

*Le fragment expectoré l'autre matin a été identifié
histologiquement. Pas une fausse membrane : une
moule de muqueuse.*

Soir.

*En réalité, je pense presque aussi souvent à ma vie
qu'à ma mort. Je me retourne sans cesse vers mon
passé. J'y fouille, comme un chiffonnier dans la pou-
belle. Du bout de mon crochet, je tire à moi quelque
détritus, que j'examine, que j'interroge, sur lequel je
rêve inlassablement.*

*Si peu de chose, une vie... (Et je ne pense pas cela
parce que la mienne est écourtée. C'est vrai pour toute
vie !) Archibanal : la brève lueur dans l'immense nuit,*

etc. Combien peu savent ce qu'ils disent en répétant ces lieux communs. Combien peu en sentent le pathétique !

Impossible de se débarrasser intégralement de la question oiseuse : « Quelle peut être la signification de la vie ? » Moi-même, en ruminant mon passé, je me surprends souvent à me demander : « À quoi ça rime ? »

À rien. À rien du tout. On éprouve quelque peine à accepter ça, parce qu'on a dix-huit siècles de christianisme dans les moelles. Mais, plus on réfléchit, plus on a regardé autour de soi, en soi, et plus on est pénétré par cette vérité évidente : « Ça ne rime à rien. » Des millions d'êtres se forment sur la croûte terrestre, y grouillent un instant, puis se décomposent et disparaissent, laissant la place à d'autres millions, qui, demain, se désagrégeront à leur tour. Leur courte apparition ne « rime » à rien. La vie n'a pas de sens. Et rien n'a d'importance si ce n'est de s'efforcer à être le moins malheureux possible au cours de cette éphémère villégiature...

Constatation qui n'est pas aussi décevante, ni aussi paralysante, qu'on pourrait croire. Se sentir bien nettoyé, bien affranchi, de toutes les illusions dont se bercent ceux qui veulent à tout prix que la vie ait un sens, cela peut donner un merveilleux sentiment de sérénité, de puissance, de liberté. Cela devrait même être une pensée assez tonique, si on savait la prendre...

Je songe tout à coup à cette salle de récréation, au rez-de-chaussée du Pavillon B, que je traversais tous les matins en quittant mon service d'hôpital. Je la revois pleine de gosses à quatre pattes, en train de jouer aux cubes. Il y avait là de petits incurables, des infirmes, des malades, des convalescents. Il y avait là des enfants arriérés, des demi-imbéciles, et d'autres très intelligents. Un microcosme, en somme... L'humanité vue par le gros bout de la lorgnette... Beaucoup se contentaient de remuer au hasard les cubes qui se trouvaient devant eux, de les déplacer, de les tourner et retourner sur leurs diverses faces. D'autres, plus éveillés, assortissaient les couleurs, alignaient les cubes, composaient des dessins géométriques. Quelques-uns, plus hardis, s'amusaient à monter de petits édifices branlants. Parfois, un esprit appliqué, tenace, inventif, ambitieux, se donnait un but difficile, réussissait, après dix tentatives vaines, à fabriquer un pont, un obélisque, une haute pyramide... À la fin de la récréation, tout s'effondrait. Il ne restait sur le lino qu'un amas de cubes éparpillés, tout prêts pour la récréation du lendemain.

C'est, somme toute, une image assez ressemblante de la vie. Chacun de nous, sans autre but que de jouer (quels que soient les beaux prétextes qu'il se donne), assemble, selon son caprice, selon ses capacités, les éléments que lui fournit l'existence, les cubes multicolores qu'il trouve autour de lui en naissant. Les plus doués cherchent à faire de leur vie une construction compliquée, une véritable œuvre d'art. Il faut tâcher d'être parmi ceux-là, pour que la récréation soit aussi amusante que possible...

Chacun selon ses moyens. Chacun avec les éléments que lui apporte le hasard. Et cela a-t-il vraiment beaucoup d'importance qu'on réussisse plus ou moins bien son obélisque ou sa pyramide ?

Même nuit.

Mon petit, je regrette ces pages écrites hier soir. Si tu les lis, elles te révolteront. « Pensées de vieillard, diras-tu, pensées de moribond... » Tu as raison, sans doute. Je ne sais plus où est le vrai. Il y a d'autres réponses, moins négatives, à la question que tu te

*poses sans doute : « Au nom de quoi vivre, travailler,
donner son maximum ? »*

*Au nom de quoi ? Au nom du passé et de l'avenir.
Au nom de ton père et de tes fils, au nom du maillon
que tu es dans la chaîne... Assurer la continuité...
Transmettre ce qu'on a reçu, — le transmettre amé-
lioré, enrichi.*

Et c'est peut-être ça, notre raison d'être ?

12 septembre, matin.

N'ai été qu'un homme moyen. *Facultés moyennes,
en harmonie avec ce que la vie exigeait de moi.
Intelligence moyenne, mémoire, don d'assimilation.
Caractère moyen. Et tout le reste, camouflage.*

Après-midi.

*La santé, le bonheur : des œillères. La maladie rend
enfin lucide. (Les meilleures conditions, pour bien se
comprendre et comprendre l'homme, seraient d'avoir
été malade, et de récupérer la santé.) J'ai grande envie
d'écrire : « L'homme bien portant depuis toujours est
fatalement un imbécile. »*

*N'ai été qu'un homme moyen. Sans vraie culture.
Ma culture était professionnelle, limitée à mon métier.
Les grands, les vrais grands, ne sont pas limités à
leur spécialisation. Les grands médecins, les grands
philosophes, les grands mathématiciens, les grands
politiques, ne sont pas uniquement médecins, philosophes, etc. Leur cerveau se meut à l'aise dans les
autres domaines, s'évade au-delà des connaissances
particulières.*

Soir.

Sur moi-même :

Je ne suis guère plus qu'un type qui a eu de la chance. J'avais choisi la carrière où je pouvais le mieux réussir. (Ce qui prouve déjà une certaine intelligence pratique...) Mais une intelligence moyenne, *juste assez bien équilibrée pour savoir tirer parti des circonstances favorables.*

Ai vécu aveuglé d'orgueil.

Je m'imaginais devoir tout à mon cerveau et à mon énergie. Je m'imaginais avoir créé ma destinée et mérité mes réussites. Je me figurais que j'étais un type de premier plan, parce que j'étais parvenu à me faire juger tel par de moins doués que moi. Camouflage. J'ai donné le change à Philip lui-même.

Mirages, illusions, qui n'auraient pas pu durer toujours. La vie me réservait sans doute de brutales déceptions.

Je n'aurais été rien de plus qu'un bon médecin, — comme tant d'autres.

13 septembre.

Expectorations rosées ce matin. Onze heures. Au lit en attendant Joseph, pour des ventouses.

Ma chambre. Hideux petit univers, dont tous les détails me sont archiconnus, jusqu'à la nausée. Pas un clou, pas une trace d'ancien clou, pas une éraflure de ces murs rosâtres, sur lesquels mes yeux ne se soient posés des milliers de fois ! Et toujours ces girls, collées au-dessus de la glace ! (Qui me manqueraient, peut-être, si j'obtenais enfin qu'on les arrache.)

Dans ce lit, des heures et des heures, des jours et des nuits. Moi, si actif !

Action. Je n'ai pas seulement été actif. J'ai eu pour l'action un culte fanatique, puéril.

(Ne pas être trop injuste pour l'activité d'autrefois. Ce que je sais, c'est l'action qui me l'a appris. Le corps à corps avec les réalités. J'ai été façonné par l'action. Même cet enfer de la guerre, si j'ai pu le supporter si fermement, c'est parce qu'il m'obligeait constamment à l'action.)

Après-midi.

Au fond, c'est chirurgien que j'aurais dû être... J'ai fait de la médecine avec un tempérament de chirurgien. Pour être tout à fait un bon médecin, il faut aussi pouvoir être un contemplatif.

Soir.

Je repense à ma belle activité d'autrefois. Non sans sévérité. J'y distingue maintenant la part, — une part, — de cabotinage. (Vis-à-vis de moi-même, plus encore que — en tout cas : autant que — vis-à-vis des autres.)

Ma faiblesse : un perpétuel besoin d'approbation. (Cet aveu me coûte, Jean-Paul !)

Ai constaté cent fois que la présence des autres m'était presque indispensable pour battre mon plein. Me sentir regardé, jugé, admiré, stimulait toutes mes facultés, exaltait mon audace, mon esprit de décision, le sentiment de ma puissance, donnait à ma volonté un élan irrésistible. (Exemples : bombardement de Péronne — ambulance de Montmirail —, coup de

main du Bois Brûlé, etc. Autre exemple : dans le civil,
j'étais indiscutablement plus perspicace dans mon
diagnostic, plus entreprenant en thérapeutique, quand
je faisais ma consultation d'hôpital, sous l'œil de mes
collaborateurs, que quand j'étais seul chez moi, dans
mon cabinet, en face d'un client.)

J'ai conscience aujourd'hui que la véritable énergie,
ce n'est pas celle-là : c'est celle qui se passe de specta-
teurs. La mienne avait besoin d'autrui pour donner
son maximum. Seul dans l'île de Robinson, il est pro-
bable que je me serais supprimé. Mais l'arrivée de Ven-
dredi m'aurait fait exécuter des prouesses...

Soir.

Cultive ta volonté, Jean-Paul. Si tu es capable de
vouloir, rien ne te sera impossible.

14.

Récidive. Douleurs rétrosternales, en plus de tout le
reste. Et spasmes inexplicables. Impossible de rien gar-
der dans l'estomac. N'ai pu me lever.

Goiran m'a apporté ses journaux. En Suisse, on
parle de propositions de paix austro-hongroises (?), et
aussi d'un sourd mouvement révolutionnaire en Alle-
magne (?)... Les idées démocratiques y feraient-elles
déjà leur chemin, grâce aux messages de Wilson ?

Moins incertaine, la nouvelle de l'avance américaine
en direction de Saint-Mihiel. Et Saint-Mihiel, c'est la
route de Briey, de Metz ! Mais nous arrivons sur la
ligne Hindenburg, qu'on dit infranchissable.

16 septembre.

Un peu de mieux. Plus de nausées. Très affaibli par ces deux jours de diète.

Réponse de Clemenceau aux velléités de paix autrichiennes. Souverainement déplaisante. Le ton d'un officier de cavalerie. Pire : le ton d'un pangermaniste. L'effet des récents succès militaires ne se fait pas attendre : dès qu'un des adversaires croit tenir l'avantage, il démasque ses arrière-pensées, qui sont toujours impérialistes. *Wilson aura fort à faire contre les hommes d'État de l'Entente, pour peu que la victoire des Alliés ne soit pas exclusivement américaine. L'Entente avait là une occasion de déclarer loyalement ce qu'elle voulait. Mais elle a voulu bluffer, paraître exiger le maximum, de peur de n'avoir pas, au règlement, tout ce qu'il sera possible de soutirer aux vaincus. Goiran dit : « Quelques succès, et déjà l'Entente est ivre. »*

17.

Ils peuvent me raconter ce qu'ils voudront, ces répétitions de poussées broncho-pneumoniques ont toujours été considérées comme une forme d'infection pulmonaire à rechutes.

18.

Long examen de Bardot, puis consultation de Sègre. Fléchissement accusé du cœur droit, avec cyanose et hypotension.

Je m'y attendais depuis des semaines. Le vieil adage : « Poumons malades, soigne le cœur. »

La caractéristique d'un infirmier : n'être jamais à portée d'appel quand on a un urgent besoin de lui — et s'éterniser dans la chambre, aux moments où sa présence est insupportablement inopportune...

Nuit du 19 au 20.

La vie, la mort, les germinations ininterrompues, etc.

Cet après-midi, examiné avec Voisenet une carte du front de Champagne. Me suis brusquement souvenu de cette plaine blanchâtre (quelque part, au nord-est de Châlons), où nous avons fait halte pour casser la croûte, quand j'ai changé d'affectation, en juin 17. Le sol avait été si profondément retourné par les pilonnements du début de la guerre, que rien n'y poussait plus, pas même un brin de chiendent. Pourtant, c'était au printemps, loin du front, et toute la région alentour avait été remise en culture. Et près de l'endroit où nous étions arrêtés, il y avait, au milieu de ce désert crayeux, un petit îlot tout vert. Je me suis approché. C'était un cimetière allemand. Des tombes à ras de terre, enfouies dans l'herbe haute, et, sur ces jeunes cadavres, un foisonnement d'avoines, de fleurs des champs, de papillons.

Archibanal. Mais, aujourd'hui, ce souvenir m'émeut autrement qu'alors. Rêvé toute la soirée à cette nature aveugle, etc. Sans savoir donner forme à ma pensée.

20 septembre

Succès sur le front de Saint-Mihiel. Succès devant la ligne Hindenburg. Succès en Italie. Succès en Macédoine. Succès partout. Mais...

Mais au prix de quelles pertes ?

Et ce n'est pas tout. Comment se défendre d'une apprehension, quand on constate le changement de ton de la presse alliée depuis que nous nous sentons les plus forts ? Avec quelle intransigeance, Balfour, Clemenceau et Lansing, ont rejeté les offres de l'Autriche ! Et obligé sans doute la Belgique à rejeter celles de l'Allemagne !

Visite de Goiran. Non, je ne puis imaginer aussi proche la fin de la guerre. Pour fonder la République allemande et remettre sur des pieds solides le colosse d'argile russe, ce sont de longs mois qu'il faudra encore, voire des années. Et plus nous serons victorieux, moins nous consentirons à une paix de conciliation, la seule durable.

Avec Goiran, discussion irritante et vaine sur le progrès. Il dit : « Alors, vous ne croyez pas au progrès ? »

Si fait, si fait. Mais la belle avance ! Rien à espérer de l'homme avant des millénaires...

21

Déjeuné en bas.

Lubin, Fabel, Reymond, si différentes que soient leurs opinions, sont tous, pareillement, des sectaires. (Voisenet dit du commandant : « J'ai peine à croire que la nature lui ai donné un cerveau. Je ne serais pas surpris d'apprendre qu'il n'a qu'une moelle épinière. »)

Pour Jean-Paul :
Pas de vérité, que provisoire.

(J'ai encore connu le temps où l'on croyait avoir tout résolu avec les antiseptiques. « Tuer le microbe. »

On s'est aperçu que, souvent, du même coup, on tuait les cellules vivantes.)

Tâtonner, hésiter. Ne rien affirmer définitivement. Toute voie où l'on se lance à fond devient une impasse. (Exemples fréquents dans la science médicale. Ai vu des esprits de même valeur, de même sagacité, animés de la même passion du vrai, aboutir, par l'étude des mêmes phénomènes et en faisant exactement les mêmes observations cliniques, à des conclusions très différentes, quelquefois diamétralement opposées.)

Se guérir jeune du goût de la certitude.

22.

Points de côté si pénibles que, quand je suis installé quelque part, je n'ai plus le courage de me déplacer. Bardot disait merveilles de cet onguent au para-amino-benzoate d'éthyle. Totalement inefficace.

23 septembre

Ils ne savent plus où me faire leurs pointes de feu. Mon buste, une écumoire.

25.

Depuis hier, de nouveau, ces grandes oscillations de température.

Essayé de descendre quand même. Mais obligé de revenir me coucher, après étourdissement sur le palier.

Cette chambre, ces murs rosâtres... Je ferme les yeux pour ne plus rien voir.

Je pense à l'avant-guerre, à ma vie d'alors, à ma jeunesse. Ma vraie source de force, c'était une secrète, une inaltérable confiance en l'avenir. *Plus qu'une confiance : une certitude. Maintenant, ténèbres, là où était ma lumière. C'est une torture de tous les instants.*

Nausées. Bardot, retenu en bas par trois arrivées. C'est Mazet qui est monté, deux fois, cet après-midi. Ne peux plus supporter ses façons bourrues, sa gueule de vieux colonial. Empoisonnait la sueur, comme toujours. J'ai cru vomir.

Jeudi, 26 septembre.

Mauvaise nuit. À l'auscultation, nouveaux foyers de râles sous-crépitants.

Soir.

Un peu soulagé par la piqûre. Pour combien de temps ?

Courte visite de Goiran, qui m'a fatigué. Offensive franco-américaine. Offensive anglo-belge. Les Allemands reculent partout. Succès alliés sur le front balkanique, aussi. La Bulgarie demande armistice. Goiran dit : « La paix bulgare, c'est l'annonce de la fin : le moment de la grossesse où la femme perd les eaux... »

En Allemagne, le torchon commence à brûler. Les socialistes ont posé des conditions précises à leur entrée dans le gouvernement. Mécontentement général du pays, avoué par les allusions qu'y fait le chancelier, dans son discours.

Trop beau. Les événements vont si vite qu'ils font peur. La Turquie écrasée. La Bulgarie et l'Autriche prêtes à capituler. Victoires partout. La paix s'ouvre comme un gouffre. Vertige. L'Europe est-elle mûre pour une vraie paix ?

Au Grand Hôtel de Grasse, un Américain a parié mille dollars contre un louis que la guerre serait finie pour Christmas.

Heureux ceux qui fêteront Noël.

27.

Faiblesse augmente. Étouffements. Complètement aphone depuis lundi. Visite de Sègre, amené par Bardot. Long examen. Moins distant que d'habitude. Inquiet ?

Soir.

Analyse des crachats : pneumocoques, mais surtout streptos, de plus en plus abondants, malgré leurs sérums spécifiques. Toxi-infection caractérisée.

Radio demain matin.

28.

Symptômes d'infection générale très nets. Bardot et Mazet montent plusieurs fois par jour. Bardot a décidé, à la suite de l'examen radioscopique, une ponction exploratrice.

Que craint-il ? Abcès dans le parenchyme ?

OCTOBRE

6 octobre.

Huit jours.
Encore trop faible pour écrire. Somnolent. Petite joie
de retrouver ce carnet. Et même ma chambre. Et mes
girls.
Tiré d'affaire, une fois encore ?

7 octobre.

Pas touché le carnet pendant ces huit jours. Les
forces reviennent. La température a définitivement
baissé, normale le matin, 37,9 ou 38 le soir.
M'ont tous cru fichu. Et puis, non.
Transporté le lundi 30 à la clinique de Grasse. Opéré
par Mical, dans l'après-midi. Sègre et Bardot assis-
taient. Gros abcès dans le poumon droit. Heureuse-
ment bien limité. Ont pu me ramener au Mousquier
le cinquième jour.
Pourquoi ne me suis-je pas tué le 29, après la ponc-
tion ? N'y ai pas pensé. *(Strictement vrai !)*

Mardi, 8 octobre.

Moins faible. Je devrais penser qu'il est bien regret-
table qu'ils m'aient tiré de là ; mais non : j'accepte ce
nouvel entracte, avec une joie lâche...
L'interruption dans la lecture des journaux me gêne
pour comprendre. J'ignorais la démission du cabinet
allemand. Il s'est passé là-bas des choses graves, à

*coup sûr. La presse suisse dit que Max de Bade a été
nommé chancelier pour négocier la paix.*

9 octobre.

*Pas de quoi être bien fier. N'ai même pas été effleuré
par la tentation du suicide. N'y ai pensé qu'à mon
retour dans cette chambre. Entre le diagnostic de l'abcès et l'intervention, n'ai pensé qu'à une chose : que
l'opération soit faite au plus vite — pour réussir.*

*Plus humiliant encore : pendant tout mon séjour à
Grasse, j'ai été obsédé par le regret d'avoir laissé ici le
collier d'ambre. J'avais même pris la décision de le
confier à Bardot, dès mon retour ici, en lui faisant pro-
mettre... de le déposer dans mon cercueil !*

*Je ne sais pas si je le ferai. Enfantillage de moribond.
Si je cède à la tentation, ne me juge pas trop vite, mon
petit, ne méprise pas l'oncle Antoine. Le souvenir qui
s'attache à ce collier est lié à une pauvre aventure,
mais cette pauvre aventure est, malgré tout, ce qu'il y
a eu de meilleur dans ma pauvre vie.*

10.

Visite de Mical.

11 octobre, vendredi.

*Fatigué hier par la visite du chirurgien. M'a donné
tous les détails. Gros abcès, bien collecté, cloisonné
par des travées fibreuses très résistantes. Pus épais, lié.
Avoue qu'il a trouvé le poumon en état de congestion*

œdémateuse intense. Analyse bactériologique : cultures de streptocoques.

Mical, intéressé par le cas. Relativement peu fréquent : en un an, sur soixante-dix-neuf ypérités traités ici, seulement sept abcès simples, dont le mien. Quatre opérés avec succès. Les trois autres...

Plus rares encore, heureusement, les cas d'abcès multiples. Jamais opérables. Trois cas seulement sur soixante-dix-neuf gazés, et trois morts.

J'ai eu de la veine. (Phrase écrite spontanément. Ne l'aurais certes pas écrite si j'avais pris le temps de réfléchir. Mais, l'ayant écrite, je ne la biffe pas. Sans doute, pas encore assez détaché de la vie pour appeler « déveine » une prolongation du supplice...)

12 octobre.

Recommencé à me lever, hier après-midi. Encore amaigri. Perdu 2 kg 400 depuis le 20 septembre.

Le cœur flanche toujours. Digitaline, drosera, deux fois par jour. Perpétuellement en sueur. Malaises, faiblesse, quintes sèches, étouffements — tout à la fois. Et si l'on me demande comment je vais, je réponds, ces jours-ci, de bonne foi : « Pas mal... »

13.

Journaux suisses donnent des détails plausibles sur les démarches indirectes, tentées auprès de Wilson par le nouveau cabinet allemand, pour entamer des négociations. Demande d'armistice immédiat, ouvertement formulée. Plausibles, car le dernier discours du chancelier au Reichstag est une franche proposition de paix. L'Allemagne, hier encore si arrogante !

Pourvu que les Alliés n'abusent pas ! Pourvu qu'ils résistent à la tentation de triompher trop... Déjà, partout, une insolence de jockey gagnant ! Suis sûr que Rumelles lui-même a oublié que, au printemps, il envisageait le pire : il ne doit pas y avoir, aujourd'hui, triomphateur plus intransigeant que lui !

Le mot « joie », qui revient sans cesse dans la presse française, est choquant. « Délivrance », mais pas « joie » ! Comment oublier si vite la somme de douleurs qui pèse sur l'Europe ? Rien, pas même la fin de la guerre, ne peut empêcher que la douleur domine, et demeure.

                    14 octobre, nuit.

Les insomnies recommencent. Je me surprends à regretter les somnolences de l'infection. Tête vide, abattement. Livré aux « spectres ». Juste assez conscient pour bien souffrir.

J'avais voulu donner dans ce carnet une image de moi. Pour Jean-Paul. J'étais déjà, quand j'ai commencé d'y écrire, incapable d'attention, de suite, de travail. Encore un rêve non réalisé.

Qu'importe ? Indifférence gagne, fait tache d'huile.

                    Le 15.

Offensive générale. Succès partout. Tous les fronts donnent à la fois. On dirait que, depuis qu'il est question de paix, le commandement allié veut mettre bouchées doubles, jouir de son reste. La dernière « battue »...

Un peu mieux, aujourd'hui. Plaisir à écrire.

Visite de Voisenet. Sa figure de bouddha. Face plate ;

yeux écartés, sans profondeur d'orbites, paupières épaisses et courbes comme des pétales de fleurs char-nues (magnolia, camélia); large bouche, lèvres épaisses, lentes à se mouvoir. Visage plein de sagesse. Reposant à regarder. Une espèce de sérénité fataliste, très extrême-orientale.

Prétend avoir des renseignements récents sur l'état d'esprit dans les états-majors. Inquiétant. Les pertes ne comptent plus, depuis qu'on croit pouvoir comp-ter sur la « réserve » américaine, réputée inépuisable. Et sourde résistance contre la paix. Refuser tout armistice, envahir l'Allemagne, signer la paix à Ber-lin, etc. Voisenet dit : « Ils pensent victoire, *au lieu de penser* fin de la guerre. *» Et, de plus en plus ouver-tement, hostiles à Wilson. Déclarent déjà que les « quatorze points » sont seulement des vues person-nelles de W.; que l'Entente ne les a jamais ratifiés* officiellement, etc. *Voisenet me fait remarquer que, depuis juillet, depuis les premiers succès militaires, la presse (censurée) parle encore parfois de « Société des Nations », mais plus jamais d'« États-Unis euro-péens ».*

Soir.

Voisenet m'avait laissé quelques numéros de L'Hu-manité. Frappé de voir combien nos socialistes font piètre figure, quand on a goûté des messages améri-cains. Un ton de partisans bornés. Rien de grand ne peut naître de ces éléments-là, de ces hommes-là. Les politiciens socialistes d'Europe, à ranger parmi les débris de l'ancien monde. À balayer, avec les autres détritus.

Socialisme. Démocratie. Je me demande si Philip n'avait pas raison, et si les gouvernements vainqueurs vont renoncer aux habitudes de dictature, prises depuis quatre ans. L'impérialisme (républicain), représenté par Clemenceau, se défendra peut-être avant de céder la place ! Peut-être que le foyer du vrai socialisme futur se fondera d'abord dans l'Allemagne vaincue. Parce que vaincue.

16.

Légèrement mieux ces huit derniers jours.

Goiran m'a retrouvé le texte du message du 27... N'ajoute rien de nouveau aux précédents, mais définit avec plus de précision les buts de paix. « Cette guerre prépare un ordre nouveau, etc. » Alliance générale des peuples, seule garantie de la sécurité collective. Quand je vois l'effet de ces paroles sur le « mort en sursis » que je suis, j'imagine ce que peuvent éprouver les millions de combattants, les millions de femmes, de mères ! On n'éveille pas en vain pareilles espérances. Que les dirigeants alliés soient ou non sincères dans leur adhésion aux principes de Wilson, peu importe maintenant : les choses sont telles, la pression unanime sera si forte, que, l'heure venue, aucun politicien d'Europe ne pourra se dérober à la paix qu'on attend.

Je songe à Jean-Paul. À toi, mon petit. Infini soulagement. Un monde nouveau va naître. Tu le verras se consolider. Tu y collaboreras. Sois fort, pour bien collaborer !

Jeudi, 17.

Réponse draconienne de Wilson aux premières avances de l'Allemagne. Exige nettement, avant tous pourparlers, la chute de l'Empire, l'exclusion de la caste militaire, la démocratisation du régime. Au risque, évidemment, de retarder la paix. Intransigeance sans doute indispensable. *Ne pas perdre de vue les buts essentiels. Il ne s'agit pas d'obtenir un armistice prématuré ni même une capitulation du Kaiser. Il s'agit du* désarmement général *et d'une* Fédération européenne. *Irréalisables, sans la disparition de l'Allemagne et de l'Autriche* impériales.

Goiran, très déçu. Ai défendu Wilson contre lui et les autres. Wilson : un praticien averti, qui sait où est le foyer d'infection, et qui vide l'abcès avant de commencer son pansement.

À propos d'abcès, ce bon géant de Bardot explique fort bien que l'ypérite n'est qu'une cause occasionnelle de l'abcès. Lequel en fait relève d'une infection secondaire, déterminée par les microbes envahissant le parenchyme à la faveur *des lésions congestives provoquées par le gaz.*

18 octobre.

Grand-peine aujourd'hui à surmonter ma fatigue. Impossible de lire, si ce n'est les journaux.

Le ton de la presse alliée pour parler de nos « victoires » ! Hugo, devant l'épopée napoléonienne... Cette guerre (aucune guerre) n'a rien d'une épopée héroïque. Elle est sauvage et désespérée. Elle s'achève, comme un cauchemar, dans les sueurs de l'angoisse. Les actes d'héroïsme qu'elle a pu susciter restent noyés dans l'horreur. Ils ont été accomplis au fond des tranchées, dans la gadoue et le sang. Avec le courage du désespoir. Avec le dégoût d'une œuvre répugnante qu'il fallait bien mener jusqu'à son terme. Elle ne laissera que de hideux souvenirs. Toutes les son-

neries de clairon, tous les saluts au drapeau, n'y changent rien.

21.

Deux mauvais jours. Hier soir, injection intratra-chéale d'huile goménolée. Mais l'infiltration et l'hy-peresthésie laryngée ont rendu la manœuvre difficile. Ils se sont mis à trois pour en venir à bout. Ce pauvre Bardot suait à grosses gouttes. J'ai dormi trois grandes heures. Un peu soulagé aujourd'hui.

Mercredi (23 octobre).

Les nouvelles doses de digitaline paraissent un peu plus efficaces.

Je remarque, quand je ne suis pas complètement aphone, que je bégaye plus fréquemment. Autrefois, c'était rare, et toujours le signe d'un grand trouble de conscience. Aujourd'hui, rien d'autre sans doute qu'un indice de déchéance physique.

Journaux. Les Belges à Ostende et à Bruges. Les Anglais à Lille, à Douai, à Roubaix, à Tourcoing. Progression irrésistible. Mais lenteur désespérante des échanges de notes entre l'Allemagne et l'Amé-rique. Pourtant Wilson paraît avoir obtenu, comme condition préalable, une réforme de la constitution impériale, et l'établissement du suffrage universel. Ce serait un grand point. Obtenir ensuite l'abdi-cation du Kaiser. Demain, ou dans six mois ? La presse insiste sur les troubles intérieurs. Ne pas se leurrer : une révolution allemande pourrait hâter les choses, mais les compliquer aussi. Car Wilson

*semble décidé à ne traiter qu'avec un gouvernement
très stable.*

24 octobre.

*Non, je n'envie pas l'ignorance habituelle des
malades, leurs naïves illusions. On a dit des sottises
sur la lucidité du médecin qui se voit mourir. Je crois,
au contraire, que cette lucidité m'a aidé à tenir. M'ai-
dera peut-être jusqu'aux approches de la fin. Savoir
n'est pas une malédiction, mais une force. Je sais. Je
sais ce qui se passe là-dedans. Mes lésions, je les vois.
Elles m'intéressent. Je suis les efforts de Bardot. Dans
une certaine mesure, cette curiosité m'est un soutien.*

*Voudrais pouvoir mieux analyser tout ça. Et l'écrire
à Philip.*

Nuit du 24-25.

*Journée passable. (N'ai plus le droit d'être exigeant.)
Le carnet, contre les « spectres ».
Trois heures du matin. Longue insomnie, dominée
par la pensée de tout ce que la mort d'un individu
entraîne dans l'oubli. Me suis d'abord abandonné à
cette pensée avec désespoir, comme si elle était juste.
Mais non. Pas juste du tout. La mort entraîne peu de
chose dans le néant, très peu.*

*Me suis patiemment appliqué à repêcher des souve-
nirs. Fautes commises, aventures secrètes, petites
hontes, etc. Pour chacune, je me demandais : « Et ceci,
est-ce que ça disparaîtra entièrement avec moi ? Est-
ce qu'il n'en reste vraiment aucune trace, ailleurs
qu'en moi ? » Me suis acharné, près d'une heure
durant, à retrouver dans mon passé quelque chose, un*

acte un peu particulier, dont je sois sûr qu'il ne subsiste rien, rien, nulle part ailleurs que dans ma conscience ; pas le moindre prolongement, pas la moindre conséquence matérielle ou morale, aucun germe de pensée qui puisse, après moi, lever dans la mémoire d'un autre être. Mais, pour chacun de mes souvenirs, je finissais par trouver quelque témoin possible, quelqu'un qui avait su la chose ou qui avait été à même de la deviner, — quelqu'un qui vivait peut-être encore, et qui, moi disparu, pourrait, un jour, au hasard d'une réminiscence... Je me tournais et me retournais sur mes oreillers, torturé par un inexplicable sentiment de regret, de mortification, à l'idée que si je ne parvenais pas à trouver quelque chose, ma mort serait une dérision, je n'aurais même pas cette consolation pour l'orgueil d'emporter dans le néant quelque chose m'appartenant en exclusivité.

Et tout à coup j'ai trouvé ! L'hôpital Laënnec, la petite Algérienne.

Je le tiens donc enfin ce souvenir dont je suis sûr d'être l'unique dépositaire ! Dont rien, rien, absolument rien, ne survivra, dès l'instant où j'aurai cessé d'être !

Petit matin. Épuisé de fatigue et incapable de dormir. Brèves somnolences, dont je suis aussitôt tiré par les quintes.

Me suis débattu toute la nuit avec ce souvenir-fantôme. Écartelé entre la tentation d'écrire ma confession dans ce carnet, pour sauver du néant cette trouble histoire — et, au contraire, le désir jaloux de la garder pour moi seul ; d'avoir au moins ce secret à entraîner avec moi dans la mort.

Non. Je n'écrirai rien.

25 octobre, midi.

*Faiblesse? Obsession? Commencement de délire?
Depuis la nuit dernière, ma fin ne m'apparaît plus
qu'en fonction du secret. Ce n'est plus à moi, à ma
disparition, que je pense, mais à celle du souvenir de
Laënnec. (Joseph est venu me parler de la paix: «Bientôt, nous serons démobilisés, Monsieur le major.» J'ai
répondu: «Bientôt, Joseph, je serai mort.» Mais ma
pensée secrète était: «Bientôt, il ne restera plus rien
de l'histoire de la petite Algérienne.»)*

*Du coup, c'est comme si j'étais devenu maître de
mon destin. Par là, j'ai barre sur la mort, puisqu'il
dépend de moi, puisqu'il dépend d'une note écrite,
d'une confidence à n'importe qui, que ce secret soit
ou non dérobé au néant.*

Après-midi.

*N'ai pas pu me retenir d'en parler à Goiran. Sans
rien lui dire d'explicite, bien entendu. Sans même une
allusion à la petite Algérienne, sans même prononcer
le nom de l'hôpital Laënnec. Exactement comme font
les enfants qu'un secret étouffe, et qui crient à tout
venant: «Je sais quelque chose, mais je ne dirai rien.»
Il m'a regardé avec un certain malaise, un certain
effroi. Il s'est évidemment demandé si je devenais fou.
J'ai goûté — pour la dernière fois, sans doute — une
intense satisfaction d'orgueil.*

Soir.

*Essayé de reposer mon cerveau en feuilletant les
journaux. En Allemagne aussi, la caste militaire essaie*

de torpiller la paix. Ludendorff aurait pris la tête d'un mouvement d'opposition contre le chancelier, qu'il accuse publiquement de trahison, pour avoir voulu négocier avec l'Amérique. Mais le courant vers la paix a été le plus fort. Et c'est Ludendorff qui a dû se démettre de son commandement. Bon signe.

Visite de Goiran. Inquiétant discours de Balfour. L'appétit anglais s'éveille : il veut maintenant annexer les colonies allemandes ! Goiran me rappelle que, l'an dernier encore, aux Communes, Lord Robert Cecil affirmait : « Nous sommes entrés dans cette guerre sans aucune visée d'impérialisme conquérant. » (Ils n'en sortiront pas comme ils y sont entrés...)

Wilson est là, heureusement. Droit des peuples à disposer d'eux-mêmes. Ne laissera pas, j'espère, les vainqueurs se partager des noirs comme des têtes de bétail !

Goiran et le problème colonial. Explique très intelligemment l'impardonnable faute que commettraient les Alliés s'ils cédaient à la tentation de se partager les possessions coloniales allemandes. Occasion unique de réviser, en grand, toute la question de la colonisation. Constituer, sous le contrôle de la Ligue des Nations, une vaste exploitation en commun des richesses mondiales. Garantie de paix !

26.

Aggravation subite. Toute la journée, étouffements.

27.

Mes étouffements tendent à prendre un nouveau caractère : spasmodique. Atrocement pénible. Mon larynx se contracte, comme pris dans un poing qui serre. L'étranglement s'ajoute à l'étouffement.

Passé près d'une heure à noter dans l'agenda les pro- grès du mal. (Ne suis pas certain de pouvoir bien long- temps encore tenir l'agenda à jour.)

28.

C'est le petit Marius qui vient de me monter les jour- naux. Sentiments affreux. (Ce teint lisse, ces yeux clairs, cette jeunesse... Cette merveilleuse indifférence à sa santé !) Ne voudrais plus voir que des vieux, des malades. Comprends qu'un condamné à mort se jette sur son gardien et l'étrangle, pour ne plus voir cet homme libre, bien portant...

La mécanique se détraque de plus en plus vite. Pas possible que les facultés mentales, elles aussi... Sans doute, assez diminué déjà pour n'en pas avoir conscience.

29 octobre.

Aurais-je moins de regret, si, dans ce tête-à-tête, j'avais le souvenir de ce qu'ils appellent dans les livres : un « grand » amour ?

Je pense encore à Rachel. Souvent. Mais en égoïste, en malade : je me dis qu'il serait bon de l'avoir là, de mourir dans ses bras.

À Paris, quand j'ai trouvé ce collier, mon émotion ! Cet élan vers elle ! Fini.

L'ai-je « aimée » ? Personne d'autre, en tout cas. Per- sonne autant, personne davantage. Mais est-ce ça qu'ils appellent tous « l'Amour » ?

Soir.

Depuis deux jours, la digitaline complètement impuissante. Bardot reviendra tout à l'heure pour essayer une injection d'huile éthérocamphrée.

30.

Visites.

Je les regarde s'agiter. Qu'est-ce que la vie leur réserve ? Peut-être que le privilégié, c'est moi.

Las. Las de moi-même. Las — à désirer maintenant que ça finisse !

Je m'aperçois bien que je leur fais peur.

En ces derniers jours j'ai sûrement beaucoup changé. Ça avance vite. Je dois avoir le visage de ceux qui étouffent : le masque d'angoisse... Je sais, rien de plus pénible à voir.

31 octobre.

L'aumônier d'à côté a désiré me voir. Il était déjà venu samedi, mais je souffrais trop. L'ai laissé monter aujourd'hui. M'a fatigué. A essayé d'aborder la question, «votre enfance chrétienne, etc.». Je lui ai dit : « Pas ma faute si je suis né avec le besoin de comprendre et l'incapacité de croire. » M'a proposé de m'apporter de « bons livres ». Je lui ai dit : « Qu'est-ce que l'Église attend pour désavouer la guerre ? Vos évêques de France et ceux d'Allemagne bénissent les drapeaux et chantent des Te Deum pour remercier Dieu des massacres, etc. » M'a fait cette réponse stu-

*péfiante (orthodoxe) : « Une guerre juste lève l'inter-
diction chrétienne de l'homicide. »*

*Entretien volontairement cordial. Ne savait pas par
quel biais me prendre. M'a dit, en partant : « Allons,
allons, un homme de votre valeur ne peut pas consentir à mourir comme un chien. » Je lui ai dit : « Et qu'y
puis-je, si je suis incroyant — comme un chien ? » Il
était à la porte, il m'a regardé curieusement. (Mélange
de sévérité, de surprise, de tristesse ; et aussi, m'a-t-il
semblé, d'affection.) « Pourquoi vous calomnier, mon
fils ? »*

Je crois qu'il ne reviendra pas.

Soir.

*Consentirais, à la rigueur, si ça devait faire plaisir
à quelqu'un. Mais pour qui jouerais-je une mort chrétienne ?*

*L'Autriche demande armistice à l'Italie. Goiran
vient de monter. La Hongrie proclame son indépendance, et la république.*

Est-ce enfin la paix ?

NOVEMBRE

1er novembre 18, matin.

Le mois de ma mort.

Être privé d'espoir. Pire que la torture de la soif.

*Malgré tout, la palpitation de la vie est encore en
moi. Puissante. Par moments, j'oublie. Pendant quelques minutes je redeviens ce que j'étais, ce que sont
les autres, j'ébauche même un projet. Et, brusquement
le souffle glacial : de nouveau, je sais.*

Mauvais signe : Mazet monte moins souvent. Et quand il vient, me parle de tout, mais à peine de moi.

Vais-je regretter Mazet, et sa tête carrée de garde-chiourme ?

Soir.

Dire que, passé le seuil de cette chambre, l'univers vivant continue... Dans quel isolement je suis déjà plongé. Aucun vivant ne peut comprendre.

2 novembre.

Ne me lève plus. Trois jours que je n'ai fait ces 2 m 50 qui séparent mon lit du fauteuil.

Jamais plus. Jamais plus être assis près de la fenêtre ? près d'une fenêtre ? La tristesse des cyprès dans le ciel du soir... Jamais plus revoir le jardin, aucun jardin ?

J'écris : Jamais plus. Mais l'enfer qu'il y a dans ces mots, je ne le perçois que par éclairs.

Nuit.

Comment la mort viendra-t-elle ? Question que je me pose combien de fois par nuit, depuis combien de nuits ? Il y a tant de cas possibles... — Spasme laryngé, brutal, comme le petit Neidhart ? Ou progressif, comme Silbert ? Ou bien asthénie cardiaque et syncope, comme Monvielle, comme Poiret ?

Comment ? La pire, c'est l'asphyxie du pauvre Troyat.

Celle-là fait peur.
Celle-là, je ne l'attendrai pas.

                                                    Soir.

Si mal, ce soir, que j'ai deux fois appelé Bardot.
Reviendra vers minuit. A laissé sur ma table sa boîte
de trachéotomie.
On dit : « La mort n'est rien, c'est la souffrance. »
Alors, puisque je pourrais me dérober, pourquoi conti-
nuer à souffrir ? à attendre — Et j'attends !

                                            4 novembre.

Armistice signé par l'Italie avec Autriche et Hongrie.
L'aumônier a voulu revenir. (Refusé, prétexté
fatigue.) C'est un avertissement. Le jour approche où
il faudra se décider.

                                                    5.

Tout ce que nous avons espéré, tout ce que nous
aurions voulu, tout ce que nous n'avons pas réussi à
faire, il faudra que tu le réalises, mon petit.

                                            6 novembre.

Visite de Goiran. Attente de l'armistice. Et la bataille
continue sur tous les fronts. Pourquoi ?
Aphonie totale. N'ai pu articuler un mot.

7.

La glotte ne se dilate presque plus. Paralysie des crico-aryténoïdiens postérieurs ? Bardot, impénétrable. Morphine.

8 novembre 1918.

Plénipotentiaires allemands ont franchi nos lignes. C'est la fin.
Aurai tout de même vécu ça.

9 novembre.

Aggravation. De nouveau, grandes oscillations de température (37,2 — 39,9). Congestion œdémateuse a repris. Aucun symptôme nouveau, mais recrudescence partout.

Ai demandé (pourquoi ?) une radio. Pour pouvoir faire exploration, s'il y avait un nouveau point suspect. Crains un nouvel abcès. Les oscillations indiquent sûrement suppurations profondes.

10.

Poumon droit de plus en plus douloureux. Morphine, toute la journée, par voie buccale. Nouvel abcès ? Bardot ne croit pas. Aucun symptôme pathognomonique.
Crachats plutôt moins abondants.

Révolution Berlin. Kaiser en fuite. Dans les tran-
chées, partout, espoir, délivrance ! Et moi...

11 novembre.

Journée atroce. Brûlures intolérables, toujours aux
mêmes régions, du côté droit.

Pourquoi ne me suis-je pas décidé plus tôt, quand
l'énergie était encore intacte ? Qu'est-ce que j'attends ?
Chaque fois que je me dis : « L'heure est venue », je...

(Non. Ne me suis encore jamais dit : « est venue ».
Me dis : « L'heure approche. » Et j'attends.)

12.

Bardot perçoit un souffle entouré d'une couronne de
râles sous-crépitants et localisés (?)

Midi.

La radio. Bande ombrée au sommet droit, sans
limites nettes. Diaphragme immobilisé. Diminution
générale de la transparence, mais pas de collection
décelable. Si c'était un autre abcès, il y aurait opacité
complète de la région suspecte, avec limites nettes, bien
arrondies. Alors ? Indications encore trop vagues pour
tenter une ponction. Si pas nouvel abcès, quoi ? quoi ?

13.

Poussées fluxionnaires très localisées, toujours aux
mêmes points. Infection se généralise, sûrement.
Sueurs terribles, puantes.

Soir.

Petits *abcès* ? Petits *abcès* multiples ?
Sûrement Bardôt y pense aussi.
Alors rien à faire, abcès noyé dans le parenchyme,
aucune intervention possible, asphyxie au bout.

14.

*Brûlures des deux côtés. Le gauche est œdématié
aussi. Les abcès doivent être disséminés dans les deux
poumons.
Dernière chance, tenter abcès de fixation ?*

Soir.

*Abîme de dépression, indifférence. Dans le tiroir,
une lettre de Jenny, une de Gise. Ce soir, une autre de
Jenny. Pas ouvertes. Laissez-moi seul. N'ai plus rien
à donner à personne.
Cette nuit, longtemps, me suis répété ça, que je
comprends pour la première fois : De profondis cla-
mavi.*

15.

*Peut-être ai-je eu tort de tant craindre. Peut-être pas
si terrible que je croyais. Peut-être que le pire est passé.
Me suis tant représenté la fin, ne peux plus. Mais tout
est prêt, tout est là.*

16.

Abcès de fixation sans résultat. L'ont-ils seulement tenté ? ou fait semblant ?

Rien écrit dans agenda depuis deux jours. Souffre trop.

Penser à en finir. Difficile de se dire : « Demain », de se dire : « Ce soir... »

17.

Morphine. Solitude, silence. Chaque heure me sépare davantage, m'isole. Je les entends encore, je ne les écoute plus.

Élimination des fragments devenue presque impossible.

Comment viendra-t-elle ? Voudrais rester lucide, écrire encore, jusqu'à la piqûre.

Pas acceptation. Indifférence. Épuisement, qui supprime la révolte. Réconciliation avec l'inévitable. Abandon à la souffrance physique.

Paix.

En finir.

18.

Œdème des jambes. Grand temps, si je veux encore pouvoir. Tout est là, étendre la main, se décider.

Ai lutté toute cette nuit.

Grand temps.

Lundi, 18 novembre 1918.

37 ans, 4 mois, 9 jours.
Plus simple qu'on ne croit.

Jean-Paul.

L'ÉTÉ 1914 (*suite et fin*)

Table 639

ÉPILOGUE

DU MÊME AUTEUR

Aux Éditions Gallimard

DEVENIR !, *roman*.

JEAN BAROIS, *roman* (Folio n° 218).

LE TESTAMENT DU PÈRE LELEU, *farce paysanne*.

LES THIBAULT, *roman*.

    I. LE CAHIER GRIS — LE PÉNITENCIER — LA
       BELLE SAISON — LA CONSULTATION — LA
       SORELLINA (Folio n° 3937).

    II. LA MORT DU PÈRE — L'ÉTÉ 1914 (Folio n° 3938).

    III. L'ÉTÉ 1914 (suite et fin) — ÉPILOGUE (Folio
       n° 3939).

LA GONFLE, *farce paysanne*.

CONFIDENCE AFRICAINE, *récit* (L'Imaginaire n° 328).

UN TACITURNE, *drame*.

VIEILLE FRANCE, *roman* (Folio n° 540).

NOTES SUR ANDRÉ GIDE, (1913-1951).

ŒUVRES COMPLÈTES, I et II («Bibliothèque de la
Pléiade»). *Préface d'Albert Camus*.

CORRESPONDANCE AVEC ANDRÉ GIDE.

    I. (1913-1934). *Introduction par Jean Delay*.

    II. (1935-1951).

CORRESPONDANCE AVEC JACQUES COPEAU.

    I. (1913-1928). *Introduction de Jean Delay, notes de Claude
    Sicard*.

    II. (1929-1949).

CORRESPONDANCE GÉNÉRALE.

    I. (1896-1913). *Édition présentée et établie par M. Rieuneau*.

    II. (1914-1918). *Édition présentée et établie par J.-Cl. Airal et
    M. Rieuneau*.

III. (1919-1925). *Édition présentée et établie par J.-Cl. Airal et M. Rieuneau.*

IV. (1926-1929). *Édition présentée et établie par J.-Cl. Airal et M. Rieuneau.*

V. (1930-1932). *Édition présentée et établie par J.-Cl. Airal et M. Rieuneau.*

VI. (1933-1936). *Édition présentée et établie par P. Bardel et M. Rieuneau.*

VII. (1937-1939). *Édition présentée et établie par P. Bardel et M. Rieuneau.*

VIII. (1940-1944). *Édition présentée et établie par P. Duchatelet.*

LE LIEUTENANT-COLONEL DE MAUMORT. *Édition établie par A. Daspre* («Bibliothèque de la Pléiade»).

JOURNAL. *Édition établie, présentée et annotée par Claude Sicard.*
I. Textes autobiographiques (1892-1919).
II. Journal (1919-1936).
III. Journal (1937-1949). Textes autobiographiques (1950-1958).

Cahiers

CAHIERS ROGER MARTIN DU GARD, I.

CAHIERS ROGER MARTIN DU GARD, II.

CAHIERS ROGER MARTIN DU GARD, III. Actes du Colloque international de Nice («Les Cahiers de la NRF»).

CAHIERS ROGER MARTIN DU GARD, IV. Inédits et nouvelles recherches («Les Cahiers de la NRF»).

CAHIERS ROGER MARTIN DU GARD, V. L'Écrivain et son Journal («Les Cahiers de la NRF»).

CAHIERS ROGER MARTIN DU GARD, VI. Inédits et nouvelles recherches, 2 («Les Cahiers de la NRF»).

Dans «La Bibliothèque Gallimard»

LE CAHIER GRIS (Les Thibault, I). *Accompagnement critique par Jean-Claude Lebrun, n° 53*

COLLECTION FOLIO

Dernières parutions